夜天子

山东文艺出版社

目录

第六卷 东挡西杀

第一章 水银山 003
第二章 循循善诱 007
第三章 现世报 012
第四章 女土司 017
第五章 入虎穴 022
第六章 棒与鸳鸯 026
第七章 爱情买卖 030
第八章 豪门婚姻 034
第九章 搅浑水 038
第十章 煽风点火 043
第十一章 大联姻 047
第十二章 三岔口 051
第十三章 连连杀 055
第十四章 一地鸡毛 059
第十五章 设毂藏阄 063
第十六章 前波未灭后波生 067
第十七章 事了拂衣去 072
第十八章 草木皆兵 076
第十九章 拆烂污 080
第二十章 各有所谋 085
第二十一章 同咨合谋 089
第二十二章 泄密 093
第二十三章 后院起火 097
第二十四章 当面锣 101
第二十五章 临阵倒戈 105
第二十六章 你爆我也爆 109
第二十七章 落魄小花落魄李 114
第二十八章 麻烦不断 118
第二十九章 男人的一半是女人 122
第三十章 离奇失踪 126

第三十一章 扑朔迷离 — 130
第三十二章 一盆污水 — 134
第三十三章 好生意外 — 138
第三十四章 夜郎第一状 — 142
第三十五章 究竟谁倒霉 — 146
第三十六章 好日子 — 151
第三十七章 暗流汹涌 — 156
第三十八章 考教、调教 — 160
第三十九章 这般意思 — 165
第四十章 走马上任 — 169
第四十一章 机关大院的生活 — 173
第四十二章 夙兵熊将 — 178
第四十三章 时代之星 — 182
第四十四章 混，是一种生活 — 186
第四十五章 一桩命案 — 190

第四十六章 夜半惊魂 — 194
第四十七章 机会来了 — 198
第四十八章 叶公好龙 — 202
第四十九章 有样学样 — 206
第五十章 魔鬼契约 — 210
第五十一章 太极推手 — 214
第五十二章 风云突变 — 218
第五十三章 拳头是老大 — 222
第五十四章 顺水推舟 — 226
第五十五章 推官疏渠 — 231
第五十六章 没有困难就要制造困难 — 236
第五十七章 锱铢必较 — 240
第五十八章 这个男人很认真 — 244
第五十九章 生苗出山 — 247
第六十章 秦失其鹿共逐之 — 252

第六十一章 糖衣炮弹 — 256
第六十二章 大人物的一闪念 — 260
第六十三章 秀才遇见兵 — 265
第六十四章 在那里，站住脚 — 269
第六十五章 逼宫 — 274
第六十六章 千里走单骑 — 278
第六十七章 磨炼 — 282
第六十八章 会错情 — 286
第六十九章 分歧 — 290
第七十章 大抓捕 — 294
第七十一章 问案 — 298
第七十二章 断刑 — 302
第七十三章 执法 — 306
第七十四章 烈女 — 310
第七十五章 效天子 — 314

第七十六章 悍然斩 — 318
第七十七章 选择 — 322
第七十八章 刑厅乱 — 326
第七十九章 待参之囚 — 330
第八十章 "堕落"的李大状 — 335
第八十一章 "矛盾"的于监州 — 339
第八十二章 杨天王的来信 — 343
第八十三章 狼看上羊 — 347
第八十四章 不翼而飞 — 351
第八十五章 大悲寺疑踪 — 355
第八十六章 女土司的手段 — 360
第八十七章 与君共进退 — 365
第八十八章 千钧一发 — 369
第八十九章 兵临城下 — 373
第九十章 引而不发 — 377

- 第九十一章　歃血为盟 — 381
- 第九十二章　女土司的独角戏 — 385
- 第九十三章　长风挖坑 — 389
- 第九十四章　忍，一时风平浪静 — 393
- 第九十五章　钓　鱼 — 397
- 第九十六章　以神之名 — 401
- 第九十七章　风云再起 — 405
- 第九十八章　反将一军 — 409
- 第九十九章　万无一失的主意 — 413
- 第一百章　　虎视眈眈 — 418
- 第一〇一章　侵略如火 — 422
- 第一〇二章　山中教主 — 426
- 第一〇三章　各思对策 — 430
- 第一〇四章　阵前密议 — 434

第六卷

东挡西杀

第一章

水银山

一

　　天空湛蓝，湛蓝的天空中飘着朵朵白云，仿佛棉花糖一般柔美。溪水潺潺，潺潺的溪水把"棉花糖"一口一口撕碎，鸟儿在林中欢唱。此处原本一派安恬，但是突然间伏兵四起，把这宁静彻底打破了。

　　打着紫色旗帜的人马冲上山去，与山头打着黄色旗帜的守军杀作一团。混乱很快蔓延到了山的另一面，山上有许多矿坑，是用来采挖丹砂的，杨家守矿的人猝不及防，只能节节败退。

　　看守矿坑的杨家寨壮丁平日里只有二三十人，近来气氛紧张，才又增加了一倍，也只是为了应付突发情况，并不是用来守卫矿山的，因为杨羡达并未想到会有人直接攻击矿山。

　　这座矿山已经牵涉到了太多方面，谁敢贸然对矿山下手，就等于把这水银山引爆，把目前小打小闹的冲突演变成一场真正的战乱，想必没有谁敢冒这样的风险。

　　但是，于家寨居然悍然对矿山发动了攻击，守矿的杨家寨壮丁抵挡不住，便向后山逃去，他们原打算逃回寨子禀报土司，不料刚刚跑到后山，就发现后山旗幡招展，呐喊声声，四方势力正杀作一团。

　　逃向后山的守矿壮丁愣了愣，也顾不得分析眼前这奇怪的一幕因何而起，便放声大呼起来："于家寨攻山啦，于家寨占了咱们的矿山！"

　　杨羡达一听就急了，哪还有工夫和杨羡敏一较高下，他们兄弟反目，争的就是水银山，如果这矿山被外姓人占去，他们两兄弟还争个什么劲。杨羡达立即振臂高呼："夺回矿山，给我杀！"

　　杨羡敏同样把水银山视作自己的囊中之物，一听于家寨趁火打劫占了矿山，马上也是一声呐喊，率领本部人马冲向山峰。两兄弟方才还打得你死我活，此刻外敌入侵，马上合兵一处，正是兄弟阋于墙，外御其侮；蜗角纷争，惟利是务。

两兄弟这一上山，果基格龙和展凝儿便也各率本部人马跟了上去，对于家寨趁火打劫的行径，他们也甚是恼火。

于家寨寨主于福顺率领本寨人马顺利驱逐了杨家守山的壮丁，刚刚占领矿山，把紫色大旗插在高处，"四大派便反攻光明顶"了。于福顺虽依托有利地形进行反击，但当展凝儿和果基格龙各自率部也加入战团后，他渐渐有些抵挡不住了。

只是果基家、展家、杨家两位兄弟的部下并非同路人，尤其是刚才在战斗中还有人受了伤，心怀怨愤，在攻打于家寨人马的时候，彼此间抽冷子下黑手的事便常有发生。结果本来是四大派合力攻打于家寨，最后变成了五大派混战。

果基家的青旗、展家的红旗、杨家的两种黄旗，再加上于家寨的紫旗，五种旗帜争相插到旗楼上，谁若占领了这个制高点，立即就是一阵欢呼，士气大振，当真是"山头变幻大王旗"。

鏖战正酣，那旗楼上突然出现了一面白旗，一名大汉扶旗而立，拔刀四顾。正在矿坑里、矿洞里、矿道里混战的五大派顿时惊愕地停止了战斗，附近数得着的势力只有他们几家，怎么又冒出了一面白旗？

这个时代，白旗已经被人当作了求和或投降的标志，只不过这些部落山寨从来没有干过打白旗的事，一时之间没有想到这上面去，而是疑神疑鬼地以为又有人要来分一杯羹。

片刻之后，旗楼上又出现一人。一见此人，展凝儿和果基格龙不约而同地瞪大了眼睛。此人穿一件月白色锦袍，头发盘成道髻，插一根羊脂玉的簪子，足下一双青缎黑皮靴，傲然一站，当真是丰神如玉，仪表堂堂。

叶小天负手立在旗楼上，端起官威，沉声喝道："尔等刁民，好大的胆子！身为大明子民，如此目无王法，为了矿山归属，聚众殴斗，死伤枕藉，岂不闻国法昭彰乎？"

叶小天思来想去，觉得要想制止殴斗，平息纠纷，只能利用他的官员身份，引导矛盾从官方角度来解决，立足于此，尚有可为。如果把此事的基调定为各部族之间或者亲族之间的利益纠纷，那包青天来了，也休想理清这团乱麻了。

叶小天说着，目光徐徐向矿坑里持械而立的众人扫视着，以增加他的威压。那果基格龙身量奇高，站在人群里如鹤立鸡群一般，叶小天一眼就看到了他，与他目光一碰，顿时一怔：这里的果基部落果然就是果基格龙的部落。

果基格龙一见叶小天，嗔目大喝道："叶小天？哈哈哈，真的是你！果然是你！姓叶的，天堂有路你不走，地狱无门你闯进来，如今你到了某家的地盘，我看你还如何嚣张！"

叶小天暗暗叫苦，有这莽夫在，只怕会对他调停冲突产生一定的阻力。眼见随着果基格龙的一声大喝，矿坑里的人有些骚动起来，叶小天马上厉声喝道："果基格龙，你想干什么？本官乃朝廷命官，奉知府大人之命来此处断纷争，你一介草民，见了本官不跪不拜，还敢口出狂言，你道本官就不能把你明正典刑吗！"

果基格龙听了顿时语气一滞，他爹倒是有朝廷封赐的官员身份——指挥佥事，将来也是要由他来继承的，但现在他还是个白身，凉月谷少谷主的身份放在官场上，就是个平头百姓，叶小天打官腔，他还真的无言以对。

叶小天见镇住了果基格龙，心中暗暗得意，冷哼一声，又往他人面上一扫，却不想一眼就看到了展凝儿。叶小天心中一喜，刚想出声呼喊，忽然想起了他今日的立场。

他是朝廷命官，此刻是受命于铜仁张知府来此解决诸部落争端的，一直保持这个超然身份，才方便他插手调停，如果他和利害各方牵扯上了其他关系，谁还相信他会公平处断，只怕要惹出许多非议了。

叶小天赶紧收敛喜色，向展凝儿急急递了一个眼色。展凝儿眼见郎君威风八面，一番训斥便叫各方人马哑口无言，心中好不欢喜。叶小天向她递了个眼色，展凝儿心中羞喜，马上向他还了一个媚眼。

展凝儿的媚眼抛过来，叶小天顿时心中一荡：哟，我家凝儿会飞媚眼了呢，这风情好不迷人。不对……凝儿这……别是没有理解我的意思吧？叶小天刚刚想到这里，展凝儿已经欢欢喜喜、娇娇哆哆地唤道："小天哥！"

这一声唤得好甜好甜，就像倒了一罐子蜂蜜出来，随后展凝儿在矿坑矿道里一连几个起落，跑到了叶小天身边，欢喜地道："小天哥，你怎来了此地，你……是特意来看我的吗？"

她一路跑过来时，叶小天就在向她不断地挤眉弄眼，奈何展凝儿只顾注意落脚点了，根本没注意他的眼色，叶小天心中苦笑不已，却也毫无办法，若是展凝儿心细如发，那她也不叫展凝儿了。

展凝儿这亲亲热热地一叫，下边顿时乱了套，手持三股托天叉的杨羡达心中欢喜，看来又要多出一个帮手了。果基格龙却是立即高声叫道："哈！大家都看到了吧，这叶小天与展凝儿不清不楚，他来调停纷争？分明是偏帮杨羡达，偏帮展家来的，大家不要理会他，咱们水银山的事，咱们自己解决！"

立即就有人响应果基格龙所言，叶小天大喝道："果基格龙，你住口！还敢妖言惑众！水银山难道不是我铜仁府治下？本官奉知府大人之命，你凉月谷敢无视张知府的命令吗？尔等立即罢战，庄丁寨民散去，只留主事人等说话，立刻！马上！"

这时展凝儿也明白过来，情知自己失误，给情郎增加了麻烦，赶紧闭嘴不言。随着叶小天的一声吩咐，百余名张知府的亲兵"呼啦啦"冲上来，站在矿坑上头，把长矛对准了下面的人。

矿坑里各方人马面面相觑，到了这个份儿上，这个仗显然是没法打了，他们也想知道张知府对此究竟是个什么态度。不管怎么说，作为铜仁之主，他的意见还是要重视的。

于是，众人纷纷约束部众，离开矿坑走到地面上来，这其中以于家寨寨主于福顺最为懊恼。这位于寨主年纪不大，二十五六岁，正是野心勃勃的时候。他一番精心准备，巧妙部署，终于一举拿下水银山，只要今日站稳了脚跟，击退杨家的反扑，就能造成于家占有水银山的事实。到时候若是动武，他们占据地利，若是打起官司，他们于家也不是没有道理，就算水银山的归属始终不能确定，叫这罗圈官司十年八年的也未必打得明白，那么在此期间这水银山就可以完全归他所有了。

谁料半途中杀出一个叶小天，而且还打着张知府的招牌，生生坏了他的好事。叶小天把他们唤到外面，冷冷地向众人一扫，唤道："来人啊！更衣！"

叶小天打定了主意，要在此立足就要占理，他一个毫不相干的外地人，想要占理只能从官场角度发挥，占据大义。方才被凝儿亲亲热热地一唤，他的官威散了不少，如今便换上官袍，提醒众人他这合法合理的身份。

千百民众面前，叶小天不慌不忙，穿官衣，戴官帽，蹬上官靴，又有人取来肃静牌、回避牌，六名侍卫身后一站，数名随从呈雁翅状左右一排，叶小天往一块方石上一坐，竟是把这矿山当成了公堂。

第二章

循循善诱

一

众人见叶小天这般架势，不由面面相觑。

在中原，当官的或许可以摆谱，但贵州是土司的天下，是一百多个大大小小的土司的领土，土官们很少拿朝廷的官职来摆架子，见了面只比谁的拳头大，朝廷的流官就更是夹起尾巴做人了，摆了谱也不大有人理会，反而讪讪的很没面子，可这位叶大人……

叶小天端坐石上，左青龙右白虎，如神归位，沉声喝道："各方主事人，站到前面来！"

果基格龙迈开大长腿，向前跨出一大步，对叶小天虎视眈眈："你待如何？"杨羡达、杨羡敏、于福顺、展大头人、展凝儿也都跨前一步，望着叶小天，神色各异。

叶小天喝道："不是本官要如何，而是你们要如何！尔等为何聚众殴斗，不知王法吗？"

"王法？"

杨羡敏捧腹大笑，指着叶小天道："这位仁兄，你做官做傻了吧？你跟我们讲王法？哈哈哈哈……"

叶小天沉下脸，盯着他道："你是何人？"

杨羡敏胸膛一挺，道："某是杨家寨土舍，杨羡敏。"

叶小天路上已经听李经历说起过杨家寨的情形，马上追问道："你父过世，新任土司尚未任命，谁任命你为土舍的？"

杨羡敏登时一怔，杨羡达把三股托天叉往地上重重一顿，大声道："大人英明！等到朝廷的敕书下来，我杨羡达成为土司，绝不会任命此等大逆不道之辈做土舍的。"

杨羡敏大怒，瞪着杨羡达道："杨羡达，此事可由不得你！"

杨羡达傲然道："等我做了土司，谁做土舍，当然是我说了算！"

一时间两兄弟跃跃欲试，又要动起拳脚了。

土舍是地位仅次于土司的官员，地位比大头人、二头人和小头人都要高，土司没有继承人时，土舍有继承土司之职的权利。土司外出时，他可以代行土司职权，如果遇到战事，土舍还常常担任统帅一职。

杨家老土司过世后，新任土司要经过朝廷敕书确认，才算名正言顺，然后再由这位新土司任命下属官员。但眼下朝廷的敕书还没到，所以名义上杨氏部落目前没有土司，自然也就没有土舍了。

实际上即便朝廷敕书未到，杨羡达也已是事实上的杨氏部落土司，而有掌印夫人支持的杨羡敏也成了事实上的土舍。朝廷的敕书能给他们的只是一个官方承认的身份，实际的权力他们已经掌握了。

然而从法理角度来说，无论杨羡达也好，杨羡敏也罢，此刻就是一介百姓，这也是叶小天一再坚持并彰显朝廷命官身份的原因。他若不在这件事上占住道理，就没有资格调停诸部之乱。

因为尽管地方豪强首领具备了"世有其地、世治其所、世入其流、世袭其职、世统其兵"的特征，事实上就成了一方土司，但是如果没有"世受其封"，也就是朝廷的认可，那就不合法。

叶小天揪住这条法理不放，再度质问："你们二人可是朝廷承认的土司、土舍？"

杨羡达和杨羡敏对视一眼，都未作答。叶小天右手猛地一抬，忽然发现面前空空如也，没有惊堂木让他拍，便一拍自己大腿，喝道："没有朝廷敕书认可，谁敢擅认自己是土司、土舍？你们想造反不成？"

杨羡敏翻了翻白眼，悻悻地答道："草民……草民是杨家寨的杨羡敏！"

杨羡达冷冷地看了杨羡敏一眼，也对叶小天道："草民是杨家寨的杨羡达。"

叶小天喝道："尔等既然是平头百姓，见了本官为何不跪？"

杨羡敏口头上向他示弱倒没什么，毕竟是张知府派来调停的人，但是让他向叶小天下跪，他可不情愿了。叶小天一手负在身后，向自己的六名贴身侍卫悄悄打了个手势，示意他们准备动手，他要强迫杨羡敏下跪。

叶小天这么做，一则是营造自己的强势形象，对眼前这些只认拳头的人温文尔雅，不可能有任何影响，他要处理的这桩麻烦事牵扯到各方面势力，连张知府都头痛不已，他若是"软"了，何以服众？

再者，自从见到展凝儿在这里，叶小天就存了一点私心，想帮帮自己的女人。如果杨羡敏反抗，甚至因此闹出更大的风波，反正顺利调停此事的希望渺茫，他也不指望那几成赈银的悬赏了，拍拍屁股回葫县就是了。至于这个烂摊子嘛，丢回给张知府就好了，没有心理负担的叶小天自然肆无忌惮。

六名侍卫身形刚刚一动，杨羡敏身后的随从便纷扬起手中的兵器，他们一动，叶小天带来的张知府的那百余名亲兵也都立即举起了刀枪，场面顿时紧张起来。

展凝儿见状，眸波微微一闪，马上向前一步，对叶小天抱拳道："民女展凝儿，拜见叶大人！"说罢双膝一弯，就要跪下去。

展凝儿是想替叶小天撑撑场面，跪一跪自己的男人也没什么，反正连人早晚都是他的，只要她跪了，展家寨大头人和杨羡达就会跟随，到时候拒不跪见的杨羡敏压力就更大了。

展凝儿想到就做，双膝一弯，堪堪要跪到石砾地面上时，就见面前人影一闪，叶小天双手搀扶，笑容可掬，道："免礼，免礼，展姑娘快快请起！"

此时展凝儿柔情似水，可叶小天心中的展凝儿还是彪悍无人能及，他都产生心理阴影了，哪敢让展凝儿下跪，今日受她一跪，来日指不定要被她怎么折腾呢。水银山这笔糊涂账要是弄不好，可以丢给张胖子收拾，可展凝儿没法丢给别人呐，而且他也不舍得。

叶小天搀起展凝儿，向杨羡敏等人横了一眼，冷冷地道："不习教化的一众刁民，本官懒得与你们理论，罢了，如今就免了你们跪见，本官只问你们，今日为何聚众殴斗？"

杨羡敏双手抱肩，傲然挺立，冷冷地道："大人想知道我等今日为何在此殴斗？那就请大人你好生问一问于家寨的于福顺吧，他为何带领大批人马占据了我们杨家的水银山！"

杨羡达虽与杨羡敏不合，但眼下最紧要的是夺回水银山，暂时倒可联起手来，一听这话，也道："大人，于福顺率领其寨下民壮，强行夺占了我杨家的水银山，是以才发生了这场殴斗，还请大人为草民主持公道！"

叶小天喝道："于福顺，你对杨氏兄弟的指控有何辩解？"

于福顺冷笑道："大人，你还是先搞清楚这水银山究竟归属何人吧，水银山本就是我于家的产业，什么时候归了他们杨家了？我要拿回自家的产业，不是天经地义吗？"

杨羡达和杨羡敏异口同声道："纯属放屁！"

叶小天喝道："住口！本官面前不得污言秽语。你们有理讲理，本官只据理而定！"

叶小天面上虽是一副愤怒模样，心中却是暗喜，他要的就是这个效果，要按他的思路，引导有冲突的几方势力不知不觉走上打官司的途径，如此一来他才可以有所作为。

杨羡达愤愤地道："叶大人，这水银山本来就是我们杨家的，草民这里有地契为证，他于福顺怎可信口雌黄？还请大人为草民主持公道，让于家退出水银山，赔偿攻打水银山造成的一切损失，并抚恤本寨伤残的一众壮丁！"

于福顺叫道："证据？你要证据？那就拿出你们的地契来，上边可是清清楚楚记载着，这水银山原属我于家所有，是我于家当年嫁女，作为嫁妆归了展家，展家陪嫁到果基家，果基家又作为嫁妆转给你们杨家的！"

杨羡达道："没错啊，你自己也亲口承认了，所以这水银山现在就是我们杨家的，有错吗？"

杨羡敏马上接口道："这水银山是我娘亲从果基家陪嫁过来的，现在这水银山就应该是我的！"

杨羡达反驳道："我是杨家嫡长子！这水银山既然归了杨家，就该由我继承！"

杨羡敏道："笑话！真是天大的笑话！中原人家，但凡嫁女陪嫁的嫁妆，便是丈夫也无权动用，那是所嫁女儿的私产，由其个人支配，官府律法也一向支持这个规矩。如今我娘要把水银山送给我，有什么不可以？"

杨羡达冷笑道："你也说那是中原规矩了？入乡随俗，这里可不是中原，我贵州习俗，土司嫁女，陪嫁的土地归夫家所有，既然已经归了夫家，当然该由嫡长子继承。"

两兄弟正吵得不可开交，于福顺按捺不住又插了一嘴："你们两兄弟一唱一和的做什么？这水银山难道已经是你们杨家的财产了吗？真是岂有此理！不错，我于家当初是把水银山当成嫁妆陪嫁出去了，可我提溪于家本是铜仁于家的从属，依照规矩，谁拥有水银山，谁就要负责向铜仁于家献纳赋税。既然不能，我于家当然有权把水银山拿回来！"

杨羡达哈哈大笑，道："荒唐！真是荒唐！你说当年？当年还是田氏土司一统两州的年代，可永乐大帝早已分割两州为八府，各有统辖，互不从属，你还提什么当年，你是要否定永乐大帝的决定吗？"

于福顺怒道："你放屁！少拿造反来吓我！思州思南虽分割为八府，但铜仁于家还在，而且是受到朝廷认可的土司，于家的一切财产和权利，自然应该受到保护！"

"好啦好啦，你们公说公有理，婆说婆有理，一时半晌也难理论明白。不如这样，你们都退下水银山，各自准备证据，聘请讼师也可，择日本官再公开审理此案。"

叶小天摆出一副严肃的样子，心中好不欢喜：不容易啊，终于把这些空有一身肌肉却没什么头脑的家伙引到打嘴仗的路子上了，只要把他们引到打官司的途径上来，本官便大有可为了啊，哈哈……

叶小天心下自鸣得意，忽然"嗤"的一声冷笑传来，有个声音揶揄道："叶县丞，你好大的官威啊，我于家好不容易才拿回水银山，你想让我们退出去，我们就退出去？"

随着声音，人群"呼啦啦"左右一分，一个青衫公子翩翩而来，发束青萝带，身着淡青软绸衫，腰束紫穗长绦，下缀羊脂美玉，眉长入鬓，唇红齿白，手持一柄象牙折扇，如琼树一枝，清秀淡爽。

李经历微微欠着身走在这青衫公子身侧，一双眼珠子滴溜溜乱转，也不知是想干什么。这两人一现身，恰似化作人形的东海小白龙领了一头蛤蟆精来，叶小天心中一奇：这又是谁来搅局？

第三章

现世报

一

这个小子居然比我还要俊俏！

叶小天一见此人相貌便有些心生反感，此前他只见过一个相貌气质超过他的人，那就是当朝三国舅李玄成。可那李玄成表面上是个谦谦君子，实际上却是一个偏执阴险的小人。

从此叶小天心中便存了一个印象：小白脸没有好心眼，但凡生得太过俊俏甚至有些阴柔的男人，一定不是好人。如今这个小子比李玄成还要俊俏几分，面如敷粉，齿白唇红，叶小天对他自然就没有好感了。

叶小天沉着脸色道："本官正在这里审问水银山争端之始末对错，你不曾通禀、未听召唤，擅自上前打断本官问话，本官在处就是公堂，完全可以办你个咆哮公堂之罪！"

李经历在一旁抻脖子瞪眼睛，仿佛突然从蛤蟆精摇身一变成了龟丞相，不停地冲叶小天挤眼睛，奈何叶小天说罢，目光便像箭一般射向那风度翩翩的美少年。叶小天相貌风仪比不过来人，不能在气势上弱于他，根本没注意李经历的眼色。

小白脸"呵呵"一笑，悠闲地把玩着手中的象牙折扇，用耐人寻味的目光深深地望了叶小天一眼，悠然道："鄙姓于，名俊亭。论起辈分来，于福顺算是我的侄孙吧。"

这小子顶多也就十七八岁，二十七八岁的于福顺居然要称他为叔公，这个辈分确实大了点。不过于福顺是于家寨之主，这少年应该只是占了辈分，在于家寨的地位却未必有多大。

叶小天若要整治那些有身份的寨主堡主们，一旦对方不肯服软，就很难下得来台，他总不能因此就真的动刀动枪。不要看那些土司们兵甲器杖远不及大明正式官军齐备精良，但是他们占据天时人和，又有天堑一般的地利，谁想征讨他们都不容易。

当年元朝铁骑纵横天下，对南疆土司们的征讨也多以失败告终，最后只好封他们个宣慰使，名义上算是征服了，聊以自慰。大明正统年间朝廷三次发兵征讨麓川，前后历时九年，造成国内穷困不堪，义兵四起，政局动荡不安，最后也是不了了之。若真要激怒了这些土司，逼得他们不计后果地进行反抗，不管朝廷能不能打得赢这场仗，挑起这场战争的叶小天都得对开战后的严重后果负责，只能以他的项上人头向天下人谢罪了。

然而若是拿这小白脸开刀的话就没有那么大的风险了，他既然主动冒出头来，叶小天怎会放过这个好机会，他冷笑一声道："你是于寨主的长辈，你家晚辈莽撞行事，引起诸部纷争，你这长辈也难辞其咎，近前来，跪下答话！"

于俊亭细细长长的眉毛微微一挑，用有趣的眼神看着叶小天，讶然道："你要我跪下答话？"

叶小天脸色一沉，道："本官没有免你跪见之礼，难道不该跪见吗？"

于俊亭微微一笑，道："于某是秀才身份呢，秀才见了八品官，不用跪吧？"

叶小天一怔，秀才？秀才就是有功名的人了，连见了七品官都不用跪，何况他是八品官呢。叶小天摆谱失败，恼羞成怒道："你有功名却不早说，是成心戏弄本官吗？"

于俊亭似笑非笑地道："于某刚到，你叶大人便大打官腔，根本没给于某自报身份的机会呀。"

叶小天冷哼一声，道："既是生员，免你跪见，近前答话。"

于俊亭笑吟吟地道："不急，不急，于某还有话说。"

他把象牙骨的折扇往掌心一拍，高声喝道："来人啊！给本官更衣！"

叶小天诧异地瞪大了眼睛："本官？"

就见人群后面忽然走出四个雄赳赳气昂昂的大汉，再后边又跟着四个鬓含蝉影、削肩修颈的使女，四个大汉各自捧着一个托盘，上边盛的分别是：藕丝步云履一双，锁子黄金甲一套，凤翅紫金冠一顶……

若真是如此，眼前这小白脸就不是小白龙，而是龙宫借宝的孙大圣了，但那托盘上所盛之物，对叶小天的震撼实也不亚于那些宝物。

第一具托盘上是一双青缎白帮的官靴，不稀奇；第二具托盘上是一顶乌纱帽，也是不稀奇；第三具托盘上是一条玉带，也……不算稀奇吧；第四具托盘上是红彤彤的一件官袍。

大红袍？！

叶小天登时有点晕，按照大明官制，一至四品穿红袍，五至七品穿青袍，八至九品穿绿袍。放眼整个铜仁府，官职最高的就是张大胖子，也不过是正五品的土知府，要穿青袍，怎么随随便便蹦出个小白脸，居然穿起了红袍？

就见四个使女走上前来，有条不紊地替那俊美少年穿戴起来，戴正乌纱，跋上官靴，穿上官袍，束上玉带，整个人再往那儿一站，就像一位等着入洞房的新郎官。

叶小天目瞪口呆地看着突然摇身一变的于俊亭，胸前那块补子上绣的赫然是一头豹子，豹子……那就是正四品的武官了？叶小天忽然觉得屁股底下有点发烫，快坐不住了。

于俊亭换好官袍，又从老妈子手里接过象牙折扇，慢悠悠地走向叶小天，行至展凝儿身边时忽然站住，一双俊眼略带邪意地上下打量她几眼，笑吟吟地道："展姑娘？"

展凝儿把胸膛一挺，护刀于肘后，毫不示弱地向他瞪起眼睛："是我，怎么？"

于俊亭点点头，笑眯眯地道："水西三虎，久仰大名，今日一见，名不虚传！"

展凝儿把小瑶鼻一翘，冷哼了一声。于俊亭笑了笑，继续走向叶小天，叶小天大马金刀地坐在那儿还在发怔，这个变化实在太突然、太刺激了，正大摆官威的叶大老爷一时没有反应过来。

于俊亭拿着象牙小扇在叶小天眼前晃了晃，又向前轻飘飘地一引，笑道："叶大人，请让座吧！"

"啊？"

叶小天惊醒过来，只能讪讪地让位。于俊亭一撩红袍，端端正正地在那块方石上坐下，忽地俏脸一沉，冷斥道："大明广威将军、行铜仁府通判事于俊亭在此，葫县县丞叶小天，还不上前跪见！"

仿佛当头一个霹雳，饶是叶小天脸皮够厚，也不禁臊得满脸通红，方才他就是这般整治人家的，现在于俊亭居然有样学样。看来方才他大逞官威的时候这小白脸就在一旁了，该死的李经历，怎么不提醒我？

这时候叶小天才想起李经历，扭过头去，狠狠地瞪了他一眼。李经历一脸无辜，向他翻了翻白眼，他早就向叶小天做出暗示了，眼睛眨得都快内伤了，奈何叶小天却视若无睹，怪得谁来。

于俊亭见叶小天昂然不跪，嘴巴微微一咧，露出一排整齐的小白牙，笑吟吟地道："叶县丞，对上官不敬，可是僭越之罪呀，要打板子的哟。"

依照大明礼制，同级官员相见，互行揖手礼，地位稍低的，立于右侧揖手，高位者点头答礼；如果地位差距再大一些，高位者可以不还礼；如果双方地位差距超过四等，那么卑者要行拜礼，即跪地一次，叩头四次。

大明官制有九品十八等，广威将军是四品官，通判是六品官，如果是按照于俊亭较低的职务来算，叶小天正好差四等，勉勉强强不用跪拜了，但是人家还有广威将军的身份，这就差了足足八等，想不跪都不行了。

叶小天颇为尴尬，对地位相差太大的上官行跪拜礼，他并没有什么心理障碍，人家确实比他地位高得多，那就应该拜，这是应尽的礼节。问题是他刚刚还以此给别人来个下马威，马上就被人拆了架子，还是当着凝儿的面，实在有点没脸。

于俊亭一见叶小天为难情状，"扑哧"一声笑了，颊上顿时浮现出两个好看的酒窝："看来叶大人是不愿向本官跪拜了，来人呐，打他二十大板。"于俊亭说完，又对叶小天点点头："本官打你，只是惩罚你的不敬之罪，打完了，你还是要拜的！"

"慢着！"

叶小天清醒过来，辩解道："非是下官不拜，只是足下既是正四品的广威将军武职，又是正六品的铜仁通判文职，下官着实不解，难以确定足下身份，故而不能下拜，还请足下亮出官身以资证明吧！"

叶小天心想：你又不是正在上任途中，大印不可能随身携带，而是放在衙署里面。没有证据，我便可以拖延过去，就算回了铜仁府还是要向你下拜，错过今日也就避免尴尬了。

于俊亭似乎看出了他心中所想，一双妙目微微一闪，笑嘻嘻地道："李经历，你过来，你告诉他，本官究竟是不是铜仁府通判，是不是广威将军！"

李经历对叶小天苦笑道："叶县丞，上面坐的这位，的确是本府通判，也的确是广威将军，本官可以为证。"

叶小天犹自挣扎道："正四品的广威将军怎么会做了正六品的铜仁通判，李兄所言，叫人难以相信。"

李经历满头大汗地把叶小天拉到一边，小声解释道："叶大人，是真的，这种事李某岂敢与你玩笑！"

李经历向叶小天解说了一番，原来这于俊亭还真是广威将军——世袭的。当初大明军队进入贵州，在铜仁府是于家率先归顺并协助大明军队平定地方，是以被朱元璋钦赐"世袭广威将军"。

不过广威将军本来就是散官。官吏大多有三个头衔：官、职和差遣，有时候这三个头衔并不统一。"官"是用来评定待遇等级的，职是虚衔表示清贵地位的，差遣才是他实际上掌握的权力。

散官品级较低而所任职事官的官阶高者，称为"守"某某官，官阶高而所任职事官的官阶低者，称为"行"某某官，所以于俊亭方才说"广威将军行铜仁府通判事"。

当初在铜仁府势力最大的是张家，如果让于家成为铜仁之主，势必导致张家的强烈反对，那么铜仁府刚刚平定的局势又要掀起风波，所以在土官职事的安排上，张家是世袭知府，于家是世袭通判。

通判的权力仅次于知府,是知府的佐贰官首领,辅佐知府处理政务,举凡兵民、钱谷、户口、赋役、狱讼等州府公事,均须通判联合署名方能生效,而且通判还有监察包括知府在内的其他官吏的权力,故而又称"监州"。

老朱家就喜欢干这种事,比如大学士就是权重而品低。当初朱洪武给势力仅次于张家的于家封了一个品级更高的官,却让于家担任张家的副手,同时还有监督张家的权力,未必不是存了制衡之意。

于俊亭好生无聊地坐在方石上,用象牙小扇撑着下巴,等着李经历向叶小天解释。看他二人模样似是解释完了,于俊亭便懒洋洋地道:"叶县丞,你听明白了吧,究竟是拜不拜啊?"

李经历赶紧推了叶小天一把,小声劝道:"去吧去吧,女人家心眼小,千万不要得罪她!"

第四章

女土司

一

"女人！女将军！女通判！女土司？！"

叶小天听李经历说这于俊亭确系挂着广威将军衔却担任着铜仁通判的官，本来都要捏着鼻子认了，正要举步上前见礼，一听李经历这句话，不由大吃一惊：她是女的？

李经历一副藐视模样："这有什么奇怪？"

叶小天这才想起，土司人家嫡传女子也有继承权，如果她没有兄弟，那她就是理所当然的世袭人选。她是女的啊……

叶小天的大男子主义有点泛滥起来，这要是位公主啊、皇妃啊什么的，跪也就跪了，可女土司……在贵州混迹了几年的叶小天，对部族女首领还是不太认可，总觉得她们有点不伦不类，是草头王。

叶小天不理会于俊亭的揶揄，只管对李经历小声嘀咕道："李兄，大庭广众之下，让我跪一个女人……"

李经历道："你别拿她当女人不就行了，她是不是女人，都是铜仁于家的土司，是当朝广威将军。韩信还受过胯下之辱呢，何况这又没让你去钻她的裤裆。"

叶小天犹豫道："可是我方才迫令各寨头领跪见，最终还是免了他们见礼，如今却当着他们的面被别的官逼着跪见，可不羞煞人也！"

李经历道："你方才一直与他们强调官府法治，若是见了高出你四品八等的官都拒不拜见，且不说要吃眼前亏，你先前的一番努力不也尽付流水了吗？他们还会信服你吗？"

"这个……"

"大局为重！"

"李兄，大丈夫威武不能屈！"

"贤弟，大丈夫能屈能伸！"

"李兄，这男儿膝下有黄金……"

"贤弟，识时务者方为俊杰！"

"呃？李兄你这都是哪位圣贤说过的话？"

"管他哪位圣贤，反正都是男人，这说明什么？这说明世间本无定规成法，有理没理，全在男人的一张嘴。官字两张口嘛，这些草莽蛮夷怎么说不打紧，你觉得有道理那就去做，这就叫虽千万人，吾跪矣！"

叶小天被李经历一番歪理说得精神一振，道："李兄所言，大有道理！我在京里时，就听那西洋和尚们说过，他们国家有身份有地位的骑士动不动就向女人下跪，还要献花，至少我华夏男儿不必动不动的就献花啊！"

"对啊，贤弟你这么想，就算是悟了！"

两人正嘀咕着，于俊亭等得不耐烦，瞪起眼睛道："叶县丞，本官等你良久，你究竟跪是不跪？"

叶小天咳嗽一声，大步走过去，向于俊亭重重地一抱拳，道："下官叶小天，见过于大人！"

叶小天这句话说得甚是慷慨悲壮，于俊亭"扑哧"一笑，道："这又不是上法场，叶大人，你不用这般悲壮吧？"

叶小天暗哼一声，憋着内伤缓缓跪下，心中不断地祈祷："不要让我跪了吧，不要让我跪了吧，快说免礼平身，快说免礼平身啊……"

可惜，天不从人愿，虽然叶小天跪得很慢很慢，可于俊亭一双眼睛只是带着玩味的笑意看着他，毫无唤他起身的意思。

叶小天双膝屈下的幅度越来越大，渐渐有些撑不住了，忽然，叶小天肩头一耸，双腿飞快地前后一挪，一腿前弓，一腿后绷，来了个单膝跪见礼，双手一抱拳，道："下官请大人安！"

于俊亭怔了怔，不悦地道："叶大人，你怎么向本官行单膝跪见礼？不应该大礼参拜，一跪四叩吗？"

叶小天义正词严地道："大人，若依大人铜仁通判的身份，下官是可以不跪的。而依大人广威将军的身份，下官当然应该见礼，可广威将军是武职，所以下官以军礼参见，下官这是谨遵礼制，不能乱了章法啊！"

"嘻嘻，久闻你叶县丞能言善辩，果然不假……"

于俊亭笑靥如花，手中象牙小扇向他轻轻一摆："算啦，起来吧！"

叶小天站起身，掸了掸袍袂上的尘土，咬牙切齿暗暗诅咒：今天把你跪，早晚把你睡！

这一刻,叶小天盯着广威将军的红唇贝齿,忽然莫名地愉悦起来。

于俊亭见叶小天本来悻悻的很是懊恼,盯着自己看了一阵忽然又沾沾自喜起来,却不清楚他脑子里正转着什么龌龊念头,心下对他这强大的自我调整能力倒是佩服得紧。

于俊亭清了清嗓子,问道:"叶县丞,你本是葫县官员,何以来到提溪司?"

叶小天这一听,心中顿时涌起一阵悲愤:该死的张大胖子,成心坑我,既然已经有通判在此,何必让我来丢人现眼,口中勉强答道:"回大将军,下官奉知府大人令谕,前来调停水银山争端。"

其实他这么想倒真是有些冤枉了张知府,于通判平日里逍遥林泉,不大在乎府衙政务,她把自己的官印都寄放在张知府那儿了,张知府乐得如此,又哪会限制她的自由,张知府根本就不知道她悄然来了提溪。

"哦?张铎叫你来的……"

于俊亭若有所思地用象牙小扇轻拍着嫩白的掌心,这位土司老爷显然是从小娇生惯养、十指不沾阳春水的典型,皮肤吹弹得破,十分娇嫩,小扇轻轻一拍,掌心便泛起淡淡的红晕。

于俊亭思索半晌,小扇忽地一停,微笑着对叶小天道:"提溪于家,是我铜仁于家的从属,其所拥土地上的子民,对本土司皆有纳奉之责,亦有听从调度差遣之义。如今水银山作为陪嫁几度更换主人,成了杨家之物,而杨家隶属石阡府,他们拥有我于家土地,献纳尚可做得到,听从调度差遣那就万万不可能了,所以我家要拿回水银山,合法合理!"

叶小天拱手道:"大人说的是大人的道理,杨家显然并不认同。展家、果基家似乎也有不同的看法,所以下官才要求于寨主把人撤出水银山,避免矛盾进一步激化,有什么事大家坐下来谈,只要大家都讲道理,总能有个公平的处断。"

于俊亭微笑道:"如果本官不想把人撤出水银山呢?"

叶小天道:"若是如此,下官这就离开,这里便是烽火连天,与下官也没有半分干系。"

于俊亭奇道:"你不是受张铎所命来此调停的吗?"

叶小天摊手道:"可知府大人并未说您通判大人也在这里,大人您既然在,又何必需要下官来调停呢?于家若不肯退出水银山,下官还可以国法惩办,但大人您是下官的上司,又是铜仁府的本辖官员,于情于理,下官也只能服从大人的决定,既然如此,下官在此还能有何作为,不如归去!"

于俊亭歪着头想了想,又斜了叶小天一眼,慢悠悠地站起身来,把象牙小扇一合,向前信手一挥,道:"走,咱们下山,此处纷争,便交给叶县丞秉公处理吧!"

于福顺急道:"小姑奶奶,咱们刚刚才占下水银山……"

于俊亭站住脚步,头也不回,一字一顿地对叶小天道:"我便依你,退出水银山,不过,如果我于家退下去,杨家却卷土重来,本官唯你是问!"说罢扬长而去。

叶小天眉头一锁,转而对杨羡达和杨羡敏二人道:"你们怎么说?"

杨羡达和杨羡敏分别回到自己那边,和果基格龙、展凝儿等人商议一番。杨羡达率先表态道:"好!我们会约束部下,在大人调停期间,决不踏上水银山一步!"

杨羡敏看了杨羡达一眼,对叶小天道:"我们也同意!"

叶小天松了口气,虽然他们都只是口头承诺,但是以他们的身份,只要当众做出了承诺,那真比白纸黑字还要管用,是不会轻易毁约的。叶小天便道:"好!于寨主,你听到了?"

于福顺扭头看看已经带人下山的于俊亭,又回头看看杨、展、果基三家的人马,跺了跺脚,吼道:"于家寨的兄弟,随我下山!"

红旗、青旗、紫旗、黄旗分别引领着各自的人马,从水银山上潮水般撤去,只剩下了一杆白旗还插在那儿。展凝儿对展大头人低语了几句,展大头人看了一眼叶小天,便率人下山了。

展凝儿欢呼一声,便似乳燕投林一般,扑进了叶小天的怀抱。叶小天赶紧道:"这里这么多人呢!"说着双手却在凝儿的肩膀处稍稍加了点力度,嗯,香香软软的,尤其她是练武之人,手感甚好。

展凝儿微微扭头,娇嗔道:"你们都转过身去!"叶小天的六名侍卫和张知府派来的百余名兵丁都齐刷刷地背过了身去,至于有没有人偷看,那就不晓得了。

展凝儿抱着叶小天,微微扬起细长的蛾眉,红嘟嘟的唇近在咫尺,呵气如兰。人家一个姑娘如此热情如火,忸忸怩怩还是男人吗?叶小天二话不说,便俯唇相就,只是他还记着这是大庭广众之下,那双手只是老实地环住凝儿的腰肢。

李经历站在一旁,他没转身,他是府经历,从七品的官,比叶小天还高一品,哪能任由女人驱使,这是关乎男人尊严的问题啊!但是正沉浸在重逢喜悦当中的叶小天和展凝儿只注意到百十号人齐刷刷地转了身,完全把他忽略了。

李经历被无视良久,终于咳嗽一声,凑上前道:"叶县丞气息悠长,令人佩服!那个……咱们是不是先停一停,安顿下来再说?"

展凝儿不想身边还有人看着,"啊"的一声尖叫,急忙放开叶小天,又羞又恼地瞪向李经历。叶小天这才重新注意到李经历的存在,略一思忖,便对展凝儿道:"我们要住在于家寨,你看……"

展凝儿想了想,以她此刻身份,实在不宜往于家寨一行,叶小天也明白她的难处,便小声道:"等我安顿下来,再使人去通知你,择地择时再会。"

"好！"

展凝儿也知道这般情况下，无法与叶小天卿卿我我互诉衷肠，只得依依不舍地看着叶小天率人下山。

于福顺追上于俊亭，气呼呼地道："小姑奶奶，咱们筹划良久，好不容易才拿回水银山，就这么放弃了？"

于俊亭淡淡一笑，道："暂时的放弃又算什么。再说，区区一座矿山又算什么，眼光放远些，我要的可不只是一座水银山，而是……"

她把小扇向前一挥，在空中画出一个半圆："整个铜仁府！"

于福顺顿首道："是！"

他想了想，又追上去，担心地道："小姑奶奶，我看那叶县丞与展家姑娘之间很有些不同寻常的关系，他不会胳膊肘往外拐，偏袒石阡府的人吧？"

于俊亭淡淡地道："他是否偏帮展家很重要吗？一个死人而已！"

于福顺愕然道："死人？"

于俊亭悠然转身，笑吟吟地道："你说，如果叶小天莫名其妙地死在这儿，会不会让这里变得更热闹些呢？"

第五章

入虎穴

一

叶小天一行人还没走进寨子，就听见牛叫马嘶羊群咩咩声从寨子里传来，扑面而来的气味并不好闻。虽说此地山清水秀，可这寨子里有大批牛羊，空气又怎能清新？

寨子很大，依山傍水而建，李经历已经先来过一次，所以很顺利地带着他们走进去。众人又走了足足二里地，就见前方出现一道青石垒就的城墙，虽只高约两丈，但那厚重高大的气势，比起前面那道粗陋的土墙却已是天壤之别。

李经历对叶小天道："前边是内寨，土司的住处。"

叶小天心想：原来这里就像京师的宫城和皇城的区别，我就说嘛，好歹是个土司，怎么住在如此恶劣的处所。

内寨的范围依旧极大，只是比起外寨要显得整洁、安静许多，这里也没有什么普通寨民走动，能生活在内寨的除了被选出来侍候土司一家的奴隶娃子，就只有一些亲信侍卫了。

"呜——"

忽然响起一声短促的号角声，叶小天下意识地站住，还以为主人家前来相迎了，但游目四顾，却未见倒履相迎的主人。李经历向前方一座楼上一指，道："是土司家眷出来了，若是土司本人出来的话，是要鸣号三声的。"

叶小天顺着他的手指一看，就见前方一座木楼上，两个身着夷族服装，腰插短刀的青壮汉子，四手交叉，搭成一座手桥，抬着一个身穿锦绣的小胖子从楼梯上走下来。

那小胖子大约十岁出头，揽着他们的脖子，一副懒洋洋的模样。他圆圆的脸蛋，眉眼端正，生得倒是挺招人喜欢，只是皮肤被充盈的气血绷得紧紧的，好像再胖那么一点点，那娇嫩的皮肤就要炸开来似的。

叶小天点点头，同情地道："原来如此，这少年生得很是可爱，可惜却是个瘫子。"

李经历瞪大眼睛看了看叶小天,恍然道:"叶县丞,你误会了,那是本寨于寨主的儿子,他不是瘫子,只不过土司少爷嘛,下楼也得有下楼的派头,这是规矩。"

说话间,就见那小胖子被抬到了楼下,一挺腰就从两个侍卫架起的手桥上跳下来,欢呼一声跑去玩了,果然腿脚利落得很。叶小天揉了揉鼻子,不再乱作声了。

叶小天接触过的土司人家大多汉化程度较深,还真没见过这样原生态的土司家族生活,所以不免就出糗了。继续走下去,再看见什么稀奇古怪的东西,叶小天便不再轻易开口,以免再度露怯。

他们来到一幢木楼旁,走进院门,李经历便站住脚步,对叶小天道:"喏,这就是你我的住处了。"

叶小天四下一打量,这是类似四合院的一幢建筑,上下两层,下层许多门户开着或者根本就没有门窗,有的房间里堆着草料,有的房间里养着骏马,有的里边住着脏兮兮的奴隶娃子。

叶小天皱眉道:"楼下养马,楼上住人,不怕吵得睡不着吗?再说这气味也不好闻呐。"

李经历道:"叶县丞,你就不要挑剔啦,他们土司住的也是这样的房子。这内寨里养的马都是良驹,不舍得放在外寨里养,都是由他们身边的奴隶侍候的,走吧,咱们上楼去。"

叶小天无奈,只得与李经历一同上楼。正房是个会客大厅,厅中央有一根粗大的木头柱子,双人合抱才抱得过来,这样粗大的树木,至少生长了数百年,想必是从深山里砍伐来的。

大厅里比较空旷,叶小天又去左右厢房看了看,同李经历商量了一下,两人便分别住进左右两厢,贴身侍候的侍卫也与他们同住,普通的侍卫在这院子里也能住下至少一半,这些琐事自有他人安排,不劳叶小天费心。

叶小天看着侍卫们往房间里搬放东西,忽然想起由始至终于家都没有半个主人出来迎接他们,不禁向李经历发牢骚道:"这于寨主也太托大了吧?这样岂是待客之道?"

李经历一双绿豆眼瞅着他,揶揄道:"叶县丞既然觉得主人家失礼了,那不如李某再去把广威将军请来?"

"不必了不必了……"

叶小天赶紧拦住他,满脸不悦化作欢天喜地:"算啦算啦,这样也好,这才有宾至如归的感觉嘛,哈!哈哈……"

"哎!贱人就是矫情……"

这句话是李经历从屋子里出去，经过廊道里时嘀咕出来的一句话，声音不算太小，房间又是木制墙壁，隔音不好，也不知他是不是故意让叶小天听见。叶小天听见了也只能装作没听见。

一直以来，他在各处都是无往而不利，就算在金陵府都一样混得风生水起，小泥鳅搅起了过江龙般的大风浪，但是这种地方根本不是叶小天所熟悉的那种官场环境，他所熟悉的规则、经验在这里全都用不上，面对一群野蛮人，寄人篱下的时候，他也只能捏着鼻子忍了。俗话怎么说来着？识时务者方为俊杰。

·※·※·※·

叶小天安顿之后，便唤过一名心腹侍卫暗授机宜，叫他翻山去展家寨寻找展姑娘。叶小天约好了时间，展凝儿定下了地点，在红日偏西的时候，叶小天便离开于家寨，赶到了水银山以南两人约定会面的地点。

这里是大片美丽的草地，草地上有蜿蜒的溪流，溪流边生长着不知名的紫色鲜花，大片大片地随水流蔓延，芬芳扑鼻。紫花丛中则是一位佳人，牵着一匹白马，亭亭玉立。

叶小天远远看见心中大喜，立即催马一鞭，箭一般向她迎去……

于俊亭伏在软软的蒲草榻上，后背光洁如玉，一双大手按了上去。于俊亭惬意地卧着，微阖双眼，神情慵懒，哪里还有一点威风八面的广威将军模样，分明就是一个柔美的闺中女子。

"嗯……"

在那双大手扣住圆润的肩头时，于俊亭忽然蹙起了眉毛，依旧闭着眼睛，低声吩咐道："轻着些，有点疼。"

"大土司，通则不痛，痛则不通，这说明你身上的经络不通啊！婢子是我们老爷身边手艺最高明的推拿师，你就放心吧，经过我的推拿，你一定会觉得很清爽的！要是忍不住痛，嘻嘻，那就失去了推拿的效果啦！"

跪坐在于俊亭身侧的是一个胖妇人，妇人得意扬扬地说着，趁机吹嘘了一番自己，但她那双手真如铁钩子一般有力，那种痛楚真的叫人有些无法忍受。可于俊亭咬牙暗忍，因为她不想让人认为她软弱，哪怕这人只是于家寨的一个推拿师。

在贵州，女人可以做土司，但那只是家族没有男丁的时候，为了家族血脉的延续不得已而为之的权宜之计，只要她招赘丈夫有了儿子之后，就要把位子传给儿子。换言之，女人只是守护家产并把它传承下去的中间人。

三百多年前，还是大元帝国的时候，曾经有位女土司接连招赘两任丈夫都没生下儿子，第二任丈夫让她生下了一个女儿，女土司决定不再招赘，结果激起了其他部落土司们的强烈愤怒。

女土司不再招赘，那她将来就只能把土司的位子传给女儿，可她明明还能生育，怎么能让两任女子连续担当土司一职？她这么做是给其他土司家族开了一个不好的头。

于是，各部落土司一同出兵，大军压境，强迫她又接受了众土司为她挑选的一个男人，这个男人出身不算高贵，也没有什么特殊的本事，只是身体异常强壮，这头"种牛"辛勤"耕耘"，终于让女土司有了儿子，众土司老爷这才了了一桩心事。

所以，尽管在这里，女人的社会权力远较中原女子高，这里的社会却依旧呈现男性社会的模板，女人做土司要想服众，要承受的压力也比男人大得多，因此即便只是面对一个推拿师，于俊亭也不愿露出软弱的一面。

于福顺兴冲冲地跑上楼，闯进了于俊亭的房间，站在珠帘外头，垂首欠身道："小姑奶奶，叶小天离开寨子了，这可是天赐良机啊，你看咱们是不是……"

于俊亭正咬牙忍受着自诩于家第一推拿大师的"蹂躏"，纤纤十指紧紧扣在蒲草榻上，骨节绷得发白，听到于福顺这番话，于俊亭强忍痛楚思索片刻，缓缓说道："他是去见那位展姑娘？"

于福顺道："正是！"

"嗯……"

十指一扣，又是一阵剧痛传来，于俊亭晶莹的玉足一下子绷得笔直，微微娇颤着，腻白如雪的脚背上隐隐绷起几道淡淡的青脉，她"呼"地喘了一口粗气，尽量用平稳的语调道："由他去吧，现在……不用理会他。"

于福顺愕然道："小姑奶奶，机会难得啊！为什么不下手？"

于俊亭沉声道："他在我们寨子里，如果想下手随时都有机会，但眼下却不是杀他的时候，我们不妨先看看他究竟如何调停诸部纷争，如果他让某个部落不高兴了，那时才是动手的时候！"

于福顺明白过来，却不以为然地道："小姑奶奶，你也太小心了吧，依我看，只要杀了他，再丢下几具其他寨子武士的尸体，就足以栽赃了！谁会到这里查个清楚明白呢？"

推拿师见自家土司来了，更是极尽卖弄，十指如钩，又是狠狠一捏，于俊亭极细的腰身痛得一颤，香汗津津，微透春衫。她攥起粉拳，在榻上用力一捶，咬牙切齿地道："忍……人所不能忍，方能为……人所不能为，这么没有耐心，何成大事！"

于福顺吃了一惊，不明白小姑奶奶为何忽然暴怒，只得慌恐退下。

第六章

棒与鸳鸯

一

"凝儿……"

叶小天丢开马缰绳,兴冲冲地扑上去,张开双臂。一条马鞭抵住了他的胸口,展凝儿似笑非笑地睨着他道:"上午在山上时,人家是怎么称呼你的?县丞!哦?"

叶小天一拍额头,这才省起凝儿离开时他还是典史,升任县丞的事情她还不清楚。叶小天挺起胸膛,掸掸袍角,洋洋得意地道:"不错!如今我已是葫县县丞,一人之下,万人之上啦,啊哈哈哈……"

展凝儿撇了撇嘴角,酸溜溜地道:"这才小半年的工夫,你就从典史爬到了县丞的位置上,也是蛮拼的。"

叶小天听出语气不对,赶紧赔着小心道:"纯属意外,纯属意外。"

展凝儿用一双杏眼乜着他,神色不善地道:"意外?你再意外一回,就可以娶莹莹过门了,我怎么办?"

叶小天奇怪地问道:"什么你怎么办?"

展凝儿嘟了嘟嘴巴,道:"我不要等你们有了孩子才过门,一过门就有人叫我姨娘。"

叶小天干笑道:"不会啦,我怎么会让你等那么久呢。"

展凝儿双眸一亮,道:"你已经有打算了?那你打算怎么办?"

叶小天挠了挠头,道:"这个……如果你是寻常女子,那就好办得很了,可你展家的势力并不比夏家弱,这就有些麻烦,不过你放心,我一定会想到办法。今日你我好不容易才相逢,先不要聊这些伤脑筋的事情好吗?"

叶小天又张开双臂,展凝儿依旧拿马鞭抵着他的胸口,气呼呼地道:"今日不说那几时才说?你和莹莹的好日子都没多久了。要不……你把水银山断给我们展家好了,有了这份见面礼,我伯父说不定一高兴就会答应我们的事了。"

叶小天吓了一跳，忙道："这怎么可以，我还没有弄清楚其中的是非曲直，再说即便弄清楚了，这水银山也只该在杨氏兄弟间流转，只要平息了他们兄弟纷争，其他部落也就没有理由插手了，怎么可能平白无故地把它断给展家？"

展凝儿道："无中生有本就是你的本事。想当初在金陵府赈灾，连尚书公子都没办法，可你硬是让那些铁公鸡般的官们欢天喜地地掏了腰包，那可都是为了与你不相干的人，如今为了我你就不能想想办法吗？"

叶小天捏着下巴沉吟道："这样啊……"

展凝儿本是随口难为他，却见他真的动起了心思，不禁心中一喜：莫非真有门儿？展凝儿马上收了马鞭，挽住叶小天的手臂，摇着他的胳膊娇滴滴地道："你快想办法，帮亲不帮理嘛。"

叶小天顺势揽住了她的纤腰，道："嗯！这件事我已经放在心里了，你容我再好好想一想吧，这么久都没见了，来，我的宝贝凝儿，咱们先香一个。"

"不行！"

凝儿红了脸推开他道："九高和九当在这里呢！"

叶小天瞪大眼睛道："在哪里，我怎么没看见？"

说话间他就看到了，紫色的花丛中，九高和九当一个坐着，一个躺着，坐着的那个正拿着根钓竿在水边垂钓，但眼睛一直望着这边，一见叶小天望过去，还很热情地向他招了招手。

叶小天大为泄气，小声埋怨道："你看，我把那六个侍卫扔在半里地外，你怎么非要把他们带在身边呢，有他们两个大活人在这儿，咱们还怎么亲热？"

凝儿嫩脸一热，轻啐道："坏人，谁要跟你亲热了！到现在都不想想该如何娶我过门。"说完她便放低了声音，眼睛向旁边悄悄一瞅，眉眼水灵灵的，带着妩媚小声地道："你会划船吗？"

河面很宽，河水很缓，天空湛蓝，空中的白云和水边的紫色花丛，把平静如绸的水面变成了一块调色板，水面上静静地飘浮着一叶小舟，水中有小汀花树，有芦苇荡丛，如果置身其中，必定是个极隐秘的所在，不必担心被人看见。叶小天登时心痒，好像一头扎进了蟠桃园的孙猴子，连声喜道："我会！我会！"

站在岸上看，那水是五颜六色的，站在船头看，那水却是清澈到了极点，平静而清澈的水面像空气一般纯净，小舟浮在水面上，根本看不见船下的水，泛舟水上，如在天上，仿佛那是一叶飘浮在空中的飞舟。

飞舟失去了方向，忽而向左，忽而向右，忽而原地打转，叶小天本想把小船驶进芦苇荡，又或者是靠近那片小汀，但那小船在他手里根本不听使唤，叶小天摇来拨去，累得满头大汗。

展凝儿本来还很矜持地坐在船头装淑女，眼见郎君这副模样不禁也着了急，便道："我来！"伸手从叶小天手中抢过木桨，刚刚划动，远处就有一骑飞驰而来，九高和九当马上警觉地从草丛中跃起。

发现有人靠近，叶小天的六名侍卫也飞快地向这边赶过来，他们还未赶到岸边，远处的黄骠马就已冲到近前，一个极高大的汉子从马上一跃而下，戟指河中，嗔目大喝道："叶小天！"

叶小天以手抚额，好不痛苦，来的人正是果基格龙。这种情况下展凝儿哪还能把船驶进芦苇荡，她左划一下，右划一下，那叶小舟便奔了岸边。船尖一触岸边，船身还在荡漾，展凝儿就一个箭步跃上岸去，怒视果基格龙道："格龙，你要干什么？"

果基格龙瞪着刚从船上站起来的叶小天，大喝道："好哇你叶小天，从我手里抢走了莹莹，现在又和展凝儿不清不白，你这个贪得无厌的小人，你把莹莹置于何地？"

叶小天怒道："莹莹从来就不属于你，什么叫从你手里抢走了？你不要和我纠缠不清！"

展凝儿也怒道："什么叫我跟他不清不白？格龙，你给我说清楚！"

果基格龙不屑地瞥了她一眼，狠狠啐了一口，骂道："呸！你们这对狗男女！"

展凝儿被他骂得无名火起，娇叱一声冲了上去，双掌一错，果基格龙纵身一退，"呼"的一腿扫向展凝儿，双方便战在一起。

九高和九当站立一旁，肩膀微塌，随时便可跃出救主。不过他们清楚凝儿功夫的深浅，眼下果基格龙又未动用兵器，不致有性命之忧，所以只是全神贯注地观战。

叶小天一上岸，六名侍卫就把他护在中间，叶小天不耐烦地把他们拨开，道："干什么？你们让开些，我又不是瓷器，用不着这么小心。"

叶小天向前走出两步，看着与凝儿拳掌相交的果基格龙，实也有些恼怒。但叶小天的身体虽也强壮，却没练过技击，不过，他也并非没有护身的本领，经过一段临阵磨枪的苦练，他炼制蛊虫的本事虽还未见长进，但操控蛊虫的本事却已大有长进了。

作为尊者，他并不缺少可用的蛊，冬长老可是为他炼制了不止一种蛊。只不过不是自己炼制的，叶小天用起来不能得心应手，但要对付一个不通蛊术的外行人还是很容易的。

叶小天取出一只蛊，暗暗藏在指间，跃跃欲试，这种时候，就应该是男人用他那宽厚的肩膀作为女人的依靠嘛，怎么可以让自己的女人喊打喊杀的，他却心安理得地躲在后边。

但果基格龙和展凝儿兔起鹘落，移形换位甚是迅速，叶小天的眼神有点跟不上，好不容易窥个机会，果基格龙挡开展凝儿的一腿，落向叶小天身前。叶小天大喜，立即冷喝一声道:"格龙,看招!"

果基格龙听见他的大吼,猛地一矮身,长长的左腿扫向展凝儿,右手撑地,左手护住腰肋,反身向叶小天看来,就见叶小天屈指一弹,展凝儿腾身纵起,避过果基格龙这一腿,双足落地,愕然看了叶小天一眼,仰面就倒。

叶小天暗自捏了一把汗:射错了!幸亏没用什么致命的蛊虫,只不过是能致人晕迷,要不然还就麻烦了,因为……如何以蛊解蛊,又或者如何驱离上身的蛊,这方面的技巧他还比较缺乏。

九高和九当大惊失色,凝儿不但是他们的主人,而且从小由他们照看长大,在他们心里可是把凝儿当成自己亲生女儿一般呵护的。他们急忙扑过去,一试凝儿呼吸平稳,这才松了口气。

果基格龙莫名其妙地问道:"你把展姑娘放倒做什么?"

叶小天尴尬地咳嗽一声,道:"我不想让她牵扯进你我的恩怨。"

果基格龙见叶小天屈指一弹,展凝儿便人事不省,心中惊疑不定,忍不住又问:"你使的是什么功夫?"

叶小天负起双手,下巴微扬,望向苍穹,一脸深沉地道:"一指禅!"

果基格龙愕然:"一指禅是什么,你们中原人的功夫吗?哼!不要以为你武功高强,我就怕了你!你既已有了莹莹,就不该勾三搭四对不起她,如今你要么与展凝儿一刀两断,要么把莹莹还给我,如若不然……"

叶小天微微眯起眼睛,冷冷地道:"不然怎样?"

果基格龙把一双巨灵掌一扬,厉声喝道:"我就替莹莹教训教训你!"

果基格龙说罢虎吼一声,便向叶小天扑过来,眼见叶小天有一身神鬼莫测的高明武功,果基格龙不敢大意,一出手便全力以赴。叶小天退了一步,伸手向前一指,威风凛凛地道:"给我打!"

六大侍卫马上一拥而上,把果基格龙团团围在中央,果基格龙大吼连连,双拳招式雄浑,铁锤一般大开大阖,却像猛虎遇到了群狼,始终冲不出六人的包围圈。

果基格龙气得暴跳如雷,嘶声大吼道:"叶小天!你不要做缩头乌龟,我要与你决一死战!"

叶小天蹲在凝儿身边,正努力地回想着冬长老教给他的解蛊之法,对于果基格龙的挑战,他只是叹了口气,很得意地答道:"回去练个三五十年再来向我挑战吧,现在的你,不配做我的对手!"

第七章

爱情买卖

一

暮色苍茫，展家寨大头人站在二楼，时而扶栏远眺，时而焦灼踱步，等了许久，忽然有人闯进院子大叫："大头人，展姑娘回来啦！"

展大头人刚刚松了口气，就见九高和九当扶着展凝儿走进院子，展大头人大吃一惊，赶紧跑下楼去，迎上去问道："大小姐怎么了？"

九高道："小姐没事，只是练武过度，稍有虚脱。"

展大头人松了口气，忙道："快扶大小姐回房休息，我叫厨下炖碗参汤来。"

展大头人刚要举步离开，忽又想起一事，急急转身道："对了，堡里传来消息，请大小姐明日回去一趟！"

……

凉月谷，一月当空，遍地如霜。

果基格龙骑着马，垂头丧气地回到堡前。凉月谷的堡门砌在狭窄的山谷间，右侧贴着岩壁有一个水关，急流湍湍，奔涌而出，形成一个小瀑布。左边就是进谷的道路，厚重的大门是悬吊式的，一旦落下，上边再闩死，便是一夫当关，万夫莫开。

果基格龙仰起头来，没好气地冲城头上喊："来人！开门！"

果基格龙连喊了几声，城头有人跑过来，举起火把向下边照了照，虽然照不清楚，却听得出果基格龙的声音，而且隐约看清城下只有一人，马上便有人应声道："少爷稍候，马上开城！"

片刻之后，城门吱吱嘎嘎地升起来，一个小头人走出来，打着灯笼往果基格龙身上一照，吃惊地道："哎哟！少爷，你这是怎么了？"

果基格龙没好气地道："撞见鬼了！"气呼呼地就往里走，那小头人目瞪口呆，扭头看看月光下冷冷清清的山间道路，忽地打了个哆嗦，赶紧也跟进了城门，城门吱吱嘎嘎地又放了下来。

果基格龙虽是一个技击高手，力大无穷，可是以一敌六还是难占上风，再加上叶小天在一旁念念有词，掐着手指头也不知道在搞什么，果基格龙很是忌惮他的什么一指禅，生怕着了他的暗算，这一分心提防叶小天，就更加招架不住了，结果被人打得鼻青脸肿。

当然，那六个人在他手下也没捞着好处，果基格龙拳大力沉，被他打上一下可不是好受的，那六个人的伤势比他还要重些。但在果基格龙看来，他还是吃了亏，他是凉月土司家的少爷，被叶小天的六个无名随从殴成熊猫一般，这还不叫吃亏？

果基格龙一边往堡里走，一边咬牙切齿地咒骂叶小天。可是想起叶小天那莫名其妙的一指，他又暗自有些戒惧，看起来这叶小天真的有一身好功夫啊，难怪展凝儿那样目高于顶又痴心练武的丫头会倾心于他。果基格龙最为自傲的就是一身武力，偏偏在这一点上又无法超越叶小天，心中当真是难过得很。

……

展家堡的建筑制式与于家寨差不多，只是作为一个小型的城池，规模要比于家寨大了一倍，周围是城墙，虽然仅有不到两丈的高度，但在南方，这样的城池已经算是颇具规模了。

展家居住在展家堡的北城，整个北城都是展家堡堡主的府邸范围，这是一座广而深的大宅第，五进的大院落，还带东西两跨院，墙高三丈，门禁森严，如同堡中之堡。

前院大门极其宏伟，朱漆大门，石阶高筑，门旁石狮对峙，门前开阔地上刁斗摩天，一串长灯满城皆见，不管何时，门前石阶上都有八名虎背熊腰的壮士扶刀侍立，一脸煞气。

这是展氏土司府，俨然一个小朝廷，也是前殿后宫的格局，只不过这里不叫什么宫什么殿罢了。沿着庄园建筑的中轴线，第三进院落以后，就是展家土司展伯雄的土司寝屋。

此时，在土司寝屋建筑群的一处僻静清幽的院落里，廊下十步一灯，五步一岗，戒备甚是森严。正间大屋内，地上铺着巨大的羊毛地毯，两侧帷幔如烟，正中一张长几，上边放着几盘新鲜水果，还有一只造型古朴的茶壶。

壁角立着两尊百猴戏树的灯，白铜制的灯身，灯光把整间屋子照得亮如白昼。一个中年男子面如冠玉，星目剑眉，穿一身白色轻袍，玉带缠腰，非常轻松地斜靠在坐榻上，手中举着一只甜白瓷的小杯，细细品着六安茶，神态慵懒。

在他对面，是一个身着圆领便袍，身材高大的半百老者，面相丰润，双目有神，有种温和宽厚的气质。虽是年过半百，头发却乌黑如墨，不见半根银丝，气血正在鼎旺之际。在他眉际间束着一条抹额，抹额中间镶着一方美玉，晶莹剔透，价值连城。

白衣人品着茶，微笑道："展兄考虑得怎么样了？"

便袍老者浓眉微微一蹙，道："杨天王，你这么做，就不怕引来朝廷干涉吗？"

"呵呵呵呵……"

白袍人轻笑起来，双睛一翻，一抹戾气掠过他那张俊美的毫无瑕疵的面孔："展兄，你觉得当今天子，有洪武、永乐之气象吗？"

便袍老者微微一怔，迟疑道："这个……自然是远远不如的。"

白袍人道："那就是了，你又何必担心这么多？再者，富贵险中求，一点风险也没有的话，还轮得到你我吗？"

便袍老者听了低下头去，沉吟不语，白袍人也不催促，提起羊首壶来，为自己斟满一杯茶，又细细地品味起来。

这白袍人正是杨应龙，而那便袍老者便是展氏家主展伯雄。杨应龙出现在石阡府的展家堡，他的得力干将大阿牧赵歆却出现在铜仁府的戴家，他们究竟有何图谋呢？

原来，野心甚大的杨应龙，最关注的重点根本不在葫县。葫县是驿道出口不假，可是如果他真的揭竿而起，驿道还有多大的运输作用呢？就算作为出兵口，只要发动时迅速派兵掌握也就是了，又何必早早图谋。

杨应龙布局葫县，根本就是明修栈道，他真正的目标是铜仁，铜仁府是贵州东部的门户，是西南地区连接中原地区的枢纽。铜仁的锦江通沅水，过洞庭，下长江，是黔东地区的黄金水道。

铜仁在陆路上也是掌控整个黔东的关键，如今安氏仍牢牢控制着水西地区，对于目前还没有足够的信心去撩拨安家那头老狮子的杨应龙来说，经营黔东也就成了他一展平生抱负的起点。

否则，一旦他十年磨剑，一朝起兵，西有安氏，东有田氏，南有宋氏，他往哪里去？难道翻越大山，杀进北面的巴山蜀水之间，同那里的藏族土司老爷们争地盘吗？如果那样，他不如安安分分地守在播州了，他要的是中原的锦绣江山！

如此一来，他要壮大自己，就得向东；他想兵进中原，还得向东。而在播州的东面，是思州、思南两府，这两府又恰恰失去了田氏旧主对它们的绝对控制力，昔日田氏门下的土司们各怀异心，纷纷自立，他想掌握黔东的两州八府，正是天赐良机。

杨应龙最想拿下的就是铜仁，可是如果他按部就班地东进，在侵蚀之初，就容易被人发现他的真正目的，从而纷纷扯其后腿、制造障碍，所以杨应龙另辟蹊径，决定跳过石阡府，先把铜仁拿到手，在那边培养一个傀儡。

如此一来，对于隔在播州和铜仁之间的石阡府，他只能换一个办法来征服。他所采用的办法，就是利用水银山之争，挑起石阡府与铜仁府诸部土司的纷争，让他们之间结下仇恨。与此同时，他也可以趁机加强对石阡府的杨家分支的控制。

但是仅仅掌握了石阡杨家还不足以令他在发动之际迅速掌握整个石阡府，他还需要再争取一位土司，把握才会更大一些，杨应龙的目标理所当然地放在了八大金刚之一的展家身上。以展家的实力，足以成为他的得力助手，而且展家与安家关系匪浅，如果把展家拉进来，来自安家的阻力就会小很多。

于是，杨应龙屈尊降贵，亲自来到展家堡，试图说服展伯雄。这时候他当然不会透露自己真正的野心，只是声称愿与展家一起瓜分铜仁，等展伯雄入了彀，那时想抽手也不可能了。

展伯雄同样有他的野心，他想壮大展家，最好让展家跳出八大金刚之列，跻身于天王之中，但是展家的地盘有限，这成了"先天不足"，是以空有雄心壮志，却也只能徒呼奈何。

杨应龙的提议令他怦然心动，他本来觉得瓜分铜仁府只是痴人说梦，因为其他各地的土司不会坐视，朝廷也不会坐视，但是听了杨应龙透露给他的详细计划，他又觉得未必不可行，虽然依旧有风险，可什么富贵要想争到手没有风险呢？

展伯雄低头沉吟半晌，缓缓抬起头来，道："若要展某答应与你合作，也并非不可。"

杨应龙喜形于色，道："展兄答应了？"

展伯雄道："我已派人去召我那侄女凝儿回来，呵呵，杨天王还没有见过我的侄女吧？"

杨应龙怔了怔，不明白他突然谈起他侄女做什么，便随口答道："展凝儿吗？我在贵阳，曾经见过她，钟灵毓秀，美丽大方，是个好女子。"

展伯雄欣然道："如此甚好，既然杨天王也觉得凝儿美丽可爱，那么……我把她嫁给天王做第二夫人，天王可同意吗？"

第八章

豪门婚姻

一

展伯雄笑道:"可惜我那几个亲生女儿,要么已然出嫁,要么年纪尚幼还不到婚配的年纪。不过凝儿是我展家嫡系,身份并不低贱,应该不会辱没了杨天王。"

杨应龙明白了,杨家比展家势力大,展伯雄担心双方合作没有公平的基础做保障,展家在事成之后会一无所获,甚而被杨家"假道伐虢"趁机吞并,所以他需要双方在合作的基础上建立更密切的关系。

为了他的大业,杨应龙当然不会拒绝娶个女人,哪怕这个女人丑若无盐,更何况凝儿还是个大美人呢。但是他现在的第一夫人以及第三夫人往后的众夫人都还健在,都是大大小小的部落贵女,不可能挪出位置来给展家,规矩一旦破坏,就会给自己家族的长久稳定埋下隐患。

他的第二夫人难产而死,其位一直空悬着,以展家位列八大金刚的势力,若嫁女儿倒也配得上这第二夫人的身份,可是第二夫人的宝座目前虽然虚设,却已定好了人选……

杨应龙暗暗权衡起来,以展家八大金刚的身份,嫁女的话不可能屈居最末去做九夫人,虽然这桩婚姻本身就只是利益的交换,可颜面也是利益的一部分,颜面扫地不是这样的世家能够承受的。

而另外那个女人像条油滑的泥鳅,现在虽然答应合作,却也是若即若离,不易掌握,要控制她,最好的办法只有让她成为自己的女人,并诞下自己的骨肉,她便再有本领、再有野心,也就脱离不了自己的控制。

可那个女人一副待价而沽的样子,势必也不会答应做老幺。第二和第九在杨氏家族中的分量可截然不同。那个女人的势力或许不如展家强大,但是对他的用处和好处却比展家还要大得多,是他确保通盘计划的关键。展家却不一定要用这种方式。

展伯雄见杨应龙沉吟不语,脸色渐渐难看起来,冷笑道:"怎么,莫非杨天王根本没有与我展家合作的诚意？"

　　杨应龙慢慢抬起头，对展伯雄微笑道："展兄的意思小弟已经明白了。不如这样，我之第七女已近及笄之年，再过四个月就满十五岁了，现在筹备婚事恰好合适。我这女儿姿容婉媚，性情柔顺，不如我把她嫁给展兄为侧妻，如何？"

　　展伯雄也是一愣，他倒并不是因为双方这般嫁娶形成的辈分太古怪，杨应龙娶他的亲侄女，他娶杨应龙的亲生女儿，今后这伦理关系究竟该怎么算的问题，这种事对他们而言根本就不叫事。

　　外孙女做儿媳，女儿嫁给小舅子，两姐妹分别嫁给同一对父子这种事在这里也不算奇事，一旦婚姻关系确立便各论各的，家庭关系依旧清楚明白。他是没想到杨应龙又给他加了一层让他心安的筹码。

　　展伯雄喜道："好！我把侄女嫁给你，再迎娶你的女儿为妻，咱们两家亲上加亲，大事可为！"

　　杨应龙摇头道："展兄误会了，我是说，若展兄不放心的话，我便嫁女儿给你，你我结下翁婿之亲，便可确保你我双方通力合作不生异心了。至于令侄女凝儿，虽然天姿灵秀，可惜杨某没有那个福气……"

　　展伯雄的脸色又沉下来，疑神疑鬼地道："杨天王这是在敷衍我吗？"

　　杨应龙犹豫了一下，只得压低声音，对展伯雄细细分说一番，展伯雄这才恍然大悟，道："原来如此！你跟她也拉上关系了？难怪你有把握拿下铜仁。"

　　杨应龙微笑道："小弟对展兄已和盘托出，展兄可相信小弟的诚意了吗？"

　　展伯雄何止相信，而且觉得杨应龙的计划更加可行了，他低头想了想，点头道："好！咱们就这么定了！"

　　杨应龙欣然举杯，对展伯雄道："那我们就以茶代酒，预祝大业成功！"

　　双方茶杯一碰，一口茶水饮下，相视大笑。笑声渐歇，杨应龙放低声音，又对展伯雄道："水银山之乱，是一个极好的开端，以此揳入，还不容易引起其他各方的怀疑，只是这场乱子目前还不够乱，得添一把火。"

　　展伯雄皱了皱眉头，道："这把火要如何添呢？杨天王，值此敏感时刻，谁先扩大事端，谁就是罪魁祸首啊！"

　　杨应龙微笑地道："这种事当然不能让展兄出面，而且我们为什么要扩大事端呢？我们完全可以做出想办法平息事端的姿态，只是诸部利欲熏心，结果好事变成坏事，乱子一发而不可收，那就不是展兄的'本意'了。"

　　展伯雄微微动容，倾身道："杨天王计将安出？"

"让我嫁给果基格龙？做梦！"展凝儿怒气冲冲地看着展伯雄，简直不敢相信。

她听展大头人讲，展家堡令她速速赶回去，她还以为母亲病情有什么变化，所以来不及与叶小天再见一面便匆匆回了展家堡，却不想一见展伯雄得到的却是这么一个消息。

展凝儿愤愤地道："大伯，你老糊涂了吧？这件婚事我不答应！"

展凝儿的母亲坐在侧首，轻轻咳嗽一声，用手帕遮住嘴巴，瞪了凝儿一眼。

展凝儿的母亲安氏已年近四旬，容貌姣好，只是身体虚弱，脸颊有些苍白，身子也娇娇弱弱。正因如此，她怕凝儿步她后尘，所以才叫她从小习武，却不想这丫头武艺大成，性情也有点男人婆了。眼见展凝儿这么对她大伯说话，也太无礼，安氏赶紧咳嗽一声，提醒女儿收敛。展凝儿看了一眼母亲，语气稍有缓和，但仍坚决地道："大伯，我不喜欢他，我不嫁！"

展伯雄端坐上首，眉峰微蹙，不怒自威地道："嫁不嫁难道由得了你这小辈自己做主？什么喜欢不喜欢的，男婚女嫁，门当户对就好，以你展家女儿的身份，嫁过去之后难道格龙还敢欺负你不成？"

展凝儿顿足道："大伯！果基家偏帮杨羡敏，咱们展家却是向着杨羡达的，如今你突然提起要与凉月谷联姻，这……这要从何算起？"

展伯雄呵呵一笑，道："凝儿啊，你坐下，听伯父慢慢说。"

展凝儿气鼓鼓地走到母亲身边坐下，安氏轻轻拍了拍她的胳膊，以示安慰。

展伯雄道："凝儿，水银山之争，说到底只是杨家两兄弟之争，这件事如果继续这样下去，难保不出大乱子，我展家不能不帮羡达，而且一旦让羡敏势力大涨，亲近果基家，对我展家大为不利。

"可眼下这种局面，大战一触即发，真要闹到那般地步，实非我展家之福。如果你嫁到果基家，成为果基格龙的掌印夫人，那可就是未来的凉月谷土妇，咱们与果基家的关系岂不比杨羡敏母子与果基家的关系更近了一层？

"果基家若因此倒戈，站在我们展家一边，那么杨羡达以土司身份接掌水银山便水到渠成了，杨羡敏孤掌难鸣，再也奈何不得他兄长。如此一来，水银山之争迎刃而解，我展家又与果基家结成盟友，杨家也会因此对我展家感恩戴德。

"到那时我展家势力大涨，杨家唯我展家马首是瞻，果基家也会全力支持我展家，于家还有什么本领与我展家抗衡呢？水银山东西一带，将尽在我展家掌握之中，这岂不是一举数得吗？"

安氏夫人插口道："是啊女儿，你大伯说的有道理，你就不要执拗了。"

安氏并没觉得展伯雄如此冠冕堂皇，完全无视展凝儿的个人喜恶有什么问题。她从小性情柔弱，出身水西安氏豪门，从小受的教育就是婚姻以家族为中心，而不是以个人为中心。

身为家族的一员，家族里的男丁要为了家族的兴旺而打拼，不惜牺牲自己的性命，家族里的女子则要把她的婚姻和家族利益联系起来，这是她与生俱来应尽的义务。

安氏嫁给展凝儿的父亲，就是在这种情况下的一种联姻，幸运的是，婚后丈夫很宠爱她，让她享受到了一个女人梦寐以求的幸福。可如果丈夫不喜欢她，她也只能无怨无悔，守着正妻大房的名分，安分守己地过一辈子。

展伯雄又道："凝儿啊，你父亲死得早，作为家长和伯父，你的婚姻大事，理应由老夫做主。可老夫也并非全然不顾你的感受，果基格龙是果基家的独子，将来必然要做土司，你嫁给他做土妇，难道委屈了你？况且格龙勇武之名闻名四方，是数一数二的勇士，这样的子弟与你也恰是良配，于公于私，伯父这番安排，都是一片苦心呀……"

展凝儿并不领情，气鼓鼓地道："伯父说得天花乱坠，我也不要嫁格龙！绝不！"

安氏夫人眼见女儿气鼓鼓离去，急忙唤道："女儿！"

她抱歉地对展伯雄道："凝儿向来执拗，待我再劝劝她。"

展伯雄微微颔首，安氏夫人急急离去。安氏刚走，屏风后面便走出了杨应龙，潇潇洒洒地对展伯雄笑道："水西三虎，名不虚传呵！你这当家大伯的话，她也敢不听。"

展伯雄黑着脸没说话，杨应龙呵呵一笑，又安慰道："展兄不必介怀，反正又不是真的让她嫁到果基家去，你马上和果基家联系吧，只要婚事一定，风声一出，那时再出上一点小小的意外，你我便可大展身手矣！"

展凝儿回到自己居处，又被母亲数落了一番，生了一肚子闷气，但展凝儿自有主见，根本不为所动。待母亲离去后，展凝儿苦思对策半晌，可除了逃之夭夭竟是别无良策。但母亲身体不好，她又怎能一走了之？正苦恼间，展凝儿忽地想到了叶小天："人家都被逼婚了，那个没良心的总不能还优哉游哉的吧？"

叶小天在金陵府时，曾在上元夜以莲花灯载了莹莹飞翔于高空，之后又对莹莹做出了两年八迁的承诺，如此用心用力，要说凝儿看在眼里心中没有一点醋意，那是不可能的，如今总算有机会让叶小天为她着急、为她出力了吧？

这样一想，展凝儿忽然有些莫名地愉快起来，展凝儿想到就做，马上找到正在院中练武的九高，揽起他的胳膊，娇滴滴地道："九高叔叔，你一向最疼人家的，是不是？"

自从凝儿长大成人，九高又何曾再见过展大小姐露出如此憨态，登时浑身汗毛都竖了起来，小心翼翼、战战兢兢地问道："你……你要干什么？"

第九章

搅浑水

一

叶小天这些天周旋在凉月谷、于家寨、展家寨、杨家堡之间，只是刷了点存在感，混了个脸熟，丝毫无助于水银山争端的解决。

事关切身利益，而且各家都能讲得出一定的依据，根本无法让谁放手。这种由于历史原因造成的"产权不明"，本就难以辩说清楚，叶小天无奈，也只得重点在杨羡达和杨羡敏两兄弟身上下功夫。

叶小天向他兄弟二人解说利害，苦口婆心地劝他兄弟俩罢手，不要给外人可乘之机。可是对杨氏兄弟来说，水银山同样是他们无法放弃的绝对利益，如何能答应叶小天的调停。

要知道大明立国已两百多年，朝廷虽然在贵州地区始终无法建立起强有力的统治，但是朝廷的影响却不可避免地在扩大。

贵州地方那些处于交通要道的城埠，即便依旧是土司统治，土民也渐渐开阔了眼界，而且随着外地汉民的涌入，原有的统治阶级正在渐渐失去绝对的统治力。这样一来，各位土司可全控的地盘正在渐渐萎缩，原本在杨家领地上并非不可或缺的水银山，其作用比起当年来要大了许多，杨氏两兄弟谁能掌握水银山，谁就掌握了杨家的最大一支财源。

这座矿山不仅出产丹砂，可以换来大笔财富，开矿也需要矿工，这又给别人提供了一个赚钱就业的机会，所以谁掌握了这座矿山，也就等于掌握了杨家堡绝大多数百姓的人心所向，如此利益攸关的所在，谁能放手？

这一天，叶小天又往杨家堡调停，没有取得任何进展，反而是杨家两兄弟由口舌之争再度升级成大打出手，最后把杨羡敏的母亲也就是杨家的掌印夫人都惊动了，二人这才悻悻地罢手。

叶小天无奈，只得匆匆告辞，可他还没回到于家寨，九高就风尘仆仆地赶来了。

"放他过来!"

叶小天一看被侍卫拦住的九高是展凝儿的亲信侍卫,便挥手叫他们放行。九高走到叶小天身边,向他拱手道:"叶大人,我家小姐让我给您捎句话。"

叶小天道:"凝儿说什么了?"

九高道:"我家小姐说,我家家主要把她许配给凉月谷果基家,以换取果基家的支持。"

叶小天大吃一惊,道:"怎么会这样?!"

九高道:"我家小姐犟不过家主,只能请叶大人想办法了。请叶大人尽快拿个主意出来,要不然我家小姐就只能嫁去凉月谷了。"

"啊?"

"小人还得赶回堡去,叶大人,告辞!"

叶小天茫然地看着九高来而复返,心中好不纠结:怎么会这样?展家究竟想干什么?为了帮杨家助拳,就连自家女儿的终身都舍得搭出去?这些土司人家真是不可理喻。

叶小天原地转悠半天,脸色阴晴不定,忽地重重一跺脚,咬牙切齿地道:"姓展的死老头,你这是逼我啊!行!你不仁,我不义,看看咱们谁更黑!走!回杨家堡去!"

· ※ · ※ · ※ ·

展伯雄笑吟吟地对果基土司说道:"果基土司,那咱们就这么说定啦!"

果基土司和他儿子格龙一样高壮,不过样貌苍老了许多,花白的头发,看起来就像一头老狮,满头乱发也不扎束起来,一副狂放不羁的模样。

果基土司豪爽地道:"好!一言为定!我果基家和你们展家原本就很友善,近来只是因为杨家的事伤了和气,这一回咱们两家结亲,那杨家的事也就能和平解决了,以前的些许纠葛,展土司你可不要放在心上!"

展伯雄笑道:"怎么会呢,展某俗务缠身,还要赶回堡去,那就这样吧,还请果基土司早日派人下聘,咱们从此就是一家人了!"

果基土司之所以帮着杨羡敏,不仅仅是因为杨羡敏的母亲是他的族妹,更重要的是为了果基家自身的利益,近在咫尺的杨家堡倾向果基家,自然对果基家有利。

但是如今和更加强大的展家结亲,这其中的得失还用考量吗?而且展家和果基家结了亲,就算他们转而站到杨羡达一方,受到展家和果基家双重庇护的杨羡达也不会疏远果基家,可谓一举数得。

展伯雄目的已达,欣然告辞。果基土司兴冲冲地对大管家道:"格龙呢?快叫他来找我，老子给他说了一门好亲事！哈哈！"

片刻之后，果基格龙背着一只包袱，挎着一口刀匆匆赶到大厅。果基土司一愣，奇道："儿子，你这是干什么？要出远门？"

果基格龙壮志凌云道："儿子要去中原寻访名师，学习武艺，少则三年五载，多则十年八载，一定回来！"

果基土司吹胡子瞪眼睛地道："放屁！学什么武艺！你要走也成，先给你老子生几个孙子出来再说，老子刚给你说了一门亲，你先娶了媳妇生孩子吧！"

果基格龙一呆，道："父亲怎么没跟我商量，就和人家商定婚事了？我不要！"

果基土司怒道："婚姻大事，你说不要就不要？老子已经和展土司商量好了，择日下聘，尽快完婚，迎娶凝儿姑娘过门。放下你的包袱，老老实实等着做新郎官吧。"

果基格龙又是一呆，不敢置信地道："爹，你说是谁？让我娶展凝儿？"

果基土司看着他道："怎么？我可是听展土司说了，他这侄女很俊俏的，就算生得不俊俏，以展家的身份，做你的掌印夫人也够资格了。你要不喜欢，再娶几房夫人就是了，反正这个儿媳妇你一定得替我娶过门！"

果基格龙放声大笑，把包袱往空中一扔，欢呼道："好！我不走啦，哈哈哈！爹你记着啊，下聘的时候，儿子要亲自去展家，哈哈哈……"

果基格龙大笑着出门而去，扬眉吐气得很！"你抢我的女人，我就睡你的女人！"他现在已经迫不及待地要把展凝儿娶过门，亲眼看见叶小天伤心、嫉恨、痛苦不堪的神情了。

· ※ · ※ · ※ ·

杨羡达与兄弟大打出手，不想掌印夫人出来，把他厉声喝骂了一阵。虽然掌印夫人不是他的生母，可毕竟是抚养他长大的人，杨羡达忤逆不得，只得忍气吞声地回去生闷气。

这时有人禀报道："土司，叶县丞又来了。"

杨羡达深感奇怪：叶小天怎么又来了？急忙整理衣冠迎到客厅，就见叶小天正在厅中踱来踱去，杨羡达向叶小天拱拱手，还未开口，叶小天已一个箭步冲过来，抓住他手臂道："杨土司，祸事来了！"

杨羡达大吃一惊，急忙问道："叶大人，有什么祸事？"

叶小天对他耳语几句，杨羡达惊道："当真？展土司要嫁女儿给果基家？怎会如此？展家……展家要抛弃我吗？"

叶小天道："抛弃是算不上的，只不过展家为什么要帮助你，你也应该明白。如果对展家没有好处，展家会那么无私地帮助你吗？曾经的亲缘关系毕竟已经久远了，如今展家与果基家一旦结亲，那么你杨家谁掌权对他们来说还有区别吗？展土司从展家利益考虑，有此打算也不足为奇。"

杨羡达又惊又怒地道："展家岂可如此背信弃义？！"

叶小天道："杨土司，亏你还是一方土司，说这等没用的话有什么意义？换作是你，会为了已经淡薄的一份亲缘关系，损害你杨家堡的利益？"

杨羡达迟疑地道："这……"

叶小天转而又道："杨土司，一旦杨羡敏得到展家和果基家的帮助，你不但要丢了水银山，怕是这土司之位都坐不稳了。"

杨羡达一屁股跌坐在椅上，面色如土地道："这……这可如何是好？"

叶小天悠然道："我有一计，可解土司之困。"

杨羡达一把抓住叶小天，急不可耐地道："叶大人有何高见？快快请讲！"

叶小天对杨羡达耳语一番，杨羡达奇道："让我女儿嫁给果基家？这……果基家不是正要与展家结亲吗？"

叶小天道："本来就是争关系争帮助嘛，你不但要和果基家结亲，还要把水银山作为嫁妆陪送出去。当然，你可以向果基家提出条件，要他们拿山前那块熟田作聘礼，这样一来，你丢了麻烦出去，又有田地向族人交待，虽略有损失，可是就能稳稳地保住你的土司之位了呀。"

杨羡达迟疑地道："格龙刚与展家说亲，能同时迎娶两位夫人吗？"

叶小天道："杨土司你糊涂了，谁说要你嫁女儿给果基格龙了？我是要你把女儿嫁给格龙的父亲果基土司啊。"

杨羡达恍然大悟，叶小天道："果基家如今的境况也不比当年了，你说他愿不愿意为了那座矿山与你结亲呢？到时候，你与令弟杨羡敏又是旗鼓相当的局面，而你有大义在手，你说谁胜出的把握更大？"

杨羡达面色一喜，忽又紧张道："果基家不怕因此坏了与展家的联姻吗？"

叶小天道："展家无论怎么做，这座矿山能归了展家吗？不能，展家这么做只是想扩大他们在这里的势力影响。你结你的亲，展家结展家的亲，都是与果基家成了亲戚，再说你与展家本就亲近，现在又没撕破脸，展家巴不得你在杨家掌权呢！至于果基家，当然也就没有什么顾虑了。"

杨羡达频频点头，欣然道："好主意！这一来连削带打，便可解围了！"

叶小天道："土司英明！所以，你只管佯作不知展家与果基家联姻结盟的事，尽快到凉月谷去提亲吧。"

杨羡达击掌道："好！我这就筹备礼物，明日一早便去凉月谷拜山！"

叶小天道："杨土司真是当机立断，明日赴凉月谷，最好悄悄去，莫要引起你那兄弟警觉。"

杨羡达颔首道:"我省得。"

叶小天一番花言巧语忽悠得杨羡达晕头转向,这才拱手告辞。走出杨家堡大门的时候,迎面正有一个小头人走来,叶小天记得之前调停二杨兄弟之争时,这个小头人是站在杨羡敏一边的,立即轻咳一声,微微侧过了脸颊。

但那小头人已经看到了他的模样,对他的去而复返露出警惕的神色。叶小天匆匆出了杨家堡,立在堡前举目一看,见天色还早,便道:"走,咱们再去一趟凉月谷!"

第十章

煽风点火

一

"于家想娶我果基家的女人？哈！癞蛤蟆想吃天鹅肉！"

果基土司一听叶小天说明来意，马上冷笑连连。如果是在几天之前，或许他还会考虑考虑，如今他已与展家结亲，又怎会再理会于家。于家和他果基家都是铜仁府的部落，彼此又相邻，存在着最基本的竞争关系，而且无法调和。

就算果基土司没读过书，不曾听说过"远交近攻"这句话，他也清楚应该怎么做才最适合果基家。

叶小天尽职尽责地扮着媒人，不肯放弃地劝道："果基土司……"

果基土司断然道："你不必说了，请回吧！"

叶小天道："多个朋友多条路，多个冤家多堵墙。果基家和于家联姻，好过彼此相争啊！"

果基土司掷地有声地道："宁喝朋友的白水，不吃敌人的蜂蜜。自从两州分割为八府，田家土司失去对两州的控制权，我果基家和他于家便势不两立，叶大人，请回！"

果基土司说罢拂袖便走，冷冷地扔下两个字："送客！"

"哎！果基土司，你……你这是何苦呢，何必呢……"

叶小天垂头丧气地离开凉月谷，城门在身后轰的一声落下来，撞得地面尘土飞扬。叶小天掸掸身上的尘土，忽地眉飞色舞，兴高采烈地道："天快黑啦，走，回于家寨去！"

……

叶小天回到于家寨，晚餐之后，又与李经历一同赶到于土司居处，向于福顺谈起这几天到于家、果基家和展家调停的情况。

谈话间，叶小天不经意地道："对了，本官今日去杨家，无意中听说那杨羡达要向果基家说亲呢,说是要把他的女儿嫁给果基土司,看来杨羡达这是要以女子定江山,争取得到果基家的支持了。"

于福顺之所以能在水银山一事上浑水摸鱼,就是因为杨氏兄弟相争,展家和果基家各助一方,如果杨羡达和果基家联姻,把果基家拉到他的一边,那杨羡敏就没得争了,于家又哪里还有机会。是以一听这话顿时警觉起来,他忙追问道:"叶大人此言当真?"

叶小天道:"应该不假,我听说杨羡达明日就要亲自赶赴凉月谷商议此事呢。他是当着我的面吩咐管家准备礼物的,用苗语说的,本以为我听不懂,却不知我多少也能听懂几句。"

叶小天得意扬扬地说了几句苗语,又对于福顺道:"于土司,杨家纷争马上就要尘埃落定了,到那时哪还有你于家插手的机会?水银山曾是你于家产业不假,可那毕竟早在两百年前就陪嫁出去了,你不如听本官一句劝,就此罢手吧。"

于福顺脸色时阴时晴,"嗯嗯啊啊"地敷衍一番,刚把叶小天和李经历送走,便急匆匆赶去见于俊亭。于俊亭在内间大浴桶里正在洗浴,白花花的身子都隐在雾气氤氲之中,只有香肩微露。

于福顺隔着帘子把他从叶小天那儿听到的消息说了一遍,于俊亭抚在肩头的手忽然停住了,一双黛眉轻轻蹙了起来。

于福顺道:"小姑奶奶,如果叶小天所言属实,一旦果基家也支持杨羡达,则杨氏兄弟之争立解,那时我于家就无法趁乱取回祖产了。"

于俊亭喃喃自语道:"杨羡达欲与果基土司结亲?果基土司会抛弃自己的族妹和外甥,站到杨羡达一边去吗?"

于福顺听她自言自语,不觉为之一怔,仔细想了想,道:"不错!果基家已经有了杨羡敏,又何必抛弃杨羡敏再与杨羡达结盟呢?他们帮助杨羡敏,杨羡敏会全力投靠果基家,可要是他们扶持杨羡达,杨羡达还要兼顾展家的利益,哪有杨羡敏给他们果基家的好处多。除非果基家眼见展家站到杨羡达一边,担心不是展家的对手。可果基家父子又不是怕事的人……莫非叶小天为了让我放手,故意诳我?"

于俊亭想了想,轻轻摇头道:"不然,叶小天所言,也未必就不可能。"

于福顺小心地问道:"小姑奶奶是说……"

于俊亭目光闪烁道:"如果杨羡达拿得出足以令果基土司动心的嫁妆,他们之间未必就不能联手。"

于福顺道:"令果基土司动心的嫁妆?"

于福顺忽地想到了什么,心下一惊,忙道:"小姑奶奶,你是说……水银山?"

于俊亭不答,沉吟片刻,吩咐道:"你派人盯着杨家,杨羡达的一举一动都不要放过。"

"是！"

于福顺答应一声，转身要走，于俊亭又唤住他，向侍女淡淡地看了一眼，那侍女会意，立即欠身退了出去。房间一静，隔着那道珠帘，只有里间一丝不挂，浸润于掺了羊奶的乳白色浴液中的于俊亭和外间垂首肃立的于福顺。

于俊亭问道："叫你做的准备怎么样了？"

于福顺道："果基家往铜仁去贩卖山货的几个人已经被我秘密控制了，必要的时候可以派上用场。另外，我还从他们口中打听到，前些天果基格龙似乎和叶小天发生了冲突，还吃了亏。如果叶小天真的出事，果基家就是最大的嫌疑人了。"

于俊亭点点头，冷冷地道："办得好！伺机下手吧，把这个碍眼的东西给我干掉，只要他一死，大乱必起，果基家和杨家联姻的事无论真假都不重要了。"

于福顺兴奋地点点头，道："我知道了，这就去安排！"

脚步声越去越远，于俊亭轻轻地吁了口气，闭起眼睛，昂起姣美动人的颈线，双腿放开，软绵绵地躺进水里……

·※·※·※·

叶小天回到自己住处，心事重重地踱来踱去。他说服杨羡达向凉月谷提亲，又去凉月谷劝说果基土司与于家结亲，一系列的举动其实就是为了搅浑水。

叶小天来水银山本是为了调停诸部之乱，但事到如今，他全部的精神都放在了如何阻止展凝儿嫁去凉月谷，至于张大胖子交给他的使命，早被他抛诸脑后了，老婆都要跑了，还有闲心管别人的闲事吗？叶小天可没有那么高的觉悟。

可这浑水究竟能搅到什么程度，能否利用这些混乱制止展家与果基家联手，他实在没有把握。叶小天思忖半晌，看看厅中侍立的六名侍卫，不由轻轻叹了口气。

他忽然想到了一个法子，或可阻止展家与果基家的好事，不过他身边这六名侍卫都随他露过脸，不能使用。蛊教本来给他派了十六名侍卫，可他嫌这么多人前呼后拥的太不自由，所以只准六人随侍，事到如今才觉得人手不够。

一个侍卫见叶小天忧心忡忡，忍不住问道："大人有什么吩咐只管交待下来，纵然粉身碎骨，属下也一定办到！"

叶小天眉头紧蹙，摆摆手道："粉身碎骨倒是不必，只是此事必须秘密进行，你们六人都随我露过面了，无法出手啊！"

那六名侍卫互相看看，忽然面露笑容，他们互相使个眼色，忽地转向叶小天，齐刷刷单膝跪地，恭声道："属下有违大人吩咐，还请大人恕罪！"

叶小天愕然道："你们有何事违背了我的命令？"

还是先前那名侍卫答道:"大人不愿有太多随从追随左右,属下们本不敢违抗,但大人之安危实比属下的性命重要万倍。大人此来铜仁府,人地两生,属下不放心,所以……另外十名兄弟,也已暗中跟来了。"

叶小天大喜,忙道:"当真?他们在哪里?"

那侍卫对叶小天低声禀报两句,叶小天喜道:"来得好!明日你便去寻他们,叫他们在附近随时候命,我有一件大事需要他们去做!"

翌日一早,杨羡达收拾停当,带了一些亲信之人佯作遛马,离开了杨家堡。杨羡敏昨日就从忠于他的小头人那里听说了叶小天去而复返,密会杨羡达的消息,早就暗中派人盯着他,杨羡达一走,便有人悄悄跟上。

杨羡达带人离开堡塞,在郊野随意游逛了一阵,不见有人跟随,马上拨马转向凉月谷。果基土司听说杨羡达来访,很是莫名其妙,一直以来他支持的都是杨羡敏,所以和杨羡达之间的关系甚是冷淡,杨羡达贸然来访能是为了什么?

迷惑不解的果基土司接见了杨羡达,一听他道明来意,先是惊怔片刻,旋即大喜,一口答应下来。

他此前答应与展家联姻时,就知道十有八九需要转换立场,转而支持杨羡达,却不想杨羡达居然也要与他联姻,而且还要用水银山换他们凉月谷山前的那片熟田,这等顺水推舟的好事,他哪有不答应的道理。

杨羡达见果基土司如此爽快地答应下来,就知道叶小天所言不假,展家果然与果基家联姻了,若非如此,果基土司绝不会如此轻率地答应与他联姻。

展家和果基家联姻,他们杨氏两兄弟的利用价值就大为削弱,在几家土司合纵连横的关系中沦落到次要位置了,这时候要扶持哪个,就看展家和果基家谁更具有话语权。

如今他也和果基家联了姻,和展家原本关系又比较好,可以想见,他的地位将因此而稳如泰山。这厢两人各自打着如意算盘,于家寨的暗哨和杨羡敏的暗哨,则已各自赶回,把消息急急传给了各自的主子。

第十一章

大联姻

一

杨羡敏得知杨羡达去了凉月谷,不免有些惊疑。凉月谷是他的亲外公家,这次与大哥相争,凉月谷也是毫不犹豫地站到了他的一边,如今杨羡达去凉月谷干什么?果基土司又怎么可能接见他?

杨羡敏按捺不住了,正想亲自赶去凉月谷一探究竟,凉月谷中又有知情人迅速给他送来了消息。

杨羡敏既然与凉月谷关系密切,时常往来交际,在凉月谷的大小头人中自然也交下了一些朋友。这些朋友一听土司大人要和杨羡达联姻,就知道对杨羡敏将是一个致命的打击,是以马上遣人送来了消息。

杨羡敏这才知道他被果基土司像擤大鼻涕一样给甩了。杨羡敏激愤欲狂:"舅舅居然毫不留情地就抛弃了我,而选择了大哥,他能给你水银山作聘礼,难道我就不能吗?"

可仔细一想,杨羡敏又有些泄气,他大哥用水银山作聘礼,展家不会从中掣肘,而且他大哥将是朝廷钦认的土司,这么做合乎法理,没有什么后患,若是换作他,那就有大把的官司要打了,果基土司选择他大哥的确是明智之选。

可这样一来他怎么办?他并没指望能夺走大哥的土司之位,只想拥有杨家最富有的一座山,成为事实上比杨家土司更有权势的一个土舍而已。眼下功败垂成,与大哥又已势同水火,以后还能有他的好日子过吗?

杨羡敏急忙找到母亲,把现在的情况对她说了一遍,掌印夫人爱子心切,登时大惊,马上出发前往凉月谷,试图央求族兄挽回局面。杨羡敏满怀希望地送走母亲,回到客厅之后却依旧心神不宁。

凉月谷送来的消息说,果基土司已经答应了他大哥,这样一来,他大哥杨羡达就要成为果基土司的岳父,这种关系可比他母亲这个族妹更亲近一些,母亲此去未必能起什么作用。

杨羡敏想来想去不得其法，便把亲近于他的众头人都召集来，把此事说与他们知道。众头人商议半天，其中一人忽地站起，朗声道："土舍，既然土司用了联姻之计，难道咱们就不能吗？"

杨羡敏茫然道："我只有一个女儿，如今年方六岁，能与何人联姻？"

说到这里，杨羡敏突然有些羡慕起大哥来，以前他只觉得自己儿子生得多，人丁兴旺，比大哥那一房要出色，如今忽然觉得生女儿才是真正的好呀，而且生的女儿越多越好，如今无女可嫁，实在令人扼腕叹息。

那头人道："土舍，你虽没有女儿可嫁，可土舍你可以迎娶啊！"

杨羡敏继续茫然地问道："迎娶？迎娶何人？"

那头人是杨羡敏的心腹，人送绰号"小诸葛"，一副很是睿智的模样，满堂头人都穿着族人的传统衣饰，唯有他穿了一身儒衫，手中还拿了一柄鹅毛扇，看起来有些不伦不类。

"小诸葛"轻摇羽扇，悠然答道："展家，于家，都可以，没有嫡女，族女也可。咱们也用水银山为聘礼，就不信这两家就没有一家不动心的，到了口中的肉任谁都不会再舍得吐出去，只要咱们把其中任何一家拉扯进来，这事情就会再度变得不可解了，那时再见机行事吧。"

杨羡敏大喜道："妙啊！此计甚妙！如此一来，咱们就又有了和老大抗衡的本钱了！只是……展家一向与老大交好，会答应我的求亲吗？"

"小诸葛"道："果基家与土司一向不合，还不是答应了他的提亲？利之所在，昔日的些许恩怨又算得了什么呢。土司能向果基家提亲，土舍为什么不能向展家求亲？于家那边也大有可能。土舍你只是要娶个于氏族女过门，又不必非得是于土司的女儿，便能让他换回一座矿山去，他会不答应吗？"

杨大杨二兄弟俩本来一直在争水银山，以致引得外人纷纷插手。争到现在，水银山没有着落，二人的地位却都受到了威胁，结果志在必得的水银山成了一块烫手山芋，被他们推来推去，成了他们拉帮结派维持自身地位的一件工具。若他二人早知今日，恐怕当初也不会争得这么激烈了。

这边议定了主意，便等掌印夫人回来，若是果基土司能听掌印夫人央求，拒绝和杨羡达联姻，则这主意也不必付诸实施了。

傍晚时分，掌印夫人失魂落魄地赶回来，杨羡敏一见母亲的模样心就凉了半截，情知母亲此去并未央得舅父回心转意，也不忍再追问母亲，只把饮泣不止的母亲送回房去，吩咐侍婢小心侍候，便自去准备不提。

翌日一早，叶小天吃罢早餐，站在楼上活动着胳膊腿儿，看看天色有些阴沉，或许今日会有大雨。他正考虑要不要在下雨之前再出去活动活动，给诸部煽煽风、点点火，忽然见寨门大开，两列穿黄衣的壮汉抬着几只披红挂彩的箱笼进来。

叶小天手搭凉篷眺目远望，眼见那些人沿着内寨中轴线上的大道进来，进了隔壁土司居处，正想使人去探听究竟，就见李经历兴冲冲地从那边走来。李经历上了楼，对叶小天笑道："叶县丞，你猜什么人来了？"

叶小天道："什么人？"

李经历道："哈哈，是杨家堡的土舍杨羡敏。杨羡敏居然向于土司求亲来了，说是要迎娶于家族女，以水银山为聘礼。你说这事好不好笑？杨大要以水银山为嫁妆，嫁女给果基土司，杨二要以水银山为聘礼，迎娶于氏族女。这两兄弟，早知今日，何必当初呢。"

杨羡敏出来搅局，本在叶小天意料当中，他就知道私晤杨羡达的事不可能瞒过杨羡敏，杨羡敏一旦知道内情，必然会想办法自保。但叶小天本以为杨羡敏会全力争取果基家的支持，实未想到他竟会考虑与于家联姻，这脑洞开得实在有点太大了吧。

听了李经历的话，叶小天忽然觉得眼前这形势越来越乱了，乱得连他也不知道未来情形将走向何方，就像一股洪水撕裂了大堤，左冲右突的一时还未找到合适的出口，又或根本就是一股方向不定的乱风。

眼见李经历眉飞色舞，叶小天不禁问道："如果杨氏兄弟中有一个早早想到以这个办法把那惹祸的水银山送出去，也不致有今日难堪局面。如今杨大要把水银山送给果基土司，杨二要把水银山推给于土司，这场纷争并未平息，你这么高兴做什么？"

李经历怔了怔，实在不好意思对叶小天说幸灾乐祸就是他人生的一大爱好，脑筋急转之下，坦然答道："不管这水银山归了果基家还是于家，这两家土司都是我铜仁府的，这场冲突从两府四土司之争变成我铜仁府内两土司之争，想来……总比有石阡府的两个土司掺和着容易解决吧，所以李某甚感欣慰。"

叶小天看着信口开河眼都不眨的李经历，只觉此君之无耻，大有他当年的风范。

·※·※·※·

"杨羡敏要迎娶我于家族女，以水银山为聘礼？"

于俊亭听到于福顺派人送来的消息，不禁冷笑起来，结合昨日探知的消息，很明显，果基家抛弃了杨羡敏，狗急跳墙的杨羡敏意图自救，这才急病乱投医。

于俊亭冷笑道："如果我们于家不答应，想必他还要去展家碰运气吧？"

于福顺派来报信的心腹垂手恭立，并不作答。此时，于福顺正在前面接见杨羡敏派来的大媒人"小诸葛"，听说杨家上门提亲，惊讶不已，所以一面拖着"小诸葛"，一面派人来向于俊亭请示。

于俊亭摆手道:"他这是成心利用我们于家,不要理会他,叫土司轰他出去。"

"遵命!"

那心腹答应一声,哈着腰倒退出厅,眼看将至门口,于俊亭忽又唤住了他:"慢着!"

于俊亭轻拍额头,心中暗想:不对,如果我拒绝了他,他又别无出路,就只能向杨大屈服了,如此一来,水银山之争立解,我想利用水银山之乱攫取铜仁之权的大计还如何付诸实施?

于俊亭思索半晌,缓缓抬起头来,对那心腹一字一句地道:"告诉土司,答应他!"

那心腹应声退下,于俊亭思索片刻,觉得只有和杨二联姻,才能继续保证水银山之争不能解决。只不过原本是杨大杨二争矿山,展家和果基家各自助拳,现在变成了杨大杨二求自保,果基家和于家争矿山罢了。

但是此事的变化毕竟超出了她原本的预料,这等大事需得让那人尽快知道才行,免得他还不明此地情形,判断上出现什么失误。想到这里,于俊亭便唤来一名使女,吩咐道:"叫文傲来见我!"

片刻工夫,便有一个中年人赶到于俊亭的卧房,这人五络长须,方巾锦袍,相貌俊逸,眼神精明灵动,看起来似乎还很年轻,只是眼角密密的鱼尾纹透露了他真正的年纪。

于俊亭麾下有一文一武,号称她的左膀右臂,文是文傲,武是于海龙,都是于俊亭的心腹之臣,眼前这人就是文傲了。于俊亭唤他进屋内,吩咐道:"你马上去一趟展家堡,把此间发生的一切说与一人知道,那人名叫……"

第十二章

三岔口

一

　　文傲这已不是第一次见到播州杨天王，但依旧毕恭毕敬，在他面前连大气都不敢出。世袭制度下，一个高高在上的大土司未必就不是草包，但杨应龙绝对不是草包！
　　即便如此，杨应龙还是很费了一番功夫，才弄明白文傲向他表述的意思。饶是一向睿智的杨应龙这时也不禁有些茫然了：我只是想让展家和果基家假联姻，进一步激化他们之间的矛盾而已，怎么会这样？
　　杨应龙试图挑起铜仁府与石阡府四大土司间的战争，以便顺利展开他控制铜仁的计划，谁料此举居然启发了杨羡达和杨羡敏，这两兄弟纷纷搞起了联姻战略，杨羡达也就罢了，可杨羡敏……
　　杨羡敏要和于家联姻，那女人居然自作聪明地答应了，这一来不又形成均衡之势了吗？且慢且慢，我差点被这女人绕糊涂了，如果我派人破坏了展家和果基家的假联姻，而于家和杨家反而弄假成真，岂不是攻守易势？
　　杨应龙只能苦笑着告诉文傲："我知道了，你回复你家土司，就说展家与果基家的结合，只是我的一计，此事不会成功。我的目的本是为了激化展家与果基家的矛盾，若是你家土司与杨家的联姻弄假成真，对我的计划将有很大的阻碍。"
　　文傲吃惊地道："这本是天王用的一计？这可糟了，我家土司已经答应了杨家的求亲，这可如何是好？"
　　杨应龙无奈地道："为今之计，也只有在暗中伺机破坏了，你家土司只需如此这般……"
　　杨应龙对文傲面授机宜，文傲连连点头，急急拱手道："那么事不宜迟，文某这就回禀我家土司。"
　　杨应龙点点头，任由文傲离去。
　　文傲见了杨天王，难免有些拘谨，是以有一说一有二说二，不敢多言一句。而杨应龙对文傲这样一个传话人，势必也不可能平等地坐下来多聊几句，是以文傲根本没有向杨天王提起铜仁府派往水银山调停的人叫叶小天。

在文傲看来，叶小天的所谓调停根本就是个大笑话，当地和平与否，根本不能取决于叶小天，是以这种小事也就根本不必对杨天王提起。而杨应龙也一直相信，围绕水银山产生的四大部落间的冲突根本就是无解的。

铜仁府的那个张大胖子对此毫无办法，他只需巧妙利用铜仁的大姓大族的野心，一步一步挑起争端，激化矛盾，叫安、宋、田等其他大族始终把此事当成四个部落之间的争端，无法发现他在其中的主导作用，便能顺利实施自己的计划。

是以杨应龙也完全不清楚葫县县丞叶小天居然被张大胖子抓差，跑到提溪司去处理水银山争端了。他是知道叶小天真正身份的为数不多的几个人之一，如果他知道叶小天在那里，或许会更谨慎一些，奈何谋事在人，但成事在天啊。

事情的变化开始出乎所有人的预料了。原本杨羡敏与果基家亲近，杨羡敏、杨羡达两兄弟则同仇敌忾与于家是对手，现在杨羡敏突然变成了于家的女婿，而杨羡达则成了果基土司的岳父。

两桩莫名其妙的婚姻引起的骚动尚未平息下来，果基格龙又高调宣布了展家和果基家的联姻消息，这一来围绕水银山的四方集团之间的关系便更加错综复杂了。

如此交错、混乱的联姻，对他们各自因联姻而形成的新的联盟关系产生了相互抵消的作用，至少对于水银山局势来说，没有什么帮助。真正因之改变了力量对比的，只有杨氏两兄弟。

处在这场纷争核心的杨氏两兄弟已经从争夺水银山的控制权，变成了保障自己在杨氏部落中的地位和权力。

杨羡达原本与展家关系密切，如今又和果基家联姻，同时他又是土司，势力大涨。但杨羡敏和提溪于氏联姻，水银山又在于氏地盘的边缘，展家堡则距离较远，鞭长莫及，真正能对杨羡达起到助力的反而变成了果基家。

就在于家、展家和果基家面对如此混乱的亲戚关系，一时还有点剪不断、理还乱，没有足够的适应过程的时候，杨家两兄弟已经开始高调宣传他们的联姻情况了。

杨羡敏这边大操大办地筹备聘礼，杨羡达不甘落后，马上盼咐人准备嫁妆。杨羡达向部落里的大小头人们宣布，七天后他将亲自前往凉月谷送嫁妆，杨羡敏马上宣布他将亲自前往于家寨下聘礼。

两兄弟较着劲，谁也不甘落人后。凉月谷的果基格龙这时不甘寂寞，又跳出来公开宣布他将亲自前往展家下聘。果基格龙如此高调就是为了羞辱叶小天，他心中至爱被叶小天抢走，他就要大张旗鼓地娶展凝儿过门。

果基格龙选定的下聘日期，也恰是七天之后，他这么做倒不奇怪，毕竟七天之后他原本的表哥、如今的姥爷杨羡达将亲往凉月谷送嫁妆，要做新郎官的则是他的父亲果基土司，他这个当儿子的待在堡里实在有点别扭。

……

"他们准备好了？"

叶小天神色冷峻地询问自己的一名侍卫，在获悉果基格龙将亲往展家堡下聘的消息之后，叶小天就对那藏身在于家寨附近的十名侍卫下了命令：伺机"刺杀"果基格龙，搅黄展家和果基家的婚事。

那侍卫点点头，对叶小天道："大人放心，弟兄们已经准备好了。"

叶小天道："好！你们的戏要做得真一些，让果基格龙受点伤没有关系，但是切记不可以真的杀了他，否则水银山之乱就真的不可解了。"

那侍卫道："属下已经嘱咐他们了，大人的吩咐，他们是不敢违背的。"

叶小天吁了口气，道："嗯！叫他们完成任务后便自行撤离吧，尽量保全自己。"

"遵命！"

叶小天整理了一下衣冠，对众侍卫道："咱们走！"

叶小天从楼里出来，就见对面楼里李经历也是一身新衣，施施然地走了出来，二人一见，遥遥相对拱了拱手，算是见礼。

这两个人都被"抓了壮丁"，杨羡达要向果基家送嫁妆，缺少一个有身份的证婚人，他和叶小天的关系不错，理所当然地找到了叶小天。而李经历则被于福顺请去做了大媒人，今天要陪同于土司去接受杨羡敏的聘礼。

叶小天带着六名侍卫越过水银山，赶到杨家堡，就见杨家堡里张灯结彩，内寨长廊下无数箱笼都系着红绸，喜气盈盈。只不过那些站在箱笼旁边的壮丁却是泾渭分明，彼此相视，敌意凛然。

杨羡达听说叶小天来了，赶紧迎出来，一见叶小天便拱手道谢："叶大人，辛苦辛苦。"

叶小天还礼道："杨土司客气啦，能够为你主婚，那是叶某的福气，咱们这就走吗？"

杨羡达道："万事俱备，就等大人你了，咱们这就出发。"杨羡达一声令下，就见右厢那些壮丁纷纷扛起箱笼，左边的人马却一动不动，叶小天这才明白，这些人是杨羡敏的人。

杨羡达这边一动，杨羡敏便穿戴一新地从房里出来，把大手一挥，豪气干云地道："出发！到于家下聘去！"

众壮丁轰然应声，纷纷抬起箱笼，迅速赶上杨羡达的人马，两路人马并肩向堡外走，两兄弟一个要做岳父，一个要做新郎，四目而视，冷笑连连。

两支队伍同行于山道之上，一路故意挤撞，险些又要大打出手，幸好两兄弟今日都有要紧事，强行弹压了下来。他们赶到水银山北侧山坡上时，就要分道扬镳了，一个去凉月谷，一个去于家寨。

叶小天至此方才松了口气，方才他还真怕这两兄弟顾不得今日是大喜的日子，就在山间恶斗起来，如今见到了三岔路口，两支队伍马上就要分道扬镳，叶小天这才放心。

这时候，就见莽莽苍苍的山林深处又有一支人马吹吹打打地过来，队伍中人尽着红衫，十分醒目，他们来的方向正是凉月谷。叶小天暗暗冷笑：显而易见，来者必是果基格龙前往展家下聘的队伍。

来者果然是果基格龙，他带了人早就候在林中，就是为了堵住叶小天当众羞辱他。鲜衣怒马的果基格龙急急赶来堵在路口，一见叶小天，便勒住坐骑，阴阳怪气地道："叶大人，听说你被杨家捷足先登，请去做了媒人，实在可惜啊，我本想请你为我证婚，同去展家堡向凝儿姑娘下聘呢……"

叶小天冷笑不语，心想：尽管笑吧，我的人都是最擅长丛林作战的生苗战士，由此前往展家堡，一路之上多是山地丛林，到时候有你受的。

果基格龙见叶小天闭口不答，心中更加得意，继续羞辱叶小天道："等我下了聘礼，便催促展家尽快完婚，若你不急着走的话，还可以在我洞房花烛之夜来堡中吃杯水酒。来年我生个大胖儿子，一定认你当干爹！哈哈哈……"

此时，林中有几拨人影悄悄摸了过来，机警小心，似去猎狐一般。

第十三章

连连杀

一

密林之中，有人攀在高高的树枝上，向三岔路口翘首眺望着，其中一人耳语道："咱们现在下手怎么样？只是要注意些，不能真的射杀了他，射伤即可！这是尊者的命令！"

旁边一人答道："那个大个子傻兮兮地坐在马上不动，以我的箭术，此时要射中他应该不难，不过尊者正跟他说话，那个大个子一旦受伤，造成混乱，会不会伤了尊者？"

"嗯……有道理。"

另外一个人点点头，伸手把他的弓向下压了压，低声道："咱们不要在这里动手，由此往展家堡去还有很长一段路呢，不怕他会逃出咱们的手掌心，等尊者离开后再说吧。"

密林的另一侧，也有一伙人在悄悄窥视着拥堵在三岔路口的三路人马，其中一人牢骚道："就是因为这三岔路口比较宽阔，林木遮掩又少，这才选了此处下手，谁知却是三方人马同时赶到，这可如何下手？"

另外一人道："那些随从们来回走动，从我这里很难瞄准叶小天，做不到一击致命的话，混乱一起，就更难下手了。"

前一人迟疑道："要不然……咱们等他离开此地再说？"

那人道："再往前走都是林子，难以下手，等他出了林子就进入咱们于家寨的范围了，如果让他死在那里，会给咱们土司惹来麻烦。再说，咱们抓的凉月谷的人已经弄死了，如今就在树下，难道要拖着几具尸体钻树林子？"

听他们的语气，这些人明显是于福顺派来的。三岔路口，果基格龙和叶小天可不知道暗中正有人打着他们的主意。果基格龙得意扬扬，叶小天则沉下脸色道："格龙，让路！"

果基格龙傲然道："让？我果基格龙横行天下，还没给人让过路！你们闪到路边，我先过去！"

叶小天上次摆官威，被于家的女将军给戏辱得灰头土脸，此时实在没有那么厚的脸皮继续摆他的官员架子。杨羡敏忽在一旁怒道："我们这边挤了两支人马，哪里还有空地容你通过，你快让开，不要耽搁我去于家提亲！"

果基格龙脸色一沉，道："表哥，你这是什么话？我的脾气你又不是不清楚，今儿这路，我不能让！"

杨羡敏因为果基土司背叛了他，和展家以及杨羡达先后联姻，对凉月谷已怀恨在心，一听这话，不禁冷笑道："我不管你们之间那些狗屁倒灶的事，你让开，等我过去，你们愿意怎么闹就怎么闹，我才懒得关心！"

叶小天是杨羡达请来的，杨羡达怎好坐视叶小天受辱，仗着自己女儿马上就要嫁给果基格龙的父亲，自己比他高了两辈，便和气地道："格龙，你就让一让吧，我们这么多人，实在无法给你让路了。"

格龙脸色一沉，对杨羡达道："杨羡达，不要以为你的女儿跟了我的父亲，你就可以在我果基格龙面前充大辈！我和叶小天之间的恩怨，你不要掺和，驾！"

果基格龙说完一催战马便蛮横地撞上来，杨家寨的两路人马恼他骄横无礼，是以拥堵在一起不肯相让，果基格龙大怒道："滚开！"说着扬起马鞭狠狠地抽下来，但他抽的却不是前方挡路的扛挑壮丁，而是叶小天。

叶小天身边的侍卫岂肯让他伤了尊者，马上有人抽出长刀往前一递，那鞭灵蛇一般缠住了他的刀，被他用力一夺，将那马鞭硬生生割断。果基格龙一见是前几天与他交过手的叶小天侍卫，勃然大怒道："你敢毁我马鞭！"

果基格龙弃了马鞭，伸手拔刀，他嫌此地狭窄，马匹腾挪不开，纵身下马，迈开大步便向叶小天扑去。叶小天身边侍卫纷纷下马，把叶小天拱卫在中间，一口口闪亮的钢刀也拔了出来。

双方连一句话都没说便大打出手，这一次果基格龙可不是孤家寡人了，他身边带着许多随从，这些随从也分不清哪些是叶小天的侍卫，哪些是杨羡达的随从，哪些又是杨羡敏的人马，一窝蜂地冲上来，见人就砍。

杨羡达和杨羡敏的人又哪能任由他们砍杀，当即拔刀反击，三岔路口登时化作战场，一时间刀光剑影，敌我难辨。

密林中，叶小天派来的十名侍卫慌了，果基格龙的人和尊者那边已经打起来了，难道他们还能坐视双方交战，等果基格龙重新上路时再说？持弓的神射手把牙一咬，喝道："兄弟们，立即动手！"

果基格龙挥刀猛劈，"铿铿"两声撞开两口长刀，刚刚扑出一步，就听脑后生风，一道锐利的尖啸声擦着他的肩膀呼啸而过，果基格龙猛一扭头，就见杨羡敏那边一个持乌铁棍的壮丁捂着脖子栽了下去，一支利箭已把他的脖颈射穿。

果基格龙大骇，汗毛都竖了起来，立即大呼道："有人放冷箭！有人放冷箭！"

三岔路口的变化，令另外一边密林中于福顺派来暗杀叶小天的几个杀手也傻了眼，纷纷把目光投向自己的头领，那头领也有些茫然失措，迟疑片刻，便道："不管了，杀叶小天！"

果基格龙咆哮着冲向叶小天，大吼道："叶小天，你好黑的心肠，居然安排了刺客要杀我！今天有你没我，我要杀了你！"

果基格龙身形微矮，借着混战的人群遮挡以免被冷箭射中，手中雄浑有力的钢刀却是向叶小天当头劈下，叶小天身旁两名侍卫联手接下了他这一刀。叶小天确实安排了人要"行刺"果基格龙，只是他要手下见机行事，却没想到他们选在此时动手。

叶小天持刀退了一步，心虚地喝骂道："休得胡说，谁要杀你……"话犹未了，一支冷箭便贴着他的鼻尖飞了过去，若不是被果基格龙凶猛的一刀逼退了一步，这一箭就要把他射个对穿。

叶小天吓出一身冷汗，心中暗骂：真是混蛋啊！不是吹牛说他们是山里头最出色的猎手吗？这么烂的箭术，比起云飞真是差了十万八千里，差点把我交待在这里。

就在这时，又是一支冷箭射来，恰好有一匹马被混战的人群惊得仰首长嘶，那冷箭带着一声锐啸射进了马首，骏马悲嘶一声，轰然倒地，看那冷箭所射的角度，目标依旧是叶小天。

叶小天大骇，方才那一箭他还以为是自己安排的人射偏了，才险些射到自己，再看这一箭，他终于明白不是他的箭手功夫不到家，而是的的确确另外有人要杀他。

"谁？谁要杀我？"叶小天当即匍匐在地，扑到那匹死马身上，放声大呼道："大家小心啦，有人放冷箭！"

叶小天觉得很委屈，除了果基格龙，他实在想不出还有谁想要他死。他是那么善良的一个人，日行一善，与世无争，还养了许多小宠物，这么有爱心的人，究竟是谁想杀他呢？

他倒没有怀疑格龙，格龙想杀他也不会用这种手段，对于这个对手的人品，他还是信得过的。果基格龙见叶小天如此狼狈，疑心顿去，他一边挡开别人胡乱对他劈来的两刀，一边大吼道："是谁安排的箭手？表哥，是不是你？"

果基格龙问的是杨羡敏，虽然两家现在已经反目成仇，但他喊杨羡敏表哥已经喊习惯了。至于杨羡达，他以前从不叫哥，虽然现在杨羡达摇身一变成了他的便宜姥爷，关系其实一直比较疏远。

但杨氏兄弟都以为他在叫自己，异口同声地道："不是我！"

杨氏兄弟说完，怒视对方一眼，又异口同声地道："是不是你？"

"呸！"

不愧是两兄弟，就连这声"呸"都是不约而同。杨羡达狠狠地啐了一口，道："我杀格龙做什么？一定是你！一定是你对果基家与我结亲心怀怨愤，所以想杀格龙。"

"你放屁！"

杨羡敏用刀指着杨羡达，怒气冲冲地道："一定是你！你想把自己的女儿嫁给果基土司，再害死格龙，这样一来等你的女儿有了儿子，你的外孙就可以继承果基家的产业了，是不是？"

两兄弟正打着嘴仗，前方丛林中又有一哨人马悄悄摸了过来，这一哨人马也是于福顺安排的。于福顺一共派出了两路人马，一路刺杀叶小天，一路刺杀杨羡敏。

刺杀叶小天的人承担的使命是真的杀人，杀掉叶小天这个所谓的调停人，给张知府一点颜色看看，同时也可借此挑起各部落间更大的矛盾。而杀杨羡敏的那一路人，接受的命令却是"佯杀"！

于俊亭起初并不知道杨应龙授意展伯雄与果基家结亲只是一计，为了达成势力平衡，她自作主张答应了与杨羡敏联姻。文傲带回消息，于俊亭只能采取补救措施，对杨羡敏行刺，破坏联姻。

但是于俊亭又不能真的杀掉杨羡敏，因为杨羡敏一旦真的死了，那杨羡达就成了水银山唯一的合法拥有人，没有了杨家内部的争端，其他各部落没有理由插手，她还如何达到目的？

因此，于福顺派出两路人马分别行刺叶小天和杨羡敏，两路人马之间也互不知情。于福顺倒不是故意对自己的手下隐瞒，只是他身为土司，他下令，手下执行，仅此而已，他根本没有理由向手下说明一切。

是以这一路杀手与刺杀叶小天的杀手没有同时行动，此时才刚刚潜至。一见前方混战成一团，他们不免犹豫起来，不知道这种情况下还需不需要他们再去补上一刀。

谁料这时杨羡敏却和杨羡达对骂起来，直挺挺地杵在那儿，简直就是一个活生生的箭靶子，那还客气什么？动手呗！那刺客首领想都不想，张弓搭箭，便是一箭射去。

杨羡敏刚骂完，一支冷箭飒然射来，正中他的肩胛骨，痛得杨羡敏"啊呀"一声大叫，被他的侍卫猛扑上来摁倒在地，杨羡达站在旁边看得呆了。却见杨羡敏从横七竖八扑到他身上的侍卫中间拼命钻出头来，大叫道："如何？如何？若是我的手下，他们会刺杀我吗？杨羡达，一定是你！你太恶毒了，连自己的亲兄弟都要杀啊！"

杨羡达被他气得七窍生烟，真恨不得现在马上跳出一个人来，迎面给他一箭，才好证明他的清白。这时候，展伯雄派来刺杀果基格龙的杀手也已悄悄地摸了过来……

第十四章

一地鸡毛

一

展伯雄派来的杀手从密林中悄悄靠近后，愕然发现三岔路口已乱作一团。果基格龙、杨羡敏还有杨羡达的人正拆了箱笼的盖子和箱板充作盾牌，三五成群、步步为营地向四下密林抵近。

由于叶小天、果基格龙还有杨羡敏三人先前都受到了冷箭袭击，他们联手反击了，而杨羡达虽然没有遭到冷箭招呼，却也毫不犹豫地加入了他们的队伍，因为他必须证明自己的清白。

兄弟之间争权夺利可以，但有些铁一般的规矩是不容许破坏的，就像两百多年前那位女土司两次招赘都未能生下儿子，她明明还能生育却放弃再次招赘，这就是坏了规矩，所以其他部落土司可以发兵讨伐。

虽然当时各路土司的兵马实力，足以灭掉女土司的部落，他们却没有这么做，在这位女土司接受了他们为她挑选的丈夫之后便退兵了，这是因为如果他们得寸进尺，那也是坏了规矩。

谁也不能保证自己永远处在优势地位，而且在他们之上还有势力更加强大的土司们存在，一旦约定俗成的规范被破坏，对他们而言也是巨大的威胁，为了眼前的些许利益，不值得冒这个险。

兄弟相残同样如是。土司家族不像中原人家一样讲究兄友弟恭，竞争环境相对残酷，但无论如何不至于发展到骨肉相残，如果有人这么做了，那同样是给其他土司家族树立了一个不好的榜样，会遭到其他土司家族的联手打压。

所以，杨羡达和杨羡敏可以用各种方法打击对方、削弱对方，唯独不能用直接杀害对方的办法铲除对手，除非他有能力、有胆气应对接踵而来的众多土司们的诘难。

如今不只杨羡敏受到袭击，果基格龙和叶小天也受到了攻击，唯独杨羡达不曾遭遇冷箭，如果众口一词，认定他就是杀手的幕后主使，杨羡达将陷入四面楚歌的局面，他必须表现自己，证明清白。

杨羡达纠集了本部人马，毫不犹豫地加入了反攻的队列，他手持一块箱板，冲在队伍的最前面，表现甚是英勇。杨羡达一边闪转腾挪地靠近森林，一边暗暗祈求："射我啊！射我啊！快射我啊！"

叶小天蹲在马尸旁，侍卫们用箱笼在他四周围了一个简陋的掩体。叶小天从旁边一只侧翻的箱笼里翻出几匹丝绸，手忙脚乱地缠在头上、身上，弄得他跟个天竺女人似的。

面对六个侍卫惊讶的目光，叶小天从容解释道："你们不懂，丝绸裹在身上，如果中了箭，就很容易拔出箭头来敷药裹伤。"

这些生苗侍卫还真不知道丝绸有这般作用，事实上他们很可能以前就没见过丝绸，尊者既然这么说了，那肯定是毫无疑问的。但是眼见其他三路人马正顶着冷箭一步步冲向密林，其中一个侍卫忍不住问道："尊者，咱们不上吗？"

叶小天很愉快地答道："他们之间狗咬狗，咱们只是调停人而已，用得着那么拼么？这里还有许多丝绸，你们不要客气，也都缠在身上吧，万一中了冷箭，便可多一分活路。"

片刻之后，一个"天竺女人"就变成了七个，七个满身丝绸绮罗的汉子蹲在地上，握着长刀，鬼鬼祟祟地东张西望。

叶小天心里的确很愉快，眼下这局面分明是有人想浑水摸鱼，要破坏某一方面的联姻。叶小天不知道是谁派出了杀手，每个部落出于自身的利益都有杀人的动机，甚至包括据说想要对石阡杨家施加影响但迄今还未露面的播州杨家。

可这样不是更好吗？无法确定凶手，各方疑神疑鬼，那还结的什么亲？叶小天愉快地想：早知如此，我就不必派出人马了，也不知他们撤退没有，可莫要因此折损了。

叶小天的人并没有走，因为随着混乱的扩大，他们发现另外有人在射冷箭，而且目标很可能是他们的尊者，这还得了！这些对蛊教最为虔诚的战士，就像机器人遵守三原则一样，严格遵守着自己的三大原则：

第一条：不得伤害尊者。

第二条：必须服从尊者的命令，除非这条命令与第一条相矛盾。

第三条：必须保护自己，除非这种保护与以上两条相矛盾。

现在尊者明显正处于被人暗算的境地，所以他们放弃了叶小天要求他们"偷袭果基格龙，事成之后立即远遁，自行撤离"的命令，转而向另外一处射出冷箭的密林方向扑去。

林中另一处放冷箭的人是于家寨派来的，他们也没有傻傻地守在原地。作为一群"丛林狙击手"，他们也在不断移动，这么做既是为了避免被他人锁定，也是为了寻找更好的角度下手，他们的目标可不是静止不动的。

如此一来，叶小天的人马还没有找到他们，便先和于家寨的另一路杀手碰上了。这一组杀手接受的使命是假意刺杀杨羡敏，事成立即撤离，他们此时正要撤离，结果却和叶小天的十名侍卫碰个正着。

叶小天这十名侍卫在这丛林中没有战友，但凡所见之人，都是敌人，何况迎面这五六个人持弓挎箭，行踪鬼祟，明显是在干见不得人的事，方才对尊者射出的冷箭十有八九就是他们所为。

叶小天的十名侍卫呼啸一声便散入了林中，有的隐到了树冠之上，有的躲到了岩石之后，有的潜到了败叶之下。只是一刹那的工夫，他们就与丛林完美地融为一体，一场屠杀式的战斗随即展开了……

于家负责刺杀叶小天的那一组人始终没有找到机会下手，叶小天简直比泥鳅还滑溜，一见不妙，立即毫不在乎身份地趴到了地上，人影错动间再也看不到他的身影。于家这些杀手未达目的不便撤退，便只能继续迂回，寻找机会。

展伯雄派来刺杀果基格龙的人发现三岔路口已经乱作一团，一时弄不清楚这里究竟发生了什么，马上警觉地向丛林深处潜去。他们接受的命令是"杀掉果基格龙"。杀了果基土司的独子会令他疯狂，那样机会就来了。

是以在任务没有完成之前，他们是不会撤离的。展伯雄驭下甚严，如果没有尽全力去完成任务，回去必受惩罚。如此一来，他们和移动作战，试图寻找机会刺杀叶小天的于家寨人马不期而遇了。

他们的遭遇地点是一片高大稀松的针叶林，宽度不过二十丈左右。双方同时从灌木丛中钻出来，忽见对面也冲出一群人，佩刀搭箭，杀气冲天，登时僵在那里。僵持片刻后，突然不约而同地行动起来。

"杀！"

各自的首领当机立断，一边抽箭搭弓，一边奔跑出去，一箭射出，便藏身一株树后，陡然一闪，再射一箭，又迅速闪到另一株树后。双方冷箭对射，不断有人发出垂死的惨叫。

终于，借着树木的掩护，双方冲到了短兵相接的距离，弃弓拔刀，厮杀在一起……

· ※ · ※ · ※ ·

最先驰援的是展家寨的人，随着近来各方土司纷纷走联姻路线，局势为之缓和，展家寨的农人又回到水银山旁边的那片山田上开始劳作了，此时再不动手，就要错过春耕佳期。

而叶小天蹲在箱笼堆起的掩体内实在闲极无聊，就点了一把火，把那些充作聘礼、嫁妆的绫罗绸缎堆在一起，付之一炬，顿时火光冲天，烟尘滚滚，惊动了对面山林后的展家寨农人，他们穿过山林一看，马上传讯下山。

三岔路口的几路人马分别来自果基家、杨家和于家，并没有展家寨的人，但展大头人已经听说了展家要和果基家联姻，杨家也要和果基家联姻，因此一来，杨家和果基家就与展家有了很密切的关系。

如今山上发生混战，无论如何他都得去看个究竟，如果是展家的盟友，就得伸出援手相助。是以展大头人率领大队人马浩浩荡荡地冲上山去，这一举动又引起了有心人的注意。

杨家堡中正有人外出，发现展家寨的异常举动后，马上返回杨家堡禀报掌印夫人，杨家主事的两兄弟都不在堡内，掌印夫人甚是担心，立即点齐人马亲自率领着出了杨家堡。

各路人马纷纷赶到三岔口，林中各路杀手眼见功败垂成，只好纷纷散去，只留下一地尸体。这场混战到此结束了，但这场闹剧并未就此结束，各方开始互相指责对方派遣杀手。

叶小天指责的人是果基格龙，果基格龙则反指是叶小天。其实叶小天并不相信果基格龙会用这样的手段对付他，而他连受两箭的事实，也打消了果基格龙对他的疑心，但二人本有旧怨，此时正好借题发挥。

于家寨的人和叶小天一样，明明知道自己派出了刺客，这时却揣着明白装糊涂。于福顺指责是杨羡达派人行刺，意图破坏于家和杨羡敏的联姻，而杨羡达则硬指是杨羡敏派人行刺，意图破坏他和果基家的联姻。

几方人马继血战之后又开始了舌战，唾沫星子漫天乱飞，从正午一直吵到天黑，各方也没理论出一个结果，只得暂时休兵罢战，各自"班师回朝"。

叶小天回到自己住处，先沐浴一番，洗去一身狼狈，换了一身便袍刚刚回到厅中坐下，便有一名侍卫凑到他的耳边低声禀报起来："尊者，咱们的人都已安全撤离了。"

叶小天眉梢轻扬，面上露出喜色，这时那侍卫又道："咱们的人发现林中另外有人意图对尊者不利，所以撤离的时候一直紧盯着他们，结果发现他们……居然来自于家寨！"

叶小天一愣，眸中顿时掠过一抹杀气！

第十五章

设縠藏闿

一

叶小天并不能据此确定想置他于死地的人就来自于家寨,从今日发生在三岔口的一幕来看,行刺的杀手至少有三伙。但是他能确定,除了他自己派出去的那十个人,其他人并不介意顺手把他干掉。

而且从各方立场来看,不管是展家、果基家还是杨氏两兄弟,暗杀他的理由都不充分,尽管他和果基格龙还有杨羡敏之前都有些不愉快,但那只是私人恩怨,牵扯到族群利益,倒是于家暗杀他获益最大。

他是张知府派来的调停人,于家也属于铜仁府,张胖子的面子他们多多少少都要给一些,可是如果张胖子派来的调停人被人暗杀了,那时会怎么样?他们就更有理由占据水银山,甚至以此事激怒张胖子,促使铜仁张家也被拉进浑水。

"于家的人吗?于家能做主杀我的,只能是于俊亭,这个女人,心好毒!"

叶小天的眼睛微微地眯了起来,他不是一个吃了亏还很能忍的人,君子报仇十年不晚,但叶小天从不认为自己是个君子,所以他等不了十年。叶小天对那侍卫附耳说了几句,那侍卫微微一惊,诧然看向叶小天。

叶小天冷笑道:"我已经摸清她的心思了,她想乱,那我就让她乱个够,你尽管去做吧,不会有事!"

那侍卫垂下眼帘,恭声道:"是!"

这个夜晚,于家寨内寨的土司主宅里灯火通明,头人、管家们都被召集到这里,与土司、土舍彻夜议事。可以想见,果基家、杨家和展家的人这一晚也不会睡好,三岔路口的一场纷争各部落都死了不少人,这件事不会就这么算了。

而且,各部落的土司也意识到了这是一个夺取水银山的绝好机会,只要他们能抢过道义的大旗扛在自己肩上,就能得到其他部落的同情与支援,他们占据了道义,就可以更肆无忌惮地出手。

……

五坝岭位于水银山以北约三十里处。此处山峰林立，重峦叠嶂，溪谷幽深，竹木苍翠，景致甚是迷人。五坝岭竹海深处，有一座粗陋简单的建筑，看其风格有些像道观，它也确实是一处道观。

道教在贵州一带流传甚广，四川是道教的发祥地，道教以此为核心辐射出去，影响远至云、贵、渝一带。到后来贵州许多土官也信奉道教，广创神祠宫观，对道教的传播起到了推波助澜的作用。

比如播州杨氏历代土司就信仰道教，杨端第二十六世孙、播州宣慰使杨斌曾于正德十三年随道士白飞霞学道，次年干脆在高平建了先天观，整日于石室中修炼，还给弟子们讲《周易》，著有《玄教大成道法》等书。

这一代的杨氏土司杨应龙同样崇信道教，他曾在遵义海龙囤修醮，并考验道士方术，命道士手持利刃自斫，以手不伤者为有道行。道士鲁一冲一身硬气功出神入化，当即以剑自斫，结果剑锋卷了刃却皮肉不伤，被杨应龙聘为法师。

因之，在这五坝岭人迹罕至之处竟也有了一座道观。这道观中只有一师一徒两个人，香火不旺，所以除了自己种植些庄稼和蔬菜，他们还会应邀为百姓设傩坛作法，收些酬劳。

傩坛的掌坛师与道教虽然各有起源与理念核心，不能等同而论，可事实上经过千百年的发展与融合，它们早就搞得傩道不分了。许多傩坛的掌坛师就自认他们是老君教，因此道士做傩坛掌坛师也就不稀奇了。

附近的山民都知道，竹海道观中的老道士法号尘了，至于他那小徒弟，本是一个弃儿，被尘了道长捡回来做了徒弟，没有正式名字，只知道他的师父叫他石头，据说捡到他时，他就是被人弃置在路边一块大石头上。

除了需要请尘了道长去他们那儿做法事、还愿、祭祀、庆典等事时，山民才会进入林海到道观商请，其他时候绝少有人会到竹海打扰，是以竹海中很是幽静。在这幽静的夜晚，道观中本该早就熄了灯火，可此时老道士尘了的房间里却依旧亮着灯。

灯下对坐着两个人，菜是一碟炒豆子，酒是自酿的糯米酒，嚼一口咯嘣脆香的炒豆子，灌一口自酿的醇浓老酒，两个人神态悠然。

北边那人麻鞋道袍，正是附近山民所熟悉的尘了道长，坐在他对面的却不是他的小徒弟石头，而是一个年纪与他相仿，削瘦高挑的老者，这个老者正是从葫县越狱，就此消失得无影无踪的王宁王主簿。

尘了道长拈起一颗豆子放进嘴里，咯咯嘣嘣地嚼着，对王宁道："今天发生了一件很有趣的事，杨家、果基家还有于家三家的迎亲下聘队伍，在水银山大打出手，据说是有人放冷箭意图行刺，而被行刺的人居然囊括了各方。"

王宁呵呵地笑起来，道："我就知道，展家想和果基家联姻，再联手压制杨羡敏，制止水银山之乱，这怎么可能？那杨应龙野心勃勃，绝不会坐视此事成功！所以我一直袖手不理，果不其然……"

尘了老道微微挑了挑白眉，道："哦？你是说，行刺的人来自播州杨家？"

王宁道："有可能，却也未必，铜仁于家那小女娃，志气不让须眉，胃口也大得很呢，说不定是于家想趁乱拿回水银山，所以是她出手。不管是谁，总之，水银山之乱还没到头，不是吗？"

尘了老道嘟囔道："说出去都没人相信，你们本是专司谋反大逆之罪的锦衣亲军，在朝侦缉不法，平息祸患，在外收集军情，策反敌将，如今却在处心积虑地帮助别人造反……"

王宁正色道："你说错了！我们做的依旧是侦缉不法，平息叛逆，并没有违反洪武天子创立亲军的本意。只是，有些人虽然野心勃勃，但他的反迹一日不显，朝廷就无法不教而诛。

"有没有我们，杨应龙都会想尽办法扩充实力，耐心地潜伏着，等到合适的机会就跳出来在朝廷腹心之处狠狠捅上一刀。与其如此，不如让他按照我们的步调走，如此一来才能将损失减至最小，最终把谋逆者绳之以法！"

尘了老道摇了摇头，道："水银山之乱，朝廷诸公就没有拿出个什么章程来？"

王宁道："这件事发生在众土官的地盘上，他们哪一个都未向朝廷通气，朝廷如何得知？"

这就像一些混帮派的，哪怕是处于弱势的一方，也只会遵循道上的规矩跟对头斗，他们决不会向朝廷告状，一旦开了这个口，他们就会被土司这个群体所鄙夷、抛弃，以后还怎么混？

铜仁张知府也是一样，他也是土官，纵然此事让他头痛不已，他也不会向朝廷开口，叫朝廷的人跑到他的地盘上来指手画脚。他们不但不会对朝廷讲，还会千方百计遮掩其事。

哪怕打得头破血流，那也是他们自己的事，让朝廷插手那才是噩梦。永乐年间思州、思南两位宣慰使打得不可开交，永乐大帝不请自来，"热情洋溢"地跑出来调停了，结果如何？

结果是思州、思南两位田氏宣慰使从此大权旁落，他们传承了千百年的地盘被永乐大帝左一刀右一刀地割成了八块，从此脱离了他们的绝对控制。前些年葫县两位小土司又打起来了，结果朝廷再一次不请自来，结果又如何？前车之鉴，张知府岂会再犯这样的错误。

尘了老道轻轻哼了一声，道："可你们知道！"

王宁抿了一口酒，道："不错！但这一次我们知道，下一次呢？我们未必还有这个运气。只有千日做贼，没有千日防贼的道理，所以我们没有上奏朝廷，我们还千方百计地帮他们隐瞒了消息，与其防着堵着，不如把他们主动放出来。"

尘了老道苦笑道："道不同不相与谋，算了，我如今已经是个出家人，不理会你们这些俗事了。百川他们……都还好吧？"

王宁点点头，道："都好，反正你现在是闲云野鹤一只，不如抽空去看看老兄弟们。"

尘了老道摇摇头道："算了吧，以前我倒是还有这个心气儿，可这些年来独居竹海，已经懒得再动了。见或不见反正也就是那么回事。"

二人同时叹了口气，举起酒杯碰了一下，尘了道长又拈起一颗豆子，对王宁道："对了，害你逃离葫县的那个叶小天，现如今被张铎派来调停诸部之乱了，据你所言，这小子甚是机警，这一回……不会被他坏了你的好事吧？"

"叶小天……"

王宁皱了皱眉头，道："这小子，我倒是挺欣赏他的。如果朝廷中尽是他这般的干吏，那还有什么好担心的？不过，这一次的事，根本就是无解的，他也不会有什么办法。"

王宁呷了口酒，悠然道："你不是说杨羡敏和于家联姻就是他从中撮合的吗？大昏招啊，他毕竟还年轻，有时候的想法太幼稚了，他这么做只能令各方关系更加纠缠不清。这么说吧，水银山这团乱麻，只有一剑斩断！而这么锋利的剑，只有朝廷才有，只能是天子剑。除此之外，没有任何办法！"

王宁说出这句话的时候，心头却不由自主地浮现出了叶小天的形象：那个鬼灵精，不会真能想出办法平息水银山之乱吧？这时候的王宁绝对没有想到，张大胖子派来的这个调停人，现在正比他更用心地策划着如何让水银山局势变得更乱。

第十六章

前波未灭后波生

一

翌日一早，于福顺便邀请叶小天和李经历一起赶往三岔口。

叶小天是当事人，李经历则是去当见证人的。

山林四周，昨日就由几家土司分别派了人把这里围困起来，为的是防止林中还有杀手尚未逃逸。为了防止某位做贼心虚的土司夜中派人上山毁灭证据，他们安排的人都是交叉部署，互相监视的。

这些善后之事都需在今日进行，在此过程中，很可能会找到一些有力证据，以找出幕后黑手，于福顺当然要到场。几家土司相继赶到现场后，对林子的搜索便正式开始了。

很快，搜索的人就在林中陆续发现了一些中箭死亡的尸体，这些尸体都被拖到三岔路口，由几家土司分别派人辨认。

这几家部落在没有发生水银山争端之前，因为彼此地域接近，部落间的接触还是很频繁的，所以谁的堡寨里若是有什么杰出的武士，其他寨子的人多多少少总有认识他的。

结果从陆陆续续寻找出来的尸体看，一些杀手被认出是于家寨的人，另一些则被认出是凉月谷的人，此外还有一些杀手身份不明，根本没人认识。这些身份不明的人，其实是展伯雄从总堡派来的，是以此地无人能认出他们。

杨羡达和杨羡敏两兄弟成了涉案部落中最清白的两兄弟，他们虽然是造成四大部落相争，直至如今兵戎相见的罪魁祸首，但是搜索出来的刺客尸体中却没有一具属于杨家寨。

杨氏两兄弟大大地松了一口气，暗自庆幸不已。

于福顺冷笑起来："我们不可能把别人堡寨里的人都认全。但是不要紧，会派出杀手至此的，必然是与诸部近日的纷争有关的，那么这些身份不明的人会是谁派来的，不就呼之欲出了吗？杨羡达，你说是不是？"

杨羡达好不容易证明了自己的清白，一听这话不禁勃然大怒："于福顺！你这是什么意思？难道说这些来历不明的刺客是我杨某人派出来的？"

于福顺摊开双手道："大家都听到啦，这可是杨羡达自己承认的。"

"我承认你个姥姥！"

杨羡达勃然大怒，拔刀冲向于福顺，展大头人见势不妙，赶紧冲上去一把将他抱住。一旁果基格龙帮腔道："于土司，你这么说有失公允吧？这些身份不明的人怎么就一定是杨羡达派来的，难道就不能是杨羡敏派来的吗？"

杨羡敏气得脸庞通红，指着果基格龙道："果基格龙，你好！你好！你我往日交情从此一刀两断！"

于福顺阴阳怪气地道："果基格龙，你自己屁股不干净，就不要忙着出来帮别人洗刷清白了。你说，你在林中伏下杀手，究竟意欲何为？"

果基格龙根本没有派杀手，可于家寨早就做了准备，提前抓了几个到铜仁去贩卖山货的凉月谷的人，处死在密林之中意图栽赃，果基格龙如今是百口莫辩，因为冤枉，更加愤怒。

果基格龙暴跳如雷，捶胸喝道："我果基格龙光明磊落，怎么会做这种阴险之事？！于福顺，你不要血口喷人！一定是你！一定是你于家寨掳了我的人，意图嫁祸于我！"

于福顺负手而立，傲然冷笑道："是吗？如今已然人赃并获，你还想狡辩！果基格龙啊，你还真是无耻！按照你的说法，这林中发现的我于家的人，岂不也是有人故意嫁祸了？"

果基格龙受不得激，马上拔刀扑向于福顺，刚刚松开杨羡达的展大头人又急忙抱住果基格龙，大叫道："格龙少爷，息怒，息怒啊，这分明是于家有意搅浑水，你千万不要上当，此时一旦动手，那就再也理论不清了！"

等到整个山林被搜遍，除了已被证实了身份的果基家的人和于家的人之外，还有好几个难以辨识身份的杀手，他们身上没有任何可供明确身份的标识，模样也没人认得，为了证明这几个杀手是谁的人，几位土司、土舍、头人、少爷们又展开了一场口水大战。

这场闹剧一直持续到夕阳西下这才不了了之，各土司分别命人抬起属于自己堡寨的杀手尸体返回家园。至于那些谁也不愿承认身份的无名杀手，则由展大头人派人就近埋葬了。

临行之前，果基格龙瞪着于福顺，恶狠狠地道："我果基家究竟有没有派人，我格龙心里最是清楚。这几个人都是去铜仁贩卖山货的，定是被你掳走，藏在林中嫁祸！于福顺，你记住，不管水银山争端如何，咱们这个梁子，算是结定了！"

于福顺依旧一脸欠揍的冷笑，不屑一顾地扬长而去。叶小天和李经历陪着他们吵了一天的架，也劝了一天的架，这时也是筋疲力尽，脚步沉重地陪着于福顺下山，夕阳把他们的身影拖得很长很长……

·※·※·※·

眼看到了于家寨，于福顺停住脚步，回身吩咐道："尸体停在外寨吧，不要抬进内寨，内寨里有贵人，抬进去太晦气。明天……"

他刚说到这里，忽然觉得夕阳晃了一晃，眼睛下意识地一眯，"噗"的一声，一支利箭已经贯穿了他的胸膛。于福顺踉跄退了两步，低头看向自己的胸口，露出不敢置信的表情。

他不相信，经过各堡寨一天的搜索和折腾，最后在他的寨门口，居然还有刺客潜伏着要杀他。可那支箭就钉在他的胸膛上，小指粗细的箭杆，只有一点点血渍蔓延到衣服上，那一箭实实在在地穿透了他的心脏。

于福顺抬起一只手，刚刚搭在箭杆上，便仰面向后倒去……

"刺客！有刺客！"

随行的寨中壮丁纷纷叫嚷起来，丢下抬着的尸体，就近寻找蔽体，同时搭弓的搭弓，拔刀的拔刀，意图找出凶手所在。这时远处夕阳下，已经有一匹马绝尘而去，又有人大叫："刺客逃了！刺客逃了！"

"于寨主！于寨主！"

叶小天扑到于福顺的身上，用力摇了几下，于福顺大张着双眼，眸子滞涩不动，喉中"咯咯"几声，从嘴角缓缓溢出一缕血丝，却连一句话都说不出来。

叶小天大呼道："于寨主！"随即却以极低的声音冷冷地道："你想杀我？没想到你会死在我的前头吧？"

于寨主的身子惊悸地跳动了一下，眼睛蓦然睁得更大，那双僵滞的眸子缓缓地转动着移向叶小天，可他的瞳孔还没对准叶小天，便寂然不动了。

李经历蹲在地上，像只鸭子似的一点点横移过来，小声问道："于寨主怎么样了？"

叶小天抬起头，一脸沉痛地道："一箭致命，你说还能怎样？"

……

于俊亭趴在蒲草榻上，对珠帘外的文傲道："你就照此……说与他知道吧，这里的局势太过复杂，已不是我所能控制的，要他……想想办……法……"

于俊亭的语气听起来十分凝重，其实只是因为忍痛忍得难过。她说到这里时，一双秀气的蛾眉痛苦地跳了跳，终于忍受不了那位自诩为于家寨第一推拿师的神力，呼痛道："你轻着些，痛！"

那女推拿师咧嘴笑道："大土司，奴婢早就跟你说过了嘛，通则不痛，痛则不通……"一边说，她还一边变本加厉地用上了力气，似乎越卖力才越显得她服侍周到。

这时一个寨丁急匆匆地闯进门来，一进堂屋就"扑通"一声跪伏在地，颤声禀报道："大土司，大事不好了！我们土司……我们土司在寨门外被人一箭射杀了！"

"什么？！"

于俊亭猛地一惊，双手一撑蒲草榻，身子一下子坐了起来。

"更衣！快更衣！"

于俊亭跳到地上，愤怒地命令那些手足无措的侍女，虽然隔着细密的珠帘看不见她窈窕动人的身子，站在厅中的文傲还是深深地低下了头，不敢抬起。

侍女慌慌张张地取来衣衫，于俊亭一抬左臂想要穿进衣袖，不料这一抬便是一阵剧痛，仿佛肌肉扭伤了似的痛楚。于俊亭一眼看到那位胖大的推拿妇人，心头戾气顿起，她猛地探出右手，揪住那胖妇人的头发，把她的头狠狠地往几案上一磕，沉声问道："痛不痛？"

"痛痛痛，痛啊！"

胖妇人被于俊亭这狠狠一磕，额头顿时肿起一个大包，疼得她鬼哭狼嚎。

"砰！""通则不痛，痛则不通。一定是你的脑袋经络不通，嗯？"

于俊亭揪住她的头发，"砰砰砰"地磕在沉重结实的几案上，喝骂道："通了没有？通了没有？"

"通通通，通了通了，大土司饶命啊！"

"通了为什么还痛？嗯？""砰砰砰砰砰……"

"饶……命，痛啊！太……大力……"

"不是通则不痛吗？你也知道太大力？通则不痛的混蛋！"

于俊亭累得气喘吁吁地松开手，胖妇人像一摊烂泥似的软在地上，已经晕厥过去。

于俊亭铁青着脸色转身喝道："还不更衣！"

此时的她几近全裸，垂下的秀发遮住了半边俏脸，显得愈发妖艳，但俏美的脸上却饱含戾气，仿佛山中女妖，异常邪异。

几个侍女战战兢兢地凑过来，也顾不得帮她擦去背上的精油，便手忙脚乱地给她穿戴起来。于俊亭装束停当，"哗啦"一把拨开珠帘，顺手从墙上摘下她的珊瑚柄马鞭，大步流星地向外走去。

　　片刻之后，于俊亭便率领一群侍卫冲出所居的院落。文傲追到廊下，扶栏眺望夕阳下于土司远去的身影，皱起眉头深深一叹：于福顺是土司手下的一名得力干将，他的死，对土司的大业势必要有所影响了！

第十七章

事了拂衣去

一

于俊亭还以为于福顺是在寨外很远处就遇袭了，没想到刚冲出寨门，就见寨门处围了许多人，于俊亭翻身下马快步走过去，人群默默分开，于俊亭就看到了叶小天的那张苦瓜脸。

叶小天抱着于福顺的尸体，一脸悲痛莫名。于俊亭冷冷地睇了他一眼，慢慢蹲下，目光落在福顺的脸上。于福顺僵硬的脸上还保持着震惊的神色，一副不敢置信的模样。

于俊亭默默看了良久，沉声问道："这是怎么回事？"

离她最近的人就是叶小天，眼见他人噤若寒蝉，鸭子一般蹲在他身边的李经历又把殷切的目光投向他，叶小天便揉了揉鼻子，对于俊亭详细解说起来。于俊亭面无表情，很镇定地听着。

叶小天道："阿嚏！于寨主扭过头，吩咐人说，内寨里住着贵人，不宜把尸体抬进去，忽然'嗖'的一声，阿嚏！从那个方向就飞过来一支箭，正中于寨主的胸口，于寨主退了两步，似乎想要拔箭，他只抬了抬手，就倒下了……"

于俊亭冷冷地问道："他有没有说什么？"

叶小天摇摇头，道："箭中要害，阿嚏！于寨主一声未吭，就死……阿嚏！"

于俊亭皱了皱眉，问道："你伤风了？"

叶小天摇摇头，压低声音道："将军，你身上的香味太浓了，我的鼻子有点痒。"

李经历吃惊地看向叶小天：这厮是在调戏女土司吗？

于俊亭冷哼一声，没有理会叶小天这句话。

她肌肤护理所用的精露花油气味确实有些刺鼻，她也是用习惯了才不觉得什么，如今匆匆出来，尚未沐浴，叶小天距她最近，又处在下风头上，被熏得打喷嚏也属正常。

于俊亭又看了看于福顺，刚要站起，忽然若有所觉，伸出珊瑚马鞭，拨着于福顺的下巴，让他的面孔正对着自己，渐渐露出深思之色。

叶小天见她打量得仔细，心中微微一凛，急忙咳嗽一声，道："将军，在山上时，果基格龙曾撂下狠话，说不管水银山之争最终结果如何，他跟于家寨的梁子都结定了。你看会不会是……"

于俊亭深深地望了叶小天一眼，又垂下目光看看于福顺大睁双眼不敢置信的表情，慢慢摸到他的胸上，靠近箭杆，五根手指一根一根地贴上去，突地用力一拔，只听"噗"的一声，带倒钩的箭便扯着一块皮肉被硬生生地拔了出来。

叶小天暗暗佩服：这娘儿们，眼都不眨一下！够狠！

于俊亭把带血的箭镞就手在于福顺的衣服上擦了擦，锐利的眼神盯着那箭镞。箭头是三菱状的锋刃，带有毒槽，后有倒钩，这和大明官方制式的枪刃式箭头截然不同。

于俊亭抬起左手，用手指比了比箭镞的长度和宽度，这一动，牵动背脊，又觉有些疼痛，心中不由又暗骂了一句那个推拿师。随即她的目光便转移到箭杆上，箭杆用的是烘烤过的一根笔直的老青藤，既有韧性，又有足够的分量。

于俊亭沉声道："这种箭，确是凉月谷所有！"

叶小天又惊又怒地道："真是他们？"

于俊亭冷冷地横了叶小天一眼，淡淡地道："你这么悲愤做什么？"

叶小天一愣，确实啊！于福顺又不是他儿子，于俊亭这小姑奶奶都没悲伤，他这么悲痛愤怒做什么，表现太过火了吗？可别因此引起于俊亭的警觉才好，这小娘们不但心狠手辣，人也精明得很。

叶小天心念急转，马上愤愤地道："我当然要愤怒，一位土司，当着我的面被人杀了，我还如何调停诸寨纷争！"

于俊亭冷冷地瞧了叶小天一眼，又定定地看了一眼死不瞑目的于福顺，直起身来，似一树琼枝般挺拔地站着，吩咐道："把于寨主抬回去！"说罢转身就走，腰杆始终挺得笔直。

叶小天和李经历对视一眼，马上举步跟在她的身后。

三声号角声响过，寨子里那些担水挑柴、喂养牲口、管理杂务的奴隶娃子都垂首躬身，屏住呼吸等候土司大人经过。土司大人死了，但死了也是高高在上的身份尊贵的土司。

忽地，前方一座低矮的小棚屋里蹒跚地跑出一个四岁大小的娃娃，"咯咯"地笑着，呼唤着她的母亲。看模样，小家伙正在和她的母亲玩捉迷藏。小丫头穿着一件破烂的袍子，头发也脏兮兮的，打了绺儿，健康红润的小脸似乎也很久没洗过了。

她突然从棚子里钻出来，欢快地跑着，正撞在于俊亭的腿上。

"混蛋!"

气恼之中的于俊亭低头一看自己的袍子上被抓了两个脏兮兮的手印,登时勃然大怒,抬腿把那娃踢坐在地上,两个侍卫冲过去抢起了鞭子……

"住手!"

紧随其后的叶小天一声大吼,眼见来不及阻止,急忙抢上一步,张开双臂拦在那小女娃前面。于俊亭本来举步要走了,眼见这般模样,便停住脚步,瞪着他道:"你做什么?"

叶小天道:"还请将军息怒,饶恕了她,她还只是一个不懂事的小孩子!"

于俊亭微微扬起尖尖的下颌,傲然道:"我是土司,她是卑贱的奴隶娃子!这是冲撞土司最轻的惩罚了!"

叶小天道:"将军要和一个还不懂事的小孩子论尊卑吗?下官姓叶,据说叶姓出自姬姓,黄帝后裔。他姓李……"

叶小天又向李经历一指,道:"据说李姓出自嬴姓,为颛顼帝后裔……"

李经历茫然地看着叶小天,心道:我这姓氏历史这般悠久吗?原来上古时候我家祖上就当过皇帝了吗?

叶小天道:"要说起来,现在有名有姓的人家,细溯起源,都是最尊贵的人物后裔。上溯几千年,那都是王子、公主了。时移势易,现在,你是将军,他是经历,我是县丞,而这个小女孩,是奴隶娃子!

"未来会怎么样,谁也说不准。我不是说讲究上下尊卑不对,可是对一个还不懂事的小孩子不必如此严苛。她不是公主,但是在她的父母眼中,她比公主还要娇贵。将军大人总有一天也要为人妻、为人母的,请饶过她,好不好……"

于俊亭瞪着叶小天,神情怪异地斥道:"有病!"

于俊亭说罢便大步走去,向身后摆了摆手,两个侍卫便放过了那小女孩。孩子的父母惶恐地站在一边,脸都吓白了,这时"扑通"一声跪倒在地,感激地朝向于俊亭离去的方向叩头不止,也不知他们是叩拜于俊亭,还是叩拜于俊亭身后的叶小天。

· ※ · ※ · ※ ·

"你要去见祖宗了,别忘了带上一只公鸡,它会提醒你赶路的时间。佩好你的腰刀,拿上一把雨伞,跨上你的骏马,穿着新做的衣衫,泅过大河,爬过雪山,你的祖宗,在那美丽的平原……"

苍凉的丧歌在灵堂前响起,石头坐在角落里,用芦笙伴奏,曲调哀婉悲伤。掌坛师尘了道长又扮起了芦笙坛师,舞蹈着,唱着歌,旁边还有一群伴跳的"大神",王宁穿花衣,戴羽帽,脸上涂抹着油彩,胡乱扭动着,一双眼睛贼兮兮地东张西望。

这叫"闹丧闹卯"。丧事期间，芦笙、鼓声是日夜不停的。作为掌坛师，还要根据灵场的变化及时间的早晚不断变换内容。来了吊客要用芦笙调表示欢迎；早中晚三餐前，要先对亡灵敬饭，芦笙要吹出敬酒、敬饭曲；客人为亡灵上香时，要吹敬香曲；在为亡灵杀猪、宰羊、献祭牛时，要吹交畜曲；天黑、天亮、中午、太阳偏西、鸡鸣等不同的时段，也要分别吹出不同的曲调，傩师和吹笙手少了根本坚持不下来。

所以于家寨把附近所有的傩师都请来了，此时正是尘了道长和他的小徒弟石头当班。于家的人都在灵堂里披麻戴孝，后宅于俊亭依旧是一身素色衣衫。

于俊亭坐在椅上，低沉地道："安排于福顺的儿子继任土司吧，至于向朝廷请封的奏本，先压一压吧，否则……死因实难说明，一旦说明真相，朝廷就会知道此处的乱象。"

文傲请示道："是！可凶手未明，杨天王那边属下怎么说？"

"谁说凶手未明？"于俊亭抬起眼睛，目光森然："凶手明明就是凉月谷，我们于家和凉月谷自然是不死不休！"

文傲蹙眉道："土司，刺客用凉月谷特有的箭矢，这分明是故意嫁祸……"

话说到一半他就明白了，立即闭上了嘴巴。是有人故意嫁祸又怎样？重要的是，于家有了借口，而且是理由非常充分的借口，他们再向凉月谷果基家开战，就连张知府也不好出面阻止了。

文傲立即顿首道："属下明白！"

这时一个侍卫站在门口禀报道："大土司，李经历和叶县丞向大土司告辞，他们要返回铜仁。"

于俊亭目中寒芒倏地一闪，唇角渐渐噙起一丝冷笑。她深深吸了口气，慢慢站起来，沉声道："我去送他！"文傲敏锐地注意到，大土司说的不是他们，而是他，他是谁？

第十八章

草木皆兵

于俊亭走到客厅里,大马金刀地坐下,吩咐道:"叫他们进来。"

廊下,李经历小声对叶小天道:"叶县丞,于寨主刚刚过世咱们就走,不合适吧?"

叶小天道:"李大人,我已经打听过了,他们丧葬、周祭、除灵,三大仪式的时间极长,咱们在这儿耗不起啊。"

李经历道:"那调停一事……咱们不管了?"

叶小天冷笑道:"如今连于寨主都遇刺了,还有调停的可能?知府大人的悬赏,我还是不要了,可别有命赚,没命花。"

李经历想及此地的凶险,激灵灵打个冷战,不再说话了。

这时一名侍卫高声宣道:"请李经历、叶县丞进见!"

叶小天一见于俊亭,便慷慨激昂地大谈他奉张知府所命来此调停四部纠纷,是如何呕心沥血、费尽心机,终于促使四部议婚,和平之期指日可待,不想凉月谷狼子野心,先在山路设伏,复又安排杀手,致使于土司死于非命。叶小天本人对此深表同情,对于家做出的反击决定深表理解,他要回转铜仁府向知府大人禀明此事,并请求知府大人支持。

李经历在一旁只听得目瞪口呆,只能自愧不如。

于俊亭道:"于寨主一死,水银山局势将更加严重,我本该亲自赶回铜仁,将这里的情形告知知府。奈何于寨主是我的亲眷,他既过世,我此时是不能离开的。你既然回铜仁,把此间情形告知张铎吧。"

叶小天既然把李经历请来,当着他的面说出以上这番话,到了张知府面前就不可能再换一套说辞。于俊亭明白叶小天的意思,所以对他求去之举没有丝毫留难,两个人心照不宣,于俊亭很痛快地就答应了他的告辞。

于俊亭陪着他们二人出来,便去灵棚向新晋土司告辞。新晋土司就是叶小天刚到于家寨时曾经见到过的那个胖墩墩的少年,这少年看起来差不多有十岁了,实际上才只八岁,但他现在已经是提溪于家的土司老爷了。

小土司披麻戴孝,正在母亲和司仪的陪同指点下在灵棚里做孝子。石头吹奏了一段哀伤凄婉的芦笙,刚刚撤下休息,又换了几位乐师上来,掌坛师尘了道长正指示他们该奏什么曲子。

这种丧葬法事的乐曲不下数十种,跳神的舞步套路相应也有数十种。在尘了道长的指挥调度下,芦笙乐曲陡然变得欢快起来,几个跳大神的击掌大呼起来:"弟姑弟,弟姑纳,告达崩,哥达着!"

王宁脸上画得花花绿绿的,也摇头摆尾地唱道:"堵达纳乍呀!堵达纳乍呀!"

他们喊的是:"弟兄们,朋友们,吹起来呀,跳起来呀!大家一起来吧!"然后灵堂里刚刚哭嚎了一阵的一大票人,拥到灵堂前,随着欢乐的曲调"咿呀嗨"地跳了起来。

叶小天见此一幕愕然不已,他实在不明白办丧事的时候为什么要在死者面前奏起这么欢快的乐曲,跳起如此欢快的舞步。如果面前停的不是一具棺材,而是生起一堆篝火,他都要以为这帮人在野营踏歌了。

不过这是人家的习俗,想必其中自有他们的道理和说法,叶小天也不好露出太怪异的表情,只管阴沉着一张脸,表现得极其肃穆,反正这么做总不会是错的。王宁看见叶小天,虽不觉得他能认出自己,还是下意识地转了过去,只丢给他一个背影。

小土司被人唤了过来,听到叶小天向他告辞,小土司并没什么反应,还是在母亲的提示下,才客气地挽留了他几句,随后便与于俊亭一起送他们离开寨子。一路行去,寨子里处处可见秣马厉兵的寨中壮丁,只待丧事办完,大战必然爆发。

出了于家寨,叶小天和李经历止步回身,对于俊亭和小土司道:"两位土司请留步吧,我等这就告辞。"

"慢着!"

于俊亭忽然唤住他们,对叶小天道:"叶县丞,于某还有几句话要跟你说,请这边来!"

叶小天心中有些奇怪,但还是依言与她走到一边。二人在一旁的寨墙下站定,于俊亭点漆似的双眸定在叶小天脸上,说道:"于某有一事不解,左思右想,始终不得要领,不知叶县丞肯为于某解惑乎?"

叶小天拱手道:"于将军客气了,叶某知无不言,却不知于将军为何事而惑?"

于俊亭轻轻皱着眉,突然问道:"你为何要杀于福顺?"

"什么?"

叶小天脸色大变,猛然退了一下。于俊亭的目光从叶小天脸上缓缓地落下去,落在他下意识攥紧的双拳上，轻轻一笑，低声道："果然是你，你究竟是为了什么？"

叶小天这才知道之前于俊亭只是怀疑他，并不确定真的是他。或许是她耳目灵通，察觉了什么，又或者是她从于福顺死亡时的模样注意到了什么……是了！于福顺弥留之际惊闻他才是授意刺客杀死自己的人，当时的眼神和表情……

叶小天暗恨，他当年在京城茶馆里听人说书时，常听见一个桥段，就是一个人陷入死地，对手却不忙着杀他，总要啰啰唆唆说上一堆，说着说着一定会发生意外，煮熟的鸭子逃之夭夭。

叶小天当时就想，有朝一日他若杀人，一定刚毅果决，该出手时就出手，决不婆婆妈妈地乱讲话，让煮熟的鸭子再飞走。可他怎会想到人都已经死定了，还是不能乱说话。

无论如何，这种时候打死他都是不能承认的，煮熟的鸭子飞走也就飞走了，但不管是煮熟的鸭子还是活的鸭子，嘴巴总是硬的。叶小天立即惊怒交加地否认道："于将军怎能说出这样的话来？我和于寨主无冤无仇，怎会杀他？"

"是吗？"

于俊亭俏媚的双眼危险地眯了起来，但她对叶小天点点头，粲然一笑，很妩媚很温柔地道："叶县丞，一路保重！"

叶小天就像一只被揪住了尾巴的猫，毛都乍了起来。

· ※ · ※ · ※ ·

"吁！"

叶小天猛地勒住马匹，李经历本来与他并辔而行，急忙扯住马缰，扭过头去，不耐烦地道："叶县丞，你又怎么啦？"

叶小天神色凝重地往前方一指，道："你看，林中有鸟飞起。"

李经历回头看看，茫然道："鸟栖于林，自林中飞起，有什么奇怪的？"

叶小天沉声道："不然！也可能林中设有埋伏！"

李经历道："啊？"

叶小天道："去两个人，查探一下！"

当即就有两名侍卫策马奔向林中。

李经历圈马回来，赶到叶小天身边，苦笑道："我的叶大人，你这一路疑神疑鬼的，用不用这么紧张啊？方才在镇子上打尖，你愣是要先把银子丢进茶水验毒，现在又怕林中有人埋伏，谁会紧追不舍地想暗杀你我呢？看看，看看，你我好歹也是朝廷命官，居然换成和侍卫一样的衣服……"

叶小天有苦难言，总不能告诉他于俊亭对自己的威胁吧。那女人需要"于寨主死于凉月谷之手"这个理由，以便继续争夺水银山，所以不会公开说出他是凶手，但并不代表那女人会放过他,是以叶小天一路上惶惶如丧家之犬。

叶小天只好对李经历解释道:"小心无大错,虽然麻烦些,可是这样才安全嘛。眼看就到铜仁了,咱们可别在家门口翻了船,于寨主就是前车之鉴呐。"

李经历摇摇头,又叹了口气,只好翻了翻白眼,心中暗想:知府大人派我等去水银山调停,结果四大部落原本还只是剑拔弩张,现如今却要大打出手,知府大人不知会作何想法……

……

展家堡里,春光明媚。展凝儿的闺房院内,一树桃花开得鲜艳。

展凝儿对窗而坐,丫鬟都被打发了出去,她一个人坐在那儿,很紧张地捏着绣花针,瞪着面前裁好的几块布片。从小习惯了舞枪弄棒的她,想要做女红,却又拉不下脸面跟丫鬟学,居然异想天开要来个无师自通。

此时的凝儿一副传统的苗女打扮,盘髻于顶,用红帕和白帕交叉缠着头,外围缠了一条绣花彩带,其下缘还罩上"小勒子",周匝密密悬挂着一串串彩珠,摇曳于眉际耳根,美轮美奂。

抄襟衣,衣袖、衣领和衣襟均有精美的刺绣,腰系刺绣的红飘带,下着一头蜡染刺绣的百褶裙,绑腿是由纯白色的麻布缠成的,素雅洁净,恰似窗外树上新雨洗后的粉桃花。

苗家姑娘都要习女红,她们很小就要开始亲手为自己绣制嫁衣,出嫁的时候是要穿上自己亲手制的嫁衣的,如果女红不好,再漂亮也会被族人瞧不起,出嫁的时候会被人暗中嘲讽是光着身子来的。

当然,凡事皆有例外,以展凝儿的身份,她便不穿自己亲手缝制的衣裳也没什么。不过这一次展凝儿给叶小天出了一道难题后,忽然意识到自己已经到了出嫁的年龄,忽然觉得穿上自己亲手裁制的嫁衣才有意义,于是……

"咚咚咚……"

房门被叩响了,展凝儿一惊,针差点扎了手,她气恼地冲着门口嚷道:"不是说了不要打扰我吗?"

外面侍女怯怯答道:"小姐,有人从水银山来,说是有封很重要的信要给小姐。"

话音刚落,房门"呼"的一声开了,展凝儿水灵灵地杵在门口,急不可耐地道:"信在哪?"

侍女把信递上,展凝儿一把接过,"呼"的一声又关上了门。

展凝儿坐在窗前,急不可耐地打开信,只看一眼便笑靥如花,甜美得像吃了蜜。信上只有一句话:"臭丫头,不许再拈酸吃醋了,这一次为了你,我可是一把烽火,戏尽诸侯!"

第十九章

拆烂污

一

"啊！终于回到铜仁了！"

一进城门，李经历便精神大振，这一路上叶小天疑神疑鬼、草木皆兵的，都快把他折磨疯了。时不时地戒备一番也就罢了，行程也是异常错乱，艳阳当空时本该赶路，叶小天却建议入住客栈，明月当空时本该入眠，叶小天却突然来了个急行军……

本来很轻松的返程之举，因为叶小天的怪异举动，折腾得李经历睡也睡不好，吃也吃不好，如今回了铜仁城，总算见着亮了。叶小天谨慎地插嘴道："越是容易松懈的地方，越容易出错，李兄不可大意。"

由此入城，前方路上要经过大悲寺。大悲寺的客舍实际上就是客栈，住客期限有长有短，还有只住一晚或者只在此歇足的，因为是庙产，官府又不能收税，倒是一本万利的好买卖。

李经历远远看见大悲寺恢宏的建筑群，不禁扭头道："叶县丞，可要使人去庙中打声招呼，提前备好住处吗？"

叶小天摇头道："不必，此去提溪，有负知府大人所托。待我禀明知府大人后，若无旁的事就要回转葫县了。"

李经历安慰道："谋事在人，成事在天。你为葫县舍生忘死，事有不逮，非你之过，就不要多想了。"

水银山如今的乱象，本就有叶小天的推波助澜，他哪有什么郁闷难过了，可又不能向李经历解释，只好苦笑道："多谢李经历安慰，咦？那不是戴同知吗？"

李经历扭头一看，果然看见戴崇华摇着一柄绘着艳丽桃花的竹骨小扇，慢悠悠地走在路上，身边未带随从，看他脚下发飘，迈腿迟滞的样子，李经历便笑道："这厮定是又去鬼混过了。"

李经历翻身下马，大笑着向戴崇华迎去："戴兄，从何处来，往何处去啊？"

戴崇华两眼有点无神，看起来有点萎靡不振，好似很劳累的样子，竟未发现偌大的一支队伍过来，如今听人说话，抬头一看，不由大吃一惊，蓦地瞪大眼睛道："你……你几时回来的？"

李经历笑道："这不刚回城嘛！"说着向戴同知挤眉弄眼地问道："快说，你今日又去哪里鬼混了，这回勾搭的是谁家小娘子呀？"

戴同知看到李经历背后的叶小天及一众随从人马，情知他们确实是刚刚进城，不觉松了口气，对李向荣笑道："贤弟说笑了，不提这个，不提这个。啊！叶县丞，久违了。"

叶小天从马上下来，对戴同知拱手道："见过戴同知。"

戴崇华问道："怎么样，堤溪乱局可有改观？"

李经历和叶小天对视一眼，长叹一声，异口同声地道："一言难尽呐。"

戴崇华道："我今儿正好无事，便陪你们去见知府吧，走，咱们边走边说。"他们已经到了人口稠密处，李经历和叶小天便不上马，与戴同知一起边走边说，向他讲起堤溪司目前的情况。

前方经过大悲寺不远，李经历忽地站住脚步，轻"咦"一声道："那不是我家的轿子吗？娘子！娘子！"

李经历放开双足向前方一乘小轿赶去，轿夫见是本家老爷，连忙停住脚步，轿帘一掀，露出一张蛾眉杏眼、妖娆动人的美人面孔，正是黎松月。黎夫人两颊酡红，艳若桃李，大概是在轿中有些闷热的缘故。

瞧见李经历，黎松月吃了一惊，道："相公回来了？"

李经历笑道："可不回来了吗，你这是去哪里？"

黎松月敛了惊容，轻轻掠了掠鬓边发丝，道："哦，妾身刚去庙里上香回来。"

李经历道："好！娘子且回家去，整备一桌酒席，这一路为夫也劳乏了，回去后你我夫妻小酌一番，去去乏劲儿。"

黎松月道："奴家晓得。"妙目一闪，瞟见不远处站着的戴崇华，马上又收敛目光，向李经历温柔一笑。

李经历笑道："是戴兄在那边，极熟稔的人，就不必下轿见礼了，你去吧，我向知府大人复命后便回去。"

黎松月颔首答应，复又向戴同知的方向一瞥，帘子一放，掩住了那红杏初绽般的无限春情。

眼见小轿抬走，戴同知松了口气，忽一扭头，见叶小天正乜斜着眼睛看他，不禁摸了摸鼻子，有些不自在地问道："叶大人看什么？"

叶小天对戴同知点点头，答非所问地道："我对戴大人，真是景仰得很！"

· ※ · ※ · ※ · ※ ·

张知府老佛爷一般堆在椅子里，瞪着叶小天道："你说怎么？谁死了？"

叶小天道："提溪于家的土司于福顺，不慎在寨门外遇刺身亡！"

"啊！"

张知府熊躯一震，身下座椅猛地发出"嘎吱"一声惨叫。

张知府惊道："怎会如此，是什么人下的手？"

叶小天道："凶手远遁，不曾捉到。不过从于土司身上遗下的箭矢来看，于通判断定箭矢为凉月谷独有之物。"

张知府又是熊躯一震，身下座椅再度发出一声惨叫，继续大惊道："竟然是果基家下的手？怎会如此！如今……如今提溪情形如何了？"

李经历苦笑道："我二人离开时，于家正在办丧事。不过我看那寨中悍勇之士毕集，披甲持矛，哀兵一片，恐大战已一触即发了！"

张知府熊躯再震，叶小天咳嗽一声道："那是我们离开的时候，现在嘛，怕是已狼烟四起了！"

"哗啦"一声，张知府身下的座椅四分五裂，一座肉山轰然倒地，震得地皮颤了两颤。

"知府大人！"

叶小天、李经历、戴同知，再加上厅门口两个侍卫，五个人费了好大的劲儿，才把张知府从地上拖起来。张知府垮着一张胖脸，好不沮丧地道："怎会如此？怎会如此？"

戴同知提醒道："铜仁于家和提溪于家同气连枝，势必不会坐视提溪于家受欺，凉月谷的果基家和提溪于家都是咱们铜仁府治下，大乱将起，知府大人不能坐视了！"

张知府脸色如鸡血，"呼哧呼哧"地喘了半天粗气，忽地振声大呼道："快！快去水西请田氏调停！"

戴同知登时垮下脸来："知府大人是让下官去吗？"

这一问提醒了张知府，忙道："对对对，就你去吧！你务必要向田氏说明此间情形之严重，于家和果基家可以不给我面子，他们总不能不给田家面子吧？你去，快去！"

戴同知一听恨不得给自己一个嘴巴，原来是自己揽事上身，他的脸色垮得更难看了。

"田家？"

叶小天不期然地想起了展凝儿曾经评说过的田家那位白虎姑娘来，张胖子要去西天请如来佛祖了，却不知这位田白虎对上于将军孰胜孰败，不能留在铜仁坐观两只雌虎相争，真是可惜了……

·※·※·※·

叶小天走了，挥一挥衣袖，不带走一片云彩，只留给张胖子一个八面起火、四处冒烟的烂摊子。

张知府的悬赏自然是拿不到了，叶小天只带走了约有往年九成的赈济银两，由铜仁府派员押送，解赴葫县。

提溪乱象升级，惊得张大胖子屁滚尿流地跑去水西搬救兵了，此事很快传到了正隐藏在展家的杨应龙耳中，直至此时，杨应龙才知道张知府居然派了叶小天往提溪调停的事。

杨应龙最初的计划是掌握十万大山中的生苗，只要这股力量出山，就可与播州遥相呼应，不管将来是夺铜仁还是占石阡，有这数十万生苗在手，都将如探囊取物。

不料他竭力培植的长老功败垂成，尊者大位莫名其妙地落到了叶小天手里。杨应龙欲行大事，前期必须慎之又慎，太早露出狐狸尾巴必将引起朝廷警惕，为他举事造成种种障碍。

所以杨应龙果断缩回了手脚，转而别寻他途，他想的办法就是挑起铜仁诸部纷争，扶植于氏上位。

自从田氏失去对思州、思南两地的绝对控制权，对于由土司们组成的这条贵州生物链最顶端的掠食者们来说，思州、思南两地就等于是"无主之地"了。

如同狮群各有领地，突然一块领地上的狮群远徙，这块无主之地是不可能任由鬣狗成为最高一级的掠食者的，总有一天其他的狮群会扩张领地，把这里囊括进去，而杨应龙就是那个最先下手的人。

杨应龙要达成这一目的，必须做到两点：第一，不能扩大冲突范围。一旦战争局面发展到不可控制，他又不能提前介入干涉，将会引起其他土司出面，又或朝廷出手，那就为他人做了嫁衣。

第二是不能让人发现他是铜仁乱局的幕后主使。在他举事之前，不能让人发现铜仁府实际上已经落入他的手中。所以他百般迂回，不惜分润好处，暗中收买展家，又与同样身怀野心的于俊亭达成合作。

如此一来，他就得在避居幕后的情况下激发冲突，又得控制冲突，不能让战争升级，不能采取极端手段灭亡某个部落，而是要通过一系列行为，削弱张知府的声望和影响力，促使原本附庸于张氏的土司们离心离德，最终由于氏夺权。

唯有如此，才会避免其他土司的干涉，避免朝廷的干涉。各土司家族的势力本就是此消彼长的，只不过正常的过程要润物无声，经过几代人的不懈努力才能达成，而他把这个进程加快了无数倍而已。

这个火候可就不好掌握了，差一分半生不熟，过一分菜就要糊了。如今事态显然有些失控，幸好这一次于俊亭的自作聪明帮了大忙，她一口咬定制造事端的是凉月谷，占了道义之先，又把目标确定在了铜仁一地之内，而且作为苦主，她操有主动权，这件事如何发展，她可进可退。

只是杨应龙就得暂时收手了，田家可不像张胖子那么愚蠢，如果他不及时抽身，难保不会被人发现幕后有他活动的身影。想至此处，杨应龙即下达了一连串的命令，主要内容是安抚展家和石阡杨家，安排自己的人或按兵不动，或暂时抽身退出此事。

等一切安排妥当，杨应龙又想到了叶小天，怎么到了哪儿都有他？于俊亭说杀死于寨主的其实是叶小天，他究竟是什么意思？是发现于福顺意图杀他实施报复，还是别有目的？

杨应龙很不放心，便又下了一道命令："告诉赵歆，让他盯着叶小天，看看他还有什么举动，随时向我禀报！"

第二十章

各有所谋

一

李经历毕竟与叶小天在提溪司"同生共死"了一场,所以当叶小天要返回葫县的时候,李经历很义气地送了他一程,虽然只送了三里路。

三里路处,三岔路口,叶小天望着铜仁府唯一赶来送他的这位从六品经历李向荣大人,心中感动不已,差点儿就把"兄台家有红杏一枝,悄然出墙矣"的诗意画面很委婉地描述给他知道。

李经历勒住马,一脸戏谑的笑,对叶小天道:"李某正要去三里庄见过一位本家长辈,顺路送你一程,天色也不早了,叶老弟你这就上路吧,一路上还是要昼伏夜行、草木皆兵吗?哈哈,似你这般惜命的人,李某也是生平仅见。"

叶小天到了嘴边的话又咽了回去,向李经历拱拱手,干净利落地道:"再见!"

叶小天启程上路了,明里有六名侍卫,暗里有九名侍卫,另一个并非死在水银山,而是在他赶到铜仁府后,就派回了葫县,此外还有铜仁府押运赈济银两的百名余兵丁。

李经历以为叶小天回葫县还是要疑神疑鬼,昼伏夜行地瞎折腾,却不知这一路回去,叶小天轻松悠闲得很。每日巳时三刻,艳阳当空的时候,叶小天才姗姗上路,还没到酉时就开始张罗歇宿,此时农人家养的溜达鸡还没归巢呢。

叶小天住宿时尽量选择在较大的镇子落脚,这里的住宿和饮食条件相对好些,治安也更好,同时叶小天出手大方,一路护送的兵丁都很满意,对这位叶县丞便也更加恭敬了几分。

这一日傍晚,他们又在一处镇子里歇宿,包下了当地一个大户人家的好大一处宅院,又向当地人买了几十只肥鸡肥鹅,用大锅烹得肉香四溢,以犒赏沿途护送的铜仁府兵丁。

兵士们围着几口大锅流口水的时候,正房的大门却紧闭着,叶小天正在里边同匆匆赶来的华云飞说着话。叶小天先前派人去葫县向花知县报讯时，便让他顺道散播了一条消息，此后他便去了提溪司，在回转铜仁府的时候，又派人通知华云飞赶来。

叶小天给华云飞斟上一杯茶，笑问道："葫县那边的情形如何？"

华云飞道："消息已经传播开了，百姓们大多都已知道此事。"

叶小天颔首道："咱们葫县往年得到的赈银都是最少的，百姓都骂官府无能，不为地方百姓做主，其中真正缘由，身为官员不好明说，又或觉得没必要让百姓们知道，平白背负了许多骂名。

"但我以为，让百姓们知道真相并不是一件坏事，蒙蔽百姓，使之不知真相，百姓愤怒时又只知斥其为愚民刁民，这才是愚官蠢官，这等活受罪的事我叶小天可不干。叶某的苦衷总要叫他们知道才好，相信百姓中也不乏明理之人。"

华云飞点头称是，笑道："大哥说的是，只是这一来，原本往咱们家里送礼巴结的，可就少得多了。原本天天有客登门，自从消息传开，几天里也不见一位客人上门。"

叶小天笑了，道："吃人家嘴软，拿人家手短，这个礼很烫手，还是不要的好。回去后，按我说的，已经收下的礼，都作价还回去。"

叶小天想了想，又对华云飞道："还有一件事，你回去之后，再传播一条消息……"

叶小天对华云飞耳语了几句，华云飞点点头，兴冲冲地跳起来道："那我这就回去。"

叶小天道："不必这么着急的，反正我这一路走得慢，给你留出了足够的时间，你且用过晚饭歇宿一晚吧。"

华云飞道："不了，早些办妥事情我才安心。我这就走了，身上带了足够的肉干和干粮，况且夜路我也是走习惯了的。"

"好吧！那你……"

叶小天点头答应下来，可是目光在华云飞的褡裢上扫了一眼，忽然又唤住了他。华云飞回身道："大哥还有什么吩咐？"

叶小天唇边露出一丝玩味的笑容，他慢悠悠地走到华云飞身边，拿起褡裢看了看，笑道："新做的褡裢，针脚缝得挺细密的啊。"

叶小天托着褡裢嗅了嗅鼻子，又道："唔！里边装的是新做的酱肉吧？挺香的，比咱们炖的肥鸡肥鸭还好吃。"

华云飞一副浑身不自在的样子，讪讪地道："大哥……"

叶小天的手从褡裢上又滑到华云飞腰间，不等华云飞遮掩，便迅速扯下了他腰间那只用来装散碎银两的荷包，在灯下仔细端详着道："哟！鸳鸯戏水，绣得好精致！"

华云飞一把抢了回去，脸庞通红。叶小天似笑非笑地看着他，揶揄道："老弟，你这么急着回去，怕是别有原因吧？"

华云飞"嘿嘿"地干笑了两声，下意识地挠了挠后脑勺，憨态可掬。叶小天高兴地在他胸口捶了一下，笑道："真有你的！人家四娘子温柔美丽，知书达礼，可是一朵俏媚的小桃花呢，居然被你小子近水楼台啦！"

华云飞红着脸道："大哥，你……你就别取笑我啦。"

叶小天好奇地道："说说，你们两个到了什么地步了，几时能喝你的喜酒啊？"

华云飞吭吭哧哧地道："这个……这个……我……我得问过四娘才知道。"

叶小天笑道："四娘温柔贤淑，可不是河东狮。这种事啊，我看还得你做主才成，要不然人家四娘心里再愿意，也是绝不会催促你的。成了，你既归心似箭，那这就回去吧，我若再要留你，只怕你要埋怨我不解风情了！"

华云飞被叶小天一通调侃，完全没有还嘴之力，只好窘着一张满是幸福甜蜜的大红脸，飞快地逃进了夜色。天空中，星星一下一下地眨着眼，似乎也在羞羞这位可爱的少年！

·※·※·※·

繁星点点，满是诗情画意。田彬霏和田妙雯两兄妹站在庭中露台上，台下就是水池，泉水叮咚，肥鱼游动，莲叶摇曳，倒映灯光，便是一幅美丽的图画了。

田妙雯负手而立，亭亭似濯水而出的一株妖莲，媚骨天生的身子被灯光映出一圈朦胧的光晕，愈加散发出迷人的味道。

田妙雯睇着水面轻轻荡起的涟漪，说道："杨应龙很明显是要经营铜仁了，你为何还是按兵不动？"

田彬霏淡淡地答道："历经百余年，我田家对旧地的影响已是每况愈下，那些土司们越来越不把我田家放在眼里了，若不然，也不会出现水银山之乱。

"你看着吧，越往后去，失去我田氏秩序、没有上位者约束的两州八府，混乱纷争也会越多，到那时他们才会明白，有我田氏无我田氏，对他们意味着什么。破而后立啊，如果不下猛药，我田氏如何重新崛起？"

田妙雯冷冷地看了田彬霏一眼，道："杨应龙不是庸才，你这是在玩火！"

田彬霏含笑望向胞妹，道："杨应龙也在玩火，他玩得，我为何玩不得？"

田妙雯冷哼一声，扭过头去道："张铎派人来向我田家求援了，要不要插手？"

田彬霏摇头道："你以为，我们田家现在出面调停，他们就会卖这个面子给咱们？他们早就忘了谁才是他们的主人，即便没有杨应龙暗中挑拨，他们早晚还是要产生纷争的，这是他们妄自尊大应该付出的代价。"

田妙雯道:"张铎对我田家一向还是尊重礼遇的,如果这次他向我们田家求援,而我田家却袖手旁观,恐怕田氏旧部更会离心离德了。"

田彬霏露出一脸诡异的笑容,道:"他们对我田家早就离心离德了,你以为张铎就没有私心?我说过了,破而后立!如果不破,又怎么立呢?"

田妙雯皱了皱眉,她能察觉到田彬霏似乎对铜仁早有安排,但是一直以来,他们两人之间需要通气的就通气,没必要知道的,她向来不多问一句,所以不明白他究竟有些什么部署。

田彬霏吁了口气,对田妙雯道:"你还是考虑一下葫县那边你该如何收场吧,现在可以说,你在葫县是一败涂地!"

田妙雯冷笑,乜斜着他道:"是吗?"

田彬霏道:"难道不是?当初如果有我帮你,你也不至于败得这么惨,你太任性了!"

田妙雯冷哼一声,道:"你以为,杨应龙以赵文远为棋子,布局葫县是声东击西,我以徐伯夷和王主簿为棋子,就不是明修栈道了?如果不是我'上了杨应龙的当',让他误以为一直盯着他的田家果真把注意力转去了葫县,他会在铜仁发动水银山之乱?"

田彬霏挑了挑眉,道:"这么说,倒是你将计就计了?"

田妙雯弯弯的柳眉得意地一挑,道:"没错!不过,我虽然是将计就计,但是既然在葫县投下那么多的人力物力,怎么可以只是一记虚招,不真捞些好处呢?他杨家浪费得起,我田家现在可不成啊。

"所以,我在葫县还是下了一番功夫,驿路如今已经在我的掌握之中!对杨应龙来说,驿路的作用或许并没有那么大,但是对我们田家来说却又不然。有朝一日杨应龙举旗造反的时候,我田家若还能保证驿路对朝廷发生一定的作用,难道不是我田家立下的一件大功?"

田彬霏愕然道:"徐伯夷、王宁,还有他们扶持起来的常自在全都垮了,你怎么可能……难道你在葫县另外还安插了人手?"

田妙雯笑而不语,伸手从围栏上的食盒里抓起一把鱼食,往水中轻轻一洒,平静的水面顿时激烈起来,鱼儿聚拢到水面上争抢着食物,一时波涛汹涌。

田妙雯看着水中争食的鱼群,低声道:"人常说'人为财死,鸟为食亡',殊不知笋因落箨方成竹,鱼为奔波始化龙啊……"

第二十一章

同咨合谋

一

"古语有云：'君子之德风，小人之德草，草上之风，必偃。'是以自古考核官吏，皆以德才兼备者为善，而德犹在才之先也。为官者当激浊扬清、为人表率，然而我县县丞叶小天虽称干吏，操守可鄙。

"古有五善五失，五善曰尊敬上司，曰廉洁奉公，曰办事谨慎，曰多行善举，曰凡事礼让，叶小天仅占其一矣！五失曰夸夸其谈，曰好高骛远，曰狂妄自大，曰知行不一，曰贪污受贿，叶小天五失俱全矣！是故……"

花晴风念罢他数易其稿的奏本，满脸希冀地对李秋池道："先生以为如何？"

李秋池跷起大拇指道："真字字如刀，句句似剑也！"

花晴风松了口气，脸上露出欣慰的笑容。

李秋池注意到他依旧有些忐忑，便道："东翁其实根本不必紧张，皇上亲政后正当辞旧迎新的时候，这就是大势所趋。这种情况下，似叶小天这种人，正是应该清扫的旧臣，朝廷又何惜一县丞？东翁以一县正印的身份出面弹劾，十拿九稳了。"

花晴风点点头，深以为是。

李秋池又道："叶小天妄自尊大是实，收受贿赂是实，勾连土官是实，不敬上官是实，这些罪名足以令他罢官免职。更何况，李某业已买通铜仁一个娼家，只要大人的奏章引起朝廷重视，派出风宪官勘查，便可出面检举。"

李秋池得意地一笑，道："太祖定制：官吏宿娼者，罪亚杀人一等，虽遇赦而终身不得叙用。如果咱们之前找出的罪名尚不能置之于死地，那么再加上这条罪名，足矣。"

其实他们之前罗列的罪名如果朝廷认为属实，就足以摘了叶小天的乌纱帽了。不过叶小天被人算计也不是一回两回了，每每总能死里逃生，反败为胜，实在有点邪门，为了以防万一，李秋池还是多备了一手。

要弹劾一个官员，只靠捕风捉影当然是不行的，但是八分真，两分假，这样就很容易取信朝廷了。饶是如此，为了谨慎起见，这两分假也没有直接写入奏章，而是留待观望。

叶小天在铜仁府公干期间是否嫖娼，花晴风按理来说是不应该知道的，若是写进弹劾奏章，就算朝廷诸公采信了，起码也会立即判断出这位知县与县丞不和，早就有心整治他，所以派员监视，这是为官大忌，所以不到万不得已，他们不必抛出来。

如果朝廷相信了花晴风提出的其他几条弹劾罪名，派员前来勘察，那么就可以断定朝廷诸公至少已经相信了几分，这时再巧施手段，让那风宪官"自行查到叶小天其他的不轨举动"，基本上也就可以确定叶小天的归宿了。

不论对错，不论是非，唯论道德！私德不完美的人怎么可能做出对的事，私德完美的人怎么可能做错事？国人以道德为根基绵延千年，一直坚持这样的逻辑，所以在道德上做文章，可谓无往而不利。

花晴风道："那么，本官明日就上书弹劾？"

"不可！"

李秋池阻止道："这封奏章的弹劾力度是够了，但是如果东翁独力上书，会给人一种什么印象？要知道，叶小天毕竟有诸多功绩，他铲除地方恶霸豪强，剿灭滋扰地方的山贼，建立'天河'引水抗旱，破获贩私贩禁大案……

"每一桩、每一件，都还历历在目。此时东翁若独力上书，就算奏本中所言属实，也不免会给人一个嫉贤妒能的印象，那样的话，叶小天固然倒了，对东翁也大为不利。毕竟我们不只是要搞垮叶小天，还得确保大人您任期满后能有一个好的归宿，如果因此令朝廷诸公对东翁产生了厌恶，那就得不偿失了。"

花晴风赶紧请教道："那依先生所言，该当如何？"

李秋池一字一句地道："由众官吏们联名弹劾，如此才能显出叶小天已犯众怒！东翁不可担当这首倡之名，只需作为一县正印，虚心接纳众官吏意见，附议弹劾即可。"

"这个……"

花晴风一听，顿时面露难色。让他搞点小动作，背后捅叶小天的刀子，他还是办得到的，可是纠集众官吏一同上书，他既没这个威望，也没这个号召力，根本不可能啊！

李秋池皱了皱眉，道："怎么，东翁觉得有难处？"

李秋池实不相信，花晴风在葫县做了五年的正印官，头一把金交椅上端坐的人物，居然连背后煽风点火、纠集一班人众攻讦一个下属的能力都没有，这得要多无能？太说不过去了吧？他在贵阳也接触过不少官吏，还没见过这样的奇葩。

花晴风自然不会在李秋池面前如此露怯,其实在他发现叶小天和他的女人有"私情"以后,羞辱和愤怒已经给了他足够的勇气,他并不畏惧与叶小天一战,可是让他联络众官吏联名上书……他委实做不到啊!

紫羽托着大肚子站在屏风后面,听到这里也不禁替老爷着急。私下里闺阁中,她没少听老爷说起过这叶小天如何可恶,站在她的立场上,自然对叶小天也有了敌意,如今眼见老爷有了扬眉吐气的机会却还畏首畏尾,心中甚是着急。可她只是一个小门小户出身的姑娘,没多少见识,哪能帮得上忙,只能跟着着急了。

花晴风吞吞吐吐地道:"先生有所不知,叶小天在葫县一手遮天,接连斗垮孟县丞、徐县丞和王主簿,风头更劲,我县大小官吏,无不惧他三分。这般情况下让他们出头,他们怎么敢?"

李秋池冷笑道:"如果可以确定叶小天此番必垮呢?东翁,众官吏畏他越深,便也恨他越深。一旦逮到机会,又怎会放过?如今有东翁出面,总不至于没人出头吧?"

李秋池一边说着,一边暗想:以前只知孟庆唯在时,勾连豪强,压迫知县。却不知花晴风能力究竟如何,如果花晴风经营葫县五年,一个心腹也无,就连串联同僚告举一个下官的事都办不到,那么这个东翁我也不必保他了!

花晴风见李秋池神色转冷,心中一紧,暗自忖道:我若再推脱,恐怕李秋池也会对我失去信心,再难助我了。也是,我在葫县五年,难道就连几个人都号召不起来?

花晴风细细盘算起来:白泓此人首鼠两端,最是胆小怕事,他巴结叶小天,应该是听说了叶小天的名声,畏惧此人强势。然则身为一县主簿,他也未必就愿意大权旁落,凡事都看叶小天的眼色行事。若是使他相信我此番告举必定成功,他应该会答应与我一同署名。

张典史嘛,此人与叶小天只是正常的同僚关系,并不算亲近。只是此人年岁已高,来葫县只是混日子的,谁人强横一些,他都不会在乎,恐怕是不会参与这件事的。但是我若许他好处……能许他什么好处呢?

罢了罢了,此人先搁在一边。再说两个班头,周班头是不用想了,此人铁了心跟随叶小天,循天……对叶小天推崇备至,也不可靠,县学教谕顾清、训导黄炫,如果我能许他们一定的好处,再施加一定的压力,应该可以拉过来。

巡检司罗小叶……不可能!

税课大使李云聪……不可能!

驿站的赵驿丞……不可能!

县仓大使……这是我的人,应该可以。

司狱官……也是我的人,应该可以!

想到这里，花晴风缓缓抬起头来，对李秋池道："有三分之一的官员，本县有把握。另有三分之一，还要恩威并施，拉拢过来，另外三分之一，乃是叶小天的心腹，很难拉得过来的。"

李秋池想了想道："好！既如此，东翁对可以相信的人，不妨先透露声息，让他们心中有数。再对可以拉拢的人，或示之以恩，或敲打一番，让他们心生畏惧，然后便召集全县官僚，公开宣布此事！"

花晴风大吃一惊，道："公开宣布？"

李秋池沉声道："不错！东翁公开宣布，才有先声夺人之效！到时候，有心腹之人摇旗鼓噪，又有摇摆不定之人或先畏了东翁之威，或先受了东翁之恩，再见有人应和，便能当场迫使他们同意签字。如此一来，剩下那三分之一的人，说不定也有人会见风使舵，投靠东翁一边。"

花晴风蹙眉道："何不暗中——串联？如此……"

李秋池摇头，道："暗中串连，一旦其中有人口是心非，提前泄露了消息，叫叶小天听闻后，难保他不会想出办法破坏此事。再者，暗中——串联，耗时太久。

"如今趁他不在，正是东翁发威的机会。一旦叶小天返回葫县，他的人有了主心骨，就更不会投靠东翁了。再说，只要东翁能联络到一半的官员，联名签署奏章，以六百里加急呈递京师，到那时叶小天就算知道也来不及了！"

"这个……"

花晴风犹在犹豫，李秋池沉声道："东翁，静若处子，动如脱兔，如此方能擒住叶小天这等狡诈小人！一旦上了奏本，东翁就是挟大义名分，行堂堂正正之事，有何惧哉？"

花晴风咬牙道："好！便依先生所言！"

花晴风咬紧牙关，终于也露出了狼一般的獠牙。

第二十二章

泄 密

一

县衙后进院落，主人、主妇所居的宅院与最后面丫鬟婆子居处中间那条幽仄狭长的小巷子里，苏循天一步三摇地走过来，他正要去探望姐姐。姐弟情深，如今姐夫冷落姐姐，姐姐心情不好，所以苏循天常来陪她聊天，排遣寂寞。

迎面有一个十七八的翠衣小丫鬟走来，瓜子脸，颊上有几个浅浅的雀斑，很是俏丽，这个小丫鬟是紫羽夫人身边的人，名叫果儿。见到苏循天，果儿便避让到墙边，神情却有些异样。

两个人挨近了，那小丫鬟一扭身，似要逃走似的，可还没等二人擦肩而过，苏循天已然飞快地探出手去，在她臂上重重地捏了一把。

"哎呀！"

果儿一声惊叫，大眼睛登时水汪汪的，羞嗔地瞪了苏循天一眼，转身又要逃走，却被苏循天一把抓住手臂。果儿羞窘道："舅老爷放手，会有人来呢！"

苏循天嘿嘿一笑，低声道："我在柴房等你。"

果儿脸蛋红红的，羞怩道："大白天的呢，不要！"

苏循天已扬长而去，拖着长音道："等你哦！"

果儿跺了跺脚，扭头看看，恨恨地跟了上去。

柴房里满是柔软的草，在不需要生火做饭的时候，是绝不会有人到这种地方来的，实在是大户人家人多眼杂的情况下偷情寻欢的绝佳去处。

柴房里，跟进来的果儿噘着小嘴，鼓腾腾的胸脯气鼓鼓地起伏着："人家还有事做呢，叫人家来干吗呀？"

苏循天伸手一拉，两个人就倒向了柴草堆。

"坏人，你就知道欺负人家！"

果儿不安地整理着衣衫，道："大白天的呢，别叫人发现！人家现在不能陪你，得赶紧回去侍候夫人。"

苏循天拉着她道："只聊一阵，没关系的，我对你可是一日不见，如隔三秋呀。"

"才怪！"

果儿俏巧地白了他一眼，道："昨儿你对小夜动手动脚的，别以为人家没看见！"

苏循天吓了一跳：我那么小心还能被人发现？这丫头，别是老盯着我吧。

苏循天嘻皮笑脸地道："你和小夜不是好姐妹吗？嘿嘿，将来不如一起跟了我，依旧做好姐妹。"

果儿叹了口气，认命地道："只要你对人家好，将来不要对不起人家就行。人家只是一个可怜的小丫鬟，你便怎样拈花惹草，我也管不得你。"

苏循天竖起三指，向天发誓道："我保证，对果儿真心实意，如果有朝一日负了果儿，天……"

果儿伸出手，掩住了他的嘴巴，道："别乱发誓，人家信你啦。"

苏循天大喜，揽过她香香软软的身子，又偷了个嘴儿。

果儿晕着脸，对苏循天道："舅老爷不做官，怎么有资格纳妾呢？"

苏循天不以为然地道："规矩是规矩，可如今天下还有几人那么守规矩？富有人家，没有功名却也妻妾成群的比比皆是，你不用担心，我不做官，也能纳你为妾，呵呵，我养得起你的。"

"嗯……"

果儿像只慵懒的小猫偎在苏循天怀里，手指在他胸口画着圈圈，细声道："那……要是叶县丞倒了，张典史会顺进一位成为县丞吧？那样的话，你能不能升为典史呀？那就是官了呢！"

苏循天一怔，奇道："叶县丞要倒了？你听谁说的？"

果儿撇撇嘴道："还说你疼人家，还要瞒着人家是不是？"

苏循天急忙赔笑道："嗨！男人嘛，哪能把外面的公事动辄说与自己的女人听？你这是听谁说的，一旦传出去可不得了。"

果儿听他说"自己的女人"，不禁心中一甜，便道："你放心吧，我也就是跟你说，别人我哪会讲呀！我是听紫羽夫人说的，紫羽夫人说知县大老爷已经想出了定策，那叶县丞很快就要倒大霉了，紫羽夫人说……"

花晴风与李秋池商议大事，现如今最安全的地方就只有紫羽的住处，是以便在那里议事。而二人议事的经过又被紫羽偷听了去，紫羽大为欢喜，心里又藏不住事，便向身边人卖弄起来。

却不想她身边两个丫头早就被苏循天一一勾搭到手了。苏循天长得不丑，又是县太爷的小舅子，两个丫头的岁数已经老大不小了，对她们来说，若能跟了苏循天，那已是极好的归宿,自然很容易就上钩了。

但是这两个丫头虽然知道大房和如夫人这边关系不太好,但那本是大户人家的常态,她们两个并不清楚苏循天这个小舅子和县太爷姐夫的官场派系居然不是一路,是以对他毫无隐藏。

苏循天勾搭紫羽身边的两个贴身丫鬟,最初的目的只是为了他的姐姐,想从紫羽身边的人了解掌握紫羽夫人的一切。虽然紫羽是妾,可是有了儿子,在花晴风心目中的地位大为不同,苏循天不希望有任何不利于姐姐的事情发生,却不想竟会听到这样一个消息。

他不动声色地听着,之后又与果儿嬉闹一番,道:"如今先放过你,今儿晚上……"

果儿冲他扮个鬼脸,嘻嘻笑道:"今儿晚上人家要侍候夫人,走不开!"

一边说,果儿已经一边逃了出去,苏循天伸手一抓,抓了个空。听着果儿的脚步声远去,苏循天脸上的笑容渐渐凝滞起来。

· ※ · ※ · ※ ·

叶小天正走在返回葫县的路上,依旧是日上三竿时启程,刚及黄昏歇宿,走得悠哉游哉。叶小天这么做,是为了给葫县那边散播的两条消息留出充分发酵的时间。

叶小天究竟从铜仁拿回了多少赈济银子,葫县那边还无人知晓?此前叶小天派人回去向花晴风报信时,只说困难重重,恐难完成使命,但没说铜仁府决定给予葫县的拨款数目。

与此同时,叶小天派人在葫县散播消息,向葫县百姓说明了铜仁府例年来在向各郡县拨款时之所以偏袒其他郡县,唯独冷落葫县的真正原因,先把内部矛盾引向外面。

他还散播消息说,今年其他郡县确实因天旱虫灾造成粮食减产,所以铜仁府更有侧重,这一来葫县可能争取到的赈银大概不及往年的五成。

叶小天通过这些消息,一方面把百姓们的不满引向外面,一方面又把他们的心理预期压到了最低,这样一来,即便他最后只能带着约有往年赈银的六成回去,都足以成为意外之喜了,那时谁还会心生怨尤,谁还会抱怨分配不公?

而今叶小天带了约有往年九成比例的赈银回去,这将大大出乎葫县所有人的预料,叶小天当然不会放过这个提高自己声望的好机会,于是他让华云飞又带回去一条消息:知府大人原意只给葫县往年一半的赈济银子,叶县丞为了替葫县百姓多争取些赈济款,主动请缨为知府大人分忧,前往水银山调停四大部落之间的纷争,出生入死,凶险重重,最终为葫县争来了更多的赈款。

叶小天让华云飞带回去的这段消息，通过口口相传，那是一定会被人民群众发挥丰富的想象力补充完善的，最终塑造出一个为民请命、不计生死的清官形象的，但这需要时间，所以叶小天沿途走得很慢。

可惜铜仁府距葫县并不算太远，快马加鞭也就两天路程。虽说山道难行，虽说有大笔的银两需要用车子押运，本身不可能走得太快，可一天的路程顶多也就拖成三天半，因此几天下来，距葫县还是越来越近了。

这天他们正行在路上，眼看太阳西斜，只见飞骑如箭，从山道上滚滚而来，踏得飞石乱溅，山间竟有回音。

"戒备！"

护银车队的一个把总厉喝一声，下马抽刀，车队立即停下，前方架起藤盾，长矛架于其上，后边又有弓箭手张弓搭箭，做好了准备。

来骑虽只一人，但马速太快，而且可以明显看见那骑士背着一张大号猎弓，与弓交叉，另有一口长刀背在背上，刀柄红缨如火。他们押送着这么多银子，不能不防，万一这只是山贼前哨，不早做应对就迟了。

叶小天手搭凉棚向来人眺望着，忽然吃惊地道："云飞？"

叶小天马上叫道："不要放箭，是自己人，放他过来！"

前方那把总刚刚厉喝一声："来人止步，否则杀无赦！"就听见后边传来叶小天的大呼，那把总怔了怔，喝道："闪开道路！"

前方长矛手一撤，盾牌手左右分开，弓箭手也把箭矢指向地面，但仍全力戒备着。不得不说，铜仁张氏这支私兵军纪与战力还是相当不错的，起码比大部分已经退化成了民兵与农夫的卫所官兵要强大许多。

华云飞一路不停，从队伍闪开的人墙中间直冲过来，到了叶小天身边滚鞍落马，叶小天早已下马相候，立即抢上一步，扶住因为乘马太久，两股发麻，有些站立不稳的华云飞，急道："云飞，你去而复返，如此急促，可是出了大事？"

第二十三章

后院起火

一

今日的排衙似乎与往日有所不同，官员胥吏们发现花大老爷红光满面，好像有种莫名的兴奋。排衙之后，胥吏们退下大堂，又发现不用参加排衙的县学教谕、训导、税课大使、巡检司罗大人、驿站赵驿丞等人纷纷赶到，就意识到一定是有重要大事发生。

在衙门做事的人，对风向特别敏感，所以这一上午胥吏们都无心做事，有事没事的就会溜出签押房，到二堂附近转悠转悠，希望第一时间打听到确切消息，但二堂里的官员们却始终没人出来。

坐在二堂的花晴风比一早排衙时还要激动，脸庞始终是红润的。这种热血沸腾的感觉他已经很久不曾有过了。从小到大，他就是父母眼中的乖儿子，邻居眼中的乖孩子，教书先生眼中的乖学生，热血的经历太少了。

他能清楚地记得自己从小到大与人打架的次数，因为从小到大他就只打过一架。那时花家的家境还不错，他还没有与做绸缎生意的苏家定亲，那时他还是所在镇子上唯一一家私塾里学业最出色的学生，那一年，他才九岁。

先生讲课的时候，坐在他前边的那个孩子不停地做小动作，不时与他人小声说话，花晴风很生气地提醒他住口，那孩子马上高声说了句："花晴风，先生正讲课，你不要说话！"

那时候，他正出言制止对方讲话，所以先生扭过头来时，正好看到他最得意的弟子在张嘴，所以很生气地瞪了他一眼，花晴风忍了一肚子气却无法辩解，一直忍到下课，终于像只出柙猛虎般扑上去，揪住了那个信口雌黄的小子……

不怎么会打架的花晴风没赢，因为他甚至不懂得怎么出拳，他只是揪着对方的衣服，从课堂的最后面一直抡到最前面。那场架他输了，可是尽管他鼻青脸肿，却非常兴奋，久久之后，浑身的血液还有一种燃烧般的感觉。

那时候，血液冲得他的手掌都一涨一涨的，他觉得那时候一拳砸出去，就算是砸在墙上，他也不会有痛的感觉。而此刻，他又有了那种感觉，久违的感觉：热血！

花晴风冷冷地扫视着二堂里所有的官员，他已经当堂公布了叶小天的十大罪状。全场为之哗然，没人想得到即将卸任离职的花知县这是发的什么疯，但是每个人都察觉到，他们的大老爷似乎真的与往常有些不同了，他的目光异常锐利，很有气势。

县仓大使和司狱官已经表态支持了。在花晴风连续两次强调自张居正被清算以来的皇朝气象，保证此番联名弹劾，叶小天必倒，又有县仓大使和司狱官站出来决意联名后，堂上的风向渐渐有些变了。

至少，罗小叶的质疑和李云聪的强烈反对，并没有压住花知县的气场，他仍然掌控着整件事情的进展。花晴风越来越喜欢现在这种感觉，似饮醇酒一般，飘飘欲仙。

"白主簿，你意如何？可愿与本县一同联名？"

花晴风把矛头对准了白泓，这是县里的三把手，只要他也肯联名，必定又会有一批摇摆不定的官员加入进来。白泓眼观鼻、鼻观心，仿佛老僧入定，一言不发。

花晴风抬起手，重重地压在已经写好的奏章上，沉声再问："白主簿，你意如何？"

白主簿沉思着，他忽然明白昨日花晴风召见他，以"压担子"为名，许他更大权力的根由了，原来是为了拉拢他一同弹劾叶小天，亏他还为此兴奋了半宿，如果他不肯答应，花晴风先前的许诺显然是不会兑现了。

"干掉叶小天，花知县又将届满，这样的话我就是葫县权位最高的官员中资历最老的一个，我本来就是七品，并不比花晴风低，我又有表姐夫在南京吏部为官，到时候会不会由我接任葫县正印？"

想到这里，官迷白泓不禁心头一热，但他旋即就想到了悬挂于书房之中的那张条幅："与　　为善！"

中间的留白，并非如他对人所言是要把"人"记在心里，那留白处，其实留的是"叶小天"三个字，这是他来葫县上任前就打定的主意：绝不与叶小天为敌。如今要违背先前的誓言吗？

想起那个斗垮了两任县丞、一任主簿，在南京城又胡搅蛮缠，接连祸害了吏部、刑部和礼部，又轰走了李国舅的叶小天，白泓熊熊燃起的贪念登时就被泼了一瓢冷水……

· ※ · ※ · ※ ·

花晴风在二堂大摆威风，试图逼迫众官员与他联名上书的时候，他的后院却已起了火。叶小天此时赫然出现在苏雅的闺阁之中，端坐在苏雅的小书房内。

苏雅与叶小天端坐于书案两端，苏雅满面羞恼，脸泛酡红，额头渗出了细密的汗珠，一口贝齿紧咬着下唇，一言不发。叶小天双手按膝，神色冷峻，睨着她沉声道："夫人考虑得怎么样了？"

苏雅攥起粉拳，道："这件事，是我夫君对你不住，但……你怎可逼我做这样的事？我是他的妻子啊！"

叶小天冷冷地道："不然，夫人还有良策？"

苏雅怒道："你这人，怎能忘恩负义？如果不是我那弟弟向你通风报信，你到现在还蒙在鼓里，到时候……"

叶小天道："到时候，你那夫君就要落一个嫉贤妒能、诬告同僚的罪名，被罢官免职，遣归故里，不但再也做不得官，而且还要声名狼藉，想做个体面的士绅亦不可得！"

苏雅睨着他道："满口胡言！你怎知便不是朝廷准了我丈夫的奏章，将你削职为民？"

叶小天泰然道："我当然不会信口开河，夫人既然问我其中道理，那我就讲给你听。尊夫一旦上书朝廷，朝廷不会不教而诛吧？朝廷会让叶某上书自辩，还会派风宪官来查我，是不是？"

苏雅道："那是自然！"

叶小天道："好！那时候，叶某已知其事，夫人以为，若我有心对付县尊，比起尊夫，谁能发动更多的力量？他想害我，我有没有办法抹杀一切对我不利的证据，反过来抓住他的把柄？"

苏雅气道："我夫君两袖清风，有什么把柄好抓？"

叶小天仰天打个哈哈，道："是吗？"

叶小天往墙上一指，道："夫人，这张《高山流水图》可是名家之作，前朝古董，起码值一千两银子，你说……这算不算是'雅贿'呢？"

所谓"雅贿"就是以名贵字画、古董赠送官员，既达到行贿的目的，又显得高雅。官员拿着它，随时可以向书画古董铺子换取银钱，也算是一种硬通货了。可那张图正是叶小天所赠，上边还盖着叶小天的私章呢。

苏雅恼怒道："那可是由你赠送的，莫非你就是行贿之人？"

叶小天一本正经地道："非也，那是下官受逼不过，被知县大人勒索！"

苏雅只气得张口结舌："你……你……"

叶小天目光一转，又道："我没记错的话，花知县曾经通过洪大善人名下的书铺，刻印过一部书？"

苏雅瞪起一双美丽的杏眼道："那又怎样？"

叶小天似笑非笑地道："常言道：'讨个小，刻个稿'，可见印书之利，印书一套，至少也能赚回买个妾的银子。不知花知县刻印这本诗词散文集子，赚了多少啊？"

最初出书并不赚钱，但是到了明朝中后期，由于出版业的发展，刻书、卖书开始成为一项能营利的行业。而书籍和文人关系最是密切，官员又多是从文人中来，这一来就有官员利用印书、卖书赚钱了。是以朝廷规定，官员以出书营利者，革职查办！

本朝就曾有一位学政大人，把自己所著八股文章刊印成书，命诸生买读，被人弹劾，一经查实后，立即革职查办了。也就是说，官员写书、刻书可以，但不能营利，更不能利用职务之便强买强卖，否则要受严惩。

苏雅气得脸上红晕更盛，道："我家可没从中赚得一分银子，为了印书，倒还搭了些钱呢！"

叶小天摊了摊手道："这个只是夫人你一面之词，谁能确定呢？如果下官去洪大善人那儿走一遭，再去拜访拜访本地几位士绅，你说他们会怎么讲？欲加之罪，何患无辞嘛！"

苏雅脸色一白，恨声道："你要诬陷？"

叶小天反问道："难道尊夫指摘叶某的罪名属实？"

苏雅又不语了。

叶小天微微一笑，又道："循天曾经闹出人命的事，我是不会提的，我当他是朋友，这是我为他做的事，不是为了县尊。但……本县有一座赌坊，据我所知，它真正的幕后主人乃是大老爷，而且这座赌坊现在还在经营。县太爷经营赌坊……呵呵……"

在门外把风的苏循天并不知道因为他的疏忽，给姐夫又增添了一条罪名。花晴风意欲对付叶小天的时候便吩咐他关掉赌坊，把花家的痕迹抹去，可他觉得从那些赌徒们身上抽点利水，既非伤天害理，又能有所收入，所以没舍得。想不到叶小天其实一直就知道这赌坊的存在，也知道这赌坊就是县太爷做后台。

苏雅胸膛起伏不定，激动地打断他的话道："你不要说了！"

叶小天笑了笑，转口说道："夫人，我在京师，有礼部林侍郎的交情，在金陵府，有兵部张尚书的缘分，真要打起官司来，你说谁输谁赢？对我来说，结局只有两个，要么反败为胜，要么同归于尽，而对夫人你来说，结果只有一个：你丈夫，一定会丢官罢职，身败名裂！所以，循天告诉我这件事，使我提前知晓，有了回旋余地，他不是救了我，而是救了他的姐夫——你的丈夫！"

苏雅像泄了气的皮球似的软在椅子里，闭上美丽的眼睛，两行清泪缓缓流下，哽咽地道："我……答应你……"

叶小天微微一笑，起身走到苏雅身边，衷心地道："夫人很聪明！既聪明又美丽，有此贤妻，是花知县的福气！"

第二十四章

当面锣

一

　　二堂上鸦雀无声，所有的人都看着白泓。白泓脸上变形变色，心中天人交战，不一会儿额头就渗出了细密的汗珠。

　　花晴风眼见白泓如此挣扎，心中信心更大了，曾几何时，他花晴风也能靠着威严，把一个仅低他一品的官员压迫成这般模样了！花晴风一字一句地道："白主簿！"

　　白泓从袖中摸出一方手帕，颤颤巍巍地在脸上擦了擦，道："事关重大，可否容下官……好生斟酌一下？"

　　花晴风冷笑一声道："白主簿，奏章今日就要上奏朝廷，可等不了那许久，不知你究竟意下如何？"

　　白泓似乎被汗水蜇了眼角，他猛地闭了闭眼睛，眼前陡然浮现出了那张悬挂在自家书房中的横幅，上边空白处赫然出现了三个大字"叶小天"，变成了六个大字的条幅："与叶小天为善！"

　　白泓猛地张开眼睛，对花晴风道："下官赴葫县上任时日尚短，对葫县官员不甚了解，县尊所言罪状，下官全无所知，既不知其事，实在不能与大人联名签署奏章，还请大人恕罪！"

　　花晴风怔住了，他眼看白泓那般模样，还以为他马上就要被自己逼迫到崩溃，谁料突然之间却发生了这样的演变。白泓有大权在握的诱惑，有搞垮叶小天，挨至他离任后升为一县正印、百里至尊的机会，可他居然拒绝了！

　　一念及此，花晴风对叶小天更加忌惮，他知道叶小天势大，却也没想到叶小天的威势竟如此之大，致使这位县主簿畏之如虎，如此一来，花晴风铲除叶小天的决心也更大了。

　　他要报仇，他要搞垮睡了他的女人的混蛋！他要洗刷在葫县任职五年留下来的窝囊名声，重振官威，如此他才有前程可言，否则再到任何地方为官，也难免被强势下属架空的可能。

花晴风想了想，咽下了对白主簿的呵斥之辞，呵呵笑道："白主簿，且不忙着拒绝，你再好好想想，或许……会改变主意！张典史，你来葫县有段日子了，本官所言不虚吧，你可愿与本官联名？"

张典史一直低头不语，忽然花晴风点到他的名字，张典史不由身子一震。李云聪和罗巡检的脸色已经轻松下来，既然连初来乍到的白主簿都拒绝签字了，张典史一向顺从叶县丞，又岂会答应与花知县联手，背后捅他一刀？

不料张典史咬紧牙关，颊上肌肉绷得紧紧的，一寸寸抬起头来，忽地用力点了点头，沉声道："下官愿与大人联名，弹劾……叶县丞！"

罗巡检和李云聪怔住了，彼此面面相觑，有些不敢置信。白泓有接替花晴风成为葫县知县的机会，都禁受住了诱惑，张典史……这是吃错了什么药？难道花晴风许给他的好处更甚于白主簿？

却不知白泓早在金陵时就领教过叶小天的手段，见识过叶小天横行三部，弄得三位尚书哭笑不得的场面。叶小天守刑部大门的时候，可是把都察院、大理寺和应天府尹都给戏弄了，自己却毫发无伤。

再加上白泓有亲戚在金陵吏部，放弃这个机会再隐忍几年，照样有机会复出，他不必冒着得罪叶小天却未必扳得倒他的风险。而张典史却不然，他老人家马上就该致仕了，以不入流杂职官的身份致仕。

而花知县答应分润功劳给他，并且在离职前作为他的保举人，为他上书请求晋级为从九品官。有了品级，他就不再是杂职官了，在他致仕的时候，他就能有一个更体面的身份。

这对他来说，远比白泓所得到的好处更具诱惑，因为白泓放弃这个机会依旧还有机遇，而他错过这个村，就再也没有这个店了。何况，他本来自中原地带，还不太了解贵州官场，在他看来，以正印官的身份，又联络了一些同僚，联名弹劾一个副手，断无失败的可能。所以，他决定冒这个险。

张典史的掌心都已沁出汗来，他有心疾，为了做出这个决定，心跳如擂鼓，现在都有点耳鸣了。可是一旦做出这个决定，心情一下子放松下来，眼前阵阵的阴翳也就消失了，他往椅上一靠，感觉有些虚脱，忙抓起茶杯，大口大口地喝水。

大堂屏风后，李秋池心中暗想：东翁怎么不先问张典史，若是张典史先行答应，恐怕白主簿也就不会拒绝了，平白少了一个有力人物联名，实在可惜。不过，锦上添花也就是为了好看，没有白主簿，此事至此也是一定能成的了。"

花晴风得到张典史承诺，不禁欣喜若狂，马上趁热打铁又看向顾教谕和黄训导。花晴风已经想好一些说辞，比如列举叶小天的罪状，激起两位老学究的仇忾之心，比如顾教谕和黄训导才是葫县教化方面的主官，可易俗一事的功劳却被叶小天独享，不曾分润他二人一点好处……

只要顾教谕和黄训导同意联名，回过头来再对白主簿软硬兼施一番，他定然也要答应的，那时候大概只有李云聪这个死忠还有罗小叶这个讲江湖义气的军头依旧不肯联名了，想必就连赵驿丞也会来个"墙倒众人推"。

花晴风越想越美，清了清嗓子，扭头对坐在侧首的顾教谕道："顾教谕，对于本县的提议，你……"

花晴风还未说完，就听门口一声怪叫，就像一只猫被人踩了尾巴，随即叫声戛然而止，又似那猫被人割断了喉咙。

花晴风听得那怪叫声是他派在二堂门口负责守卫的心腹衙役，不禁大怒，他"霍"地转过头去，一把抓起惊堂木，正要严斥堂下，就见叶小天从堂下走上来，一边走一边很随意地向众人不停地拱着手，像极了一只招财猫。

"大家好啊，大家好！罗巡检好，顾教谕好，白主簿好，县尊大人，这是在议事吗？"

花晴风手中抓着惊堂木，目瞪口呆地看着叶小天，状似中邪："不会啊，他不是还该有两日才到吗？怎么会……怎么会……"

"啊！"

突然又是一声怪叫，声音就响自堂上，吓得花晴风一哆嗦，手中的惊堂木失手跌落，"吧嗒"一声砸在那份奏章上。

众人循声看去，就见张典史从椅子上直挺挺地拔起来，两只眼睛瞪得吓人，伸手指着叶小天，嘴巴张合几下，忽地脖子一歪，"咕咚"一下又摔回了椅子，随即就向地上滑去。

坐在他上首的是罗小叶，到底是军人出身，身手还算敏捷，迅速探臂一抓，一把揪住了他的衣领，这才没有让他滑脱在地。就见张典史脸色铁青，口吐白沫，唇色发紫，已然不省人事。

罗小叶惊道："不好了，张典史突发重疾！"

这张典史本有心疾，方才一阵紧张一阵放松的，心脏本就再难承受刺激，却不想叶小天突然冒了出来，张典史惊吓过度，一下子促发心疾，就成了这般模样。

堂上堂下顿时一片大乱，赶紧唤了两个人来，卸下一扇门板，抬起张典史，急去求医诊治。等把张典史抬走，堂上的混乱才稍稍平静下来。

叶小天见张典史发病，心里也有点纳闷，他知道花晴风此时在二堂召集众人就是为了对付他，但他刚到堂前，所以并未听见张典史附和花晴风的话，虽然现在看见张典史胆怯心惊的样子他也猜出了几分，可是……他有这么可怕吗？

其实叶小天虽然气愤花晴风过河拆桥，利用他斗倒了徐伯夷和王主簿便掉过头来对付他，但他所恨者也只是花晴风一人而已，像张典史这种混吃等死的小人物，不过是摇旗呐喊的角色，他根本懒得理会，怎么就……

骚乱过去，众人落座，叶小天佯装不知花晴风所议之事，坦然入座，对花晴风道："下官奉命往铜仁求取赈济银两，今已解赴入县，惭愧的是，下官使尽浑身解数，也只讨来约有往年九成的赈银。"

花晴风强挤笑容道："去岁有几个县受了灾，今年铜仁府必有照顾，所以我县赈银少于往年也在情理之中，叶县丞辛苦了。"

叶小天道："多谢县尊体谅。对了，今日县尊将全县官员召集于此，不知所议何事啊？"

堂上顿时又变得鸦雀无声了，所有的人都望向花晴风，花晴风被这么多双眼睛盯着，顿时觉得头大。叶小天盯着花晴风，花晴风的额头不禁见了汗。

屏风后面忽地隐隐传出一声低咳，一下子提醒了花晴风：事已至此，我还有退路吗？根本不可能退却了，便是他提前回来了又如何？我已别无选择，唯有一条道走到黑了！

想到这里，花晴风神色一肃，沉声道："本县召集众官僚，在此众议你为官的过失与罪责，打算联名向朝廷弹劾你。"

叶小天讶然道："弹劾我？县尊大人，你不是开玩笑吧？"

花晴风涨红着脸道："怎么会开玩笑？本县从无戏言。你不敬上司、收受贿赂……"

"停停停停停……"叶小天像挥苍蝇似的挥了挥手，打断花晴风的话，直截了当地道："这些罪名就不用念给我听了，你知道我一定否认的！"

叶小天一到，便在右首最上位坐了，他先向左首众官员扫视了一眼，又向与他同列而坐的官员们扫视了一眼，声音很轻、很柔："听说有人要联名告我，不知是哪位君子，可否请出一见？"

第二十五章

临阵倒戈

一

　　二堂里寂静得仿佛一座坟场，没有一个人站出来。第一个站出来的人是张典史，可他老人家已经倒下了。

　　张典史有心疾，偶尔会请个病假，或者在签押房里煎药，久而久之，众官吏大多都知道他有心疾。但此刻心疾猝发，和叶小天有莫大关系，是紧张也好，恐惧也好，总之叶小天才是诱因。

　　在座的众官员中，唯有白主簿并不这么想。他此时非常兴奋，就像一个赌徒押下了他的全部身家赌大，结果一开盅，果然是大，而且是大得不能再大的豹子，通杀！他真是浑身上下每一个细胞都乐开了花。

　　在白泓看来，叶小天提前赶到，赫然出现在此地，就是一个奇迹。而张典史心疾猝发，也绝对不是意外！叶小天是张典史的克星？

　　县仓大使和司狱官坐在椅中直冒虚汗，他们是花知县的人，没办法不遵从花知县的命令。就在片刻之前，他们还觉得花知县此番已稳操胜券，为此欢欣鼓舞，可叶小天一出现，还什么都没做，什么都没说，他们就感觉到了深深的绝望。

　　以前，尽管他们是花知县派系的人，但是并没什么机会和叶小天作对，所以对此人忌惮恐惧的感觉并没有多么强烈。而此刻他们等于是站到了叶小天的对立面，心头那种压力，实在大得难以形容。

　　花晴风眼见叶小天一到，虽然他只是静静地坐在那儿，脸上还笑吟吟的，可整个气场已被他夺过去，场面即将失控，情急之下一把抓起那份奏章，似乎一下子就拥有了莫大的勇气。

　　他猛地一拍公案，喝道："叶县丞，你休想恫吓同僚！本县并非背后阴谋算计，而是堂堂正正地弹劾你。本县这份奏章只要送上朝廷，你以为你还能坐在这儿耍威风？"

叶小天刚要张口，门口忽地抢进一人，那人正是方才陪同张典史去求医的一个皂班副班头，这人脸色苍白，一进大堂便跪倒在地，向花晴风顿首道："大老爷，张典史……张典史在送医路上，死了！"

大堂上顿时更静了，静得无以复加。花晴风脸上不禁露出了古怪的神情，死了？张典史竟然被吓死了！如此荒唐不经的事情，听着都是笑话，可是竟然就发生在他眼前，这也太荒谬了！

李秋池站在屏风后面也愣住了，他实在没想到花晴风网罗的这群乌合之众竟是如此不堪一击，叶小天还没出招啊！就算他来了又怎么样？照样可以上书朝廷啊！他有权力阻止吗？只要弹劾奏章到了皇帝手中，还怕他不能大势已去？

叶小天也被惊住了，张典史心疾发作，居然送医半路就死了？！叶小天怔了半响，才清清嗓子，对花晴风道："县尊大人，此事是否容后再谈？我们还是先料理张典史的后事吧。"

叶小天话音一落，李云聪和罗小叶便附和起来，而白泓……居然已经站起来，掸掸袍子准备退场了。花晴风大急，他已经把自己逼得没了退路，如此散了场，人心也就散了，他再也无法争取到一人，包括先前已经同意和他联名的两个心腹。

花晴风厉声大喝道："不可！此间事尚未了，本县尚未吩咐下来，谁要退下？叶小天，本县与你并无私人恩怨，此举全是为了社稷，为了葫县黎民，你为官一任，罪行累累，本县是断然容不得你了！正好赵驿丞也在这里，本县马上就上书朝廷弹劾于你！杨洋、李见柏，你二人上前署名，本县这就加印封漆，上奏朝廷！"

花晴风所唤二人正是之前表态愿意和他一起署名的仓大使和司狱官。二人被花晴风一唤，面色如土地站起来，失魂落魄地往前走，行不多远，仓大使杨洋突然身子一歪，"咕咚"一声摔在地上。

走在旁边的司狱官李见柏肩膀刚晃了一下，一见杨大使抢在他前头"晕倒"，顿时心中大骂。但是此等情况下，他若是也再"晕倒"，未免太不成样子，李见柏灵机一动，马上俯身去扶杨大使，变声变色地道："哎呀！杨大使旧疾发作，下官送他去就医！"

李见柏说罢便架起杨大使一条手臂，杨大使躺在地上，牙关紧咬，直挺挺的仿佛已人事不省，李见柏没把他架起来，便在他耳边咬牙切齿地道："少装蒜，快让我架起来，老子要是走不掉，你也别想走！"

杨大使一听顿时放软了身子，悄悄使了点力，在李见柏的帮助下站起来，但双目仍然紧闭，被李见柏拖着向大厅外走，两侧官员都看见他的眼珠子在眼皮底下左转右转，显见根本就没晕厥。

花晴风呆住了，他没想到仓大使和司狱官竟然无耻到如此地步！眼见二人已经迈出大厅到了廊下，花晴风才反应过来，厉喝道："李见柏，你给我站住！叫旁人送杨大使去就医，你回来议事！"

李见柏是当司狱官的，什么黑心肠的事没做过，什么下作的本事使不出来？一听花晴风这么说，李见柏把心一横，左脚跟一踩右脚尖，自己给自己下了个绊子，"哎呀"一声大叫，把杨大使一推，自己便一头抢下石阶。

眼见前面就是一水的平整青砖，李见柏把心一横：男人，就要对自己狠一点！他果断地控制住伸手撑地的本能欲望，硬是用自己的额头和地面来了个亲密接触，"砰"的一声，真的晕了。

叶小天坐在堂上，眼见如此可笑的一幕，不禁啼笑皆非：太过分了，我有这么可怕吗？

他有些同情地扭头去看花晴风，花晴风眼见李见柏连这样的绝招都使得出来，为了不上"战场"宁可自残，不由彻底绝望了。他的目光从众官员的脸上一一掠过，看到的不是奚落就是同情。

当他看到就连叶小天都满是同情地望着他时，花晴风就像心被狠狠地刺了一刀，痛到流血。花晴风疯狂了，就像他幼年时在私塾上学，被同学坑了一回时那样。

隐忍、隐忍，忍到忍无可忍，老实人就会疯狂地爆发。花晴风抖着手中那份奏章，疯狂地咆哮起来："好！你们怕他，本县不怕他！大不了拼个鱼死网破！没人联名是吗？没人联名本县就独自上书，我看你奈我何！哈哈哈……"

花晴风疯狂地大笑着提起了笔，因为之前李秋池建议由众官员首倡，由他来附议并上奏，所以花晴风还没有写上他的名字，此时没人跟他联名了，他只好独自署名。

叶小天站起身，叹口气道："县尊大人，下官自上任以来，自问并没有任何对不起大人的地方，实在想不出大人为何对下官成见如此之深。不过，清者自清，叶某相信，朝廷一定会还我公道！"

叶小天说完把官帽摘了下来，托在手中，对花知县道："赈济银子，下官已经解回葫县了，请知县大老爷与铜仁府护送兵丁交接，自行安排发放吧。下官为证清白，自请停职，在家恭候圣裁！"

其实，这种行为在京官里尤其是京城的重臣中才常见，遭人弹劾，便自请停职以证清白，同时方便朝廷查办，否则依旧身在其位，难保不会再给人送一个"干涉司法"的罪名，这种情况下皇帝大多会下旨挽留。

在地方官里这种事却不常见，你一遭人弹劾便回家歇着，那公事谁来做？所以江浙一带曾有一省总督与巡抚打对台，两人轮番上奏章弹劾对方，互相告了三四年的状，还是各任各官，谁也奈何不得谁。

叶小天虽然自幼厮混于天牢，身边全是官，可这方面的常识自然不可能有人说给他听，他还以为地方官也是这般规矩，所以来了这么一手。

花晴风气极反笑，道："叶小天，你以为离了你，这葫县政务便停滞不行了吗？好！你要停职，由得你！"

叶小天听了，便把乌纱帽往椅上一放，向花知县微笑道："既然县尊准了，那下官这就告辞了。公道自在人心，叶某相信，终有守得云开见月明的时候，希望那时候县尊大人你依旧还能坐在这里，抛弃成见，通力合作，共治黎庶。"

叶小天这番话其实是正话反说，意思是你若告不倒我，你就难辞其咎，到时候我叶小天依旧是葫县县丞，你花大人却不知要何去何从了。可花晴风并不这么想，叶小天的微笑在他看来异常阴险，叶小天这番话也被他解读成了赤裸裸的威胁。

"叶小天，你这是什么意思？莫非你想对我不利？"花知县的脸色倏然惨白，色厉内荏地道："你想谋害本县不成？"

叶小天眉头一皱："县尊大人何出此言？"

花知县对左右众官吏道："你们都听到了，叶小天他当众威胁本县！你等记着，如果本县遭遇了什么不测，那一定是叶小天所为！到那时还请诸君为证，为本县求一个公道！"

叶小天真的火了，怒斥道："县尊大人，你胡言乱语什么，简直是一派胡言！"

后宅里，苏雅拭去眼泪，睁着一双红肿如桃的眼睛站了起来，苏循天看着姐姐脸色，小心翼翼地道："姐姐，你真要依了叶县丞不成？"

苏雅凄然道："我思来想去，只觉叶县丞所言俱都不假。没有别的法子了！"

苏循天叹了口气道："姐夫一定会对你怀恨在心，再难原谅你的。"

苏雅垂泪道："他鬼迷了心窍，好端端地偏要去惹叶县丞，那叶县丞曾斗垮孟庆唯、徐伯夷、王宁，而这些人都曾挟制你姐夫，令他束手无策，他又怎能是叶小天的对手？他如今愈陷愈深，已不可自救，夫妻一场，纵然被他误会怨恨，我也只能选择真正对他好的做法。走吧，咱们去二堂。"

第二十六章

你爆我也爆

一

　　李见柏悠悠醒来，一睁眼，就见杨大使趴在他旁边，一双眼珠子贼兮兮地乱转。李见柏轻咳一声，小声道："老杨，现在是什么状况啊？咱们还用不用晕呐？"
　　杨大使压低声音道："情况尚不明朗，还是先晕着吧。"
　　堂上叶小天和花晴风对峙之态激烈，火药味浓厚，再加上众人都知道他二人是借故想溜，并非真的突患重疾，所以没人理会他们了。
　　李见柏答应一声，忽然想起杨大使在堂上抢先晕倒的事，恨恨谴责道："老杨，你刚才可真无耻！"
　　杨大使哂然道："大哥别说二哥，你比我也好不到哪儿去！"
　　正斗着嘴，李见柏忽道："嗫声！"
　　杨大使赶紧闭嘴闭眼，又悄悄睁开一只眼睛循着脚步声偷偷望去，这一看，两人闭着的那只眼睛也猛地张开了："夫人？"
　　苏雅在苏循天的陪同下走到门口，惊讶地看了看躺在阶下的两名官员，见二人目瞪口呆地看着她，心中有些莫名其妙，知县并没有责打僚属官员的权力啊，这两人躺在这儿做什么？
　　不过这时显然不是过问他二人事情的时候，苏雅只是脚步一顿，便撇下杨大使二人，转身向二堂里走去。
　　堂上都是本县官员，官员的夫人们之间也有聚会，所以他们大多见过这位县尊夫人，哪怕只见过一面，又有谁会忘记姿容如此美丽、行止如此高雅的美人？何况在这里能登堂入室的也只有知县夫人，是以堂上顿时一静。
　　花晴风抓着惊堂木，正与叶小天愤怒地唇枪舌剑，忽见夫人赶来，不由一怔，苏雅可是从未在二堂出现过，花晴风惊讶地对苏雅道："夫人？你……怎么来了这里？"
　　苏雅欲言又止，目光一闪，偷偷地瞟了叶小天一眼，叶小天背负双手，根本没有看她。想起叶小天先前所言，苏雅把心一横，对花晴风道："老爷，你身染微恙，妾身实在放心不下，所以……来促请老爷回去歇息。"

花晴风怒道："一派胡言！我有什么微恙？"

"老爷……"

苏雅满脸为难，欲言又止，转而对弟弟苏循天道："你去，扶你姐夫回去休息。"

苏循天马上举步上前，就要去扶花晴风，花晴风把他一把推开，大喝道："滚开！本县有正经公事待办，这里也是你等妇道人家和无品小吏能进来的？出去！马上给我出去！"

叶小天微微转过身来，脸上带着一抹淡淡的笑意，苏雅被他一看，心弦一颤，她现在也是怕极了魔鬼般的叶小天，生怕叶小天心生不满，推翻先前约定，对自己的丈夫不利，便提高嗓音道："循天，还不快扶你姐夫回去！"

花晴风又惊又怒，拍案道："夫人，你究竟想干什么？众官属面前，你敢如此视为夫如无物！这般没有规矩，难道你想逼我休了你吗？来人，把夫人和苏循天带出去！"

眼看大老爷、二老爷的大战变成了夫妻二人的混战，众人都只能作壁上观，人家的家务事，他们不明究竟，也掺和不得。但堂下衙役得了大老爷的吩咐，却不能不听命行事。

两个衙役走进来，对苏雅拱手道："夫人，请退出大堂，莫要让小的们为难。"

苏雅寒着脸道："我不走！老爷，有什么事咱们到后宅去说。"

花晴风此时心中恼怒，额头青筋都暴了起来，他以为苏雅是眼见情夫遇难，不惜脸面赶来搭救，心中实是恨极，不禁冷笑道："立即把这贱妇给我轰出公堂，立刻！"

两个衙役无奈，只能道一声"得罪了"，便要上前架住苏雅的胳膊，把她硬拖出去。

"且慢！"

苏雅大喝一声，制止了两个衙役，噙着眼泪望了花晴风一眼。花晴风看到她眸中满是歉疚、乞求的神情，心中怒火更炽：这个贱妇，为了她的奸夫真连起码的羞耻心都没有了！

苏雅轻轻呼出一口气，缓缓扫视了堂上众官员一眼，神色木然、语气凄婉地道："事到如今，妾身……不能不说了。诸位大人，拙夫……因我县近年频出大案，劳思忧虑，患了心疾，是以性情大变，所作所为实非其本意。拙夫今已不能处理公事，还请诸君多多担待。"

"轰"的一声，整个二堂顿时骚动起来，众人都把惊讶的目光投向花知县，这个消息实在是太劲爆了，他们城府再深、心性再隐，也是无法保持镇定了。

花晴风脑袋一晕，抓在手中的惊堂木再度失手跌落，"吧嗒"一声落在案上，他不敢置信地瞪着苏雅，颊肉哆嗦，道："夫人，你……你说什么？"

苏雅说她的丈夫患了"心疾"，这个心疾与刚刚暴病死去的张典史所患的心疾可不是一回事。那年代心疾中的"心"字，既可指心脏，也可指大脑。而这个"疾"包含的范围也很广，可以是肉体上的病情，也可以是精神上的病情。

结合方才苏雅所言的"因我县近年来频出大案，劳思忧虑，患了心疾，是以性情大变，所作所为实非其本意"，他这个心疾指的就是精神病，按照当时的民间通俗说法，就是"失心疯"。

精神病的所作所为当然不用理会了，而且由当事人的妻子出面指认，还有谁会不信？花晴风激愤欲狂，抓起惊堂木拼命地拍着，大吼道："肃静！肃静！她诬陷我，这女人诬陷我，本县没病，本县没发疯！"

众人看着他疯狂的眼神，谁也没说话，坐得稍近的白主簿和罗巡检悄悄地退了几步，和他拉开了一些安全距离。

花知县真的快要气疯了，这个罪名一旦落实，他还告什么叶小天，赵驿丞肯答应替一个疯子上书给皇帝？那赵驿丞这官也就做到头了。而他所罗列的一切罪名，哪怕全是真的，也根本不会再有人理会。如果连疯子上书也要采信，或者抱着怀疑的态度去查证，那置被举告的官员于何地？岂不令天下臣工寒心？

也就是说，花知县从现在起已经被"剥夺"了一切权力，在官府里，他将丧失作为知县的一切权力；在家里，他将丧失一家之主应有的一切权力；花晴风被人架空也不是一次两次了，唯独这一次被人架空得最是彻底，他连作为一个正常人的资格都被架空了。

"我没疯！我没疯！我真的没疯啊！"

花晴风疯狂地咆哮起来，可他这么做的唯一结果，只是让众官员更相信他得了疯病。苏雅和苏循天姐弟俩沉痛、悲伤的表情，更让众人坚信了自己的判断："知县大人，一定是疯了。"

"好吧，好吧……我方才只是太激动了。呵呵呵……其实本县真的没疯，方才只是过于气愤，你们要相信我，好不好？"

花晴风忽然意识到他此时表现得越是疯狂越会令人怀疑，他注意到就连被他唤上堂来的两个衙役也已转过身来，不再听命于他，而是一副随时准备扑上来制止他伤人的模样。

花晴风心惊之下马上换了表情，尽量平心静气地与人说话，语气非常柔和。可惜，精神病这顶帽子一旦被人扣在头上，他任何正常的举动在别人眼中都会变得不正常起来。

花晴风从暴怒突然变得和颜悦色，叫旁人看了只觉得心中更加害怕，如此喜怒无常，可不就是真的疯了？白主簿又退了两步，罗巡检则很同情地对花晴风道："县尊大人，我们相信你，大人先回后宅歇息一下吧，有什么事咱们明日再议好了！"

"你骗我！你其实是认定我疯了！你想骗我回去，你……你们……"花晴风气得浑身哆嗦，他嘶吼几声，突然绝望地捂住自己的面孔，痛苦地道："我没疯，我真的没疯啊……"

叶小天轻飘飘地道："兹事体大，依我之见，不如找个郎中确认一下吧！"

花晴风一听他说话，忍不住又是暴跳如雷："我不看！我没病！你一定早就买通了郎中，你想坑我！"

叶小天叹了口气，一脸无辜的表情。这小子也是损得很了，郎中能看得出疯病？到了现代，一个人有没有精神病，也不是医生能准确诊断的，更多的是靠观察他的情绪和行为，而花晴风此刻的情绪和行为……

苏雅看着丈夫如此痛苦，泪水忍不住汩汩而下。但她心中依旧牢记着叶小天对她说过的话，她并不是轻信他人之言的人，但她凭着自己的理智所做出的判断，和叶小天所做的结论是相同的，她有什么理由不这么做？

如果真让她丈夫上书朝廷，最好的结果就是能告倒叶小天，而这件事成功的可能不超过三成。即便是这样的结果，叶小天也不会坐以待毙，在他的反击之下，花知县也会因为雅贿、出书牟利、私营赌场等一系列罪名垮台。

而更大可能的结果是：叶小天没有倒，她的丈夫却倒了。不但因为数条大罪被罢官免职削籍为民，回到故土还会因为他的污点受人诟病，她的丈夫将要失去的不仅是宦途前程，还包括体面与名声。

要避免这一切，只能依叶小天所言，让她丈夫收手。可她丈夫也不知中了什么邪，孟庆唯、徐伯夷那般对待他，他都不曾鼓起勇气与之决斗，现在却对与他关系相对温和的叶小天一副必欲除之而后快的样子。

这种情况下如何让他收手？就算没有人愿意与他联名，他依旧可以独立署名上书朝廷，没有人能阻止他，要让他告不成，只有一个办法，叶小天想出的办法：让花知县疯掉。

"失心疯"又称"怔忡之症"，以这个年代的医术，对它还没有明确的认识，对精神疾病的分类也很泛泛。而且医者相信，有些心疾是因为心火旺，肾阳衰，遇有惊骇悲恐、意志不遂之事时，七情内伤，阴阳失调，从而发病，也就是说，这种心疾能够治愈，这样，花知县就有复出的机会。

再退一步，就算不能复出了，花知县患了癔症不能履职，官员品级和相关待遇也还在，他也是"冠带闲住"，为官的特权可以保留，免职前后的生活差距也不会太大。

告则必然削职为民，不告就是"冠带闲住"的散官，而且不无复出的机会，苏雅还能不知该如何取舍？更何况，叶小天说他不会拿她弟弟的命案说事，可相公出书明明没赚钱他都能颠倒黑白，此人信得过吗？

然则苏雅这份苦心，花晴风怎能知道，他只道苏雅铁了心为了她的奸夫要坑害自己，今日给他冠以"失心疯"之名，明日会不会说他发狂走失，然后在一口水井里发现他的尸体？

花晴风越想越惊恐，于是，他爆出了一条更惊悚的八卦！

第二十七章

落魄小花落魄李

一

眼看就要被那对狗男女合谋将他陷害，坐实他患了失心疯的事情，到时候他的生死都要由人摆布，花晴风把牙一咬，再也顾不得什么脸面了，他厉声吼道："我知道！我知道是你、你，是你们两个联手害我！"

花晴风指指苏雅，又指指叶小天，咬牙切齿地道："你们这对奸夫淫妇，就是你们，你们勾搭成奸，视我如眼中钉，所以处心积虑地想要除掉我。"

爆了！又爆了！苏雅刚刚爆出知县患了疯病的劲爆八卦，现在知县又爆出了自己夫人与人私通的八卦，内容更加火爆！

但是……

为什么堂上这么安静？

花知县霍然扭头看去，在罗巡检、白主簿等人脸上只看到一种表情："你真的疯了！果然是疯了！"

"是真的，是真的！"

花晴风急了："本县在叶小天书房中发现一幅兰草，那题款就是我妻子的闺名，我妻子书房中悬挂了一幅高山流水图，那是叶小天所赠，嘿！谁不知兰草看的就是叶子，有'看叶胜看花'之说，我姓花他姓叶，其中意味还用我说吗？"

苏雅万万没有想到丈夫为了证明他没有疯，居然用这样的污名羞辱自己，一时间气得脸庞涨红，泪水潸潸，她实未想到，曾经那般恩爱的夫妻，今日竟然如此绝情！

苏循天怒极，喝道："姐夫休要胡言乱语，那幅兰草是叶大人新居落成时，我手中没有贺礼，所以央姐姐画了幅画充数。叶大人还赠画作，那也是寻常礼数往来！"

对于花晴风的这种爆料，不仅听过坊间传言的赵驿丞信了七分，其他众人也半信半疑的，并未全然当成疯话，但大家信了这话，并不代表他们相信花晴风没有疯，反而更加证实了花晴风疯了。

常言道"家丑不可外扬"，很少有男人会豁得出脸面，当众承认这种事情，尤其是有身份的男人。花晴风如果没疯，他会当众爆出这种体面丧尽的事来？难怪叶小天对他这个知县如此友善，他还蓄意对付叶小天，难怪他疯了……

　　"是真的，本县没有半句虚言呐！"

　　花晴风眼见众人的目光更加同情，也更加相信他是疯了，不禁又气又急，语无伦次地吼道："有一夜大雨倾盆，三更时分，我去叶府，在他书房亲眼看到这贱人……这贱人蹲在桌下，为叶小天行那羞耻之事……"

　　这段话众人却并不相信了，只以为这是疯掉的花晴风幻想出的疯话，太荒唐了吧，深更半夜的，以知县之尊，他屈尊到下属府中拜访？知县夫人那是何等敏感的身份，若与县丞有私情，利用她进香礼佛、官宦内眷小聚的机会幽会不成吗？半夜三更潜去叶府，不怕丈夫发现她不在家？

　　而且叶府又不是开门就见卧房的小门小户人家，重门叠户的一座府邸，知县登门他们居然来不及躲避，被知县堵在书房里？知县老爷作为一个男人，当场发现居然不发作，直到此时被他妻子指证患了疯病时才说出来？

　　这番没头没脑的话便连赵驿丞都不信了，本来只有他尚怀疑知县是否真的患了疯病，此时也不再怀疑。罗小叶实在听不下去了，皱起眉头道："你们两个，赶紧扶知县大人下去休息！快着！"

　　那两个衙役得了罗小叶吩咐，上前架起花晴风就走。花晴风大急，挣扎吼道："我没有疯！那贱人勾结奸夫，想要害我！如果我死了，一定是被他们害死的！我没疯，我没疯啊，你们相信我啊……"

　　花晴风的声音越来越远，苏雅原本脸色苍白，突然听花晴风提起那晚暴风雨中的事情，脸上血色一下抽得干干净净，变得苍白如纸，她这才知道，原来那一夜丈夫已经发现了她，而且因此产生误会。

　　丈夫对她的冷落，对叶小天的恨意，所有的一切，联系上这件事后，都一下子清楚了，苏雅又悔又恨，恨不得立刻向丈夫说明误会，剖白心声。可她只迈出一步，便眼前一黑，向后倒去。

　　苏循天急急赶上一步，一把抱住姐姐，被花晴风道破仇恨来由的叶小天正惊怔在那儿，见此情景，暗暗一叹，对苏循天道："快扶夫人下去歇息，此间事情，我们来收拾。"

　　苏循天面色沉重地点了点头，抱起姐姐默默地走了出去。

　　顾教谕看了看二堂里面色各异的众官员，轻轻一捋花白的胡须，沉声道："诸位都是有身份的官员，当知君子'所守者道义，所行者忠信，所惜者名节'的道理，今日之事，还请三缄其口，慎言！慎言！"

　　白泓、李云聪、罗小叶等人纷纷拱手道："顾教谕说的是，我等谨记了。"

叶小天原本极为气愤花晴风恩将仇报，至此方知别有缘由。想起当日一场误会，花晴风却能隐忍不发，不动声色地与他周旋，直至利用他斗倒了徐伯夷和王主簿，这才猝下杀手，也不由暗自心寒。

罗小叶见叶小天脸色阴郁，便拍拍他的肩膀，宽慰道："知县患了癔病，胡言乱语一番，大家都未当真，你不要坏了自家心情。"嘴里安慰着，心里却嘀咕：你与知县夫人，莫不是真有私情吧？啧啧啧，知县夫人你也敢上，年轻人呐，难道不晓得色字头上一把刀？

叶小天向他勉强一笑，喟然道："如今这副烂摊子，该当如何是好？"

罗小叶道："知县因病不能处理公务，你是县丞，理应由你主持大局。"

叶小天摇了摇头，道理是这个道理，可他本就是被花知县弹劾的人，花知县又爆出那么劲爆的消息，他若取而代之，暂领葫县一应事务，岂不更加招人猜忌？叶小天道："我本不擅打理政务，何况如今情形，我也该避避嫌疑……"

叶小天转向白泓，兜头一揖，诚恳地道："白主簿，葫县政务，在知县大人病愈之前，就要拜托你了。"

白泓慌得连连摆手，叶小天道："白主簿，你本就是以七品官的身份行主簿之职，论起品级，本县无人及得你。况且，你曾任江浦知县，如今暂领本县政务可谓驾轻就熟，本县再也出不得乱子了，还请白主簿顾全大局！"

白泓见叶小天语出至诚，并不是惺惺作态，这才道："那……白某便暂行知县职务，可接下来这乱局该如何收拾，还请县丞大人多多指示才行。"

罗小叶心道：他说指示而不说指点，对叶小天倒真是恭敬得很。

叶小天点点头，道："你我联手，通力合作便是了。"

屏风后面，眼见事情发展成这般模样，李秋池鼻子一酸，眼泪差点儿下来。每次遇到叶小天，他总是不等一展所长，便被叶小天果断掐断一切生路。怎么会这样？怎么会一直这样？莫非这叶小天生来就是克制他的？

· ※ · ※ · ※ ·

夜色深沉，一家客栈门口的气死风灯在夜风中轻轻飘摇着。

一个小厮走进店里，对掌柜的道："掌柜的，给我家公子开一间上房。"

柜台后面，刚刚结完账的老掌柜打了个哈欠，往门口看了一眼，见一个青衫公子正眺望天上明月。掌柜的道："'过所'呢？拿出来，先让老朽登记一下。"

"过所？我们的'过所'……被偷儿偷走了。"

"呵呵，客官，实在对不住，没有'过所'，本店不敢容留。"

"我说你这老头儿怎么这么胆小怕事呢，多给你些店钱就是了，快开间上房，休得啰唆。"

"你这小童有所不知，若早几日，叫你主仆住店也没什么，可现在不成。"

"此话怎么讲？"

"我县二老爷从铜仁回来了，晓得吗？叶县丞、叶大人，专司刑法讼狱、城中治安的官员，只要有他在，你看谁敢图些好处便干犯国法？"

"这……"

"好啦好啦，既无'过所'，你们主仆就请离去吧，老汉也该休息啦。小四儿，关门！"

门口那公子低咳一声，道："算啦，咱们走。"

一主一仆走进夜色，身后客栈大门砰然关闭。

走进夜色之中的正是李秋池和他的小厮，他惶惶然像丧家之犬般离开县衙，想要出城却错过了时辰，"过所"他当然是有的，可是"过所"上明明白白写着他的身份、来历。

现在花知县被人当成疯子圈起来了，他相信叶小天已经从花晴风的心腹那里掌握了他这个近来与花知县过从甚密的外乡人究竟是谁，以真实身份投宿客栈，他怎么敢。

亏得这小城不比中原大城大阜，除了更夫，夜间并没有什么巡夜的兵卒，李秋池栖栖惶惶地遁进小巷，正犹豫不知该去何处安顿一宿，前方忽有两盏灯亮着，摇摇晃晃地向这边走来。

李秋池连忙整理了一下衣衫，这个时辰出行，大多是出入烟花柳巷者，而左右有人掌灯，自然是大户人家公子。这等人物，大多慷慨好客，行事又不知深浅，说不定可以攀交一番，到他府上借宿。

两盏灯冉冉而至，到了近前，提着灯的果然是两个青衣小厮，李秋池连忙咳嗽一声，上前施礼道："兄台请了，在下自外乡来，路经此地，错过宿头，不知兄台能否帮忙安顿个去处，不胜感激。"

说话间，李秋池斯斯文文地行礼，直起身来，一见两灯夹照的那人面孔，登时直了眼睛。一张很年轻、很俊俏的面孔，笑吟吟地开口说道："本官若帮你安顿去处，你真肯去吗？"

一抹寒气直冲后脑，李秋池当机立断，毫不犹豫地双膝一屈，"扑通"一声跪倒在地，顿首道："李秋池愿从此效忠大人，鞍前马后，至死不违，还乞大人饶命！"

第二十八章

麻烦不断

一

县衙后宅里,花晴风困兽一般站在卧室中,瞪着一双红通通的眼睛,怒视苏雅姐弟,连连冷笑道:"你们成功了!现在所有人都认为我是疯子,再不会有人相信我的话,你们想怎么样都成了。"

苏循天怒道:"姐夫,我们都是为了你好,你真以为你能成功吗?你以为你能斗得倒叶县丞?你以为你的屁股很干净……"

"循天!"

苏雅厉声喝止了弟弟,道:"你出去!"

苏循天担心地道:"姐,姐夫他……"

苏雅摇摇头,道:"放心,他不会伤害我。"

苏循天犹豫道:"姐……"

苏雅道:"我们夫妻要说些体己话,你先出去吧。"

苏循天无奈,只得慢慢腾腾地退了出去。

房中一静,苏雅道:"老爷,你当然没有疯,我知道!"

花晴风冷笑连连。苏雅道:"可是,你做的事,比疯子做的事还要严重,你知不知道?你……在自毁前程……"

她还没有说完,花晴风突然恶狠狠地扑了上来,一把掐住了她的脖子。苏雅一惊,但双臂只是下意识地一抬就放下了,她凝视着花晴风那张扭曲的面孔,神色非常平静。

她的脸庞渐渐涨红,但她的眼神却始终带着一抹安详平静的笑意。快要窒息了,苏雅干脆闭上了那双美丽的眼睛,花晴风心弦一颤,看着她的神情,忽地想起了温馨的过往。

当初,花晴风家道中落,被迫与商贾人家联姻,他自觉是种耻辱,但是苏家极其富有,他以穷书生的身份与苏家攀亲,没有几个旁人觉得他这个读书人如何清高,如何委屈，反而对他多有奚落、嘲讽。

他记得，那时候只有苏雅不断地鼓励他、安慰他，正是在那段时间里，他们渐渐相知相爱，抛弃成见，相濡以沫。他们第一次亲吻时，苏雅就是这般轻轻闭上眼睛，脸庞也是红的，那是羞到发烧的红，是那般可爱。

花晴风的手扼不住了，他颤抖着，突然放开手，倒退几步，悲鸣一声，双手掩面，泪水无声地自指缝间流出来。

苏雅大口大口地喘息着，许久才调匀了呼吸，她咳嗽了几声，对花晴风道："我不知道那晚我去叶府，你居然会直接闯进来，我只好避到桌下，因为我无法向你解释我为何会出现在那儿……"

花晴风像受伤的小兽儿般嘶吼道："不要说了！"

苏雅踏前一步，镇定地道："我要说，我当然要说，因为事实并非你想象的那样，我不说，你永远都不会明白！"

花晴风怒视着苏雅道："你还要解释什么，难道我亲眼看到的，还能有假？"

苏雅嘴角牵起一抹淡淡的笑容，轻声道："你看到了什么呢？你只看到，我藏在叶县丞的书桌之下，是不是？可我出现在那儿，就一定是因为男女之情吗？"

苏雅摇摇头，平静地道："徐伯夷越过你，独自上书朝廷，宣讲易俗之策。一旦让他成功，就是你的过失，一旦令皇帝对你不满，你这知县还能做得下去吗？当时你正在驿路上监修道路，情急之下，我只有找到叶县丞商议。"

花晴风想起了他当日也是惊闻此事，才匆匆赶去找叶小天商议，便道："可是你……"

苏雅打断他的话，抢着道："你一定会问，如此大事，我为何不马上与你商量；你一定奇怪，我只是一个闺中女子，为何要瞒着自己的夫君，去与他手下一位属官密商如何保全自己夫君，是吗？"

苏雅道："老爷应该记得，当初叶县丞受人诬告，被提押于金陵，徐伯夷趁机大权独揽，利用修缮驿路，保障军需，供给云缅战事的理由，把财权、人权尽皆抓在手中。老爷当时束手无策，叶县丞自金陵返回，向老爷献计，弹劾徐伯夷，兼且自劾，以进为退，夺回权柄，但老爷瞻前顾后，不肯答应。之后，妾身便利用替老爷掌管印信的机会，替你写了两份奏疏的事吧？"

苏雅凝视着花晴风，道："妾身还记得很清楚，那两份奏章，一份是《劾葫县县丞徐伯夷暨主簿王宁疏》，一份是《葫县知县花晴风自劾疏》。就是在那一次，眼见老爷当断不断，妾身唯恐错过良机，才不得不抛头露面，替老爷与叶县丞密议，若不是提前与他达成密议，得到他的配合，妾身即便替老爷上书，又哪有人配合将老爷的权柄夺回？"

花晴风慢慢想了起来，当初的确有这么一回事，当时他虽恨极了徐伯夷，却一直没有勇气正面对抗，就是因为苏雅替他上了弹劾奏章，赶鸭子上架，逼得他再无退路，才硬起头皮与徐伯夷一战。

苏雅道："就因此事，老爷你才上了驿道，取代徐伯夷，将他赶回县衙。徐伯夷不死心，又出一计，利用胡族百姓易俗取媚今上，一旦让他成功便前功尽弃了，既然之前共商其事的是叶县丞，我不就近与他商议还能找谁？"

花晴风怔愕半晌，喃喃地道："你既一心为我打算，为何要避入桌下，为何不敢见我？"

苏雅苦笑道："深更半夜，孤男寡女，我要怎样与你解释？再说，妾身担心以老爷一向优柔的个性，会再有畏怯不前的时候，本想隐在暗处帮助老爷，如果老爷知道了，妾身还如何起到奇兵之效？本想暂避一时，谁会想到……"

"会是这样吗？"

花晴风万万没有想到亲眼所见也会有所偏差，如果夫人所言属实……倒也确实像是真的。女人出门容易还是男人出门容易？两人若真有私情，也不必由夫人送上门去啊，毕竟这样暴露的风险更大，而叶小天若夜不归宿，谁会注意？再者，两人若要亲热，又何必在书房那种地方……

花晴风的信心动摇起来，他犹豫地看着苏雅，厉声道："你不是骗我？"

苏雅凄然摇摇头，道："你现在已被所有人视为疯子，我若诚心负你，又何必对你说这番话，有意义吗？"

花晴风又怔住了，过了半晌，他突然又跳起来，怒吼道："就算你说的都是真的，这一次你为何偏帮叶小天？你说！我才是你的男人，我才是你的夫君啊！"

苏雅昂起了颀长的秀项，白皙优雅的仿佛天鹅一般的脖颈上几道指印宛然："你说我偏帮叶县丞？"

苏雅把叶小天所说的有关花晴风的一应真假罪状列举了一遍，道："如果真让你把这封联名奏疏送上朝廷，你以为叶县丞会坐以待毙？他是什么下场我不在乎，但你是什么下场我在乎！无论成败，你最好的结局都是罢官免职，身败名裂，而依从叶县丞的条件，最不济也能保你一个冠带闲住官宦之身，你说……我还能怎么选择？"

说到这里，苏雅委屈的泪水扑簌簌地流了下来。花晴风下意识地举步上前，想要为她拭泪，可他只举了举手，便倒退几步，似一只泄了气的皮球般瘫坐在椅子上，以手掩面，有气无力地道："我无能，我无能啊……"

· ※ · ※ · ※ ·

"东翁，发放赈济银两，这是争取民心、积累人望的绝佳机会啊，东翁岂可假手于白主簿！"

叶小天摆摆手，道："算啦算啦，现如今多一事不如少一事，避嫌，避嫌啊。"

……

"东翁，有关花知县患了癔症，须得暂且停职的奏章可曾递交朝廷？"

"啊！我已经委托白主簿去做了。"

"怎可如此！怎可如此啊！东翁，此事必须由东翁一手操办，鄙人已经草拟了一份文稿，东翁且看如何。"

"嗯……"

"东翁与花知县之间的个人恩怨，是万万不能提的，就说花知县忧思国是，虚竭伤神，偶发癔症，如此一来，朝廷便只会令其歇养，不会马上调换官员，而主政葫县的则非你县丞大人莫属，如此一来，只需熬到花知县任期届满，东翁也有了资历，坐这七品正堂顺理成章。嘿！嘿嘿！"

李秋池笑得很阴险，似乎叶小天已经坐到了七品正堂的位置上，而他作为师爷，也正式开始为幕主出谋划策，参与机要；起草文稿，代拟奏疏；处理案卷，裁行批复；奉命出使，联络官场，好不风光……

叶小天以手抚额，好不苦恼。当晚见到李秋池，李秋池果断地跪了，叶小天想到自己身边一直以来还真没有一个能帮他处理文案政务的师爷，便接受了李秋池的"投诚"，谁料这李秋池进入角色也太快了，而且……怎么有点话痨呢？

李秋池见叶小天抚额不语，关切地道："东翁可是有些不适，要不要派人请个郎中来？"

"不必了！"

叶小天苦笑道："本官只是觉得，眼下呢，咱们应该低调，尽量低调一些，这些事情，过些时日再说吧。"

李秋池听了不免忧伤起来，用深宫怨妇般的幽怨眼神瞟着叶小天，黯然道："那……鄙人如今该干些什么呢？"

这时候就见潜清清一身清丽，甩开一双修长健美的大长腿，迈着猫步袅袅娜娜地走来。叶小天赶紧道："李状师……啊不！李先生，你怎么会没有用武之地呢，来！你先替我挡驾，且莫让那位潜夫人靠近我。"

近来频繁纠缠叶小天的不只是一个李秋池，还有一位就是赵驿丞的夫人潜娘子。自从得知花晴风是误会他与苏雅有奸情才蓄意加害，黄泥巴糊裤裆说也说不清的叶小天可是敏感得很，哪敢与有夫之妇私相接触。

"真是头痛啊……"

看着轻摇小扇，快步迎向潜清清的李秋池，叶小天抱头暗呼道。

第二十九章

男人的一半是女人

一

"潜夫人！"

李秋池折扇一合，潇潇洒洒地向潜清清行了一礼，还没说话，潜清清长腿一转，已经从他身边轻盈地绕了过去，只留下一缕香风和一句话："我要找叶大人说话，请让开！"

李秋池找好的理由噎在了嗓子眼里，一时目瞪口呆。

"叶大人……"

潜清清走进竹林小亭，娇柔轻笑："听说知县大人患疾，不能处理公务，大人正该忙碌的时候，怎么近来却连衙门都不大去了呢……"

叶小天很敏感地问道："呃，不知嫂夫人听到了什么风声？"

潜清清一笑，向他抛个媚眼儿道："人家哪有听说什么风声，只是有些好奇嘛。大人既然正清闲，不如陪奴家去后山走走如何？听说遥遥养的那只貔狖又引了几只貔狖来同住，人家想看看呢。"

潜清清说着，一个香香软软的身子就挨近了叶小天。她算豁出去了，反正接近叶小天的目的是以色相诱他上钩，趁他警惕全失时取他性命，外边若有什么风言风语的，她也不在乎。

叶小天皱了皱眉，只能无奈地躲避。

李秋池被潜清清晾在那儿，竹扇往掌心一敲，暗自忖道：没理由啊，这位潜夫人自有夫君，就算成心色诱东翁，也不该如此明目张胆、毫无顾忌，此事……必有蹊跷。

李秋池眼珠一转，又回转身来，老远就提高嗓门道："啊！东翁，前院送来消息，白主簿请你赴县衙一趟，有要事相商。"

叶小天在石凳上挪一挪，潜清清马上跟一步，窘得叶小天正难以自处，一听这话,嗖一下弹了起来,对潜清清道:"白主簿相请,定是有重要公事,叶某要去衙门一趟,嫂夫人要看貔貅,不如等遥遥下了课,让她带你去吧。"

言犹未了,叶小天已逃出小亭,大步流星地离去。潜清清睇着他的背影,刚刚气鼓鼓地顿了顿玉足,李秋池摇着小扇凑了上来,贱兮兮笑道:"李某也可陪伴夫人往后山一行。"

潜清清霍然立起,挺胸抬头往外就走,似有意似无意,胳膊肘儿轻轻一拐,恰碰到李秋池持扇的手肘,李秋池登时半边身子酸麻,"哎哟"一声,手中折扇便落到地上。

潜清清回到自己住处,独自生了一阵子闷气,心中暗自纳罕:叶小天离开葫县前,我有意挑逗他,他明明用小指勾抹我的掌心,显见动了色心,如今怎么避我如蛇蝎,莫非……是了,县衙传出那些风言风语,叶小天岂能不知避忌,如此一来,他是不会与我独处了。

潜清清思忖一阵,便站起身来,把窗子都落了,又闩了房门,便自柜中取出一个长型包裹。包袱打开,里边赫然是一具精致的竹弩,很小巧,旁边还有三支弩箭,箭头都用油纸包着,并且用麻绳系紧。

这不是军弩,而是民间的猎弩。其实由于元朝时候朝廷禁弩,使得青铜弩机从元朝时候起就失传了。明代军弩的发射机关比起前朝的发射机关也要简单许多,本就类似西南少数民族地区山民百姓使用的弩机。

这种弩的拉力和射程要远逊于唐宋时代的弓弩。不过由于军中已经用火铳和鸟铳取代了弩,她想弄到一具军弩本就不太容易,因此费尽周折,不惜重金,也只买得一具猎弩。

这具猎弩很小巧,单手就可持发,本身杀伤力并不大,但是箭头涂抹有见血封喉的剧毒,哪怕擦伤一点皮儿,都能立即致人死命。她花费了重金,其实贵重处不在竹弩本身,而是贵在箭头所淬的毒药。

潜清清小心翼翼地解开短矢箭头上所绑的麻绳,把油纸包打开,露出蓝中透紫的锋利箭头,冷冷一笑:"既然你不肯在温柔乡里一命归西,那……我就用毒弩取你狗命!任你武功了得,怕也避不过这弩箭之利吧?"

·※·※·※·

叶小天既然借口要去县衙办理公务,只好就此离开府邸下了山。白泓这些日子代理知县,倒也干得有声有色。其实白泓这人能力还是有的,而且他也不贪不占,以前他名声不好,主要是因为他是酷吏,而非贪官。

说白了,就是这白泓的"事业心"实在太强,一心想往上爬,过度迷恋权势地位,所以根本不在乎是否能造福一方泽被百姓,他在乎的唯一"指标"是能否令上司满意。

所以他在江浦做知县的时候,不管百姓贫困与否,朝廷下达的税赋数额,你就是卖儿鬻女也不能短缺了一分。地方上遭了水灾,他也隐瞒不报,赈济和减免的优惠政策固然是得不到了,但周边府县都遭了灾,唯独他江浦县安然无恙,自然说明他治理地方卓有成绩。

因此,他才招致地方百姓极度痛恨,如今他代理花晴风职务,上边又有一个叶县丞坐镇,自然不可能按照当初在江浦县的风格治事,如此一来,分配赈银也好,料理政务也罢,秉持公心,倒也处理得井井有条,各方面都很满意。

不只县衙僚胥吏们交口称赞,那些以妥当公平的方式得到赈济银子或者减免了税赋的百姓也对他感恩戴德。白主簿刚刚送走一批耆老里正,眼见他们感激涕零的模样,这个原本只管媚上不顾百姓死活的官迷感触颇深。

白主簿正追思往事,检讨自己以往过失,就见叶小天走进了签押房。白主簿赶紧离案相迎,拱手道:"哎呀,县丞大人有事,只管召下官进见,怎么敢劳动大人前来。"

叶小天怔了怔,依稀记得,这种客套话他对花知县说过,对孟县丞、徐县丞也说过,不想风水轮流转,今日终于轮到别人这般拍他马屁了,不禁哑然失笑。

白主簿请叶小天坐了,吩咐小童上了茶来,毕恭毕敬地道:"不知大人有何指示,还请大人示下。"

叶小天又怔了怔,他哪有什么事吩咐,不过是被一个大美人纠缠得不得安生,想要找个地方避难罢了。叶小天想了想,便摸着鼻子道:"呃……不知白主簿今日放衙后可有空闲,你我同往'太白居'小酌一番如何?"

· ※ · ※ · ※ ·

一架轻车,在七八名侍从的护卫下驶进了葫县县城。窗帘儿打起,露出一张清癯削瘦的面孔,花白的头发,花白的胡须,脸上皱纹很深,仿佛用刻刀一丝丝刻出的纹路。

但是这个老人的一双眼睛却很有神,顾盼之间有一种久居上位者自然而然熏陶出来的威严之气。此人正是赵歆,播州大阿牧,杨天王的大总管。

这个总管可不是士绅人家的大管事,而是和汉晋隋唐时期的官职兵马大总管类似,那是军政一把抓的重要人物,如果把杨应龙类比为封国的国君,那大阿牧赵歆就是封国的宰相了。

赵歆向外淡淡一扫,随手放下了窗帘,沉声吩咐道:"直接去驿站吧。"

赵歆赶到驿站,赵文远赶紧迎出来,一见赵歆便欣喜地道:"爹,您老人家怎么来了?"

赵歆看到儿子,慈祥地一笑,道:"办事路过铜仁,特意赶来看看你。"

父子二人进入小厅坐下,赵文远亲自为父亲端来一杯茶。赵歆品着茶,向赵文远询问了一下葫县的情况。赵文远一直以为他在葫县身负重任,赵歆当然知道这只是杨天王明修栈道的一计,杨应龙是不会把真正的大事交给一个毛头小子去承担的。

不过赵歆也没有必要说出真相,打击儿子的信心。不管杨应龙是否把葫县作为经营重点,儿子能做官对他来说才是真正紧要的,而且儿子因此不用承担极大责任,他也放心。

赵歆慰勉几句,又对儿子点拨一番,忽然想起迄今还未见到潜清清,不管是他播州大阿牧的身份,还是现在潜清清公爹的名分,潜清清都没有避不见礼的道理,便问道:"对了,清清呢?"

"呃……"

赵文远支吾了一下,道:"清清,奉土司之命,一直与遥遥保持密切联系,今日去叶府看遥遥去了,应该会……暂住一晚吧。"

赵文远怂恿潜清清勾引叶小天,是因为潜清清与他并无任何实质关系,他没有心理负担。不过,这只是他们两个便宜行事,有些话还真不好对别人讲,尤其是他的亲生父亲,是以赵文远撒了个谎。

赵文远先对父亲搪塞了过去,便想着明日派人再去接清清回来,如果他的父亲来了葫县,儿媳却不来拜见,会让人对他"夫妻"的关系产生怀疑的。

衙门放衙的时间其实挺早,叶小天和白泓一起到了太白居。盛隆大掌柜的一见是这两位大人物到了,马上奉迎,全程候命,把两位大老爷侍候得无微不至。

酒宴之间,叶小天发现白泓有些怕他,不管他怎么表示随和,白主簿都是战战兢兢、毕恭毕敬的模样,这令叶小天很是无奈。两人不能平起平坐,这酒喝得也就没了滋味,挨至日暮,便散了酒席。

叶小天带了六侍卫回转山上府邸,心里想着回到府里便去哚妮处腻着,发了花痴的潜夫人再如何"春意盎然",相信她也不会追到哚妮那儿。不想他到了府里,并未如前几日一般,见那潜清清徘徊左右,一见他便缠上来。

叶小天固然松了口气,可是……他马上又无耻地感到,自己心里似乎有点失望的感觉。哎!近之则不恭,远之则怨的又何止是女人呢。

第三十章

离奇失踪

一

潜清清自称身体有些不舒服,早早回房睡了,但她一俟丫鬟退下,便钻出被窝,脱下亵衣睡袍,从房梁上取下包裹,换好夜行衣,又把那具竹弩和三枚淬了剧毒的弩箭小心带好,便悄然钻出窗子,遁入茫茫夜色。

潜清清耐心地藏身暗处,悄然观察着主宅方向,发现哚妮独自走向她所居住的院落时,潜清清心中一喜,马上狸猫一般轻盈地潜向叶小天的住处。

她在叶府这么久,早把叶府上下了解了个清清楚楚,一草一木的位置,一砖一瓦的形状她都熟记心头,再加上她高超的轻身功夫,不要说叶府巡夜的家丁发现不了她,就是叶府里养的那两头大黄狗都没有察觉到她的存在。

当然,也有可能是那两只大黄狗嗅到了她的气味,但它们是不会吼叫示警的,因为潜清清在叶府这么久,这两只大黄狗都已对她很熟悉了,把她视同叶府一员。

叶小天去铜仁期间,潜清清已经不止一次悄悄潜入叶小天的住处,把他室内环境了解得很仔细。她已经知道哪里易于藏身,而且不易被叶小天察觉。

潜清清很忌惮叶小天那一身超卓的武功,又担心叶小天身为蛊教尊者,一定精通用毒,所以她要选择一个悄无声息地除掉叶小天的办法很难。色诱本来是最好的法子,现在看来也行不通了,她只能动武。

这具竹弩杀伤力虽然不是很大,但是在近处射中要害依旧必死无疑。而且箭头上淬了剧毒,即便不能一下子杀死叶小天,只要毒性发作,起码也可以造成叶小天短暂的行动迟缓,这时她大可扑上去再补一剑。

他死定了!

这是必杀之局。

但是叶小天有时是睡在哚妮那儿的,所以她必须要等叶小天独自安寝时才能下手,如此一来,得手后再销毁竹弩和夜行衣,此案就是天衣无缝,任谁也不会怀疑到她这个看起来娇滴滴的且与叶小天素无恩怨的小妇人。

是以,她先暗中观察叶小天动向,见他今晚未去哚妮处,便抢先一步赶到了叶小天的卧室。叶小天的卧室里,床榻对面就是一具立式衣柜,里边挂放一些不常用的衣袍。

潜清清曾经在柜门处插入头发,观察良久,发现叶小天很久也不会开启一次。他每日放衙都是先去花厅,由哚妮侍候换上便袍,所以常用衣服都放在哚妮那儿。叶小天在自己卧室也是穿便袍进来,要上衙时再去花厅换穿官袍。地方官不比起五更睡半夜的京官要赶早朝,他们时间宽裕,官服不必置于卧室,一早起来便匆匆穿戴。

叶小天的衣柜里放的大多是裘袍华服,不上衙不当值,需往别人家做客时才会换穿的衣物,他的睡袍就放在榻中,若在自己卧室休息时,他只是脱下衣袍往衣架上随意一挂,换上睡袍就休息。

所以潜清清藏在衣柜中,正对着卧榻,是最方便下手也最安全的所在。事成之后,她可以从正对门口的东面山墙上开的小窗无声无息地遁走。

为此,潜清清甚至提前潜入,给那柜子的门轴上了点油,确保它开启时无声无息,尽管些微的声音根本不会惊醒熟睡中的叶小天,但小心无大错,潜清清很小心。

叶小天今天饮了酒,走回山上时酒力散开,便有些困意。所以他今夜未到哚妮处安歇而是回了自己住处。丫鬟替他点了灯便退下了,叶小天先斟了杯凉茶饮了,便宽去衣袍顺手往椅背上一搭,扯过榻上叠得整齐的睡袍换上。

潜清清侧坐在衣柜里,从那道小小的缝隙里向外看着,就见叶小天换好睡袍往榻上一倒,只放下半面帷幔,便扯过被子盖在身上,不一会儿便有轻微的鼾声传出。

潜清清心中暗喜,桌上的灯亮着,这更方便她行动,而叶小天放下他上半身外的帷幔,这样的话即便她现在就走出去,到了叶小天身边他都未必能发现。

潜清清挪了挪腰间短剑,把弩上了弦,为稳妥起见,她还是要等,等叶小天睡熟。她是一个很有耐心的女刺客……

· ※ · ※ · ※ ·

"喔喔喔——"

雄鸡一唱,旭日东升。

叶小天起了床,侍候在外间小屋的丫鬟听到声息,便进来侍候叶小天洗漱更衣。叶小天洗漱完毕穿了便袍,到花厅中和哚妮、遥遥共用早餐,叶小天到了花厅坐下,和哚妮、遥遥说笑几句,刚刚拿起筷子,就见一个小丫鬟急匆匆跑来,气喘吁吁地道:"老爷,潜夫人……不见了。"

叶小天捧着饭碗,愣道:"潜夫人不见了?什么不见了?"

那丫鬟急得脸庞涨红，顿足道："潜夫人这个人……不见了！"

"什么？"

叶小天大吃一惊，赶紧问道："怎么会不见了，什么时候不见的？"

小丫鬟结结巴巴地道："潜夫人昨夜说身体不适，想早些歇息。奴婢侍候潜夫人睡下，就在外间小屋歇息了。今早起来始终不见内室召唤，奴婢也不敢闯入，及至天光大亮，还不见潜夫人说话，奴婢有些不放心，这才进去，结果发现房中空空，潜夫人不见了。"

叶小天想了想，不以为然地笑道："不会吧，潜夫人何必不告而别？会不会是到庭院里散心去了，你这般大惊小怪的。"

那小丫鬟都快哭出来了，道："老爷，潜夫人真的不见了。奴婢昨夜服侍夫人睡下，被褥枕头都好端端地在那儿，而……而且潜夫人穿的睡衣平平整整地放在榻上，换穿的衣物一件不少，唯独潜夫人不见了，还有，窗子是开着的。"

叶小天惊愕地和哚妮互相看看，赶紧放下饭碗，急急赶向潜清清的住处。

潜清清真的不见了，枕上还有压痕，显见小丫鬟所言不虚，她昨夜是侍候潜夫人睡下后才离开的。被子也还摊在榻上，有人盖过的模样。潜清清休息时穿的那套亵衣睡袍，平平整整地放在被子上面，应该是潜清清自己脱下来放在那儿的，所以才这般平整，但房中并没少了其他衣服。

叶小天看看那扇打开的窗子，纳罕地捏着自己的下巴：难道是传说中的采花大盗？不应该啊，他在这里脱下潜夫人的衣衫干什么，非得脱光了再扛走？而且亵衣放得这般整齐？如果说是潜夫人自己脱了衣服，然后光溜溜地从窗户爬出去……莫非是患有梦行之症？

京城是天下中心，许多奇闻侠事，京城的人都能知晓。叶小天就曾听说过"梦行之症"，据说有些人睡梦中会起来做些很古怪的事，能行能走，而醒来之后却完全不知道自己究竟做了些什么。

想到有可能在他府中某处发现一个光溜溜一丝不挂的大美人儿还在茫然地走动，或者蜷缩在某处沉睡不醒，叶小天的神气顿时有点古怪起来。跟过来的遥遥奇怪地道："小天哥，清清姐怎么会不见了呢？"

叶小天咳嗽一声，对哚妮道："快，发动后园所有丫鬟婆子，四处寻找，如果找到潜夫人，而且有些什么古怪，万万不可声张。"

哚妮道："要不要叫外宅的人过来帮着寻找？后宅人数有限，这庭院又大。"

叶小天赶紧阻止道："万万不可，你一会儿再去后山找找，圈进后宅墙里的，也就是这么大范围了。我……我在花厅，等你们消息。"

叶小天一声令下，后院所有的丫鬟婆子都行动起来，包括哚妮和遥遥，她们四处寻找，就连柴房都寻过了，也不见潜清清身影。

叶小天坐在花厅里，听到陆续回报，始终没有发现潜清清，原本还以为有好戏可看的叶小天开始察觉到问题严重了。这时候，一个小丫鬟匆匆跑来，禀报道："老爷，前宅来了人，说是要见老爷。"

叶小天放下茶杯问道："什么人？"

那小丫鬟道："是一个驿卒，奉赵老爷差遣，来接潜夫人回府。"

叶小天顿时默然。哚妮焦急地道："小天哥，潜夫人在咱们家丢了，这……咱们可怎么向赵大人交待呀？"

叶小天沉声问道："宅子里都搜遍了？"

哚妮很肯定地点了点头："各处屋舍，包括竹林亭阁，乃至后山，全都找遍了，没人。"

叶小天沉吟片刻，沉声道："你们继续找。"说罢举步便向前厅走去。叶小天知道这一下是真的麻烦了，人家的女眷，如果年纪太老或太小也就罢了，偏是那般年轻貌美，如今在他府上失踪，这事传开后想没有风言风语都不可能了。

这时的叶小天真是欲哭无泪，前有苏雅夫人，今有潜夫人，这是怎么说的，如果他真的占了人家便宜那也就罢了，可他没吃着鱼却惹了一身腥，这是从何说起啊。

叶小天见了那驿卒丝毫没有隐瞒，这事儿拖得越久对他越不利，瞒得越多他嫌疑越大。他对赵文远派来的驿卒说明情况，要他立即回禀赵驿丞。那驿卒一听也是吃惊不小，赶紧告辞离去。

叶小天又唤来一人，吩咐他下山去请白主簿，让白主簿带人上山勘案，事涉自身，不能不避嫌疑，叶小天也只好请官府插手了。白泓对叶小天已经是奉若神明，一听是叶县丞相召，赶紧点齐了一班捕快，浩浩荡荡地上了山。

第三十一章

扑朔迷离

一

白主簿带人上了山，一到叶府，叶小天马上迎上前去，把潜清清离奇失踪的经过对白主簿说了一遍。白主簿捻了捻胡须，小心翼翼地问道："那么，县丞大人希望下官做些什么呢？"

叶小天一脸无奈地道："潜夫人在鄙人府上离奇失踪，叶某如何向赵驿丞交待？再者，若不能查清此案，各种风言风语也是在所难免，还望白主簿能还叶某一个清白。"

白主簿松了口气，一拍胸脯道："这没问题！叶大人当朝命官，堂堂县丞，岂会干出如此人所不齿之事？本官可以断言，潜夫人离奇失踪一案与叶县丞绝对没有任何干系！"

叶小天苦笑不得地道："白主簿，众口铄金啊。潜夫人年轻貌美，本官则正当壮年，她在我府中离奇消失，坊间若有不堪传言那也在所难免，白主簿信任我，叶某很感激，可是叶某希望白主簿能勘破此案，才能真正还我清白啊。"

白泓"啊啊"两声，恍然大悟，转而对周班头道："周班头，你是本县捕头，在捕班多年来破过许多案子，这件案子关系到叶县丞的清白名声，还要你全力以赴，破获此案！"

周班头蹙着眉头想了想，对叶小天道："大人，据贵府丫鬟所言，昨夜服侍潜夫人睡下后便到外面耳房歇下了，今早才发现潜夫人失踪。属下想去潜夫人的寝处一看，可否？"

叶小天道："自无不可，周班头请随我来，白主簿，你也请。"叶小天把白主簿和周班头请进后宅，进了潜清清的卧室。这时候华云飞、毛问智还有李秋池等人也都闻讯赶来，挤进房里。就连接替冬长老继任"传功长老"的耶佬也从他的住处赶来，加入围观人群。

女人的亵衣本来是不宜让不相干的男人看见的，这时也讲究不了那许多。周班头仔细看看榻上小衣，伸手摸了摸，又低头嗅了嗅，扭头对那小丫鬟道："这套亵衣，就是潜夫人昨夜所穿？"

那小丫鬟紧张地道："是！"

周班头沉吟道："若是有歹人潜进叶府，得手后必然急欲离开，没有令潜夫人宽去亵衣的道理，况且这亵衣摆放平整，上下有序，并无撕扯损坏，倒似随时还要穿回身上，因此可以断定，这亵衣，是潜夫人自己脱掉的。"

白主簿连连点头："言之有理，言之有理。"

叶小天焦躁地道："这衣服是潜夫人自己脱的也好，是强人扯下的也罢，都不要紧，要紧的是潜夫人如今身在何处！"

周班头道："大人少安毋躁，如果我们断定这亵衣是潜夫人自己所脱，也就是说，离开卧室很可能也是她自己主动为之。"

这时小丫鬟插了一句，道："捕头老爷，潜夫人所有的衣物都在房中，一件不少呢。"

周班头目光一凝，追问道："一件不少？"

小丫鬟点了点头，道："潜夫人好洁，衣服常要清洁晾晒，这些事一向是由婢子料理，所以潜夫人的衣服有无短缺，婢子能够确定。"

毛问智插嘴道："那就是说，潜夫人自己个儿脱光了衣服，光着腚爬窗户跑了呗？哎呀妈呀，这事儿可太逗了，哈哈哈，你说咋没让俺看见呢，哈哈……"

叶小天回头一瞪，毛问智的笑声戛然而止，轻声嘟囔道："潜夫人又没发疯，怎么可能这样，周班头尽瞎整，还不许人家笑。"

叶小天现在对"发疯"这个词特别敏感，一听这话，忍不住又狠狠瞪了他一眼，喝道："闭嘴！"

周班头知道这人有点浑，也没在意，而是若有所思地道："一个人不管是被人带走还是自己想要离开，都没有光着身子的道理，要知道不管她想做什么，或者别人想掳走她，赤身裸体一定更加引人注意。"

白主簿点头道："言之有理，言之有理。"

周班头走到那扇窗子处，道："丫鬟睡在外间耳房里，潜夫人或掳走她的人，若从门口出去很难不惊动丫鬟，而丫鬟对潜夫人失踪全无所知，那她离开的路径十有八九就是这扇窗子了。"

白主簿点头道："言之有理，言之有理。"

周班头探头向外看看,见窗外绿草茵茵,不远处还有一座小池塘,便道:"叶大人,白大人,咱们不妨到院中看看。"

白主簿点头道:"言之有……啊!好,咱们到院子里瞧瞧。"一群人离开屋子,绕到后面花园,周班头细细检查一番,没有发现明显的脚印,便道:"这院墙之外都是什么地方?"

华云飞答道:"这西墙和北墙之外都是山上野地,东面墙外则是后宅中庭,中庭院落内建有书房、中堂、花厅等房舍。"

周班头方才是从门口进来的,晓得前边门口出去是一个长方形的小庭院,用一座月亮门连着中庭院落,他蹙眉想了想,唤过马辉、许浩然道:"你二人分别往北墙和西墙外去探视,不要错过一点蛛丝马迹!"

周班头说着向他二人悄悄递了个眼色,二人心领神会,领命而去。如果此去他们真有什么发现,是一定不会马上宣扬的,必然是先与周班头私下密商,若判确与叶小天没有干系再公布出来。

如果他们找到让叶小天辩白不清的证据,那就只好当作不曾发现。在胥吏中他们已经算是有良心的了,但也做不到公心无私。他们都是叶小天这条船上的人,如果真是叶小天见色起意,甚而求欢不遂,所以干出一怒杀人的狗血事,他们也只好昧一回良心了。

周班头又向叶小天和白泓请示道:"两位大人,咱们再到中庭看看吧。"

叶小天自无不允,于是众人又到了中庭。

这时候,驿卒已把消息送给了赵文远,赵文远一听就呆住了。一个年轻貌美的妇人,在一个年轻力壮的官员府邸失踪,换作谁第一个念头都是想到一些不可告人的风流事。可赵文远并没有这么想,因为他很清楚,潜清清此去就是勾引叶小天去的,既然是心甘情愿,叶小天又何必干出这种难以自处的事来。

驿卒跑来报讯时,赵文远正与父亲赵歆叙话,所以赵歆也听到了驿卒的禀报,闻讯之后,他也惊愕不已。挥手屏退驿卒之后,赵歆奇怪地道:"潜清清在叶家怎么会突然失踪?"

赵文远迟疑道:"莫非……她不堪受土司驱使,所以逃之夭夭?"

赵歆不以为然道:"怎么可能,你又不是不晓得土司大人的手段,如果她敢不告而别,她在播州的家人必受严惩。"

赵文远道:"那就奇哉怪也了,她怎会莫名其妙地消失不见呢?"

赵歆疑道:"潜清清那女娃儿甚是美貌,莫非叶小天见色起意,欲行不轨,所以……"

赵文远道:"绝无可能!"

赵歆狐疑地看向儿子，问道："何以你能如此确定？"

赵文远脸上一红，想到潜清清既然失踪，那她在叶府已寄住月余的事定然瞒不住人，便把他此前和潜清清的一番商议，以及潜清清主动请缨前往叶府的事说了一遍。

赵歆听得眉头直跳，训斥道："你们简直是胡闹！"

赵文远讪讪不语，赵歆抚着胡须踱了几步，心中忽地一动，觉得这倒是一个难得的机会，一个把叶小天轰回深山的机会。

水银山之事他已经听说了，险些因为叶小天从中作梗，使得土司大人的计划功败垂成。饶是如此，水银山局势也已失控，为了避免引起其他几大土司警觉，杨土司只能暂时收手。

赵歆是播州阿牧，作为杨应龙的心腹，对杨应龙的心思很清楚，他知道杨应龙之所以看重叶小天，在意的是叶小天能控制数十万山苗，而不是他现在做的这个什么县丞。

叶小天年纪轻，年轻的人欲望总是多一些，欲望多的人就好控制。而且叶小天不是土生土长的蛊教中人，和蛊教的众长老关系冷淡，这些都决定了杨土司容易控制他。

如今这叶小天好好的尊者不做，偏要入世做官，前番插手水银山之乱就险些坏了土司的大事。如今杨天王意在铜仁，这叶小天在铜仁府治下做官，万一关键时刻又跑出来捣乱……

赵歆便想，潜清清生死下落且不去理会，不妨利用此事把叶小天逼回山里去，省得他在这边碍事。赵歆此前已经听赵文远说过花知县当堂咆哮，所说的叶小天与其妻子私通的事情，如今再加上这桩丑闻，叶小天也就无颜继续做他的官了。

土司在蛊教那边还有一些余党，只是都未身居要职，起不了什么作用。叶小天一旦不能做官，就只有回山，他和那些长老们关系不好，回去后一定会培植自己的亲信，那时正好让杨土司的人亲近他，进而控制他。

想到这里，赵歆便微笑着对赵文远道："你的娘子在叶府失踪，你这做夫君的还能如此淡定，不该惊怒交加吗？"

赵文远愕然道："父亲大人的意思是……"

赵歆悠然道："走！为父陪你往叶家走一遭，讨儿媳妇去！"

第三十二章

一盆污水

一

周班头到了中庭又进行了一番仔细的搜查,可是在这里也没有什么发现。又过了一阵,马辉和许浩然也相继赶回来,一见周班头便摇了摇头,显然是在山间搜索时并没有什么收获。

李秋池慢悠悠地摇着折扇,站在一旁想了想,忽然转身就走。走出几步,他又意识到了什么,轻轻一拍额头,返回来对毛问智低声说了几句。

李秋池归顺叶小天后,华云飞是有些反对的,他认为李秋池此人唯利是图,是个性情阴险、毫无节操的小人,不该把这么一条随时可以噬人性命的毒蛇放在身边。

毛问智却有不同看法,在他看来,坏能坏到一定的程度,那也是本事,有本事的人就一定是有用的,只看你怎么用。你要是用得好,那么毒蛇再毒,也奈何不了你这耍蛇高手,反而会成为你的得力帮手。

所以这两兄弟对李秋池的态度截然不同,华云飞素来不喜搭理李秋池,毛问智对李秋池倒是挺客气,有时还会兴致勃勃地听李秋池讲他当年如何挑词架讼、以笔作刀,在贵州闯出一番字号的精彩故事。

士大夫阶层一直以息讼为德,反感讼师帮人打官司,贬斥他们为只会搬弄是非、卖弄唇舌之徒,在这等困顿的大环境里,李秋池能闯出一番名声,确实殊为不易。

因此一来,李秋池和毛问智的关系还不错。毛问智听了李秋池所言,点点头,又就近拉过马辉,对他耳语了一番,三个人便悄然离开了中庭。

叶小天见周班头盘查半天,还是没有什么线索,便道:"为今之计,只有先通知各处关卡南北要冲认真查访了。周班头这里也不要松懈,潜夫人身份不比寻常,总得活要见人,死要见尸。"

白主簿道:"县丞大人,咱们是否画影图形,同时在城中悬赏检举,寻找潜夫人线索呢?"

叶小天犹豫了一下，道："一旦闹到这一步，那就风雨满城，流言势必难免了。据我所知，潜夫人是精通武功的，要想有个人悄然潜进她的住处，无声无息地把她制住并不容易，再者从她置于榻上的衣物来看，很有可能是她自行离开，此事我看还是先不要张扬了吧，是否画影图形，等赵驿丞来了再说。"

白主簿唯唯称是，这时若晓生急急跑过来禀报道："老爷，赵驿丞来了，赵家老爷子也来了。"

叶小天一怔："赵家老爷子？"

这时赵歆父子已经不经通报径直闯了进来，叶小天刚要上前见礼，赵文远已经怒不可遏地扑过来，一把揪住叶小天的衣领，怒吼道："叶小天，你把我家娘子藏到哪儿去了？"

叶小天呆了一呆，道："赵兄怎可如此说话，快快放手，且听我说明经过。"

赵文远吼道："你还有什么好说的，叶小天，你好！你好啊，我赵文远识人不淑，把妻子托付于你，你这人面兽心的畜生居然垂涎我家娘子姿色，做出此等人神共愤的事来，你还我娘子，还我娘子！"

叶小天怒了，喝道："赵驿丞，你怎可如此血口喷人！你家娘子为何失踪，叶某也是全然无知，这不是白主簿、周班头在这里，正要查缉此案吗？你怎可一口咬定是叶某所为！"

赵文远是听了他父亲赵歆的主意：把此事闹大，脏水一定要泼到叶小天身上。如果始终找不到潜清清，那就是悬案，叶小天栽定了。如果找到潜清清的尸体，有他这苦主一口咬定，就算定不了叶小天的罪，也一定能坏得了他的名声。

如果说花知县声称他的娘子与叶小天私通是疯言疯语，那么如今再加上潜夫人的失踪和他这个苦主的指证，叶小天必定声名狼藉，再也无颜继续在葫县做二老爷了。

若是潜清清失踪另有缘故，那么即便把她寻回来了，赵歆也可以利用播州大阿牧的身份命令她配合赵文远指控这一罪名，那一来就一定能把叶小天逼回深山，免得他在这里碍事。

眼下要确保杨土司控制铜仁。至于双方因此产生的一点过节，那都是以后的事了，他们有的是办法化解恩怨，包括苦肉计，包括贿之以利，包括把杨土司在蛊教的余党发展成簇拥在叶小天身边的心腹……

赵歆既然打了这样的算盘，赵文远自然一口咬定是叶小天所为。这不是最合理的解释吗：寄宿叶府的赵文远娘子年轻貌美，迄今依然单身（只要尚未娶妻就是单身，妾是不作数的）的叶小天垂涎美色……

叶小天动了色心之后，或是因为潜夫人乃官宦妻子，不能霸占，只有将她藏起，伪装失踪才能达到目的。又或者是求欢不遂，或者已经强迫潜夫人做下什么丑事，担心丑行败露，所以杀人灭口或者将她拘禁，这更是合理的推断了。

赵文远此刻的反应虽然显得过于激愤，但别人并未觉得有什么不妥当，自己妻子在别人府上无故失踪，不仅关乎性命，而且关乎重于性命的清白名节，做丈夫的要是不激动，那才见鬼了。

叶小天心中好不烦恼，他狼狈不堪地扯开赵驿丞的手，恼怒地道："赵驿丞，官府正在勘查此案，总会有个结论给你，如今真相尚未大白，请你不要胡乱诬蔑叶某。"

赵文远怒气冲冲地道："我污蔑你？你这府邸高门大院，有护院，有看门犬，旁人哪个也不丢，偏偏我的娘子失了踪，你还敢说跟你没关系？你把我娘子藏到哪儿去了，快交出来！"

周班头忍不住上前道："赵驿丞，捕快们已四下搜索过了，始终未见你家娘子，眼下情形未明。不过据我察验你家娘子的卧室，觉得不像是被人掳走，应该是自行离开的可能更大一些，此事我等一定全力以赴，尽快找到潜娘子的。"

赵歆冷冷一笑，对周班头道："这位捕头，你是葫县的捕快，叶小天是葫县县丞，你以捕快之身，搜寻县丞府邸，当真全都搜过了吗？"

因为赵文远一冲进来就发难，结果大家也来不及认识这干瘦老头儿，周班头想起方才叶府门子说过赵家老太爷也来了，不禁迟疑道："老先生是……"

赵歆负手道："文远是老夫的犬子，老夫再来问你，你果真把叶府上上下下搜了个遍？"

周班头道："那是自然，前院后院、地窖柴屋、赵家娘子的住处乃至这庭阁楼台，种种去处……"

赵歆目光一冷，沉声问道："家仆下人的住处查过了，那么叶县丞及其女眷们的住处呢？"

周班头一呆，讷讷地道："这……此案乃叶县丞报案，说起来也是事主之一，并非嫌疑人……"

赵文远怒吼道："贼喊捉贼的道理，你周班头居然也不懂吗？"

赵歆淡淡地道："这么说，也就是叶府中还有一些地方不曾搜过，是吗？"

"这个……"

周班头很是为难，其实按道理来是该都搜一遍的，但他若是连叶小天的住处都搜，那岂不明白表示叶小天也是他的怀疑对象？

叶小天挺身而出，朗声道："周班头不必为难，赵家老爷子说的有道理，现在只有我和哚妮、遥遥的住处不曾搜过，那就都查一查吧，查过了，才能证明我的清白。"

周班头见叶小天主动揽下此事，暗暗松了口气，忙道："既如此，那卑职这就带人过去查一查。"

赵歆向儿子递个眼色，赵文远马上吼道："我们也去，谁知你们会不会包庇他！"

叶小天的脸色冷下来，道："叶某正要求个清白，你想不去也是不行的，走！咱们同去，若是依旧找不到你家娘子，赵驿丞，你如此武断，一口咬定是叶某所为，可要还叶某一个说法！"

叶小天说罢，怒气冲冲地一把抓住赵文远的手，一同走出去。赵歆微微一笑，也举步跟在了后面。

正如当初在于家寨，于俊亭明知是叶小天杀了于福顺，还是隐忍下来，因为把这桩杀人命案算到叶小天头上，对她的利益好处远不及算在凉月谷头上更多，所以她只能捏着鼻子认了。

今日之事对赵歆来说有异曲同工之妙，潜清清并非他真正的儿媳，不过是杨土司训练的众多杀手之一，死活并不打紧，他若能利用此事大做文章，把叶小天名声搞臭，逼他辞官归山，那才是最大的成功。

所以，他并不在意能不能找到潜清清，但是他作为潜清清的"公爹"，和潜清清的"丈夫"一同搜了叶家，搜了叶小天本人的住处，这事传出去，就能进一步强化叶小天本人的嫌疑。他是在有意把这事往男女之事上引导，而且引导别人把叶小天列为最大嫌疑人。

李秋池和毛问智、马辉回到潜清清住处，叶小天多少也懂些刑狱之事，所以这室中虽有许多人来来去去的，在他吩咐下却始终保持完好，没有遭到什么破坏。李秋池在房中转悠了半天，这看看，那看看，忽然停在桌前，弯下腰迎着阳光看那桌子。

李秋池看了半晌，伸手在桌上一抹，在那桌上有一条隐隐的灰尘痕迹。陪同进来的小丫鬟赶紧道："奴婢昨晚擦过桌子的。"

"是吗？"

李秋池看看手指上那一抹灰尘，慢慢仰起头，看着屋顶横梁，沉声道："老毛，快去弄一架梯子来。"

第三十三章

好生意外

一

　　毛问智左看右看，趁人不备偷偷蹭过去，摸了摸潜清清那套柔滑的亵衣，假意装着检查床铺，又低头猛嗅一口，嗅到那淡淡的女人香气，心中顿时一荡，便想着要不要买一套这样的丝质亵衣送给叶小娘子，到时候……

　　正在心猿意马的当口，李秋池突然一唤，吓得毛问智一机灵，赶紧转身，胡乱打岔转移他人视线，免得被人发现他方才的猥琐："咋了啊？那房梁上有宝贝啊？俺还以为就俺能想到把宝贝藏屋顶呢，想当年俺捡到一块狗头金……"

　　李秋池很无奈地看着他，毛问智干笑两声，道："成！俺这就寻梯子去，这就去。"说着一溜烟儿地跑了出去。

　　这时候，叶小天带着赵氏父子，在白主簿、周班头等人的陪同下已经搜过了遥遥和哚妮的住处，一同来到叶小天所住的院落。

　　叶小天虽然想证明自己的清白，可潜清清失踪怎么也不可能会出现在他的住处，被人这么当贼一般搜查，面上实不好看。来到卧室门口，叶小天停下脚步，对赵驿丞道："赵驿丞，今日搜过我的房间，咱们的交情也就到头了！"

　　赵文远冷笑道："若我娘子当真在你房中，我与你便是不共戴天之仇，还谈什么交情！"说罢一推房门便闯了进去。

　　外间屋是一个耳房，丫鬟住的地方，再进一道门，便是叶小天的住处，正对面房山墙上开了两扇窗，右手边靠墙的衣柜旁边也有两扇窗。叶小天的卧房中陈设很简单，由于有丫鬟时时打扫，倒不似一般单身汉房间邋遢。

　　叶小天进了房间便抱臂站定，满脸冷笑，赵文远先绕到床榻后边看了看，又回到房子中间跺了跺脚，脚下传来的声音意味着地面是实心的，于是，他的目光便落在了卧室中唯一可能藏人的所在——那扇衣柜。

　　赵歆父子其实并未怀疑过叶小天真的干下藏人美妇的丑事，更不认为如果叶小天真的干出了这种事,还会蠢到把人藏在自己房里,他们只是借此恶心叶小天,坐实必将出现的对叶小天不利的传言,坏他官声,逼他走人。是以赵韵站在门口,对儿子使个眼色道:"看看柜子。"

　　周班头见赵文远一进来便搜了起来,正好他拉不下脸面细搜叶小天的房间,便也站在一旁看着,赵文远走到衣柜旁,回头看了叶小天一眼,噙着冷笑猛地一拉柜门……

　　柜台一开,立即从里边跌出一个人来,赵文远大骇,只道内有埋伏,一跳老远,定睛再看,却见从柜中跌出的那人保持着屈膝团身的样子倒在地上,穿一身青色劲装,姣好迷人的身体曲线毕露无遗,腰间别一口短剑,手中端着一具竹弩,肤色如玉,妙目圆睁,分明就是潜清清。

　　赵文远根本没有想到真会在叶小天这儿搜到潜清清,一见是她,不由大骇,叫道:"娘子!"赵文远一言出口,突然发现有点不对劲儿,潜清清的神色还有那一眨不眨的眼神儿……

　　叶小天和白泓、周班头等人一见从柜中当真搜出人来,顿时傻了眼。叶小天认得潜清清,白泓和周班头虽不认得,但是听赵文远一叫,也知道这劲装丽人就是赵文远的娘子了。

　　白泓和周班头同时暗叫一声:"苦也!人赃并获,还如何替叶大人开脱?不对啊,她为何身着劲装……"

　　两人念头刚转到这儿,赵文远已失声叫道:"她死了!"

　　"什么?"几人大惊,刚要扑上去看,就听门口一个捕快颤声叫道:"大……大人……你们快看!快看赵老爷子……"

　　叶小天几人闻言急又回头,就见赵歆站在门口,身子靠在门框上,手指掩着咽喉,两眼瞪得老大,喉中"咯咯"连声,却已说不出话来。

　　赵文远一见父亲捂着咽喉,手指缝间露出一寸多长的蓝羽,心中顿时涌起不祥之感,他急呼一声"父亲!"扑过去扶住赵歆。赵歆抓住儿子的手,双目暴突,口中"嗬嗬"几声,突然黑气上脸,一个身子便软了下去。

　　他的手臂一垂,众人才看清楚,在他咽喉处赫然有一支短箭,短箭直透咽喉,只留出一段菱形矢羽。叶小天和白泓、周班头被这一连串的变故惊呆了,看看赵歆,再看看端着竹弩蜷身倒地的潜清清,一时哑然无声。

　　潜清清的尸体都僵硬了,显见是死了许久,赵文远一拉柜门,她的尸体便从柜子里跌出来。可她手中还端着一具竹弩,尸体跌到地上不巧触发了弩机,那支劲矢便射了出去。

　　矢箭无声,他们又只注意到了潜清清的尸体,竟未发现站在门口的赵歆中了短箭。白泓一看赵歆满面黑气,就意识到那短箭上还淬了剧毒,想到那短箭本无方向,自己刚才是从鬼门关上走了一遭,白泓登时后怕不已。

赵文远抱着父亲尸体,放声悲呼:"爹!爹!"泪水顿时模糊了双眼。白泓偷偷瞟了一眼叶小天,心道:此人果然不能得罪,赵家父子刚刚诘难于他,马上倒了大霉,这人太邪门了。

周班头看看房中死去已久的潜清清,再看看门口刚刚咽气的赵歆,一时间就觉得大脑被人插了双筷子进去,还被狠狠搅拌了一番,他的脑子都搅成了糨糊。这等离奇的命案,他没有见过,听都没听说过。

赵文远一见父亲咽气,登时号啕大哭,方才进屋时他还说跟叶小天不共戴天,当时本是装模作样,谁想到现在竟是一言成谶,杀父之仇,夺妻之恨,都全了。赵文远擦擦眼泪,跳起来直扑叶小天,却被周班头和几个捕快抱住。

这个案子,至此已是处处诡异,赵驿丞是苦主,先是丢了媳妇,好不容易找到了,却已是一具尸体,而这具尸体又杀死了他的父亲。

花大老爷患了"失心疯",已经失去坐衙能力,叶县丞就是全县最大的官,可现在叶县丞成了嫌犯,能做主的就只有白主簿。可白主簿能说什么呢?叶小天他不敢得罪,但苦主也是命官,而且据他方才哭骂中所言,他父亲还是播州阿牧,那更是了不得的大人物,这个案子,他扛不下啊。于是,白泓马上施展"移魂大法",把这事推到了可怜的周班头身上。

周班头干巴巴地道:"以如今情形看来,潜夫人身穿劲装,携剑带弩,藏在叶县丞卧室衣柜之中,显然是意图对叶大人不利……"

赵文远红着眼睛怒吼道:"放屁!我家娘子为何意图对叶小天不利?"

周班头道:"这个疑问,我们还要再查。但是从眼下情形来看,潜夫人意图对叶大人不利当属事实。"

赵文远冷笑道:"是吗?那么为何她想杀的人没有死,要杀人的人反而死了?"

赵文远向叶小天一指,厉喝道:"一定是他害了我的娘子,可我娘子无论死亡或失踪,他都难逃干系,这才设下毒计,将我娘子扮成刺客,意图以此脱罪,又因此害了我父性命!"

白泓心道:这么讲似乎也有道理啊,而且如此一来,整件案子也就说得通了。但他想归想,是绝对不会点一下头的。

"杀死潜夫人的,是这只虫子!"一直毫无存在感的耶佬说话了,他方才看到潜清清奇异的死状后就来了兴趣,当他将柜中衣物拨开,看到柜中一只挤烂的蟋蟀模样的小虫子,马上辨别出那是一只蛊虫,而且并非他所熟知的任何一种蛊虫。

幸好他也清楚尊者此刻是杀人害命的嫌疑人,所以没有动那只可做证据的虫子,否则早就如获至宝地拎了那虫尸跑去研究它的作用了。

众人纷纷赶到柜前，就连悲痛欲绝的赵文远也冲到柜前，往柜中一看，便冷笑道："你说是这只蟋蟀无声无息地咬死了我家娘子，而且令她不能挣扎立即毙命？实在可笑。"

耶佬当然不会指认那只虫子是蛊，因为蛊没有天生的，都是人工饲养，如果确认那毒虫是蛊，尊者还是有嫌疑。耶佬冷笑道："你道世间只有五毒吗？山野之间，奇异毒物数不胜数，这只毒虫虽然形似蟋蟀，但并非蟋蟀，而是深山中一种罕见的剧毒之物！"

耶佬瞄了眼柜中所挂衣服，又即兴发挥道："这种毒物最喜嗅闻野兽皮毛味道，应该是受到这柜中皮衣的气味吸引，所以藏身其中，而潜夫人藏进柜中时惊动了它，所以被它咬死。"

赵文远瞪眼道："你是何人？何以认定这是毒物？"

耶佬道："老夫是山中一个野郎中，医术谈不上如何高明，不过对于山中毒物却大多认得。"

白泓赶紧道："如此说来，事情就清楚了。周班头……"

赵文远激愤欲狂，怒喝道："我娘子、我父亲全都死了，你白泓想轻描淡写匆匆结案吗？叶小天是重大疑犯，必须收监看押，直至真相大白！这场官司，不能轻结！"

这时忽有一人排众而出，昂昂然道："不错！这场糊涂命案，事涉我家东翁的清誉，岂可糊涂了结！要打官司，一定要打！李某现在就代表我家东翁状告赵文远夫妇意图杀人害命！"

李秋池轻轻摇着扇子，强作镇定，可还是按捺不住，两抹激动的潮红涌上了他的脸颊。不容易啊！等来等去，终于有了他李大状一展所长的机会，他激动啊！

第三十四章

夜郎第一状

一

赵文远身边有两具尸体，一具是他的"娘子"，一具是他的父亲，全都横尸在叶小天房中，惨到不能再惨，眼前这人居然说要告他夫妻意图对叶小天不利。赵文远气得浑身哆嗦，怒喝道："你说什么？你要告我对叶小天不利？"

李秋池正色道："正是！"他把折扇一收，侃侃地道："此事看来离奇，似乎一团混乱，其实奇而不奇，乱而不乱，要想理清前因后果却也容易。既然事主、死者、官家都在此，那鄙人就当面剖析一番！"

李秋池昂然走出几步，吸引了所有人目光后，才拿折扇向赵歆的尸体一指，道："这位老人家是误中死者手中的弩箭而死，对此大家应该都没有疑问吧？"

废话！

众人都没说话，不过对此就连赵文远也无法有所质疑。

李秋池道："既然如此，那么这位老人家之死已经可以确认了，纯属意外。而射杀他的人……却是他的儿媳妇。这个凶手呢……尸体都僵了，既然凶手已死，那么这位老人家的命案就可以结案了！"

李秋池又指向蜷缩于地，依旧保持蹲坐姿势的潜清清："接下来就是潜夫人之死了。赵驿丞，据闻，尊夫人是因为驿站屋舍翻修，被你托付于叶大人，暂住在叶府的，可是如此？"

赵文远脸上泪痕未干，怒声道："不错！"

李秋池道："然则借宿于叶府的潜夫人，为何会出现在叶大人卧房衣柜中呢？看她一身夜行装束，腰中佩剑，手握竹弩，弩上毒箭待发，分明就是潜入主人卧室欲行不轨，这是周班头的判断，对吗？"

周班头点点头，道："以我多年的办案经验，正是如此！"

李秋池又转向赵文远，道："可是你赵驿丞却猜测，是叶大人垂涎你妻子美貌，欲图不轨，潜夫人不从，被他失手杀死，仓皇之下，为了脱罪移尸于此，试图反咬一口，掩盖罪行，可是如此？"

赵文远冷冷地瞪着他，没说话。李秋池追问道："怎么，赵驿丞可是觉得方才所言有误，真相并非如此吗？"

赵文远受逼不过，只好喝道："就是如此！否则你说，我娘子为何想要杀他？"

李秋池道："不急，不急，只要剥丝抽茧，世间就没有解不开的麻团！"

李秋池转向众人道："好！那么我们现在需要确定的就只有一件事：潜夫人是自行潜入叶县丞住处还是被人移尸于此，只要确定了此事，就能确定叶县丞有无杀人嫌疑，或是潜夫人才是意图对叶县丞不利的凶手！"

白主簿连连点头，道："言之有理，言之有理。"

李秋池走到衣柜旁，伸手把悬挂的衣物往里边一推，向内一指，道："大家请看，这柜中地面的踩痕，与潜夫人靴底踩痕一般无二，而且柜中只有她一个人的足迹。

从这足迹来看，一个已经死去，被人摆布成这般姿势放入柜中的人，是不可能踩出如此凌乱的足迹的。你们看，这个脚印，应该是刚刚进入柜中时印下的，所以足尖冲内。

这几个脚印，是她在柜中转身挪动时留下的，而最清晰的这几个足印，是她蹲下等待叶县丞回房时的足迹，这几个足印有重叠之处，显见她在柜中等了许久，无法长时间保持同一个姿势所致。"

这一回连周班头也频频点头，道："言之有理，言之有理。"李秋池说的这番话，他都牢牢记了下来，这可是回头书写案宗证明叶县丞无辜的关键线索。

李秋池直起腰来，朗声道："据此，足以断定，潜夫人是自己潜入叶县丞居处，而她如此打扮，身携凶器，藏身暗处，分明是意欲对叶县丞不利。除此之外，我还有大量佐证！"

李秋池道："要帮一个死者更衣，打扮成如此模样，其难度可想而知。再者，如果是叶县丞害了潜夫人再移尸于此，一般情况下，这具尸体应该是斜倚在柜子内侧，等着被人搜索发现。

可是刚才赵驿丞一开柜门，潜夫人的尸体就跌了出来，显见她进入衣柜时并未死亡，被毒虫咬死后尸体才靠到了柜门上。而且大家不要忘了，她手中还有一触即发的毒弩，尸体跌出，谁也无法预料毒弩会射向何人，方才大家可有发现叶县丞在打开柜门时仓皇闪避或者隐于他人身后的情形？"

方才叶小天就站在房中抱臂而立，大家都看得清清楚楚，听到这里，无不信服李秋池的判断。

李秋池道："如果说是潜夫人是被人移尸柜中，凶手还帮她踩下足印，把她的尸体倚在门板上，推着尸体关上柜门，以便造出一开门即跌出的假象，如此冷静、缜密，实难想象会是一个失手杀人、仓皇失措的人能办得到的。

况且，人皆有趋吉避凶的心理，岂有杀了人，还要移尸自己房中，伪装成意图对自己不利的情况？死者身上并没有明显伤处，从这位郎中所指的这只毒虫来看，若是验尸，死者身上也应该只有虫子咬过的伤痕。赵驿丞同意验尸吗？"

赵文远咬牙不语，他怎么可能同意让仵作验尸，若是同意，就得把他的"娘子"剥个精光，让仵作全身看遍、摸遍，若他真的这样做了，那他的脸面也就一点不剩了。

赵文远不接话，只是冷冷地道："叶小天曾任葫县典史，现在是县丞，一直都负责司法刑狱、诉讼治安，对于犯案最熟悉不过，你说没有人能如此冷静机警，那是对常人而言，对叶小天却未必如此！"

李秋池把折扇往掌心一拍，赞道："赵驿丞言之有理，实在是太有道理了。可是，既然叶县丞能如此镇静、心思能如此缜密，那他又何必把尸体伪装成这般模样，再搬进自己房间，耗费绝大心力去辩证清白呢？

"只要把潜夫人的尸体摆在她自己榻上，旁边放上虫尸，天明后由丫鬟发现潜夫人被毒虫咬死，岂非无迹可寻？鄙人都想得到的简易之法，一直都负责司法刑狱诉讼治安，对于犯案最熟悉不过的叶县丞会想不到？"

"这……"赵文远听到这里，也不禁语塞。

李秋池挑了挑眉头，开始反攻了："所以，叶县丞绝无可疑，既然叶县丞没有可疑，那他就是受害者，只是凶手发生了意外，没有害死他罢了。倒是你赵驿丞……"

李秋池冷笑着看向赵文远，不过他并未像以前在公堂上一般，向前踏出一步，摆出咄咄逼人之势，反而站到了华云飞和许浩然旁边，一旦赵文远狗急跳墙，暴起伤人，也好有人保护自己。

李秋池道："捕快勘察潜夫人卧室，发现她的亵衣好端端地摆在榻上，好像还要再穿上，而服侍潜夫人的丫鬟却证实，潜夫人的其他衣物一件不少，这就奇怪了。

"无论是自己走掉或是被人掳走，都没有特意脱去衣服一丝不挂的道理，不合理的事情就一定有个最合理的解释：那就是潜夫人房中一定另有丫鬟并不知道的衣物。

"所以，鄙人方才又回去检查了一番，还邀请了马捕快和毛大哥做见证。在潜夫人房中，我发现房中桌案上有一抹淡淡的灰尘，丫鬟却说昨夜服侍潜夫人歇息前曾经擦拭过桌面，那么这灰尘一定是在丫鬟离开后掉落的。

"于是，鄙人请毛大哥搬来一架梯子，爬上房梁后，发现屋顶大梁上覆盖了一层灰尘，可是却有一处地方有个很明显的压痕，那儿原本是放了东西的，可是鄙人看时，梁上却空空如也。

"看那压痕形状，如果是一个包着竹弩和夜行衣的包袱，正好可以放下。本人据此判断：潜夫人早就备好作案之物，佯称身体不适，打发丫鬟离开，随即取下房梁上早已备好的凶器和夜行衣，悄然潜出住所，遁入叶县丞住处。

"鄙人发现这些证据，赶来此处时，还曾问过你带来的驿卒，他们声称驿馆从不曾修缮过。既然如此，你以修缮屋舍为名，把妻子送到叶府，意欲何为呢？鄙人是不是有充分的理由相信，你们夫妻对叶县丞早有图谋？"

赵文远暗自骇然，这李秋池竟然猜得八九不离十，只是他送潜清清到叶府的真正目的说得不对，可是除非知道潜夫人并非他的真正妻子，又有谁能猜到一个男人处心积虑把妻子送进他人府邸，是为了给自己找顶"绿帽子"戴？

赵文远色厉内荏地吼道："一派胡言！狡言诈辩，全是为叶小天开脱！"

李秋池仰天打个哈哈，向白主簿抱拳道："是非黑白，自有公论。关于潜夫人的死因，这位郎中已经说了，是被这剧毒之虫咬死。此物既有剧毒，虽然已死，毒性还在，请主簿大人取一只鸡，若食之即死，便可证明潜夫人死因。"

李秋池心思何等缜密，方才就已悄悄拉到耶佬询问过，其实这蛊虫和毒蛇相仿，所含的剧毒都是在特定情况下才起作用，死去后即便被食用也不会产生毒性，但李秋池已经让耶佬在那虫尸上又下了毒，不要说是一只鸡，就是一头大象也毒得死，所以他才如此笃定。

李秋池对白主簿道："事关我家东翁清白，鄙人再请大人寻个稳婆或医婆为潜夫人验尸，我相信，潜夫人除了虫噬之处，应该周身无伤。"

白主簿连连点头，他本来觉得此案令他头痛不已，经李秋池这一指点，忽然觉得条理清楚得很，似乎查个清楚明白并不难。

李秋池再接再厉，又道："此外，在潜夫人住处并未搜到包裹皮，她既如此处心积虑，事情未了时应该没有销毁证据，若我所料不差，那包袱此刻也应在她身上，鄙人还请主簿大人仔细查过！"

白主簿刚一点头，李秋池又道："鄙人要查梁上时，需要搬架梯子才能爬得上去，而潜夫人若是凶手，昨夜那种情形下她势必不可能登梯取物，想来是身怀武功，擅长提纵之术了。但凡习武之人，没有长久辍练的道理，她只要时常练武，就必定有人见过，所以鄙人再请大人调驿丞府上丫鬟奴仆取证。"

白主簿道："这也使得！"

李秋池道："赵文远夫妇谋害我家东翁的目的虽然尚不明朗，但是综上所述，完全可以确认，赵文远夫妇有谋害我家东翁的重大嫌疑，所以鄙人请大人将嫌犯赵文远收押看管，以查明真相！"

白主簿听到这里，却不觉犹豫起来。赵文远只气得浑身发抖，厉声喝道："你是何人，竟敢巧言狡辩，颠倒黑白，一至于斯！"

李秋池微微一笑，"哗"的一声打开扇子，扇子上面写着五个大字："夜郎第一状！"

第三十五章

究竟谁倒霉

一

花晴风虽然尚未被免职，但事实上已被剥夺职权。他也认命了，这些天一直在后宅修身养性，心平气和下来，灵智也开了窍，往昔种种回味起来，便有了一种截然不同的认知。

难怪孔圣人说"吾日三省吾身"，静下心来回想自己过往种种，始觉云淡风轻，有种做梦般的感觉，曾经坚执的、放不下的，今日想来竟都是那般不足为道。

最让他欢喜的是，一直压在他心头令他郁郁不欢的心结已经解开。雅儿如果真与叶小天有私，甚至为了叶小天不惜诬指他是疯子，她如今根本不必向他解释什么，更不必这么照顾他、迁就他。

反正现在的他说什么都不会有人相信，也不可能再做任何事。一旦明白自己对妻子全是误会，再想到一直以来妻子对他无怨无悔的支持与帮助，花晴风便又是愧疚又是感激。

这段时间，他有空就往苏雅身边腻，希望能修复夫妻情感。苏雅被他当众指证红杏出墙，一身清白尽毁，不免伤心欲绝，如今虽在花晴风的小意陪护之下情绪有所平复，终究还是有些不开心。

"咳！娘子，又在作画吗？"花晴风轻轻环住苏雅柔软的腰肢，下巴搭在她的削肩上，微笑着问。苏雅临摹的还是叶小天所赠的"高山流水"，此时看在花晴风眼里，已没了当初那种刺眼的感觉。

苏雅挣了挣肩膀，负气道："你总来腻着人家干什么，还不陪紫羽去。"

花晴风赔笑道："紫羽如今嗜睡，有丫鬟小心侍候着就是了。"

苏雅道："那怎么成，紫羽怀的是你花家子嗣，她如今有孕在身，更需呵护爱怜，紫羽心情愉悦，对孩子也好。你快去吧，人家又不是妒妇！"

花晴风耳语道："紫羽可以有孕，娘子一定也可以的，不如咱们现在……"

苏雅还未及说话，就见苏循天风风火火地冲进来。那日花晴风被当成疯子绑回后宅，苏循天也赶来，向他说明了是他向姐姐讨了幅画，转手送给了刚刚乔迁新居的叶小天做贺礼。

花晴风此前虽然听了苏雅的解释，却还是不明白为何她要在画作上题上自己的小字，听了苏循天的话这才明白。他素知这个小舅子不学无术，拿了题了姐姐闺名小字的画作送人，这种糊涂事儿别人干不出来，苏循天干出来却毫不稀奇，这才疑窦顿消。

苏循天自觉向叶小天通风报信虽是激于义气，终究是对不住姐夫。眼见姐夫失了职权，每日困坐后宅，苏循天很是不安，所以这几天一有空就到后宅来陪他吃酒聊天排遣寂寞，努力缓和姐姐姐夫的关系。

此时一见他来，苏雅还以为他又是来找花晴风聊天的，便道："你姐夫要去紫羽院中探望，不要缠着他了。"

苏循天道："我今天不是找姐夫吃酒的，是有事情说。姐姐，姐夫，出事了，出大事了。"

花晴风如今是"无官一身轻"，心态与往昔大不相同，听了苏循天的话毫不慌张，平静地问道："近几年来咱们葫县一直大事不断，何曾消停过。如今又有什么事情发生了？"

苏循天斟了杯冷茶喝了，一屁股在凳上坐下，这才道："姐，姐夫，叶县丞出大事了。"

花晴风和苏雅对视一眼，眼神里都写着四个字"果然是他！"花晴风摇头道："我猜就是他，这个叶小天……简直就是一个混世魔王，有他在的地方，若能风平浪静那才是怪事，他又搞出什么事来了？"

苏循天道："赵驿丞要修缮府邸，就把娘子潜夫人寄托在叶府。可是今儿一早，侍候潜夫人的丫鬟发现潜夫人离奇失踪。叶县丞遍寻不到，就请白主簿带人上山查案，赵家闻讯也登门吵闹……"

苏循天把他刚刚得到的消息从头到尾说了一遍，直把花晴风夫妇听得目瞪口呆。怔了半响，苏雅才摇头轻叹道："我不惹是非，是非来找我，这个叶小天，还真是个是非不断的人。"

花晴风近日来虽困坐后宅，依然有种灰头土脸的感觉，既要忧心前程，又要哄劝娘子，心中实在郁闷，此时却忍不住地想笑："我怎么忽然觉得，这最倒霉的人其实并不是我，而是看似最风光的叶小天呢？哈！哈哈……"

花晴风终于忍不住大笑出来，这还是几天来他头一次发笑，站在外厢的几个小丫鬟一脸紧张：莫非老爷又发疯了？

县衙二堂上，知县的主位空着，大家都坐在下面左右两侧，大眼瞪小眼。叶小天拉长着一张脸，像个讨债的债主，而在座的其他人都像欠了他很多钱。不过债主并不止他一个，坐在他对面的赵驿丞同样阴沉着一张脸。

　　其他人屏息无声，一脸的谨小慎微，其中尤以白主簿为甚。他觉得自己真的很倒霉，现如今花知县躲在后宅享清福，叶县丞牵扯到命案当中，赵驿丞死了老爹和夫人，他白主簿怎么担当得起？

　　眼见众人都木然呆坐，一言不发，白主簿只好清一清嗓子，道：“诸位，这事儿今日怎么也得议出一个章程来啊。花知县发疯、张典史病故，叶县丞和赵驿丞又事涉人命大案，该当如何了结？”

　　叶小天心情很不好，花晴风当众指证他和自己妻子有私情的事情尚未平息，现在又闹出这档子事来，即便最终能够证明他的清白，可世间永远不乏心理阴暗的人，他的名声在风言风语中也是毁定了，怎么就这么倒霉！

　　赵驿丞的心情更不好，老爹死了，"老婆"也死了，而且死得都是莫名其妙。其实冷静下来后，他也明白叶小天不可能是凶手，可是如果潜清清真是杀他父亲的凶手，而杀死潜清清的凶手却只是一只虫子，这……叫人情何以堪！

　　白主簿说罢，见众人依旧默默不语，只好转首对赵文远道：“赵驿丞，从我们目前掌握的情况来看，你想指认叶县丞是害死你妻子的凶手恐无凭据，本官是不能受理这一指控的。”

　　赵文远的眼神微微动了一下，这才缓缓答道：“至于拙荆是否为叶小天所害，赵某也只是猜测，究竟真相如何，当然还需要你们来查个清楚。”

　　白主簿听他语气有所松动，忙道：“那是自然，那是自然。呃……可现在的情形是，尊夫人潜入叶县丞房中有所图谋的可能要更大一些，虽然她已经死了，当然，本官不是怀疑你赵驿丞，可……要查本案，本官有些话就不能不问。请问尊夫人与叶县丞之间可有什么恩怨？”

　　叶小天对这件事也很关心，他实在想不通潜清清为何要杀他，难道这潜清清并非寻常女子，她不仅是赵文远的妻子，而且也是播州杨应龙的手下，是奉杨应龙之命行事？

　　可是无缘无故的，杨应龙为什么要杀他？再者，如果杨应龙想杀他，根本没有派潜清清做刺客的道理，因为潜清清一旦失手，杨应龙就被动了，他有无数难查底细的死士，用得着派出潜清清？

　　赵文远蹙着眉头，轻轻摇了摇头。白主簿略一沉吟，又道：“不知尊夫人家世如何，可否见告？"

赵文远冷冷地瞟了他一眼，道："我家娘子并没有什么显赫身世，她本是播州杨土司府上的一个侍婢，因为甚得掌印夫人宠爱，所以由夫人主婚，赐我为妻，你要去播州查证吗？"

众人听了都是心中一凛，他们倒没有怀疑播州那位杨天王意图对叶小天不利，这两个人实在是一个天上一个地下，根本不可能有什么瓜葛，至于去播州杨家调查，那是想都不用想的，可如此一来……

众人不禁偷偷看了叶小天一眼，实在找不出别的理由了，会不会真是两人日久生情，又因情生恨，所以才闹出这么狗血的事来？只是这层窗户纸谁也不肯捅破，所以大家说来说去，对于如何解决眼下困境，没有丝毫帮助。

罗小叶眼见他们绕着真正的目的转来转去，就是不涉及正题，实在不耐烦了，便道："眼下为难之处在于：知县疯了，典史病故，县丞与驿丞涉案，播州阿牧死在葫县，要如何禀报朝廷，实话实说吗？嗯？"

实话实说当然不行，花知县"疯了"，张典史"病故"，播州阿牧那是不亚于三四品的朝廷大员，而且实权尤有过之，却莫名其妙地死在这里，县丞和驿丞都事涉命案，这些事要是报上去，葫县真要名动天下了。

到那时叶小天无论冤屈与否一定会停职。而赵驿丞，父亲死了本就要丁忧去职守制三年，可他又有与妻子合谋暗杀县丞的嫌疑。葫县一下子失去了知县、县丞、典史、驿丞四个官员，四人中，一疯一死，剩下两个是嫌犯。

在已经出现了两任县丞、一任主簿犯案倒台的前提下，葫县想不引起朝野关注都难，到时候葫县的每一个官员恐怕都要被风宪衙门过筛子似的过一遍，恐怕谁的日子都不好过。

税课大使李云聪看了罗小叶一眼，道："下官以为，如实上报对谁都不利，案子是要查的，不过这如何上报朝廷，以免地方受到滋扰，还需好好商量出个办法才是。"

李云聪官儿小，直截了当地说出真正目的不用担心，真要说错了话被别人一言否之即可，没什么严重后果。他这话就是赤裸裸地表示：我们得文过饰非，遮掩真相，共渡难关！

这种事他们不是第一次干了，当初艾典史之死，大家就是众议之后如此处理的。其实也不只葫县这样，只要能遮掩住，别的地方一旦出了大事，也是能掩就掩。

可是众官员虽对李大使的提议求之不得，但是当事人愿意吗？叶小天愿意背负污名，忍受流言飞语？赵驿丞的娘子和父亲都死得不明不白，他愿意忍气吞声，大事化小？这两人只要有一个不同意，这些事就别想掩盖住。

这两人中众人最担心的还不是叶小天，在名声和宦途之中做一个选择的话，大部分人还是会选择"忍辱负重"的，可赵驿丞父亲一死，必然丁忧，虽然丁忧不是免职，三年后依旧可以复出，然则三年足以耽搁仕途上的许多事情。再说，他父亲死因固然明白，可娘子之死却还扑朔迷离，他会不求真相吗？

这时候，"众望所归"的赵文远轻轻咳嗽了一声，用疲惫沙哑的嗓音道："家父临终之前，对我曾有一番交待，白主簿和叶县丞当时就在家父身边，两位想必也听得很清楚。"

白泓有些茫然地看着他，一时有些无法理解。赵歆明明中了见血封喉的毒箭当场丧命，哪有什么遗言留下，他这么说是什么意思？叶小天也诧异地挑起了眉头，看向赵文远。

赵文远神色木然，自顾自说道："家父遗命：叫我辞去官职，回乡守制，于本司中辅佐长兄，担任总理，划拨清泉洞、白莲洞、长岭洞、五峰洞，四洞十五旗到我麾下。"

叶小天率先反应过来，点了点头，道："不错！令尊临终之前，确有这番遗命。"白主簿不明白叶小天为什么要这么说，但是叶小天都这么说了，他随声附和应该就不会错了，白主簿马上点头道："不错，本官也听见了！"

叶小天毕竟在贵州住了几年，对土司制度远比白泓了解，所以他马上就明白了赵文远的意思。赵歆之死已是不可更改的事实，而且凶手都无从追究，对赵文远来说，眼下最重要的是什么？是分家产！

赵歆是播州大阿牧，杨天士驾下的兵马大总管，同时他也有自己的辖地和部落，也是一个大土司。赵歆辖治着九洞五十八旗。统管这所有领土的继承者当然是他的长子，可次子们呢？

长兄一旦成为土司，弟弟们就会晋位为土舍，可土舍虽然尊贵，却未必掌握实权。这土舍就像亲王，宋朝的亲王住在京城，仅有一座王府，明朝的亲王却享有封地，是一方诸侯。

在一个土司部落里，真正大权在握，权柄仅次于土司的是"总理"（也称阿牧），再其次是"家政"，这就像朝廷里的官，土舍只是散官。有"总理""家政"等职务在身的土舍才有实权。

赵文远得到了这句承诺，便站起身，黯然拱一拱手："家父逝世，赵某悲恸难当，心神憔悴，不能议事，这就要回去为家父料理后事，准备丁忧，衙中政务诸君商议便是，议罢知会赵某一声即可，告辞！"

第三十六章

好日子

一

赵文远走了，走得潇潇洒洒。随后，初来乍到的白主簿目睹了山高皇帝远的小地方，地方官员们是如何丧心病狂地掩盖事实、蒙蔽圣听的。其胆量之大、行止之猖狂，简直令人发指！

花知县"疯了"，因为还需郎中确认并出具书面证明，所以拖了好几天，如今一应证据才算齐备。对于这位疯掉的花知县，众官员好像从不曾鄙夷过他似的，他们不吝任何溢美之词，把花晴风患病的缘由完全推到了政务公事上，花知县是如何殚精竭虑，花知县是如何忧心国是，花知县是如何废寝忘食，终于累到神魂失散……

张典史病故了，他是突发重疾而死，至于是什么诱发了他的宿疾，这个问题用春秋笔法一笔带过，他们只是在字面上玩了一点小花样，把张典史发病的时间含糊过去，看起来似乎比花知县发疯要提前两天，发病地点不用改，就是县衙二堂，如此一来，张典史就成了积劳成疾，因公殉职。

不出意外的话，朝廷对于这种情况都会有所嘉奖，给死者追升一级，张典史终于实现了他的平生梦想，从不入流的杂职官转为品官，可以用一种更体面的身份入土了。

真正令人费脑筋的是如何解释播州大阿牧赵歆之死以及赵驿丞的夫人潜清清之死。如何合理解释这两个人的死亡，才是真正考验官员们集体智慧的时候。

其实赵歆之死本身并没有什么难解释的地方，问题是如果对赵歆之死实话实说，那么潜清清之死就是一桩悬案，要查这桩悬案，一系列的问题便无法掩饰。好在赵文远已经默许他们可以随意操作，这一来他们就有了用武之地。

赵文远如此选择，众官员并没觉得有什么不妥，对赵文远来说，真正不能释怀的大概只有他父亲的死，可恰恰是他父亲的死没有什么疑问，就算此案不加遮掩，他也找不到杀父凶手来追究责任。

至于他的娘子……用赵歆部落的"总理"、四洞十五旗的领主作为交换条件，他不再追究一个女人的死因是可以理解的，更何况现在的情况对他并不利，他的娘子有重大嫌疑，真要追究下去，他很可能得不偿失。

于是，对于赵歆和潜清清之死，众人最终讨论结果如下：播州大阿牧赵歆赴葫县探望其子赵驿丞，赵驿丞夫妇陪同赵歆上山狩猎散心，赵驿丞的娘子不慎误触猎弩，射杀赵歆。赵驿丞的娘子害死公爹，无颜苟活，故而自尽。

好了，如此一来对潜清清之死和赵歆之死都有了一个很完美的交待，至于播州那边信不信那就是赵文远的事了，想必只要他坚持这种说法，播州那边也没有不信的道理，赵文远可是赵歆的亲儿子。

只是如此一来，对于潜清清为何携带凶器潜入叶县丞卧室的悬案也就不可能再查下去了，这样的话，他们还需要征求叶小天的意见，如果叶小天坚持要把案子查个清清楚楚，大家绞尽脑汁想出的办法就得全部推翻。

经过众官员苦口婆心的解劝，反复剖析其中利害，叶小天总算"勉勉强强"地答应下来，众人不免松了口气。叶县丞能够如此顾全大局，每一个人都为之感动不已。

议事已毕，众官员纷纷离去，开始按照分工部署各自处理善后事宜，其中公推了顾教谕前往驿站，由他负责向赵驿丞通报众人商议的结果，大家要齐心协力平息掉这场大风波。

叶小天则返回府邸，他现在需要做的只有一件事，就是严嘱家丁下人，不可对外胡言乱语，以免泄露此事真相。李秋池走在叶小天身边，一脸幽怨，看来不能通过此事一展李大状风采，令他无比遗憾。

叶小天见状，忍不住笑道："先生何必如此，你原本是状师，自然是官司越多越好，官司越大越好，如今不同，你既为我幕僚，凡事就得从我的角度去想，有时候并不是官司打赢了，咱们就一定能得到好处。"

李秋池道："学生明白，这场官司打下来，就算赢了，市井间还是免不了种种传言，败坏了东翁名声。而且，赵文远如今有把柄握在东翁手中，来日未尝不可为东翁所用。"

叶小天欣然道："先生是聪明人，果然不点也透。"

李秋池眉头一蹙，道："可是赵歆此来葫县，带了十多个侍卫。既然他是被'误射'而死，赵文远势必不能把他这些侍卫一股脑儿杀了，难道不怕他们回去后泄露风声吗？"

叶小天道："他们都是赵家的私兵和奴隶娃子，永远是赵家的私产。赵文远就算伪造父亲的遗命又怎么样？这件事一旦泄露，顶多失去他想得到的，对他的身份和地位影响却不大，那时他若为了泄愤，杀几个侍卫和娃子又算什么？"

"可是帮着赵文远隐瞒,却一定有他们的好处。他们只是身份地位低了一些,不至于连这点脑子都没有,他们会明白如何选择。至于那位高高在上的杨天王吗……"

叶小天忽地停住脚步,望着远处青山,若有所思地道:"以前听人说史,常常会说起一些曾经无比英明神武的大人物,到后来却被人轻易蒙蔽,此种人物还不止一个两个,常常不绝于史,令我不能理解。

现在我多少也算有了一定的身份,才稍稍有所领悟。我想,那些人未必就是老糊涂了,或许因为他们屡获成功,令他们变得过于自负、自信。

一个人身份地位高了,许多事就不可能亲力亲为,他听到的,只能是别人告诉他的,他看到的,也可能是别人伪装好的,所以别人一清二楚的事,他却只能蒙蔽其中。这种人,过去有,现在有,将来还会有。"

李秋池仰天长叹道:"做官的常骂讼棍无耻,其实做官的心才更黑啊!"

叶小天拍拍他的肩膀,亲切地道:"黑心的我和无耻的你,我们一定会成功的!"

叶小天回到府邸时,就见耶佬站在照壁下,正抻着脖子等他回来。耶佬眼巴巴地盼着,一见叶小天出现,马上迎上来,欣欣然地见礼道:"尊者,属下等你好久了,那具蛊尸可是尊者炼出的新蛊种吗?却不知是用哪几种毒虫匹配而成?"

叶小天怔了怔,他没想到焦头烂额之际,耶佬最在意的却是那只虫子。叶小天纳闷道:"那只蛊虫不就是能毒死人吗,较之我教其他的蛊虫威力差之甚远,有何异处值得你如此在意?"

耶佬眉飞色舞地道:"不然不然,尊者有所不知,若论毒性,那只蛊虫确实没有什么了不起,但是属下发现,那只蛊虫另有奇异之处,它可以让尸体不腐,千年永驻啊!"

叶小天又是一呆,惊讶地道:"果真有此奇效?那不是成了传说中的定颜丹吗?"

耶佬欢喜地道:"正是如此!这种蛊虫若是有了配制之法,以后大可秘售于豪门大户,想必无数权贵都舍得花大价钱购买,这将是我教未来一条很重要的财路啊。"

这个耶佬倒是挺有经济头脑!叶小天认真地打量他两眼,说道:"这个……那只蛊虫从何而来,我也不晓得。或许是之前随冬长老炼蛊不慎逃脱的吧,如何炼出这样的蛊虫,我也是全然不知。"

"这样吗?"

耶佬大失所望,只急得团团乱转。叶小天摇了摇头,转身就往后走,走不多远,耶佬又急匆匆地追上来,唤道:"尊者,尊者,这异种蛊虫非常重要啊,属下需要以药剂反复验证,或可找出配种之法。"

叶小天无奈地站住,道:"那你就去验证好了,我又不曾拦着你。"

耶佬道:"可是属下需要毒尸才能验证啊,不知尊者可否把尸体弄来,如果不能弄来整具尸体，只有一条腿也是可以的。"

叶小天无奈地想：怎么蛊教里这些长老们个个痴迷于此呢？那蛊虫是重要物证，已经被官府收走，不过此案已经不了了之，想必要把那蛊虫拿回来也无妨，可如今毕竟是敏感时刻……索要重要物证，会不会招来嫌疑？

看了看耶佬殷切的目光，叶小天便道："真的只需一条腿就可以？"

耶佬连连点头，道："不错，一条腿应该就够用了，属下一定能验证出这种蛊毒的本源。"

叶小天点头道："那好吧，明日我去帮你弄条腿回来。"

耶佬大喜，连忙向叶小天道谢，再三叮嘱道："那就有劳尊者了。对了，属下还需要一把斧头，不不不，最好是锯子，还请尊者一并吩咐人置备了……"

叶小天奇道："耶长老要斧头锯子有何用处？"

耶佬道："锯腿啊，这种验证怎么也得尝试几次，尊者既然只能拿回一条腿，那属下一次只锯下一块，省着点用，也就够了。"

叶小天满脸困惑，一条蟋蟀腿儿，小刀一切就行了，还需要用到锯子？难道他说的腿……叶小天蓦地瞪大了眼睛，骇然看着耶佬道："耶长老，你说的腿……究竟是什么腿？"

耶佬奇怪地道："那位小娘子的大腿啊，还能是什么腿？"

叶小天大吃一惊，道："疯了！疯了，你简直是疯了！"

耶佬一脸茫然："尊者？"

叶小天二话不说，调头就走，走不多远，忽又站住，扭头嘱咐李秋池道："你赶紧去，安排几个人给我牢牢地看着耶佬，这个老疯子，可千万不要跑去刨坟盗尸，那可就真把我害惨了！"

·※·※·※·

"这还让不让人好好过日子了！"张知府重重一拍书案，颌下肥肉顿时一阵颤悠。

他恼的是水银山之乱，水银山之乱现在已经由四方纷争变成了两方，杨氏两兄弟暂时停止了纷争，展家也不再咄咄逼人，可是提溪于家和凉月谷果基家却从不时的纷争发展成了天天械斗。

偏偏这提溪于家和凉月谷果基家都是铜仁境内的部落，从情理上说都是归张知府管辖的，如果任由这两个部落继续纠缠下去，对张知府的威望将是一个很严重的打击。

可是张胖子一定程度上就像春秋战国时期的周天子，虽然他是铜仁府名义上的共主，却并非每个部落都肯买他的账。

凉月谷就不用提了，官府对他们的影响力非常有限。

而提溪于家虽然不像凉月谷一般具备较强的独立性，可它又是铜仁于家的分支。铜仁于家的地位仅次于张家，这一代的土司于俊亭大概因为是女儿身的缘故，对政务不大热衷，从不掣肘他的决定。

如今于家有了是非，就算是投桃报李吧，他张铎也没有为难于家的道理。可是对于家他不能苛责，凉月谷果基家又不买他的账，他张知府又该如何调停于家和果基家的这场纷争？

所以张胖子近来觉得非常烦恼，烦得他吃不香睡不着，人都瘦了好几两。他想不出办法，就只好催促他的左右手，要这两人替他出谋划策。张胖子的左右手就是州同和州判。

州同是戴崇华，州判叫御龙。御州判的姓氏比较少见，他这个州判的官职，对不熟悉知府衙门属官的外行人来说，和于俊亭的通判很容易混淆，其实两者全然不是一回事。

但凡知府负责的事务，通判都能过问，都需要有他署名才能生效，就像当今皇帝的圣旨，要通过内阁副署才能生效。通判通判，统统都判，同时他还有监察州内所有官员的权力。

而州判是知府的助手，由知府给他们分工，与同知分别掌理粮务、水利、巡捕等方面的具体事务，是从七品的官，比通判要低三级。

"你们这两个废物，眼看果基家和于家越闹越凶，却一直束手无策，今天无论如何，你们也得给本府想出一个办法！"

戴崇华道："府尊放心，我二人今日一定想出个妥善的办法为大人分忧。"

张胖子点点头，刚要拂袖而去，李经历就送来一封葫县的加急公文。张知府打开一看，当时就疯了："葫芦还没按下去这又浮起个瓢，这还让不让人好生过日子了！"

第三十七章

暗流汹涌

一

　　戴州同和御州判一听张胖子发牢骚就心惊肉跳。通常张胖子说"还让不让人好好过日子"的时候，没有好日子过的其实就是他们两个，如今不知又发生了什么事，让知府大人如此烦恼。

　　戴崇华和御龙向李经历瞄了一眼，李经历摇摇头，公文的内容他也没有看过，哪知其中写些什么。张铎把白主簿呕心沥血、几乎薅光头发才写出的那份公文甩到戴崇华和御龙面前，二人连忙捡起公文。

　　看罢公文，两人也愣住了。戴崇华一脸古怪地道："播州阿牧死了？居然是在狩猎时被他儿媳误射而死，这……这……"想起前几天赵歆还秘密住在他的府邸中，转眼间就阴阳两隔，戴崇华仿佛做了一场黄粱大梦。

　　御龙则眉头紧锁地道："花知县患了癔症，张典史病故，赵驿丞丁忧，播州阿牧暴毙，这……知府大人，葫县近年来怎么连连出事呢，如今这场动荡，可比先前都要厉害，实在不可思议，实在不可思议。"

　　张知府瞪着御龙道："你这个州判就是负责向本府说不可思议的吗？本府也知道此事不可思议，这葫县近几年来就不曾消停过，谁去谁出事，真邪性！可你大发议论又有何用，现在该怎么办，你说！"

　　戴崇华忙道："府尊大人息怒，下官以为，现在应马上行文葫县，令县丞叶小天暂代知县一职，同时将葫县的事情上报布政司衙门，再……"

　　张胖子一拍脑门，两眼发亮地道："对啊，你不提我还忘了，这个叶小天八字硬得很呐，你看葫县多事之地，出了这么多乱子，只有他一直稳稳当当，不如就把葫县交给他去折腾算了。"

　　御龙很无奈地道："府尊大人，咱们能对朝廷说，葫县风水不好，叶小天八字够硬吗？"

张胖子大怒，喝道："混账东西！你是在调侃本府吗？本府这不是在跟你们两个说话吗，本府又不蠢，对朝廷当然不会这么说，至于用什么理由，难道还要本府教你们？不守官箴，时与村民往来，笑谈狎玩，全无体统。办事任性，不洽舆情……"

张胖子傲然扬起下巴，道："你真以为本府不学无术吗，哼！这些考语，本府熟得很，信手拈来，便可上奏朝廷！躁妄轻浮，嗜酒狂悖。才识钝拙，不谙吏治，难司民牧……"

御龙微窘道："府尊大人，这些考语都是恶评，并非赞誉之辞啊！"

张胖子更加大怒，用力拍着桌子道："不错！这就是本府给你今年下的考评，成不成啊！"

御龙苦起脸，闭嘴不语了。戴同知赔笑道："府尊大人息怒，这个……这个叶小天嘛，虽然是个干吏，可他只是举人出身啊，以举人功名且如此年轻便就任一县正印的前所未有……"

张胖子瞪起眼道："前所未有？任何事总得有一个先有的罢？你也不敢有，我也不敢有，那谁来先有？葫县那个鸟不拉屎的破地方，你说，有谁愿意去？"

戴同知低声下气地道："是是是，府尊大人所言甚是。不过，这七品正堂，终究不好让一个并非进士出身的年轻人来出任。府尊若据此提名，却被朝廷所否，于府尊大人颜面上须不好看。"

"唔……"

一提到面子问题，张胖子马上重视起来，沉吟问道："那依你之见，该当如何？"

戴同知道："葫县一下子有这么多官员出事，实在难以想象，咱们也不宜马上奏明朝廷，以免其中别有玄虚，让府尊大人担个不察之罪。不如先命叶小天暂代知县一职，使葫县上下各有所属，再派干吏查明葫县真实情况，如此上奏朝廷，由朝廷定夺就是了。"

张知府捏着圆润的下巴想了想，颔首道："这个主意倒不失为老成之法。那就这么办吧，你马上为本府草拟一道公文，叫叶小天暂代知县一职，另外择选干员赴葫县考察，嗯……何人前往合适呢？"

戴同知马上近前一步，道："府尊，何不就令李经历前往呢？李经历做事素来谨慎，心思又缜密，可当大任。"

张知府点头道："成！李向荣……"

李向荣站在一旁，万没想到这等优差竟会落在他的头上，他这是去干什么？是去代表上司考察官吏啊！随后的官吏任命与调动，他都要提出考察意见的，这到了地方上还不被人当祖宗一般捧着，各种好处可想而知。

李向荣喜上眉梢，连忙近前，张知府对他吩咐一番，又转身对戴同知和御州判道:"提溪于家和凉月谷果基家的这场乱子,你们两人定要商量出个办法给我。"说罢腆着大肚子扬长而去。

戴同知把李向荣送出门去,李向荣向他兜头一揖,感激不尽地道:"戴兄高义,如此呵护,弟铭记心头了!"

戴同知笑吟吟地道:"嗳!你我情同手足,这些见外的话就不要说了。"

送走了李向荣,戴同知回到签押房内,御州判苦着个脸道:"戴兄,于家和果基家这场乱子,知府大人都束手无策,你我二人能想出什么好办法呢?"

戴崇华道:"现在是于家认定果基家杀了他们的土司,因此双方才结下不解之仇。咱们要想斡旋此事,只能从于家下手。如果监州大人肯放手的话,才有调停的可能。"

戴同知所说的监州就是于俊亭。于俊亭是铜仁府通判,除了一切政令都需她联合签署才能生效之外,她还有监察全州上下所有官员不法行为的权力,所以又被称为"监州"。

御龙蹙眉道:"此前也不知找过几回于监州了,可她根本不听劝呐。"

戴崇华道:"如今情形,于家奈何不了果基家,果基家也奈何不了于家,僵持下去,徒增两家伤亡,损耗双方实力,想必监州想法也会与之前有所不同。这样吧,我去于府拜访一下,探探监州的口风再说。"

于俊亭,本名珺婷,只不过这个名字女人味儿十足,对于本就很在意自己是女土司的于珺婷来说,这样的名字就意味着柔弱,所以她很早就换了个谐音的名字,如今还记得她本名的人实在没有几个了。

于俊亭如今已经离开提溪,她有自己的部落要打理,不可能长久留在提溪,但是于福顺被暗杀,新土司又年仅八岁,根本撑不起局面,所以于俊亭派了她的得力干将于海龙去。

土司世袭制度使得每一个土司都成了这种制度的坚定维护者。谁想破坏它,都难保自己不被更加强大的土司所弹压,而且一旦破坏了这种制度,也会给他自己的家族留下重大隐患,须知他们能够传承千百年,生命力比任何一个王朝都要强大,就得益于此。

所以,这就确保了提溪于家的权力绝不会被他人攫取,哪怕是它的本家铜仁于家,因此对于于俊亭的安排,提溪于家的掌印夫人不但没有丝毫戒备或反对,且能全力配合。如此情况下,于俊亭才放心返回铜仁。

戴崇华离开府衙,便直奔通判府。在客厅里小坐了片刻,于俊亭才从屏风后面转出来,往主位上一座,蹙着秀气的眉毛问道:"你来见我,又有什么事?"

戴同知苦笑一声道:"监州大人,赵歆死了。"

于俊亭顿时一愣,与播州杨应龙合谋想取代张氏的正是她和戴崇华,两人是盟友。播州阿牧赵歆就是来铜仁与他二人沟通，密议对付张铎的，赵歆离开铜仁时还说从葫县回来就来拜访她，怎么就死了？

于俊亭奇道："赵歆虽然年事已高，可身体一直硬朗得很，怎么就死了？"

戴同知揉了揉鼻子，无奈地道："是被他儿媳用矢箭射死的。"

于俊亭又是一呆，脸上顿时涌起古怪的神气。戴同知见状，知道她有些想歪了，忙解释道："其实事情是这样的……"

戴同知把葫县公文上所写赵歆与潘清清的死因说了一遍，于俊亭的嘴角顿时抽搐了几下，有些啼笑皆非地道："怎么会这样！"

戴同知叹了口气道："杨天王出师不利啊，水银山那边失控，如今赵阿牧又……你看此事是否应该尽快与杨天王取得联系？"

于俊亭摇摇头道："此事不必由你我出面，赵歆之子就在葫县，恐怕早就派人回播州报信去了。杨应龙因为水银山之乱失控，已经藏起了狐狸尾巴，一时半晌不会再探出他的爪子，便是知道赵歆已死，暂时也不会派人来了。"

戴同知皱起眉头道："杨天王收手，那铜仁这边怎么办，岂非要你我应对？"

于俊停微微眯起了眼睛："不然呢？戴同知，你记住，我们和杨应龙只是合作！"

于俊亭抚摩着光滑的扶手，悠悠地道："你不可能靠别人的施舍掌握权力！太过依赖他人，最终你只能成为别人的傀儡，只有掌握在你手里的，才是真正属于你的。"

戴崇华愧然拱手道："监州所言甚是，戴某惭愧。"心中却腹诽不已：你跟杨天王已有婚姻之约，对他却还是如此戒备，难道连你的终身都是用来交易的一个手段？真是奇怪的女人！

于俊亭笑了笑，忽又问道："对葫县之处，张铎打算怎么办？"

一提起张胖子，戴同知就只能苦笑了，道："这位知府大人异想天开，想提名叶小天就任葫县知县之职，已经被我和御州判劝止了。"

"叶小天！"

提起这个名字，于俊亭眉宇间倏地掠过一抹杀气，细白的牙齿轻轻咬了咬艳红的下唇，星眸一亮，唇角漾起一抹狡黠的笑意："戴同知，你觉得利用这个机会，把那个混蛋弄到铜仁府来如何？"

第三十八章

考教、调教

一

　　戴同知奇道:"监州大人为何要把叶小天调来铜仁?"
　　于俊亭道:"我们的目的是削弱张家对铜仁的控制,收众土司为我所用。葫县乃朝廷直辖,流官治下,是我们唯一的变数。这次葫县出了这么多事,和叶小天有无干系我并不清楚,但之前一系列事件莫不与其有关,让这只猴子在葫县搅风搅雨,不如把他招到铜仁府约束起来。"
　　于俊亭呷了口茶,继续道:"本来,要调他来铜仁也不容易,如今葫县连出意外,正是最好时机。知县患了癔症,若再换一任知县,无论是威望还是人脉,怎及得已经在葫县经营数年的叶小天,相信朝廷也会有此顾虑。"
　　戴同知不以为然地道:"监州大人太高看他了吧,一个小小县丞,值得监州大人如此谨慎?"
　　于俊亭冷冷地道:"换了你去葫县,有没有本事在三年之内干掉两任县丞和一位主簿?"
　　戴同知顿时语塞,窒了一窒,才道:"葫县是流官治下,知县人选由朝廷选定,县丞是否调迁也是由朝廷决定,恐怕我们做不了主。"
　　于俊亭道:"人选虽由朝廷确定,地方官却有举荐之权,朝廷不可能了解每一个县的情形,选择什么人,很大程度上就看地方举荐的是什么人。你不是说,那个白主簿是从金陵调来的人吗?"
　　戴同知道:"是!"
　　于俊亭的眼睛又轻轻眯了起来,似乎她有所思忖的时候,就会下意识地眯起眼睛,很是撩人:"白主簿以七品官身行主簿事,原地升迁合情合理。而他来自金陵,把他放在葫县朝廷也放心。只要说服张铎提名就行了!"
　　戴同知道:"那叶小天呢?"

于俊亭笑笑，道："叶小天本是县丞，位在主簿之上，现在把主簿原地提拔到知县的位置上，那县丞怎么办？昔日下属变成顶头上司，朝廷也不会容许这等必然造成正印官与佐贰官首领不合的局面出现的，所以只需提上一笔，叶小天调任铜仁就是必然。"

戴同知眉头一皱，又问："那么，若是张知府问起如何安置此人时，戴某该如何回答？"

于俊亭道："现在担任府推官的是我的堂弟，我叫他辞官，在本司之中委他个差事。这官儿就让给叶小天做吧！"

戴同知道："监州大人既然觉得这叶小天碍事，把他调来铜仁，就不怕他变成大闹天宫的孙悟空？"

于俊亭胸有成竹地道："张胖子才是玉皇大帝，于某是如来佛祖，就算他叶小天是孙猴子，逃得出我的手掌心？"

顺天府和应天府的推官是从六品，其他各府的推官都是正七品，掌理刑名、赞计典，也就是市法院院长兼审计局局长。照理说，从正八品的县丞变成正七品的推官，这是高升了一大步，但是这里有个特殊情况：铜仁是土官治下。

土官治下和流官治下最大的区别是：虽然这些官儿们头上戴的官帽、身上穿的官衣都是朝廷所制，彼此称呼起来也都是朝廷的官职，其实他们骨子里依旧是部落酋长，自主权相当大。

这不仅体现在经济、民政、法律上，也体现在军事上，所以你主管刑名，谁来找你告状？你主管审计，可人家的财政是完全独立的，你能审计谁？因此，在土官当权的州府，推官就是每年拿四十五两俸银的闲官。

戴同知得了于俊亭这番授意，马上回去游说草包知府张大胖子，至于所谓的调停，他连一句都没提，这事本就是他和于俊亭联手搞出的阴谋，又怎么可能真的想办法调停？

· ※ · ※ · ※ ·

叶小天很快就收到了铜仁府的回文，令叶小天暂代知县一职，有了这道公文，叶小天自然走马上任，不过许多大事依旧交给白主簿处理。白主簿做过多年知县，历练经验远较叶小天丰富，这也是叶小天有自知之明。

但叶小天的让权之举却让李秋池痛心不已，他觉得自己的主公太不求上进了，太小富即安了，太不懂得抓住机遇了，为此时不时就到叶小天身边恳切地劝谏一番。

在此之前，他就觉得很委屈了，他本可以利用赵氏公媳离奇死亡一案名噪天下，可是东翁出于政治利益考虑，对此案大事化小，小事化了。也罢，既然投靠了叶小天，叶小天的利益就是他的利益，这名声不要也罢，实权才是最切实的利益。

可现在叶小天对实权也不热衷，李大状是真的不能忍了！他时不时就去对叶小天苦谏一番，说到动情处便潸然泪下，看那情形，叶小天再不接受劝谏，他就要写血书上吊死谏了。

叶小天一开始感其热诚，也还好言劝抚一番，后来实在不胜其扰，叶小天也不多说，第二天便向白主簿要了两份待处理的公务，先行了解仔细，心中有数后便去考校李秋池。

叶小天将两份公文丢给李秋池，道："本官从未主理过一县政务，恐有所怠慢，所以委之于白主簿。先生既然不忿，这两件事且拿去处理一下，若是处理得当，本官考虑拿回职权。"

叶小天本以为李秋池要调查良久，将涉及人员全都询问一遍，方才有所回复，却不想李秋池接过两份公文，一目十行，片刻工夫浏览完毕，提笔便写，片刻工夫两份公文便有了判词，呈回他的案上。

叶小天大吃一惊："这么快就处理完了？传说三国时有凤雏庞统，一日之内处理完百日县务，莫非先生也有那般经天纬地之才？"

李秋池笑道："不敢，不敢，这两桩小案子，判来自然轻松。"

叶小天赶紧效仿大耳贼刘备，毕恭毕敬请李先生坐了，又亲手为他斟茶一杯，这才回到座位上，展开两份公文细细观看。

看完第一份李秋池的判词，叶小天眉头便是一皱，但他没有说话，又展开第二份，这份看完，叶小天终于按捺不住了，对李秋池正色道："先生错了，两件案子全都判错了！"

李秋池不慌不忙地问道："东翁以为学生判得不对？"

叶小天道："先生请看这第一份，说是某乡绅纵马踢伤某乡民，致其大腿骨折，需休养百日，而乡民家中贫困，唯有病妻弱子，无力耕种田地，因此状告乡绅，请求赔偿医药费用以及雇人耕种田地等各项费用合计七两。

光看状子，乡绅可恶，乡民可怜，然则本官寻访乡里，却得知另有实情。那乡绅当日本要去城中寻访朋友，停马于府前，是那乡民性情顽劣，先是抛石戏马，后又揪扯马尾，致使马惊尥蹄使其受伤，实与乡绅不相干。"

李秋池微微一笑，问道："大人觉得第二件案子学生又错在哪里呢？"

叶小天道："这桩案子，是说一位农妇丈夫生病，媳妇去向公公讨钱看病，与公公发生口角，推搡公公，致其倒地受伤，是为忤逆。可实情未必如此，据本官寻访得知，那公公素不检点，对乡间妇人常有骚扰举动，还曾偷窥别人家妇人洗澡。所以很可能那儿媳所告属实，是那公公动手动脚占她便宜，因此才发生口角。先生不察事实，便判儿媳败诉，杖二十，太武断了。"

叶小天说罢，语重心长地对李秋池道："先生热忱，想助本官料理政务，本心是好的，但先生虽久为状师，熟悉诉讼事务，办案还需三思而后行，不可轻信一面之词。"

李秋池大笑道："东翁此言差矣。以贫穷卑弱而告富有大户，就一定是满腹委屈吗？未必！如果都是如此，何来乡痞无赖。以下犯上，就一定是忤逆不孝、不敬长辈吗？也未必，否则何来为老不尊？声声血、字字泪的状子，未必就是血泪真相。"

叶小天讶然道："既然先生明白，为何如此轻率？"

李秋池正色道："学生并非轻率，恰恰是三思之后，才有如此谨慎的判决！"

叶小天道："何出此言？"

李秋池道："那乡人顽劣，挑逗烈马，业已受到教训了。虽则他是咎由自取，但若照此判决，虽然于公道无亏，却害苦了他一家人。他无钱治病，恐要落下残疾，无钱雇人春耕，田地荒废一年，生计更是无着，到时候难免卖妻卖子，家破人亡。

"然则判那乡绅负责呢，七两纹银对那乡绅来说并不伤筋动骨，却能救那贫者一门老小。而且也可借此警诫有钱有权的乡绅，本来规矩的会更加规矩，本来不甚规矩的也不敢轻易欺扰乡邻，不是一举两得吗？

"再说那公媳吵架一案，公公或许真是为老不尊，但观其以往作为，太过分的事他也未必就敢做出来，况且他人老力衰，被媳妇一推就倒，又怎能做出真正不法之事？

"如果此案判其有罪，老者调戏儿媳，公媳名声俱损，父子之情破裂，何苦来哉？再者，乡间农妇中不乏刁民泼妇，存心不敬长辈，有此先例，一旦厌憎长辈，不愿奉养，便行诬告的话，罪魁祸首何人？

"而不管其真相如何，只以公媳口角判决，有孝义在先，任何人也不敢说东翁判错了。至于说那二十杖，东翁既知此农妇无辜，难道不会吩咐衙役们只做做样子吗？判她个不敬而已，有甚了得？如此一来，既维护了一家体面，又不致纵容乡间恶妇有样学样，动辄状告公婆。"

叶小天被李秋池一席话，只说得目瞪口呆。

李秋池语重心长地对叶小天道："东翁须知，法之为法，不能为法而法。法理不外乎情理，如何能最大限度地维护治下的稳定和谐，才是最合适的处断。学生尝闻海瑞海青天断案，凡贫者与富者相争，不问青红皂白，必判贫者胜诉。凡晚辈与长辈相争，不问青红皂白，必判长者胜诉。

"这就是道德礼仪为先，结果如何？人人争相赞誉，送他万民伞的，脱靴遗爱的，青史留名啊！东翁，维护道德根基方是根本，明断是非还在其次，什么叫社情民意，这就是了！"

叶小天听得张口结舌。

李秋池道:"三国时庞统一日之内处理完百日县务,你道他什么也不访什么也不问,便能了解得清清楚楚?岂有此理!不过是他心有一定之规,不管真相如何,必定判得人无从反驳罢了。

"东翁若是不信,只管把这两桩案子交给白主簿,他的判决若与学生所言不符,学生立即卷铺盖走人。大人呐,这两件案子,你是为了考校我,所以去查了个仔细。

"然则一县正印,实户口、征赋税、均差役、修水利、劝农桑、领兵政、除盗贼、办学校、德化民、安流亡、赈贫民、决狱讼……如此种种,百务缠身,容得你一一去查吗?若无此等规矩在心,如何治理得井井有条?"

叶小天仰天长叹道:"听君一席话,胜读十年书,李先生,这个县丞,还是换你来做罢!"

话犹未了,马辉跑进来禀报道:"二老爷,铜仁府经历官李大人到了葫县,请二老爷速去衙前相迎!"

叶小天登时一愣:绿帽子王做什么来了?

第三十九章

这般意思

一

李向荣放下筷子,面对满桌美酒佳肴,轻轻地叹了口气,神色略显落寞。敬陪于左手的白主簿马上敏感地问道:"李经历何故叹息,可是菜肴有些不合口味吗?"

叶小天也停了箸,有些奇怪地看向李向荣。李向荣不答,只摇摇头,高深莫测地对叶小天道:"叶大人,你我曾同往水银山公干,算得上是出生入死的好兄弟了,你说是不是?"

叶小天微笑着点点头,道:"那是自然,下官一向视李兄为自家兄长的。"

李向荣又叹了口气,拍了拍叶小天肩膀,语重心长地说:"可如今为兄到了你的地盘,你叶老弟却不够意思啊,很不够意思!"

叶小天茫然地看看桌上,无不是山珍海味世间珍馐。这已是李向荣来到葫县的第三天,除了早餐,每一餐都是水陆佳肴,极尽隆重,"太白居"如今都成了李向荣的定点食堂了。

大掌柜盛隆受葫县官员再三嘱咐,简直把李向荣当成了微服私访的皇上,采买了最贵最好的食材,全都用来招待他,早已多年不下厨的盛大掌柜为此还重又系上了围裙。

酒,也是好酒,京都之鹤年,山西之杏花,柳林之西凤,播州之构酱,任君挑选。茶也是好茶,玉叶长春、顾渚紫笋、碧涧明月,随你口味,怎么李经历还觉得不满意?

李向荣"嘿嘿"一笑,没有理会叶小天疑惑的目光,只是取过一根牙签,剔着牙,眼角耷拉着,嘴角撇着,一副很不如意的模样。白主簿眼珠微微一转,若有所悟,过了片刻便悄然离席,到了外边唤过盛隆大掌柜耳语一番。

待酒席过后,陪宴的罗巡检、李大使等人相继告辞,叶小天和白主簿把李经历送到后面客房。这太白居不仅是一座大酒楼,也有葫县最好的客栈旅舍,最好的上房如今就是李经历的住处。

叶小天和白主簿把李经历送到门口便告辞离去，离开太白居的时候，叶小天对白主簿道："每天好酒好肉地侍候着，老李还有什么不满意的，怎么说咱们不够意思？"

白主簿笑而不语，及至分手，才对叶小天道："下官倒是揣摩出了几分，是否猜得正确，明日便见分晓了。"说罢对叶小天拱一拱手，微笑离去，只留下叶小天一头雾水愣在那里。

再说那李向荣怏怏不快地推开房门，他这上房甚大，顶得上普通的客房四间，有书房、浴室，也有会客厅。李向荣微醺，摇摇晃晃进了卧室，就见室中灯烛大放光明，亮如白昼。

李向荣见室中站着一双美人，一见他来，俩人便盈盈拜倒，娇声道："见过大老爷。"

就见这两个美人，一个身姿修长，肌肤如雪如玉，一身晚装，酥胸半袒，年约二十五六。旁边的女孩儿则顶多十五六岁年纪，小腰若柳，眉眼稚嫩，身材娇小，稍带婴儿肥的粉团团俏脸，戴一身苗装银饰，微微一动身上便闪闪发光，李向荣的两只眼睛顿时也放出光来。

李大老爷的醉意似乎忽然又加重了几分，痴痴问道："你……你们是……"

一大一小两个美人同时抿嘴一笑，俏生生地迎上来攀住了他的两只胳膊，娇声道："我们来侍候大老爷安寝！"

翌日，李向荣拖着两条软绵绵的棉花腿，一见叶小天和白主簿便满面笑容地道："哎呀，两位大人，你们可真是太够意思了，太够意思了，哈哈哈，这让李某怎么好意思。"

白主簿向他拱拱手，笑道："大人公干辛苦，小小意思，只是略表我葫县上下心意，不成敬意，不成敬意。"

李向荣笑得合不拢嘴，忙道："哪里哪里，李某对你们的款待已经非常满意了，两位大人如此用心，李某着实不好意思，你们既然如此够意思，李某也是一定会够意思的，我的意思你们明白了吧？"

"明白！明白！"白主簿笑容可掬，叶小天依旧心中茫然，窥个机会悄悄向白主簿请教道："老白，老李究竟是什么意思？"

白主簿"嘿嘿"一笑，对叶小天意味深长地道："大人呐，您家有美姜，侍候殷勤。李经历孤身在外，却是冷衾难眠呐，咱不能饱汉子不知饿汉子饥呀，你明白我的意思了吧？"

叶小天喃喃自语："原来是这么个意思……"

·※·※·※·

李向荣在葫县乐不思蜀的时候，赵文远已经扶棺返回播州去了。按照制度，官员的父母如果死去，无论此人担任什么官职，从得知丧事的那一天起，就必须回到祖籍守制二十七个月。

如果是内阁重要人物或者边关守将，因为涉及国家政局或者军事，一般还需上书朝廷，等待朝廷允许，但赵文远只是驿丞，就不需要了。他把职差交接给副驿丞，给朝廷上书一封，便匆匆离开了葫县。

出乎于俊亭意料的是，赵文远根本没有先派人给播州报丧，他担心自己正在外地，家中那些兄弟们一旦得知消息，先行分割家产，等他回去已然尘埃落定。虽然他有父亲"遗嘱"，但到了别人嘴里的肥肉再想掏出来也难了。

所以杨应龙获悉消息还是通过他安排在贵阳布政使司衙门的眼线。得知他的得力臂膀赵歆死亡，杨应龙大为懊恼，大阿牧死了，他需要再提拔一个亲信继任此要职，但提拔任何一人都会造成其他位置的空缺，势必要有一连串的调整。

杨氏家族经营播州已近八百年，上古时期的周朝，东周、西周加起来也不到八百年，可见土司家族的旺盛生命力。八百年经营下来，播州已经形成了一个独立的、稳定的官僚系统，任何一个重要职位的确定，都需要考虑方方面面的关系，杨应龙需要慎重考虑。

与此同时，他又得知铜仁张知府打算提擢叶小天为府推官，白主簿就地升为知县，至于空出来的县丞、主簿、典史和驿丞人选，则由朝廷委派新的官吏，而且这主意居然还是于俊亭提出来的。

杨应龙正图谋铜仁，实在不想让叶小天到这个地方去，于俊亭只以为委派叶小天一个闲职就可以看住这只猴子，他却很清楚叶小天还有另外一层身份，所以此人的能量不容小觑。

可惜他和于俊亭是相互利用，包括他们的秘密婚约也是合作的一部分，所以彼此间都有所隐瞒，谁也没把自己的全部底牌透露给对方。这就造成了信息的不对等，从而常常干出相互拆台的事情。

之前于俊亭不知道他已和展家有密约，结果做出了弄巧成拙的决定。这一次因为于俊亭不清楚叶小天的蛊教尊者身份，又一次做出了与杨应龙相悖的决定。杨应龙得到消息的时候，贵州布政司已把奏本上报朝廷，杨应龙如果阻止一个推官的任命，太过引人注目，他只能忍气吞声，暗中期盼朝廷否决此议。

朝廷上的动荡仍未平息。对张居正的清算在持续一年多后已经接近尾声。主持此事的是继任首辅张四维。张四维本是靠巴结张居正入阁的，可是张居正对他的信赖远不及申时行。

张居正死后，张四维顺位递进成了首辅，他要想保住自己的位子，就必须迎合圣意诋毁张居正，为了树立自己的威望，他也得诋毁张居正，所以张四维对张居正踩得不亦乐乎，不但踩了张居正，还把失宠的大太监冯保也踩趴下了。

除了这两样成就，他在任首辅的一年多时间里，还效仿张居正，把他的儿子运作成了进士，只是他的威望权柄远不及当年的张居正，所以不敢像张居正一样明目张胆，直接给自己儿子安排一个状元。

申时行作为张居正的衣钵继承人，并不认同张四维的做派，但是在当前的大环境下，他只能自保，不便在这些事情上对抗张四维、对抗皇帝。等到对张居正的清算告一段落，两人在政治主张上产生分歧，这才开始对峙。

张四维踩人已经踩上了瘾，正打算再把申时行踩个半死，不料老天爷不肯成全他，偏偏在这时让他老爹挂掉了。

想当初张居正死了爹，死乞白赖地赖在首辅的位置上不肯走，弄得活着时被人骂，死了还是被人骂，前车之鉴犹在，张四维怎敢与孝义大道对抗，只好依依不舍地辞职走人，回家守孝去了。

这一来申时行就顺利晋位成了当朝首辅。有关葫县的奏章送上朝廷的时候，正好是张四维滚蛋，申时行上位的时候。申时行更倾向于张居正的政策主张，但他虽然开明，性情却又很温和，不像张居正一般激进。

经营贵州，化葫岭为葫县，设流官治理，意图以此为突破口打开贵州千年以来自立自闭的局面，甚而暗中派出锦衣卫挑唆土司叛乱，以期给朝廷提供一个讨伐的借口，这一系列激进措施都是张居正在位时的举措。

作为张居正的衣钵继承人，申时行也很重视对贵州的经营，但他不赞同张居正为达目的不择手段的做法，他更希望通过堂堂正正的手段，用潜移默化的手段来改变贵州。

有关葫县的消息报上来以后，申时行仔细斟酌了一番，白主簿是原江蒲知县，没有贵州方面的背景，而且从他的履历考评来看，也还算是干吏，可堪一用。若用主簿，原地提拔为知县，原县丞就得调离，如此才方便新任知县主持政务，所以对于提擢叶小天为铜仁推官的提议，申首辅也照准了。

于是，申时行大笔一挥，那个祸害，那个太岁，那只惹是生非的猴子，就被送去了铜仁府。

第四十章

走马上任

一

凤凰古镇，山峦锦绣，流瀑垂纱。

青青的山坡之上满布吊脚木楼，红色砂岩砌成的城墙伫立在沱江河畔，半江清水泛出粉红。江水清澈见底，水流悠游而缓和，柔波中有翠绿的水草招摇着，花晴风坐在船头，眺望着两岸奇秀，一时心旷神怡。

老船夫挽着裤腿，露着古铜色的双腿，轻轻摆着桨，小舟轻盈地滑过水面，岸边有捣衣的妇人，抬头看见船尾熟识的老船夫，便向他笑着打声招呼，老船夫带着水锈的脸，于是也绽出一个和蔼的微笑。

船舱帘儿一掀，苏雅抱着一个襁褓从舱中出来，刚刚生产不久的紫羽由一个小丫鬟扶着，随在她的身边，一脸幸福的神色。坐在船头的花晴风扭头看见她们，便赶紧迎上来，从苏雅手中接过那小小的襁褓，看着襁褓中他的骨血正甜甜入睡的样子，也心满意足地笑起来。

朝廷敕书已下，花晴风因公染疾，提升半级，以从六品官的身份冠带闲住，回家养病去了。至于能否复出，一看机会，二看他肯不肯抓住机会，即便没有机会复出，他依旧可以享有官员的一切特权。

这是在返乡的路上，凤凰古城风光秀美，花晴风一见便喜欢上了这里，因此携妻妾家眷在此小住两日。现在的花晴风，还真有那么点"有子万事足"的心态了。

葫县方面，白主簿已经就地扶正，从小媳妇熬成了婆婆，成了葫县七品正印。他原本就是七品官，说起来不算升迁，不过他毕竟曾被免职，这算是迈出了良好的一步。

叶小天也接到了调令，要前往铜仁上任。至于新任县丞、主簿、典史、驿丞，都需朝廷另外委派，如今四位官员还在路上，不能及时赴任。一下子换了四个主要官员，葫县政坛算是一次大换血了。

杨应龙得知叶小天果然被调往铜仁，心中懊恼不已，可事已至此，他也无可奈何，只能吩咐人去铜仁，向于俊亭说明，田家虽未接受张铎所请出面调停，但是一定会开始关注铜仁方面，所以眼下他得偃旗息鼓，让于俊亭便宜行事。

密信结尾，杨应龙又特意叮嘱了一句："叶小天此人不循章法，好惹是非，把他晾在铜仁即可，切勿招惹于他！"

于俊亭看罢杨应龙的书信，好看的眉毛便轻轻拧了起来："真是奇怪呢，一向目高于顶的杨天王，居然会在意一个小小的县丞？"

文傲询问道："大人是说叶小天吗？"

于俊亭点了点头，眸波倏地一闪。能被杨天王在意的人，一定不是寻常人，可是这个叶小天据她了解只是走了狗屎运，由夏家帮忙争到一个举人功名，成为葫县微末小吏，没背景、没后台，杨天王那样胸怀乾坤的人物为何会如此关注他呢？

"这个人，一定有问题！"

于俊亭想着，好奇心就像咬住了饵的鱼，被她高高地提了起来。杨应龙本想叮嘱她一声，免得她节外生枝，却不想因为他的一句话，反而勾起了于俊亭的好奇心……

· ※ · ※ · ※ ·

油菜花开得正旺，仿佛洒下一地金子，黄灿灿流金溢彩，花香弥漫于天地之间，花丛间萦绕着蜜蜂和蝴蝶，四辆轻车在十数骑骏马的护卫下，从那金灿灿的大地上碾过，踏着花香前进。

叶小天坐在最前面一辆车上，轻轻摇晃着身子，目光眺向远处，远处已经渐渐现出一座雄城的轮廓。屹立于武陵腹地，屏障西南，雄视川湘，这就是铜仁古城了！

叶小天此番调任铜仁，除了女眷和耶佬、华云飞、毛问智、李秋池，就只带了苏循天一人。花晴风返回故里，苏循天便不愿再留在葫县，于是跟着他来了铜仁。

苏循天是吏员，吏员的调动就容易多了，实际上经常有地方大员调动时，把他用惯了的吏员全部带走，而新官上任，也会把他用惯了的吏员带来。不过叶小天初来乍到，一下子不好带太多的人，以免不好安置。

眼看将到城门口，就见城门前搭着一座彩棚，彩棚两侧锣鼓俱备，许多士绅和百姓都挤在棚下，人头攒动，热闹非凡。苏循天一见这般架势，不禁讶然道："竟有这么多的士绅百姓出城相迎，想不到大人在铜仁府有这么大的名声。"

叶小天也很意外，心中不免升起一点小小的虚荣心，他感慨地道："所以说，什么是民心，这就是民心了！民心是一面镜子，一个人为官是否清廉，能否为民做主，百姓们心中有数，民心不可欺，民心也最难欺啊！"

苏循天道："大人说的是！"

轻车驶到彩棚前，车夫一勒马缰，停住了车子。叶小天含笑弯腰，从车中走出来，站在车上，向彩棚下的士绅百姓们拱一拱手，朗声道："各位乡亲父老，各位士绅百姓，叶某承……"

叶小天正要发表就职演说，就听人群中传出一声兴奋的尖叫："长风真人来啦！"

那些士绅百姓马上骚动起来，有一位身材圆润的老员外，伸手一撩袍裾，拔腿就跑，众人不甘落后，立即争先恐后地追了上去，自叶小天车旁一一绕过，拐向旁边一条小径。

叶小天愕然望去，就见小径上有一行人正往这边走来，两排年轻的道士先行，一个个身穿蓝色对襟道袍，头戴偃月冠，肩后背七星宝剑，手执拂尘。

队伍中间有一架滑竿，上边坐着一个中年道人，头戴一顶上清芙蓉冠，身穿一件八宝杏黄衣，一派仙风道骨模样。众乡绅百姓迎上去，隔着十几丈远就已拜下去，有呼"真人"的，有呼"仙长"的，极为虔诚。

叶小天拱手站在车上，张了张嘴巴，讪讪然道："承……请众父老们让个道路！"可怜那彩棚之下除了敲锣打鼓的便再无一人了，何曾有人挡他去路，叶小天臊眉耷眼地坐进车子，挥手道："进城！"

一行人偃旗息鼓地进了城，苏循天干笑两声道："这些愚夫愚妇，最喜欢受些神棍蛊惑……"

叶小天很糗地喝道："够了！"

苏循天摸了摸鼻子不说话了。李秋池策马走近，忽然说道："铜仁僧道两界的人物，学生都了解一些，据学生所知，铜仁道教高人中，唯有一位长春观观主道德威望深孚人望。

"不过这位老观主已年逾九旬，轻易不离道观，甚至早已不见一位香客了，只管潜心静修，与这乘滑竿的人并不相符。想必他是新近从别处过来的道士，却已有了如此众多的信徒，倒也了得。"

叶小天酸溜溜地道："远来的和尚好念经，远来的道士也是一样啊。我是做官的人，人家是侍奉神仙的人，比不了啊。"

铜仁城东三十余里，有一座六龙山，山上有一座七玄观，观前就是碧波滔滔的锦江河，观后就是壁立嶙峋、雄奇险峻的六龙山，山上翠竹成片，绿意盎然，道观置于此处，先天便有了一种超凡脱俗的感觉。

此时，观内静室之中，正有一个青袍老道盘膝打坐，看他相貌，正是当初在葫县做主簿的王宁。在他对面，坐着一个员外打扮的老者，赫然就是洪百川。洪百川蹙眉道："我不是让你找陈尘出山吗？这是从哪儿找来的神棍？"

王宁叹息道："陈尘已经做了十多年的尘了道人，看来是真的了却尘缘了，我好说歹说，他就是不肯出山。唉！陈尘为了朝廷，已经瘸了一条腿，他既无意于此，我也不忍拖他下水了。"

洪百川默然片刻，无奈地道："人各有志，那也罢了。只是那个所谓的长风真人，性情太过轻佻，你从哪儿找来的？"

王宁苦笑道："他是什么道长了，他是我从金陵府的大牢里捞出来的一个犯人！"

洪百川怔了怔，奇道："犯人？"

王宁道："不错，此人幼年时曾在茅山学道，其实就是做道童，随着师傅读过几篇道家典藏，也曾学过一些幻术，后来便离开山门，在江湖上招摇撞骗，还别说，真让他骗了不少豪门富贾。

"可惜，这小子后来骗了个死心塌地虔诚信奉于他的富绅，把女儿送与他双修，他对这女人动了真情，居然蠢到对她说出真相，结果被这女子告发，锒铛入狱。我觉得他倒是个可造之才，就把他捞出来了。"

洪百川苦笑道："我看此人道号不该叫长风，应该叫出风才是，这个人实在太喜欢出风头，过于招摇了！"

王宁笑道："有什么关系呢，他若不喜欢出风头，如何能这么快就吸引大批信徒？我已打听明白，铜仁于家这位女土司，也是信奉道教的，长风名声远扬，才能引她入彀。"

洪百川皱眉道："但他终究不是我们的人，如此轻佻的性子，何堪大任。"

王宁道："大哥放心，他身边的小童清风、明月，都是我的人，唯一的事就是负责盯着他，一有什么不对，马上就可以置他于死地，而且，他对咱们的事所知极其有限。"

洪百川吁了口气，道："也罢，此事本由你负责，我只是给你提个醒。另外，叶小天已经调来铜仁了，这个小子，是个好小子，可他总是坏了我们的好事，你小心为上！"

第四十一章

机关大院的生活

一

叶小天一到铜仁府便先去安顿家人,他不可能带着一大家子就去知府衙门见张胖子。

叶小天在赴铜仁上任之前,便已派人到铜仁府张罗住处,最终所择的宅邸位于东山脚下。东山在铜仁城内,这处府邸背倚东山,前有锦江,背山面水,府邸周围还有大片的毛竹林,环境甚是优雅。

这样的一幢府邸当然也不便宜,但是身为蛊教尊者,叶小天最不缺的就是钱。千百年来,蛊教积累了大量的财富,如山的金银堆在神殿里发霉生锈,却很少花销。

在叶小天看来,钱如果不用那就没有任何用处,他当然不会做个守财奴,在住所上委屈了自己。一行人赶到东山脚下入住府邸,家人张罗入住,叶小天则在华云飞和毛问智的陪同下看了看前后环境。

等到快放衙的时辰,叶小天才赶去知府衙门,向张知府报到。张知府近来正对于家和果基家的纷争发愁,这两家互不相让,纷争不断,已经让他的威望大大降低了。

百余年来,张氏一直就是铜仁的一方霸主,各地土司们从未质疑过张家的权威,但是现在于家和果基家的纷争,彻底暴露了张家的软弱,各地土司们开始质疑起张氏的统治能力,这才是真正令张胖子忧心的地方。

果基家是半生番一般的存在,既不听调也不听宣,张胖子基本上对他们没什么约束力。而于家呢,于家的土司被杀,且已认定凶手就是果基家,这种情况下,他无论如何也不能向于家施加压力,迫使于家收手。

张胖子面对困局束手无策,此时虽见叶小天到了,但见他去了一趟水银山,不但没有解决诸部纷争,反而使得局面更加恶化,对他也就不抱信心了。简单聊了几句,便把他打发出去。

叶小天从知府衙门出来,又去买了份见面礼,登门拜谒黎教谕。此时他的身份已经比黎教谕更高，可黎教谕是他的座师，必要的礼数绝不能短了，伦理纲常上面不检点，是为官大忌。

次日一早，叶小天便带着李秋池赶到知府衙门，准备正式上任。张知府让李经历陪同叶小天去吏房跑了一应手续，完毕之后，叶小天询问道："李兄，原本的于推官都是在哪里办公的？"

李经历道："你说于推官？于推官一向是在他自己家里办公，不大到衙门里来。"

叶小天听了便皱起眉头，不过想到这知府衙门其实就是原本的土司府，也是集家、政于一体，贵州地方不能按照中原官场的常理来对待，心中便也释然了，道："小弟却不习惯在家中办案，这府衙中难道未设刑厅吗？"

李经历神气微微显出一些古怪，道："有……自然是有的，只是于推官一向不用刑厅办公，恐怕有些脏乱。"

叶小天笑道："那倒无妨，新官上任，总要有些新气象才是，衙门有些脏乱，叫人打扫一下也就是了。"

李经历道："既如此，那我这就带你过去，先认认门儿。"

叶小天道："有劳李兄。"

这推官是没有独立衙门的，但是在知府衙门里单独辟出了一个院落，作为推官办公的所在，衙内称之为刑厅。

李经历领着叶小天进了刑厅大门，叶小天刚一进去，便愕然站住。如果不是大门上挂着一块漆迹斑驳的"刑厅"招牌，他几乎要以为误进了某个农家院舍。

一进门就是一块整整齐齐的菜圃，好一片大葱，长得水灵灵的，旁边还有几架子豆角，翠绿的秧子沿着竹竿的支架攀爬上去，野趣盎然。几只溜达鸡正在豆秧架子底下悠闲地刨食。

叶小天看得两眼发直，要说起来，这刑厅的大院其实不小，和整个衙门的格局一样，都是前院办公后院居住，而且主要属官都要携带家眷住在衙门里，不过有钱的官员嫌弃公屋狭窄，私密性也不好，就会自择住处。

比如当初在葫县的时候，王主簿和孟县丞都是不住公房的。但是一些只靠俸禄没有外财的官员那就只能住公房了，因为自己买租房舍的花销实在太大，所以这刑厅，其实就是个机关大院。

但是再怎么生活气息浓厚，也不该形同农舍吧？要知道这前院可是用来办公的所在。叶小天迟疑着走出几步，就见一个穿开裆裤，头上剃个茶盖头蹲在地上拉屎的小家伙，正扯着嗓子喊娘。

旋即就有一个胖大妇人走过去，用铲子往地上一铲，很麻利地把那坨屎往菜地里一丢，然后伸出粗壮的手臂，把那孩子往肋下一挟，开始替他揩屁股。叶小天看得眉眼一阵乱跳，李经历却是见怪不怪，向那妇人大声道："张家的，经历、都事、照磨几位大人都在吗？"

那妇人扭头一看，惊讶道："哎哟，这不是李老爷吗，您今儿怎么有空过来了？"

李经历道："休得啰唆，快去把刑厅经历、都事和照磨官都叫到大堂，新任推官老爷到了。"

那妇人看了叶小天一眼，惊奇道："这位就是新任推官老爷？天呐，推官老爷居然如此年轻。"

叶小天强挤出一副笑脸，向她含笑着点点头，就听那妇人道："李老爷若是不说，奴家还以为这是李老爷家的小公子呢。"

叶小天的笑容顿时僵在脸上，李经历忍住笑道："你这婆子废话忒多，快去唤人，别让推官老爷久等。"那妇人连忙答应着，放下儿子便急匆匆离去。

李经历陪着叶小天一边往前走一边介绍道："这婆子是江经历家里的婢妇。本府刑厅事务不多，属官多无外捞，只靠俸禄，生活难免拮据，再加上原任于推官不大到刑厅来，所以便连这前院儿都被他们占了。"

叶小天听了暗自挠头：原任推官默许他们把院子全都占了，我这新任推官一到就让他们腾房子腾地，岂不成了一个恶人？可这牢骚他又不能对李经历讲，只好捏着鼻子忍了。

李经历领着叶小天绕过一片菜地，转过几排晾晒的衣裤和被单，喝退了一只汪汪乱叫的土狗，便来到了刑厅正堂所在。正堂的大门半掩着，李经历伸手一推，那门便发出一阵令人牙酸的尖叫。

叶小天往大堂上一望，就见大堂上乱七八糟地堆满了桌椅，肃静、回避牌也见缝插针地竖在桌椅中间，上边落满了灰尘。叶小天顿时瞪大了眼睛，谁说于推官不大到刑厅来办公，看这堂上灰尘之厚，至少也得有三年不曾有人光顾了。

李经历见此模样，也觉得有些太不像话，便清了清嗓子对叶小天道："叶贤弟，这厅中实在难以下脚，不如咱们就在外面等吧，待那几个属官到了，叶贤弟先见见他们，回头再让他们清理出来就是了。"

正说着，就见四个人拉拉扯扯地走过来，他们未穿官袍，就是寻常燕居的常服。叶小天细一打量，就见其中两人都是一副悻悻的神色，脸上还有几道新鲜的伤痕，另外两人则边走边劝。

李经历扬声喝道："新任推官叶大人在此，尔等还不速速上前拜见，太也疲怠。"

几人这才停止拉扯，急步上前向叶小天见礼，那颊上有几道挠痕的中年人拱手道："属下计典经历花大郎，见过推官老爷。"

这花大郎也是经历官，不过和李向荣这位经历官品阶地位差了许多，这就像同样是办公室主任,市委办公室主任和区委办公室主任必然有着很大区别。花大郎是推官的属官,计典经历,专门负责审计方面的事务。

这时那个颊上有几道殷红的指印,显然是刚被人掌掴过的文弱中年人也上前施礼道:"下官刑名经历江小白见过推官老爷!"

另外两人官职比前两位经历略低,一个是都事,一个是照磨,刑厅知事名叫章彬,照磨所的照磨名叫阳神明。李经历对叶小天道:"还有一位司狱官,住在大牢那边,叫任忆冰,今日知你到任,回头自会来拜见你的。"

叶小天看了看花大郎和江小白,蹙眉问道:"两位经历何故互殴?"

花大郎和江小白对视一眼,讪讪答道:"回推官老爷,我二人……我二人并未发生争斗。"

李秋池看了看花大郎脸上的挠痕,似笑非笑地道:"或许,这两位大人家有河东雄狮吧?"

两位经历老爷听了顿时脸上一红,叶小天这才恍然大悟,原来是家暴——被自己老婆打的!

李经历咳嗽一声,板起脸训斥道:"看看你们几个把刑厅搞得乌烟瘴气,都成什么样了,今叶推官已经到任,限你们两日之内把这院厅清理出来,菜拔了,鸡轰走,狗拴好,衣服晾到后院去,还有,小孩子不许在前院玩耍……"

叶小天想想自己初来乍到,做事不好太绝,毕竟还要指着这帮人替自己做事,便插口道:"嗯……种的那几畦菜就不要急着拔了,尚未长成,拔了怪可惜的,反正这院中没有花圃,权且留着,当作花木看吧。呵呵……"

李经历扮黑脸道:"叶推官宽宏大量,你们可不能欺生,看看你们,哪还有一点朝廷命官的样子,都下去吧,一定要尽快把刑厅收拾出来!"几个官员唯唯诺诺,连忙退下。

李经历对叶小天摇头叹道:"这两个经历都住后院,五开间的房子两家分住,中间只有一墙之隔。两人都怕老婆,花经历的娘子是个打降老公的魔头,江经历的夫人更是镇压丈夫的太岁。有时两家夫人同时发难,那真是河东狮吼,河西虎啸,蔚为奇观。"

叶小天奇道:"为何我刑厅属官这么怕老婆?"

李经历失笑道:"还不是因为他们是闲官?有能力有本事的谁做闲官,没能力没本事的岂能不被悍妇欺负?没外捞,只靠那么点俸禄,夫人自然抱怨,丈夫理屈,不敢反驳,久而久之,便养成了河东狮……"

眼见叶小天脸色越来越是难看,李经历忽然意识到自己话说太多了,赶紧找个由头溜之大吉。一群孩子打打闹闹地从面前跑过,叶小天苦笑着对李秋池道:"先生对此一定大失所望吧？"

李秋池道："怎么会呢？如果此地井然有序，条理分明，怎么能显出东翁的本事，怎么能显出学生的本事？至于说刑厅是清水衙门，嘿！天下间最热闹的就是司法狱讼的所在，清闲？那是因为主官无能！没有官司咱们制造官司，没人打官司，咱们可以找人打官司，东翁放心，学生一定可以把咱们刑厅变成知府衙门里最热闹的地方！"

叶小天哑然看着他，李秋池不好意思地道："大人这么敬佩地看着我，令学生很不好意思。"

叶小天愕然半晌，摇头叹道："难怪人家说讼棍造机关、坏心术，教唆词讼、颠倒是非、惯弄刀笔、串通衙蠹、诱陷乡愚，着实可恶，今日叶某方解其意。"

李秋池笑吟吟地道："东翁过奖！"

第四十二章

尿兵熊将

一

刑厅后院是五开间的一排房子，由花大郎和江小白两位经历官各住了一半，因为知事和照磨官是本地人氏，反而不住在这里。中间那间正屋在屋中间砌了一道木墙，一家占一半，彼此放个屁隔壁都听得见。

庭院里也从中间砌了一道土墙，如此一来便成了两个独立的小院。院墙不高，只及成年人腰处，两家的娃儿们天天爬墙骑墙，在那土墙中间蹭出一个月牙状的豁口，最低矮处成年人只要一抬大腿就能迈过去。

此时，计典经历花大郎正直挺挺地跪在院中，膝下放着一个搓衣板。搓衣板是按纹路顺着放的，这是花经历长期跪搓衣板总结出来的经验，这么放比横着放痛苦要轻一些。花大郎今日被妻子惩罚，是因为他偷偷动了家里的钱。

花大郎是八品官，既然是官，在外面就得有做官的架子，男人嘛，里子可以丢光，面子不能不要，所以尽管他只靠俸禄，没有其他财源，还要养了丫鬟小童家丁婆子。

虽然为了省钱，他雇人也谈不上按照勤快伶俐、长相谈吐的条件挑选，实际上就是雇了两户人家。这两户人家男人做家丁，妇人做婆子，女儿当丫鬟，儿子做小厮，可毕竟也是一笔不小的开销，所以他这官老爷的日子过得很拮据。

偏偏仕途不得意的花大郎失落之下又染上了赌博的恶习，今儿一早娘子想取点钱给女儿扯匹布做件新衣裳，发现少了一贯，逼问之下，竟是被他偷去输得精光，于是花大郎就被罚了跪。

隔壁院门"吱呀"一声，花大郎吃了一惊，生怕被江经历发现他的糗状，灵机一动，赶紧弯下腰去。江经历蹑手蹑脚地进了院子，从墙上豁口看见花大郎正趴在地上，不禁奇道："花兄，你在做什么？"

花大郎抬起头，对江经历道："啊，江老弟早啊。唉！犬子顽劣，偷了他母亲的首饰玩耍，不慎掉落了凤头钗上的一颗珍珠，我在院子里找找，嘿嘿，找找……"

"喔……"

江经历一看花大郎的窘状就知道出了什么事，便揶揄道："原来是钗上的珠子，那是小了点儿，难怪花兄要趴在地上找。对于花兄的急智，小弟真是佩服得五体投地啊！哈哈，花兄你继续五体投地吧，小弟就不奉陪了……"

江经历甩了甩衣袖，很愉快地回了屋，把花经历气得脸红脖子粗的，低头看看身下，那搓衣板明明被袍子盖着，怎么还是被江经历识破了呢，着实气人。

这时，就听一声女人的咆哮，吓得花经历赶紧跪好，忽又觉得声音不似出自自己家婆娘，急忙抻长脖子往隔壁院中一看，就见江经历从房中抱头鼠窜而出，江家娘子拎着扫帚紧随其后。

江经历在院子里跑圈儿，江家娘子自后面追打，一面追打一面叫骂。听她叫骂的话语，原来江经历昨夜一宿没归，说是被一知交好友邀去吃酒了，结果刚才回来他娘子一眼就发现他颈间有个吻痕。

花经历跪在那儿幸灾乐祸得很，这时他娘子听见隔壁院子里的吵骂声，打开门来侧耳倾听，听见江家娘子骂丈夫出去找粉头，再看看院中跪得笔直的自家男人，忽然觉得偶尔小赌也没甚什么大不了的。

花娘子正犹豫要不要叫丈夫起来回房吃早饭，院门"吱呀"一声开了，一个青衫秀士摇着一柄小扇，神气活现地走了进来，后边还跟着一个俊挺少年，一个满脸胡须的糙汉子。

来人正是李秋池和华云飞、毛问智。李秋池是来督促住在刑厅大院的众官员胥吏清理前院的。刑厅都变成鸡犬桑麻的农家大院了，一点衙门的威严和体面都没有，这还怎么办公？

叶大老爷准备利用这两天清闲时光游览铜仁风光，锦江、东山寺、梵净山，所以李秋池就主动请缨，跑来监督刑厅清理了。

叶小天一大早就带着哚妮和遥遥登上了东山寺，打算下山之后再去府学拜会一下黎教谕，请黎教谕帮他物色一个博学老儒给遥遥做西席先生。令叶小天意外的是，哚妮居然也请求随西席先生读书。

随着叶小天官职越做越大，官员府邸的操持打理方面也愈发复杂起来，哚妮终于感觉到不识数、不认字，没有什么学问，根本无法操持这么大的一个家，无法为叶小天分忧。

官宦之家的规矩做派实在太多了，哪怕叶小天还只是一个小小典史的时候，那规矩派头就比她那管着几千号人的父亲还要大得多，与和这样真正的世俗中的官员一比，她父亲那样的部落酋长不过就是一寒酸村长罢了。

叶小天当然乐意让哚妮长点学问，起码不要闹出上街买东西只懂得以物易物，一旦换算成银钱就不知贵贱，又或者买了东西付了银子不知道人家该找她多少零钱的事来。

李秋池乐得叶小天如此放手，一大早就请了华云飞和毛问智帮忙，打算让刑厅彻底改头换面，却不想刚到刑厅大院，就目睹了河东狮吼、河西虎啸的精彩一幕。

李秋池一瞧院中下跪的花经历，再看看隔壁院里还在跑圈的江经历，忽然觉得，其实刑厅并不急着打扫，眼下至关重要的是让刑厅这些失意落魄的官儿们打起精神，否则衙门再光鲜也无济于事，此来真是任重而道远呐！

· ※ · ※ · ※ ·

叶小天带着哚妮和遥遥一早先去逛了东山寺，中午在东山寺吃了一顿斋菜，午后拜访了黎教谕，接着又去游了锦江，至晚方归府邸。

他回来不久，李秋池带着华云飞和毛问智也回来了。毛问智一见叶小天，便把今早所见精彩一幕说给叶小天听，叶小天没有如他一般觉得好笑，听完毛问智学舌，叶小天只是长长地叹了口气。

其实他早就发现不对劲了。在其他地方本该炙手可热的刑厅衙门，在铜仁府却是一个摆设。他这一天到处游山玩水，对当地的民俗民情也趁机做了一番了解，更觉得想在推官任上做出一番功绩来难如登天。

然则如今他已是七品官，距他的目标仅一步之遥了，他能就此放弃吗？不过这些想法他只能放在心里，做事则放手交给李秋池，这就是有师爷的好处了，如果李秋池真能闯出一番局面那样最好，如果不能，至少还有他出面收拾烂摊子。

眼下叶小天是不宜大张旗鼓直接出面的。这就是他在葫县搞垮了所有同僚的后果，在这山高皇地远的地方没有皇帝可以撑腰，在这里当孤臣，那就是自绝于"人民"了。

他已经感觉到，张胖子对他不及往日热忱，一个能给张胖子长脸的举人和一个让他下属官僚大多不欢迎的属官，张胖子前后的态度自然会有所变化。

叶小天已经上任几天了，迄今为止，除了曾经同往提溪司公干的李经历对他有所接触，再没有任何一个铜仁府官吏试图与他亲近，这太不合情理了。

在葫县的时候，不管是他、徐伯夷还是白泓、赵文远，到任的时候都有人亲近接触，不管他有权无权，一旦结纳，都能壮大自己的声势，而现在，他却无人理会，谁会吝于一顿酒饭呢？

其实这是一个很危险的信号了。如果新官上任烧不起三把火，他今后想再烧起来就难了，可现在要是由他去烧，又很可能引火烧身，所以他只能先让李秋池去折腾。

第三日，叶小天正式升衙。一大早来到刑厅，就见大院里干干净净，原本种着大葱的地方立着不知从哪儿搬来的一块戒石，这块戒石应该是李秋池找人新刻的，"尔俸尔禄，民脂民膏，下民易虐，上天难欺"的大字还殷红如血。

叶小天亲口允诺可以保留的豆角架子也清得干干净净，这是李秋池吩咐人拔掉的。按他的话说，衙门就该有个衙门的样子，如果你自己都不知庄重，谁还会敬重你？

叶推官穿着崭新的官袍，登上大堂端坐案后，计典经历、刑名经历、司狱、都事、照磨、都头、书办、门子、快手、皂隶……济济一堂。李秋池持折扇站在叶小天案右，苏循天垂手恭立叶小天案左，华云飞和毛问智也跟了来，站在叶小天身后。

叶小天让他们两个跟着自己在衙门里先见习见习，回头想把他们两个也安排进刑厅做捕快，用自己的人更得心应手，况且这两个兄弟都快成家了，不能总跟在他身边做长随。

众人排衙，一一见过新任推官。叶小天本以为他们会跟自己当初在葫县初次见花晴风升衙时一样，喊堂威的有气无力，胥吏衙役无精打采，属官同僚慵懒怠慢，却不想满堂官属个个精神抖擞，堂威喊得震天动地，胥吏衙役站得笔直。

叶小天暗中关注的左右经历，居然一脸肃穆，神情庄重，尤其是他们两人的眼神，盯着叶小天时太热切了，就像一个打了五十年光棍的老男人突然看到一个大姑娘站在他们面前，看得叶小天心里一紧。

叶小天惊讶地看了看笑吟吟地立在案右的李秋池，一个清闲多年甚至多年不曾开衙署理过一件公务的闲散衙门，官属下吏们居然有如此气势，定然是李秋池下过功夫了。

叶小天很好奇，不晓得李秋池给这些人灌了些什么迷魂药，居然有如此效果，真是人才啊！

第四十三章

时代之星

一

叶小天新官上任，一众属官胥史俱都到场，很壮观的排衙场面，在那庄严、肃穆的气氛中，叶小天几乎都要以为他正置身于中都大皋，是执掌数十万人的司法刑讼了。

不过排衙之后，官属胥吏纷纷退下，刑厅衙门里还是一如既往的冷清。院子里没有小孩子跑来跑去了，也没有刚下完蛋的老母鸡炫耀地"咯咯"叫，平整的院子里不再长满水灵灵的青菜，只有一块硕大的戒石孤零零地卧在那儿。叶小天坐在堂上，左手托下巴，接着右手托下巴，最后双手托下巴……

叶小天实在是无所事事，闲得两膀发痒，如果不是有书办在旁边坐着，叶小天都想在公案上拿个大顶，练练臂力。正闲极无聊，叶小天忽想起还有几件大事未做，便让书办给他一摞纸，让小厮研墨，提笔写起了东西。

给莹莹的信，给凝儿的信，还有给京城家里的信……上次的家书已经送到家里了，不过迄今为止还没有什么消息，现在他再度荣升，成了府衙推官，相信说服力会更大一些。

葫县那幢豪宅他没有处理，就是想留给家人居住的。那儿距此最多两日路程，山清水秀，而且他经营葫县许久，在那里有众多的下属和朋友，家人住在那里也有人照应，应该是个很不错的所在。

华云飞里里外外地走了几圈，眉头渐渐蹙了起来，整个衙门虽焕然一新，但所有的人都无所事事，他担心一早排衙时那种肃穆、庄严的氛围很快就会随着这种门可罗雀的环境而消失不见。

计典经历的签押房里，李秋池轻摇小扇，正听花经历向他诉苦水，神色间不见丝毫沮丧。听了许久，李秋池"呵呵"一笑，道："花经历所言，李某已经听明白了，其实你大可不必为此担心！"

李秋池把折扇一收，道："不错，铜仁府是土官治下，那些掌握重要实权的人也大多是土官，咱们刑厅衙门不能审计其财务。土民之间发生了纠纷，也不会通过咱们解决，可如此一来，咱们刑厅就无事可做了！"

李秋池摇摇头道："不然！李某本在贵阳以诉讼为业，你该知道，那贵阳更是土司天下，可李某在那里依旧有一席之地，为何？土民之间发生了纠纷找土司裁断，那土司之间发生纠纷呢？"

花大郎道："自然是找大土司裁断！"

李秋池睨着他道："是吗？那么水银山之乱，为何迄今尚未解决？"

花大郎怔道："这个……"

李秋池霍地一下站了起来，涨红着脸庞，激动地挥舞着折扇："田氏不复两州之主久矣！两州土司各自为政，历百年而下，矛盾渐生，而上位土司约束力也大不如前，矛盾、冲突将越来越多！

"如果他们不想发展到双方恶战的地步，又没有一个具备足够威望的人来调停，那就必然需要一个双方都可接受的地方来处断是非！那时候，他们不找咱们还能找谁？舍我其谁啊！"

李秋池张开双臂，激动地道："这，是最坏的时代，也是最好的时代！"

花大郎听着李大状咏叹一般的陈辞，茫然地想：用得着这么激动吗？

李秋池唾沫横飞地道："这铜仁城中，有清浪街、清平街、太平街，三街六巷商贾云集，他们大多都是汉人，铜仁城中有一半人口是汉人，他们有了纠纷矛盾时该当如何？

"以前恰恰是因为于推官本身就是土舍，从未把自己当成治理万民的推官，无心为民做主，久而久之，百姓也对官府主持公道丧失了信心。我刑厅衙门落得今日结果，非是不能，实是不为也！"

李秋池目光炯炯地望着花大郎："第一步，要让铜仁城中的汉民觉得我们是可以为他们做主的。汉民和其他各族百姓难道老死不相往来吗？他们之间有联姻，有买卖，有雇佣，有合作，种种关系彼此交错，先把这些汉民掌握住，通过他们，咱们就能把更多的生意抢到手！

"啊！不是，我是说，可以受理更多的官司！以点带面，从三街六巷开始，把铜仁城，把整个铜仁府的司法大权掌握在咱们手中，到那时只怕你花经历要忙到废寝忘食，再想如现在一般清闲也是不可能了！"

花经历被李秋池描绘的美好蓝图诱惑得两眼放出光来，可他想了想，又担心地道："真能如先生所言吗？我看推官大人只是等客上门……啊！不是，我是说推官大人只是等着官司上门，不去主动查勘，恐怕……"

这花经历实在是穷疯了，而李秋池又是一向靠帮人打官司赚钱的，所以两个人虽然嘴里口口声声都是朝廷法度、官府权威，实则心里头都把这推官衙门当成买卖做了。

李秋池微微一笑，道："你放心，昨日我对你等所言，俱是推官大人在葫县所为，你们一打听便知真假。你且想想，似推官这等人物耐得住寂寞吗？我家东翁要么不出手，一旦出手必定石破天惊，如今的韬光养晦，只是为了等待更好的机会，正所谓：三年不鸣，一鸣惊人啊！"

花经历先是听得心花怒放，及至听到"三年不鸣"这句话，却惊道："三年？先生且莫开玩笑，人生有几个三年，等不起，实在等不起啊！"

李秋池"哈哈"大笑，道："三年不鸣只是引用一个典故。你放心，以我家东翁的脾气，便是三天的冷清他都受不了。"

李秋池已经在刑厅知事章彬、照磨所照磨官阳神明、司狱官任忆冰，还有刑名经历江小白那儿晃悠了一圈，此刻来到花大郎这里又是口若悬河地一番演讲，亏得他做讼师做惯了，居然嘴巴不酸喉不痛，连口水都不用喝。

李秋池给花经历打足了气儿便离开签押房，刚出来，正撞见华云飞走过来。华云飞蹙着眉头，一见李秋池便忧心忡忡地道："李先生，这刑厅还真是名符其实的清水衙门，偌大的铜仁府，都这么久了还没有一件事情。"

华云飞虽然对李秋池抱有成见，但他也清楚，这些事只能跟李秋池说，和老毛实在没什么好商量的，如果他所料不差，毛问智对目前这种混吃等死的日子应该非常满足。

想到这里，华云飞扭头向大门口看了一眼，毛问智不知从哪儿寻来一把吱吱嘎嘎的藤椅，跟大爷似的躺在门口儿，正在打瞌睡。

李秋池笑了笑道："你不要急，东翁这才刚刚上任，如果咱们刑厅马上门庭若市，那才有假。我已命人在城中各处张贴了叶推官上任的揭帖，必定有人会来打官司的。"

还有句话李秋池没有说，要让百姓们重新树立对衙门的信心，等着哪个百姓实在走投无路才来打官司，从而重振铜仁刑厅威名，那也耗时太久了，李大状是只争朝夕的人，他哪等得起，所以他早就安排了后手，一旦百姓只是观望，刑厅开张超过两日还无人问津，他就主动安排人来衙门打官司，从而为其他百姓树立信心，打造榜样。你可以说他这是在钓鱼，不过他这饵可不是假的，那都是他不辞辛劳寻访打听来的真正积案，只是他忙到现在，还没时间去登门劝讼，否则凭他那三寸不烂之舌，就不信那满腹冤屈的百姓禁得住他的忽悠。

另外，所谓"民不举官不究"虽然是大多数官员奉行的一种为官态度，其实却也不是这样，纵然百姓不告，如果主掌司法的官员发现了什么违法乱纪的事，他一样有权查办。

比如说，推官有纠察风气的权力，按照太祖皇帝规定的上下尊卑的制度，婚丧嫁娶过生日，不同身份的人都有不同的规格，而时至今日，僭越规矩的人越来越多，身份不够却过于铺张奢华，推官老爷就有权办你。

所以，李大状打算，如果不能尽快打开局面，没有人主动上门打官司，他就去城里晃悠，看见谁家娶媳妇规格超越了应有的仪仗，就把新郎和新娘子抓进班房入洞房；看见谁家办丧事给死者穿上了逾越规矩的衣服，就把活人和死人全押进班房打板子；看见谁家办生日宴逾越了规格，就把老寿星请到衙门里来吃寿桃。没有人能阻止一个讼棍力求上进的心，没有谁！

叶小天写好了家书和给莹莹报喜的情书，这才提笔给凝儿写信。虽然说展家和果基家已经不可能再结亲，不过展家既然有了嫁女的心思，难保不会另有打算，这些事情他还需问问凝儿，早做防备。

本来，他如今距凝儿路程很近，只是知府衙门毕竟比知县衙门要严格许多，而且张胖子也不是花晴风那样的傀儡县官可以比拟的，刚刚上任就请长假，他自忖是请不下来的。

另外，如今石阡府和铜仁府的关系闹得很僵，他作为铜仁府推官如果大模大样地去石阡府办事，也太招摇了些。有鉴于此，叶小天才选择了写信的方式。信写好，刚刚封口，忽然一个皂隶进来禀报道："老爷，有客到访！"

第四十四章

混，是一种生活

一

叶小天抬头一看，就见李向荣慢悠悠地踱了进来，左右张望着，一脸好奇的模样。叶小天把信收好，离案相迎，笑问道："李兄，这是什么风儿把你给吹来了。"

李向荣笑道："呵呵，我偶然路过这里，忽然想到今天是老弟你头一天上衙的日子，所以就过来瞧瞧。啧啧，叶老弟，你这刑厅如今焕然一新，气象与往日大不相同了啊。"

叶小天打个哈哈，请李向荣坐了，吩咐小厮上了茶，对李经历道："小弟刚刚到任，样子总要做一做嘛，不过你也可看到了，门可罗雀啊，到现在还没开张呢……"

李向荣叹了口气，对叶小天道："叶老弟，我就对你说句推心置腹的话吧，其实像你现在这样呢，也未尝不好，尤其是在咱们贵州为官，不容易！与其一步踏错，身败名裂，不如安步当车，求个稳当太平。

"一句话：混！你还年轻，这么年轻，再努力又能爬到哪儿去？不如熬资历，再过四十年，只要你太太平平地一直在官场里混，没有被大风大浪给淹死，怎么也能混个五品六品的官身荣休吧，何其美哉！"

叶小天诚恳地对李向荣道："李兄的一片金玉良言，小弟谨记心头。"

李向荣见叶小天对他这位混字辈的老前辈表现得异常尊重，心中很是欣慰，觉得孺子未尝不可教也，并不像衙中传言所说的那样："此人脾性甚驴！"可见传言不足为信，便摆出老大哥的派头，继续开导他。

李向荣道："铜仁府的官不比中原，这儿掌权的各路正印官，大多是土官，都是有根儿的，对你这流官自然不太亲近，这也是人之常情，你不要往心里去。这样吧，今晚为兄做东为你接风，咱们到清浪街'客来居'小酌几杯如何？"

叶小天赶紧道："让兄长破费，小弟怎么敢当！这样吧，今晚戌时，怡红院，小弟做东。李兄可要先向夫人请好假呀，哈哈……"

李向荣一听怡红院，眉头便跳了几下，心道：嗬！这位叶推官的私囊挺丰厚啊，怡红院一桌酒席比客来居贵了两倍不止。尤其是客来居就是一家酒楼，可这怡红院却是青楼，听他这意思，还要给我找姑娘陪宿？

这样一想，只比叶小天早回铜仁几天的李向荣马上感到有点腰酸。在葫县的时候，白主簿给他找来两个娇娃，与他夜夜笙歌，当真是神仙一般的日子。但离开葫县返回铜仁后，乏劲儿一下子涌上来，直到现在他还没有恢复元气。

李向荣便笑道："你呀你呀，色是刮骨钢刀，年轻人，要节制。"

叶小天道："做长辈的才常拿这句话来吓唬人。其实呢，这就和小孩子玩火爱尿炕一个道理，毫无道理，男欢女爱，伤什么元气。"

李向荣马上正色道："不然不然，这可是真的！沉溺太深，是真的伤元气啊！"

"嗯？"

叶小天向李向荣投以探询的一眼，李向荣猛地醒过味儿来，老脸顿时一红，他方才这句话分明就是承认自己在床笫之间不是伟丈夫了。李经历赶紧讪讪地岔开话题，又坐了一会儿，便起身告辞。

叶小天把他送到门口，两人约定晚上同赴怡红院饮酒，叶小天便回转刑厅正堂。一条腿刚迈进大堂，就有一个皂隶从后边追了上来，气喘吁吁地道："老……老爷，衙门口有两个人，口口声声要决一死战。"

叶小天一听大喜，终于有生意上门了。他马上进了大厅，绕到公案后面坐下，把惊堂木一拍，喝道："来啊！升堂！"

书办皂隶、一应衙役纷纷上堂。李秋池也急急赶到，站在叶小天身旁。堂威喊罢，门前皂隶提了两个事主进了大堂，叶小天目光炯炯，正作猛虎啸林状，可他一看来人，顿时泄了气。

一旁李秋池不知就里，见那两人上堂，笑嘻嘻的不像样子，立即踏前一步，喝道："大胆！尔等见了推官大人，为何不跪？"

叶小天有气无力地道："算了吧，李先生，他们两个是府学的生员，有功名在身，不用跪！"

李秋池奇道："东翁认得这两人？"

高涯和李伯皓笑吟吟地向叶小天拱了拱手，道："叶大哥来铜仁做官，却不告诉我们两个，忒也不够意思。"刚刚提起斗志的李秋池一听他们这么说，就知道他们之间是旧相识，登时泄了气。

高涯和李伯皓这两个人本来是葫县县学的生员，后来他们两人的父亲皆被朝廷封为世袭长官司长官，他们二人也就水涨船高，到了府学读书，如此一来，将来是可以被赐个同进士出身的。

叶小天听他二人言语，就知道他们所谓的决斗只是戏弄门前皂隶，不禁望天翻了个白眼，冷哼道："就是拜土地，还得准备仨瓜俩枣、香烛炮仗呢，你们来看我，就空着手来？"

李伯皓笑道："叶大哥，这可怪不得我们两个。不是我们不知礼敬，是实在想不到送你什么才好。不如这样吧，今儿晚上，怡红院，我们兄弟两个做东，请你喝个痛快，如何？"

"怡红院？"想到不用自己掏腰包的叶小天马上笑容可掬地道："两位贤弟快请坐，请上座！来人啊，上茶！上好茶！"

· ※ · ※ · ※ ·

常言道，黔东各郡邑，独美于铜仁。处万山之中的铜仁府，风景之秀丽的确是独霸黔东。而铜仁城西半里处有一高山，名为岭嶂，岭嶂山上又有一牛角洞，堪称奇秀之地。

暮色苍茫，一群游兴不减的少年人笑闹着登上了岭嶂山。看这些人无论男女，个个锦袍玉带，显然都是富贵人家子弟。岭嶂山上建有一座七层宝塔，塔下木门上挂了一把锁，那些少男少女到了塔下，见不能登塔远眺，甚是失望。

其中一人忽道："只是一个铁将军把门，便能难倒你我吗，待我寻个东西把锁弄开。"

说话这人正是前任推官老爷于海。于海，字东升。虽然有名有字，而且还做过府衙推官，其实他的年纪却不大，要知道他是于俊亭的堂弟，而于俊亭如今才芳龄几何？

于海今年也就十六七岁年纪，玩心也大，他四处寻摸一番，寻来一根木棍，插进锁眼用力扳动，可那铁锁结实得很，如何能够打开。两个少年上前帮忙，三人一起发力，忽地"咔嚓"一声，棍子折了，三人顿时摔倒。

旁边一个红裳少女见了他们如此糗状，不禁"噗嗤"一笑。这红裳少女正当豆蔻，头梳双鬓，俊眉大眼，肤色白皙，唇若涂脂，倒是个很俊俏的小丫头。

被这小姑娘一笑，三个小伙子都有些讪讪的不好意思，红着脸从地上爬起来，这时旁边却有一个白袍少年惊喜地叫道："门开了，门开了！"

众人扭头望去，就见那铁锁虽然依旧没有撬开，但是木门久经风雨，已经有些朽了，这一撬把锁芯周围的木头撬烂，门就打开了，众人欢呼一声，便冲了进去。

"嗨！快上来啊！真是一群笨蛋，才爬几层就气喘吁吁。"

红裳少女第一个冲上塔顶，站在上面冲着底下得意扬扬地叫嚷，底下的人笑闹着回了几句，因为塔内有回音，众人七嘴八舌，也没听清说些什么。红裳少女等了片刻，还不见他们上来，觉得无趣，便走到塔外围栏处，扶栏远眺。

　　远处，锦江之水在夕阳下波光闪闪，从这里连遥遥相对的东山寺都看得清清楚楚。此时夕阳西照，红霞满天，碧瓦青砖的七层宝塔上一个红裳少女，迎风一吹，衣带飘飘，直欲凌天。

　　第二个爬上塔顶的是一个青衫少年，大约十八九岁年纪。他登上塔顶，双手扶膝，呼呼地喘着粗气，正要招呼那少女，忽见她扶栏远眺的美态，双眼顿时一直。

　　细细的小蛮腰，柔软的衣裙贴身下垂，衬出青春稚美的身体曲线，而衣带和裙摆又是飘飞于风中的，一动一静之间，那种飞天一般惊艳的感觉扑面而来。

　　青衫少年早就暗中倾慕红裳少女，忽然见她如此娴美动人，而塔顶又只有他们两个，青衫少年热血上冲，想也不想便扑上去，自后一把抱住了红裳少女。红裳少女骤然被人抱住，吓得尖叫一声直起腰来。

　　青衫少年抱着她，没头没脑地就亲将下去，口中连声道："蝉儿，好蝉儿，我喜欢你，我好喜欢你！"

　　"可你不喜欢你，给我滚开啦！"红裳少女愤怒地推开青衫少年，青衫少年涨红着脸道："蝉儿，我是真的喜欢你，你……你嫁给吧。"

　　红裳少女厌恶地擦了擦脸上的唾沫，一听他还在聒噪，心中更加憎恶，一提红裙一脚飞去，斥骂道："你好恶心，快滚开啦！"

　　"哎呀！"

　　青衫少年被红裳少女一脚踢中，踉跄退了两步，后腰往围栏上一撞，竟然一下子翻了出去。

　　"啊！"

　　青衫少年惊得魂都飞了，急忙伸手一抓，猛地抓住了第二根围栏，整个身子全悬在空中。他往地面一看，骇得身子都软了，马上恐惧地尖叫起来："拉我上去，快拉我上去。"

　　红裳少女原本只是想踢他一脚泄愤，毕竟是混熟了的朋友，并未真想把他怎么样，一见如此情形，小脸吓得煞白，红裳少女急忙冲上去想把他拉起来。可红裳少女刚伸出手，骇得骨软筋酥气力全无的青衫少年已尖叫一声，脱手向塔下摔去……

第四十五章

一桩命案

一

怡红院里，主动赶来替叶小天做东的高涯和李伯皓是最先赶到的，接着是叶小天。等李经历赶来的时候，叶小天赫然发现，李经历把戴同知也请了来，大概是怕他这接风宴实在不热闹。

本来，他们这些人中一多半是在任官员，另外一小半是在学生员，官员和生员，一个是"在役"的官，一个是"预备役"的官，除了身份和年龄上的差距，还有许多避讳，按常理是很难同席饮宴打成一团的。

可是在贵州，这种官场常态便不存在了。叶小天为双方一引介，戴同知和李经历获悉这两位少爷是葫县新近转为世袭长官的两位少寨主，对他们顿时觉得亲近了几分。

严格说来，他们都是世袭土官，而且葫县本就是铜仁治下，结交两个少寨主，等他们将来一旦成为寨主，成为世袭长官，就可以成为戴同知、李经历在官场上的臂助。

对高涯和李伯皓来说也是一样，他们能被家族选中进入府学，足以说明在父辈眼中他们是可堪造就的子侄，但是只要他们一日不曾继任长官，这继承人的身份就还存在变数。

两个长官司刚刚转为世袭，他们所在的山寨由原本的内部选举制转为父子一系世袭传承制还需要一个过渡阶段，最起码在这一代，长老们对继任者的选择还有相当大的影响力，如果他们能有几个土司支持，那将是他们"竞争上岗"的强力外援。

叶小天本来还担心这两个小兄弟和戴同知、李经历聊不到一块儿去，却不想四个人迅速熟络起来，倒似比他还要亲近几分。酒过三巡，菜过五味，有了几分酒意的戴同知便向众人卖弄起他的风流手段来。

戴同知端着酒杯，得意扬扬地道："久了你们才会知道，欢场女子终究是比不得良家妇人的。那种欲拒还迎，那种娇羞忐忑，那种体贴温柔，烟柳巷中的女子可是永远不具备的。"

戴同知描述了一堆良家风情之美好，怀中美人只是掩唇吃吃偷笑，高涯却已听得如痴如醉，心向往之，对这位"前辈高人"当真有高山仰止的感觉，忍不住请教道："戴大人所言固然有道理，可良家闺阁岂是容易下手的？"

戴同知笑道："正因为不容易，所以才难得啊，否则哪有情趣可言。《水浒》中有一回，借王婆之口说那诱引良家的必要条件，要有潘安的貌，驴大的本钱，似邓通般阔绰，会小意奉迎，还要有水磨工夫，谓之'潘驴邓小闲'。"

戴同知"哈哈"一笑，不屑地道："其实王婆只说对了一半，这一半尽是那男子需要具备的条件，仅有这些可是远远不够的，若有人以为自己具备了这五个条件便能无往而不利，勾一勾小指便有良家妇人倾心爱慕，必然要倒大霉。"

李经历睁开醉眼道："那还需要什么条件？"

戴同知饮了一口酒，屈指数道："要想无往而不利，我以为还需要五个条件，也可归纳为五个字，曰：人时地法曲！"

高涯好奇地道："这'人时地法曲'，又做何解？"

叶小天皱了皱眉，少年慕艾，他并不反对，可是对于戴同知的行径，他却不敢苟同。叶小天担心这两个小兄弟性情未定，会被戴同知影响，便想着回头要提醒一下，不可让他们与戴同知有过多接触。

戴同知并未注意叶小天略显不悦的神情，解释道："这人，是说你选定什么人下手。不能仅看人家是否貌美，若是有所接触之下，觉得那性情贞烈的、夫妇和睦的、对你没有丝毫好感的，还是就此罢手吧，免得浪费功夫。

"总要有那么一丝可能，方可曲意下番功夫。这时你就要考虑时间和地点了，要在什么时间、什么地点，才好方便你亲近下手呢。要知道这些闺阁妇人都是轻易不出府门的。

"但是轻易不出府门，不代表一直不出门，初时你可多加注意、勤于打听，制造邂逅的机会，待到后来，就得主动出手，帮她创造机会。至于地点的选择，尚未得手时，切勿选择太荒僻的所在，她不会去的；也不可选择太热闹的所在，否则如何方便你与她亲近？而且人多眼杂的，容易落人口实。

"这法，就是法子，你要用什么法子，叫她心中有你，渐渐倾心于你？一个优雅安适的环境，一个风和日丽的天气，便是一个良好的基础。要用什么办法和她亲近？能说会道必不可少，闷葫芦般的口才，如何引得那些春闺寂寞、满腹幽怨的良家妇人为你绽颜一笑？女人嘛，就是要哄的，多赞美几句她的心就会飘起来。

"可仅有一副三寸不烂之舌也是不行的，你还要精心设计，同时还不能叫她觉察到你别有用心,这其中的巧妙之处,就只可意会不可言传了。至于那曲……"

戴同知口若悬河地卖弄着他的风流手段,其他几人一边听他说着,一边放下了矜持。李经历怀抱一位丰腴妩媚的美人,上下其手。高涯和李伯皓更加不堪,毕竟是年轻人,血气方刚,看那模样,若非众人在座,早就剑及履及,把怀中美人儿"就地正法"了。

叶小天未曾涉及欢场时,对这种地方充满了好奇,真的见识过了,却觉得也不过如此。虽然他也喜欢欣赏美人,喜欢对看见的美女品头论足一番,但是对这种钱色交易却没有兴趣,反而是五人中最把持得住的一个。

叶小天觉得高涯和李伯皓还是未定性的少年,他和高、李两寨关系都不错,不能眼见这两个兄弟走上歧途,便考虑尽快散了酒席,把这两个小兄弟带走,免得他们受了戴同知影响。

这时就见一个侍卫神情凝重地走进来,急步走到戴同知身边,对他附耳说了几句话。叶小天认得这是戴同知带来的一个随从,就见他几句话说罢,戴同知脸色顿时一变。

戴同知停止了吹嘘卖弄,一把推开怀中美人,对叶小天道:"今日有劳老弟款待,戴某家中现有些急务需要赶回去处理,改日戴某再设宴答谢吧,这就告辞了。"

李经历醉眼蒙眬地大着舌头问道:"戴……戴兄,怎么就急着走了,嫂夫人不是一向……一向不大理会你眠花宿柳的事儿吗?"

戴崇华强笑道:"家中实有要事,咱们改日再说,改日再说。"戴同知又向高涯和李伯皓告一声罪,向几人行了个罗圈揖,急急拔步就走,甚至等不得别人送他出门。

戴同知出了怡红院,翻身上马,奋力一鞭,便催动骏马急如星火地向自己府邸赶去。戴同知急匆匆赶回府邸,翻身下马,连马鞭都忘了递与随从,便大步流星直奔后宅。

戴家大宅实也不小,但戴同知步履甚快,花厅中,正妻刘氏与几个妾侍正神色慌张地交头接耳。戴同知一头冲了进来,刘氏赶紧迎上来,惶惶然道:"老爷,这可怎么办,蝉儿闯下塌天大祸……"

戴同知冷冷地看了她一眼,刘氏登时噤声不语,戴同知沉声道:"蝉儿呢?"

刘氏赶紧向旁边小书房指了指,戴同知把马鞭递给刘氏,便向小书房走去。戴同知伸手一推,房门闩着,马上柔声唤道:"蝉儿,开门,爹爹回来了。"

房中沉默片刻,传出一个女孩儿啜泣的声音:"阿爹,我不想杀他的,我真的不想杀他的……"

戴同知赶紧道:"我知道,我知道,我们家蝉儿最是温柔善良,怎么会杀人呢。爹爹知道你是委屈的,快开门,把事情经过对爹爹说说。"

这时的戴同知满脸的关切心疼，既没有在妻子面前严肃冷峻的家长模样，也没有在外边拈花惹草的风流神韵，更没有在官衙里那副为官作吏的嘴脸，此时的他，就是一个寻常的慈父。

在他不断的安慰劝说之下，小书房的门终于开了，戴同知赶紧跨进门去，就见女儿一开了门，便又缩回墙角，蹲坐在地上，双手抱膝，把头埋在膝间，低低地啜泣着。

贵州土司人家大多三妻四妾、女人成群，可是还真不见得妻妾成群的人就一定儿女满堂，戴同知的妻妾很多，到如今也只一个女儿，再无其他子嗣。

所以对这个宝贝女儿，戴同知可真是当成眼珠子一般呵护着。一见女儿这般模样，戴同知好不心疼，连忙上前扶住女儿肩头道："乖囡，爹爹知道你不是有心的，不要哭了，不管发生什么事，都有爹爹在，你不用担心。"

"阿爹……"戴蝉儿号啕大哭，一头扑到父亲怀里，身子还在恐惧地颤抖不止。戴同知轻拍她的肩膀，安慰道："别怕别怕，凡事有爹爹做主。你快把事情的来龙去脉全都告诉爹爹！"

戴蝉儿把事情经过说了一遍，戴同知的脸色顿时凝重起来。从塔上摔下去的人叫张孝天，是张知府的亲侄子，就算他非礼在先，被蝉儿推下高塔摔死，张家也不会善罢甘休的。

这可怎么办，难道叫自己的女儿以命抵命？看到女儿苍白恐惧的小脸，戴同知好不心疼，就算要维系自己家族的存在，他也不可能把女儿交出去的，无论如何也不行！

戴同知沉声问道："蝉儿，你把张孝天推下高塔，这事可有人看见？"

戴蝉儿抹着眼泪儿道："就只有朴阶哥哥看到了，他那时刚刚爬到塔上……"

戴同知追问道："朴阶？除了他，其他人全未看到塔上发生了什么？事发之后，他们也没问？"

戴蝉儿期期艾艾地道："我……我当时吓坏了，朴阶哥哥见我怕得不行，也知道我闯了大祸，就……就拉着我赶紧跑回家来了。其他的人当时都还在三四层，听见孝天哥哥惨叫着摔下塔去，全都跑下塔去察看，都……都未顾上理我。"

"原来如此……"

戴同知目光闪烁了几下，看看女儿依旧恐惧莫名的样子，便轻轻抱住她，柔声道："乖囡，别怕。这只是一个意外，爹爹会平息此事的，叫你娘陪你洗把脸，吃点东西，早点睡下吧，别担心，有阿爹在呢！"

戴同知慈祥地替女儿擦去颊上的泪痕，便大步向外走去。到了客厅，戴同知冷厉的目光向众妻妾一扫，沉声道："把嘴巴全都给我闭严了，谁敢多嘴说一个字，老子活埋了她！"

第四十六章

夜半惊魂

一

夜色深深，张知府抱着及笄之年的一个美妾睡得正香。以张知府如此肥胖的身体，心脏负担极重，云雨之事对他来说很久以前就成了一种奢侈的享受，不过他还是喜欢买妾，并且抱着她们睡觉。

忽然间，府中锣声惊响，急骤的锣声打破了夜的宁静，也唤醒了张铎的美梦。张大胖子慌慌张张地起身，急喝道："出了什么事？"

外面耳房里小丫鬟战战兢兢地答道："回老爷的话，奴婢也不清楚。"

张铎怒道："不清楚还不去查，你是死人吗？"

旁边十三姨赶紧掌了灯，侍候张铎穿戴。张铎很紧张，因为府中晚上鸣锣这种事，自他出生起就不曾遇到过，但他很清楚府里在什么情况下才会鸣锣，一是府邸受到围攻，二是府邸里走了水。

如今承平世界，如果有人夜半聚兵围攻他这位土知府的府邸，那自然是极重大的事情。若是失火，这府邸宅院屋舍多为木制，今晚风又不小，那也将损失惨重。

张大胖子忙着穿衣服的时候，他的儿子张雨桐已经挟剑冲上了院墙。这知府衙门原本就是土司衙门，院墙既高且厚，墙上还建有一处处箭楼，箭楼之间还有很宽敞的运兵道，仿佛一道城墙。

院墙上一直屯有重兵把守，张雨桐持剑冲上院墙，立即有一个负责守夜的小头人冲上来见礼。

张雨桐年仅十七岁，与乃父不同，这张雨桐可没有痴肥如猪的毛病，生得剑眉星目，十分俊朗。他是张知府的正室夫人所生，也是张知府唯一的嫡子。张雨桐扶着箭墙向外看了一眼，外面黑漆漆的十分安静。

张雨桐沉声道："何人鸣锣？"

那小头人道："属下也不清楚，听声音，鸣锣示警的声音是从前院传来的。"

"哦？"

张雨桐喝道："严加戒备，如果有人靠近，格杀勿论！"说罢匆匆领了几个人下了府墙，向前院赶去。

前院这时也正遣人向后院报讯，两下里都打着火把，老远就能看见对方走近。对方一看来人是大少爷，报讯的人立即跪倒行礼。张雨桐扶剑喝道："快说，前边发生了什么事？"

那报信的庄丁忙道："回大少爷，是土舍大人领了一标人马明火执仗自府前冲过，前院家丁以为是来攻打咱们庄院的，仓皇之下这才鸣锣示警。"

张雨桐一愣，奇道："我二叔？他带兵往哪里去？"

张铎好不容易穿戴整齐，叫人扶着从寝室内走出来。他这寝室之大已不亚于一座亲王的寝殿，只是囿于身份，不能明目张胆地称之为寝宫罢了。从寝室走到正堂，这距离也不近，他到了正堂已是气喘吁吁。

张胖子一屁股把自己塞进座椅，喝道："究竟发生了什么事，快些查探清楚！"

这时张雨桐带着几个亲兵急匆匆地闯进了正堂，一见张铎便道："爹，你不用担心，前院示警乃是误报，是我二叔领了人马披盔挂甲，弓矛俱备地从府前冲过去，惊吓了庄丁。"

张大胖子一愣，愕然道："你二叔？深更半夜的，老二是要跟谁过不去？"

· ※ · ※ · ※ ·

戴同知的书房外，奉了戴老爷的命令，一众家丁下人远避出十丈开外，无人靠近一步。远远地，他们只能看到本家老爷戴同知和朴宗基对面而立映在窗上的剪影。

书房内，朴宗基面色如土，满面哀求地看着戴同知，颤声道："大人，他……他可是我的儿子啊！"

朴宗基是戴同知部落里的一个头人，戴氏部落自从受了朝廷招安，便得了一个世袭的土同知的官身。因为戴氏部落临近铜仁，这许多年下来，虽然城外还有庄子，但主要已经不以务农打猎为主，部落中很多人都成了城中百姓，戴氏部落也转以船运和经商为主业了。

戴崇华做同知前，这朴宗基是戴氏部下的一个头人，担任一个船主，专门负责船运，后来戴同知帮他谋了个八品的官职，虽然不是世袭，可也因此安定下来，全家就搬进了铜仁城。

戴同知听了朴宗基的话，冷冷地道："蝉儿还是我的女儿呢！我只有一个女儿，你却不止一个儿子！"

朴宗基乞求道："大人，虎毒不食子啊！我……我怎么能……"

戴同知的手轻轻地搭在了朴宗基的肩上，朴宗基身子一颤，双膝微屈地看向戴同知。

戴同知一字一句地道："你不要忘了，我是你的土司，你是我的家奴，如果是在战场上，我和我的家人遭遇了危险，你是只求保全家人，还是该豁出全家人的性命，救护我和我的家人？"

朴宗基嗫嚅地道："可……可这不是战场……"

戴同知冷笑一声，道："有区别吗？现在的情况就是，我的家人遇到了危险，需要你让你的儿子站出来，替她挡一刀！"

朴宗基双膝一软，跪倒在戴同知脚下，痛哭流涕地道："我的儿子什么错也没有犯啊，为什么，为什么要让他死？"

戴同知冷酷地道："因为，我是你的土司，你是我的家奴！"

朴宗基叩头道："大人，求你念在小人鞍前马后……"

"住嘴！"

戴同知脸色铁青，忽地一挥手，桌上的烛火顿时也一阵摇曳。

戴同知厉声道："你给我听着，也许跟你无关，也许你很无辜，可现在是我的女儿大难临头，所以……少给老子讲道理！现在只有你儿子能救她，你们父子不肯救，那就是你们的错！就是你们害死了我的女儿，我就要你全家抵命！"

戴同知慢慢弯下腰，在朴宗基耳边用魔鬼般的声音低语道："要么你全家去死，要么你就接受我送给你的庄子，叫你的儿子站出来，替我女儿挡这一劫！你自己选！"

朴宗基瘫在地上，体若筛糠，泪如雨下！

·※·※·※·

戴氏府邸被张绎发兵重重包围，府墙上下火把通明，若自空中俯瞰，就可以看见火红的光形成了一个长方形的圈，而在长方形的火圈中，又有一条火线将长方形分割成两个更窄的长条，直抵后宅处才戛然而止。

中间那条火线，是两排手执火把、持矛佩刀的武士，戴崇华就从这两排武士中间大步走向前门。

前门外，张绎腰挎长刀，杀气腾腾地瞪着门楣上"戴府"两个大字，突地劈手夺过一张长弓，从身边侍卫所佩的箭囊内抽出三支箭，三箭连珠，射向那块大匾。

箭矢闪电般射去，正中匾心，高高悬挂于门楣之上的大匾摇晃了几下，"轰"的一声砸了下来，重重地摔在门前石阶上。张绎厉声喝道："戴崇华，不要做缩头乌龟，你给我出来，还我儿子的命来！"

"出来！出来！戴乌龟出来！"

张绎手下的亲兵立即齐声呐喊起来，片刻之后，就见门楣之后升起两串红灯，紧接着三架梯子竖在了门楣之上，戴同知的身影缓缓出现在中间那张梯子上，左右两个侍卫，手中各提一张老藤制成的既轻便又结实的大盾，护在戴同知身边。

戴同知探头向外面看了看，又惊又怒地喝道："张绎！你这是发的什么疯，半夜三更困了我的府邸做甚？"

张绎面目狰狞地吼叫道："姓戴的，你少跟老子装蒜，你那宝贝女儿干了什么，难道你不清楚？"

戴崇华暗暗心惊，莫非女儿所言不实，当时另有人看到了是她把张孝天踢下塔去？戴崇华强作镇静地吼道："我知道个屁！今晚为叶推官接风，戴某多吃了几杯，回来就睡下了，你究竟胡言乱语些什么？"

张绎指着戴崇华道："我胡言乱语？我儿孝天今日游岭嶂山，竟自塔上跌落，当场惨死！塔上围栏完好无损，自然是有人推他下去！当时另有其他人家的几个儿郎在场，都说亲眼看见你的女儿从塔上下来，神色仓皇地被那朴家小子扶着匆匆离去。谁是凶手，这还不是一目了然吗？"

戴崇华听了这话顿时心中一宽，面上却是愈发惊怒的模样，大喝道："一派胡言，我的女儿与你儿子无冤无仇，为何要把你儿子推下塔去？再说，我女儿还是一个豆蔻少女，怎及你儿强壮魁梧，怎么可能把他推下塔去？"

张绎冷笑道："若是猝不及防，便是天生神力也能被稚齿小儿所伤！我儿对你女儿全无防范，便是被她推下塔去又有什么稀奇？你的女儿如果不是凶手，为何匆匆离去，不肯多留一步？"

戴同知还要再说，张绎突地抽箭搭弓，"嗖"地一箭射来，两个侍卫急忙挥盾一挡，利箭射中盾牌，冲力带动那侍卫身子一晃。张绎喝道："休再狡辩，唤你女儿出来对质！"

第四十七章

机会来了

戴同知躲在盾牌后面喊道:"好!我这就去向女儿问明经过!张绎,若是我女儿无辜,你率兵困我府邸的这笔账,咱们就到知府大人面前算个清楚!就算你是张家的人,也不能欺人太甚!"

戴崇华撂下一句场面话,就从梯子上爬下去,吩咐侍卫道:"给我守住了!他们要是敢冲击我的府邸,你们不惜一切也得给我顶住,绝不允许他们踏进我的庄园一步!"

侍卫们轰然称喏,戴崇华又急急奔向后宅。朴阶当初是扶戴蝉儿逃回戴府的,本来就在这里,戴崇华纵马返回的路上便已考虑了几种可能,吩咐人把朴宗基也给叫了来,所以这对父子此时都在戴府客房。

戴崇华在一群侍卫的护拥下直奔客房,到了门前想也不想,抬腿就是一脚,踢得那门轰然一声左右分开,戴崇华便气势汹汹地闯了进去。

· ※ · ※ · ※ ·

朴宗基失魂落魄地回来后,朴阶见父亲脸色难看,急忙追问缘由,朴宗基面对自己的亲骨肉,那让他替死的话如何说得出口。

可是戴同知的话绝对不是威胁,如果他不肯答应戴同知的条件,使得戴同知的掌上明珠被杀,他相信戴同知悲愤之下,绝不仅仅是让他全家都死那么简单,那时的戴同知所做的一切,将更加残忍。

土司是土皇帝,土皇帝比真正的皇帝更专权、更肆无忌惮,也许有些土舍和大头人实力甚至超过了土司,令土司老爷有所忌惮,但那绝不包括他,自从失去了土地和领民,又是在这种畸形的政治形态下生存,朴宗基对本部土司的依附性只有加强而无法削弱。

朴阶再三追问，朴宗基只得艰涩地向他吐露了实情，朴阶一听顿时如五雷轰顶。尽管他很孝顺，可他还如此年轻，又怎么舍得放弃自己的生命？如果现在被人追索性命的是他的亲生父亲，或者他还能以身替死，可是凭什么戴同知的女儿犯了错，却要他去顶罪？

但戴同知的威胁就可以无视吗？戴同知说如果不遵照他的指示行事，就要杀他全家，这绝不是一句戏语，戴同知绝对可以做得到，而且不会有任何人站出来替他打抱不平。

土司是什么？土司的房子上盖瓦，土民就只能用稻草和泥做屋顶，有钱也不行；土司出门，土民见而不跪，当场就会被杀掉。所以当日在于家寨，于俊亭理直气壮地认为她默许手下侍卫对冲撞了她的小女孩施以鞭刑，已是法外开恩，原因就在于此。生在土司人家的于俊亭，从小耳濡目染，自然不认为她的做法有何不妥。

可你若是见了皇帝不跪，你看看谁敢说要砍你的头，马上就得被文官们的唾沫星子活活淹死。打板子可以，想杀就杀，皇帝也没这么自由，但土司就可以。

尽管戴氏部落的汉化程度很高，很少再有极端刻薄的规矩，可是戴同知如果发了狠，他说的话就一定能做到。理论上，这个部落里除了土舍阶层，不管是头人、土民还是奴隶，都是戴氏家奴。

父子俩正栖栖惶惶的，戴崇华满面杀气地闯了进来，一见朴氏父子，立即喝道："你父子二人考虑得怎么样了？究竟答不答应我的条件？"

朴宗基跪倒在地，叩头如捣蒜，连道："大人开恩，大人饶命啊！"

戴同知冷森森地一笑，看向朴阶，道："你怎么说？"

朴阶双膝一软，也跪了下去，颤声道："求大人饶命！"

戴同知轻轻吐出一口浊气，道："张绎就在府外，已带兵困了我的府邸，你们知道？"

朴氏父子顿首不语，戴同知转身就往外走，一边走一边沉声吩咐道："把他们绑起来，我女儿被带走的时候，就砍他们的头。明日，把朴氏一家统统给我抓起来，不分老幼，男子沉入锦江，女子发卖娼家！"

朴宗基身子倏地一颤，朴阶也是脸白如纸，戴同知一只脚刚迈出门槛，已被侍卫摁住双肩的朴阶终于崩溃地大叫起来："大人！大人！小人愿替大小姐抵罪，愿替大小姐抵罪！"

·※·※·※·

张绎困了戴府，在外边等了很久没有消息，按捺不住，便吩咐手下人强攻戴府，结果被一阵箭雨挡了下来，死伤了一些人马。张绎心中更是恼怒，吩咐人就近去百姓家拆了门板床板充作盾牌，正要一鼓作气再行攻打，就见门楣之上两串灯笼又挑了起来。

张绎一见，便制止了手下人的行动，瞪大眼睛看着城墙上方，不一会儿，戴崇华的身影又出现了，他站在高处，远远地向张绎喊道："张绎，你说的事，戴某已经查问清楚了，害死你儿的是朴家的朴阶，并非我的女儿！"

张绎一怔，大怒道："放屁！朴家小儿是个什么东西，他敢对我儿不利？姓戴的，你为了包庇自己的女儿，就要嫁祸他人吗？"

在这群官二代里面，朴阶家里的身世地位是最低的，虽然和张孝天混在一起，却很难谈得到平等，朴阶充当的是跑腿奉迎、赔笑帮腔的小厮角色，饶是如此，他能混进这个圈子，也足以让其他身世地位差不多的少年羡慕不已了。

如果不是今日出了这么一档子事，朴阶和这群未来的土司混得这么熟，他将来的发展将远超许多站在同一起跑线上的同龄人，可是任何机遇都伴随着风险，机遇越大，风险也就越大。如今出了人命关天的大事，别人有机会保全自己，他却不免要成为那只替罪的羔羊。

戴同知冷笑道："朴家小子不敢对你儿不利，难道我的女儿就敢了？我已问得清清楚楚，你的儿子登上塔顶，见塔上只有我的女儿，便生了歹意，想要非礼于她。朴家与我戴家的关系你不会不清楚吧？朴家小子自然上前阻止，推搡之间，你儿失足摔下高塔，事实真相就是如此了。"

张绎听了这话，不禁有些半信半疑起来，最主要的原因是，戴蝉儿和他儿子也是相熟的朋友，而且是个十几岁的小女娃，他想不出戴蝉儿有什么理由要推他儿子落塔，又怎么可能有力气把他的儿子推下塔去。

戴同知所言合情合理，难道真是我儿意图调戏他的女儿？朴阶看见了，不可能不护主，纠缠推搡间万一失手……朴阶也是十八九岁的少年，与我儿年龄相当，又比我儿强壮一些……

张绎这么一想，气势便弱了一些，喝道："这只是你女儿一面之词，如何作得了准？"

戴崇华马上道："朴阶如今就在本官府上，本官已经盘问过他，与我儿所言一般无二！"

张绎眼珠转了转，道："你交出朴阶，张某亲自问他！"

戴崇华仰天打个哈哈，道："交出朴阶？张绎，你不明真相，便派兵困我府邸，伤我庄丁家奴，你当我戴某人就是好欺负的？这笔账，我要到知府大人面前和你算个清楚！

"你儿虽罪不至死，却也是他非礼在先，朴阶是为了救助我的女儿，这个情由不能不说个清楚明白！如果把人交给你，谁知你会不会为了替你儿矫饰，把朴阶屈打成招。明日一早，咱们知府衙门见吧！"

张绎还待再说，戴同知提高嗓门道："戴某家园就在此处，难道你还怕我跑了不成？言尽于此，你我明日知府衙门打这场官司！此时此刻，恕戴某不奉陪了！"说罢，戴崇华把袖子一甩，又爬下了梯子。

看他理直气壮的模样，张绎心中更信了几分。不管他儿子有无过错，可他儿子的命，总要有人来偿的，可是如果真如戴同知所言，他继续攻打戴府也就师出无名了。是以张绎犹豫再三，既不肯撤兵，又不好继续攻打，就这么僵在了那儿。

· ※ · ※ · ※ ·

天亮了，叶小天骑着马，离开了他东山脚下的府邸。

此处位于府衙之东，因此这山就叫东山，山上建有东山寺。山下有些别墅庄园，都是富贵人家的下庄，不过他们平时都住在城西，戴府也是如此，因此昨日那场骚动，住在东城的叶小天全未耳闻。

"啊！今天天气不错，风和日丽的……"叶小天迎着明媚的春光，欣欣然说了一句，苏循天马上接口道："但愿今天会有人来打官司吧。"

华云飞接口笑道："天气这么好，是个明显的好兆头啊，咱们刑厅今天一定能开张。"

毛问智咧开大嘴笑起来："那敢情好，哈哈哈，一直以来，都是俺被衙役们打板子。如今俺也穿上这身公门的行头了，可还没打过别人屁股呢，俺的大棍早已饥渴难耐啦！"

李秋池微微一笑，安慰他们道："你们放心，咱们昨日已放了告示出去，想来有那要打官司的，也得先请人写状子吧，所以昨日冷清也属正常。如果李某所料不差，今天就会有人来打官司了。"

说话间，一行人到了府衙门前，一瞧府衙前情形，李秋池顿时一愣，他发现自己不做状师做师爷挺够格，若是不做师爷呢，似乎做相师生意也会很火，他的乌鸦嘴，真的是太准了。

第四十八章

叶公好龙

一

　　府衙门口，张绎的亲兵严阵以待，长街尽头则另有一支队伍，刀出鞘、弓上弦，向这边缓缓逼近，双方大有一触即发的态势。衙门里边，张铎的亲兵也持矛提盾做好了准备。
　　张绎此时正站在二堂上，张胖子怒气冲冲地对他道："老二，你怎么这么莽撞，有什么事你不能告诉大哥，让大哥替你做主，嗯？深更半夜的，你发兵困了戴同知的府邸，你把大哥我置于何地，嗯？"
　　张绎红着眼睛道："大哥，孝天被人害死了，他可是你的亲侄儿。你说，杀子之仇，我能忍吗？"
　　张铎气呼呼地道："不然你想怎么样，杀进戴家，拼个鱼死网破吗？现如今，各地的土司越来越不拿咱们张家当回事了，你可倒好，给自己的亲大哥拆台！你要自己解决，那你告诉我，现在你解决什么了？"
　　张铎说着，忍不住剧烈地咳嗽了几声，一旁张雨桐开口劝道："阿爹息怒，二叔也是伤心孝天哥惨死，所以有些失态，阿爹多多体谅。"张雨桐一边说，一边向张绎使个眼色，张绎见状，便愤愤地闭口不说话了。
　　张雨桐安抚了父亲，又对张绎道："二叔，戴家怎么说？"
　　张绎把戴崇华的话对张铎说了一遍，又道："他口口声声说是孝天非礼他女儿在先，不肯把凶手交给我，说是要由大哥来公断，现如今押着朴阶正赶来府衙，大哥你看怎么办吧！"
　　张绎负气地坐到椅子上，拍着桌子道："如果凶手真是他的女儿，我是一定要拿他女儿偿命的，想用一个朴阶就抵了我儿子的命，休想！"
　　张雨桐劝说道："二叔息怒，咱们是一家人，只要确是戴家女儿害了孝天哥性命，咱们自然不能善罢甘休。"

正说着，有皂隶跑进来禀报："戴同知由族中壮丁武士护拥着，已经到了府前。"

张铎一听立即跳了起来，二话不说就向外冲去。张雨桐阻止不及，本待追出去，眼珠一转，又转了回来，对张铎道："爹，这件事，你怎么看？"

张铎没好气地道："还能怎么看？戴家女儿不是凶手，那朴家小子就一定是凶手。难道孝天还能是被塔上大风刮下来的不成？"

张雨桐苦笑道："爹，我不是这个意思。我是说，戴家一口咬定朴阶是凶手，而二叔却一直怀疑是戴蝉儿害了我孝天哥。二叔是咱们的至亲，无论如何不能委屈了他，否则各地土司将会更加看低咱们张家。

"可是，戴同知是爹的心腹股肱，现如今因为于家和果基家的争执，各地土司对我张家已多有不恭之意，万万不能再让戴同知对爹离心离德了，否则阿爹就是自断一臂，折损甚巨啊。"

张胖子的神色凝重起来，道："嗯！桐儿所言有理，那你说该怎么办？"

张雨桐附耳对张胖子说了一番话，张胖子听了频频点头，赞赏道："我儿所言甚是，就这么办吧！"

·※·※·※·

戴家的人马越走越近，朴阶坐在马上，双手被牛筋绑着，戴崇华骑马走在他身侧，面上神情不动，眼见到了府衙，却用低微的声音对他道："该怎么说，我都已经教给你了，你要一口咬定是张孝天非礼蝉儿在先，你出手阻止，不慎将他推落高塔！我会尽力保全你的性命，即便不能，你死了，我也不会亏待你的家人，明白吗？"

朴阶惨然一笑，一言未发。

戴同知冷哼一声，眼见到了府衙，便即翻身下马，旁边自有侍卫过来，扶了朴阶下马。戴同知带着朴阶刚刚走出几步，张铎就红着眼睛从府衙里冲了出来，一见戴同知，咆哮一声就扑上去，两个人登时厮打在一处。

这两个人都懂得角斗的功夫，跤术不敢说如何高明，可是寻常没有练过跤法的人若被他们这样的人缠住，不出两招也必然被摔个半死，可他二人凑在一起，却是旗鼓相当，一时半晌分不出高下。

两人的手下都想冲上去救主，双方的卫士顿时也打成一团，整个府衙前马上混乱起来。府衙里边，一个小头人见状十分紧张，马上大喝一声，一面面大盾就"铿铿铿"地架了起来，片刻工夫形成一面盾墙，盾墙之间又探出一杆杆锋利的长矛，把府衙牢牢地封了起来。

适时赶到现场的毛问智兴奋地道："啊哈！打起来了，打起来了，这下咱们可有生意做了。"

苏循天举目眺望:"竟然在府衙门前大打出手,看来双方积怨颇深呐!"

李秋池兴奋地对叶小天道:"东翁刚刚到任,就有大案发生,这可真是天佑东翁,恭喜东翁,贺喜东翁!"

叶小天矜持地道:"共勉共勉!啊,云飞,你且上前打探一下,是何人起了纷争,因何起了纷争,有时候这种侧面了解到的情况,要比公堂之上问到的口供更加真实!"

华云飞领命而去,这时又有一标人马赶到,前方几个持矛武士将矛交叉举起,隔开扭作一团的戴家和张家壮丁,后面跟着一个头戴公子巾,身穿玉色轻衫,脚下黑缎官靴,生得唇红齿白的少年。

少年摇着象牙小扇,施施然地走来,明明走在一片刀光剑影中,但是身姿款摆,腰肢袅娜,却似穿花拂柳一般优雅:"哟!这不是戴同知和张土舍吗?大清早的就在衙门口练起来了,真是好雅兴!"

来人正是监州通判于俊亭,戴同知和张绎正扭作一团,哪有空搭理她。眼见二人依旧扭打不休,官帽也掉了,玉带也开了,于俊亭俏脸一沉,喝道:"不成体统,把他们分开!"

马上就有几个侍卫冲上去,强行把戴崇华和张绎分开。两人气喘吁吁的,这才愕然发现来人竟是几乎从不上衙的监州大人于俊亭。于俊亭把玩着象牙小扇,问道:"两位大人,何故在府衙门前互殴啊?"

张绎怒指戴崇华,道:"于大人,你来得正好!他的女儿害了我儿性命,我要叫他女儿抵命!还望监州大人为我主持公道!"

戴同知整理整理衣衫,喝骂道:"放屁!你不要血口喷人,杀人者乃是朴阶,我已带到府衙,要亲手交给知府大人审理,你还待怎样?"

张绎向戴同知身后看看,忽然有所发现,又叫道:"你那宝贝女儿也是当事人,为何没有把她带上公堂?"

戴同知厉声道:"胡闹!我的女儿怎么能抛头露面上公堂受审。再说,她因昨日之事受了惊吓,神思恍惚,身体不适,昨夜我的府邸又被你吵闹一宿,今晨她才服了安神药睡下。我告诉你,我女儿若是有个好歹,我与你誓不两立。"

"好了好了,两位都少说几句,是非公道,自有知府大人公断!"

于俊亭打断了张绎意图反驳的话,道:"这件事,本官昨日听堂弟于海说过了,虽然于海不曾目睹凶案发生,可毕竟也算是当事人,所以一大早我就带他赶来。事涉张家和戴家,本官也希望此案能够得到公平处断。你二人在此争执并无意义,不如一同请知府大人公断。戴大人,张大人,请!"

二人见于俊亭这么说,便相互怒视一眼,气昂昂地跟着于俊亭走进府衙。

于俊亭昨晚便听堂弟于海说过岭嶂山上发生的命案,于俊亭只一听就觉得机会来了，张绎是张铎的胞弟，戴同知是张铎的副手，他们两个人打官司，无论谁胜谁败，都会让另一方心生怨愤。

如今张铎的局面并不好，如此雪上加霜的事，她怎么可能不来落井下石？是以久不上衙的于俊亭一大早就带了于海赶过来。她要促成此事由张胖子亲自处断，如此才能进一步打击张胖子的人望。

人群中，华云飞早已挤近了，将几个人的对话听得清清楚楚，一个是知府亲信戴同知，一个是知府的胞弟张土舍，华云飞弄清了他们的身份和之间的恩怨，马上折身返回。

叶小天已经下了马，正牵马候在外面，华云飞急急赶回，把事由一说。李秋池登时大吃一惊，人命案子，事涉两位土司一个头人，这案子审不了啊！

李大状在贵阳时办的多是民事纠纷、经济案件，命案他也办过，可是从来没有两位土司人家发生命案，一个成了原告一个成了被告的先例。

并非土司与土司平等身份的人家就从来不发生人命案子，问题是在贵州地头上，土司这一阶级已经是凌驾于法律之上的人物了，如果是土司打死了普通百姓，罚点钱就成了，人家不用打官司。

一个土司的儿子打死另一个土司的儿子，这种事在非战争时期还未发生过，都是带着大批保镖随从的公子哥儿，什么时候能轮到他们亲自动手了？如果真发生这种事，还是不可能打官司，双方要么密商苟合，要么决一死战，血债血偿，哪里需要什么状师，哪会丢人现眼地上什么公堂打官司。

在这种朝廷默认的家族部落式统治地区，特权阶级一抓一大把，根本就是朝廷律法不能约束的，这种案子怎么审？双方势力都比自家主公大，不管断谁胜诉，另一方的怒火必定扑面而来……

李秋池马上凑到叶小天身边，小声道："东翁，双方都非寻常人物，这案子难审与否并不重要，重要的是一旦接手，无论东翁你怎么判，都难令双方心服口服，到时必定惹祸上身。"

叶小天点点头，道："我明白，此案本身并不重要，难就难在双方并非律法可以约束的人，我这执法者还能有何作为？"

李秋池道："东翁英明！安全起见，东翁马上回府吧，学生去刑厅说一声，就说东翁偶感风寒，要歇息两日。"

叶小天果断地道："两日功夫恐怕不够避过此劫。你就说我刚到铜仁，水土不服，昨夜又因应酬多喝了几杯，以致上吐下泻，挣扎不起，替我告个十天半月的假吧。"

叶小天说完翻身上马溜之大吉。就在刚才，他还在为终于有人到刑厅告状而欢欣鼓舞，如今眼看生意要开张，却因苦主和被告来头太大而屁滚尿流地跪了，世事难料啊！

第四十九章

有样学样

一

戴同知和张绎见到知府后,依旧是各执一词,相争不下。于俊亭坐在一旁,一派云淡风轻的模样,时不时地插上一句话,虽然只是只言片语,怎么听都像是在劝说双方要理智一些,但效果往往是火上浇油,把个本无急智的张大胖子急得直冒虚汗。

张雨桐是晚辈,而且没有任何职务在身,他私下里与父亲计议事情自然是可以的,但是这种场合却不能出现,即便出现也不宜插嘴,所以张知府想找个人商量都不行。

张绎是他的手足兄弟,戴同知是他的心腹手足,不管他断哪一边有理,都会让另一方不满,而眼下这种局面,显然无论他是否公道处断,都会让一方心生怨愤。

戴同知道:"知府大人,朴阶现今就在厅下候着,知府大人唤他上来一审便知。"

张绎道:"大哥,当时在塔顶的,唯有我儿孝天、朴阶和戴崇华的女儿三人,要查真相,岂可不让他的女儿上堂?"

张绎心中想得明白,如果凶手真是朴阶也就罢了,如果不是,从戴同知这儿是休想看出什么端倪的,但他的女儿才十三岁,一个不谙世事的女娃,如果她是真凶,心虚胆怯之下,众人面前必定容易露出马脚,所以执意要求把她唤到大堂。

戴同知道:"小女昨日受了惊吓,现今神思恍惚,上了公堂能问出什么?我这女儿自幼体弱多病,如果因为惊扰有个好歹,你张绎担得起这个责任吗?"

戴同知又转向张知府道:"知府大人,凶手朴阶现就在阶下。而且他自己也亲口承认了,张绎执意要我女儿上堂,戴某不服!张绎只因与戴某一向不和,这是故意找戴某的麻烦。"

于俊亭眼珠一转,对张知府道:"府尊大人,张土舍和戴同知各执一词,只听他们争论于事无补,不如先把朴阶提上堂来,若是问得有不清楚的地方,再找其他佐证也就是了。"

于俊亭根本不在乎戴同知和张土舍谁能胜诉，她只想促使张胖子接手这桩案子，只要他接到手里，就一定砸锅，无论怎么判，对他都是有利无害。

但张胖子事先已经得了儿子提示，深知无论如何他也不能插手其中，否则就是自断一臂，所以马上摇头，正色道："于监州此言差矣，事涉戴同知和本府胞弟，本府来断此案，纵然公道，谁认公道呢？"

于俊亭一怔，以她对张铎的了解，这个死胖子根本就是个没能力、没主见的笨蛋，若不是比他兄弟早出生了两年，断然轮不到他来做土知府，今天怎么蛮有主意的样子？

张铎严肃地道："新任推官叶小天来自葫县，与我铜仁各部均无交情，正可秉公而断，此案便发至刑厅，由叶推官审理罢。戴同知，二弟，本府只希望，小儿辈年少无知，他们之间不论发生了什么事，你们作为本府的臂膀心腹，都能精诚团结，莫要因此生出嫌隙。"

于俊亭秀气的眉儿微微一皱：叶小天？那个被她抓进铜仁晾起来的死猴子？毫无疑问，此案推到谁身上谁倒霉，可问题是，她要借此案让张胖子难做啊，折腾那只死猴子有什么意思。

如果此案真要推到叶小天头上，那无论怎么判，张知府都能置身事外了。若是审理结果确与戴同知的女儿无关，那自然皆大欢喜，而这恰恰是她于监州不想看到的一幕。

由张知府来断，不管真相如何，她都可以大做文章，此案判了朴阶是真凶，她就可以传出风声，说张知府唯恐戴同知与他离心离德，宁可委屈自己的胞弟，叫各地不明真相的土司们更加轻视张氏。

如果张知府判了戴同知女儿偿命，本来跟着她摇旗呐喊的戴同知就会冲到最前线，做"倒张"的急先锋，从而最大程度地保存于氏的实力。如今交给叶小天去审，这如意算盘可不都要打乱了？

由叶小天来审，无论结果如何，于俊亭都无法推波助澜，从中得利了。可是，久不入府衙的她，今日是打着带涉案的堂弟前来协助办案的幌子才出现的，如果干涉太多，张胖子势必有所警觉。

于俊亭权衡了一番得失，心中稍稍犹豫，还没等她想出办法，张知府已经把此事决定下来。

张铎和戴崇华同样各有打算。张铎是张氏家族的土舍，一向只在部落里替胞兄打点本族内部事务，不大理会官场中事。

他只觉得，他是知府的胞弟，而且他要求的是真正公道，如果真相与戴家女儿有关，绝不能放过，如果与她无关，他也不会纠缠不休。这个姓叶的既然端着他大哥的饭碗，叫他查明真相秉公而断应该不难。如果执意要由自己大哥断案，恐怕戴同知又有了遁词借口，而且张家的形势现在很不利，他也清楚，这一点不能不考虑，他也不想让大哥为难。

可戴同知这边呢，他与叶小天接触虽然不多，但是总比张绎要亲近些。他对叶小天的印象是：此人是极为油滑之辈，水银山之乱叫他去调停，他用的也是搅浑水、推诿扯皮的手段，可见所谓"疯典史"的传言不实，此人实是八面玲珑之徒。

此案交给他去办，张家要的只是凶手而已，他已经给了，只要叶小天能配合他，张家便无话可说，而他也因此欠了叶小天一份人情，以叶小天如此精明油滑的性格，不会不明白该怎么选择，所以他也同意了张知府的这一安排。

张胖子见他二人均无异议，暗暗松了口气，马上吩咐道："来人呐，速传叶推官来见！"

· ※ · ※ · ※ ·

张胖子派去的人只片刻工夫就从刑厅转了回来，对张胖子道："知府老爷，刑厅的人说，叶推官初至铜仁，水土不服，昨晚又因应酬多吃了几杯酒，以致身染重疾，上吐下泻，如今告假在家，不曾上衙。"

张胖子愣了一愣，突地明白过来，拍案大怒道："胡说八道！铜仁他又不是头一次来，怎么以前不见他水土不服？葫县距铜仁十万里之遥吗，嗯？居然水土不服！如此怕事，如何任事！"

张胖子转向于俊亭道："于大人，劳烦你走一遭，推官主管我一府刑名，此案定得交给他审理！"

于俊亭本待拒绝，转念一想，又点头答应下来，只含笑问道："府尊大人，若叶小天推脱不来呢？"

张胖子瞪起眼睛道："那就绑他来！"

叶小天回到府邸，恰有黎教谕带了一位西席先生来，这位西席先生在铜仁府颇有名气，只可惜铜仁风气不大向学，蹉跎至今，也没教出几个能让他扬眉吐气的弟子来，但老先生的道德文章还是相当不错的。

既是黎教谕引介，叶小天自然信得过，马上把哚妮和遥遥唤来，让她们拜见老师。老先生一瞧这两个女弟子，大的明眸皓齿，小的粉妆玉琢，都是靓丽俏美的女子，倒是赏心悦目得很。

虽然说女弟子纵然肯一心向学，将来也不能科举中第，为他扬名，但他已经偌大年纪了，名声远不及眼前利益实在，叶小天给的束脩丰厚，老先生也就欣然认下了两个女弟子。

黎中隐小坐了一阵，便即告辞去府学应卯。西席老先生即刻进入角色，带了两名女弟子去读书了。叶小天脱下公服，换了常衣，刚刚坐下，李秋池就替他告完假，从刑厅匆匆赶回来了。

　　李秋池在告假的时候，趁机打听了一下戴氏和张氏之间的纠纷，一见叶小天，便把他打听来的消息对叶小天学说了一遍，道："此案若是敷衍了，张家必然不答应，如果真的去审，又怕审出个'案中案'来，万一朴阶真是顶包的，戴家必然记恨东翁。幸好这两家来头都不小，旁人审不来，他们找知府大人主持公道去了，东翁能避过一劫，幸甚，幸甚！"

　　叶小天摇头叹息道："这铜仁府果然不比葫县，这里的庙太多，神佛也太多，断个案子也不能只考虑案子本身，还须思量方方面面的关系，做个想做事的推官，实在不比做个不管事的闲官容易，难怪……"

　　话未说完，若晓生跑进客厅禀报道："老爷，本府监州于大人到了。"

　　叶小天大吃一惊，于俊亭？那个妖女来干什么？来者不善，善者不来啊。叶小天赶紧道："李先生，你去接她吧，我到卧室去等着，切记，本官病了，病得很重！"

　　叶小天急急赶到卧室，脱了靴子拉过一床被子盖在身上，仔细想想，又跳起来，到桌前从熏香炉中倒出一点香灰，往手心搓了搓抹在脸上，又跳回榻上，拉过被子一盖，作奄奄一息状。

　　叶小天闭着眼躺在榻上，忽然想起了那位爱装病的葫县主簿王宁，曾几何时，叶小天对王宁最为鄙弃，谁料今时今日自己竟也有样学样，当真是莫大的悲哀。

第五十章

魔鬼契约

　　于俊亭睨着李秋池："叶推官真的病了？"

　　李秋池一脸焦虑地道："是啊大人，我家东翁风尘仆仆赶到铜仁，又忙着清理刑厅，劳累过度，水土不服，昨晚又拖着疲累的身子强自应酬，结果今儿一早突然病倒，实在突然得很。"

　　于俊亭"喔"了一声，若无其事地道："听说一早有人在府衙门前看到叶推官了，看来真的是突然病倒，的确突然得很。"

　　李秋池当场被人戳破谎言，却面不改色，依旧煞有介事地道："是啊是啊，病发太过突然，府中上下都慌了手脚，在下刚刚请郎中给东翁诊治过了，说是服药歇养，至少也得十天半个月的才能恢复。啊，于大人，这边请。"

　　两个人各自说着鬼话，已经到了叶小天门口，于俊亭用小扇一挑门帘，毫不犹豫地走了进去。

　　"咳咳咳咳……"

　　于俊亭刚一进去，叶小天就发出一串剧烈的咳嗽，身子佝偻得虾米一般，努力憋着气，让脸庞泛起一片潮红。一见于俊亭，叶小天喘息着道："啊！于……于……咳咳咳，于大人，下官病……病体不支，不能行……行……"

　　"免了吧！"

　　于俊亭声音清脆，就像玉盘上落了几颗冰豆子，潇潇洒洒地走过去，一撩长袍后摆，在榻边锦墩上坐了，仔细打量打量叶小天的神色，惊讶地道："哎呀，叶大人，你真的病得不轻啊。"

　　叶小天道："是啊是啊，病……病来如山……咳咳咳……倒，病……病去……"

　　于俊亭满面关切地道："叶大人，快不要说话了，我怕你一口气上不来，马上就得一命呜呼。"

叶小天窒了窒，干笑道："咳咳，郎中说，下官……只要歇……歇息几日就好。"

"果真如此？"

于俊亭欢喜起来，模样俏媚得很："那就好，那就好，人常说：'好人不长命，祸害活千年'，看来当真不假，这样本官就放心了。"

叶小天被她刺得翻了翻白眼儿，于俊亭欣赏了一下叶小天吃瘪的表情，神情忽地一怔，叶小天正眯着眼睛做半死不活状，就见于俊亭伸出一指修长白皙的手指，指肚往他脸上轻轻一抹。

叶小天愕然瞪大了眼睛，于俊亭看看手指肚，又看看叶小天的脖子，叹了口气道："叶大人，你也太不小心了，下回记得脖子上也要抹上香灰。"

李秋池赶紧解释道："于大人误会了，我们请来的那位郎中……是巫医！"

叶小天也反应过来，道："对对对，是巫医。巫医治病，大人你也是晓得的，常用些偏方，这香灰就是……咳咳咳咳……"

于俊亭目光一垂，落在叶小天的靴子上。看她目光下垂，嘴角牵起耐人寻味的微笑，叶小天心里咯噔一下，他刚才穿着袜子下地抹香灰，双脚先是踩在靴子上的，靴面现在是扁的，以于俊亭的精明……

叶小天可是记得，当初在于家寨的时候，于福顺死时神情、眼神有所异样，都被于俊亭发现并揣摩出了事情的原委，可见此人心思之缜密，实是到了令人惊骇的地步，这靴面被踩扁，旁人看不出什么，她却未必看不出。

叶小天刚想到这里，于俊亭已猛地伸出手去，一下掀开了叶小天的被子，就见叶小天衣装整齐地躺在榻上，只有双脚未着靴。于俊亭站起身来，往门口走了几步，又一回头，看看叶小天袜底的尘土，似笑非笑地走了出去。

叶小天僵尸似的直挺挺地坐了起来，他们都是聪明人，情知装不下去了，又何必继续做作。

于俊亭双手背在身后，用扇柄有一下没一下地敲打着自己的后背，端详着"靠山摆"上摆放的一件件古董。叶小天穿好靴子，从卧室走了出来，神情坦然，丝毫没有窘迫模样。

于俊亭听见脚步声，直起腰来回头一看，不禁暗赞：厚颜无耻到如此地步，也算是一个人才了。

叶小天看见于俊亭，立即苦下脸来道："大人今日登门，想必是为了戴氏与张氏之间的那场人命官司了。莫怪下官装病，这桩案子，苦主与被告来头都大得很，叶某实在审不了啊。"

于俊亭笑了笑道："我看不是你审不了，而是审理结果不论怎样，你一定会结下一个大仇家，所以成心回避，是吗？"

叶小天咳嗽一声，道："这个……也算是一个理由吧，下官初来乍到，职微言轻，张家也好，戴家也罢，得罪了哪一个，从今往后都要寸步难行了。"

于俊亭点了点头，很理解地道："你的苦衷，我也明白。只是，就连知府大人也有同样的苦衷，所以这件明显并不难审的案子，知府大人却连问都不问，便推到了你的头上。

"于某此来，知府大人有言在先，不管是病没病，只要还没咽气，绑也要把你绑回衙门，我看，你想装病回避是不成的。"

叶小天听了，苦着脸看了眼同样像吃了苦瓜的李秋池，垂头丧气地低下头来。于俊亭忽又一想，道："你在水银山装傻充愣搅浑水的本事哪儿去了？如今你就不能依样画葫芦，把这个难题再推回知府大人身上吗？"

叶小天一怔，忍不住盯了于俊亭一眼，这是什么意思？貌似，这小妖女巴不得拿这个难题让张知府头痛呢。

叶小天狐疑方起，于俊亭已经清咳一声，道："莫要让知府大人久等了，咱们这就走吧！"

叶小天无奈，只好带着李秋池随她往外走。于俊亭忽又停住，用象牙小扇一指靠山摆，道："那只唐三彩，是镇墓兽，煞气重，如果不是命格硬、有道行的人，最好别把它摆在客厅里。"

"啊？"

叶小天回头看了一眼，他一直就不知道那件兽面人身、形象狰狞的古董究竟是什么玩意儿，甚至已经忘了是谁送给他的了，只知道这东西很值钱，所以就很烧包地摆在了客厅里，原来那是镇墓的，不能随便乱放。

于俊亭又随意地向门厅左右指了指，道："这对麒麟本来是摆在门厅对面的吧？怎么搬到这儿来了，你当它们是镇宅的狮子呢？"

那对麒麟却不是叶小天搬家带来的，他此来铜仁只把最贵重的东西带来了，至于家什用具或者太笨重的东西，可是一件没带，这对麒麟是原宅主留下来的。

叶小天被人一顿数落，顿时觉得自己像个一肚子草就只懂得显摆的暴发户，虽然他的确就是暴发户。叶小天讪讪地道："呃，我是觉得那对麒麟摆在主位左右显得凌乱，所以……"

于俊亭一边走一边道："那就摆到卧室去，置于白虎位，可以安宅镇煞。"

叶小天城墙厚的脸皮也难得地红了一红，道："是是是，受教受教。却不知这白虎位是指……"

叶小天说到这里，突地回过味儿来，双眼蓦地瞪得老大，惊奇地道："于大人怎么知道这对麒麟本来是摆在门厅对面的？"

于俊亭带些古怪的眼神看着他，道："你以为这幢宅子本来的主人是谁？"

叶小天"啊啊"半响，他万万没有想到，自己高价买下的这幢豪宅，本来的主人居然就是于俊亭。惊讶之余，一个奇怪的念头突地浮上了他的心头，身为广威将军、铜仁通判、于氏部落女土司的于俊亭，为何要卖宅子？

·※·※·※·

"你想反悔！"戴同知瞪着朴宗基问道。

朴宗基愤声道："小人不敢反悔，但是，仅仅一个农庄，不能买走我儿的性命！"

戴同知的脸色渐渐地铁青一片，眸中泛起隐隐的杀气，但是朴宗基的肩头只是下意识地塌了一下便挺住了，目光迎视着戴崇华，居然毫不闪避。曾经在戴土司面前无比卑微的小人物，因为仇恨竟也有了抵抗的勇气。

朴宗基毫不示弱地与戴同知对视良久，戴同知突地笑了，变得非常和气："好，你还想要什么？"

"我要大人把你的船行过户到我朴家，还有，大人在铜仁、贵阳等地的店铺也要分给我六成！"

戴同知刚刚敛去的杀气登时不可抑制地又泛了起来，厉声喝道："你好大的胆子！你信不信，我只要动一动小指，就能要你全家的性命？"

朴宗基挺着腰杆对戴同知道："我信！可是现在我儿已经交给刑厅，你已奈何不了他！如果你不答应我的条件，我儿就会说出真相，到时候，我全家要死，你女儿也要死！我家人的性命对你而言一文不值，可是你的女儿，却是你唯一的子嗣！"

戴同知愤怒地瞪着朴宗基，气得浑身发抖，但是朴宗基已经豁出去了，无论如何，他都已无法保全儿子的性命，那就用儿子的命，为他的家族换来最大的利益。

当戴氏门下最赚钱的产业大部落到他的手中，将彻底改变朴氏家族的命运，那时，就是戴同知也再奈何不了他。天下间，强势凌驾于土司之上的土舍和头人不多，但他将成为其中一个。

二人对峙着，气氛压抑得令人窒息，良久良久，戴同知的唇角慢慢地勾了起来，脸上的线条一点点柔和下来："好！我答应你！"

朴宗基毫不放松，马上追问道："何时过户？"

戴同知道："判决之后，行刑之前！"

"一言为定！"

"一言为定！"

一只土司的手，一只头人的手，慢慢举到空中，如山之重。

"啪、啪、啪！"三击掌，一个因为儿子的命，一个为了女儿的命，两个父亲，达成了一个魔鬼契约。

第五十一章

太极推手

一

叶小天好生不情愿地被带回了刑厅，花经历、江经历一见叶小天立即兴奋地迎上来，摩拳擦掌地道："大人，有案子了！咱们有案子了！张土舍状告戴同知家女儿害了他儿子的性命。戴同知说杀人者是朴头人之子朴阶，张土舍乃诬告其女。现如今人犯已经押在刑厅，大人这就升堂问案吧？"

叶小天没好气地看了他们一眼，这还真是看热闹的不怕事大。可是叶小天连装病都避不过去，想不审是不可能了，只好硬着头皮点头道："好！有劳两位经历，去请张土舍和戴同知来，本官要升堂问案！"

庄严的堂威声中，两列皂隶把水火棍敲得震山响，三年不开张，开张顶三年啊！刑厅都荒凉多久了，李师爷真的没说错，他们大老爷就是星宿下凡，这不，他刚一上任，买卖就来了，每一个人都兴奋得很。

堂上唯一一对垂头丧气、没精打采，并不觉得兴奋的就是叶小天和李秋池这对宾主。叶小天端坐在上首不说话，李秋池便咳嗽一声，道："来啊，带原告、被告！"

原告是知府胞弟、张氏部落的土舍大人张绎，被告是铜仁府同知官戴崇华，戴氏部落的土司老爷。张绎大摇大摆地上了堂，一见叶小天端坐案后，居然不起身相迎，心中甚是不悦。

叶小天其实并非故意托大，只是他正琢磨怎么把这桩案子从自己手里推出去，所以有点神思恍惚，吃张绎一瞪，叶小天才反应过来，连忙喊道："来人啊！给两位大人看座！"

马上有皂隶端了两把太师椅来，往左右一放，张绎向那椅子指了指，又向中间位置指了指。他的随从会意，马上走过去，把一张太师椅搬到了大堂正中，张绎这才走过去，大马金刀地坐下。

戴同知一见，怎肯落于人后，他向随从使了个眼色，他的随从也走过去，把另一张太师椅搬起来,和张绎那张椅子并排一放。戴同知大模大样地坐下,二人的贴身随从随即往二人椅后一站。

李秋池眉头一皱,欲待上前阻止,却看到叶小天用眼色示意了自己,立即醒悟过来,马上站住不动了。这二人目无主审,的确无礼,可是叶小天打定的主意是把此案推出去,所以他们越跋扈,叶小天推脱的理由也就越充分。

叶小天咳嗽一声,抓起惊堂木一拍,喝道:"来啊,带嫌犯!"

叮叮当当一阵镣铐声响,朴阶被人带上堂来。朴阶抬头往上一看,就见戴同知和张土舍端坐堂前,身后有四个随从只露出上半身,再往后是公案两旁的李秋池和苏循天,二人站在高一阶处,也只露出半身,随后才是推官大老爷。推官大老爷身后又站着毛问智和华云飞,二人还是只露出上半身……

朴阶看在眼里,就仿佛看见了某大户人家的祖祠里面自上而下悬挂的一幅幅的祖宗画像,就差在每张画像前边再竖一块灵牌了。

叶小天发话了:"朴阶,昨日岭嶂山上宝塔之下发生一桩命案,死者为张土舍之子张孝天。现如今有人指证你为凶手,当日情形究竟如何,你还不从实招来?"

朴阶一听,便拿眼去看陪同戴同知上堂,站在大堂一侧的父亲朴宗基。他出头也是死,不出头也是死,在无法选择的情况下,只能违心地答应替戴同知的爱女替死,如今唯一的期望,就是让他的死能为他的家族换来更多的好处。

父亲已经告诉他,将向戴家索取更多的好处。土司们的土地上,自有土司们维持的秩序,他们不会容许有人出尔反尔,破坏整个现存的秩序,只需立下契约,戴家便再也反悔不得。

土民们都是入则为民,出则为军,朴家掌握了戴氏大部分的产业,就等于掌握了戴氏大部分的实力,到那时就再不是任由戴氏揉捏的软柿子。假以时日,说不定还有取而代之的一天。如果是这样,他朴阶的死也值得了。

朴宗基见儿子向他望来,便轻轻点点头,头点下去,鼻子一酸,热泪便涌上了眼眶。朴阶见状,刚要承认罪状,张绎已经不满地抗议起来:"叶推官,本土舍才是原告,状告的是戴崇华,本土舍可不曾指认朴氏小儿为凶手,你这么问是不是有诱导之嫌啊?身为主审,先入为主可是不行的,若是偏袒某人,哼哼,那更是绝对不行!"

叶小天解释道:"张土舍,朴阶是否为真凶,叶某也是不知,所以才要当堂审个明白。你说令公子为戴氏女所杀,戴大人说令公子为朴阶所杀,如今朴阶就在堂上,本官总得先向他问个清楚明白,才好继续提审他人啊!"

张绎道:"此言大谬!朴阶之父乃戴氏部落的头人,焉知他不会屈从其主,令自己的儿子替主抵罪?你问朴阶,那是大谬特谬,不把戴氏女提上堂来讯问,你能审明白吗?"

"行行行，你明白，你审，下官让贤就是了。"叶小天被他的无理取闹气得发起了驴脾气，再加上他本来就不想干这出力不讨好的事，马上离案起身，准备拍屁股走人。

一身便装，站在屏风侧后观审的于俊亭见状忍俊不禁，差点笑出声来。

张绎见叶小天犯了驴性，甩着袖子走人了，也不禁傻了眼。这时候照磨官阳神明突然从侧厢冒出来，堵住叶小天的去路，愁眉苦脸地道："大人，走不得啊，知府大人刚刚派人守住了衙门口，说是此案不审完，便不许本厅上下所有人等离开衙门一步呢。"

叶小天呆了半晌，恶狠狠地吐出三个字："算你狠！"

叶小天无可奈何地回到公案之后坐下，扬声道："张土舍，本官问案自有本官的问法，若是断案不公，你可以向知府大人举告。但是在审理期间，还请土舍不要干涉下官，否则，下官不能胜任主审之职，只能向知府大人请罪让贤了。"

张绎听他这么说，只好悻悻地冷哼一声，闭口不言了。

叶小天又向朴阶问道："朴阶，当日塔上究竟发生了什么，还不快对本官言明！"

朴阶又看了父亲一眼，对叶小天道："回大人，当日朴某与于海、戴蝉儿、张孝天等几位官宦子弟同游岭嶂山，攀爬七星宝塔，蝉儿姑娘最先登顶，张孝天次之。

"张孝天见塔顶再无他人，忽起色心，意图非礼蝉儿姑娘。朴某爬上宝塔，见状立即制止，谁料那张孝天恼羞成怒，对在下大打出手，在下是戴氏部落的人，自当卫护少主，是以竭力反抗，失手把张孝天推落宝塔，因而丧命。"

一直默不作声的戴同知马上道："朴阶本无心致张孝天于死地，乃是过失杀人。而且朴阶忠心卫主，之所以出手，全是为了维护小女清白，罪不至死，还望推官大人公断！"

张绎则跳起来道："我儿一向明是非，懂礼仪，知荣辱，辨善恶，岂会干出这等不耻之事！推官大人，当日塔顶之事，戴氏女也是当事人之一，无论她是否凶手，为明辨经过，都应该叫她上堂，戴崇华以其女受了惊吓神思恍惚为由，拒不让女儿上堂，乃是做贼心虚。"

戴同知冷冷地道："张土舍，戴某与你什么仇什么怨，仅仅因为你我不甚和睦，你便一定要置我儿于死地吗？"

张绎瞪着戴同知道："若是杀我儿的凶手不是你的女儿，我才懒得跟她计较。若她就是杀害我儿的凶手，你也休想包庇于她，我张家的人命没有那么贱，你随便找个人来就可以抵罪！"

两个人当即就在大堂上唇枪舌剑地吵起来，他们身边各自带着的随从便也立即剑拔弩张地准备动手。叶小天对此一幕却是不闻不问，与李秋池窃窃私语。

叶小天道："朴阶亲口认下了全部罪状，照理说已经足以定他的罪。可张土舍所言也不无道理，戴氏女是当时塔顶的当事人之一，人命关天，没有理由不叫她上堂证实经过。"

李秋池小声道："东翁，如果凶手真是朴阶，自然皆大欢喜，就怕此案另有玄机。戴氏女年方豆蔻，一个未经世事的小娃，如果张孝天之死与她有关，恐怕公堂之上她很难做到镇定自若，如果被问出真相，戴同知必定迁怒于东翁。"

叶小天摊手道："可是我若不叫戴氏女上堂，张土舍必然也不肯罢休，如果我就这么糊里糊涂地断了案，那势必要得罪张土舍了。可不左右为难？"

李秋池皱起眉头道："奈何知府大人死了心要让东翁您主审此案，一时半晌学生也想不出推脱的办法，不妨先把此案拖着，章程只要弄得繁琐起来，也就容易找到漏洞让东翁脱身了。"

叶小天苦笑道："眼下这般情形，如何拖延？"

李秋池道："原被告如今都是'入词'，这是人命大案，岂能只是口头控告？如今既已进入正式审理阶段，叫他们'入状'合情合理吧？他们要想补上状纸总得需要一段时间，如今都过了晌午了，这一折腾，今天便拖过去了。

"这是人命大案，按朝廷律法，须得有现场勘验及相关调查，此外还要让忤作对尸体进行检验，并提供检验格目一式三份，大人一份，报备提刑司一份，死者家属一份，这个流程也不能少。

"大人若不依法勘验，那就是大人犯了'出入人罪'，东翁还要去勘验现场，要将当日在场的官宦子弟及其仆从下人们一一调来问询，如此下来，怎么也可以拖上几天。"

叶小天赞道："妙哉！便依此处理吧！"抬头一看，就见戴同知和张土舍又在堂上扭作一团，双方的随从下人也是拳脚相加，互不相让，刑厅大堂已经变成了"全武行"。

叶小天立即抓起惊堂木，"啪啪"地拍着公案喝道："肃静！肃静，本官有话说！"

第五十二章

风云突变

———

叶小天都快把惊堂木拍碎了,这才引起戴崇华和张绎的注意。叶小天大声道:"两位大人,你们既然要本官来审,还请两位大人能遵守我刑厅的规矩,如果你们再这样目无本官咆哮公堂,本官只能让知府大人另请贤明了!"

戴同知和张土舍分开身子,悻悻地对视了一眼。叶小天咳嗽一声,道:"此案乃人命大案,不容轻忽。张土舍仅有口头控告是不行的,还请土舍大人准备一份状词呈递给本官。"

叶小天对张土舍说罢,又道:"本官问案,向来不会只听一面之词,戴同知的女儿既然是本案的重要人证,也该上堂接受询问才是。不过,既然戴同知的女儿有恙在身,不宜抱病上堂,那且宽限几日。"

张土舍刚要提出抗议,叶小天已加重了语气道:"况且人命大案,依律,本官必须要去现场勘验一番,对于尸体也要令仵作进行检验,确认有无其他死因,如此种种都需要时间,因此……"

叶小天把惊堂木一拍,大喝道:"且把嫌犯朴阶押回大牢,张土舍请随后向本官递上诉状。明日一早,本官将亲自前往岭嶂山勘验案发现场,再等仵作拿出检验格目,本官继续审理不迟,退堂!"

叶小天说完把袖子一甩,当即扬长而去。眼见张土舍和戴大人还站在堂上,而主审大人却已溜之大吉,众衙役都不知该怎么办才好了。

本来上堂要喊"堂威",退堂该有"退堂鼓",可是看土舍老爷和同知大人气势汹汹的样子,那敲鼓的皂隶实在没有勇气举起鼓槌。张绎冷冷地看了戴同知一眼,对手下人吼道:"你们还愣着干什么,快去给老子找个状师来,写状子!"

李秋池站在公案边,很眼热地看着张土舍,写状子?他拿手啊!李秋池做状师太久了,一时之间角色转换得还是不够彻底。

戴同知看着张绎恨恨离去的背影冷冷一笑，也举步走了出去。朴宗基趁机赶到儿子身边。朴宗基在本城也是有头有脸的人物，司狱官任忆冰便睁一眼闭一眼只作未见，直到父子二人洒泪告别，这才吩咐人把朴阶带走。

司狱官任忆冰背着手走在前面，四名狱卒押着全副枷锁脚镣的朴阶走在后面。监牢距刑厅并不远，就在府衙西北角。他们沿着府衙外的院墙正往西北角走着，路旁突地闪出一人，大喝道："朴阶！"

朴阶正目光呆滞地拖着脚镣前行，忽听有人唤他，愕然抬头看去，就见明晃晃一口单刀，向他狠狠地劈了下来。这一刀贴着木枷，从朴阶的脖子上一闪而过，一颗人头便带着惊愕莫名的神情，骨碌碌地滚落在地。

任司狱和四名狱卒被这一幕给吓呆了，他们万万没有想到就在府衙之畔居然有人行凶杀人，而且杀的居然是个有命案在身的囚犯。

那人一刀砍下朴阶的人头，居然并不逃走，只是横刀而立，瞋目大喝道："某！张孝天之弟也，此獠杀我兄长，还诬赖吾兄清誉，我张孝全今日替兄长手刃此獠，不亦快哉！哈哈……"

·※·※·※·

"你这孽子，真是气死我啦！"张孝全刚站起来，就被他爹张绎一脚踢倒，再爬起来，又是一脚踹出去，再度重重地摔在地上。

一刀杀了朴阶的张孝全被任司狱带回了刑厅，叶小天正在偏厅和李秋池琢磨这桩令人头痛的案子，一听竟发生了这样的事，马上派人去找张土舍。

张土舍此时还未离开，他离开刑厅后又去了府衙后宅，正向他兄长张绎大发牢骚，一听他儿子跑来一刀杀掉了朴阶，张绎简直气个半死。

张土舍急急赶到刑厅，一见他儿子正站在堂上，跳过去就是一脚，把他儿子踢成了一个滚地葫芦。张土舍指着张孝全厉声喝道："你这个混账东西，你不是在部落里吗，怎么跑到城里来了，你为何杀掉朴阶？"

张孝全狠狠地抹了一把嘴角的鲜血，愤愤地道："爹！咱们是谁？是张家呀！咱们是铜仁的主人！他朴阶是个什么东西，他太祖父本是戴氏土司的厨子，因为侍奉得好，被提拔为小头人，历三代才爬到大头人的位子上，说到底，不过是戴氏一介家奴，可他居然敢害死我大哥……"

张孝全说着，不禁声泪俱下，他用力捶打着自己的胸口，愤慨地道："杀人偿命，欠债还钱！朴阶都亲口承认是他害死我大哥，可推官居然偏袒姓戴的，还要延期再审，审什么？要证明我大哥有取死之道吗？朴阶一日不死，我张家便受辱一日，儿就算豁出这条命去，也不容许杀兄仇人活在世上！"

张绎气得头昏脑涨,哆哆嗦嗦地道:"你……你这个混账!谁告诉朴阶已经认罪?谁告诉你害死你大哥的就是朴阶?"

张孝全道:"爹,我在部落里听说大哥遇害,马上就赶来了,方才向刑厅衙役打听,得知朴阶已经认罪,可那推官却推三阻四不肯定罪,若非包庇又是为何?推官不为我张家主持公道,儿子就以手中刀讨公道!"

"你……"张绎被这个糊里糊涂、莽莽撞撞的儿子气得嘴歪眼斜,他手指哆嗦地指着张孝全,突地双眼一翻,一下子晕了过去。

叶小天见状大惊,赶紧吩咐道:"张土舍气怒攻心,昏过去了,快!快抬到小厅里救治,去唤个郎中来。"

知事章彬小心翼翼地道:"大人,这张孝全杀了朴阶,你看……"

叶小天叹了口气,面色沉重地道:"说起来这朴阶本有取死之道,张孝全又是替兄报仇,罪无可恕,情有可原,究竟该如何处置,还是待我向知府大人禀明原委,请知府大人定夺罢!"

叶小天举步向外走,李秋池立即紧随其后,两人离开刑厅,来到正院。李秋池忽地急行几步,绕到叶小天前面,向他长揖一礼,笑吟吟地道:"恭喜东翁,贺喜东翁,东翁洪福齐天,朴阶一死,此案再不为难了。"

叶小天"咳嗽"一声,板起脸训斥道:"这叫什么话!让人听去不成体统!本官是怕事的人吗!本官正要剥丝抽茧,查明真相,叫原告被告心服口服,谁料朴阶竟然死了,塔顶一共三人,如今死了两个,可谓死无对证,实在令人遗憾。"

叶小天一本正经地说着,终究绷不住笑意,嘴巴一咧,连后槽牙都露了出来。

叶小天见到张知府的时候,张知府正在大快朵颐。

张胖子脖子上系着一块锦缎绣花的餐巾,吃得不亦乐乎。这些日子可真难为了他,果基家和于家纷争不断,现在他张家又和他甚为倚重的戴家发生了纠葛,把张胖子愁得食欲大减。

方才他二弟从刑厅跑来向他聒噪,听得他烦恼不已,恰在这时有人急急来报,说是张绎的儿子张孝全当街斩杀了朴阶。张胖子大喜过望,他甚为头痛的难题竟然迎刃而解。

张胖子胃口大开,马上悄悄吩咐厨下给他加了一餐。叶小天见了张胖子,把他的处理意见对张胖子说了一遍,张胖子一面用膳,一面点头答应下来。叶小天试探地道:"只是张土舍那里,不知是否会接受这一结果……"

张胖子抹抹油嘴,道:"朴阶都死了,他不接受又能如何。这案子再审下去,难道还能审出朵花来?况且朴阶早已亲口认罪,你就按此办理吧,老二那里我跟他说,如此皆大欢喜的结局,他还有什么不满意的!"

· ※ · ※ · ※ ·

夜晚，码头上寂静一片，全无白日里的繁华喧嚣。高高的灯竿上，两盏气死风灯轻轻地摇摆着，停靠在码头的船舶随着河水轻轻起伏涌动。码头一角一片低矮的茅草屋子里也亮着灯，那是一群船夫伙计正在聚众赌博。

不知何时突然来了一群劲装佩剑的武士，三步一岗，从码头外一直排到码头前的一艘大船上。过了许久，有两盏灯向这个方向徐徐地行来，两个佩剑武士提灯在前，一个白袍玉带的中年人温文尔雅地跟在后面，正是戴同知。

两盏灯笼头前导引，引着戴同知登上大船。那艘大船悄然离开码头，沿着锦江悠游地飘向远方。

舱帘一掀，戴同知缓步走进船舱，船舱里绑着数十口人，有男有女有老有少，全被绑得结结实实，口中塞着麻布，一见戴同知进来，被绑得严严实实的朴宗基眼睛立即凸了起来，拼命地挣扎着身子想坐起来。

戴同知走到他身边，抬起一只脚，靴底踩到他的脸上，像踩臭虫似的踩了几踩，直到朴宗基喘息着再不挣扎，这才慢慢弯下腰，依旧是一脸和煦的微笑："给你一个庄子，还嫌不够，还想要我的店铺和船行。你知不知道，我买通张绎的那个庶子花了多少钱？只有一千五百两！"

戴同知从朴宗基脸上抬起脚，淡淡地道："沉江！"

朴宗基"呜呜"地叫着，脸庞涨红，似乎想说些什么，可惜嘴里塞了麻布，什么也说不出来。戴同知转身向外走，冷冷地道："这就是贪得无厌的下场！"

第五十三章

拳头是老大

一

这个夜晚,朴宗基一家永远地从铜仁府消失了。对此,叶小天毫不知情,此刻他正坐在书房里,若有所思。

李秋池坐在他对面,掩袖哽咽道:"常言说'新官上任三把火',东翁这头一把火,学生未能帮东翁烧好,心中实在惭愧啊"

叶小天没理会他的惺惺作态,轻轻摇头道:"人力有时尽,天命不可违。这等意外谁能料想,先生不必自责。我是在想……"

叶小天沉吟了一下,缓缓说出了自己心中的疑窦:"此案对我来说固然左右为难,但是对张知府来说难道也很为难吗?他是铜仁之主,一方的土皇帝,何以也是顾忌重重,要把此事推到我的身上呢?"

李秋池放下袖子,一滴眼泪都没流:"东翁这就是当局者迷了。天下间哪有人真能做到随心所欲唯我独尊,就算九五至尊的天子,也有文臣武将、皇亲国戚等各种势力的制衡着。

"土司们也有总理、家政乃至势力较大的土舍和头人制约着他,若是他一意孤行,行事违背了部落中大部分权贵的意志,同样不可行。众部落间也是一样。即便是最强大的土司,在他之下也总有一些势力能够威胁到他的存在。

"或许平时这些势力还未必有能力与他抗衡,但是只要有外力扶持又或者最强大的那个土司被他人削弱,那么这些蛰伏的势力就有后来居上的可能了。"

叶小天一点就透,马上明白过来,这种架构下,最强大的那个土司就会一直保持危机感,不敢一味地对外穷兵黩武,也不敢对内为所欲为。这种架构最稳定,所以不管是天意还是人意,都会促成这种势力架构的产生。

特例当然有,永远都会产生强者,超脱于这种平衡之外,但是因为它是不平衡的,所以曾经的特例即便辉煌过,也已迅速灭亡。物竞天择,能够长期存在的,必定是最稳定最富生命力的，纵有强权人物能打破它于一时，终究也要回归本质。

洪武、永乐两代大帝英明神武，一个一统天下驱逐北元，一个五征漠北，吓得草原天骄望风而逃，但他们都不能就此占领大漠，也不能把西南一举纳入流官治下，这就是在尚不具备更完备条件下必须遵循的天道规律。

思州思南两地八府失去了他们的最高统治者，历百余年而下，原本的架构已经不再那么稳定，曾经的铜仁之主渐渐控制不住那些小土司。眼下的铜仁，不！也许不仅仅是铜仁，还包括两州的其他七府，就像日趋崩坏的西周帝国，接下来会怎么样？会不会出现"春秋五霸"，会不会"始皇一统"，完成一个历史的循环……

叶小天越想越深远，目光渐渐变得深邃起来，他对李秋池道："作为推官的这头一把火，我们没有烧好，但是塞翁失马，焉知非福？起码我们知道，戴同知也许并不是一个只知追逐于妇人裙下的纨绔子，张知府也没有我们想象的那般强大。

"铜仁作为土官统治的地方，适用于葫县的许多经验和办法在这里都是行不通的，在这里，朝廷不足恃、律法不足恃，民心同样不足恃，在这里，谁的拳头硬，谁就是老大！"

李秋池愕然望向叶小天，能够总结出这样的认识，足可以看出叶小天想要的，绝不仅仅是做好一个推官。原来自己还对一时得失而耿耿于怀的时候，东翁已经站在更高的层面上想问题了。

这倒是好事，李秋池不怕叶小天野心大，就怕他没野心，见叶小天如此，李秋池登时欢喜起来。叶小天似乎已经做出了一个什么重大决定。他深深地吸了一口气，对李秋池道："夜深了，先生去睡吧。"

李秋池离开后，叶小天也离开了书房，折身向耶佬的住所赶去。鉴于耶佬研究的是蛊虫，这东西太过危险，所以叶小天在靠后山的地方给他单独辟了一处宅院。

叶小天又考虑到上一次无意中跑掉的那只蛊虫，如果不是恰好藏在他的卧室，如果不是恰好害了全副武装明显要对他不利的潜清清，真不知会误害了何人，所以他又特意嘱咐耶佬，在院落四周下了禁制，防止有蛊虫逃走。

至于已经炼制成功随身携带出了院子的蛊虫是没有问题的，因为每一只炼制成功的蛊虫最后一步程序都是认主，认过主的蛊虫不会擅自行动，更不会未经命令便离开主人。

耶佬的院子里有他自己带来的四个弟子服侍起食饮居，并无其他家仆下人。此时夜色已深，耶佬的住处却依旧亮着灯。

叶小天赶到耶佬所居的院落，那四个弟子一见尊者大人到了，赶紧诚惶诚恐地跪下来亲吻他的靴尖，叶小天很无奈地等他们虔诚之极地行罢礼，这才道："你们歇着吧，本尊有事要与耶长老商量。"

一个弟子慌忙道:"是是是,弟子这就请师尊出迎。"

叶小天道:"免了吧,深更半夜的,你们歇着吧,我去见他!"

谁也不知道耶佬此刻正在房中忙活什么,正在炼制什么效用的蛊虫,所以就算是他的弟子也不敢在未打招呼的前提下便贸然进去,那是很危险的行为。但叶小天万蛊不侵,对此却没有什么忌讳。

叶小天进了房间,又把门掩上,见内室有灯光透出。叶小天绕过屏风,就见桌上放着一盏灯,耶佬坐在墩子上,正托着下巴,一动不动地沉思,口中还喃喃有词。

叶小天咳嗽一声,耶佬回头一头,惊讶地道:"尊者!"耶佬赶紧跳起来,把桌上一堆瓶瓶罐罐乒乒乓乓盖好,有些局促地道:"尊者,这么晚了,您怎么过来了?"

耶佬是后补的两位长老之一,不像原本的六位长老同尊者打交道多,所以一见叶小天不免有些局促,叶小天见他这副模样,不免狐疑起来,脱口问道:"你这么慌张干吗?你……你不会是偷了潜夫人的遗体出来吧?"

耶佬一听他提起那具万年不腐的女尸,不禁沮丧地道:"那中了驻颜蛊的女人被赵驿丞装敛盛棺运回播州去了。属下都不知葬在何处,如何弄得到?唉,可惜!实在是可惜啊!属下尝试了许久,都无法配出效用如此奇妙的蛊来。"

叶小天松了口气,安慰道:"有志者事竟成。耶长老再接再厉,总有成功的一天。"

耶佬苦笑道:"承尊者吉言,属下一定努力。啊,不知尊者深夜至此,可是想学习练蛊吗?属下马上……"

叶小天赶紧阻止道:"不忙不忙,练蛊嘛,等我空闲下来再说。今天来见你,是有要事与你商量。"

叶小天在椅上坐下,对耶佬道:"你也坐下吧,咱们慢慢说。"

叶小天闭目冥思片刻,探手入怀,取出一份地图,徐徐地在桌上展开来,伸手一指,道:"这里是提溪,这里是水银山,这里……是十万大山……"

·※·※·※·

叶小天与耶佬促膝长谈了近一个时辰,这才起身离开。此时已经快到四更天了,一般回来较晚的时候,叶小天都是回自己卧室休息,免得打扰了哚妮,但这一次,他在庭院中默立片刻,却转向了哚妮所居的院子。

一进后宅,便完全是妇人的天下了,除了他这个主人,再无一个男子,就是他那十六名贴身死士,都是住在内宅外围院墙边的。一路行去静悄悄的,只有月色如水,走着走着,人的心情也不知不觉地安静下来。

叶小天拐进哚妮所住的院子,推开正房的门,熟门熟户地拐进寝室,耳房里小丫鬟正甜甜入梦,丝毫没有察觉家主的到来。叶小天微微一笑,放轻了脚步,轻轻掀开帘子进了内室。

桌上有一盏油灯,灯芯压得极低,散发出微弱的光芒。以前哚妮并不习惯睡觉时点着灯,山里人家可没有这么奢侈的条件,但是在叶府久了,她也觉得留着淡淡灯光,睡觉会更舒服些,若是起夜也不必再摸黑点灯,非常方便。

叶小天又往榻上看了一眼,此时正值初夏时节,此处宅院又处于东山脚下,背山面水,所以较城中热闹繁华处气温还要低一些,因此就连窗子都还没有换上碧纱。

哚妮在榻上侧卧如弓,想是怕气闷,所以没有放下帷幔,莹润粉白的手臂露在衾外。

哚妮所穿的是一件冰縠纱,在绫罗绸缎等丝织物中这是最昂贵的一种,其质轻薄,着体舒适凉爽。她身上用的幽香也是一两十金的上品香料。现在若让哚妮回山,这个美丽的山中精灵未必还能适应以前的那种生活。只要有更好的选择并且体验过那种舒适,或许还会时常怀念一下以前那种质朴和野趣,但是不会有谁依旧选择那种粗陋的山居生活。

环境可以改变人,性情、习惯乃至思想都可以改变,哚妮如今改变的又何止是生活习惯,她主动要求和遥遥一起读书,便是思想的一个转变。

叶小天很容易就感受到哚妮身子的柔腴轻盈和青春活力。他温柔地抱住那温香暖玉,惬意地想:"哚妮已经不知不觉地被改变了,蛊教又怎么样,那些顽固的老头子又怎么样,我应该能不战而屈人之兵吧……"

第五十四章

顺水推舟

一

　　五更时分，忽然雨骤风狂，及至天明时已是大雨滂沱，那雨就像是泼下来，连天漫地。
　　一般来说，雨水若是太急骤，顶多小半个时辰就会减弱，但是这一次大雨足足下了一个多时辰，那雨水还是没有减弱半分。叶小天在"哗哗"大雨声中醒来，睁眼一看，天色仿佛才蒙蒙亮。
　　叶小天伸手往旁边一摸，已经没有了哚妮的身影。叶小天披衣起床，走到外屋。哚妮提着食篮从长廊下走进来，一见叶小天便抿嘴笑道："睡醒啦？我看你睡得正香，不忍叫你，便去替你拿了早餐过来。"
　　叶小天道："这才什么时辰，你怎就起来了？"
　　哚妮道："已经巳时了呢，你以为还早吗，只是今日暴雨，看不出天明罢了。"
　　叶小天吃了一惊，道："已经到了巳时吗？糟糕，刚刚到任，就要迟误上衙了。"
　　哚妮安慰道："你不用急的，今日雨水甚大，咱们这座庄园倚山而建，前低后高，院中积水尚且甚深，城中平地可想而知，今日延误了上衙的不会只有小天哥一个。"
　　叶小天到廊下向外看了看，大雨倾盆，雨檐流下的雨水已经不似串成了串的珠子，而是一道道小瀑布般倾泻下来，院中积水果然很深，还来不及排出，最浅处都要没了脚脖子，叶小天这才松了口气。
　　叶小天回到厅中坐下，哚妮已经把早餐一样样地替他摆在桌子上。叶小天拿起筷子，对哚妮道："来，今日就不用叫遥遥过来了，只你我用餐，我正好有些话要和你说。"
　　两人吃着早饭，叶小天便把昨日对耶佬所说的打算又对哚妮说了一遍。哚妮一听便喜上眉梢，俏丽的双颊登时浮起两抹桃花般的嫣红："小天哥，真的吗？你要让我爹的部落迁到提溪去？"

叶小天道："是啊，叫他们从深山里往外迁一下，一下子他们恐怕还不习惯平地生活，再说那么多族人，若是一下子改变生活习惯，也无法保证他们的生计，所以还是叫他们住在山上，不过近一些总是好的。"

哚妮扒着米饭，两只眼睛已经笑成了月牙儿，喜滋滋地道："人家正寻思如今到了铜仁，距寨子远了，前去探望爹娘不便呢，他们要是能迁到提溪那就很近了吧？"

叶小天笑了笑，道："嗯，如果迁到提溪，离这里是不远了，不过，我可不是为了让你方便见到爹娘才让他们的部落迁徙的哟，最主要的目的，还是为了有足够的人手就近保护我。"

哚妮登时紧张起来，问道："怎么，难道有人想对小天哥不利吗？"

叶小天摆手道："现在倒还没有，不过……防患于未然嘛。我前番调停水银山之乱，与当地几大部落闹得都不甚愉快。而当地那些部落首领与铜仁府的官员大都有着盘根错节的关系。

"这一次，张家和戴家打人命官司，我的处断恐怕双方也不会很满意，如果真要发生点什么意外，只凭我身边十几个侍卫，是很难护得咱们全家周全的，调些人来就近安置，那才稳妥。"

一听事涉叶小天的生命安全，哚妮马上严肃地点了点头。叶小天可不仅仅是她的男人，还是她虔诚信奉的蛊神的侍者，不管对她个人来说，还是对蛊教来说，都不容有丝毫闪失。

叶小天清咳一声，又道："提溪距此毕竟还有一定的距离。所以，我还考虑，再多调些人到铜仁城。"

哚妮连连点头，道："这才好，这才好！你身边总要多些人才安全。"

叶小天道："但是要在铜仁城中安排太多人也是不行的，再说我眼下并没有什么危险，只是为了以防万一，如果身边总有一些身份不明的人晃来晃去，反会引人猜疑。咱们教中长老，都有俗世亲眷吧？"

哚妮道："那当然啊，他们也都有兄弟姐妹的，就算任长老多年，在部落间还是有许多亲戚。有时候，他们还会从亲戚家过继个儿子，以继承他这一脉的香火呢。"

叶小天眼中微微露出一丝笑意，道："好得很！那么，就让八大长老从他们的亲眷中各自选择一户人家，搬到这东山脚下，在我府邸前后居住。我会帮他们在本地找些营生做，这样一来他们长住此地，也不会有人觉得古怪。他们是长老们的亲眷，忠心方面应该没有问题的。"

哚妮不以为然地道："小天哥多虑了，只要说是为了卫护尊者，九寨十八峒百余旗的百姓，没有一家不愿意为尊者献出性命，他们都是忠心耿耿的人呢。"

叶小天笑道："可是八大长老劳苦功高，这份荣耀先给他们的家人，别人才不会说三道四嘛，要不然又会像上次修宅子一样，我只要几百人，却一下子来了八千人，害得我安顿不下。"

哚妮想了想，展颜笑道："小天哥说的是，还是你想得周全。"

·※·※·※·

因为大雨倾盆，有了理由，叶小天便心安理得地不忙着出门了，他吃罢早饭又待了一段时间，待那大雨停了，这才离开府邸，在侍卫们的陪同下前往府衙。

这一路行去，他们东拐西绕，专挑地势比较高的地方走，还是行行停停，十分缓慢。许多道路都已是一片汪洋，有些人家院门口垒着沙袋，院里正有人用陶盆向外舀水，还有一些顽皮的孩子坐着大号的木盆，悠游自在地把那街道当成了小河。

时不时也会有年代久远的土墙因被雨水浸泡过甚，轰隆一下便倾倒下来。华云飞见状，不禁蹙眉道："这场大雨一下，恐怕会有不少贫苦人家倒塌屋舍，无家可归了。"

叶小天看看已经漫到马腹的积水，轻轻点了点头。

知府衙门原本是土司府，地基比较高，而且土司府的位置也处于城中地势较高的位置，所以当叶小天走上府衙前那条大街时，积水已经不深，马匹行动也轻快了许多。

叶小天赶到刑厅，脱下水靴，哗哗地倒出两靴积水。毛问智光着大脚丫子走过来，把搭在肩头的官靴递过来，叶小天套上袜子，正要穿靴，就见刑厅知事章彬急急忙忙地走了进来。

章彬一见叶小天，便喜形于色地道："推官老爷已经到了啊，知府老爷传令，召集三班六房、各司主官们晋见呢。"

叶小天蹬上一只靴子，问道："知府大人可曾说是何事？"

章彬摇头道："这个却未听说。"

叶小天便穿好靴子，独自向知府正堂走去。到了正堂一看，戴同知、李经历等人都已到了，这些人大多住在城中心或距府衙较近的地方，都比住在东山脚下的叶小天来得便利。

尤其令叶小天惊讶的是，那位女监州于俊亭也在，这位据说从不上衙理会政务的女土司，最近似乎勤快了许多。叶小天在李经历旁边坐下，低声问道："知府大人召见，可有什么紧要事吗？"

李经历懒洋洋地道："听说是知府大人的本家亲戚向知府大人抱怨，一下大雨便汪洋一片，出入不便，想必大人召见，就是为了这桩事吧。"

叶小天听了点点头，疏浚河道这种事与户科、工科才有关系，无论如何也不会跟他这刑厅推官有瓜葛，他今日来，只管带一双耳朵就足够了。片刻之后，一个幕僚师爷模样的人从屏风后面走出来,在公案旁站定,咳嗽一声道:"知府老爷到了。"

众官员纷纷起立,就见张大胖子慢吞吞地走出来,未登台阶便先伸出手去扶住公案,把他那肥硕的身子挪上台阶,转到公案后面站定。众人长揖道:"见过府尊大人!"

张胖子点点头,双手扶案向众人一看,长叹一声,道:"天降大雨是为何,东海龙王泪滂沱,老龙哭罢回宫转,只是苦了我张铎!"

"呒……"站在叶小天旁边的李经历紧紧闭着嘴巴,冲口而出的笑声硬是被他死死憋住,憋成了一声闷哼。

叶小天还是头一回参加张大老爷主持的大排衙一类的活动,不了解这位张知府的排衙风格,是以听得心头发愣:什么情况,一亮相先来一首定场诗,莫非接下来张知府要开始说书?

却见张知府吟完这首不逊于"千年铁树不开花"的好诗,便缓缓落座,长叹一声道:"本城的暗河,开凿于宋神宗年间,至今也有五百多年了,久不疏浚,如今一下大雨便积涝成灾,本官想着也该清浚一番,诸位大人以为呢?"

叶小天心道:宋朝年间修的暗渠,已用了五百多年,到现在居然还能用,已经很了不起了,这样的河道早该清淤了,就算一年积一寸吧,五百多年下来,这河道该堵塞成什么样子了。

众官员均默不作声,此地的官员建制虽与中原相同,但这些官都是大大小小的部落首领,财政上都是自负盈亏的,想修缮河道?好事啊,可这钱谁负责?是以谁也不愿做那出头鸟。

张胖子咳嗽一声,又道:"这疏浚河道的费用,当然是由本府来出。农小苗!"

户科司吏农小苗当即上前一步,垂首而立,张胖子道:"你匡算一下,疏浚全城河道需要多少银两,需用多少劳役。"

那人念念有词地掐算半天,拱手道:"回知府大人,计支税银二百两,便可作为清淤疏浚的费用了。另外,河道修缮,总不能全城同时开工吧,不然各种道路难行,造成种种不便。若逐段清淤的话,每一河段所需劳役,有三百人足矣,如此还不用大动干戈,损伤民力。"

张胖子一听,二百两这个数目倒还在他能够接受的范围之内,便慷慨地道:"既然如此,工科司吏……"

工科司吏不等张知府念到他的名字,便出列道:"知府大人,西城城墙坍毁多处,本司人员正全力修缮。另外,城北的粮仓也在建造当中,还有北城外半坡镇的水利工程也在进行当中,实在腾挪不出得力的人手再去主持清淤疏浚了。"

张胖子一听,这粮仓就是给他们张家建的,不能耽搁。半坡镇百分之六十的土地都是他张家的，那儿的水利工程当然也不能影响，工科的干吏，绝不能再抽调了。

张胖子迟疑着向众人一瞧，众人立即纷纷低头回避，张铎不禁露出恼怒之色。于俊亭坐在上首，俊目微微一瞟，见只揣了两只耳朵来的叶小天正神游物外，不禁微微一笑，开口道："知府大人，此事不如就交给叶推官去做吧！"

第五十五章

推官疏渠

一

叶小天呆了一呆，一时没有反应过来，我是刑厅推官啊，挖河渠修下水道这种事怎么会轮到我？张胖子是个没主意的人，一听于俊亭提议，马上就觉得叶小天是很合适的人选了，便道："叶推官……"

叶小天反应过来，急忙起身道："大人，下官是刑厅正印，恐怕……"

于俊亭一双黑白分明的俊眼斜乜着他，似笑非笑地道："叶推官近来很忙吗，难道不能为知府大人分忧？"

"呃……"

叶小天真想亏着良心说他确实很忙，可这小妖女刁蛮得很，万一她非让自己递上承办的一应诉状怎么办？目前为止，就只有一个张土舍来告过状，还因为朴阶被杀而未递上状纸……

万般无奈之下，叶小天只好捏着鼻子认了，低头道："是，那么，疏浚河道之事，就请交给下官来办吧。"

张胖子转嗔为喜，开口赞道："叶推官年少有为，精明强干，定然不会有负本府所托。"

叶小天很是无语。

张胖子议定此事，可以就此免了亲族找他聒噪，便心满意足地回转内宅去了，自有一位师爷替他上前，笑吟吟地向叶小天打了声招呼，低声道："叶推官，西城一带住的大多是府尊大人的本家，你懂得，呵呵……"

这位师爷刚走，戴同知又凑上来，向叶小天和煦地一笑，道："本官府前积水甚深，出入很是不便啊，你懂得，呵呵……"

戴同知刚刚走开，州判御龙又走过来，对叶小天道："叶推官，本官住在城南的安澜巷，你……"

叶小天赶紧点头道："我懂得，我懂得！"

孺子可教也，御州判含笑而去，李经历又凑上来，搭着叶小天的肩膀，亲热地道："贤弟，我那丈人家住街头，我家住街尾，我家住在哪儿你是知道的，咱们自己兄弟我就不用嘱咐你什么了，反正你懂得。"

叶小天再度无语。

这一路下去，认识的、不认识的，职阶比他高的、职阶比他低的，纷纷上前打招呼。叶小天含含糊糊地一一答应下来，回到刑厅签押房里坐下时已是晕头转向，李秋池像条黄花鱼似的溜过来问道："东翁，知府召见有何要事啊？"

叶小天想到自己一介推官跑去挖渠治河，一时之间还有点不太真实的感觉，便有些迷茫地道："今日大雨，城中多处积涝成灾，知府大人决定拨款清淤，疏理河道，说是咱们刑厅事务不忙，就交给咱们刑厅来办了。"

李秋池先是一皱眉头，旋即展颜道："管他是不是分内之事，有事做总比没事做好。再说，这件事未必不是东翁与各位官员结纳关系的一个契机。呵呵，不知知府大人准备拨款多少啊？"

叶小天皱了皱眉，努力回忆着道："唔……好像是拨银二百两吧，轮番调换，每拨劳役征三百人。"

李秋池翻着眼睛想了想，便转身走了出去。叶小天从来没有市政建设方面的经验，正苦苦思索该如何着手，李秋池又抱着一具算盘走回来，这是他从户科那里借来的。

李秋池作为师爷，在叶小天的公案之左就有一张办公桌，李秋池把算盘往桌上一放，便开始噼里啪啦地打起算盘来，一边打算盘一边还念念有词："依他地惯例，似我铜仁这般大小的城池，全城清淤需时约两年，分段施工，每日用工三百人的话，计日……二十一万九千人次……"

叶小天好奇地看向他，不知这位师爷又打算干什么，不过……李师爷的算盘打得当真不错，噼里啪啦的听起来还挺有节奏感，看来李大状若是去当个账房也是蛮称职的。

李秋池继续道："现今市价两石米一两银子，二百两银子可买四百石米，四百石米的话，人均每日合粮米约为三两……"

李秋池的眉头蹙了起来，当时的一两约等于现代的三十七克，也就是说，如果服劳役的人自己带工具，官府只负责吃饭问题的话，这些劳役每人每天也只有一百克米上下，这点米熬粥都得熬稀点才能撑过一日三餐，何况官府不可能只负责吃饭，骡马呢，车辆呢，工具损坏的维修呢，这些都是钱呐。

叶小天听到这里业已皱紧眉头，二人对视一眼，不约而同地开口了。

李秋池道："这么点钱……"

叶小天道："这么久啊……"

李秋池摇头道："东翁，时间不是问题，最难的是初时的安排和调度，一旦一切确定下来，大人只需安排几个小吏负责就行了，不必亲力亲为，真正为难处，是银子不够啊。"

叶小天跳起来道："先生所言甚是，没有钱怎么做事，我去找府尊大人要银子！"

叶小天风风火火而去，只过了小半个时辰便怏怏地回来了，李秋池问道："东翁要来了多少银子？"

叶小天牙疼似的咧了咧嘴，道："知府大人是铁公鸡，要拔他的毛，困难得很，此事容后再说，你先去工科索来本城地下暗渠的图纸，咱们研究研究。"

李秋池苦着脸道："东翁，巧妇难为无米之炊啊！"

叶小天一贯的思想就是当一天和尚撞一天钟，而且还要认认真真地撞钟。用现代一点的哲言来讲就是："生活就像被强奸，如果不能反抗，就好好享受吧！"所以说道："没有米，咱给他变出米来，那才叫本事。做官不怕有苦差事，就怕没有差事，我们全力以赴吧！"

翌日一早，叶小天作为推官的第一单生意终于正式开张了。李秋池这些天还真暗中鼓动了一些有陈年旧案在身的人来告状，只是鉴于上一次审理戴张两家的命案不了了之。为谨慎起见，李秋池这一回不求有功，但求无过，希望这第一件案子办得干净利落，所以找了一件案由经过很清楚的案子。

这件案子并不难判，那苦主以前也曾向衙门递过状子，可那位于海于推官哪会理会这种事情，他那时还是个玩心甚重的少年呢，状子递上来便石沉大海，根本没有回应。

要知道这铜仁府和葫县不同，这里的官大多是土官，虽然经过百余年的渗透，现在也有大量流官，算是流官和土官掺半，但是他们是一府两制，土官是不用受朝廷考成之法考评的。

于推官在任时，既然不用考评，这案子办不办的，还有谁去理会。如今的叶小天却不同，同样是在铜仁府为官，朝廷的考成法对他的升迁任免都有影响，受理案件自然要勤勉一些。

叶小天召来被告，原被告当堂对质，李秋池又事先早就做好了一应准备，人证物证调得又快又准，让叶小天充分表现了一把青天大老爷的威风，一件陈年积案居然当日受状当日审毕，令不明就里的刑厅众官佐们惊讶不已。

到了午后，叶小天便换上常服和李秋池一起离开了刑厅，据说叶大老爷这是微服私访体察民情去了。

叶小天揣着李秋池从工科要来的那份图纸，时而取出来看看，时而和李秋池溜达一阵，时不时地还站在满是肮脏积水的坑渠前指指点点一番，宾主二人便露出一脸的奸笑，也不知在商量什么。

翌日一早，叶小天便召集刑厅一干僚属吏员开始分配清淤工程事宜。叶小天按照工科提供的那张全城水渠图，请衙门里专门负责画影图形的画师给他绘制了一副大挂图，就悬挂在公堂之上。

叶小天指点着图纸道："花经历，你去户科索要服役民工名册，许你一百名劳役，从清平街路口开始挖渠清淤；江经历，你也一样，许你劳役一百人，从太平街路口开始清理；章知事去户科领回银子，负责采买粮食。阳照磨，你写几份告示，张贴于大街小巷，宣讲一下知府老爷的恩德……"

众人一一领命而去，立即如火如荼地大干起来，清平街、清浪街、太平街三街六巷，最繁华的所在同时开工，都是从路口开挖，沉淀几百年的污泥全都挖了出来，曝晒于河道两侧，一时臭气熏天。

旋即，刑厅的告示也贴了出来，大肆宣扬知府老爷的善政。大雨时不少商户也都受了灾，能够清淤疏浚，那是一件大好事，所以虽然造成了一时的不便利，客人也为此大幅减少，商贾们也很是理解。

第三天一大早，知府老爷身边那位幕僚师爷便沉着脸进了刑厅，一见叶小天便冷笑道："叶推官是朝廷委派下来的流官，而我们知府大人是土知府，想必叶推官是不把我家大人放在眼里了！"

叶小天惊讶地道："先生何出此言，本官对府尊大人一向敬重有加，安敢有丝毫不敬？"

那师爷冷笑道："是吗？乔某提前就已和你打过招呼，说西城一带住的是知府大人的本家，足下却从三街六巷商贾聚居之地开始清淤，这不是藐视我家大人又是什么？"

叶小天大吃一惊，道："这话从何说起，乔先生，你误会本官了，本官明明……李先生，李先生！你给我过来！"

叶小天把李秋池唤到面前，恶狠狠地质问道："本官把清瘀一事全权委之于你，你说，你是从哪儿开始清淤的？"

李秋池茫然道："大人不是吩咐要从最紧要处开始吗，学生想来，三街六巷乃铜仁财富汇聚之地，应该最是紧要了，所以……"

叶小天大怒，拍案道："我不是跟你说过，要先从西边清理吗？"

李秋池继续茫然道："是啊，学生是从西往东开始清理的啊！"

叶小天怒不可遏，双手握拳，高高举在空中："我说的西，是指西城！西城，懂吗？你也是师爷，人家乔先生也是师爷，差距怎么就这么大呢，你也太不叫人省心了，非得我把话都说透吗？"

李秋池满面羞惭，唯唯诺诺。叶小天厉声喝道："你去，别处马上停工，先从西城开始清淤，真是岂有此理！"

李秋池慌忙答应着退了下去，叶小天和颜悦色地对乔师爷道："下官失察，实在惭愧。可这实非下官本意，府尊大人面前，还请乔先生代为美言几句。实不相瞒，在下这个师爷是熟人推荐而来的，碍于情面才留用了他，哪里及得乔先生这等洞烛世事的智者。"

乔师爷脸色稍霁，轻轻哼了一声，道："罢了，幕宾佐治，也是需要历练的，我看你这位师爷还很年轻，做事不知轻重在所难免，你也不必过于苛责了，府尊大人那里，乔某替你转圜一二便是。"

叶小天如释重负，赶紧揖礼道谢："先生费心了，改日本官一定置酒相谢，还请乔先生务必赏光。"

第五十六章

没有困难就要制造困难

一

清平街路口是一座桥,桥下是一道清浅的溪流,约莫两尺深,水中有柔软的水草,百姓们浣衣濯菜也常用到这河中水源,这条河同时也是暴雨时节泄洪的重要水道。

此刻,那些柔软的水草已经被连根掘到两侧的堤岸上去了,一坨坨的淤泥把这些柔软的水草压在身下,偶尔还能露出一线翠绿。原本清澈的河水被搅成了泥汤,几十个役夫穿着兜裆裤站在河中,奋力地挖掘着淤泥。

清平街上第一家是药店,因为清淤掘河,桥头已少有行人走动,祝掌柜的无所事事,便走出来和督理工程的苏循天闲聊起来。祝掌柜对苏循天道:"苏头儿,这河道你们打算清理到什么程度啊?"

苏循天道:"这条河是泄洪的主要河道。据工科说,这条河原本面阔四丈,底阔两丈,深七尺,你看现在都淤塞成什么样了,连两尺都不到啊,我们打算把这条涧河修复原貌。"

祝掌柜的喜形于色,道:"那敢情好,只是……不知清理这一段河道需要多长时间,你也看到了,清淤已经影响了我家的生意,要是耽搁太长日子,那我老祝可要喝西北风了。"

苏循天道:"祝掌柜的放心,不用多久的,你没看到我们先从这路口开始清理吗,为的就是尽快清出这块地方,免得影响百姓进入。少则三日,多则五日,这一块就能清理好了。"

祝掌柜的听说要耽搁三五日时光,虽然不太情愿,不过三五日功夫倒也耽搁得起,便赔笑道:"那就辛苦苏头儿啦,您费心照看着,越快完工越好。啊,阳光越来越足了,苏头儿到舍下喝杯茶可好?"

清平街的另一侧路口是一条暗渠。这条暗渠同样具有泄洪作用,但日常则是各种生活用水的排泄口。河道砌好后上边盖上石板，石板上又覆了土，变成了一条普通的街道。

数百年下来，很多生活在这街道两旁的人甚至不知道他们脚下有一条不断流淌的暗渠。但是此刻地面已经刨开，盖在暗河上面的石板已经重见天日，暗河堵塞非常严重，潺潺细流还能通过，水流稍大一点必然瘀塞，已经起不到泄洪作用。

这暗渠一揭开，登时臭味熏天，行人至此大多掩鼻匆匆而过，道路两旁多是酒馆茶肆，原本都很红火，这一来生意一落千丈，不要说没有客人登门，就连店主和伙计端起饭碗，在那充溢口鼻的臭气中都无法下咽。

饭馆掌柜的一个个叫苦连天，忙不迭出去打听，得知那位姓毛的大汉就是这一路段的监工，赶紧上前向他诉苦："毛头儿，这样子可不行啊，您怎么一下子就把整条街都揭了盖儿啦，我们的生意没法做啊。"

毛问智把牛眼一瞪，喝道："干什么干什么干什么？还反了你们啦，这是知府大老爷的恩典，是造福乡里，是惠泽百姓，你们懂不懂，你们还敢跟知府老爷唱反调不成？"

众掌柜的低声下气地解释道："不是这样，知府老爷要清理河道，我们自然感激。我们只是想知道，清理这条河道究竟要多长时间啊，我们还要做生意呢，实在耽搁不起呀。"

毛问智道："急什么急，宋朝时候造的这条暗河，用了五百年才清理一次，我打算造一条一千年后都还能用的泄洪渠，让千年以后的人都记着我们知府老爷的恩典，这要是偷工减料，被知府大老爷查出来，到时候是你们担待还是俺担待，心急可吃不了热饽饽。"

造一条能连续用上一千年的暗渠？众掌柜暗叫一声苦也，马上就有那心眼灵活的生意人摸出一摞大钱儿往毛问智手里塞，赔笑说道："一点小小意思，不成敬意，毛头儿和众兄弟们辛苦，拿去吃杯茶。我等别无所求，只希望毛头儿能尽快把这段路修好，我等感激不尽。"

众掌柜的一见他这般举动，回过味儿来，马上纷纷向袖中、怀中、荷包中摸去，毛问智大叫起来："干什么干什么干什么？都赶紧把钱给我收回去，要不然俺就办你们一个贿赂差官之罪，嘿嘿，俺老毛的大棍可是早就饥渴难耐了……"

这时候，一个皂隶跑过来，推开众掌柜挤到毛问智身边低低耳语了几句，毛问智立即振臂高呼道："小的们，收工喽！"

"嘎？"众掌柜的齐齐一惊，方才意图贿赂毛问智的那位生意人结结巴巴地问道："毛头儿，这离晌午还早着呢，怎么就收工了？"

毛问智把眼睛一瞪，喝道："知府老爷有令，叫俺们先去西城，给他的本家亲戚们修泄洪渠，怎么着，你不服吗？不服跟知府老爷说理去。"

那些饭店掌柜们哭丧着脸问道:"毛头儿,你这就走了,那这儿怎么办?"

毛问智道:"等我们修完西城再说,开拔,去西城!"

毛问智命人在清理了一半的工程区域插上官府的工幌旗子,便领着一帮光着脊梁、挽着裤腿的役夫呼啦啦地离去,只留给清平街众掌柜的一个臭气熏天的烂摊子。

同样的场面,在三街六巷最繁华处,不约而同地上演着……

·※·※·※·

傍晚时分,花家娘子正在院子里筛着陈米,眼角余光忽地瞥见忽然隔壁院里来了一位客人,衣着光鲜,员外打扮,手里提着两匣礼物,敲开房门同江家娘子对答几句,便被引进屋去。

花家娘子赶紧把簸箕往石碾子上一放,一扭屁股进了屋,神神秘秘地道:"当家的,刚刚我瞧见有个员外进了江经历家,还提了一份礼物。"

花经历今天跑了一天各处工地,统筹安排,调度人员,久不活动的身子一时有些吃不消,现在只觉要散架似的,正懒洋洋地躺在那儿歇气呢,听婆娘这么一说,无所谓地道:"你管人家的事做什么。"

"屁话!"花娘子在他屁股上狠狠拍了一巴掌,斥责道:"他是经历,你也是经历,怎么有人提着厚礼眼巴巴地上门求他,就没人上门给你送好处?你个没出息的东西……"

花娘子越说越上火,眼见丈夫躺在那儿还是一副半死不活的模样,便拧着他的耳朵把他提了起来:"你装死是不是,听见我说话没有?"

"哎哎哎,你轻点,轻点儿……"花大郎苦着脸坐起来,这时就听门口有人唤道:"请问花经历在家吗?"

花娘子松开丈夫耳朵,走过去拉开房门,就见外面站着一位身穿铜钱纹锦缎袍子的清癯老者,花娘子瞧这老者有点眼熟,仔细一想,登时吃惊地张大了嘴巴,这不是清浪街上舒氏头面店的东家吗?

头面店卖的是发饰、耳饰、颈饰、臂饰、簪钗、镜梳,这些东西有贵有贱,几文钱也是它,几千两也是它,用料不同,价格便有天壤之别。舒氏头面店作为清浪街上最大的头面店,卖的当然都是贵重之物。

据说,要论宝物之奇之贵,只有同在清浪街上的大亨杂货铺胜舒家三分,不过那大亨杂货铺只卖珍罕之物,不分门类,是以谓之杂货,这就不是花家娘子这等妇人喜欢游逛的地方了。

花娘子常去舒氏头面店,望着那些目迷五色的珍贵头面流连不舍,可惜囊中羞涩,去了也只能过过眼瘾,她是买不起的,因此这舒店主对她便也冷淡得很。可是此刻，这位舒店主却提着礼匣，满面堆笑。

花家娘子做梦似的看着舒东主，舒东主向她欠身一笑，客气地问道："这位娘子应该就是花夫人了吧？老朽清浪街舒氏头面店店主，不知尊夫花大人可在家吗？"

花娘子如梦初配，期期艾艾地道："啊！他……他在，舒员外请进！"

花娘子把舒店主让进屋，这时花经历已经从里屋出来，舒店主赶紧上前见礼，花经历毕竟是官，虽然穷了点儿，便不似乃妻一般失措，泰然让客道："蜗居简陋了些，让舒员外见笑了，快请坐。"

花娘子给丈夫和舒员外斟了杯茶，依旧去院子里站着，不住偷偷往屋里瞧，就见那平日不可一世的舒员外时而赔笑，时而拱手，态度非常谦卑。而平时任她打骂连嘴都不敢还上一句的丈夫却是端坐如山，捋须颔首，神态淡定，花娘子心头不免有种异样的感觉。

待那舒员外告辞离开，花娘子赶紧回屋问道："当家的，舒员外找你有什么事？"

花经历淡淡地道："也没什么，只是请托了我一点事情。"说着顺手把那礼匣递给她，依旧淡淡地道："这是舒员外送的，你收着吧。"说着回到里屋，依旧躺下。

花娘子急急打开礼匣，就见匣中有整整一套头面首饰，精致的耳环、闪闪发光的项链、颤颤巍巍的步摇，花娘子的心立即扑通扑通地跳了起来。

花娘子眉开眼笑地收好首饰，正要跑回屋去告诉丈夫人家送了些什么，就听门外又有人问话，开门一开，依旧是一个员外打扮的人，后边还跟着一个小厮，挑了两篮绸缎。

这一遭花经历堂屋会客，花娘子便避到了里屋去，隔着门帘倾听，听那员外似是在央求丈夫帮什么忙，什么生意耽搁不起一类的话，好话说尽，丈夫才答应替他想想办法，那员外便千恩万谢地去了。

花经历一掀门帘见了里屋，又把两篮子丝绸递给娘子，花娘子两眼放光地道："天啦，上好的湖州丝绸。"

花经历依旧一脸的平静，今天"淡淡的"成了他最常挂在脸上的神色，花经历淡淡地一瞥，淡淡地道："不就是几匹绸缎嘛，收起来就是了，大惊小怪没见识的样，惹人笑话。我忙了一天，实在乏了，先歇歇，你快去准备晚膳吧。"

花经历说着，淡淡地往榻上一倒，花娘子听他如此言语，先是柳眉一竖，可是看看大字形躺在榻上的丈夫，忽地没了发作的勇气。

花经历闭着眼睛正在假寐，一双手忽然搭在了肩上，张眼一看，就见花娘子仿佛新嫁娘一般晕着双颊，柔情款款地道："相公身子乏了，人家给你捏捏。"

花经历闭着双眼强作镇定，脸上依旧淡淡如初，可心里头却激动得实在无以复加："李师爷没说错，跟了这叶大人，果然是吃香的喝辣的。"

第五十七章

锱铢必较

一

一大早，花经历、江经历、章知事和阳照磨就分别出现在了三街六巷的某一条街上，一传十、十传百，很快整条街上的商户都知道了，大家就像找到了主心骨似的纷纷聚拢到他们身边，向他反映清淤给他们带来的一系列不便。

他们来的时间恰恰好，在这最繁华的街市处，有些商铺店面是本城的一些权贵人家开办的，如果时间拖得太久，这些店铺的幕后东主们就会出面向叶推官施加压力了。

而他们此时出面，那些有大背景的商铺大多还来不及反应，要知道只要能自己解决的问题，那些掌柜的是不会动辄就向后台求助的，否则事情是解决了，他们也在东主心中留下了一个无能的印象，今后只要稍令东主不满，恐怕就得卷铺盖走人。

至于那些背景后台不足以压制叶推官的，又或者根本就没有什么后台的生意人，就只能求助于花经历和江经历这些官员了。在他们看来，这些官员毕竟在本地做官有些年头了，比起刚刚到任的叶推官，心理上更亲近一些。

这些推官衙门的属官果然和他们更亲近一些，他们不约而同地跟着众商贾对叶推官很是抱怨了一番，对他们的遭遇深表同情和理解，然后才道："不过，据我所知，推官老爷新官上任三把火，也确实是想从三街六巷开工，为百姓谋福祉，赚取个好官声的。然而西城那边……你们懂得！"

就算本来不懂的人，经过这两天的交头接耳互相串联也都懂了，西城的住户以张知府的本家亲族居多，是以知府老爷命令叶推官从西城开始清淤，所以这里就成了半拉子工程。

张家是坐镇铜仁府数百年的土皇帝，如今虽然权威基石渐渐松动，但那只是各地土司层面才有的感觉和反应，在这些小民眼中，张家依旧是铜仁府至高无上的统治者。

同样一件事，反正都要做，那么先照顾自己的亲族就无可厚非，即便他们觉得毫无道理，又有谁去撩张知府的虎须呢？可是，劳役们都去了西城，三街六巷这个烂摊子怎么办？

清浪街上，花经历在众商贾百般央求之后，面有难色地道："这样吧，我便替你等向推官大人进言，说明你们的难处，再从地方上征召一些劳役，对这些半途停工的地方，能清理的就清理，不能则先恢复原状，总之不影响大家做生意就是了。"

众商贾喜出望外，花经历道："只是这额外征召劳役，一应花销却不可能由衙门来出了，各位掌柜的可有主意吗？"

舒氏头面店的舒东主把众商贾引到一边商议起来，现在街巷两边全是淤泥，就算那不臭也是弄得街上肮脏不堪，以至行人绝迹，每耽搁一天都是不小的损失，如果花点小钱能解决此事还是值得的。

不过人家花经历凭什么帮忙？好处费还是要给的。计议已定，剩下的就是这条街上各家商户分别捐资多少的问题了，这个可以容后商量，没瞧人家花经历已经等得很不耐烦了吗，于是舒掌柜的便和几个较孚人望的商贾一起走过去，赔笑对花经历说出了他们的办法。

花经历无可无不可地道："那就这么办吧，本官还有公务要忙，等你们准备妥当了再说。"

当天下午，商贾们便众筹了一笔款子，这笔款子的数目对每家商铺来说都在可承受的范围之内，但汇集起来就很可观了，款子交到花经历手上，花经历一口答应，次日一早便安排人尽快运走淤泥，恢复街道原貌。

江经历和章知事等人那边也是大致相同的模样，几位官员都是满载而归，除了交到李大状手上的众筹款，自己还落下了一些好处，尤其是众商贾欠他们的这份人情，这可是用钱也买不来的。

· ※ · ※ · ※ ·

传说，有一对地主夫妇非常吝啬。有一天，地主进城办事，忽然想要出恭，又不甘心把肥料便宜了别人，只好硬憋着。后来实在忍不住，便找了个茅坑，却不想除了几个屁什么也没有。

地主很是得意，回家后把今日经历说与婆娘知道，地主婆却大怒："你这个败家子，哪有你这样过日子的，省下这几个屁来吹灯该多好！"

在这个笑话中，真正用来嘲笑地主吝啬的是对那几个屁的利用，至于"肥水不流外人田"，却是当时客观事实的一个反映。实际上当时有许多地主就连长工们方便都有特意的要求，吃我家的饭，就得用我家的茅坑方便。这在后世人看来也是一个笑话，但在当时而言，却并不离谱。

陈老财就是这样一个地主。对于土地，陈老财有一种偏执的热爱。他叫陈淼，据说是五行缺水，所以父母给他起了这么一个名字。但是从他一直以来的表现看，他应该是五行缺土才对。

年轻的时候，陈淼只有祖上传下来的六亩田地，他精心侍弄田地和庄稼，是一个很了不起的庄稼把式，每年的收成总比别人家要好上两成。有些人家一有了钱就买酒买肉吃掉了，还有些人喜欢耍钱，而陈淼却只有一个爱好：买地。

他口挪肚攒，节俭到了令人发指的地步，攒够一亩地的钱，便买一亩地。如此下来，在他人到中年的时候，就已拥有了三十亩地、自己家种不过来了，就需要雇短工，陈老财自己一家人吃咸菜喝稀粥，也要供应雇工有干饭吃，就为了让他们干活有力气。

虽然说地主雇工很少会故意苛待，因为雇工一旦对你怀恨在心，偷闲误工还是轻的，故意在你的庄稼地里做点手脚，是很难看得出来的，到时候收成不好，你是怨天还是怨地？但是像陈淼这样主家待遇反不如雇工的倒也罕见。

几十年下来，当年那个青壮的小伙子腰也弯了，背也驼了，却已拥有了一百多亩土地，成了他们村里数一数二的大地主，在这"八山一水一分田"的地方，这可是很不容易的。

小淼子变成了陈老财，但他依旧节俭如昔，出门时总要习惯性地带着一个筐，万一看到什么牛马粪，就抄起来送进自家的田里。当然，别人家的骡马屁股后面大多带着一个兜兜，谁也不想把肥料便宜了别人，可总有不会过日子的。

陈老财已经老了，曾经挺拔的腰杆儿已经佝偻起来，家里的田地主要交给几个儿子去侍弄了，但他每天还是会习惯性地到田间地头去走一走，巡视他的王国，只要看到庄稼长得粗壮，心里便无比满足，憧憬着继续攒钱，继续买地。

今日吃罢早饭，陈老财拎着小筐又出了门，快到自家地头的时候，陈老财忽然发现道右秦老财家的地头上堆了一大片的淤泥，那被锹铲过的切面甚至发出闪闪的乌光。

好肥的土啊！陈老财登时两眼放光，他赶紧走过去，抓起一块泥巴，淤泥已经有干的了，被他用力一攥便化成了细土。"好土！好土！肥力十足！"陈老财仿佛看到了在这样的沃土之中疯狂生长的庄稼，睡一觉起来，庄稼便拔高一节。

"秦老财从哪儿弄来的？"陈老财的心登时像猫爪子挠着似的，看到地头正有一个秦家的长工在锄草，陈老财赶紧向他招呼一声，把他叫到自己面前。

听陈老财一问，那老农憨厚地一笑，摇头道："这俺可不晓得……"

老农一脸憨厚质朴的笑，却掩不住他眼底的一丝狡黠。那种农民式的狡猾，陈老财再熟悉不过了,他没多说什么,忍着肉疼,从怀里摸出两枚黄澄澄的大钱儿。

大钱儿到了那老农的手上,陈老财便打听到了这样一个消息:铜仁城里正在清淤,那淤泥可都是沤发了几百年的肥土,只不过三街六巷刚开始清淤,役夫们就被调去西城,以致三街六巷停工,淤泥堆满堤坝。

秦老爷有个本家亲戚在推官衙门做事,是他告诉秦老爷这个消息,秦老爷才想到去运污泥的,这泥巴运到自家田地里,均匀地撒开来,那可就是极好的肥料啊。

陈老财掉头就走,他也不去地里了,提着筐子,风风火火地往家赶,生怕晚了一步,那肥料就被秦老财家给运光了。很快,三街六巷外的路口处又多了几辆车子,陈老财带着他的几个儿子和长工也加入了争抢河泥的队伍。

那些河泥在堤坝上晾晒了几天,已呈半干状态,运输起来并不很难。李秋池站在路口,轻摇小扇:"看这光景,明天淤泥就能运光,到时候让役夫们回来,把道路重新铺好,也就小半天的工夫。"

苏循天摇头笑道:"李大状,你当真好手段!此一举,既帮大人收服了刑厅僚属的人心,又帮大人赚到了一笔银子,如今还有这许多免费的劳力,自告奋勇帮着清淤,佩服!佩服!"

李秋池笑道:"此乃李某与东翁共同商议出来的主意,李某可不敢独居其功!"

苏循天道:"对了,说到大人,一大早就没见他,大人去哪里了?"

李秋池道:"大人去了裕记砖瓦厂。"

苏循天愕然:"砖瓦厂?大人要在铜仁再起一幢大宅子吗?"

第五十八章

这个男人很认真

一

田间秧苗一片葱绿，十余人骑马在地头小道上轻驰而过。华云飞一边走，一边对叶小天介绍道："这裕记如今不但是铜仁府最大的砖瓦行，而且是唯一的一家砖瓦行。前几年还有两家同行，可惜都不及裕记会经营，先后关门了。"

裕记砖瓦厂设在黄土岭下，岭前空旷的土地上用篱笆扎出了一个偌大的院落，院子里是一排排码放整齐的砖和瓦，在院落的后方是一排屋舍，屋后就是山坡，山坡被挖出一个巨大的豁口，就像被洪荒巨兽咬了一口。

叶小天牵着马走进裕记砖瓦厂，饶有兴致地停在一片比地面矮了尺许的泥坑前。泥坑里有几个老者，手里各牵着一头牛，正在泥坑里慢吞吞地转来转去，他们这是在和炼。

和炼是烧砖的关键一步，把从山上挖来的黄土加水，经人畜踩踏，反复多次，直到把黄土踩成具有黏性的稠泥时才能用来制作砖胚和瓦胚。泥坑里的几个老者已经成了泥猴儿，依旧牵着牛缰绳反反复复地踩踏着。

裕记砖瓦厂正房里，丁大掌柜正毕恭毕敬地请于俊亭落座。于俊亭听说六龙山七玄观的长风道人神通广大，今日特意赶去拜望，回程时便绕到了裕记砖瓦行，这是她名下的一份产业。

丁掌柜的迎了东家进来，心中很是惶恐。这位女土司家大业大，在她麾下的产业里，砖瓦厂还真不是什么数得上的收入来源，往日里都是年终报账时他才去监州府拜见东家，却不知东家今日为何屈尊降贵来到这里。

丁掌柜小心翼翼地向于俊亭禀报着近来的经营情况："如今修缮城池，府衙也要扩建粮仓，都需要大量砖瓦，生意是不愁的，只是眼看要到农忙时节了，雇工的价钱得涨一些才能留住人，府衙那边却还想压咱们的价呢。"

于俊亭不悦道："我已经给了他张胖子很大的实惠了，他还想得寸进尺吗？不要理会他，府衙里若有人来压你，你只管来找我。"

有东主撑腰，丁掌柜心中大定。于俊亭道："我这次来不是查账的，今天我去了一趟六龙山，拜会了七玄观的长风真人，这位真人很有道行，他有意在铜仁城内建座道观以弘扬道法，我已向真人许诺，建筑道观所需的砖瓦全部由我承担。道观想必近日就该动工了，这件事你要放在心上，不能怠慢了。"

丁掌柜暗暗慨叹，东家近来似乎要用到大笔的钱，各处产业都奉命把结余资金上缴了，可是轮到那出家人，东家不但分文不取，还生怕怠慢了。心里想着，嘴上忙不迭答应下来。

这时有人进来禀报道："掌柜的，有位自称府衙叶推官的大人要见你。"

于俊亭听了不由一怔：叶小天？他跑到砖瓦厂来做什么了？于俊亭心思转了一转，便对丁掌柜道："你去迎他进来，我避在后面，听听他的来意。"

丁掌柜的听命出去，把叶小天迎进正房客堂，叫人奉了茶上来，小心翼翼地问道："老朽一向奉公守法，并无任何不法举动，却不知推官老爷今日光临，所为何事？"

叶小天笑道："我这推官上门，就一定是来打官司的吗？呵呵，你是生意人，叶某今天就是和你谈生意来了。丁掌柜的，你这裕记砖瓦厂是你自己的产业还是另有东主？"

丁掌柜愣了一下，答道："这砖瓦厂的生意，老朽做得了主，大人有话尽管说。"

叶小天呷了一口茶，笑眯眯地道："近日大雨，城中积涝成灾，知府大人决意要疏浚河道，造福于民。因工程浩大，牵涉全城，恐工科难以承担重任，所以就把这件差使委托给了本官。"

这客厅主位后面是个木制的大屏风，屏风后面还有一个小空间，与正面一样也有座椅陈设，于俊亭就坐在那儿，前边说话的声音听得清清楚楚。听见叶小天毫不害臊地往自己脸上贴金，于俊亭便有些忍俊不禁。

叶小天道："清理河道，最麻烦的就是如何处理清出来的那些淤泥，要把这些淤泥清走，需要雇佣车辆骡马，耗时费力，开销太大，现如今本官已经想了一些法子，一些淤泥可以用来填塘，一些淤泥发动乡民运走肥田，可还有大量淤泥无法处置，本官便想，何不利用这河泥来烧制砖瓦呢？"

丁掌柜试探道："推官老爷的意思是，让我们裕记砖瓦行在城中设窑，就地用污泥烧制砖瓦？"

叶小天击掌道："正是，如此一来变废为宝，岂非一举两得？"

丁掌柜的笑了，摇头道："推官老爷实在是太异想……咳咳，推官老爷，河中淤泥固然可以用来烧制砖瓦，可是污泥烧制出的砖瓦残次品太多，一般来说仅有七成可用，老朽是生意人，这对老朽来说可有点划不来啊。"

叶小天摇头道："丁掌柜的这账算得不对。你不能只看烧制成品，本官来时已经打听过了，你们烧砖取土，必须选择有黏性的土，挖出来以后还要经曝晒、粉碎、过筛，留下纯土后还要加水和炼，用牛马践踏，至少五六遍，使其成为稠泥，方可用以制胚。

"那么，你上山取土用不用人力畜力？曝晒、粉碎、过筛用不用人力畜力？加水和炼用不用人力畜力？这些不需要花钱吗？可那河道里挖出的淤泥，直接就省了你这前三道工序，帮你省下的何止是钱，还有大把的时间呐！

"再者，你们制成的砖瓦，因其利薄，东西又重，很难销往铜仁以外的地方，如今就在铜仁城中就地烧制，省去了从郊野运往城中的环节，这期间你又要节省多少人力物力？

"如此一算的话，你在城中设窑，就算有三成的残次，再加上砌窑的支出，你还是有大把赚头。就是你们烧制出来的残次品，也不能说一点用处都没有，本官可以花些钱买过来，打成碎渣用来夯实河底。"

丁掌柜的仔细想了想，不由怦然心动，全城清淤旷日持久，最快的话也得一年半的时间。如果这一年半他都可以利用城中淤泥烧制砖瓦且就地销售，的确是有大把利润可赚的。

丁掌柜的是生意人，盘算一件事值不值得去做，唯一的衡量标准就是是否有利可图。如今听叶小天这么一说，这笔买卖合算得很呀。

丁掌柜的闭上眼睛盘算着，手指习惯性地在桌上轻轻弹动，似乎在拨弄算盘珠子，过了半晌，他睁开双眼，对叶小天道："老朽得亲自进城看看，如果这法子当真可行，老朽自愿为大人分忧！"

叶小天欣然道："难怪铜仁三家砖瓦行，如今就只剩下你裕记一枝独秀，丁掌柜的有魄力。既如此，那本官就不说了，请丁掌柜的去实地看过，若是有意，便往刑厅寻我。"

丁掌柜的干净利落，叶小天更是快人快语，两下既都表明了态度，叶小天马上爽快地告辞离去，这种雷厉风行的做事风格倒是给丁掌柜的留下了很深的印象，觉得这个官与铜仁府的那些官似乎真的不大一样。

于俊亭坐在木屏风后面，一开始听着叶小天说话，她唇角还带着一丝戏谑的笑意，可是听着听着，神色却渐渐凝重起来。

她当初把疏通河渠的事栽到叶小天头上，本是存了戏弄羞辱之意。看叶小天当时的态度，分明也是不愿接受的，可他既然推脱不了，就能放下自己的成见全力以赴地去完成，这就难能可贵了。

知府只拨了可怜的二百两银子，他就千方百计想办法，没有搪塞敷衍，没有推诿懈怠，他居然还以七品官身屈尊向一个商贾求助，这个男人，很认真，这样的人若能为我所用……

忽然之间，于土司动了怜才之意。

第五十九章

生苗出山

一

丁掌柜的带人进了趟城，亲自赶到西城，很细致地现场勘探了一下挖出来的泥方土质是否合乎烧制要求，并且询问了每天可以清理出的数量，整个疏浚工程需要多长时间以及清理的主要路段，仔细匡算一番后发现确实有利可图。

而且目前铜仁府正在维修城墙、扩建粮仓，七玄观的长风道人又要在铜仁城内建一座道观，这三个地点都在清淤的主要路段左近，就地烧制并提供砖瓦非常方便，能够节省大量的车马费，省下的同样就是赚下的。

所以，丁掌柜的果断同意在城中分三地设窑烧砖了。清淤之后，最耗费人力物力的一个步骤就是如何处理那些淤泥，这里是城市，又不是湖泊河滩可以就地堆砌成岛屿或者用来加高堤坝。

如今有了裕记砖瓦行，挖出来的新鲜淤泥，砖瓦行的人只要稍加处理就能用于烧砖。一时用不了堆在路边干掉的泥巴又有些附近村镇的小地主运回去充当肥料，基本上替叶小天解决了一个大难题。

与此同时，叶小天逮着机会就去向张知府诉苦，张知府不胜其扰，终于改口同意，清淤工程分两年完工，那二百两银子算是一年的工支银，来年再拨付他二百两。

如此一来，再加上叶小天从三街六巷众商户那里"筹募"来的银子，足以保证整个工程的顺利进行了。事情上了轨道，叶小天不用天天去现场照顾，具体事宜便交给了照磨官阳神明。

这阳神明看起来像个"神头儿"，浓眉大眼、愣头愣脑的，实则鬼点子也是不少，谁家要开张，谁家要娶亲，门前乌烟瘴气的怎么成，想让他加快施工速度，多少总要给点好处吧，如此一来他这工头倒也当得有滋有味。

清淤工程一旦打开局面，蹚好路子，底下人就只管按照既定的方针按部就班地进行就好了，不需要叶小天操心。这段时间，陆陆续续也开始有人到刑厅来打官司，之前叶小天那场成功的审判还是打出了一定的影响。

只是土民们之间有了纠纷还是习惯找土司土舍们裁断，不愿意上衙门，叶小天目前处理的案件大多是商贾之间的经济纠纷，可恰恰是这种案子油水十足，不管原告还是被告，到了衙门总要上下打点一番，刑厅终于活过来了。

刑厅的变化、叶小天的作为，铜仁府一众官员都看在眼中，叶小天在他们心目中的形象也在渐渐改观。最初的时候，铜仁府的官对叶小天这个外来户普遍有些排斥，尤其是了解葫县官场动荡的人，对他更是疏远。

但是这些日子以来，他们渐渐发现，叶小天做事很有章法分寸，不该他管的事，他绝不强出头，比如张氏和戴氏之间的那桩人命案子，虽然这桩案子草草了之，但叶小天在其间的表现，他们都看在眼里。他们最厌恶的就是不知轻重、不计后果的同僚，叶小天显然不是这样的害群之马。

清淤这件事，以府衙拨付的那点银两，根本不可能顺利铺展开来，通行的办法是择其紧要，把各位官员的府邸左右修缮如新，其他地区不加理会，做到表面光鲜，如此已经算是能臣干吏。

可叶小天偏偏化不可能为可能，他居然异想天开，从不可能处削减了大量的开支，又软磨硬泡地从吝啬之极的知府大人口袋里掏出了一笔银子，真的轰轰烈烈地开始了全城清淤。

能用最少的钱，干成一件别人认为根本不可能完成的事，这个人就了不起。一个知进退、有分寸而且很能干的人，很少会有人对他产生反感。至少，叶小天已经通过他的努力，在铜仁府众官员眼中塑造出了这么一副形象：

我很能干，我任劳任怨，我秉性纯良，我是无害的小伙伴，大家快来泡我吧！于是，专泡良家的戴同知便闻着味儿姗姗赶来了……

· ※ · ※ · ※ ·

哚妮和耶佬回到山中，耶佬径直去神殿面见众长老，哚妮则像一只小燕子似的飞奔回了家，很久没有见到爹娘了，她真的想念他们。

门口的那只大黄狗还认得自己的小主人，看见哚妮回来，大黄汪汪地叫了两声，飞扑起来绕着哚妮转起了圈子，尾巴还摇来摇去的，看来它也欢喜得很。

大黄的叫声把一个小家伙从屋子里唤了出来，先是白白胖胖藕节似的一条小胖腿，然后便是一个头顶茶壶盖，身穿开裆裤，脖子上挂着个银锁，银锁上满是口水的小家伙出现了。

他费力地迈过高高的门槛，睁着一双点漆般的大眼睛好奇地看着哚妮，哚妮欢喜地冲过去，一把将他抱了起来，笑道："咪酒，是不是小咪酒？哎呀，我们家的小咪酒都长这么大啦，快让姐姐亲亲……"

小咪酒似乎被她兴奋的样子吓着了，扭了两下身子挣脱不开，便扭头冲屋里喊起了爹娘。格哚佬和婆娘闻声出来，看见女儿回来，自然欢喜不禁，一家人久别重逢，亲热了好一阵子，哚妮的娘才发现了一桩异处。

哚妮的娘又惊又喜地道："太阳妹妹，你不是早就有了身孕吗，这怎么……难道你已经生了？"

哚妮这才想起先前有长老赴葫县探望尊者时，她曾经装过有孕在身，登时支吾起来。格哚佬兴冲冲地道："哈哈哈，我都已经当了外公呢，太阳妹妹，快告诉爹，你生的是男娃儿还是女娃儿？"

哚妮暗暗叫苦，转念想到如果父亲的部落迁去提溪一带，距铜仁就近了，这件事早晚还是瞒不过去，毕竟是自己爹娘，倒也不必太过掩饰，便结结巴巴地把真相说了出来。

格哚佬听了皱了皱眉头，他是父亲，不好多说什么，哚妮的娘却把女儿拉进房，母女俩说起了悄悄话。哚妮的娘细细盘问一番，就把祖辈传下来的一些易受孕的闺中诀窍一一传授给女儿，听得哚妮时不时便羞红了脸蛋。

哚妮的娘把那些不足为外人道的闺阁诀窍一一传授给女儿知道，又叮嘱她道："若是有长老问起，你就说不慎动了胎气，导致小产，知道吗？要不然长老们一定会从别人家再挑选宜生养的闺女献给尊者，和你争宠的。"

哚妮连连点头，她可不想再多个小姐妹，分享她的男人。

耶佬回到神殿，年纪最长的格彩佬马上召齐了众长老，因冬天追随叶尊者最久，所以特意把他也叫来列席，一起听耶佬传达尊者的谕令。

耶佬把叶小天交给他的那幅地图展开，指给众长老看："尊者命令，把格哚佬的部落迁徙到此处山中居住。另外，由八位长老各自推举本家的一户亲眷，到铜仁城中居住在尊者府邸左右，就近聆听神谕，卫护神侍安全。"

格彩佬皱了皱白眉："尊者为何要做出如此安排，难道在铜仁有什么人意图对尊者不利吗？"

耶佬道："尊者入世历练，现已由葫县县丞升任铜仁府推官了。这铜仁是土官治下，与葫县有所不同，尊者的官身是朝廷所封，在铜仁府不足为恃。没有实力的人，在铜仁是说不上话的。

"另外，前些时候，铜仁的张知府曾经让尊者前去调停水银山四大部落之间的纷争，尊者因此牵涉其中，与几大世家都结了怨，尤其是凉月谷果基家和提溪于家，很难说他们会不会对尊者不利，尊者也是未雨绸缪……"

格德瓦紧张地道："铜仁情形如此严峻，尊者若万一有所闪失可怎么得了，我等在此鞭长莫及，不如请尊者辞职归山吧。"

耶佬苦笑道："我也曾如此相劝，可尊者不为所动。尊者说历练之期未到他是不会回山的。"

一位长老听了，蹙起花白的眉毛道："这些年来，我们一直试图阻止教众与世俗接触，调一个部落出去，合适吗？"

众长老登时都沉默下来，有些理由是不能公然宣之于众的，虽然他们心里都明白是怎么回事。本来只是旁听的冬长老想了想，忽然道："各位长老，弟子觉得，派一个部落过去也没什么。"

格彩佬等众长老都向他看去，冬长老鼓起勇气道："各位长老，我教避世而独立，是不希望世俗间的一切影响了教众的虔诚心。但是今时今日，高山险涧都已不足为屏障了。

"常有一些部落子弟出山贩卖山珍皮毛，换取盐巴布匹，山外的一切，他们有所见、有所闻，回来后便会有所言。上一次八千子弟为尊者建府邸，在葫县待了一段时间，回来后更是常常说起山外的繁华，人心早就动摇了。

"有人问弟子，我们虔诚信奉蛊神，做蛊神的信徒，神难道不应该给我们更好的生活吗？为什么我们要甘于清贫，要世世代代躲在这里？弟子无言以对。各位长老都曾游历天下，都知道世间有佛道等诸多教派。

"这些教派的信徒都很多，并没有因为走进世俗便湮灭。如果我们虔诚地相信蛊神的存在，为什么要担心我们的信徒会被别人引诱呢？是以弟子觉得，我们应该走出去！"

这又是关于蛊教该入世还是出世的争论了，这种争论早在几百年前，蛊教内部就已争论不休，不过一直以来，都是出世论占上风。可这一次冬长老再度提出这个问题，众长老却长时间地保持了沉默。

过了许久，一位白须白发的八旬长老缓缓说道："从九峒十八寨百余旗的部落中派出一个部落，与世俗接触，似乎……也不是不可以。如果出世对我教的影响利大于弊，今后我们便不必如此避讳，如果出世不利于我教的生存，便继续约束教众，少与世俗联系就是了。"

冬天是格德瓦的亲传弟子，听了那位长老的话，格德瓦呵呵一笑，嘉许地对冬天道："你的眼神一向不好，可你看得却比我们这些老家伙要长远啊。"

格彩佬敏感地道："格德瓦长老也同意出山？"

格德瓦道："今有尊者令谕，我们势必不能不闻不问。况且只是派出一个部落，进退操之我手，有何不妥呢，各位长老以为如何？"

众长老交头接耳一番，纷纷点头同意，格彩佬见状，便道："好吧，那就依尊者令谕，让格哚佬一部西迁至提溪境内。不过，老身以为，还是要得派一位长老坐镇于格哚佬部，有什么风吹草动，我们也可以及时了解。"

格德瓦点头称是，赞道："还是格彩佬老成持重，既然这样的话，不如就让引勾佬去格哚佬部坐镇好了，我们这些老家伙，骨头都朽了，可禁不起这番折腾了。"

他提到的这位引勾佬，就是和耶佬一起提擢上来的那位新晋长老，未及六旬，在众长老中算是很年轻的一位，众长老纷纷点头称是。于是，事情就这么定了下来。

格哚佬所在的部落一向驻守在神湖畔，不像有的部落境内有金银等矿产资源。他们上山打猎，下水捉鱼，过着很简陋的山居生活，猎弓铁叉、一张渔网，就是他们全部的生活物资。

当然，富裕的部落也是相对而言，依旧远不如山外，就像有的地方，殿里用上百斤的黄金涂刷神像，上千颗宝石镶嵌神像，而那些信徒们则赤贫如洗。

至于他们住的屋子，全是就地取材，以大木制成，要迁去的地方也是山里，建造新居容易得很，真正需要他们随身带走的东西不过是几个包袱，如此一来，举族搬迁仅仅一天工夫就筹备完成了。

迁徙是为了侍奉尊者，这个理由对他们来说已经足够，何况现在的山中部落早已不像以前那么闭塞，常有人会把世俗间所见的繁华传回部落，口口相传不断美化之下，更是令人心生向往。所以，除了一些老人对他们生活了一辈子的地方充满留恋，部族中大部分的人都是欢天喜地地离开的。

在几方面势力的暗中运作下，如今的铜仁府就像一口渐渐升温的油锅，油温渐升，很快就要沸腾起来。这时候，叶小天却又舀起一瓢凉水，想也不想便泼进了油锅里。

第六十章

秦失其鹿共逐之

一

一处亭子，上边悬着竹帘，帘儿半垂，掩住了戴同知、李经历和叶推官的身子。三人一人一张木榻，榻上铺着雪白的床单，伏在榻上，嗅着亭外的花香，听着耳畔鸟语。

戴同知经上次怡红院一事，便察觉叶推官并不喜青楼风月，所以邀他吃茶喝酒，推拿按摩。这家蔺氏跷引店，本就是戴同知和李经历常来的地方，如今只是又多了一个叶小天罢了。

"再加些力……"

叶小天伏在那儿，已经有些昏昏欲睡了，感觉背上那双手愈发轻柔，便叮嘱了一句。那颇有几分俏媚的小姑娘柔声道："这位老爷，不是奴家不舍得力气，筋喜柔而恶刚，适宜的力道才能行气活血，扶正祛邪，并不是越痛便越好的。"

叶小天道："只是被你按得快要睡着了。"

说话间，右手边李经历伏在榻上，鼾声已经起来了。左手边戴同知微笑道："贤弟若是倦了，便小睡片刻也无妨。"看他温文尔雅的样子，实难想象这个人，竟也有那般心狠手辣的一面。

叶小天道："我没有白日小睡的习惯，睡的若是不足，反觉更不舒服，不如不睡。"

戴同知道："既如此，你我聊聊天，便可醒盹儿了。我与贤弟相识也有一段日子了，对贤弟却还不甚了解，听说贤弟就是我铜仁本地人？"

叶小天一呆，心道：我怎么会成了本地人？转念想起当初为了中秀才，黎教谕特意把他的户籍办成了铜仁府，这种事应付科考也就是了，对戴同知却是不必隐瞒，戴同知是张知府的心腹，是地头蛇，这种事根本瞒不过他，事后被他察知反而不美。

叶小天便坦诚地道："对戴兄，小弟可不敢隐瞒，实则小弟是京城人氏，原本只是天牢一狱卒。当初受人所托，赴江南送一封家书，结果出了岔子，辗转来到贵州……"

叶小天捡那能说的，对戴同知说了一遍。戴同知是得到于俊亭授意，想要拉拢叶小天的。于俊亭那日在裕记砖瓦行里见闻了叶小天为人处事的风格，忽地起了怜才之意，便想招纳叶小天为己用。

可是她所谋划的事是见不得光的，要招揽一个人为己所用，当然得了解他的根底。她是女儿身，不方便出面，就把此事交给了戴同知。戴同知便找了这么个机会接近叶小天。

人在这个时候，身心最是放松，也最没有戒心的，比较容易打探到真心话，他事先已经对叶小天做过一番了解，知道他的真正出身，一听叶小天没有隐瞒，便道："呵呵，原来如此。英雄不问出身，我也只是生得好，如果我的出身如你一般，却未必及得上你今日的成就。"

戴同知咳嗽一声，又道："只是贤弟在贵州做官，未免委屈了你。"

叶小天道："戴兄此言何意？"

戴同知道："贤弟精明强干，又如此年轻，这般年纪的七品官，若是放在中原，立下这么多功绩，只要得到上官赏识，前程不可限量。只可惜我贵州地方的重要职官，皆由土司把持，贤弟虽具才干，却很难再有升迁的机会了。"

叶小天听到这里顿时沉默下来，似乎心有所感，有些颓丧。

戴同知睨了他一眼，忽然又道："不过，要说绝对没有机会，却又不然。你要知道，土司世家传承千年，雷打不动的世袭尊位固然是一个原因，可是若子孙不肖，也难保就不会葬送了祖宗江山。所以许多土司人家，不但重视子侄的培养，而且注重发掘人才引为己用……"

戴同知所说的情况用现在的话来讲，就相当于一家股份公司，老板创下一份产业，本来应该传给儿子，可是他的儿子都不争气，没有这方面的才干，他就聘请职业经理人替他打理产业，而他的儿子们则掌握股份。

这种情况下，保证股权的所有人不变的是法律，他聘请来的人不论是担任总裁还是CEO，都不可能取而代之。而土司们所依仗的则是朝廷敕封的世袭继承权和其他土司们对这一秩序的维护。

叶小天叹了口气道："戴兄所言，小弟自然也明白。只是……明主难寻呐……"

叶小天静了静，便向戴同知吐起了苦水："戴兄，你道小弟不明白，我作为朝廷委任的流官，却在土官掌权的地方做官，根本就是里外不是人，可是哪棵大树才可依傍，我又哪里弄得清楚？"

要把假话说得真，就得七分真三分假，这个道理叶小天很小的时候就明白了，所以他趁机撇清了一下自己和红枫湖夏家的关系，继而说道："何去何从，小弟现在也茫然得很。其实能有现在的官位，熬资历、混年头，应该也是不错了，可我……终究是有些不甘心……"

戴同知微微一笑，若有深意地道："命好不怕运来磨，贤弟你能从京师天牢一狱卒走到今时今日，显然是有大气运加身的人，假以时日，还怕没有人慧眼识珠吗？耐心等待时机就好！"

三人做完推拿，又喝了几盅茶，这才穿上衣袍，施施然地从蔺氏跷引店里出来，还未走到路口，迎面就有一个皂隶过来，一见戴崇华便迎上去道："哎呀戴大人，可算找着你了，小的刚去您府上寻过，知府老爷请您马上过去。"

戴同知一愣，道："可知是何急事？"

那皂隶压低声音回答了几句，李经历和叶小天站在一旁，隐隐约约听到"生苗出山""提溪司很是紧张""知府大人方寸大乱"等语，李经历还是有些茫茫然的，佯作四顾的叶小天唇角却是轻轻一勾，一丝笑意飞快地掠过。

· ※ · ※ · ※ ·

"生苗出山了，这是怎么回事？"

于俊亭一听戴同知说出此事，顿时一愣。

生苗潜居深山，久而久之和外界脱钩太久，彼此间的了解太少了。而文明程度相对更高的族群，总是对落后一些的族群有一种野蛮、愚昧、不可理喻的感觉。于俊亭也不例外，所以对生苗向提溪司方向迁徙的事很是忌惮。

戴崇华道："目前还不清楚，这个生苗部落事先不曾向任何人打过招呼，他们从十万大山里钻出来，突然就出现在提溪司之南，在那里大兴土木，开始建造山寨，提溪司是快马报来的消息，未得知府谕示，尚未做出反应。"

于俊亭道："那张胖子又有何主意？"

戴崇华摊了摊手，道："他能有什么主意，只是让我和御龙商议，安排个合适的人物，先去与那个部落接触一下，看看他们究竟意欲何为，再作打算。"

于俊亭负着手踱了几步，沉吟道："提溪之南，那距水银山已经很近了。"

戴崇华点点头，道："近在咫尺！"

于俊亭倏然回头，对侍立一旁的文傲道："马上叫海龙那边停止对凉月谷的挑衅，如今情形不明，莫要鹬蚌相争，渔翁得利！"

文傲答应一声，匆匆下去安排。戴同知也起身对于俊亭道："知府那里还等着我的消息，不能久耽，我先回去了。"

于俊亭答应一声，又嘱咐道："先了解一下那支生苗部落有多少人，为何出山，意欲如何，不要轻举妄动。"

戴崇华答应一声，转身要走，忽又想起一事，回身道："对了，监州大人叫我接触那叶小天，据我现在的了解，此人没有问题，少年得志，他的野心也是有的，应该可以为监州大人所用。"

于俊亭现在心系提溪司那边突如其来的生苗人马，无心就此事多做咨询，便颔首道："你继续接触他，了解得仔细些才好。"

戴崇华点头离去，不一会儿，文傲安排了急赴提溪于家的信使，又回转大厅。于俊亭道："眼下，还不大明白这支生苗部落何故迁至提溪，不过如果他们要在此落脚，很难说不会影响我们的大计。你再使人向杨天王通报一下这件事情，我们的筹划暂且停下，事关重大，出不得一丝意外！"

叶小天和李经历待戴同知离开后，也就长街分手，各自回了府邸。叶小天一进门，若晓生就凑过来禀报："老爷，哚妮姑娘和耶老爷子回来了，他们还带了一位引什么勾的老爷子，嘿嘿，他们的名字太怪，小的没记住。"

叶小天目光一凝，道："哦？他们在客厅？"

"是！"

叶小天举步向客厅走去，到了客厅闪目一看，就见一位黑袍老者正坐在那里和耶佬说话。叶小天和他虽接触不多，但八大长老的名字他都是记在心里的，一看此人就想起，这是和耶佬同时晋位的那个引勾长老。

引勾佬正和耶佬闲聊，忽见叶小天进来，急忙趋身上前晋见。此时厅中并无下人侍候，他便大大方方向叶小天施礼道："属下引勾，见过尊者！格哚佬部已迁至提溪候命，属下受众长老所托驻于该部，听候尊者谕示！"

叶小天微笑道："引勾长老辛苦了，我的谕示只有一条：'在那里，站住脚！'"

第六十一章

糖衣炮弹

一

提溪之南是青屏山，自此向南翻越重重山岭，便是思州府了。此思州与两百年前的思州已经不是一回事，当时的思州囊括了四府之地，统称思州府，而今的思州辖地只有当初的四分之一了。

青屏山上，准确地说是青屏山半山腰上，格哚佬部落正在大兴土木，建设他们新的家园。格哚佬这个老丈人很给力，叶小天叫他在提溪左近山中扎下营寨，他则直逼山脚。

前方就能看见水银山了，水银山前的于家和水银山后的展家、杨家都已派出探马窥伺他们的动静，只有凉月谷果基家没有动静。格哚佬部落的人对他们的探头探脑不闻不问，只管用心建造着自己的寨子。

要说起来，凉月谷果基家原来也是生番，并不在思州、思南两府的辖治之下，属于天不收地不管的山中野民，不过他们渐渐迁徙到世俗界并被地方土司纳入治下，经历了一个比较漫长的过程，持续了大约一个世纪。

这样一来，他们的转变就非常缓慢，别人的认识、认同和接受是一步步缓缓改变的，他们的生活方式也是一点点改变的，没有人觉得突兀，适应过程很自然。像格哚佬部落这样呼啸而来的还是破天荒头一回，难怪周围各大部落都觉得有些不知失措。

张胖子只觉得自己今年特别倒霉，事情是一波未平一波又起，这也不是本命年呐，怎么就这么衰。戴崇华和御龙商量半天，也找不到一个合适的人选去与格哚佬部接触，最后戴崇华只好自告奋勇，亲自前往。

戴同知是张铎的心腹，找不到合适的人选，那这个使节不是他就是御龙，也跑不到第三个人身上去。而且他和于俊亭又野心勃勃地预谋对付张铎，在这个关键时刻他也怕生出变数，这才主动请缨。

张胖子可不管去的是谁，总之有人替他解决问题就好，马上就授权戴同知全权代表他同这支突然从十万大山深处迁出来的野人部落接触，探明他们的心意，以便做出应对。

叶小天这里却悠闲得很。清淤挖渠的事已经步入正轨，自有刑厅小吏代为负责，刑厅现在每天能接一到两桩案子，太大的案子没有，大多是民事纠纷、经济纠纷，处理起来比较轻松，又逐步提高了刑厅的知名度，不致让人忽略了他叶推官的存在，恰恰好。

叶小天便把空余时间腾出来，陪同引勾佬饮宴、游赏、观光。叶小天地位太高，引勾佬受他热情款待，还真的是从心里感觉不自在，诚惶诚恐地在叶小天陪同下逛了几天铜仁府，山珍海味、锦衣玉食，却有种活受罪的感觉。

叶小天也看出了他的不自在，便让苏循天和毛问智代他陪同引勾佬和耶佬到处游玩。这两位爷，一个是吃喝嫖赌样样精通的魔头，一个是深牢大狱也能自得其乐的妖精，陪两个土都埋到脖子的老头子找点乐子，那还不是轻松自如。

引勾佬在铜仁府虽然玩得逍遥自在，却也牵挂着格哚佬的部落是否已经扎根落脚，急于返回提溪，为此一再向叶小天请辞。叶小天只是不放，执意要尽地主之谊，经引勾佬再三请求，叶小天终于松了口，让他明日便可返回格哚佬的部落，今日便是他回提溪前的最后一天了。

今天，苏循天和毛问智又很热情地来邀请引勾佬出游。引勾佬连续多日出外游玩，虽然所行所至之处皆赏心悦目，身子终究是有些乏了，但是听说今日所去之处不必离开铜仁城，再加上盛情难却，便又跟着他们出了门。

待他和耶佬乘着轿子，跟着苏循天和毛问智转过几处街头，赫然发现前方人来人往，热闹非凡，又有无数的符箓旗帜迎风飘扬，竟是到了一处道坛。

轿子落下，苏循天和毛问智一人陪着一个，把引勾佬和耶佬引下轿子，随着那络绎不绝的人群往前走。

苏循天道："两位长老，今日有一位长风道人在此举行罗天大醮祈福法会，铜仁及周边许多信徒都来赴会，十分热闹，咱们正好瞧瞧。"

引勾佬昔年曾游历天下，倒也听说过罗天大醮祈福法会，这是道教中最为隆重的法会之一，道家《无上秘要》称："三界之上，渺渺大罗"。"罗天"是指三界之上的大罗天，是天外之天，最高最广之天。

"醮"是道教祭祀三清、四御、五星列宿等天神地祇的一种仪式。以"罗天"为设醮之名，是说请降的神灵数量之多，品位之高，参与醮仪的道士和朝香祭祀的教徒人数众多。

不过毕竟不是同道，引勾佬觉得参与别教法会，哪怕只是旁观，都是对蛊神的不敬，所以从未参加过。如今已经被苏循天和毛问智领了来，再加上做了长老后心态与往昔有所不同，略一踌躇，便不再反对。

罗天法会供奉一千二百位尊神，延请了铜仁府周围所有有道的全真分别主持九大法坛，众多信徒香客前来参与，盛况空前。法坛四周人头攒动，挥袖成云，主坛就是由近来在铜仁风光无限的长风道人主持的。

　　此时的铜仁府，还鲜有人知一支生苗部落迁徙到了提溪，即便知道，在这些普通百姓的心中，也不会明白那意味着什么，更不会觉得这对他们的安宁和太平会产生什么影响。

　　长风道人筹措大笔资金办这罗天大醮祈福法会，乃是出于王宁的授意，如果依着他的性子，早卷了这笔钱溜之大吉，花光之后再换个地方装神弄鬼了，奈何现在他在王宁的控制之下，只能乖乖任由摆布。

　　王宁在全力神化长风道人，他知道播州的杨应龙、铜仁的于俊亭，都是崇信道教的人，所以要倾心打造一个活神仙出来，为他们所用。他所图的并不是一点点眼前利益，而是有更长远的规划，试想他们能隐姓埋名潜伏葫县那么久，做什么事会没有耐心呢？

　　长风道人虽然不乐意，可小命捏在人家手上，也只得乖乖听命。他出场的时候比其他道人都要威风，前方还是十六名弟子开道，身后紧跟着清风、明月两道童，甫一出场，众多信徒弟子便纷纷顶礼膜拜，黑压压跪倒一片。

　　引勾佬眼见这道人一出场便有这般威风，讶异之余，眸光中便隐隐透出一些羡慕。苏循天偷偷瞄了他一眼，摇头晃脑地赞叹道："长风道人真是威风，便是咱们铜仁的张知府出巡也没这般威风吧！"

　　毛问智道："别说知府了，就是皇帝出巡也没这么威风啊。再说了，皇帝出来，跪的未必都是愿意跪的，只是不敢不跪。大家可是心甘情愿向长风道人下跪的，这才是活神仙！"

　　苏循天道："听说那佛家的大德高僧出门，也是无数人礼赞膜拜，威风得紧呢。不管到了哪儿，不管信不信该教，地方上的名流、官府里的大人，都是礼遇得很，要知道得罪了他一个，可是得罪了无数的该教信众啊。"

　　毛问智道："嗨！你说俺大哥，那也是……那啥，他要是亮出身份来，是不是得有更多的人礼拜恭敬？"

　　苏循天自从向叶小天密报他姐夫的阴谋之后，就被叶小天引为绝对的心腹，如今业已知道叶小天的真正身份。听了毛问智的话，苏循天"嗤"的一声，道："凭什么？"

　　毛问智不服气地道："凭什么，你说凭什么？这长风道人虽然有名气，可在当今天下道宗中也排不上字号，俺大哥那可是……就不说俺大哥了，就眼前这两位长老，那也是教里排前八的前辈，长风道人在道家排得上前八吗？就是这两位长老，也比长风道人尊贵几分啊。"

苏循天拉了拉他的衣袖，压低了声音，却让引勾佬和耶佬依旧听得清清楚楚："你这个呆子，别胡言乱语的。蛊教躲在深山老林里，除了山中那些苗人，谁知道他们是老几，又怎么会恭敬礼遇。"

引勾佬和耶佬听了苏循天这番话，老脸上登时有些不自在。

叶小天早就觉得蛊教为了维护自己的统治，通过教义把山民们约束在深山里，比起王侯将相、地方豪强，简直逊毙了。在山窝窝里充大王，统治者们没有得到太多的物质享受，又让信奉他的人困顿艰苦，简直是害人害己。

要活得有滋味，就得走出来，融进去。山珍海味，锦衣玉食，叶小天如今都叫他们享受过了，再让他们亲眼见到别人的威风八面，不怕勾不起他们的欲望。人只要有了欲望，就一定会有改变自己的动力。叶小天的糖衣炮弹，可是一颗接一颗，不要钱地往下砸。

长风道人披八卦道衣，仗七星宝剑，踏上高台，行罡斗步，口中念念有词，上达天庭："一启天尊：教化众生。尊道德，戒贪欲，守清静，纷争杀伐不起，百姓安居乐业。二启天尊：演说经纶。开道缘，启智慧，识天机……"

长风道人在上面演得有模有样，引勾佬和耶佬却已无心看下去，两人掉头他顾，漫步走去，一颗种子已经在他们心底悄悄种下……

第六十二章

大人物的一闪念

一

　　第二天一早，引勾佬离开了叶小天的府邸，离开的时候，铜仁的繁华已经在他身上打下了烙印，长风道人的风光同样在他心底打下了烙印。即使这烙印还不够深，也已经是第一步。
　　所谓腐蚀，要让人在不知不觉中入彀才算高明，如果让人引起警惕，那就落了下乘，叶小天自有后手。只要他的心防已经有了缝隙，叶小天就有办法把这个缝隙撬得越来越大。
　　格哚佬的部落奉叶小天的令谕大迁徙时，神殿按叶小天的吩咐给部落拨付了一批金子，这笔金子也由引勾佬带到了叶小天府上，这是从深山金矿里采撷的金砂原矿。
　　这处矿产藏在深山之中，由于生苗部落居住在四周，素来不为外界所知。这个矿的金砂纯度很高，几乎不用再加提炼。但是如果拿这么纯的金砂原矿出手购物，恐会引起有心人猜疑，所以叶小天没有急着出手。
　　在引勾佬赶到铜仁的当天，他就派人去知会了清浪街的大亨杂货铺，请大亨到铜仁一见。叶小天想把这批金砂交给大亨，由大亨帮忙暗中采买农具、种子、布匹、油盐、粮食等物。
　　在格哚佬的部落能够自力更生之前，有了这些东西，就能最大限度地保障他们的生活。叶小天的目的是想引领这些虔诚奉他为主的山民走上文明、富足的生活，而不是在山里过半野人的日子。
　　他本以为大亨会来得很快，没想到大亨姗姗来迟。引勾佬离开一天后，大亨的信使才赶到，告诉他自家少爷正在路上，原来大亨之所以这么慢，是因为他把家也搬来了铜仁。
　　以前大亨就跟他说过，铜仁城比葫县大，更适宜他大展拳脚，有心搬到铜仁去，只是蹉跎再三，始终难以成行。如今叶小天先行了一步，大亨终于也下定决心，搬来了铜仁。

　　好在大亨早就做着搬迁到铜仁的准备，必需的屋舍已经由他设在铜仁的分号代为购置，此时搬来也不显仓促。两兄弟终于在铜仁再度聚首了。

　　　　　　　　·※·※·※·

　　六龙山七玄观，王宁和洪百川依旧下着棋。
　　王宁布下一子，对洪百川道："令公子搬到铜仁来了？"
　　洪百川点点头，道："这孩子早就有心迁来铜仁，只是一直没有成行。他搬来才好，我便有了借口过来和儿子同住，省得时不时就得借口忙生意，赶来铜仁这边。"
　　王宁苦笑一声，道："是我上了杨应龙的大当，真以为他经营东北的要害之处乃是葫县，才让大哥做出错误的决定。谁想到他是明修栈道，暗度陈仓，真正着眼处乃是铜仁。"
　　洪百川道："怨不得你，看他对葫县一副势在必得的模样，谁会想到其中有诈？田氏不也上了他的当吗？否则田家何必一再派人前往葫县。只是，如今他已和铜仁几家土司搭上了线，希望我们还来得及掌握他的一举一动。"
　　王宁道："我们终究是迟了一步，现在再想在他们中间揳钉子，插内线，已经来不及了，大哥想利用一个道人，为的就是这个？"
　　洪百川也布下一子，微笑道："不错！很久以前的帝王将相们，在做出重大决策或者出兵远征的时候，都会求神问卜，以预测吉凶。而现在的许多帝王将相……还是一样要求神问卜的，呵呵……"
　　洪百川所言倒是半点不假，地震、雷击，有点天象变化，皇帝就要咨询钦天监，下罪己诏，大赦天下，涉及一些重大决策或者军国大事，岂有不求神问卜的道理。
　　王宁憬然道："原来如此。"
　　洪百川道："只要长风道人能被他们看重信任，早晚有求他占卜的一天。寻常的消息我们或许得不到，但是一些重大消息我们却一定能够知道，而我们所需要的，不就是真正重要的消息吗？"
　　……
　　此时的贵阳洛旺河，正值龙舟节。河滩上停着一条条完整的杉木挖成的龙舟，舟长七八丈，宽度却仅三尺，雕有龙头凤尾，龙头上顶着男根、鸟形或鱼形的标志，以示祈子求嗣等意。当然龙角上也会刻上"风调雨顺""国泰民安"等吉祥话。
　　岸上摆着一张方桌，桌脚上绑着去掉了树叶和枝皮的树枝、雨伞、红布、纸钱和一把青草，方桌上供着白米一升，褪了毛的白公鸡一只，香炉前还有三杯水酒。
　　一个白袍老者手持三炷香，向天默默祷告着，旁边的巫师一探手，左手抓着白公鸡，右手抓了白米，抛洒向龙舟，口中念念有词地祭奠龙神，念毕，便挥刀斩下鸡头，把鸡向排列整齐的龙舟一抛。

白袍老者把大手一挥，威风凛凛地喝道："开始！"

鼓声如雷般响起，沙滩上无数屏息观看的观众顿时发出海啸般的呐喊声。赤裸着上身，扎着红腰带、红头绳的小伙子们一个个鼓起腱子肉，抬起龙舟飞也似的冲进河里，趁那龙舟还凭着惯性向前滑动时便麻利地跳上船，划起了船桨。

白袍老者笑呵呵地走向搭在沙滩上的三层看台，看台上搭着棚子，棚子上还系着红绸，这是贵阳大豪们观战的地方。

白袍老者一到，看台上的人齐刷刷地站了起来，因为这白袍老者姓安，他是土司之王。如果说贵州一百多个大大小小的土司就是一百多条神龙，那么他就是龙王。

安老爷子在三层看台上百余权贵豪强肃穆的注视下坦然走向他的位置，走到一半时，他忽然站住了脚步。在他左手边是一对璧人，男的丰神如玉，女的笑靥如花，正是田彬霏和田妙雯兄妹。

一见老头子站住，田氏兄妹忙向他行了一礼，齐声道："老爷子好！"

安老爷子笑眯眯地看看他们兄妹，道："听说有一支生苗出了山，到了提溪司境内？"

田氏兄妹对视一眼，田彬霏讶然道："我兄妹不知此事啊，老爷子从哪儿听说的？"

安老爷子笑眯眯地用手指点了点他们，道："你们两条小狐狸，要和老头子耍心眼吗？铜仁那个小胖子应该吓坏了吧？你们田氏是他的旧主，那个小胖子一定会求到你们头上的。"

田妙雯眨眨眼，乖巧地问道："那……如果真有生苗出了山，张知府问计于我们兄妹的话，老爷子觉得，我们田氏该怎么办呢？"

安老爷子笑眯眯地道："张家的小胖子胆子小，你们兄妹的胆子可不小，难道也被吓住了？安慰安慰他就好了嘛，生苗出山，依老夫看，未必是坏事，顺其自然就好，顺其自然就好啊！"

田妙雯还待再问，安老爷子已经继续向前走去，三人这番言语声音并不高，岸上观众正发出如雷的呐喊声，是以并无他人听清三人究竟说了些什么。

安老爷子是何等身份，他的一举一动，一言一行，田氏兄妹又岂会等闲视之。安老爷子入座后，众人也都一一落座。田彬霏和田妙雯对视一眼，都是一脸茫然，饶是他们一个聪明绝顶，一个兰心蕙质，也不理解安老爷子话中的深意。

土司王特意止步，对江河日下、渐已屈居四大天王之末的田氏两兄妹亲切说话，在他人眼中看来，也只当是老人家对田氏的没落有恻隐之心，所以特别关照，谁也没有想到三人所谈的竟是在许多铜仁人眼中也不值一提的事。

· ※ · ※ · ※ ·

戴同知去了提溪，戴李叶三人组便少了一个人，时常聚在一起的就只剩下李经历和叶小天两个人了，二人本就相熟，官职地位也相当，倒是相处非常融洽。

这一日吃罢酒，又推拿一番，李经历觉得精神奕奕，不好好发泄一番实在对不住他日渐痴肥的身子，便兴致勃勃地欲往烟花柳巷中一展身手。叶小天不好此道，二人便中途分了手。

叶小天看时光还早，此时衙门里又没有要紧事，便信步来到西城，查看清淤进度。这清淤确实不是轻轻松松就能完成的事情，要把那淤积了五百多年，黏性极大、吸力极强的腐泥从地下用人力一锹一锹地掘出来，极为耗费时间。

清淤工地不远处一片空旷地面上，已经被裕记圈起了一大片临时的厂区，丁掌柜的把他在郊外的砖瓦行暂且停工，全员转移到了城内。

叶小天带着侍卫信步走进砖瓦行，就见一进门左右两边就是两个浅坑，几个小孩子牵着水牛，在坑里踏来踏去。

这些从水底挖出的淤泥适合烧砖，但也不是完全不需要和炼，因为它还需要加入一些其他的东西搅成一体才能制作砖胚、瓦胚淤。

叶小天一瞧这么多的童工，不禁皱起了眉头。再往前去，就见有更多的孩子在搬砖，虽然他们年纪小，力气小，可是蚂蚁啃象，搬运的砖瓦着实也不少。

丁掌柜的满面笑容地送一位富绅出来，这富绅家里要起一座新宅子，刚刚在这儿订了一批砖瓦，一见叶小天来了，丁掌柜的赶紧向那富绅告一声罪，便向叶小天迎过来。

叶小天蹙眉道："丁掌柜的，你怎么……用了这么多的少年？"

丁掌柜的笑道："是啊！都是些父母忙于生计，无人看管的娃娃，成群结伙地跑到砖瓦行来捉迷藏、玩泥巴，我看他们无事可做，又影响做工，干脆就让他们帮忙做事情了，每日能领几文工钱回去，他们的父母都高兴得很。"

叶小天本来对丁掌柜役使儿童有些不满，不想丁掌柜的竟当成恩德炫耀。仔细看看那些孩子，一个个蓬头垢面，破衣烂衫，家境可想而知，想必他们能做工赚家用，爹娘的确是很满足的。

叶小天向一个流鼻涕的小童招招手，那小童见那个给他们发工钱的大善人对这个年轻人都很礼敬，马上乖巧地跑过来。叶小天弯下腰，问道："你在这里做工挣钱，你爹娘同意吗？"

小童擦了擦鼻子，很自豪地点点头，道："嗯！爹娘说，我长大了，能给家里挣钱了，很有出息！"

叶小天笑笑，又问："那你挣了钱，打算做什么呢？"

小童道："我要读书！我爹说，要想有出息，就得读书识字，可是现在家里穷，请不起先生。"

叶小天想到年幼时他家里也请不起先生，上不起私塾，父亲把他兄弟俩带到大牢，为了让那些犯官们教他们识字，便赔着笑脸给犯官们跑腿的经历，不禁心中一酸。

小孩子跑回去继续搬砖了，叶小天望着那些小孩子寒酸的衣着、单薄的身影若有所思：我这个推官既然连清淤挖渠这等不务正业的事儿都干了，便再多一桩也无妨，干脆不务正业到底吧！

第六十三章

秀才遇见兵

一

"你要开办书院和武会？"

张胖子张着大嘴，就像一头快要渴死的河马，于家和果基家的事一直没有解决，两个部落间的争端每持续一天，都是在削弱他的威望和影响：两个小弟大打出手，他这个老大却无法解决，那他还算老大吗？

这时候，生苗又来凑热闹，一向缩在深山里，既不接近山外人也拒绝山外人接近的半野人居然出山了，而且出现的地点恰恰就是水银山那座活火山附近，张胖子更是焦头烂额。

这个时候，叶小天紧急求见，说是有紧要大事相商，张胖子还以为他有什么紧要消息，却没想到叶小天竟然向他提出要开办书院和武会。张胖子有些恼怒，这有什么紧要啊。

叶小天道："其实不是下官要办，而是新近迁来我府的葫县大富绅罗公子想出资捐建一所书院及一处武会，以襄助我铜仁府推行教化，以示对知府大人的支持，下官只是顺水推舟而已。"

叶小天又道："我铜仁府现有一处官学，余外尽是私塾。能上官学者皆为官宦子弟，能入私塾或聘请西席入府教授者皆为富有人家。而贫苦百姓子弟纵然有心接受教化，却也不得其门而入。

"是以，罗公子与下官商议，开办一所只针对贫穷子弟的书院，建造书院和聘请先生的费用皆由罗公子及本府开明士绅们捐助，学生不用花一文钱，教会他们读书识字，将来纵然不能取得功名，能写会算也好谋生。

"至于武校，是考虑到我铜仁府最庞大的行业就是水陆运输，在各行中独占四成有余，长途运输，总要孔武有力懂些拳脚者为佳，再者有些孩子或因天资愚钝确也不擅读书，故为书院之补充。"

张大胖子努力听了半天，总算听明白了一句话，就是既不用他花钱也不用他操心，只需他点点头。于是张胖子点点头，道："成，既然如此，你去办就好了，无须本府同意。"

叶小天道："大人，那武会倒是可以随时开办，可是开办书院却不同于开办私塾，总要院、道诸公暨本省学政首肯，方有资格开办，不请示府尊大人，下官岂敢越权上报。"

张胖子不耐烦地道："行了，本府已经首肯了，你自去拟道条陈，本府给你呈上去就是！"

叶小天本来还想到张胖子好出风头，可以怂恿张胖子担任书院院长，这样他会更上心些，但是见他此刻心不在焉，颇不耐烦，这话便没说出口，反正他已答应，便告辞退了出来。

叶小天刚出来，就见戴同知臭着一张脸，由一个皂隶扶着，一瘸一拐地走过来。叶小天讶然道："啊！戴大人回来了！戴大人辛苦，大人这是怎么了？"

戴同知一见叶小天，悻悻地道："野蛮人，不开化的野蛮人，简直是不可理喻的野蛮人呐！"

叶小天茫然道："小弟何时得罪了戴大人？"

戴同知道："我不是说你，我是说那些生苗。哎哟！"戴同知说话间，足踝又崴了一下，疼得他直叫唤，对叶小天道："我急着去见知府大人，回头再与你说。"

叶小天道："好！既如此，我去知会李经历一声，今晚为同知大人接风。"

望着戴同知一瘸一拐的背影，叶小天纳罕不已，知府大人此番派戴同知去提溪，只是试探格咪佬部落出山的用意，双方不该发生冲突才是，戴同知怎么这副模样，莫不是我那"老丈人"难为了他？想不通啊想不通。

张胖子刚把叶小天打发走，戴同知就走了进来，一见张知府，便推开搀扶他的皂隶，来了个"金鸡独立"，向张知府施礼道："府尊大人，下官回来了。"

张胖子奇道："崇华，你……怎么成了这般模样？"

戴崇华苦笑道："一言难尽啊！"

张胖子道："来来来，坐下慢慢说。"

戴同知单腿跳到一张椅子前，扶着扶手慢慢坐下，这才向张知府解释起来。

·※·※·※·

戴崇华赶到提溪，立即上山寻那迁徙出山的部落，探问之下方知该部为格咪佬部。戴崇华向部落百姓自报身份，被他们引见给了格咪佬，于是双方开始了一番鸡同鸭讲的对话。

戴崇华彬彬有礼地对格哚佬道："格哚佬族长，本官是铜仁府同知，知府大人获悉你的部落出山，特意差遣本官前来问候，不知你们的部落因何迁出深山呢？"

格哚佬高举双手，神圣庄严地："伟大的、无所不能的蛊神降下神谕，我族所在的地方将有大灾难发生，并为我们虔诚的信徒指明了新的吉地，就在这里，我们遵照神谕而来！"

格哚佬说着，还让一个浑身插满羽毛的鸟人拿了一个龟壳来给戴崇华看，戴同知左看右看，就是看不明白上边烧裂的纹路，能向这些半野人传达出内容如此丰富的信息。

戴同知便好言相劝道："格呐佬族长，你们这样做是不对的。如果神明指示你们，京城才是你们宜居的吉地，难道你们还能跑到京城去盖房子？是不是请神明在深山中另外给你们指示一块吉地呢？"

戴同知本以为格哚佬部和其他部落之间发生了战争，兵败逃难，又或者是该部落的驻地发生了什么天灾。

如果是这些原因，那都不是问题，山中生苗的生活方式非常简单，活动区域也有限，一个部落占领太大的地盘没什么用处，两个部落的战争结束后，他们自会迁回本来的驻地。

如果是因为原来的驻地发生了天灾，那问题也不大。容他们在此居留一段时间，最长一年半载，原驻地的生态恢复，他们也还是要回到原本驻地的。可是他们迁徙的理由是神谕，谁知道蛊神什么时候会再降一道神谕，让这些愚昧无知的野人回老家。

戴同知说完，马上发现格哚佬和旁边那个浑身插满羽毛的鸟人用一种很不屑的眼神看着他，仿佛在看一个愚昧无知的野蛮人。戴同知被他们看得很不舒服，便道："格哚佬族长不明白我的意思？"

格哚佬撇撇嘴道："你以为神明就像和你做生意的买卖人，可以讨价还价？"

戴同知耐心解释道："格哚佬族长，你要知道，这个地方属于铜仁府，归提溪司管理。如果是一户两户的流民逃难到此，那自然是不碍的，但是整整一个部落迁徙至此，那就万万不可以了。"

格哚佬问道："为什么呢？"

戴同知深深地吸了口气，道："这个问题就复杂了，涉及路引、户贴、黄册、赋税、徭役等等问题。何为路引呢，就是出外务工、经商、游历所必需的证明。何为户贴呢，就是记载户主、乡贯、户籍、丁口……"

戴同知滔滔不绝地讲了半天，讲得口干舌燥，这才停下来喝口水润润嗓子："格哚佬族长，你明白了吧？"

格哚佬点点头，欣然道："我明白了，可是……这跟我们有什么关系呢？"

戴同知一口水喷了出来，咳嗽半天，才强抑不耐地解释道："因为百姓皆有户籍，你的户籍在哪里，你就得在哪里，如非官府同意，是不能迁徙他地的。"

格哚佬茫然道："可是我们从来就没有户籍啊。"

戴同知窒了一窒，恼羞成怒道："但是你们不是一直住在山里吗？"

格哚佬："不错！然而伟大的、无所不能的蛊神现在指示我们要离开那儿，所以我们出山了啊！"

戴同知气急败坏地道："你们上上下下老老少少几千号人，要吃要喝、要穿要住！你们突然冒出来，那本来属于本地人的东西就要少了，猎物会变少，耕地会变少，那他们该怎么办？"

格哚佬哈哈大笑，道："原来你担心的是这件事，不用担心，不用担心，神明为我们指明道路，我们还要用自己的刀劈开荆棘，用自己的双腿去踏出大路才行。谁不愿意，那就来吧，要么杀光我们，要么被我们杀光，简单之极。"

戴同知吼道："我们知府大人是不会同意你们迁徙至此的，你们必须离开！"

这一下可捅了马蜂窝，格哚佬勃然大怒了："你们的知府有什么了不起，难道他比伟大的、无所不能的蛊神还要厉害？你这是大逆不道，你这是冒犯神明！"

戴同知在众口一词的唾骂声中，在漫天飞扬的唾沫星子里落荒而逃，因为走得甚急，下山时崴了足踝。

张知府听完戴同知的话，一张胖脸登时又纠结起来。其实在这个年代的西南地区，可谓地广人稀，土地利用率极低，不要说是一个几千人的部落，就算再加几万人也安置得下，但那是在人口缓慢自然增长的前提下。尤其是山外的土地各有所属，哪怕它荒芜着，任由草木生长，岁岁枯荣，都没问题，但是要把它交给别人，谁会答应！

张胖子头疼地扶住了额头，苦恼道："就没有一点好消息让我开开心吗？"

戴同知道："好消息也是有的，因为格哚佬部落突然出现，提溪于家和果基家已经偃旗息鼓、歇兵罢战了。"

张胖子脸上一喜，戴同知又道："但是格哚佬部要是赖着不走，恐怕于家和果基家就要与他们开战了！"

第六十四章

在那里，站住脚

一

铜仁和提溪的联系骤然变得密切起来，每日里快马往返，传递着消息。生苗出山的消息终于隐瞒不住渐渐流传开来，不过铜仁城的百姓对这件事并没有什么特别的感觉。

生苗出山而已，又不是番邦外敌打过来了，有什么好惊讶的。说起来大家只是久不来往，彼此生疏了，五百年前说不定还是一家呢，那感觉……就像一个从小没有见过面的远房表弟搬到了他们隔壁村子。

这个民族历史实在是太久远了，以致千八百年前的事，他们聊起来也像是说起他们小时候的事，既陌生又亲切，而没有什么遥远的感觉。真正感到紧张的，只有张家和于家。

提溪司那边有张家的分支，提溪长官司长官就是张铎的本家堂弟，那里还有于家的分支于家寨，第三方势力就是凉月谷果基家。格哚佬的部落要迁至提溪，挤占的就是他们的领地，压缩的就是他们的生存空间。

戴同知狼狈而归，张铎便命提溪司长官直接与格哚佬部进行联系，双方接触、接洽、磋商、洽谈，如是者十来天，消息不断传送至铜仁，联络人员累得马瘦毛长，终于拿到了格哚佬部的最终答复：

格哚佬同意，既然他们出了山，就按山外人的规矩，纳入铜仁府管辖，接受铜仁府的管治，可以让户科到他们的寨子为他们造册登记，建户贴、黄册，正式成为铜仁府下辖的一个部落。

但是作为交换条件，格哚佬要求父母官向他刚刚迁来的部落提供粮食、农具、种子，并且派遣人员教习他们如何开梯田、种庄稼。而且他们还要求和凉月谷果基家一样，不纳粮、不服役，只向直属的土司老爷缴纳供奉。

这样的条件张铎怎么可能答应，提溪司的地盘分成三块，最大的一块就是他张家的，靠近水银山的那一块则是于家的，另外凉月谷果基家占有一小块，凉月谷的主要领地还是在山里。

格哚佬部要在那儿落地生根、建山寨、开梯田，狩山打猎，这就是从于家、张家和果基家的饭碗里抢吃的。这张饼一共就那么大，多一个人来分，其他人就要少一块，就算他肯答应，果基家和于家肯答应吗？

至此，张铎的绥靖政策彻底破产，打破了一切幻想，唯有选择兵戎相见了。张铎立即传檄全府各地土司，命他们赶赴铜仁议事，以便集合各路土司的兵马，讨伐格哚佬部。

格哚佬的部落本来是住在深山里的，官方户籍名册上全无记载，属于黑户，虽然造成这一现象的原因是官府没有能力把它的统治延伸到深山老林里去，但这样一来也方便他们对格哚佬部采取行动。

此番讨伐，张铎自己就能做主，只要能迅速平息此事，就不会引起朝廷注意或插手，其他各地的土司也不会掣肘。即便被朝廷察知，也可以以平息地方小型骚乱为借口，他可以放手来做。

哚妮听说了这件事，惊慌地对叶小天道："小天哥，张知府要召集各路土司讨伐我爹呢，这可怎么办？小天哥，你还是快下令，命其他各部支援吧。"

叶小天摇摇头，道："抛开教中的关系不谈，你爹这么多年，总也交下一些朋友吧？如果需要，他会请人帮忙的。这件事，你不要管，我，也不能管！"

叶小天起身向外走去，见哚妮依旧一脸慌张，便安慰道："你不用太担心，张知府才是最怕出事的那个人，所以就算他赢了，也不会把你爹怎么样！"

哚妮望着叶小天的背影，想不通叶小天为什么要舍易就难，想了许久，她的眼睛渐渐亮起来，她明白了，她相信小天哥所做的一切其实都是神谕，小天哥拒绝动用尊者的权力也是神的一个考验，是对她父亲是否虔诚的一个考验。

叶小天当然不会无聊到替神去考验他老丈人是否虔诚，在他做出让生苗出山的决定时，他就预料到不会那么轻松，不流血、不奋斗，就能让别人拱手让出地盘，太不现实。

然而困守深山，那些心地纯良质朴的山民只能变得愈加愚昧落后，继续被山外的世界远远抛在后面，总有一天他们将落得一个猴子般供人戏耍奴役的悲惨下场。

而一步步接触，通过交往、交际、通商、联姻，长远规划，步步渗透，历数百年自然进化来进行这一过程，谁能确保他的继任者会继续贯彻他的主张？若是他老爹现在要求他回京继续当狱卒，他肯定不会去，这么孝顺的他都不敢保证一定顺从父亲的期望，他凭什么相信他的继任者？

所以当张铎决定用武力把格哚佬部赶回深山，传檄全府各地土司的时候，叶小天并没有给予格哚佬更多的指示，正如格哚佬当初出山时，他也只是指出要去哪，至于怎么去、用什么理由，如何站住脚，他一概不管。

格哚佬部只是他数十万子民中的一小部分，他要是想当个事事亲为的老妈子，累吐了血也只能成为出师未捷身先死的诸葛亮。山外的世界繁华、富庶，远比深山的艰苦条件要好。这里的人有鲜丽的衣服，有花样繁多的饮食，有跑得飞快的车子，也有复杂的人际关系……

那些山民和他们的族长、酋领、长老们，他们今后所需要面对的，不再是恶劣的自然环境和禽兽蚊蝇，但也不是一路坦途，他们要掌握新的谋生技能，他们要打交道的，是远比山石树木猛虎群狼更复杂的同类，他们需要适应，需要学习在山外世界中活下去的本领。

"在那里，站住脚！"

当格哚佬派人向叶小天请示的时候，叶小天传给他的依旧是这六个字，至于怎么做，他没有给予任何指示，没有提供任何建议。这时候，他正一心忙于筹建书院和武会，至少表面上是这样。

有时候，大人物一动念，仅仅是一个念头，可能就会有点石成金、呼风唤雨的效果，会有许多地方，会有无数的人，因为他的这一动念从而彻底改变自己的人生和命运。

但他想做的必须是他能力范围之内的事，否则就是异想天开，超出了他所能控制的范围，他的想法就只能变成激进和跃进，会有无数的人因为他这不切实际的想法而受害。

叶小天现在就是一个大人物，虽然是隐形的。或许是和那个搬砖孩子的一番对话触动了他的童年回忆，他想……也许可以做点什么，就是这一动念，便有了建造一所平民书院和武会的提议。

但是叶小天请求建立书院的公文递到贵阳学政那里，就被驳了回来，根本没有机会送达朝廷，受到院、道诸公的众议。

贵州学政是由贵州提刑按察使兼任的，按察使大人是王浩铭，和江南大儒崔象生是同门，对叶小天一向没有好印象，这次见叶小天一个主管刑名的推官居然上书建议设书院，便把大笔一挥，只批了四个字："不务正业！"

由于王浩铭的正职是提刑按察使，主管一省刑名，公务繁忙，所以还有一位副学政署理学政的日常事务，他见那请示上面还有铜仁张知府的签押，而学政大人批驳的语气又太过不屑一顾，便为他转圜了一下。

这位副学政洋洋洒洒地列举了十几个问题，以证明铜仁不能建立书院，诸如：书院乃藏书、教学与问道三者俱备的学府，这位铜仁大善人罗大亨藏书多少？聘请了几位大儒？可有研究道德学问的本事……

叶小天的初衷只是想让那些目不识丁的孩子长大了不至于是个睁眼瞎，能写会算就可以了，他要做的其实是普及教育，并非精英教育，他根本就没指望以他的办学能力会教出几个当秀才、举人、状元的弟子。

他上哪儿去购买堪称书院的大量藏书？他上哪儿聘请足够分量的大儒来此坐镇讲学？作为一个七品推官，而且在士林中毫无威望，这是他有钱也不可能完成的任务。

李秋池问明叶小天心意，不禁笑道："东翁，以书院为名确也招摇了些，就算最小的书院至少也得一位博学鸿儒坐镇才名符其实啊。既然东翁只是想让这些孩子识字读书、能写会算，那也不必以书院为名了，咱们建个私塾就好，只不过一般的私塾不过十几二十个学子，我们的私塾要大得多，既然不能称院，称之为校以区别于塾就是。这样也不必需要院、道诸公和学政大人批准！"

叶小天被他一言点醒，叶小天做事本来就是看重目的和结果，并不在乎过程和手段，先前没想到这一点，现在有了李秋池的提醒，叶小天干脆撇开官府准备单干了。

叶小天立即让李秋池选择校址，以便建造两所学校，一文一武，专门招纳那些无钱读书，每日混迹街头玩耍的孩子，并且委托黎教谕帮他物色读书人充当教席。叶小天的要求不高，没有功名也可以。

对于叶小天的这些举动，铜仁官绅两界并非一无所知，只不过大多数人都只是冷眼旁观地看笑话，在他们看来，这位叶推官一定是发了神经，跟着一个有钱没处花的罗大胖子瞎折腾。

在这土司满地走，土舍多如狗，出身就决定命运的地方去推行教化，能建立什么文教之功呢，能凭此晋位升官吗？

此时的铜仁，确实是土司满地走，土舍多如狗，因为张知府传檄各地，共商出兵大计。土司们之间偶尔会有小打小闹，但是各路诸侯联合讨逆的把戏，一百年也碰不上一回，是以各地土司纷纷赴会，铜仁城里自然随处可见贵人。

这一日，李秋池终于选定了两处地方，文校准备建在府学之东，府学之东原本是一片稀疏的林区，按照李秋池的说法，在毗邻府学的地方建学，可以让他们文校的学子们沐浴向学之风。

可是叶小天早就见识过府学、县学里那些凭恩荫入学的土司少爷们是何等模样，离这些少爷秧们那么近，能熏陶到什么向学之风，不过看那地方倒还幽静，而且本是空地，建造校舍快易，便答应下来。

至于武会的所在，却与叶小天的府邸很近了，因为这处地方也在东山，只不过叶府在山阳，武校在山阴。这处地方叶小天没有去察看，直接就定了下来。

在叶小天看来，读书当然应该讲究些环境，清幽安静，能让人心无旁骛才好。至于练武却大可不必如此讲究，一个武人这般讲究那还练的什么武。叶小天拍了板，资金又充足，两处校舍马上同时动工了。

叶小天并未想到，一时动念所做的这个善举，最终回馈了他什么。在两处校舍动工以后，他的注意力终于放回了衙门，因为各路诸侯已经纷纷赶到铜仁城，张知府的议盟大会就要开始了！

第六十五章

逼 宫

一

府衙二堂上，众土司、土官们济济一堂，其中很有一些是叶小天脸熟悉的，比如大万山司的洪东知县，乌罗司的阿加赤尔土司，平头著可司的扎西土司，还有石耶洞、邑梅洞的几位土司，叶小天纵然不记得他们的名字，长相也有印象。

只不过上一次叶小天是他们之中的一员，都是来向知府大人讨银子的，而这一次叶小天已经是知府属官，是来旁听众土司议盟，如何应对生苗出山这个突发事件的。因此，叶小天没有坐在他们中间，而是和知府属官们一起坐在左侧。

右侧是众土司官的座位，左侧上首第一位，坐的是一个柳眉杏眼、肤如凝脂的青衫公子，掌中把玩着一柄象牙小扇，笑吟吟地左顾右盼着，正是叶小天心目中的小妖女——监州于大人。

后宅里面，张雨桐帮父亲整理着袍服上的褶皱，道："那格哚佬部落不过三千人，去掉老幼和妇人，能有八百勇士就不错了，父亲命提溪长官司率于家和果基家的兵马就足以应对，何必大动干戈，召集全府土司呢？"

张胖子叹了口气，拍拍儿子的肩头道："儿子，你还太小，有些事你不会明白的。"

张雨桐苦恼地皱起了眉："我已经十七了！"

张胖子笑道："不错，虚岁！"

张胖子举步要走，见儿子依旧一副悻悻的模样，便又站住脚步，道："这个摊子，早晚要交到你手上，便先让你知晓也没什么。儿啊，铜仁是咱张家的，没错，可人有壮年和老年，江山也是如此。

"如今咱张家，已经不像当年一般说一不二，可以势压铜仁所有土司了。水银山之乱，爹未能调停解决，田家又袖手不管，这些土司们就有点不把咱张家放在眼里了。

"咱们土司人家，稳！这是不假。我听那说书先生讲，自汉以来，当过中原皇帝的，除了汉人，还有什么氐、羌、羯、鲜卑、匈奴、契丹、女真、沙陀、西夷、党项、蒙古……

"皇帝换了无数人家了，可咱们依旧稳稳当当地在这儿称王称霸。像那安家，从汉朝到如今经历多少王朝了？稳着呐！不过，一千年前安家是贵州土司之首吗？不是！五百年前土司王是安家的吗，也不是！不灭亡，不代表实力和地位也不变呐。"

张雨桐动容道："爹是说，有人想谋夺咱们张家铜仁之主的地位？"

张胖子摇了摇头，道："爹并未探听到什么，只是觉得有点不对劲儿，具体哪儿不对劲，爹也说不上来。总之，爹这次大动干戈，就是一个警告，如果真有人图谋不轨，爹要让他知道，我们张家，依旧是铜仁之主，铜仁辖下的土司们，依旧听从咱们张家号令！"

说到这里，张胖子脸上掠过一丝豪迈的霸气，他又用力拍了一下儿子的肩膀，便由两个力大的仆人搀着走了出去。过度的肥胖，迟缓的身影，把他刚刚呈现的威猛气势毁得一干二净。

·※·※·※·

二堂上，戴同知介绍完格哚佬部落的情况重新落座，端坐上首的张胖子便道："本府本着仁义之心，一再忍让，希望格哚佬部能够退回山里，可惜他们对本府的劝诫都当了耳旁风。如今，本府决意，以武力驱逐该部，诸位土司以为如何？"

张胖子本以为这句话说罢，众土司就会纷纷振臂高呼，响应出兵，不料他语音一落，大堂上却陷入了一阵难堪的沉默。

叶小天也被这突如其来的静寂弄得有点不自在，他挪动了一下屁股，不料带动臀下的椅子，发出吱嘎一声，在这一片死寂中显得特别刺耳。叶小天吓了一跳，赶紧停住不动。

张胖子一双眼睛微微瞪大了些，脸上有些燥热，他对众土司的不恭已经隐隐有些觉察，可他没有想到事态已经发展到了远比他估计的还要严重得多的地步，他这铜仁之主发了话，竟然没有一人响应。

乔师爷见状，忙打圆场道："其实对付格哚佬部，仅凭提溪司张家、于家、果基家的人马就够了。知府大人之所以要号召全府各地土司联手出兵，是为了表示我铜仁各部一体一心！

"诸位大人不要忘了，我铜仁四周群山环绕，大山之中尽是生苗，如果山中部落有样学样，可不搅得天下大乱？所以，联手驱逐格哚佬部，就是告诉山中部落，我们铜仁铁板一块，叫他们不要再生妄想，知府大人是一番苦心呐！各位土司只需派遣少量丁壮，意示参加就成了。"

大万山司的洪东知县咳嗽一声，道："知府大人固然是一番好意，可是武力驱逐，会不会引起山中部落的同仇敌忾，反而纷纷出山了呢？下官的辖地，可是就在十万大山脚下……"

洪东知县这一发言，叶小天才注意到，他居然穿了一套知县的官服。叶小天还记得上一次他来向张知府讨赈银时，穿着一身藏青色的土著袍服，布帕缠头，腰挂短刀，不像一个知县，倒像哪个寨子里出来的土司。

向土知府讨银子时穿土司袍服，现在土知府找他商议联手出兵了，他就穿朝廷的官服……

叶小天想明白其中的意思，不禁暗暗摇头，这些土司老爷们肚子里的墨水或许不多，但心机诡诈方面却毫不逊色。这正是他没有包办一切，放手让格哝佬部去独自应对的原因，人间是个好地方，但人心也不乏险恶，他们要学会适应。

洪东知县这样一说，立即有几个土司随声附和起来，这几位土司包括乌罗司、邑梅洞司、石耶洞司，他们的领地都是靠近大山的，所以和大万山司的洪东知县有同样的担心，只怕因此激怒山中部落，生苗大举出山，他们首先就要遭殃。

张胖子气得鼻息咻咻地道："你们担心会激怒其他的山中部落？现在格哝佬部已经出山，已经将提溪司一部分的山川、平原、河道占为己有，如果不把他们狠狠地打回去，难道你们就不担心其他的山中部落有样学样，纷纷出山？"

乌罗司的阿加赤尔道："知府大人此言差矣，山中部落一向不大与外界接触，方才戴同知也说了，格哝佬部这次之所以要出山，是因为他们接到了神谕，所以知府大人的担心是不可能出现的。"

张胖子瞪着他道："那么，你乌罗司到底出不出兵呢？"

终究是积威之下，阿加赤尔不敢与他对视，只是垂下目光，讪讪地道："我以为，还该慎重行事！"

张胖子又瞪向洪东知县，洪东知县赔笑道："我以为，应该以和为贵，以和为贵啊。"

张胖子气得发抖，他闭了闭眼睛，只觉头皮麻酥酥的，突然有种天旋地转的感觉，只怕一睁眼支持不住就得栽到地上，只得咬紧牙关，静待那种眩晕的感觉过去。

在张知府的感觉中，这个时间很短很短，而在堂上其他人眼中，却只见到张知府一连被两位土司拒绝之后，双手扶案，双眼紧闭，脸色忽青忽白，颊肉激动地哆嗦不止，额头黄豆大的冷汗涔涔落下……

众人心底都留下了这个极深刻的印象，或许，"铜仁之主"那摇摇欲坠的神坛就是从这一刻起，才真的轰然一声坍塌，碎成了一地瓦砾。

张知府过了好久才平静下来,他缓缓张开眼睛,用有些虚弱的语气对于俊亭和果基土司道:"看来别人都是要自扫门前雪了,关于格哚佬迁至提溪一事,你们两位怎么说?"

于俊亭是在场众官员中唯一的一个女人,而且要论官阶数她最高,是以当然要由她先回答。于俊亭拿着象牙小扇在温润的掌心轻轻地敲了几下,忽地浅浅一笑,道:"我以为,不如比照凉月谷旧例,分其地,安其民,纳入辖下!"

"什么?"

张知府蓦地瞪大了眼睛,有些不敢置信地看向这个一向被他轻看了的女娃,私下里,于俊亭已不止一次向他抱怨,发牢骚说如果知府大人再不拿出举措,于家就要独自行动。

张知府本以为今日无论如何于俊亭也该坚定地站在他这一边,怎么会……一刹那间,张知府突然都明白了,他的预感没有错,的确是有人试图打压张家,争取本家族的地位跃升一步,那个人就是眼前这个口蜜腹剑的小贱人!

于家在铜仁的势力仅次于张家,他早该想到的,早就该想到……可他的预感也太迟钝了些,直到人家图穷匕见,他才有所察觉。张知府浑身发抖,手脚冰凉,那种眩晕的感觉又来了。

叶小天冷眼旁观,忽然觉得眼前这一幕非常熟悉。对了,他在葫县时,孟庆唯、徐伯夷、王宁,都不止一次对他搞过这种把戏,幸运的是,他每一次都能绝地反击。

而最后出现这一幕时,他已经从被群起攻之的目标变成了事情的幕后主导,被逼宫的那个人变成了花晴风。现在,张知府无疑就是当时的"花晴风",那"叶小天"又是谁呢?

第六十六章

千里走单骑

一

叶小天的目光很快就落到了于俊亭的身上，或许是因为在他身上也发生过类似的事情，又或者是因为他和于俊亭有些骨子里的东西是相同的，几乎没有多加考虑，叶小天怀疑的目光就锁定了那个笑得很俏媚的女人身上。

于俊亭笑眯眯地看着张铎，一脸天真无邪的模样，但她迎上张知府的目光却冷凝得仿佛两点寒冰。要么不出手，既已出手，就不能再留余力，这头现在看起来可怜兮兮的死肥猪，只要让他喘过气，一翻身就会变成一匹凶残暴戾的恶狼，啃得她连渣都不剩。

张铎的目光带着一种绝望的凶狠慢慢从于俊亭脸上移开，投向果基土司身上。在铜仁治下的各路土司官长之中，凉月谷是最特别的一个，这个部落是从两百多年前，也就是元末明初的时候，才逐渐走出深山的。

他们逐渐向山外迁徙，历经一百多年时间，和提溪当地的其他部落接触、通商、联姻，最终才稳定在凉月谷内，成为提溪司正式的一员。但是对这些动辄就存在了几百上千年的土司人家来说，一百年的交往时间还是太短了。

时至今日，铜仁府对凉月谷的控制能力依旧是最弱的，以前各地土司们唯张胖子马首是瞻的时候，也只有果基土司不大买他的账，更何况是如今这个时候。

唯一让张胖子还心存幻想的是：恰恰是因为凉月谷太过独立，而且之前和提溪于家曾大打出手，于俊亭那小贱人即便能串联收买其他任何一个土司，其中也一定不会包括果基土司。

所以，如果果基土司赞同对格哚佬出兵，那他今日召集诸侯的行动就还不算太难看，起码有人在响应他，愿意与他一道出兵讨逆，否则就是彻底输到了家，而且输得无比难看。

果基土司冷冷地看了他一眼，又冷冷地看了一眼于俊亭，冷冷地道："我不想理会你们都在打什么主意，也不想费那个脑筋！我是凉月谷的土司，我只对我们果基家负责！"

果基土司按着腰间的刀，微微向前俯了俯身子，沉声道："我也不管他是格哒佬还是格哒幼，只要他敢进犯我凉月谷的领地，我就会用这口刀去招呼他！如果他没有侵犯我凉月谷的领地……"

果基土司直起腰来，冷冷地扫了众人一眼，继续冷笑道："我为什么要牺牲我凉月谷的娃子，和我的老对头……"他一指于俊亭，道，"联手对付一个不曾侵犯过我凉月谷的部落呢？难道这些年来，我们凉月谷受的挤对就少了？呸！"

张胖子和于俊亭同时哑然，果基土司所在的部落占据的提溪领地并不多，主要领地还是在山上。一百多年前，果基家族向山外迁徙的脚步之所以止步于凉月谷，就是因为受到了当时张、于两家的联手抵制。

果基土司站起身，扶着刀，昂首对张铎道："今日我来，就是向知府大人表明我凉月谷的态度。格哒佬部若进犯我凉月谷，我老果基一定会用刀枪赶走他！如果格哒佬部能与我凉月谷相安无事，你们也不必时不时就把我凉月谷挂在嘴上了！提溪是你们张家和于家的，从来就不曾属于我们果基家！"

果基土司说完，抚胸向张铎行了个礼，沉声道："就此告辞！"

果基土司扬长而去，大堂上鸦雀无声。

于俊亭向果基土司离去的背影淡淡地瞟了一眼，又转回张胖子脸上，眸波盈盈欲流，柔声道："'十八路诸侯讨董卓'的大戏演不成了，'三英战吕布'也凑不齐，看来知府大人只能'千里走单骑'了呢！"

张胖子脸庞发紫，他颤颤巍巍地站起来，指了指于俊亭，又指了指在座的众土司，一句话还没说出口，就听"轰"的一声，他那庞大的身躯已经重重地摔在地上。

"东翁、东翁！"

乔师爷慌了手脚，李经历等人急忙抢上去试图救起张铎，于俊亭一下打开象牙小扇，轻轻扇开扑到面前的灰尘，轻盈地站起身，拂一拂衣袖，便向堂外走去。

于俊亭这一动，在场的土司们都随之站了起来，乔师爷、御州判等衙属官员见了不由个个心惊：难道铜仁辖下的所有土司都已站在于州监一边？

其实在场的土司中，并非全部都被于俊亭收买了，但是于俊亭选择的发难时机实在是太好了，首先这件事只涉及于家和张家，并不涉及其他部落利益，其他部落没有出兵的欲望。

再者，对手是大家一向比较陌生、神秘，又有些忌惮的山中部落，而且仅仅是山中部落的一个，很可能打了一个就惹出一群，在事不关己的前提下，还有几个人肯站出来附和张知府呢？

同时，于俊亭又让她收买的土司抢先发言反对，很多土司本就是人云亦云随大溜的主儿，自然就营造出了这样一种"一面倒"的气氛。而这一幕看在那些衙属官员们心中，他们会怎么想，谁能不为自己家族的未来有所打算？

　　这一点，叶小天在于俊亭起身，众土司随之起身的时候就已想明白了。造势、用势他本就是行家，对这一点当然看得透彻。不过这个小妖女对这一手居然也玩得如此娴熟，倒是有些出乎他的意料。

　　于俊亭走到门口时，一只脚迈出门槛时，身形忽地一顿，脑袋微微一歪，一双妙目像鸟儿似的睇过来，正与叶小天的目光碰个正着，似乎她早就感应到叶小天一直在注视她。

　　这女人，了不起呀，以女子之身成为一族之长，靠的可不仅仅是她的血统和出身，就算十个张胖子绑在一块儿和她斗心眼儿，也不可能是她的对手！叶小天如是想，看着于俊亭的背影，目光充满了欣赏与赞叹。

　　这小子，如今终于明白发生了什么，又是谁在主导局面吗？于俊亭洋洋得意地想：今晚到我府上投帖拜见的，应该少不了他。

·※·※·※·

　　张胖子脑袋上搭着一块湿巾，憔悴地躺在榻上。张雨桐站在榻前，握着手中剑，神情激愤地道："爹！孩儿已经长大了，你就让孩儿领兵出征吧！"

　　张胖子摇摇头，虚弱地道："不行！你……还小，此一战，只许胜，不能……败！必须……得派个稳重可靠的人。"

　　张雨桐愤懑地道："爹……"

　　张胖子闭上眼睛，道："退下！"

　　张雨桐无奈，只得恨恨地跺了跺脚，让出床头，后边站立的一人这才凑过来，低声道："大哥！"

　　这人正是前些日子刚刚死了一个嫡子的张绎，张铎睁开眼睛，手掌动了动，张绎忙把自己的手递过去，让大哥握住。

　　张铎吃力地道："各地土司们，已经把我们张家……当成了无牙老虎！这一战，对重振……我张家威风，至关重要！我把……三千藤甲军全都划给你，此去务必……大胜而归！"

　　张绎一听，急忙拒绝道："不成！大哥，三千藤甲军，那已是咱们张家全部的精锐了，如今看来，于家那个丫头图谋我们张家已经不是一日两日，我把精锐带走，谁知道她能干出什么事来。"

　　张胖子笑了笑，道："大哥我……很笨，眼也瞎。但是，这回这件事，我不会再看错的，于家那个丫头，绝不会对我动武，因为上边……"

张胖子吃力地向头顶指了指，微笑道："上边还有许多不管是我还是她，都得罪不起的大人物，坏规矩的事，她不敢做。"

张胖子闭目养了一会儿神，才继续说道："如果我没料错，她只有两个办法。一个办法，是找我张家的短处，以此胁迫我主动向朝廷辞让知府之位！"

张绎吃惊地道："大哥，那可是咱们家世袭的职位啊！"

张胖子道："没错！可……世袭的官，犯了大罪，也可以取消世袭。世袭的官，立了大功还可以让子孙从此世袭一个更大的官，那么……当然也可以把这个世袭的官贬上一品，比如……从此改为于知府、张监州……"

张绎嘴巴张了张，一句话也说不出来，张胖子继续道："对朝廷来说，有区别吗？只要掌管铜仁的那个人继续承认这里是他朱家的江山，这里的人是他朱家的臣民！他只需要写几个字而已！"

张胖子道："如果不能逼我就范，她也不会用过激的手段，要知道，就算她当不了知府，她也已是事实上铜仁府权力最大的人了，铜仁府众土司们信她、服她，旁人能说什么？可她只要对我动武，就会给那些想要干涉的大土司们提供了武力干涉的理由，你说她肯做这样的蠢事吗？"

虽然听长兄这么说，张绎还是不放心，摇头道："格哚佬部只是一个三千人的部落，控弦之士不会超过一千人。我带一千藤甲军，再从族中多挑些壮士，加上提溪长官司的兵马，足矣！"

张绎说完，用力紧了紧张胖子的手，沉声道："大哥好好歇息，等我捷报！"

第六十七章

磨 炼

一

张胖子被于俊亭的"逼宫"之举,气得血气翻涌,当场晕厥,被人七手八脚地抬到后宅救治去了。于俊亭和众土司则扬长而去,张、于两族争夺铜仁霸主之位的大戏正式拉开了序幕。

目前看来,张家的霸主地位恐将不保,这种情形有些像春秋时代的诸侯争霸,这些年你齐国最了得,那大家就公推齐桓公为霸主,过些年晋国最厉害,大家就公推晋文公为霸主。

可是任何一个上司在位时,总会有些事做得不称你意。每个人都觉得换一个上司就会比前任好得多,然而许多时候,他们欢欣鼓舞地迎来的新上司很可能比他的前任还要不堪,只是很少会有人去想这些。

在叶小天看来,这就是大房和二房争嫡宗正房,他叶小天只是个偏房,根本插不上嘴,又不忍心眼看着张胖子落得这般凄惨下场,所以他很仁慈地选择了闭上眼睛——打道回府了。

叶小天一回家马上找来哚妮,把今日发生的事告诉了她,安慰道:"你看,我说过不用担心的,现在各地土司都反对出兵,于家和果基家也不会出动一兵一卒,只靠张家应该奈何不了你的父亲。"

哚妮已经对叶小天不肯动用尊者权力为老丈人解围的行为进行了一番"神"解读,她相信这是神对她的族人的一种考验,只要她的族人能够禁得住神的考验,神就会庇佑他们。

听了叶小天的话,哚妮喜滋滋地点点头,又凑上前在叶小天颊上印下一个甜甜的吻,柔声道:"嗯!小天哥做事,就一定会有小天哥的道理,人家根本不担心的!"

叶小天有些奇怪地看了哚妮一眼,有些不敢相信:这小妮子居然能看透我的良苦用心?不可能吧,就凭她那粗枝大叶的性子,会有这般细腻的心思、这般聪慧的头脑?

……

格哚佬听说张知府要发兵讨伐的消息后心情很紧张。他倒不是惧怕即将迎来的战斗，他们久居深山，与天地斗，与恶劣的自然环境斗，早就无所畏惧了。他只担心守不住山寨，违背了尊者吩咐的"在那里，站住脚！"

为了能"站住脚"，格哚佬那生了锈的脑袋努力地转动起来，想尽了办法。首先，他马上派人回山向神殿求助了，这已是深入他骨髓的一种本能：自己不能决定的重大事件，就向神殿请示，按照神谕行事。

随后，格哚佬又对山寨进行了加固，并且在山寨周围设下了大量的陷阱和机关。这些事情他的族人做起来很是驾轻就熟，只不过原本这些把戏是用来对付野兽的，现在要用来对付人而已。

大量的陷阱机关会给来犯之敌造成重大伤亡，实际上在山中两个部落间偶尔爆发冲突时，也会用上这样的手段，对方即便同样是擅长丛林作战的勇士，也未必能发现全部的机关。

做机关陷阱这种事不只勇士们能做，老弱妇孺也能做，强壮的战士除了一部分留守山寨之外，都被格哚佬派去捕猎野兽了。

考虑到寨子可能会被围困，这些都是必要的储备。等这一切都忙完了，格哚佬发现自己已经无所事事了，于是他就坐在寨墙上等张知府的人马。格哚佬左等也不来，右等也不来，实在等得无聊时，忽然想起了诸葛亮的故事。

诸葛孔明的故事在五溪蛮一带非常流行，百姓们对他的事迹耳熟能详，就连这深山中的部落也不例外。格哚佬由诸葛孔明又想到了探马，心里顿时像开了一窍似的：这样等下去不是办法，谁知道他什么时候来，来多少人，但我可以派探子打听呀。

格哚佬马上挑选了几个懂汉语的族人。以前部落里要和山外交换生活物资时，大多是委派这些人出山，久而久之，他们的汉语都说得相当流利了。

不久之后，附近的一些村庄相继出现了一些打着赤脚、身穿兽皮、握着竹矛背着猎弓的山里人，笑容可掬地向他们打听铜仁张知府有没有派兵来，派了多少兵来，这些兵什么时候会到一类的奇怪问题。

村民们先是一脸惊愕，然后便是纷纷大呼："村长，生苗下山啦！"

村长保正们就如临大敌地领着村中壮丁围捕过来，"探子"们见势不妙纷纷落荒而逃，那些村长保正们也不敢太得罪他们，怕招来更大的祸事，只是职责所在不得不为，见他们跑掉也就见好就好，收兵回村去了。

五天之后，格哚佬派出去的探子终于陆续回了山，山寨里的百姓们惊讶地发现，他们的勇士们离开山寨时雄赳赳、气昂昂的，可回来的时候，所有人的武器都不见了，衣着也变了，有人变成了叫花子，衣衫褴褛、披头散发；有人变成了货郎，肩上还搭着褡裢……

格哚佬的探子们用了五天时间，弄明白了许多事情：比如说这里的村庄也是受铜仁张知府管辖的，所以这里的村民不但不会把张知府的消息告诉他们，还想把他们都抓起来。

比如，他们在这里向人打听敌人的消息，绝对不能像在山里时一样，随便找到一个游猎于山中的猎人一问，那人就会很坦率地把他所知道的情况都告诉自己，因为这里的人奉行的大多是"多一事不如少一事"的人生哲学，所以想当探子必须学会伪装。比如向人询问事情的时候，不能直来直去，得拐弯抹角、旁敲侧击地询问……

外面的世界真的好复杂，要打听一点消息，需要动的脑筋简直比追踪、捕获一条能爬树、会攀岩、机警狡黠、动作敏捷，稍有一点风吹草动就会闪电般逃之夭夭的黄喉貂还要多。

幸运的是，他们人生中第一次斥候任务竟然顺利完成了，他们带回了格哚佬想要听到的情报："铜仁张知府的兵马已经到了山下，至于人数……数不过来……"

·※·※·※·

张绎从张家的精锐藤甲军中点了一千人，又从本部落的壮丁中点选了一千名健卒，合计两千人，浩浩荡荡地向提溪开拔了。提溪司张家那边还有一些戍守地方的军队，他们将合兵一处讨伐格哚佬。

土司们轻易是不出门的，除非是大土司召集会议，或者众土司要联合搞个什么活动，他们才会勉为其难地离开自己的领地，而且事情一了就会马上返回，但这一次众土司们大多选择了滞留铜仁府。

他们想了解了解张家的实力，同时也想了解一下那些生苗是否真如他们想象的那般剽悍。不管是生苗的战力还是张家的战力，他们都陌生得很。

·※·※·※·

一大早，叶小天过问了一下两处校舍建设的事儿，便穿上公服到了府衙。知府大人正告病休息，监州大人现在暂摄知府职权，这也算是一种变相的新官上任，叶小天可不希望那个小妖女的第一把火就烧到自己头上。

于俊亭现在是暂摄知府职权，只待知府病愈或者知府大人愿意抱病署理公务就得交回权力，所以不需要排衙这种场面上的仪式。一大早到了知府衙门，她就直接来到自己的监州签押房办公。

以前于俊亭几乎从不到衙门里来，她的签押房就一直空着，可她毕竟是监州，她的公堂即便闲着，也没有人敢当作仓房，更没人敢在通判的院子里种些大葱大蒜，每日还有专人打扫，因此很是洁净。

今日于俊亭突然出现在这儿，她的公案更是被人擦得一尘不染，那黑漆的桌面闪闪发亮，几乎都可以当镜子用。虽然是初次代理知府职权，但是各司各班的属官胥吏们并没有无事跑来献殷勤的。

想见风使舵投靠于家的人，昨晚就已排着队把名帖投到了于家，一些职位高的人甚至还受到了于俊亭的亲自接见，他们不需要在此时表现什么，所以监州就很清闲了。

于俊亭坐在太师椅上，摸一摸光滑如玉的椅子扶手，微微放松了绷起的肩头。停了一会儿，她的俊目微微一睨，见房中没有旁人，只有一个小厮站在门口，而且面朝厅外，便把一只手支在桌子上，托住了下巴。

她在想叶小天，昨夜投帖告见的人里边并没有叶小天，于俊亭不禁犯起了嘀咕：这个人究竟是什么意思，是太过迟钝，不懂得把握机会，还是不想投靠到我的门下？从戴同知打听到的消息来看，他目前分明没有什么倚仗，而且很想找条大腿抱着，只是求告无门罢了。

于俊亭微微地挑了挑她的柳眉，靓丽的眉眼间便透出一股邪魅的妖气：莫非他心气儿太高，嫌我这条大腿还不够粗？

于俊亭百思不得其解，忽地一拍公案，想不通就不想了，找他来一问便知。若是他识时务，今后我便重用于他；若是他不识相，找个机会把他踢出铜仁府便是。

想到这里，于俊亭又肃然坐正，清了清嗓子，威严地道："唤叶推官来见！"

第六十八章

会错情

一

丙戌年五月二十五日，这一天的铜仁府，看起来和往常似乎没有什么两样，一切都一如既往。对那些在铜仁府衙混了一辈子的胥吏们来说，只有两件事比较新鲜。

一件是知府老爷没有升衙，虽然说他们的这位土知府时常不升衙，但特别的是，今天有人代他升衙。皇帝不早朝，也不会有哪个大臣敢代他早朝，土官亦如是，可现在有了这样一个人，这个打破铜仁府数百年惯例的人，就是于监州。

通常在土司的地盘上，如果发生这种事，也就意味着后来者居上。如今铜仁发生了这样的事，也就意味着，在铜仁府存在了四百年之久的于氏，隐隐已经有了压过在此扎根五百多年的张氏的实力。

另外一件事就是，对铜仁府来说一向可有可无只能充作摆设的刑厅如今居然老树发芽，焕发了活力。今天是刑厅放告日，刑厅居然接到了三张状子！

放告日只接到三张状子，这在中原人口稠密的城阜，简直是会让主管司法的官员半夜笑醒的美事，因为尽管民间有"屈死不告官"的说法，可实际上打官司的人还是很多很多，以致每逢放告日，官府收到的状子都是用尺来量的。

可是在铜仁府，这里的刑厅以前三年能收到三张状子都是很惊奇的事，而现在居然在一个放告日就收到了三份状子，实在可以和于监州暂代知府职权并列为铜仁两大新闻了。

放告日是官府收状子的日子，一般来说，只有杀人害命、致人伤残等重大刑事案件才可以上衙门告状，一般的民事诉讼平时是不受理的，只能在规定的日子举告，一般从初一开始，每五天为一个放告日。

今天正好是放告日，刑厅接到了三起案子。状子太多的时候，官员会先把所有状子先看一遍，有所侧重地提原告、被告进行问案，叶小天见只有三桩案子，便直接升堂，先从第一份状子审起来。

这是一桩"民告官"的案子，一个商贾状告一个税科小吏勒索贿款不得，复又调戏他的娘子。

按照规定，民告官、下告上，要杖三十。但官府也不能不讲道理，上下尊卑固然要讲，可是这样的规定分明就是包庇犯罪，如果告状人所得的好处还不及受这三十杖的付出，那岂不是百姓受了侵害也不敢告状了？

要知道朱元璋是穷苦人出身，虽然最后成了统治阶级的代表，可他骨子里始终把自己看成老百姓，最喜欢干的事就是怂恿老百姓状告大官人，如果觉得官员枉法，他甚至允许百姓绑了地方官进京告御状，沿途驿站还得免费供应饮食。

所以，这三十大板不是未审先打，而是先行记下，如果审完了案子，证明这"民告官"的人或者"下告上"的人所告属实，那这三十大板是不用打的，只有证明他是诬告，才会在他本该承担的诬告责任之外，再追加三十大板的处罚。

今天这桩案子，经叶小天的审理，恰恰属于诬告，那税科小吏是个新上任的税官，做事非常认真。那商贾乃是坊中一个有名的泼皮，一向偷漏税赋，因滚刀肉一般太过难缠，其他税官一向不愿与他为难。

不料如今碰上这个新税官，揪住他不放手，这泼皮商贾实在抵赖不得，便想反咬一口，混淆是非。叶小天看他娘子神色慌张，有些反常，便和李秋池一唱一和连诈带唬地诓她说出了真相。

如今案情大白，叶小天便命人把那奸商拖下去打板子，趁此时间把后面两份状子也迅速浏览了一遍，发现第二件状子是正常的举告，第三件居然是一桩重大的刑事案子，并非拖到放告日才告，只是恰巧发生在今日。

叶小天只看到一半，便拍案大怒，道："如此恶少，当真该死！"

李秋池道："东翁何故发怒？"

叶小天把状子甩给他，愤愤然道："你自己看，这当真是一群禽兽！不，禽兽不如！"

李秋池看过状子，匆匆浏览一遍，颔首道："此等行径，确是人神共愤。"

叶小天怒道："这等奸邪之徒，我决不容他逍遥法外！马上升堂！"

李秋池点了点状纸上的一处地方，提醒道："东翁可看清楚了此人的身份！"

叶小天沉着脸点点头，他当然看到了。这些畜生的身份，确实让他感觉有些棘手，但他并不想就此放过这些人，他正要吩咐升堂，于监州房里的小厮溜了进来，站在大堂侧面向李师爷招手。

李秋池走过去听他说了两句，便回到公案旁，对叶小天耳语道："东翁，于监州有要事相请，请东翁马上过去。"

叶小天微微一怔，李秋池向侧厢一指，叶小天看见那小厮还在等着，便点点头，吩咐道:"把那奸商打足三十大板,赶出大堂。所欠税赋,着由税课司追缴补足。另两桩案子暂且押下,一个时辰之后继续审理!"

说罢,也不等皂隶们击退堂鼓,叶小天便把袖子一拂,转向了屏风后面。屏风后面另有出入的门户,那小厮赶过来,引着叶小天离开刑厅,一路来到通判大人所在的院落。

通判既是州郡长官的副职,又是类似于监察御史一般的特殊官员,地位特殊而高贵,所以通判衙门几乎和张知府署理政务的地方一般大小,区别只是张知府的公堂位于衙门的中轴线上。

叶小天走进于俊亭的签押房,兜头一揖道:"下官见过监州大人!"

于俊亭笑道:"叶推官不必多礼,坐下说话。"

"谢大人!"

叶小天向侧首退了几步,在一张官帽椅上坐下,这才抬头看向于俊亭,就见于俊亭正用一种有趣的眼神看着他。见叶小天抬头,于俊亭便笑道:"本官招你叙话,没有影响你署理公务吧?"

叶小天微微欠了欠身,道:"下官刚刚处理完一桩官司,在下一次放告日前,只有两桩官司待审了,并不碍的,只不知……监州大人召下官来见,究竟有何训示?"

于俊亭道:"没什么,只是……刑厅已多年不曾有百姓来打官司,叶推官上任没多久便能打开局面,使我铜仁府刑厅不再只是一个摆设,本官甚感欣慰,找你来,是想了解了解刑厅事务。"

叶小天在来时路上就在猜测于俊亭找他究竟要干什么,昨日于俊亭才"逼宫",气倒张知府,今天是他代行知府职权的第一天,就莫名其妙地找到自己,不会是想拿自己开刀立威吧?

叶小天警惕起来,斟酌着言辞,把刑厅如今的情形对于俊亭介绍了一番,说到后来,忽然想起今日刚刚接手的那桩刑事大案的犯案人的特殊身份,心中不由一动,说不定这解铃之人就在眼前呢。

叶小天趁机说道:"今日三桩案子,有两件民事,一件刑事。这件刑事大案,下官审明之后,还要请示监州的,既然监州如今问起,下官正好先向监州大人请示一下,审理起来,也好心中有数。"

于俊亭本想寒暄几句,便拐上正题,没想到这叶小天还当了真,居然很认真地向她汇报起案情来,于俊亭倒是挺享受叶小天的这种恭谨态度,便换了个舒服的坐姿,道:"什么事,你说罢!"

叶小天沉声道:"有一恶少,因偶遇城北三里庄洛家一个民女,爱其美貌,便常去纠缠。就在前日,这恶少酒醉之后想起那个民女,便纠集一班无赖,快马赶到三里庄，闯进民居，殴其父母致重伤昏迷，复又轮暴了这个民女。村民闻讯赶来，恶少一班人方仓皇逃去。今日有村民入城，恰巧认出一个路人就是当日施暴的纨绔之一，是以抓来衙门告状。"

这件案子本身并不为难，那叶小天所说的请示，缘于什么？于俊亭心中警铃大作，轻轻蹙起眉毛，狐疑地看着叶小天，道："此案有何异处，需要请示本官？"

叶小天一字一句地道："这恶少是个大有身份的人，享有豁免之权！"

于俊亭心中顿时升起一种不祥的预感："不会是我于家子弟吧？这些年来我对本族子弟一向约束甚严，难道……难道族中子弟竟敢背后干出如此人神共愤的事来？"

叶小天道："这个恶少，是一个土舍的儿子！"

于俊亭霍然起身，震惊地道："土舍的儿子？"

叶小天颔首道："不错！那个土舍……姓张！"

"姓张，张土舍？"

于俊亭恍然大悟。

土舍未必就是已经带兵去了提溪的那个张绎张土舍，张绎是类似于铜仁张氏"总理"身份的人，是以职权甚重。而土司本人的直系兄弟、叔伯，都是土舍。这个土舍既然姓张，就一定是张知府的兄弟或叔伯。

于俊亭突然明白了叶小天的为难之处。土司、土舍人家是享有特权的，如果不是身份相当的人家，而是治下的土民，就算打死了也只是罚点钱了事，想治他的罪，不合规矩。

她也想到了另一层。原来叶小天昨日没有向她投帖拜望，并非不想投到她的门下，只是太好面子，觉得投帖太过低声下气，如今是拐弯抹角地用刁难张家的手段来向她示忠。

不然的话哪有这么巧，前天发生了案子，恰巧今天就被人捉住了歹徒。只怕是早就案发，只是事涉张家，叶小天不敢处置。如今见张家失势，有心抱她的大腿，这才痛下决心，以此为投名状吧。

于俊亭心中鄙夷着叶小天的品性为人，脸上却是一副笑容可掬的模样。她走到叶小天身边，象牙小扇轻轻挑起叶小天的下巴，嫣然道："叶推官，你也算是煞费苦心了呢。不过，我就是欣赏你的狡猾和无耻，嘻嘻……"

叶小天一脸茫然：虽说在这满是老朽腐败之辈的衙门里，年轻俊俏如我，杂然其间，算是一颗难得的鲜桃子，不过……于监州这是什么意思？就算是挑逗，不也应该是我挑她的下巴吗，究竟谁才是男人？

第六十九章

分　歧

一

　　叶小天疑惑地看着于俊亭，道："监州大人这是什么意思，下官……不太明白！"
　　于俊亭妖冶地挑了挑秀美的眉，嫣然道："你是聪明人，聪明人和聪明人说话就应该点到即止，如果说得太直白，那就没意思了。"
　　叶小天蹙眉道："下官只是就此案征询监州大人的意见，实在不明白监州大人在说什么。"
　　于俊亭见他说得认真，不觉也是一怔，难道我会错了情？于俊亭的俏脸不觉微微一红，有些羞恼地道："咱们就打开天窗说亮话吧，本官很看重你的能力，希望你能投效本官。"
　　叶小天听她这么一说，再联想到那个恶少的身份，登时明白于俊亭究竟为何误会了。他还从没想过抱别人的大腿，哪怕是曾经面对杨应龙的招揽，今日又怎会投到于俊亭门下。
　　叶小天想了想，委婉地道："投效监州大人，下官能得到什么？"
　　于俊亭直起腰来，傲然道："你想要什么？"
　　叶小天仰起头，问道："监州大人有什么？"
　　于俊亭小扇一转，悠然道："酒色财气，官禄富贵！"
　　叶小天眼神微微一闪，问道："下官如今是七品，若想升为六品官，可否？"
　　于俊亭微微一怔，她为了对付张铎，收买了许多人，有的贿之以利，有的许之以官，张知府本人是五品官，整个铜仁府，除了另有广威将军身份的于俊亭比他官阶更高，再没一个五品官了，最高的也才六品。
　　而六品中只有一个正六品，就是于俊亭现在所担任的通判，另有两个从六品官，就是戴崇华担任的同知和御龙担任的州判。如果她能取张铎而代之，那么她就是知府，而张家逊让了知府之位，也必须得把通判之位交出去。

戴崇华是她一党，不可能动，唯有御龙，如果不识相，才可以打他的主意，可即便如此，她也早就把这个可能的官位许诺给他人了。

于俊亭所许诺的人也是一位土司，对她的帮助显然要高于叶小天，再者说她已经答应了人家，又怎能出尔反尔，是以叶小天所求的六品官位，于她而言竟成了不可能给予的条件。

于俊亭想了想，蹙起眉头道："财帛、土地，这些本官都可以给你。如果你对本官忠心耿耿，甚至还可以许你一个世袭的大头人身份，和我于家共享富贵，只要我于家存世一日，你叶家便可安享富贵，如此不好吗？"

叶小天叹了口气，道："这些下官都不稀罕，下官只想要一个六品官位。"

于俊亭的脸色难看起来，道："做官为的什么？难道你不明白？本官直接可以给你，何必执着于一个官位，你这是在变相地拒绝本官了？"

叶小天忽地心中一动，夏莹莹那件事于俊亭是帮不上忙，但展凝儿那边或者可以……想想那展氏家主为了壮大自己的实力，可以把凝儿嫁给土基家，如果于俊亭成为铜仁之主，身份、势力还在果基家之上，她肯出面做媒人的话，或有一线可能？

想到这里，叶小天兴奋地道："好！那么……六品官位我可以不要！土地、财帛、世袭的头人身份我也不要，但是于监州得答应我另外一件事。"

于俊亭好奇起来，道："你说！"

叶小天盯着她道："我要一个女人，一个很美丽的女人！"

于俊亭微笑起来："果然是英雄难过美人关，我答应你！"

叶小天摇头道："监州大人最好不要答应得太早，因为……她的身份很高贵……"

于俊亭皱起了眉头，略略一想，脱口说道："展凝儿？"

叶小天暗赞一声，果然心细如发，智慧过人，就凭当初在水银山见那一面，她便立即明白过来。叶小天道："不错，正是石阡府展家的……展凝儿！"

于俊亭的秀眉微微地蹙了起来：这事儿的确很麻烦，叶小天是流官，而且官阶不高，对展家来说没有什么帮助，把展凝儿嫁给他对展家来说太不划算，不要说展家是石阡府的，就算同属铜仁府，即使我是铜仁之主，也没权力干涉展家子女的婚事啊。

想到这里，于俊亭对叶小天道："这件事的确很为难，我帮不上忙。那展凝儿是赫赫有名的水西三虎之一，性情刁蛮霸道，并非为人妻子的好选择，你何必执着于她，如果你想要美人，本官便送你十个八个也不为难，论样貌个个都不会比她差了。"

叶小天摇头道："弱水三千，我只取一瓢饮，便是监州大人所赠的女子美艳犹胜凝儿，我也不要。"

于俊亭哼了一声，讥讽道："你倒是个痴情种子。这么说，除非本官能许你一个六品官位，抑或能替你能向展家求下这门亲事，否则你是不会为我所用了？"

叶小天摊了摊手道："实在遗憾。"

于俊亭俏眼一瞪，道："你不肯投到本官门下，难道还要跟着张家一条道走到黑？"

叶小天道："监州大人，我本来也不是张氏门下！我是流官，要说我背靠的那棵大树，就是朝廷。若是下官投到于氏门下，那么从此就得先于氏而后朝廷。然而于家能给我的，却又并非我想要的，那时又失去了朝廷的信任，叶某该何去何从？"

于俊亭冷笑道："你以为现在朝廷就很器重你？就能为你挡风遮雨？朝廷诸公，知道你是老几？"

叶小天微笑道："下官还年轻，总会有机会让天子和庙堂诸公注意到我的！"

于俊亭脸色一沉，道："你可知道，如果你不肯投到我的门下，我就不会留你在铜仁碍事，早晚会把你一脚踢开。"

叶小天道："要贬一个流官，只怕于监州力有不逮吧？"

于俊亭冷笑道："你以为朝廷会为了你这么一个小官，得罪以我为首的铜仁土司们？你太不知天高地厚了！"

"或许吧！"叶小天叹息一声，道，"监州息怒，既然话不投机，下官告辞就是！"

"慢着！"

于俊亭虎起脸道："说说你方才所提的那桩案子。"

叶小天轻轻一拍额头，道："下官险些忘了，不知监州大人对此案有何建议？"

于俊亭道："你说的那人既是土舍之子，便享有豁免之权，你打算如何处理？"

叶小天一字一句道："自然是依法处置！"

于俊亭微微颔首道："罚金代罪？也好。"

叶小天道："大人误会了，下官的意思是，依法严惩！"

于俊亭眉头一蹙，道："依法严惩？何谓依法严惩？他可是土舍之子！"

叶小天道："就算他有丹书铁券、免死金牌，也有不赦之罪。强暴是死罪，何况是轮暴！更何况还是强闯民宅，简直视王法如无物，纵然他是土舍之子，如此罪大恶极之行径，若也能以罚金代罪的话，他们还会有所顾忌吗？百姓们还有活路吗？"

于俊亭看着他道："你以为张铎奈何不了我，便是一只没牙的老虎？你想为难他，小心被他啃得渣都不剩。"

叶小天道："下官与张家并无仇怨，说起来，张知府对下官还有一份知遇之恩呢，怎么会有意为难张家。只是下官既是一府推官，主掌刑名，便不能纵容罪犯逍遥法外、祸害无辜，还望通判大人能够支持下官依法办案、为民做主！"

"依法办案？我看你是不可理喻！"

于俊亭抓起象牙小扇，指着叶小天的鼻子斥责道："你要依法办案，那就该以罚金代罪，这就是朝廷给我等土司人家立下的法！"

叶小天道："如果法不能维护善良，反而是纵容恶人为恶，那就是恶法！洛家女是个清白人家的好女子，被五个恶少摧残强暴，生不如死，难道不该为她主持公道？于监州也是女人，难道就没有一点恻隐之心吗？"

于俊亭气咻咻地道："你就是判了他们有罪，照样会被朝廷驳回，这么做有什么意义？"

叶小天道："当然有意义！纵然我不能处治他们，也不意味着我也认可以用一笔罚金就赎清他们的罪！"

于俊亭怒不可遏地道："你怎么像条蠢驴似的，如此执迷不悟？"

叶小天冷冷地看了她一眼，道："监州大人出身土司家族，自然不会明白！"

叶小天说罢，向于俊亭拱了拱手，扬长而去。于俊亭直到他的背影消失，才跺了跺脚，恨恨地骂道："蠢驴！真是一头蠢驴！"

于俊亭骂完了转念又一想，叶小天必定得罪张家。张家现在纵然被她摆了一道，却也依旧是铜仁府的一个庞然大物，绝非叶小天这样的人物可以蓄意挑衅的。

更何况，罪犯并非一个，而是五个，光是得罪一个张家，就不是叶小天这样一个没根基的流官所能承受的，何况是五个。土司人家享有特权，是朝廷给予整个土司阶级的一种"福利"，叶小天无视这一规矩，损害的就不仅仅是张家的颜面，而是整个土司阶层的利益，到时候可以想见他这个推官会遭到所有土司家族的抵制，铜仁府还会有他的立足之地？

想通了这一点，于俊亭又不禁转怒为喜，就算他是一头又倔又犟的蠢驴，在南墙上撞得头破血流也该知道回头了，到时候叶小天一定会认清现实，就此投靠于她。

于俊亭似乎已经看到叶小天跪在她的面前，一面用力地自掌嘴巴，一面痛哭流涕地向她认错，乞求她的饶恕与包庇。于俊亭顿时沾沾自喜起来，嘴角露出一丝得意妖魅的笑……

第七十章

大抓捕

一

叶小天回到刑厅,立即提审三里庄轮暴一案的嫌犯,将嫌犯扭送刑厅的是三里庄的两个猎户,一个叫钱小明,一个叫宋三包。这两人带了前几日在山上打的猎物到铜仁城里发卖,意外撞见了当日施暴的一个歹徒。他们打过照面、交过手,一眼就认了出来。

面对天灾人祸和外村人的欺辱时,一盘散沙的庄子必定受气,久而久之,庄户人家便都养成了抱团的好习惯。钱小明和宋三包一见那纨绔子正是那日曾到他们三里庄施暴的歹徒,立即把他抓了起来。

接下来该怎么处理他们也不清楚了,正犹豫要不要把这歹人带回三里庄,交给村正处治,向他们收买兽骨、皮毛的商人给他们出了个主意:到府衙,向刑厅的叶推官告状。

这商人前不久刚在刑厅打过一场官司,对叶小天有几分信赖,遂这般指点了一句。两个猎户本就没什么准主意,听他一说,就把那歹人扭送刑厅,打起了官司。

他们扭送来的这个歹徒叫御尘,是州判御龙的亲侄子,当日的主犯并不是他,但他也是当日参与对那民女施暴的歹徒之一。叶小天把他提上大堂审问,这御尘是跋扈惯了的人,根本不把叶小天这个外来的流官当回事,竟然供认不讳。

他还示威似的供出了当日参与施暴的同伙:吴辰亮、张纮、项飞羽,以及主谋张道蕴。这四人中,吴辰亮是流官之子,张纮是张氏家族的人,不过是偏房旁支,项飞羽则是大商贾的儿子,主谋张道蕴却是张家嫡房子孙。

御尘供出这些人,只道叶小天根本不敢处治,存心要他难看。叶小天叫他签字画押,御尘也满不在乎,大大咧咧地签了字并按了手印。叶小天见他画押,马上脸色一沉,吩咐人把他押在班房。

随即,叶小天就签发了三份牌票,命华云飞、苏循天和毛问智各带一队捕快,前去抓吴辰亮、张纮和项飞羽到案,又命江经历立即带人赶往三里庄,提此案受害的女子洛青青到案。

叶小天一条条命令发下去,几路人马立即离开了刑厅。叶小天又留下一队捕快候命,随即便宣布退堂。李秋池被叶小天如此雷厉风行的手段惊得目瞪口呆,等堂上一空,李秋池恍然大悟,欣然问道:"东翁留下一队捕快,是打算亲自到张家抓那张道蕴?"

叶小天肃然道:"不错!要去张家抓人,我怕云飞他们办不成,我这个推官总还有些分量,这最难啃的一块骨头,自然我去啃。"

李秋池把折扇往掌心一拍,笑道:"我刑厅局面已见起色,只是还缺一件轰动性的大案子,才好彻底打响咱刑厅的名声和东翁铁面推官的威名,如今这桩案子正当其时也。"

叶小天淡淡地一笑,抓过他那口锋利的彝刀挂在腰间。李秋池跟着他往外走,继续眉飞色舞地道:"东翁亲自去张家抓人,此一举可轰动全城了。明日审明此案,再依律法对他们处以罚金!

"如今张家的地位岌岌可危,此案又是人证俱在,谅他张家也不敢纠缠,以免于监州抓住把柄,如此一来,大人轻而易举便扬了威名,又可借此案取悦于监州,可谓一举两得,好手段,好手段啊。"

叶小天的脚步猛地顿住,回头深深地看了他一眼。李秋池莫名其妙地道:"东翁为何这么看我?"

叶小天道:"这是先生的打算?"

李秋池愕然道:"难道东翁不是这么想的?"

叶小天望着他,慢慢微笑起来,轻轻点头道:"我也是这么想的!先生真是我叶某人的知己呀。"

李秋池也微笑起来:"不敢,不敢,东翁过奖。"

叶小天把华云飞和毛问智安排在壮班做捕头,这时终于显出了他们的用处。若是叶小天另派一个人带队去抓人,哪怕去的是花经历或者江经历这等地位较高的官员,只怕他们也未必敢任事。

这几个犯案的歹人都是非富即贵的子弟,其父兄长辈或者与这两位经历相熟,或者权势地位远在其上,他们对抓人势必不会全力以赴,但是华云飞和毛问智、苏循天这几个人却不然,他们眼里只有叶小天,也只听从叶小天的命令。

苏循天生性油滑,他负责抓捕吴辰亮,并不冲动莽撞。苏循天带着人赶到吴家左近,便吩咐捕快们候在巷口,他独自一人摇摇摆摆地到了吴家,只说是吴辰亮的朋友,要见吴辰亮。

吴家的人见他身穿公服，是个衙门中人，只道他所言属实，便如实相告，说自家少爷和朋友去了醉宵楼。苏循天向门房道了声谢，转身出了吴府，到了路口带齐捕快，问明醉宵楼的所在，便呼啦啦地赶去。

到了醉宵楼，苏循天差人先把酒楼围了，又带了六个膀大腰圆的捕快冲上楼去，结果不但吴辰亮在场，那个张纮也在，被苏循天一并拿了。苏循天呼啸而来、呼啸而去，只惊得楼上的一班纨绔子弟目瞪口呆。

华云飞是负责抓捕张纮的，这张纮也是张家子弟，不过不是嫡宗正房的子弟罢了。华云飞到了张家扑了个空，本想马上离去，但张父听说他们是来抓自己儿子的，马上带人围了上来。

华云飞哪会跟他客气，立即下令动手。那些捕快们跟这些大人物地位相差太远，根本谈不上什么交情，上司既然有吩咐，动手就是，反正真要出了事，这些大人物同样不会找他们算账，在人家眼里，他们只是一口刀，要算账也是找那操刀之人，是以下手毫不留情，打得张家一众家奴落花流水，这才成功突围。

毛问智负责抓捕项飞羽，这也是铜仁大户人家的一个子弟，他家的门风倒是挺严，如果不是有一班损友教唆着，未必就会干出这么丧尽天良的事来。

因为父亲发现他近日又与一班狐朋狗友溜出去喝花酒、逛青楼，痛骂了他一番，正责令他在家闭门读书。

项飞羽万般无奈，正在自家书房用《中庸》的书皮裹着一本春宫画看得眉飞色舞。毛问智破门而入，铁链子往他脖子上一套，二话不说，拿了就走。

等项父闻讯赶来时，只看见书房那裂了几道缝隙的房门摇晃了几下，"轰隆"一声砸在地上，正好打中项父的脚趾，痛得项父几乎晕过去。家人急忙给他脱了鞋袜，见他的脚趾甲都砸得外翻了，脚上血肉模糊一片，忙不迭又取了金疮药为他裹扎。项父担心儿子，伤口刚一裹好，就命人用两根长棍架了一张太师椅，忍痛急急奔向府衙。

叶小天亲自去抓张道蕴，他已打听明白，这个主犯是土舍张雨寒的儿子。张雨寒是张家的嫡系，与知府张铎之子张雨桐同辈，但是论岁数，却与张铎相差无几。

叶小天料定此人最难抓捕，所以亲自带人赶到张府。张雨寒住在西城，叶小天清淤疏渠时对西城有身份的人物住处大多有所了解，径直来到他家。张雨寒听说这位叶推官是来抓自己儿子的，不由大惊失色。

叶小天向他公布了张道蕴的罪状，命人马上带走。张道蕴是张家嫡系，知道的事情比那些普通族人要多，所以反不及普通族人狂妄。他知道张知府刚刚吃了于监州的大亏，如今叶推官敢公然到他家拿人，难保不是于监州有心为难，所以没敢为难叶小天。

张雨寒任由叶小天带了儿子离开，一把甩开哭哭啼啼的妻子，急急忙忙直奔府衙。他要把此事禀明张知府，请大家长定夺。如果此事只是叶推官秉公断案，不过是破财消灾罢了，如果这背后有于监州的影子，只怕就不是花点钱便能解决的麻烦了。

等到傍晚时分，叶小天和苏循天等人陆续回到推官衙门，一众嫌犯全部抓到。江经历也从三里庄赶了回来，将那饱受摧残、伤心欲绝、已绝食三日的洛青青姑娘和她的父母家人都带了来。

这些当事人、证人还有嫌犯十分重要，为求谨慎，叶小天当晚没有离开刑厅，他把这些人都安置在左右厢房，着人严密看管，自己就宿在大堂上，刑厅被他守得风雨不透。

吴家得知吴辰亮被刑厅衙门给抓了，马上赶到刑厅。吴父赶到的时候，恰好看见脚趾裹得跟发糕似的项父也赶了来。二人要求面见叶推官，却被守在门口的华云飞一口拒绝。

这两人哪把叶小天这个外来的流官放在眼里，可是这刑厅毕竟是知府衙门的一部分，打狗还得看主人，如果硬闯进去，恐怕于张知府脸上不好看，尤其是眼下这个敏感时刻，张知府的心思恐怕也敏感得很。

另外，张、于两家正争铜仁之主，他们是和张家关系密切的人家，很难说这不是于监州授意为难他们，他们不敢轻举妄动，便去见张知府，结果到了那里，又撞见了张纮的父亲和张道蕴的父亲。

众人相见，都是长吁短叹，摊上这些个坑爹的儿子，真是养子为患啊。

第七十一章

问 案

一

　　五个参与轮暴的嫌犯当中，御尘是最早被抓的一个，御家当然也最先得到了消息，但御尘的叔父御龙并没有露面。听说叶推官抓了他的侄儿，御龙马上把这件事和张、于两家争权的事联系了起来。

　　于监州曾经私下派人和他接触过，许诺只要他从此拥戴于家，便可保他无事。御龙素受张铎宠信，两家有很密切的关系，实在难以背叛张家，可他又担心因此受到于家打压，正在左右为难。

　　是以听闻此事后，御龙马上吩咐家人谁也不许轻举妄动，他甚至没去请示张知府，反正他的侄子只是一个从犯，其他几人的家族不会没有动作，他甚至不用出一分力，只管静观其变就是。

　　吴家、项家和张家的人赶到府衙后，却一直没有见到张知府。张知府用药之后已经沉沉入睡，张雨桐衣不解带、亲自侍候汤药，不许任何人打扰父亲休息，但他已经先行了解了此事。

　　及至傍晚时分，张胖子悠悠醒来，张雨桐问候了几句，见父亲气色还不错，这才把刑厅抓捕张道蕴、吴辰亮等人的事情告诉了张知府，请示道："父亲，你看此事该如何处理？"

　　"叶小天好大胆，竟敢抓我张家的人！"

　　张铎听张雨桐说明经过，不由勃然大怒，一抹戾气涌上眉头。但他心头一转念，愤怒又转为惨然："叶小天……哪有这么大的胆子，莫非他也投靠了于俊亭？这是那个小贱人授意做的？"

　　张雨桐道："爹，不管是不是于俊亭授意，眼下咱们该怎么办才好？如果护不了这几个人，岂不更加证明咱们张家已经没落？"

　　张铎无力地道："如果是那小贱人授意，我们还能如何，如今各部土司都听命于她,她要违抗我的命令,处治他们,为父也阻止不得啊。"

张雨桐道:"爹,土司人家享有豁免之权,这不仅是对咱们张家,而是所有土司人家的权利。所以,如果他们处死这些人,那就是与所有土司为难。我想,于俊亭一定不会做这样的事,很可能她只是借题发挥,想让我们低声下气地去求她,利用此事,胁迫父亲让出知府之位。"

张铎眼睛一亮,道:"不错!她一定是打的这个主意。"

张雨桐道:"所以,我们根本不需要理会她,只管沉住气,她又能如何?叫雨寒哥和其他长辈向刑厅表示,愿意用赎金买罪,到那时为难的就是她了。治罪,则会触犯所有土司的利益,必定会有人心生不满。如果她不敢治罪,最终只罚款了事,搞出偌大的阵仗却不了了之,丢了颜面的人就是她了。"

张铎点点头道:"不错!你就这么告诉他们几个人吧。"

张雨桐欣然道:"是!"

张雨桐起身要走,张铎忽又唤住了他:"桐儿!"

张雨桐回身道:"父亲还有什么吩咐。"

张铎向他微微笑了笑,欣慰地道:"桐儿,你长大了。"

·※·※·※·

张雨寒等人听张雨桐向他们转述了张知府的意见,无可奈何之下,只得遵命离去。翌日一早,他们几人便赶到刑厅,这一次连御龙也赶来了,不管需不需要为侄儿出头,必要的态度还是要有的。

府衙门前,不知何时已聚拢了无数的百姓,黑压压一片,都默默地站在那里。叶推官派人抓了五个轮暴民女的恶少,其中家世背景最强大的一个还是叶推官亲自带人上门抓来的,这件事已经传遍全城。

许多百姓都自发地赶来听审,尽管此案不会公开审理,也不允许他们旁听,他们还是候在府衙外,想第一时间知道此案的处理结果。尽管……公正处理很可能只是他们奢侈的幻想,可以前他们连幻想的本钱都没有,现在起码有一个希望。

"威——,武——"

水火棍击打着地面,声音不够暴烈,却透着一股凝重的气氛。或许在这些皂隶们心中,对叶小天能否为民做主也是存疑,不晓得他们的推官老爷究竟有何打算。

冒犯土司们的特权,以一个毫无根基和背景的流官身份,无视于五个当地的权贵,这在他们来说是不可想象的事,就算是那位有名的海青天,如果到了这里,纵然能做到不畏权贵,也不可能有能力对五个罪犯实施处罚!

叶小天,行吗?

叶小天从来就不是一个合格的执法者，他做事向来率性，只遵循他自己的标准。他对抗孟庆唯、齐木，使计让华云飞在狱中手刃仇敌时是如此；张绎和戴崇华打人命司，他和稀泥、扮糊涂官也因如此，只要不触他的逆鳞。

每个人心中，都有他所坚持的东西，触及他的底线，他就不会再忍。五恶少的罪恶行径、洛家人的凄惨下场，已经激起了他的愤怒。他从屏风后面走出来，一步一步稳稳地上了公堂，往公案后面一站，堂上顿时肃静下来。

一个人的威仪和气场不是生来就有的，有一种人长期高居上位，久而久之自然熏陶出了那种威仪，一个站姿、一个眼神，都会给人一种强大的压力。而另一种人，则是因为能为人所不能为，故而令人对他心生畏惧。

叶小天无疑是第二种，即便他所能做的只是把这些恶少抓来，当场审判，最终再依例将他们释放，对他们的家族处以罚款，旁人也不会因此对他有所非议，因为在所有人看来，这已是最公正的处理结果。

如果换一个官员，很可能连这个场面都不走，如果能提审报案人，查明真相后与这些权贵人家进行磋商，敲定一个他们可以接受的罚金价格便予以宣判，那已经算是一个肯为百姓做主的好官了。

所以，御尘、张雨寒等人的父亲站在侧厢听审，心里也平静得很，他们自始至终都没考虑过他们的儿子会受到严惩，让他们感到难堪的只是儿子竟然被带上大堂，叫他们大丢颜面。

张道蕴、御尘、吴辰亮、张纮还有项飞羽五人被带上了大堂，他们看见站在侧厢的父兄亲人，立即激动地叫了起来。

"爹，快救我出去！"

"爹，孩儿睡了一夜的班房，你能相信吗，儿子竟然要睡在地上！"

"这个不知天高地厚的狗官，爹，你一定不要放过他！"

"叔父，你要为侄儿做主啊……"

"啪！"

叶小天重重地一拍惊堂木，沉声道："再有咆哮公堂者，给我打！"华云飞和毛问智称喏一声，向前踏出一步，众皂隶也将水火棍往地上重重地一顿，几个恶少被这种威势一吓，登时安静下来。

他们将求助的目光投向侧厢，张纮的父亲见状大怒，就要走出来斥责叶小天，却被张雨寒一把拉住。

张纮的父亲心头登时一惊，在张家，张雨寒的地位远比他为高，张雨寒居然阻止他出面，他的心头也不禁一惊，便乖乖地站住。众恶少一见他们的父兄没有出面，嚣张气焰便弱了许多。

这些恶少都是权贵人家子弟，上了公堂也是立而不跪，叶小天也懒得在这件事上与他们纠缠，只是厌恶地扫了他们一眼，便吩咐道："带一众人证和苦主全家上堂！"

又过片刻，钱小明、宋三包两个猎户以及从村中带来的几个证人都上了堂，李秋池一看他们畏畏缩缩的神态，心中忽然有些不祥的预感，忍不住向叶小天递个眼色，小声提醒道："东翁，这些证人情形不对，小心些。"

叶小天也看出来了，这几个证人昨日上堂时，义愤满腔，怒容满面，可这时却一个个垂头丧气，目光闪烁。他们只是普通百姓，想是他们已经开始担心受到报复。

叶小天暗道不妙，如果这些证人心生畏惧，纷纷改口，那可是个麻烦，叶小天便急急思索起了对策。

这时，洛青青的父母相互扶持着颤巍巍地上了堂。洛青青只是个十六岁的少女，她的父母还不到四旬，只是因为所受打击太大，以致容颜憔悴，步履蹒跚，仿佛七老八十的老者。

在他们身后，跟着本家的两个堂兄弟，他们用一块门板抬着一位姑娘，那姑娘脸色灰白，双目紧闭，眼角犹有未干的泪痕。洛姑娘已绝食三天，粒米未进，气色难看得很。

但是叶小天只看一眼侧脸，便可看出那姑娘的容颜颇为俏丽，身心饱受摧残，绝食三日水米未进，还能叫人觉得俏丽，可见她之前必定丽色照人。

洛青青的父母一上堂便跪下了，叶小天对他们和颜悦色地道："洛氏夫妇，闯入你家，轮暴你女的，可是眼前这五个人？你们看清楚些！"

洛父一看张道蕴五人，登时怒吼一声跳了起来："畜生，你们这些畜生啊！"说着便五指箕张，向张道蕴扑去。

"滚开！"张道蕴恼羞成怒，一把甩开洛父，差点把他甩个跟头。洛父还待扑上，被苏循天一把拦住，低声道："你有何冤屈，自有大老爷给你做主，不得动武！"

洛父听了，便转向叶小天，一头跪倒，大声道："大老爷，就是他们，就是这五个歹徒害了我的女儿，他们天良丧尽啊！求大老爷为草民主持公道。"话未说完，已是号啕大哭。

叶小天又对宋三包、钱小明等人道："你等且上前辨认，这五个人可就是当日闯入洛家，轮暴洛家女的那些歹人？"

第七十二章

断 刑

一

宋三包和钱小明等人硬着头皮走上前，一碰上张道蕴、吴辰亮等人凶狠的目光便有些退缩起来。他们昨日被带到衙门后，才知道这些人的真正身份，心中顿时生起了畏惧之意。

这时被叶小天一问，几个人支吾半晌，想到被这权贵人家报复的严重后果，终究不敢出面指认，便道："大老爷，我等……我等当日听闻青青姑娘呼救，便赶去洛家，施暴歹人仓皇逃跑。我等追赶不及，只和他们打过一个照面，对他们的相貌记得实在不甚清楚，无法确定……是不是他们。"

张道蕴等人冷笑起来，极为得意。洛父、洛母一听，怒不可遏地骂道："宋三包、钱小明，你们还是不是人，你们怎么能这么说？就是他们五个，就是他们五个啊！"

宋三包和钱小明等人羞惭地低下头，任由洛父、洛母痛骂，既没有勇气反驳，也没有勇气站出来指证张道蕴等人。叶小天见状心中不由一沉，他最担心的事终究还是发生了。

御尘叫道："推官大人，这些人证根本记不清歹人模样！我等皆是权贵人家子弟，财帛子女予取予求，什么样的女人得不到，怎么会干出这样的事情来呢，这只是一个误会罢了。你马上释放我等，我们便不追究你的责任。"

吴辰亮、张纮、项飞羽马上跟着嚷嚷起来，叶小天沉下脸色道："住口！没有人证，还有苦主。该怎么断案，本官自有主张，尔等再敢鼓噪，本官便治你们一个不敬之罪！"

御尘看到叔父御龙打出"稍安勿躁"的手势，便冷笑着住口。叶小天道："钱小明、宋三包，尔等再看清楚些，当真认不出这些人？"

宋三包一抬头便看到张道蕴等人凶狠的目光，忍不住打了个冷战，颤声道："小民……小民当真记不清了。"

叶小天道："好！洛父、洛母，你二人上前，再给本官辨识一遍，这五个人，果真就是进了你家，强暴你们女儿的暴徒吗？"

洛父激动地道："大老爷，草民看得清清楚楚，是他们！就是他们！他们五个酒气冲天地闯进我家，将我夫妻打晕，强暴了我的女儿！对了，他，就是他，就是他带头的！"

洛父指着张道蕴咬牙切齿地说着，洛母也指着吴辰亮叫道："就是他！民妇挣扎反抗时，还曾挠伤了他的脖子，大老爷一验便知。"

吴辰亮下意识地捂住了脖子，转念又一想，便冷笑着放下手。在他心中，因为这些小民的指控而有所掩饰，那是胆怯的表现，会被人取笑的。叶小天沉声道："苏班头上前验过！"

苏循天走到吴辰亮身边，吴辰亮挺胸昂头，看着他冷笑。苏循天仔细看了看，回身抱拳道："大人，疑犯吴辰亮颈上确有几道尚未痊愈的指痕。"

吴辰亮得意扬扬地道："这几道指痕，是前两日吴某与妻子口角，被我娘子挠的，推官大人若是不信，将我娘子唤来一问便知。"

叶小天冷冷地看他一眼，又转向洛父道："你的女儿可还清醒？她是受害者，本官还需她的口供才成！"

洛父点点头，回身走到女儿身边，看见她憔悴虚弱的模样，忍不住又流下泪来，在她耳边哽咽着道："女儿，推官老爷替咱家做主，已经抓住了那几个恶人。女儿醒来，快快指认他们，推官老爷会替你做主的。"

洛青青虽已绝食三日，其实倒还不至于就此人事不省，最主要的是她受此奇耻大辱，身心饱受摧残，已经萌生死志，她的意识不愿让她清醒过来，否则那叫她无法忍受的一幕便会浮上心头，因此一直处于意识模糊的状态。

隐隐约约听到父亲在耳边说话，洛青青虚弱地道："爹，求你让我死了吧，女儿不想活了，女儿……不能活了。"

洛母一听，泪水更是模糊了双眼，哭泣道："女儿，那些歹人已经被官家大老爷抓住了，需要你的指认才能治他们的罪，女儿，你醒一醒，你醒一醒呀！"

洛青青听清了这几句话，精神不由一振，她慢慢睁开眼睛，意识渐渐清醒过来，发现自己果然身处公堂之上。她的眼珠动了动，忽地看到站在一旁的张道蕴等人，顿时尖叫一声，蜷缩起了身子，躲进母亲的怀抱，惊恐地叫道："不要过来，你们不要过来！"

叶小天道："你不用怕，你且看清楚，是否这几个歹人坏你名节，看个清楚，自有本官替你做主。"

洛青青循声向公案后看了一眼，见有一位甚是年轻的官员站在那儿，态度和蔼地对她说话，便垂泪道："大老爷，就是他们！就是他们几个，求大人为民女做主！"

叶小天追问道："你看清楚了？确实无误？"

洛青青咬牙切齿地道："民女绝不会看错，他们这些畜生……就是化成灰，民女也认得他们！他……"

洛青青指着张道蕴道："这个恶人，他闯进我家，打昏我的父母，对我……强行不轨。民女誓死反抗，也被他打晕。民女还记得，曾经抓伤过他的下体，求大老爷为民女做主。"

叶小天一挥手，喝道："苏班头，把张道蕴带下去验伤。"

"不用了！"

张道蕴哪肯接受，他上前一步，不耐烦地道："没错！这件事，就是我们几个做下的，你待如何，尽管划下道儿来便是！"

吴辰亮紧张地道："道蕴兄……"

张道蕴摆摆手，不屑地道："有什么大不了的，不就是赔她点钱嘛。"

张道蕴睨了洛氏父女一眼，大笑道："小爷嫖女人，还从来没有赖过账，如果不是她不识相，还能差了她的银钱？便赏她一点银两又算什么。不过，这女人还真挺够味儿，哈哈哈……"

张道蕴狂态之态不加掩饰，在公堂之上，亲口承认自己犯了强暴罪，居然肆无忌惮。吴辰亮暗想：我虽不是土司人家的子弟，但张道蕴才是主谋，如果张道蕴都不能治罪，自然也不能治我的罪。便也退到一旁不复多言。

这边审问，一旁自有书记运笔如飞，记下双方供词，这时将记录的簿册递到叶小天手里。叶小天看了看，又递给李秋池，道："你等既已认罪，当场画押签字吧！"

李秋池捧着供词簿册，拿着笔墨走到张道蕴身边，张道蕴冷笑着看了叶小天一眼，提起笔来写下自己的名字，又在印盒中蘸了蘸印油，把自己的拇指往上一印，递给御尘，负手冷笑不语。

等到几人一一画押已毕，叶小天把惊堂木一拍，杀气腾腾地喝道："依《大明律》，强奸者，绞！尔等强闯民宅，轮暴妇人，更是罪大恶极，不可饶恕！张道蕴、吴辰亮、张纨、项飞羽、御尘，俱判绞刑！押下去！"

在唐律和宋律里，通奸判刑一年半，如果是有丈夫的妇人要判刑两年，强奸罪则加一等，每加一等是半年，所以强奸犯要判两年徒刑。只有两种情形下才会加重处罚：一是强奸亲属，最严重的可判死刑；另是奴隶强奸主人，一定要判死刑。

但是到了明朝，对强奸罪的处罚就更严厉了，但凡强奸罪，朱元璋就是一个字："死！"这五人是强闯民宅，轮奸妇人，更是罪加一等，当然更加该死。

张道蕴听了叶小天的判词先是一惊，继而一声怪笑，道："你敢！张某是土司人家子弟，可以赎金抵罪，谁能杀我？谁敢杀我！"

华云飞和毛问智哪管他这么多，上前抓住他身上铁链，喝道："走！"双方这边拉扯着，侧厢吴辰亮等人的父亲们愤怒了，纷纷冲出来喝道："叶推官，你的威风也耍够了，还待怎样？想杀我儿，老夫可不答应！"

叶小天双眼微微一眯，冷笑道："怎么，你们还要强闯公堂，干涉本官问案不成？"

李秋池忙出面打圆场道："各位大人，搅闹公堂万万不可，你们如有异议，向知府大人申诉便是！"

李秋池一面说，一面向他们急打眼色。在李秋池想来，叶小天只是装模作样，想把这场清官戏演得更逼真些，只需他们向上面申诉，便会顺坡下驴，依例以罚金代罪，却忘了叶小天是一条多么倔的驴，只要他的驴性犯了，那就是九头牛都拉不住。

张雨寒冷冷地喝道："你们够了！什么推官，不过就是一条咬人的狗罢了。你们找他有什么用？解铃还须系铃人，要解决此事，唯有咱们那位代知府于大人点头，走吧！"

说罢，张雨寒不屑地瞪了叶小天一眼，昂然离去。其他几人互相看看，也都随着他向外走去。反正叶小天就算是判了，还需要知府和监州署名，并报朝廷，由皇帝勾决，于秋后行刑，并不急于一时。

于俊亭今日一到衙门，就吩咐戴同知替她关注此案，所以戴崇华也在推官衙门另一侧厢壁下旁听，只不过藏于"肃静"牌后无人看见，听到叶小天判了张道蕴等人死罪，戴崇华在双方争执的时候就已离开，匆匆赶去向于俊亭报告。

于俊亭闻言，愕然道："他……当真判了那五个纨绔死刑？"惊叹之余，似乎语气里还有一些钦佩的意味。

戴崇华笑道："依我看，这只是他会做人罢了，他扮黑脸，却把这个人情送给监州大人，等着监州大人你法外施恩，以收买人心。不信你就看着吧，张雨寒等人马上就会来向监州大人求援，援引旧例罚金代罪的！"

戴同知话犹未了，张雨寒等五人就匆匆闯了进来。

第七十三章

执　法

　　一

　　张雨寒一见于俊亭，便脸色难看地道："于监州，土司人家触犯律法，可以罚金代罪，这是天家赐予土司的特权。于监州也是土司，难道要带头破坏规矩，自毁倚仗吗？"
　　于俊亭瞪着张雨寒，她本想等叶小天碰了硬钉子，乖乖地求她出面替他收拾乱摊子，谁知道这些人不去寻叶小天的麻烦，反而认定此事是她背后捣鬼，跑来诘难于她，这是从何说起？
　　项父上前，对于俊亭兜头一揖，恳求道："于监州，你我两家世代为邻，祖上还曾有过姻缘，如此算来，你的身上也有我项家血脉。而我项家的人，身上同样流着于家人的血。犬子顽劣，铸下了大错，项某情愿按律罚金代罪，于监州何必非要闹得大家下不来台呢？"
　　于俊亭怒道："你们胡说什么，以为是本官授意叶小天如此吗？那个姓叶的是有名的软硬不吃、油盐不进，不信你们到葫县去打听打听，谁不知道这个姓叶的像条疯狗，只要被他咬住了，就休想让他松口，关于某什么事？"
　　张雨寒等人只当这是她的托词，哪里肯信，御尘又出面道："于监州，知府大人有恙，葫县政务皆由监州负责。如今叶小天执意要将我儿处死，如果当真闹上朝廷，你我的脸面都不好看，还请监州大人出面斡旋。"
　　张父、吴父等都对于俊亭冷目以对，静静看她如何处理。于俊亭本指望叶小天遭到这些人刁难，不得不托庇于她，如今反而要替这些人出面去向叶小天说项，真是有些哭笑不得。
　　于俊亭郁闷地道："我于俊亭敢作敢当，如果此事真是于某授意，你道于某便不敢承认吗？难道于某还怕了你们不成？罢了，我就替你们出面说项一二，不过你们那些儿子也实在是应该好生管教一下了，不要以为你们是权贵之家就可以为所欲为，真要激起民变，大家都要遭殃！"

于俊亭说完，对一旁的师爷文傲道："你去，把那块粪坑里的石头给我请来！"

刑厅这边，李秋池苦思半响，恍然大悟地对叶小天小声道："我明白了！原来东翁是要借此事送于监州一个人情，不错不错，于监州如今乃铜仁第一人，若是她承了东翁的人情，对东翁的前程必定大有助益，还是东翁思虑深远呐。"

叶小天看了他一眼，淡淡地道："李先生，见人美貌，便登堂入室，公然施暴，事后浑若无事，全然不畏律法，如此行径，较之强盗还要过分，这等败类若不加惩治的话，百姓们今后还有活路吗？"

李秋池听他这话有些不对味儿，不禁吃惊道："怎么，难道东翁还真打算严惩张道蕴等人不成？"

叶小天沉着脸不说话，李秋池惊道："万万不可啊！东翁，土司人家，可是享有特权的，土司杀人，不必请旨！土司父丧，不必丁忧！土司辖下的田户百姓，苦乐安危皆系其主，如奴如仆，买卖、转让、馈赠，一如牛羊。

"土司人家若有嫁娶之事，三年之内土民都不敢婚姻，就算是皇帝，也没有自家纳后不许百姓娶亲的道理，可土司人家就可以定下这般规矩，什么是土司，这就是土司了。

"大人呐，你可要想清楚，这里是贵州，不是中原，土司人家按律可以用金银抵罪的，这也是朝廷所认可的，就算东翁判了他们死罪，朝廷也不会批准，东翁又何必做这徒劳的恶人？"

叶小天一字一句地道："朝廷不准，那是朝廷的事。我不能因为朝廷不准，便昧着良心买好权贵，无视百姓疾苦。"

李秋池劝道："东翁不是泥古不化之人，怎么如此不知变通呢？东翁能把他们拿到公堂来审问，令这些权贵人家大大地丢了面子，已经彰显了我刑厅的威风，如此足矣，还是见好就收吧！"

叶小天冷然摇头，道："我若不是执法者，听闻此事，顶多骂几句天道不公，却也不会强自出头，做那路见不平之人。我既然是执法者，就不能做个糊涂官。那洛家的凄惨你也看到了，本官岂能为了前程昧了良心。"

李秋池急了，他之前只道叶小天是想借此事打响刑厅名声，后来又想深了一层，以为叶小天是借此事卖于监州一个人情，借此抱上于监州的大腿，背靠大树好乘凉，谁料他居然是真想严办张道蕴等人。

这时，李秋池想起当初被孟庆唯重金请到葫县，那时的叶小天还只是一个冒名顶替的假典史，就敢横下一条心和孟庆唯这个县丞以及齐木那样骄横的地方恶霸为敌。

这叶小天哪是八面玲珑机巧心的油滑官吏啊，分明就是一头犟驴子。李秋池想到叶小天执意如此将会招来的后果，不禁忧心忡忡，苦口婆心地规劝不已，可叶小天又哪里肯听。

这时，文师爷赶到大堂，对叶小天道："推官大人，于监州有要事与你商议！"此时叶小天刚把五名人犯押下去，正要安排洛氏父女及一众乡亲回村，一听这话，便吩咐他们暂且候在一边，自去参见于监州。

于俊亭让张雨寒等人暂且到小客厅听信，自与戴同知在厅中等候。叶小天到了，于俊亭请他坐了，上下看他几眼，轻轻叹了口气，道："我铜仁府居然会有你这样的好官，实在令我刮目相看。"

叶小天道："监州大人召见下官，可是依旧有心招揽？"

于俊亭摇头道："人各有志，我不强求。何况，你这样的人，我还真不大敢用了。"

叶小天笑了笑，道："那么，想必是于监州受了张土舍、御州判等人托付，要为他们做说客了？"

于俊亭眉峰一立，怒道："说客？叶推官竟敢对本官如此不敬，你以为你是谁？"

叶小天立即起身一揖，道："原来监州大人召见，不是为了今日这桩案子。下官误会了监州大人，恕罪，恕罪。"

于俊亭脸儿一红，登时被他噎得说不出话来。

一旁陪坐的戴同知赶紧转圜道："叶大人，实不相瞒，监州大人召见，确是为了今日这桩案子，却并非是为张道蕴等人做说客，实是出于对你的关爱之心啊。叶大人，张道蕴等人确实犯下了大罪，人神共愤，叶大人要依法治他们的罪，理所应当！不过，律法同样规定，土司人家对治下土民享有生杀大权，即便无故杀人，也可以赎金代罪。'王子犯法与民同罪'的说法在这儿是行不通的。"

叶小天掷地有声地道："戴同知不必多言，你的好意叶某已经明白了。叶某也知道，就算把此案报上朝廷，很可能也只是落得一个下旨严斥、处以罚金的结果。但那并非叶某所能左右，如今此案还在叶某手上，叶某不做亏心之事，不做亏心之人！"

于俊亭冷冷地道："你既知结果如何，依旧不知变通，除了让自己得罪许多权贵，从此无法立足于铜仁，尚有何益？真是愚蠢透顶！"

叶小天扫了她一眼，道："下官还记得，昨日监州大人还夸赞叶某既无耻又狡猾呢，怎么今日就变成了愚蠢透顶？"

于俊亭把眼一翻，冷冷地道："那是于某看走眼了。"

戴崇华苦笑道："叶推官，你心存正义，对张道蕴等人的暴行，憎恶痛恨，本也是人之常情。只是你就算痛快了一时又能如何？只为这公文往返的三两个月时间叫他们受些牢狱之苦吗？

"如果你就此罢手，保全几位大人的颜面，我相信，叫他们多拿出些金银充作赎金他们也是肯的。你想想，那女子已经遭人施暴，难道还能时光倒流，救她于苦难之中？

"现如今，她名节已坏，恐也难嫁个好人家，她上有老父老母，只此一女，别无依靠，出了这等事，今后该如何过活？如果有了五家人缴纳的赎银，她一家人从此也就衣食无忧了。

"你想想，究竟是这样做对他们更好呢，还是执意问罪却徒劳无功的好？更何况，经此一事，叶大人绝难在此立足，到时候，又该有多少你本有能力为他们主持公道的百姓痛失一方青天？叶大人，你这么做，对那受害的民女真的有一丝好处吗？还是……只为满足你扬名的渴望？"

于俊亭的强势打压，叶小天不为所动。戴崇华站在受害人立场上的劝说，却打动了叶小天的心。是啊，无论如何，此案已经发生，有些事已经无可挽回，况且报上朝廷，也只是让五家权贵丢了颜面，天子会勾决吗？在天子眼中，是众土司的忠心重要，还是为一户小民申冤重要？

有"赎金代罪"的法理依据在手，天子会如何选择可想而知，自己的坚持又有什么意义呢？或许真如戴同知所言，让洛家得到更多的补偿才更好吧。要知道，就凭张、项等几家人的权势，真把五个恶少关进牢里，他们也吃不到苦头……

叶小天不觉动摇起来。

第七十四章

烈　女

一

　　戴同知见叶小天低头沉思，似乎意动，不禁暗喜，忙又趁热打铁道："叶大人，洛家已经蒙受大难，如此处理才能让洛家得到更多的补偿，否则，你是痛快了，于洛家又有何益处呢？"

　　叶小天听到这里，终于松了口风，缓缓地道："戴同知所言也有道理，并非叶某不肯通融，只是此事我还需问过洛家人的意见，如果他们情愿放弃起诉接受赎金，叶某自然不会强作恶人！"

　　戴同知喜道："理当如此，理当如此，我相信洛家人也会接受这样的安排。"

　　叶小天叹了口气，站起身向于俊亭拱了拱手，道："既如此，下官告退！"于俊亭沉着脸不理他，叶小天也不以为忤，又对戴同知点点头，便转身走了出去。

　　戴同知望着他的背影苦笑着摇了摇头，道："这个人呐，还真是一头牵着不走、打着倒退的犟驴子，幸好此事有了圆满的解决办法，我这就去告诉张土舍他们。"

　　于俊亭冷哼一声，忽地蹙起眉头道："你说，洛家会不会不肯接受赔偿的主张？"

　　戴同知呆了一呆，他日常所见所闻，那些升斗小民对他这样的土官向来都是唯唯诺诺，所以他理所当然地觉得人家必然会接受这样的调停，哪里想过有可能会被拒绝。

　　这时听于俊亭一说，他纵有八九分把握，还是不敢把话说得太死。戴同知想了想，道："还是监州大人老成持重！不如我这就去刑厅瞧着，有了准确消息后，再通知张土舍等人不迟。"

　　说完，戴同知向于俊亭拱拱手，便急急向叶小天追去。

　　叶小天刚一回到刑厅，忧心忡忡的李秋池就迎上来道："东翁，于监州怎么说？她对此案有什么看法？"

　　叶小天摆摆手，向洛父、洛母走去。洛青青已绝食三日，方才奋起指证张道蕴几人，待到案子审罢，意志一放松，顿时又觉得疲弱不堪，站立无力，被她父母扶回门板上躺下。

叶小天走过去，一撩官袍，在门板旁蹲了下来。洛青青躺在门板上，似醒非醒地感觉身旁蹲的人并非她的爹娘，睁开眼睛一看，恰好迎上一双澄澈的目光，正饱含同情地看着她。

洛青青感激地唤道："叶大人！"说着就要起来。叶小天忙阻止道："不必了，你身子虚弱，就躺着吧。"

洛青青不肯听，由她爹娘扶着坐起来。叶小天沉吟了一下，道："姑娘今后有何打算？"

洛青青惨然一笑，幽幽地道："奴家一个清白女子，受此奇耻大辱，如何还能厚颜苟活于世，奴家已存死志，只是心疼爹娘今后无依无靠……"

洛青青说到这里，声音哽咽，眼泪终于又流下来。洛母抱着女儿，也是泪如雨下，不过她明明听到女儿说早萌死志，却未劝说女儿打消自尽的念头。

就算是在民风极为开放的唐朝，同样不乏投崖之烈女、断臂之贞妻。到了明朝，程朱理学更是深入民心，即便是在以少数民族为主，礼教不如中原森严的贵州，同样不乏贞洁烈女。这样的人家教出的女儿，若为节义而死，其父母自然认为理所应当，又怎会劝止。

尚还健在的海瑞海青天，当年女儿才五岁时，因为吃了别人送的一块馅饼，海瑞便勃然大怒，为了男女大防，到底把一个年方五岁的女儿活活饿死了事，由此可见当时风气。

叶小天听她已存死志，摇摇头道："姑娘错了，此事不是你的错，你一个弱女子，面对歹徒，何能自保？不该为此自责。"

洛青青垂泪道："大人，民女非是自责，实是清白不再，不愿再让这肮脏的身子留在世上。民女苟活一日，便是民女的羞耻，便是洛家的羞耻。大人不用劝了，民女死志已决，能在临死之前，见大人为民女主持公道，死亦心安。"

说着，洛青青便挣扎起来，要向叶小天行跪拜大礼。叶小天慌忙阻止，略一思忖，压低声音道："姑娘，你一死了之，倒是清净，可是撇下痛失爱女的爹娘，你让他们如何过活？叶某这里倒是有一个办法，不知姑娘意下如何？"

洛青青扬起双眸，疑惑地看向叶小天。叶小天道："姑娘，本官虽然抓了张道蕴等人，可惜他却是土司家的子弟。朝廷昔日招抚贵州众土司时，曾许以他们许多特权，以金赎罪便是其一。

"所以，纵然本官判了他们死刑，行文到了朝廷，只怕天子也是不会勾决的。到那时，免其死罪，令其缴纳赎金的是天子，他们能够付给你洛家的代价反而不大，所以……"

　　面对眼前这位虚弱憔悴的姑娘，在杨天王面前也是坦然自若，浑然不觉紧张的叶小天却觉得毫无面对的勇气。他犹豫了一下，才鼓足勇气道："若是姑娘与你父母愿意撤诉，本官可以为你全力周旋，争取最大的好处。

　　"以这五家权贵的实力，定可叫他们吐出一笔可观的赎金。到那时，你一家人拿了这笔钱远走他乡，另寻一个去处定居下来，绝对没有一个人知道发生在你身上的事，你们一家有了这笔钱，也能安居乐业，将来再招一个知心合意、体贴温柔的上门女婿，岂不是好？"

　　洛青青姑娘瞪大眼睛看着叶小天，颤声道："大人可是畏惧他们家的权势，有心妥协吗？"

　　叶小天道："姑娘不要误会！张道蕴等人固然该杀，奈何国法偏能容得下他！本官心中也恨，可思来想去，既治不得他们，终究还是要让他们逍遥法外，不如趁着他们家族同样不愿把此事张扬到天子面前丢脸，尽量为你家多索好处……"

　　"奴家不需要！"洛青青红着眼睛，猛地站了起来，"有钱，就能把我们穷人当牲口看吗？奴家若是收了他们的钱，息讼走人，那奴家成了什么人？"

　　叶小天随之站起，劝道："姑娘，你不要钻牛角尖，这是他们应该付出的。"

　　洛青青含泪道："我一个好人家的女子，被他们毁了清白，葬送一生，难道让他们拿出一笔钱来，就是他们应该付出的？奴家是平民百姓，命如草芥，可奴家的清白却也和他们贵人家的女子一样高贵！

　　"是，也许天子会饶恕他们，但这不是奴家屈服的理由！推官老爷，你是个好官，可惜你帮不了我，就连天子都不能！在这人世间，奴家求不到公道，只有去那里……只有去那里诉冤屈……"

　　洛青青说到这里，忽地一声大吼，一头撞向旁边的堂柱。叶小天大骇，伸手一拉，却没扯住她，就听"砰"的一声大响，洛青青重重地撞在堂柱上，登时血如泉涌，身子一软，便向地上栽去。

　　"女儿啊……"

　　洛母号啕一声，扑过去抱住女儿大哭起来。李秋池一旁见状，慌得手足无措，急忙叫道："快！快救人！快去找郎中！快救人呐！"

　　堂上的皂隶慌忙围过来，七手八脚地放平洛姑娘，对这样的贞节烈女，他们也是衷心钦佩的。其中一个皂隶急忙扯过衣角，"嗤啦"扯下一片，便去为洛青青裹伤，可那布片包到头上，片刻工夫便渗出血来，登时殷红一片，另一个皂隶见状，忙也有样学样，从袍子上又撕下一截布片为洛姑娘裹伤。

　　众人慌乱地忙活了半天，眼见洛青青脸色苍白如纸，一个皂隶伸手探了探她的鼻息,不禁惊慌地叫了起来:"推官老爷,不好了,不好了,青青姑娘……已经死了。"

叶小天一直呆呆地站在旁边,心乱如麻。虽然洛姑娘早萌死志,甚至看她爹娘的态度,竟然也是赞成女儿以死全节,但他心中依旧难受得很,他痛恨自己的无能,这一刻,他宁愿自己不是官,而是一个以武犯禁的游侠儿。

做官又如何,法度如此,真要秉公执法,反而要纵容了这些恶人,这是什么法!这是什么官!

叶小天单膝跪倒在洛姑娘的身边,轻轻握住她的手。洛姑娘的手已经没有一丝温度,她二目圆睁,眸中满是愤怒与不甘,苍白如纸的脸颊上一大片殷红的血迹触目惊心,嘴唇抿成了倔强的一条线,看得叶小天心弦一颤。

这时,呆立在一旁的洛父忽然仰天大笑起来,道:"死得好!死得好啊!我洛家是清清白白的人家!我洛家的闺女也是自尊自爱的好闺女!"洛父一边说一边笑,笑着笑着,浑浊的老泪便滚滚而落……

叶小天的眼珠子慢慢地红了起来,他握紧了洛姑娘的手,低沉地道:"洛姑娘,你安心去吧!就算天子肯宽赦他们,法律肯放过他们,我也不饶!你有碰柱自尽的决心,我就有为你伸张的勇气!"

叶小天说着,用颤抖的手轻轻抚过洛姑娘的眼睛,将那双美丽、愤怒与不甘的眼睛轻轻合上,收回手时,他的手掌已被鲜血染红,叶小天看着掌心的鲜血,慢慢攥紧,眸子已蒙上一层血色。

第七十五章

效天子

一

官有官道，民有民路。不要以为升斗小民不能旁听便打听不到消息。有个皂隶的老爹就在围观群众当中，还有一个书记的邻居也在，他们各有请托之人，所以刑厅内发生的一切，他们知道得并不慢。

当张道蕴当堂承认这桩强入民宅、轮暴妇女的大案确系他等所为的消息传到府衙外面时，府衙前黑压压的人群立即变得肃静无声了，气氛压抑得仿佛暴风雨即将来临，就连一只燕子似乎也受到了这种沉重气氛的影响，倏地敛翅低飞，贴着地面一划而过，复又钻进虚空之中。

紧接着，叶小天做出"绞刑"判决的消息传了出来，府衙外面万众欢呼，人们跳着、叫着、奔走相告。虽然他们并不相信叶推官判了五名暴徒绞刑，这五名暴徒就真会被处死，可他们依旧兴奋莫名。

聚集在府衙门外的一些权贵看着他们兴奋莫名的样子，感到有些不可理解：有什么意义呢？难道叶推官判了他们死刑，就真能处死他们？

他们不明白，纵然那五个暴徒倚仗律法赋予他们的特权能够免于一死，但是至少此时此刻，他们被判处了死刑，他们是犯人，是死囚！即便是这么一个过场，以前也从未出现过！

这一刻，这些平民百姓的生命和尊严与那些权贵人家的生命、尊严是画了等号的，这是对他们的一种承认，是前所未有的，这才是那些升斗小民欢呼雀跃的根本原因。

随后，叶小天被于俊亭叫走，府衙前的百姓依旧兴奋地讨论着，开心地告诉每一个路人，于是有越来越多的百姓加入讨论，直到他们准备陆续散去时，一个新的消息传了出来："推官大人迫于监州大人的压力，准备向权贵们妥协，洛家姑娘以死明志，撞死在刑厅。"

府衙前面顿时一片死寂，而一直静静地待在一角的权贵子弟们则喜形于色，他们大声说笑着,用鄙夷的眼神看着那些如丧考妣的百姓:"一帮泥腿子,生来就是贱命!也配享有和我们同等的权利,简直是痴心妄想!"

……

戴同知匆匆赶到时,洛姑娘已碰柱而死,虽然洛姑娘只是一个草芥般贫贱的农家女,可是面对她的尸体,纵然如戴土司一般人物,也没有勇气站出来,再说一句劝说洛父、洛母撤诉的话来。

戴同知默然半晌,悄悄回转通判厅。于俊亭见他面有异色,不禁问道:"事情可办妥了?"

戴同知摇摇头,一屁股坐到椅子上,涩声道:"洛家父女不肯接受赔偿,洛家姑娘……以死明志,当场以头碰柱,一命呜呼!"

于俊亭顿时愕然,失神之下,手中象牙小扇"吧嗒"一声落在公案上。她喃喃自语道:"碰柱而死?洛家姑娘……当真是个贞烈女子!"

戴同知颓然道:"这等状况,已经不可能调停了,众怒难犯啊。不如就此袖手吧,叶小天要判他们绞刑,由得他去,反正判决递到京城,还是要被天子特赦的,不致闹到不可收拾的地步。"

于俊亭叹了口气,意兴索然地对戴同知道:"本官有些不舒服,你去说与他们几人知道吧。"

·※·※·※·

"东翁?"

李秋池看着叶小天铁青的脸色,担心地唤了一句。叶小天握紧的双拳慢慢放松开来,他冷冷地看了李秋池一眼,沉声道:"李先生,你是贵州第一大状,你告诉我,这等案子,按照常理应该如何判决?"

李秋池苦着脸道:"如果按照常理,自然是该判绞刑的,即便他们是权贵人家。学生记得,弘治年间,曾经发生过一桩类似的案子,而且就发生在天子脚下,皇城根儿。"

李秋池不愧是贵州第一状,恐怕不只是大明律倒背如流,便是自大明开国以来无数判决过的经典案例,他都熟记于心,当下就把弘治年间发生过的一桩类似案例及处理结果告诉了叶小天。

弘治九年的时候,北京城有一个恶少名叫马纪,偶然遇见一个乡绅的女儿,惊为天人。当晚,他纠集了一群打手无赖蒙面持刀冲入那乡绅府中,将那乡绅的女儿当场强暴。

马纪还纵容那些无赖掠夺了乡绅的钱财,裹挟了那位小姐离开,想要继续玩弄于她。马纪赶到通衢大道时,天色已经将明,一群男人抬了一个衣衫凌乱的少女当街而行,太过引人注目,就想暂且避进一家客栈。

可是他们叫门的时候,店内伙计从门缝里窥见他们一个个不似善类,还抬着一个衣衫不整、状似昏迷的少女,根本不敢开门。他们叫门不应,这时恰有一队巡城卫卒经过,马纪无奈,只好弃了那个少女,带领众无赖逃走。

那伙卫卒发现有异,马上追上去把他们当场拿获。天子脚下竟然发生了如此恶劣的暴行,一时间震动九城。恶少马纪及其从属也被关进大牢,收监待判了。

马家是颇有势力的,为了救出儿子,马父上下打点,贿赂了掌锦衣卫事都指挥佥事陈云。当时,锦衣卫指挥使一职空缺,陈云作为指挥佥事掌理锦衣卫事,就是锦衣卫事实上的老大。

陈佥事收了马家的钱,便派出官校,随意寻了个理由,从顺天府大牢把马纪提走,关进了锦衣卫的诏狱,过了几天便把他悄悄放走。陈佥事自以为事情做得隐秘,可他却忽略了东厂的探子。

东厂在各司各衙都派有驻衙的番子,专门监督各个衙门办理公务中的不法行为。长驻锦衣卫的那个东厂番子十分机警,将此事查得一清二楚,立即回报东厂,东厂则马上密奏了天子。

当时的皇帝弘治就是后来有名的顽童皇帝正德的亲爹,是个有名的仁君、明君,弘治闻讯大怒,立即下旨由三司会审此案,三法司联手审理,判定马纪及其伴当马聪还有一众随从无赖皆处绞刑,锦衣卫指挥佥事陈云收受贿赂,罔顾国法,被"削籍为民,拿问入狱"。

处理结果报到弘治皇帝那里,皇帝批复:马纪强闯民宅、奸淫妇女,凶恶异常,蔑视法度之至,即斩之;马纪家人行贿,统统充军,永不赦还;马聪等人作为胁从判处绞刑,秋后问斩。

叶小天听李秋池这么一说,两眼登时放出凶光,看得李秋池心惊肉跳,赶紧补充道:"可是东翁你要知道,中原的官宦人家,哪怕是皇室子弟,也没有特赦之权,而土司人家是有的。土司人家对治下土民如有不法之事,可以赎金代罪,这是洪武皇帝时便定下的规矩。"

一直以来,土司对治下土民予取予求、生杀予夺,皇朝从不干涉。朱元璋是个强势皇帝,但是对这千百年延续下来的规矩也无法干涉太多,所以招抚贵州众土司时,照例朝以来的规矩许以他们许多特权,多次交涉之下,只勉强加了这么一条,算是对他们的一个约束。

叶小天凶狠地道:"治下土民?那洛氏一家可是汉人,是迁居此地的汉人!"

李秋池摊手道:"可是谁叫他们定居在土司地面上?三里庄是张氏辖地,依照常理，居其地，即为其民。就像番邦外人，居我中国之地，便是中国之民，要受我朝律法约束，同样的道理。洛家既然……"

叶小天冷笑道："常理？当初洪武皇帝与土司们的约定，是对其治下土民享有赎金抵罪之权，不是吗？洪武皇帝并未注明说异地百姓迁居其地，便是其治下土民，不是吗？张家治下土民不用向朝廷纳税，而洛家却是要向朝廷纳税的，所以，洛家根本不算张氏土民，不是吗？"

叶小天一连三个"不是吗"，问得一向牙尖嘴利的李秋池张口结舌，只能讷讷辩解道："可……这是约定俗成的规矩啊，东翁坏了规矩，便是与所有人为敌，届时东翁又该如何自处？死者已矣，何必自找麻烦。再说东翁方才也问学生，依照常理该当如何判决，而此案的人犯恰恰不在常理之中……"

叶小天打断他的话，怒声道："常理？老子今天跟那些不讲道理的贵人，就是不想讲常理了，又怎么样！"此时的叶小天，眼神像极了一个疯狂的赌徒，可赌徒是为了不甘的欲望和那一丝渺茫的希望，他又为了什么？

叶小天转身便走，李秋池追上两步，道："东翁欲待如何？"

叶小天道："我欲效弘治天子！"

效仿弘治天子？

李秋池忽然想起他刚刚说过"即斩之"三个字，登时冷汗如雨。他舔了舔发干的嘴唇，慌慌张张追出了正堂，出了正堂已不见了叶小天身影，四顾之下，恰好看见毛问智走过来。

李秋池如见亲人，赶紧迎上去一把抓住毛问智的手臂，急吼吼地道："老毛，你赶紧回府，叫家里人收拾细软，备好马匹！一会儿我等随东翁回去，咱们立即逃之夭夭！"

毛问智好笑地道："哎呀，俺说李先生啊，你不是一向自诩老泰山死在你面前你也面不变色的吗，咋这么慌里慌张的哩，难道天要塌了？"

李秋池气急败坏地道："就是天要塌了！东翁马上就要把天给捅塌了！"

第七十六章

悍然斩

一

张道蕴等五人被苏循天带人押回班房，等着司狱官接手。张道蕴见其他几人垂头丧气，不禁斥责道："你们这是干什么？一个个像霜打的茄子似的，没出息！你们以为他叶小天真能奈何得了咱们？"

张纮有气无力地道："那个姓叶的判了咱们死罪，判状要呈送朝廷，等到天子御笔勾决时才能予以特赦，这一来一回就得两三个月，这段时间咱们岂不是要住在牢狱之中？"

御尘一声冷笑，道："你真是个白痴！就算他把咱们关到狱里，你以为咱们就能遭罪？照样吃香的喝辣的，你就是想叫两个女人进来快活快活也不成问题。"

项飞羽苦着脸道："我认床啊，换了地方会睡不好觉。"

张道蕴"呸"了他一口，道："你们也不想想，那监牢是谁家开的？是我们张家！司狱官任忆冰，就是我们张家的姑爷子。你想蹲大狱那你去吧，反正我今晚是要回家吃饭的。"

几个人你一言我一语地正说着，华云飞突然带了几个皂隶过来，打开班房的大门，把他们又提了出去。吴辰亮纳罕道："你们干什么，怎么又把我们提出来了？"

华云飞喝道："少废话，推官大人要提你，你一个犯人，有什么资格说三道四，快走！"

张道蕴瞪着华云飞，一脸乖张地道："你不用嚣张！我认得你，你是那个姓叶的走狗，等小爷出去，你们一个都跑不了，小爷不把你们整得死去活来就不姓张！"

华云飞冷冷地道："等你出去再胡吹吧，带走！"

华云飞带着几个皂隶押着张道蕴等人往公堂去。公堂前，花经历、江经历带着一班衙役皂隶齐刷刷跪了一地，一个个体若筛糠。花经历满头大汗地道："大人，这可使不得，使不得啊！处决人犯须得朝廷同意，没有御笔朱批，谁敢擅杀人犯。"

江经历也道:"是啊大人,尤其这五个人,那都是什么人,我们可得罪不起呀。如果杀了他们,这铜仁府……不!整个贵州,都不可能再有我们容身之地了,唯有化名改姓浪迹天涯,或有一线生机!还请大人三思、三思啊!"

洛父、洛母也一脸惊恐地看着叶小天,他们根本不敢相信,叶推官竟要立即处死那五个畜生。坦率地说,叶小天能判决那五人死刑,对他们来说就已是不敢想像的意外之喜了。

哪怕是再经过天子特赦,但这案子闹上了朝廷,对这五个权贵之家来说,也是威风扫地、大丢颜面之事。

可是当叶小天真的为他们主持公道,要处决土司人家子弟的时候,就连他们这样深受其害的百姓竟也觉得不可想象,甚至有一种莫名的惊恐。他们不是对土司有感情,只是他们早已习惯了这样的世界,这个世界突然变了样,他们有些茫茫然不知所措,不知该如何去适应。

叶小天对花经历等人冷然道:"你们只管听命行事,一切后果,本官承担!"

推官老爷疯了,花经历他们可没疯,谁会陪着一个疯子一起疯?花经历和江经历连连摇头,硬着头皮对叶小天道:"没有天子的勾决,就是乱命。下官不敢从命!"

叶小天眉头一皱,复又舒展开来。他早知道这五个恶少的家族在本地势力根深蒂固,今日他能顺利审判,还是因为他巧妙地利用了五个家族的猜忌,让他们误以为这一切都是于监州在背后推动。

如今他既会不计后果也要严惩这五个败类,就必须得快刀斩乱麻,否则只要让这五个人离开刑厅,便不再受他控制,再想予以严惩也不可能了。只是他没想到,就算他愿自担责任,刑厅下属也不敢从命。

幸好叶小天也有几个自己人,而这些自己人都在刑厅。他的六名贴身侍卫现在就是捕快身份,这六个人或许头脑太简单了些,因为他们眼中只有无所不能、至高无上的蛊神和尊者叶小天,就是皇帝老子他们也不在乎。

可恰因如此,他们便有一桩特别的好处,那就是不需要叶小天向他们解释什么,他们根本不会顾忌任何后果,只要是叶小天的命令,哪怕这命令再荒诞,他们也会坚定不移地去完成。

眼见刑厅部属也不听驱使了,叶小天回首向六个侍卫递了个眼色,便从长跪不起的江经历、花经历和一众皂隶们中间走过去,六名侍卫立即按刀紧随其后,步出大厅,在廊下站定。

张道蕴等五人被押了回来,他们虽是重犯,却未上枷,也未佩挂脚镣,只是象征性地用牛筋绑了双手拇指。一见叶小天站在阶上,张道蕴愤然大叫道:"姓叶的,你又把我等带回来做什么?"

叶小天昂然而立，沉声喝道："今查张道蕴、御尘、项飞羽、吴辰亮、张纮五人强闯民宅、奸淫妇女、凶恶异常、蔑视法度之至，本官循弘治天子旧例，判：斩立决！"

"什么？"

张道蕴瞪大双眼看着叶小天，有些不敢相信自己的耳朵。斩立决？这也太荒诞了吧，我可不是普通百姓啊！放眼整个贵州，大概只有四大天王那等人物才敢悍然下此命令。叶小天，凭什么？

不管他信不信，叶小天一声令下，早已得他暗示的六名侍卫立即分出五人，持刀杀向张道蕴五人。张道蕴眼见一口锋利的长刀劈面而来，吓得他怪叫一声，下意识地举臂去迎。

刀光匹练般一卷，张道蕴惨叫一声，双手齐腕而断，血淋淋地落在地上，痛得他几乎晕过去，但是刀光紧接着再一闪，他的惨呼声便戛然而止，一腔热血冲天而起。

……

张雨寒等五人本在通判府小客厅内等着，许久才见戴同知进来。戴同知有气无力地道："于监州和本同知已经尽力了，奈何那苦主当堂自尽，因此恼了叶推官，那个疯子执意要判处你五人的子侄绞刑。此时此刻，本官实在不好再出言相劝。我看，你们还是等待朝廷特赦吧。不过，本官还要重申，此案确非于监州授意，希望你们能明辨是非，莫要因此怨怼监州大人。"

张雨寒跷着二郎腿儿坐在那里，刚刚对其他几人夸下海口，说于监州绝不至于同时得罪他们五家，一会儿他们的子侄就能安然脱困，不想却得到这么一个答复。张雨寒登时把脸一沉，道："是是非非，我们心中有数，不劳戴同知嘱咐了。"

张雨寒说罢，对其他几人道："我们已经给足了于监州面子，可惜在于监州心里，我等的面子一文不值。既然如此，我们也不用给谁留脸了，大家各自带些家丁下人，去刑厅把人抢回来便是，想让我儿坐牢，真是天大的笑话！"

戴同知赶紧道："张土舍息怒，你去刑厅抢人，知府大人面上也不好看。不如等司狱把这五人接回大牢，你们几位再把各自子侄接走，暂时送到别业下庄暂住，不必急于露面，何必公然冲突，闹得大家都下不来台呢？"

御龙和戴崇华原本同是知府大人的左膀右臂，谁知于俊亭以势压主，戴崇华却头一个站出来拥护，就此背叛了知府，御龙对他早就看不顺眼了，现在于俊亭又这么不给他面子，那还有什么好说的。

御龙怒气冲冲地道："闹得大家下不来台的是你们，不是我们！姓戴的，你别以为跟在于俊亭那个臭女人身后摇头摆尾的很神气！张氏雄踞铜仁五百年，是那么容易打倒的？来日有你后悔的时候，咱们走！"

五人推开戴同知，怒气冲冲而去，戴崇华望着五人背影，苦笑连连。如果此事真是于监州策划的也就罢了，明明不是于监州所为，这笔账却偏偏被人算在了于监州的头上，这是从何说起。

这五个人带了家丁下人，气势汹汹地赶到刑厅，刚进院子，就听叶小天声音朗朗："洛姑娘，你英灵未远，便在天上看着，本官今日为你斩了这五个奸邪之徒，让你安心地去！"

五人大骇，驻足定睛向厅中一看，就见吴辰亮、张纮等人狼奔豕突，正满院逃窜，后边有几个持刀的捕快穷追不舍。一见他们赶来，吴辰亮大喜过望，放声大呼道："父亲救我！这推官疯……啊！"

他乍见父亲赶来，脚下不由一缓，紧跟其后的山苗侍卫哪肯怠慢，抢步上前，一刀递出，雪亮的刀锋便自他背后刺入前胸透出，吴辰亮惨叫一声，直勾勾地看着他的父亲，嘴巴张了两下，就软软地倒下了。

"亮儿！"

吴父眼见儿子竟然死在他的眼前，只觉心中一痛，眼前一黑，差点一头栽倒，项父和御尘急忙把扶住。这时张纮见父亲走来，狂叫着跑过去，眼看只有几步之遥的时候，却被追上来的生苗侍卫一刀斫中小腿。

张父大呼道："刀下留人！刀下……"

张纮惨叫着倒地翻滚，那生苗侍卫猛冲过来。他在叶小天面前乖驯如猫，在张纮面前却是凶恶如虎，此时他已冲到张父等人面前。张父等人都配有刀剑，身后更是跟着大批的家丁侍卫，他竟然也不看，狞笑一声，便扬起了手中刀。

"不要……"

张父惨呼一声，就见那生苗侍卫身子下蹲，一式力劈华山，便斩断了张纮的脖子。一颗人头骨碌碌地滚到张父脚下，依旧双眼大张，满面惊骇之色，张父闷哼一声，仰面摔倒。

第七十七章

选择

一

　　于俊亭批阅了几份公文，忽然觉得有些烦乱，便停了笔。以前她做监州时，只管冷眼旁观张铎做事，只觉此人奇蠢如猪，于家竟然被这样一个无能的蠢物压在头上，心中甚是不忿。

　　但是如今她还只是代知府，面对一些事情就颇感无力了。张道蕴等人该不该杀？该杀！她也是女人，面对五个暴徒，她恨不得把他们统统绞死。

　　可是事到临头，那个一向不被她放在眼里的叶小天舍得一身剐，敢不惜得罪五个权贵，硬是判他们绞刑，而她呢，反而要做他们的帮凶助纣为虐。为什么？只因……她不是快意恩仇的山大王，而是一家之主，是千百族人的支柱。

　　她每做一件事，都要权衡是否会损及家族的利益，让一户小民绝望和得罪五位权贵，应该选择哪一边，她心中很清楚。所以，她只能可耻地选择做一个自己所不齿的人。

　　这种选择，让于俊亭产生了一种耻辱感。可是理智又强迫着她必须这样做。于俊亭叹了口气，心烦意乱地搁下笔，想要出去走走，但她刚刚起身，就听戴同知急匆匆地跑来道："监州大人，出事了！监州大人……哎哟！"

　　戴同知走得过急，到了门口时急转而入，止步不及，肩头重重地撞在门框上。于俊亭眯着眼睛退了两步，惑然道："戴同知何故如此慌张？"

　　戴崇华气喘吁吁地道："叶……叶……叶小天……"

　　于俊亭俏脸一紧，追问道："叶小天怎样？可是张雨寒等人殴伤了他？"

　　于俊亭说着，脸上已露出愠色，她虽清楚，既然叶小天不肯放手，一向跋扈惯了，又占了"法理"的五位权贵绝不会就这么忍气吞声，可是把人抢走也就算了，怎么可以殴打命官！

　　看戴同知这般模样，恐怕他们打得还不轻，打狗还要看主人呢，如今铜仁府是我当家，他们竟然毫不顾忌地把我的属官殴伤。于俊亭一双柳眉登时竖了起来，一双杏眼也笼上了一层杀气。

就听戴崇华又道："不……是！是叶小天啊，叶小天疯了，这个疯子，把张……张道蕴等五人全给杀了！人头乱滚，血溅刑厅啊！"

"啊？"

于俊亭一双倒立的眉毛微微撇下一半，便随着她震惊的神色凝固在脸上，成了一个倒八字，看起来殊为可笑。

·※·※·※·

一个老汉由儿子扶着，踉踉跄跄地逃出知府衙门。他是今日递了状子的第三个打官司的人，今日显见已经不能再审他们的案子，叶小天便收了他们的状纸，吩咐他们暂且离开。

他们正要走，就看到叶推官把上一桩案子审判的五个恶少押到院里，一通追杀。那等血腥场面他们哪里见过，是以骇得落荒而逃。

他们一逃出来，发生在刑厅的事便被正要默然散去的众百姓知道了，百姓们先是一阵错愕，不知是谁率先发出一声欢呼，旋即欢呼声便如山呼海啸一般响了起来。

侯在一角听信的权贵子弟一个个面面相觑，惊怒交加，却是再也说不出一个字。众百姓欢呼了一阵，忽地意识到了这事的严重后果，声音又渐渐没了气势，从欢呼变成了交头接耳、窃窃私语的嗡嗡声。

此时张雨寒等五人已经率领随从下人对叶小天发起了攻击，整个府衙都震动了。百姓们站在门外，眼见胥吏衙役在衙中仓皇奔走着，有人大声呼喊着："糟了，刑厅打起来了，张土舍围了大堂，要杀光刑厅的人，快去报告知府大人！"

府前静默一片，百姓们为这个肯为民做主的好官揪着心，但他们没有勇气站出来。在中原，在江浙富庶地区，民意已然渐渐觉醒，对于权威没有那么强烈的畏惧感，动辄就有织户民工因为断案不公冲击衙门。

在京都要地，见惯了大官的百姓们更不怕官，曾经有个老妪慢悠悠地行于街头，有官轿赶至，仪仗喊她让道，老妪只是回首冷冷瞟了一眼，依旧泰然自若地走她的路，就是不让道。

京城不比地方，在地方上一个七品知县出门，就可以前呼后拥大摆仪仗，但是在京城，官儿小了根本没有仪仗，能在京城打起仪仗赶路的至少也是三品官，可那老妪却是浑不在意。

那当官儿的还能以不敬之罪下令殴打一个老妇人吗？那样的话，只怕转眼就要被御史言官盯上了，那官儿只能苦笑着任由自己的官轿一步一挪地跟在老妇人的后面，到了路口才如释重负地换路而行。

然则在这里，土司家族的权威深入民心，如今虽知刑厅危急，他们的青天大老爷危急，但所有的人都选择了沉默。

绵羊哪怕多到能踩死狼，当同伴被撕咬噬杀时，它们唯一的选择也只有咩咩叫着逃远。仗义为民做主，有时未必能够得到百姓的回报，但叶小天肯做这样的事，本就只为一腔不平之气，活得真，活得痛快，足矣！

· ※ · ※ · ※ ·

"快！快退回大堂！"

知事章彬怪叫一声，逃向大堂。他的官帽已被削掉一翅，只留下另一半的桃叶翅还在忽扇忽扇跳跃着，要不是他躲得快，就要被张雨寒一刀把脑袋劈开了。

眼见张雨寒、项父等人如疯如魔地带领家丁下人冲上来，章彬立即大喊起来。其实不用他喊，叶小天等人已经向大堂缓缓靠拢了。

五个恶少都被杀了，而且是当着他们父辈的面，一时间五位权贵全都疯了，带着手下不要命地冲上来。知事章彬以及众胥吏、书办和皂隶有些张皇失措，左右为难。

他们不知道该如何是好了，眼看自家大人被人满院子追砍，他们袖手旁观实在不妥当，再说，他们确实很爱戴这位推官老爷。自从叶推官到了，他们才能挺起胸膛做人，可是，跟一群土舍、头人们对抗，他们哪有那个勇气！

但是在两个皂隶被张雨寒等人毫不留情地砍死之后，他们就不用为难了，因为五位权贵下达的命令是"杀光刑厅的人！"

这种情况下，他们已经别无选择，只有站在叶小天一方与五个发了疯的权贵。但是一则对方人多，再则他们这些皂隶大多用的是水火棍，不是刀枪，武器上吃亏，是以节节败退。

"砰！"

大堂的门被重重地关上了，好在这是大堂，门也厚重，被外边的人撞得吱嘎乱响，一时也还支撑得住。叶小天也亲身上阵了，只不过他一出手，几个生苗侍卫便不要命地冲到阵前把他围了起来，所以叶小天毫发无伤。

大堂左右无窗，只有前后的门户，众人退进大堂后，便把前后门都堵了起来，那些栅栏、鼓架被一些赤手空拳的胥吏书办们拆了，拿在手里充作武器，叶小天那张沉重的公案也被人抬过去，堵住了门口。

前门菱窗处突然被人打破一个窟窿，露出张雨寒凶狠狰狞的面孔："给我杀进去！谁杀了叶小天，我赐他土地子女，封他做头人！"

"杀！杀光他们！一条人命五百两，给我杀啊！"吴父也举着刀出现在窗口，向里边愤怒地咆哮着。

"啊!"

吴父叫嚣未了,华云飞就夺过一根水火棍掷了出去,棍头正击在吴父的脑门上。吴父白眼一翻,晕了过去,吓得张雨寒急忙一缩头,喝道:"放箭、放箭!"

竟然还有人带了弓箭,就见张雨寒闪身一让,几个箭手立即跃出,从那破开的窗口向内射箭,登时就有两个措手不及的皂隶被箭射中,好在乱箭齐发没个准头,这两人一个肩膀中箭,另一个只是脸颊被擦破了皮。

"大人,这可怎么办,这可怎么办?"

章彬急得团团乱转,仿佛一只热锅上的蚂蚁,叶小天这时也没了主意,他很清楚那五个恶徒只要离开刑厅,就会脱离他的掌握,激于义愤,他唯一的选择就是立即将他们处死。

他也知道此举必然激怒那五个权贵,但他本以为对方会怀恨在心,用种种明枪暗箭的方式对他加以报复,却未想到对方竟然如此跋扈,直接叫嚣要屠了刑厅。

"此等行径,简直是闻所未闻,如果是在中原……"

嗨!这个时候还想这些做什么,这里是贵州,是土司们的天下,什么事不可能发生?叶小天摇了摇头,甩脱纷乱的思绪,沉声道:"如今别无他计,唯有死守大堂!我就不信于监州会坐视他们拆了这里。"

华云飞赶到叶小天面前,道:"大哥,我护着你冲出去吧!"

叶小天摇摇头,道:"他们人太多,冲不出去的,现在别无他法,唯有死守!"

叶小天和于俊亭打过几回交道,知道此女个性之强,哪怕她现在连杀了自己的心都有,也不会坐视五位权贵真就把刑厅拆了。现在是她坐镇铜仁府,这么做就是打她的脸。

所以叶小天现在只能寄希望于于俊亭的干涉,至于杀人的后果,他当时就没想过,现在又何必去想。他只知道,他刚才杀得很痛快!人总有一死,憋憋屈屈地活着,不如痛痛快快地死。

"死守,等于监州干涉!"

众人心中萌生了希望,立即积极防御起来。眼前利箭奏效,张雨寒打算以这扇破掉的窗子为突破口杀进刑厅,于是立即集中所有弓箭手,自窗口向内放箭,但是窗口突然出现一块牌匾挡在那里,"笃笃笃",三支利箭正钉在匾上。

匾上赫然四个大字:明镜高悬!

第七十八章

刑厅乱

一

重赏之下必有勇夫,张雨寒等五人开出了那么优厚的条件,只要能杀掉叶小天,立即就能成为人上人,享尽富贵荣华。一时间,他们的那些随从全都发了疯似的,不惜命地向刑厅大堂反复发起攻击。

"肃静!"

"笃!"

"回避!"

"笃!"

"肃静!肃静!肃静!"

肃静牌一连挥动三次,又是两刀一枪,被写着"肃静"两字的牌子挡住。华云飞和叶小天手下的一个生苗侍卫,一人持肃静牌,一人持回避牌充作盾牌,另一只手拿着刀,死死地堵住另一处被破开的窗口。

只要不让外面的人冲进来,五位权贵的人数优势便无从发挥,大堂上的人就还有得坚持。华云飞和一名生苗武士挡在窗口,另外几名武士则紧张地站在一边,随时准备替补。

洛父和老伴心惊胆战地站在一边,忽地看到"明镜高悬"那边的形势有些岌岌可危,洛父一时间也不知哪来的勇气,忽地大叫一声,举起手中所捧的物什就冲了过去。

破窗外,几个家丁刚刚用竹枪刺开窗口的几个皂隶,其中一人正要挺刀钻进来,洛父就咬牙切齿地扑了上去,大吼道:"去死!去死!去死!"

洛父抓着手中的东西没头没脑地一通砸,忽地"咔嚓"一声,手中的东西正砸在他的脚面上,好痛!原来,他手中所捧的东西竟是推官老爷的官印匣子。

半截身子钻进窗内的那人被洛父砸得头破血流,脑浆迸裂,软软地趴在窗台上,后边一个皂隶眼明手快，赶紧把初次杀人有些发愣的洛父给拽了回来。洛父刚一离开，一杆竹枪就从外面刺了进来，只要慢上少许，就要被当胸刺个对穿。

由于里边的人拼死反抗，外面的人虽被重金所诱，但是不断的死亡也让他们贪婪的理智渐渐清醒过来，双方渐渐处于胶着状态。

毛问智和苏循天一左一右，紧张地站在叶小天手边。叶小天见外面的攻势趋缓，轻轻吁了口气，这时他才听到耳畔有个念经一般的声音："完了完了，这下子想逃也来不及了，死定了！死定了！完了完了，这下……"

叶小天暗恼：这是谁，怎么这般晦气！

他猛一转身，就见李秋池站在《海天红日图》下，一手抓着一根签子，左手红签，右手黑签，摆出的架势还挺威武，只是脸色苍白，双腿乱抖，未免泄了他的底气。

叶小天见是李秋池在念叨，便白了他一眼道："你穷嚷嚷什么，拿签子做什么，那也能用来杀敌吗？"

李秋池向叶小天挤出一个比哭还难看的笑脸，用令签在咽喉处比画了一下，道："东翁，学生手无缚鸡之力，如何杀得了人。这签子不是用来杀人的，是学生准备用来自杀的。只要他们冲进来，学生立即自杀。"

叶小天一听，倒是对他有些刮目相看了，不管怎么说，有自杀勇气的人总比贪生怕死的人强。叶小天便安慰道："你不要怕，如果真被他们闯进来，叶某去死就够了，总不成他们还真敢把所有人都干掉。"

李秋池哭丧着脸道："如果他们真如东翁所想，那他们就不是土司人家了。东翁是不知他们的手段哇，他们如今已经恨极了咱们，若是给他们冲进来，不只东翁要死，学生也一定会死，就算死都不能死得痛快，他们会剜目、削足，用尽酷刑后，再用石灰水把人活活煮了。"

听他述及其中惨状，叶小天不禁起了一身鸡皮疙瘩。李秋池掉了几滴眼泪，把一根签子递给叶小天，很好心地哽咽道："东翁若被生擒，死状一定比学生还要凄惨十倍，这根签子送给你备用吧。"

叶小天没好气地接过来道："谢谢！"

……

后宅里面，正在安卧养病的张胖子听说叶小天悍然杀掉五少，五家族围攻刑厅，要屠光刑厅所属的消息，登时气得发晕，捶榻大骂道："这个该死的叶小天，竟敢如此欺我！我不会饶了他，绝不饶他！"

张雨桐眼珠一转，凑上前去对张胖子道："父亲少安毋躁，这对父亲可是一件好事呀。"

张胖子骂道："混账东西，刚刚觉得你懂了事，这又开始说起胡话！他杀了我们张家的人,扫了你父的脸面,你还说是好事?"

张雨桐道:"死的可不只是咱们张家的人,还有项家、御家、吴家的人。"

张胖子一愣,道:"你是说……"

张雨桐道:"那姓叶的不过是一个没根基的流官,哪来的熊心豹胆,敢一举杀掉五个家族的人?此事十有八九是于俊亭背后主使,就算不是……"

张雨桐的语气骤然变得更加阴狠,声音也压得更低:"咱们也可以让别人觉得是!"

张胖子憬然领悟,道:"啊!不错!这对我们张家确是好事。为父本来最担心的就是那小贱人软硬兼施,会把忠于我张家的权贵全都收买了,如此一来,至少吴家、项家和御家是死心塌地要追随于我了。"

张雨桐欣然道:"正是!所以,任由他们闹去,我们只需静观其变。只要我们实力犹在,逮到机会,还怕不能扳回局面?"

张胖子转怒为喜,嘿嘿地冷笑起来:"我儿聪明,不错,不错!驱狼斗虎,我们来坐山观虎斗!"

……

刑厅正堂外面,一群家丁取来许多引火之物,张雨寒凶狠地道:"堆在四周,他们不出来,老子就烧死他们,把他们统统烧死!"

刑厅四周的引火之物越堆越高,这时里面的人终于发现外面的人要做何打算了,知事章彬惊慌地叫起来:"不好了,不好了,他们要放火,他们要放火烧房子啦!"

堂上众人顿时乱作一团,叶小天见于俊亭迟迟未露面,不禁也对自己先前的判断产生了怀疑,眼见火势将起,到时大家势必死作一团,不禁黯然叹道:"是我连累了你们……"

一直缩在柱子后边的花经历和江经历听说外面的人要放火,躲在柱子后面也是没用了,这才走出来,听了叶小天这话,两人只是对望了一眼,一脸沮丧。

这时毛问智突然满面懊恼,顿足大叫起来:"悔啊!悔啊!俺真是后了老鼻子悔啦!早知今日,俺就该早点跟叶小娘子成亲,早日生个大胖小子,现在这么一死,将来可是连个给俺烧纸的后人都没有了啊!"

叶小天听他连呼后悔,正要上前安慰,却不想他竟是为此后悔,叶小天不禁啼笑皆非,连那道歉的话都说不出口了。

外面的引火之物越堆越多,一个家丁点了支火把过来,被张雨寒一把夺过去。张雨寒举着火把,走到一处堂内看不到的死角处,狞笑着正要把火把投向引火之物,刑厅院门口突然一声呐喊,冲进一队官兵。一进院子他们便分向左右,把张雨寒等人团团包围起来。

于俊亭和戴同知脸色冷峻地从外面走进来，一见张雨寒正要投火焚了刑厅，于俊亭立即大喝道："张雨寒，还不给我住手！你竟敢火焚刑厅，真当你可以为所欲为吗？"

张雨寒见是于俊亭到了，不禁红着眼睛冷笑道："于俊亭，你终于忍不住亲自跳出来了吗？这一切都是你的授意吧？好手段！好手段呀！张某真是小看了你这个恶毒的女人！"

于俊亭冷哼道："本官如今暂摄知府职务，你们在知府衙门里喊打喊杀的，还要火焚刑厅，眼里还有于某人吗？"

于俊亭并掌如刀，向下狠狠一劈，喝道："谁敢举火，格杀勿论！"四下里的兵丁轰然称喏，一杆杆锋利的竹枪向前一递，长枪手旁边的弓箭手也纷纷扣箭搭弦，"吱呀呀"地拉满弓。

于俊亭之所以来得这么晚，是让戴同知调兵去了，她也知道自己弹压不住张雨寒等人，空着两手来了也是于事无补，所以一直在等兵马。张雨寒见状嗔目大喝道："于俊亭，你敢杀我，张家就与你不死不休！"

于俊亭毫不示弱，厉声喝道："你敢举火，本官就把你射成刺猬！"

堂外剑拔弩张，激烈对峙，大堂里边的人自然看到了，知事章彬立即喜形于色地向叶小天叫了起来："推官大人，于监州来了，于监州真的来了，我们有救了！"

花经历一听，仿佛已经死过一回，顿时也来了精神，迫不及待地叫道："快！快搬开公案，咱们出去，只要到了于监州身边，咱们就有救了。"

"慢着！"

叶小天马上喝止了他，他定了定神，说道："等他们有了交涉结果再说，我若现在出去，那就是泼在火上的一瓢油！"

第七十九章

待参之囚

一

"好！我给你面子！刑厅，我可以不烧！可是叶小天，必须死！"张雨寒瞪着通红的眼睛对于俊亭道："这已是我最大的让步了！于监州，你不要逼我拼个鱼死网破！"

于俊亭微微蹙起眉头，她心中也是恼极了那个不知天高地厚的叶小天，真恨不得把他喂狗方才解恨。可是，对于叶小天胆大包天的行为，她偏偏又有一种莫名的欣赏与好感。

于俊亭骨子里就不是一个安分的人，要不然她也不会以女儿之身，却野心勃勃地想要取代张家，让于家成为铜仁之主了。对叶小天敢于以卑弱挑战五大权贵的愚蠢行为，于俊亭居然有些惺惺相惜，甚至……钦佩！

以一己之力，挑战强大的对手，达到在所有人看来都不可能达成的目的……，在叶小天的身上，她仿佛看到了自己的影子。这种矛盾的心态，让她觉得非常不舒服。

于俊亭略微的失神令张雨寒更加不满，大声喝道："于监州，你想怎样？"

于俊亭收敛了纷乱的思绪，缓缓答道："叶小天不能死！至少……现在不能死！"

项父追问道："于监州这是什么意思？你要包庇叶小天？"

于俊亭道："叶小天先斩后奏，已然触犯王法，报到京城，终不免一死。他是朝廷命官，何不借朝廷的刀杀他呢？自己的孩子自己打得，别人动手可是不行的。你们觉得如果叶小天被你们动用私刑处死，刚刚亲政的天子会不会觉得这是对他的极大冒犯？"

吴父冷笑道："那又如何？难道天子还会为了一个叶小天，悍然兴兵？"

于俊亭道："天子虽不至于为此兴兵讨伐，可是让天子心里不痛快，对我们终究不是一件好事。"

张雨寒道："我不在乎！"

于俊亭冷声道:"我在乎!"

张雨寒又扬起了手中的火把,沉声道:"那我们是没得谈了?"

于俊亭也扬起了手,示意弓箭手准备,冷笑地道:"你试试!"

戴崇华忙出面打圆场道:"张土舍,你痛失爱子,心情之悲痛,本官很理解。但你不妨想一想,如果你真的当场杀了叶小天,对张家来说可有半点好处?天子会不会觉得铜仁府的土司太目无朝廷?即便朝廷不会因此兴兵,处罚也是少不了的。暂且羁押叶小天,再向朝廷申诉,你还怕他不死?只是早死晚死的问题,又何必执着于一时呢?"

子女固然重要,可家族的利益犹在子女之上,甚至在自己个人的生死之上,这是当时大家族中的人普通信奉的一种观念。戴崇华从张氏家族的利益着手,张雨寒听了果然动摇起来。

他忽然想到,于俊亭得到铜仁众土司的拥戴,已经拥有超越张家的实力,如果这时让天子不痛快,于家再趁机运作一番,很难说皇帝不会顺水推舟,贬斥张家,保于家上位。如果那样,对张家将是一个沉重的打击。

于俊亭其实也清楚,如果任由张雨寒烧了刑厅,杀了叶小天,她再背后煽风点火一番,引起天子不满,于家就可以顺理成章地上位。不过,这么做弊处却也不少,两相权衡,未必得利。

首先,放任张土舍这么做,就是严重打击她的威望。她刚刚通过"逼宫"一举重挫张家威望,很多并未附庸于家的土司都有些举棋不定。

这时候张家一个没实权的土舍跳出来,烧刑厅、杀推官,她还束手无策的话,那些摇摆不定、随波逐流的土司们会怎么想?他们会不会认为张家实力犹在,她于俊亭毕竟是个女娃儿,魄力不足,实力也有限,根本奈何不了张家?

反之,则能进一步提升她在铜仁众土司心中的威望,她能够折服五位权贵,让他们乖乖遵照自己的指示行动,而且还都是张家那一系的权贵,这可是威慑人心的极好机会。

同时,她已有进一步打击张家的详细计划,这种情况下,她实在没有必要冒险改变计划,利用这个突如其来的机会直接上位。唐高宗刚死,就有人怂恿武则天登基,但武则天始终保持太后身份,直到把李系众多对手一一干掉,这才称帝。她也一样有这个耐心。

当然,她对叶小天"有所坚持必矢志完成"的好感也在心中作祟,只不过就连她自己也没有意识到。

·※·※·※·

戴崇华是个很不错的说客,先前他成功说服了犟驴一般的叶小天同意调停,此刻居然又一言直击要害,说服了疯牛一般的张雨寒。

戴崇华鼓动唇舌,继续说道:"叶小天触犯律法,暂且关押起来便是,让他多活些时日,在恐惧中等死,何尝不是一种惩罚?"

张雨寒意动,想了想,缓缓答道:"好!可是,刑厅部属……"

戴崇华皱眉道:"张土舍,你不会真要把刑厅部属尽皆杀掉吧?这样的话,动静太大了!"

张雨寒坚持道:"刑厅部属,只要不曾参与加害我儿的,可以放过他们!但是叶小天的亲信帮凶们,必须一起处死!"

戴崇华有些为难地看向于俊亭,于俊亭也不想把他们逼得太狠,略一思忖,领首道:"可以!"

张雨寒重重地吐了一口浊气,把手中的火把往地上狠狠一掷,说道:"好!现如今叶小天还龟缩在大堂上,我要亲眼看着他被抓进大牢。"

于俊亭睨着他道:"张土舍,这铜仁府大牢根本就是你家的地方,如果把叶小天关进那里,要死要活还不就是你一句话的事儿?那本官今日出面还有什么意义?"

张雨寒怒道:"不关进大牢,你想把他关进哪里?哈!我就说今日之事必是你的授意,现在狐狸尾巴果然露出来了。"

眼见二人又要翻脸,戴崇华赶紧跳出来继续和稀泥:"两位大人,两位大人请息怒,不是已经谈好了吗,怎么又吵起来了?不如这样罢,既然于监州对府衙大牢不放心,那就把叶小天关进我戴家水牢如何?戴某负责看管,绝不致发生意外。"

项父阴笑道:"姓戴的,现在谁还不知道你跟于监州是一路的,把叶小天关在你府上,和交在于监州手里有区别吗?"

戴崇华怒道:"那你有什么好主意不成?"

于俊亭眸波一转,忽道:"把他关进大悲寺吧,由我们七家共同派兵看管,如何?"

项父与张雨寒几人略一商议,终于答应下来。

·※·※·※·

毛问智趴在窗口偷偷瞄着,双方商议时声音并不是很大,他听不清楚,但是双方商议之后,他却看到了五位权贵的随从已经拖着死伤的同伴退到了一边,于俊亭带来的兵丁把他们和刑厅大堂隔了开来。

毛问智马上扭过头，兴奋地叫道："大哥，他们两边呛呛半天，可算拉倒了。俺瞅着官兵已经护住大堂了，真没瞅出来，那个姓于的还挺能耐哈！"

花经历喜出望外地扑上去，道："真的退了？真的退了！咱们有救了！"

毛问智往旁边挪了挪，给他腾出位置，道："一点不错，你自己瞅。"

花经历小心翼翼地露出脑袋向外边瞄了一眼，立即喜形于色地叫："真的退了，大人，真的退了。"

这时戴同知的声音从大门外面传来："叶推官，于监州已经到了，你出来说话！"

叶小天刚要吩咐手下人搬开公案，李秋池却阻止了他，上前问道："门外这位大人，不知于监州打算如何处理我等？"

门外沉默片刻，还是戴崇华的声音："叶推官未奏先斩，触犯国法，要受制裁。听其乱命从事的，也要一并看管起来，此案会报上朝廷，由天子裁断！其他不相干的人，张土舍等人已经答应不再追究。"

李秋池顿时脸色一变，花经历、江经历和章知事等人则大大地松了口气。李秋池紧张地对叶小天道："东翁，他要抓咱们入狱，这一去必定凶多吉少，在牢里下黑手的事儿，学生可是见多了。"

戴崇华的声音在门外又适时响起："你等无须多虑，监州大人已经决定，犯案人等不入大狱，全部押在大悲寺内，由五位土舍和于监州及本官派人联手看管，不会有人擅下黑手的。"

李秋池疑心甚重，犹自不信，紧张地看着叶小天道："东翁，你怎么看？"

叶小天看了看花经历等人，他也知道，今日既然做下了这样的事，就不可能善了，而且戴同知这番话一出口，花经历、江经历以及一众皂隶捕快势必不可能再玩命抵抗，仅凭他的人是守不住大堂的，眼下只有先接受于俊亭的安排。

叶小天便道："这已是眼下最好的安排，答应他们，搬开公案，打开大门吧。"

李秋池还待再劝，花经历等人已一声欢呼，冲过去清理堵在大门前的杂物了。

叶小天的一名生苗侍卫凑到他身边，小声道："大人身份无比尊贵，万万不能入狱涉险，等大门一开，属下便保护大人冲出去吧，老九已经回府里报信了，想必马匹业已备好。"

叶小天摇摇头，道："不成，现在外面不只有那五位权贵的人马，还有于监州的兵丁，想冲出去根本不可能。眼下只能见机行事，只要能不当场丧命，咱们就还有机会。"

叶小天说着，心中暗想：如果真到了必死的境地，说不得我这蛊教尊者的身份也就不能保密了，虽然他们不是苗家，也未必在乎我这个尊者，总该有所忌惮吧。

大门已经被撞走了形，花经历等人搬开杂物，又费了好大的劲儿才把大门推开。

一个皂隶率先战战兢兢地走出去,见众兵士肃立,并未动他,这才放心。花经历等人见了便也放心地走出去。

叶小天见状,便推开面前那名侍卫,大步向外走去。李秋池迟迟疑疑地走在最后面,经过地上一具尸体时,李秋池突然灵机一动,眼见前边的人正纷纷出去,没人注意到他,他赶紧从那尸体上抹了一把血,往自己脸上一涂,就势一歪,躺在了地上。

第八十章

"堕落"的李大状

一

"咚咚咚咚……"横七竖八的木板钉在了窗子上，当最后一块木板钉在窗上时，也把最后一缕光明钉在了窗外，僧舍内顿时变得昏暗起来。

大悲寺内这处院落中的客舍已经被改造成了一处另类的监狱，院子里兵丁密布，高墙上和屋顶上都有弓箭手。叶小天和五名侍卫，以及华云飞、苏循天还有毛问智被关在屋子里。

华云飞脸色凝重地道："大哥，现在怎么办？难道咱们真等着天子的处治结果？"

毛问智则一脸紧张地道："这些土司也太不拿人当人看了，天子不会向着他们说话吧？"

叶小天摇摇头道："一切皆有可能，现在的猜测如何能做得了准！"

苏循天道："大人，你不是山里头那个什么蛊教的尊者吗？那你在本地也算是一方霸主了，应该和这些土司老爷能说得上话吧，要不……就公开你的身份？"

叶小天道："不急，咱们先等京里的消息。我这么做，是大长了官家志气，说不定天子会网开一面。只要天子决定赦免我，相信他们也得掂量掂量。所以，非到最后关头，不要公开我的身份。"

苏循天急道："大人呐，我看他们对咱们已经恨之入骨，虽说外边还有于监州和戴同知的人马参与看管，可谁知道他们会不会伺机下黑手。只要他们有心，咱们可是防不胜防，大人的尊者身份可是一道护身符，还是早早用上才妥当。"

叶小天解释道："循天，不是我想故作神秘。只是，天心难测，谁也不晓得天子究竟会怎么想。这些土司虽然在地方上作威作福的，可他们毕竟是天子之臣，而山中生苗则不然。

"虽然生苗世居山中，领地也属于大明版图，可实际上却是一直不受朝廷管辖的，说是化外之民也不足为过，和那些土司们一比，和朝廷的关系显然又远了一层，如果天子知道山中数十万生苗是我的人，可以受我控制，天知道他究竟会怎么想，是福是祸，那就难以预料了。"

"原来是这样……"

苏循天愁眉苦脸地道："那该如何是好？"

叶小天安慰道："土司们享有特权，就连杀人都不必偿命，你以为当皇帝的很喜欢自己治下有这样无法无天的土官？只不过贵州易守难攻，要硬打的话损伤太大，偏偏这里比起其他地方又太过穷困，实在不值得付出巨大牺牲，所以列朝列代的皇帝对这种地方都以安抚为主，这才许以特权。

"其实对于这些土司们可以逍遥法外，天子心里一定不舒服。如今我做出这样的事来，天子一旦知道的话，就算他面上动怒，心里定然也开心得很，只要他能下令调我回京受审……"

苏循天恍然大喜，道："那咱们就有救了？"

叶小天道："不错！那五家人在铜仁也算不上太了不起的人物，其中最猖狂的张雨寒也不过只是张家的分支，如果天子下旨拿我回京受审，谅他们也不会就此撕破脸皮，若是连圣旨都违抗的话，天子势必要出兵讨伐，张家会为了门下一个不肖子弟就去对抗天子？只是……如果天子为了铜仁众土官的'民心'而下旨问斩的话……"

叶小天轻轻叹了口气，道："那时咱们也只能对张知府和于监州说出我的真正身份了。只格哚佬一部出山，就让张知府焦头烂额，难道他们不怕数十万生苗一起出山？"

苏循天一听，两眼放光地道："那何让生苗尽数出山？那样一来，他们应该会立即就放了咱们吧？"

叶小天道："生苗尽数出山，你就不怕闹得狼烟四起？你就不怕安宋田杨四大天王联手干涉？你就不怕朝廷戒备，调动大军入黔？数十万人出了山，不抢不杀，你让他们吃什么喝什么？他们虔诚奉我为主，结果就是我把他们变成叛乱大军，受天下围剿？"

苏循天登时语塞，叶小天道："能起到恫吓的作用就好，只要他们不想两败俱伤，那时要弄个死囚来掩人耳目很容易，我们就可以脱险了。只是那样一来，我的仕途也就结束了，只好回山做我的逍遥王去……"

叶小天说着，心中便纠结起来，如果真是那样，他就无法完成对夏家的承诺。可怜莹莹还在开心地等着他去迎娶。不过，他并不后悔，他忘不了那双死不瞑目的眼睛，那双眼睛是用他的手抚拢的，他就要让那位姑娘安心地走。

"对了，李先生哪儿去了？"

叶小天和他的手下被解除武装，押送大悲寺的时候，他就发现李秋池不见了，当时他自然不会声张，此时才忍不住向华云飞等人询问。华云飞怔了怔，道："我也没有看见他，李先生不会有什么事吧？"

苏循天悻悻地道："他能有什么事？还能有什么事比咱们关在这叫天天不应、叫地地不灵，随时都有生命危险的地方更大吗？咱们被押出来的时候我就没发现他，莫不是偷偷藏起来了吧？"

· ※ · ※ · ※ ·

李秋池骑着一头驴子，匆匆走向南城，只要从南城出去，就能踏上前往贵阳的官道。张雨寒等人当时只注意叶小天了，这些目高于顶的土官权贵们，压根没把这位自诩贵阳第一状的李大先生放在眼里，所以当走出刑厅正堂的人群中少了一个他时，并没有人发现。

随即，张雨寒等人就亲自押着叶小天等人前往大悲寺去了，满脸鲜血、趴在刑厅大堂上装死的李秋池这才爬起来。当时花经历和江经历正带着众皂隶垂头丧气地打扫刑厅。

他们很沮丧，叶推官被抓走，刑厅又要回到以前那种无人问津的状态了，一个个哪还提得起一丝兴致。突然有个血人从地上爬起来，把花经历他们吓了一跳，定睛一看，这才认出装死的李秋池。

花经历他们自然不会告发李师爷，赶紧打了盆清水，叫他洗净了脸面，又给他换了身衣服，把他偷偷送出了府衙。李秋池身上还有些散碎银子，立即去集市上买了一头代步的驴子，便仓皇出逃。

"愚蠢！愚不可及！我李大状怎么会相信他是一个大有前途的官儿，跟了这么一头犟驴子！"

李秋池一面骂，一面恨恨地抽打着胯下的驴子："你一个无根基的流官，敢跟土官们作对，这不是活腻了吗，你活腻了，何必非要拉上我们去送死！真真愚蠢透顶！"

前方眼看到了城门口，百姓们正络绎出入，人群渐显稠密，李秋池便跳下驴子，牵着缰绳往前走。排队出了城门，李秋池牵着驴子走出十几丈远，忽然站住脚步。

李秋池回头看了看那城门，狠狠地咒骂了两声，牵着驴子再走出几步，他又站住了，扭头再往城门方向看看，脸上露出挣扎之色。过了许久，他重重地一踩脚，骂了一声"混蛋"，便悻悻地往回走。

叶府里，李秋池先前派回的那个侍卫已经把消息告诉了哚妮，哚妮急忙集中了府中的马匹，又整理好细软，做好随时出走的准备。不料她没有等到叶小天回来，派去探听消息的人却带回了叶小天被押送大悲寺的消息。

哚妮听了好不揪心，府中还有十名侍卫，凭这点人马要想光天化日之下去劫狱，是很难把叶小天救出来的，况且叶小天刚被押到大悲寺，防卫正是最森严的时候。

哚妮登时慌了手脚，耶佬杀气腾腾地道："他们竟敢囚禁尊者，真是胆大包天！我要立即把消息传回神殿，出兵十万，向张铎要人，他若敢不给，就杀他个血流成河！"

哚妮急道："耶长老，我只担心大军未到，小天哥已经出了意外。"

耶佬道："你别担心，他们既然把尊者关起来，说明暂时不会伤他性命。"

哚妮道："他们是恨极了小天哥的人，谁知道他们会不会暗中下毒手，我怎么能不担心。如果用蛊的话，凭咱们手里的十名侍卫，能不能救出小天哥？"

耶佬皱着花白的眉毛轻轻摇了摇头，道："虽然有机会，但事关尊者安危，老夫不敢冒险啊！"

蛊毒是要靠蛊虫来施展的，而蛊虫可不像饲养毒蛇、毒蜂那么简单，它是需要练蛊人用自己的鲜血来喂养的，所以不可能大量养殖，谁有那么多的鲜血整日喂养蛊虫。

其实蛊教也有秘法可以不必用到养蛊人的鲜血，而是用特制的蛊粮来喂养，只需在蛊虫练成的时候用自己的鲜血让它们认主即可，只是这种蛊粮需要用极珍贵的药物配制，只有尊者才有那个实力。

即便如此，像上一任尊者养千年蛊，平时也只是保证母蛊传宗接代，直到他自觉大限将至，为了以防万一，这才开始花费大量金钱繁殖蛊虫。

而且蛊虫也有寿命，不可能把从学习蛊术开始所有练成的蛊虫都攒起来，耶佬手中目前各种蛊虫加起来也不过十多只，而且效用各不相同，有的用来害人，有的是用来治病的。能害人的蛊虫所起的效果和发作的时间也各不相同，因此很难用来同时控制所有看守，他当然不敢轻举妄动。

哚妮焦急地道："那该怎么办，那该怎么办？"

耶佬道："先派人盯着大悲寺，以防有变。另外派人速速回山，通知神殿！"

正说着，若晓生上气不接下气地跑进来，道："李先生回来啦，李先生回来啦。"

李秋池嘟嘟囔囔地走进来，只是声音太小，谁也听不清他在气急败坏地说什么："你回来干什么？他要疯你也陪着他疯？你被他害得还不够惨吗？跟着这种犟驴哪有前程可言！你一个当状师的，居然跟起良心道义，你是不是有病！"

第八十一章

"矛盾"的于监州

一

李秋池一边骂着自己不理智,一边走进大厅。哚妮一见他立即冲上去,一把抓住他的手,眼泪汪汪地道:"李先生,我还以为你也被抓走了呢,小天哥被关进大悲寺了,这可怎么办?"

李秋池心中一软,忙安慰道:"哚妮姑娘,现在急也没用,你……"

哚妮打断他的话,急不可耐地道:"我怎么能不急,现在可怎么办才好啊,李先生,你是读书人,心眼多,你教教我吧,对了,你说去告御状成不成?是不是还要滚钉板?只要能救小天哥,我不怕的!"

李秋池咳嗽两声,干笑道:"哚妮姑娘,说书人讲的故事都比较夸张,你不用当真的。现在东翁被抓,不过短时间内不会有大碍。只是等事情报上朝廷,恐怕就不可挽回了,天子怎会为了东翁一人而寒了铜仁众土司之心。"

哚妮一听又急了,道:"那该怎么办?"

李秋池叹了口气,摇摇头道:"李某曾再三相劝,奈何东翁不听劝阻、一意孤行。如今五家权贵已经盯死了他,除非神佛显灵,否则谁也救不了他了。"

哚妮道:"小天哥绝不能死!啊!你说神佛……"

哚妮眼睛一亮,脱口就要说出叶小天的身份,耶佬及时咳嗽一声,打断了哚妮的话,道:"哚妮姑娘,李先生只是一个读书人,打官司在行,可老爷现在的情况却已不是一场官司就能解决的了,你也不要难为李先生了。"说着向哚妮使了个眼色。

李秋池并未注意这老头儿使眼色,他也不知道叶小天另有一层身份,只顾捋着自己的思路道:"要说一线生机,九死一生的可能就在于监州那里,虽然希望不大,不过……"

哚妮瞪大眼睛看着他,不明白他乱七八糟的在嘟囔些什么。李秋池咬了咬牙,终于下了决定,霍然抬起头来道:"如果能说服于监州,或者东翁还有一线生机,学生这就往监州府一行，为东翁去做说客！"

"求于监州？"

哚妮也听说过于监州和张家不和，而此案的主犯正是张家人。她心思单纯，想不到太复杂的问题，只觉得既然于监州和张家不对付，那么确实很可能会帮助小天哥，不禁喜道："好啊，那……要不要准备些贵重礼物？"

李秋池摇头道："此案的利害，不是钱能解决的，是成是败，全在于监州一念之间，李某这就往于府一行！"

李秋池和哚妮商定之后，便向于府赶去。李秋池一走，耶佬便道："尊者一举杀掉五家权贵子弟，恐怕难以善了。我去写封书信备用，如果李先生这边不能成功，那么就立即派人回山报信！"

哚妮点点头，耶佬匆匆离去。耶佬刚走，遥遥便风风火火地跑进来，问道："哚妮姐姐，家里怎么备了那么多的马匹，是要出游吗？"

遥遥已经是一个十一岁的大姑娘了，出落得眉眼俊俏，容姿妩媚，腮若凝脂，脸泛桃花。桃四娘紧跟着进来，向哚妮递了个眼色，她虽受哚妮嘱咐，不想让遥遥知道发生了什么，奈何没有理由阻止遥遥出入，终究还是被遥遥发现了异状。

哚妮急忙敛去焦灼的神色，随意找个理由，向她搪塞起来……

·※·※·※·

于府后宅内，有大木为栅，圈起了好大一片草地。于俊亭打开栅栏门，刚一走进去，十几条耳朵尖尖的狼就迅速扑了过来，拖着硬邦邦的尾巴绕着于俊亭转起了圈圈。

"滚！都滚开！"

于俊亭喝了几声，那些狼见主人似乎心情不好，立即一哄而散。于俊亭走到一处木板隔断的囚笼旁，将木板向上一提，两只山羊"咩咩"叫着从里边走出来，机警地伺伏于四周的群狼立即一拥而上。

片刻工夫，两只肥羊就已被群狼扑倒，活活咬死，狼用它们尖利的牙齿撕咬着，一时间木栅内鲜血淋漓。嗅着那血腥味儿，看着群狼大口大口地撕咬着羊肉，于俊亭的心情渐渐平复下来。

这个世界就是这样的，弱肉强食，适者生存。狼吃羊，看似残忍，可那就是狼的生存法则，既然上苍赋予它吃肉的能力，给了它尖牙利齿，那么它也别无选择，猎杀就是它的生活。

人类世界的厮杀靠的不仅是拳头和牙齿，从小到大，她所经历的明枪暗箭又何尝少了，如果有一次失败，她所面临的下场恐怕比那个洛家女还要悲惨，那时谁来怜悯她呢？她又能责怪谁不能替她主持公道？弱肉强食，本来就该是这样子的，不是吗？

这时，一个家仆低着头走进来，匍匐在于俊亭脚下："土司，叶推官府李师爷求见。"

于俊亭微微一怔，冷冷地道："不见！"

那家仆恭敬地叩了个头，爬起身，依旧垂着头往外走。他是不能直视土司的，远远听见土司回府的号角声，他就要立刻恭顺地低下头，如果有什么事要面禀土司，也是要低着头，寻着土司大人的脚尖走去。有些荒诞，但又是事实：迄今为止，他只听过土司老爷的声音，还没见过自家这位女土司的长相。

"等等！"

于俊亭突又唤住了他，略一沉吟，道："把他带到这儿来。"

李秋池被领进了栅栏，看到几头恶狼把两只羊啃得干干净净，站在血泊里意犹未尽地盯着他看，李秋池有些心惊肉跳地往于俊亭身边靠了靠，强笑道："监州大人养的这些猛犬，凶性十足啊。"

于俊亭瞟了他一眼，淡淡地道："那是狼，不是狗。"

"啊？"

李秋池登时变色，赶紧又往于俊亭身边靠了靠，见那些狼只是盯着他，并没有作势扑过来的意思，这才稍稍心安。于俊亭负手走开，悠闲地问道："你求见本官做什么？"

李秋池还在警惕地看着那些狼，忽一回头，见于俊亭已经走开，吓得他赶紧追上去："监州大人，等等我，等等我。"

李秋池慌里慌张地追上李秋池，道："监州大人，我家大人被关押在大悲寺，情形堪忧啊。我家大人是为了伸张正义、为民做主。张道蕴等五人强闯民宅、奸淫妇女，情形恶劣之至。而且那受害女子乃是汉家女，当年皇朝天子与贵州土司约定的条件是土司人家对土民犯法，可以赎金买罪。所以，我家大人不许以罚金抵罪，判处他们死刑也是正当之举。

"虽然说先斩后奏似乎不甚妥当，但朝廷也有规定：特殊时候，地方官可便宜行事。什么是特殊时候呢？战争是其一，民变是其一，天灾也是其一。当时情形，府衙前万众聚集，处理稍有不慎，就有可能激起民变，而张道蕴等五名案犯的家族又咄咄逼人，想要强行把人犯抢走，我家大人便宜行事，也就出于无奈……"

于俊亭站住脚步，回首看他一眼，淡淡地道："如果你是来和本官讲道理的，那就请回吧！"

李秋池赶紧道："是是是，学生知罪。监州大人，张家跋扈无道，监州大人负有监摄全府官吏的职权，想必对此行径也早有不满吧？他们如此欺凌百姓，会失去民心，会让官民失和，一旦激化到起冲突的地步，后果不堪设想。

"而今，叶推官能不畏权贵，强项执法，此举必然缓解百姓的怨愤，就是天子闻听，必然也会心生赞赏。可又涉土司家事，若是天子强行包庇，违背太祖皇帝做出的承诺，甚是为难。如果监州大人此时能出面向天子请求特赦，天子有了台阶下，对监州大人必定心生赞赏……"

于俊亭站住脚步，慢慢转过身子，看着李秋池，似笑非笑地道："你是说，我若上奏为叶小天请求宽恕，便会取悦天子？"

李秋池忙道："难道不是吗？张家世受国恩，张家子弟却如此无法无天，祸害子民，天子必然不悦。如果于监州能主持公道，龙颜大悦之下，就此借机贬斥张家，提擢监州大人也不无可能，这对监州大人可是个难得的好机会，不容错过啊。而且，我家老爷一旦脱困，感恩戴德，必然会誓死效忠大人。"

于俊亭淡淡一笑，道："这才是你的真心话吧？说的也确有些道理……"

李秋池欣喜道："那么监州大人是同意了？"

于俊亭斩钉截铁地道："不可能！"

于俊亭转过身去，加快了脚步，李秋池立即亦步亦趋紧随其后。

于俊亭道："你也知道，贵州地方不比中原，天子的青睐对本官来说只是锦上添花，最紧要的是不能让铜仁众土官把我当成异类！试问，就算上面有人很欣赏你，把你派到一个地方委以重任，可是你的同僚、下属个个离心离德，对你敬而远之，你还干得下去？我如今力保叶小天没有当场被杀，已经触怒很多人了，如果再强行包庇他，结果会如何？"

李秋池听着于俊亭冷静而无情的分析，心头越来越凉，但是于俊亭对叶小天那种愚蠢的英雄主义所产生的好感这时渐渐发生了作用。

于俊亭忽地话锋一转，又道："我看叶小天身边颇有几个死士，你若不想他死，不如冒死一试。如果能救他出来，从此易名改姓逃亡天涯，或可保住他的一条狗命！求人，不如求己！"

李秋池心中一动：于监州这是什么意思？难道她在怂恿我去劫狱？

第八十二章

杨天王的来信

一

反正双方话都说到这个地步了,也用不着再藏着掖着,李秋池便试探地问道:"大悲寺内如今戒备森严,已不亚于龙潭虎穴,仅凭十个八个的死士,如何冲破重重防御救人出来?"

于俊亭悠然道:"看守分属七家,七家各怀异心,只要其中有那么一两家的人有心放水,也未必就没有机会,如果你连这个机会也不想去尝试,一味等待他人施舍,那还是准备替叶小天收尸算了!"

李秋池赶紧道:"是是是,监州大人说的在理,只是……白天劫狱的话老远就会被发现,难以成功。如果在夜晚劫狱的话,那时已四城紧闭,就算把人救出来,却又逃不掉,如之奈何。"

于俊亭忽地站住,轻轻一拍额头,自言自语地道:"大户人家在府里大多修有密道,以备不测。我在东山脚下有幢别业,后花园中也修了一条密道,开启的机关就是假山上的棋盘,只要将棋盘用力向左旋动三周,便可打开秘道了。

"那秘道不但有三处出口,而且极为隐秘,内部空间极大,藏个百八十人都不在话下。只可惜本官近来急等钱用,将那幢别业卖给了一个姓叶的,白白荒废了这条秘道,实在可惜!"

李秋池轻轻"啊"了一声,他知道那处棋盘,他还在那张棋盘上和遥遥的西席老师下过棋,万没想到那竟是一处地道的开关。若非于俊亭自己说出来,他们在那里住再久也难发现,试问哪个成年人会闲到无聊,尝试用力转动棋盘,而且要连转三圈呢。

李秋池向于俊亭一揖到地,慨然道:"我家大人若能幸免于难,全赖监州成全!"

于俊亭冷哼一声道:"本官与那姓叶的可是毫无瓜葛他是死是活也与本官全不相干!"

李秋池知道她在撇清，忙应道："是是是，学生明白！"

李秋池抬起头来，见于俊亭又已走出老远，几匹狼走过来，正好奇地盯着他看。李秋池登时汗毛直竖，赶紧缩肛提臀，似走似跑，一溜烟跑到于俊亭身后。

李秋池出了监州府，往大街上一站，一阵风来，忽然觉得后背发凉，竟是出了一身透汗。李秋池仿佛大梦初醒，我跑到于家来干什么？好不容易才逃脱性命，我该赶紧回贵阳才是正理啊。

哚妮那丫头不通世务，天真烂漫。我就该向她索要大笔贿赂，然后假意往于家行贿，趁机一走了之，可我怎么……你完了你完了，你可是大名鼎鼎的李大状啊，现在你心也不黑脸也不厚，你还配称李大状吗，真是被那姓叶的带坏了。

李秋池一边深刻地自我检讨着，一面打马如飞，直奔叶府。于俊亭待李秋池离开，也从狼舍中出来，回到花厅净了净手，刚在椅上坐下，文傲就急匆匆地走进来，对她道："大人，播州有信使到了。"

于俊亭动容道："带他到书房见我！"

此前，获悉生苗出山的消息时，于俊亭立即命令于海龙停止对凉月谷果基家的讨伐，严阵以待地防范生苗，同时她还派人把这件消息通知了杨应龙。杨应龙远在播州，消息往返殊为不易，所以时至今日才传回消息。

播州来使扮作一副商贾模样，进了书房向于俊亭抱拳一揖。于俊亭沉声问道："杨天王有何消息给我？"

那商贾恭敬地道："我家土司有一封书信给于大人，除此并无口信。"说着将褡裢翻过来，在补丁处摸索了两下，扯住线头一拉，撕开一道口子，从夹层里摸出一封信，双手递给于俊亭。

于俊亭打开书信看起来，她和杨应龙已暗订婚约，密信开头自然要问候一番。只不过这两个人的所谓结合，纯粹是一种利益立换，并无温情可言，所以信上也只是泛泛地问候一下起食饮居，真要让杨应龙在信中甜言蜜语一番，那可真难为了他。

对这些无聊的问候语，于俊亭直接略过，目光向下一扫，突地看到一行文字，惊得她身子一震，蓦然睁大了眼睛，她仔细再看，确实没错，那行字明明白白地告诉她：叶小天是蛊教尊者！

老天！

于俊亭在心中惊叹。

十万大山里的生苗，在贵州几乎没有人不知道。山中有诡异莫测的蛊术师，这事也有很多人知道，但是很少有人能把这两者联系起来。

在大部分人的印象中，数十万生苗是以部落为单位，散沙似的居住在崇山叠嶂之间的野蛮人，至于蛊术师，则是一些生苗部落里的巫师。知道山中实情的只有极少数人。于俊亭恰恰就是这极少数的人中的一个,她知道那数十万生苗的部落之间确实互不统属,貌似一盘散沙,但是在大山深处有一处奇妙地方,住着一群黑袍的巫师,他们是这数十万生苗的灵魂。

虽然这群巫师通常不会干涉各个部落的事务,但是如果他们发出号令,却能立即把这数十万生苗凝聚起来。这些黑袍巫师们的组织,就叫蛊神教,他们的教主,被称为尊者。

杨应龙是清楚叶小天身份的,所以一听生苗出山,马上就想到了叶小天。他熟知生苗情形,深知没有蛊教的命令,生苗绝不会出山,而能调动生苗出山,这一定是叶小天的手笔。

不过,幸好叶小天只调了一个部落,联系到叶小天正在铜仁做官,而且当时正饱受冷遇,再加上杨应龙一直知道蛊教的保守政策,所以估计不会有太严重的后果。

杨应龙原本是不想对人泄露叶小天身份的,哪怕是他的政治盟友兼预订的二夫人于俊亭,可是叶小天已经被调到铜仁,而且就是因为于俊亭对他心怀芥蒂,这才利用机会对他来了个明升暗降。现在有生苗出山,杨应龙担心于俊亭和叶小天发生冲突会引起不可预料的后果,只得对她说了实话。

杨应龙从水银山暂时收手后,并没有闲下来,他又和与播州毗邻的水东宋氏产生了摩擦。对正在秣马厉兵、积蓄实力的杨应龙来说,发生这种事很正常。但宋家也是一个庞然大物,杨应龙需要小心应付,不能分心,只好向于俊亭透露了叶小天的身份。

在他看来,只要他说出叶小天的身份,于俊亭就该知道怎么做了。

杨应龙确实没有低估于俊亭的智商,只是他却低估了于俊亭的野心。于俊亭看到叶小天竟是蛊教尊者,心中的震撼实在难以言喻,但是当着那位信使,她的脸上却始终很平静。

于俊亭看罢书信,对那信使平静地道:"请回复杨天王,我知道该怎么做了。"

那信使怔了怔,道:"大人不写一封回书吗?"

于俊亭道:"不必,你如此回复,他自会明白我的意思!"

那信使垂首道:"是!既如此,小人告辞!"

于俊亭点点头,文傲便引了那信使出去。文傲重回书房后,见于俊亭正负着手在房中踱步,便欠身道:"大人。"

于俊亭心不在焉地摆摆手:"信在桌上,你看看。"

文傲诧异地看了于俊亭一眼,他还很少见到于土司失态,就是两年前于土司的几位叔伯长辈联手向她发难时,她都始终镇定自若,此时此刻她这是怎么了?

文傲拿起那封书信看起来,只看到一半,便身形一震,惊呼一声抬起头来。于俊亭站住脚步，睨着他道："你明白了？"

文傲不敢置信地道："那位叶推官竟是蛊教尊者？怎么可能！这怎么可能！"

于俊亭道："你是说，杨天王的消息有误吗？"

文傲定了定神，道："既然是杨天王所言，那自然是不会错了。只是……实在有些令人难以置信！作为蛊教尊者，地位崇高，无拘无束，那是何等逍遥，他又何必出山，在官场中受气。"

于俊亭知道他还没有看完信，便道："杨天王在信中已经说明缘由了，叶小天想讨红枫湖夏家的大小姐做老婆，可夏家却不同意，于是他和夏家打了一个赌，要凭一己之力，在两年之内由一个不入流的杂职官升做六品官。难怪上次我想招揽他，他和我谈的唯一条件就是要做六品官，原来是为了这个！"

文傲怪叫道："这是什么道理！他是蛊教尊者啊，统御数十万人马，这还不够？难道一个六品官比蛊教的尊者还威风？这样的女婿不要，却要他去搏什么六品官，难道夏家的老爷子患了失心疯不成！"

第八十三章

狼看上羊

一

于俊亭对文傲道："不然！一方罗纹砚，到了一个杀猪匠手中，他会明白这么一块黑石头有什么价值？一口绝世好剑，到了一个深闺女子手中，还不及二两胭脂珍贵。尊者值不值钱，要看对谁来讲。

"红枫湖夏家远在贵阳，十万大山里的生苗和他们不搭界。再者说，夏家阳气太重，这一代生了七八十个男丁，偏就只生了一个丫头，自然被全家人捧成了宝，哪舍得她嫁到深山老林里去。"

文傲道："属下还是不明白。就算红枫湖和十万大山不搭界，可蛊教的一举一动若能影响到周边的众多地方，那些地方的土司们受到蛊教影响，蛊教教主在贵州自然也就拥有了举足轻重的地位，夏家又岂能无视？"

于俊亭莞尔道："生苗不能出山的，他们能影响谁……"

话犹未了，于俊亭的声音便戛然而止，"生苗不能出山"，那已经是老皇历了。以前生苗固执地守在深山里，他们不肯出山，同时也顽固地拒绝山外人的接触，久而久之，大家都觉得生苗不出山似乎是天经地义的事。

可是，现在生苗出山了，格咪佬部已经迁徙到提溪。另外，她又记起，蛊教的教主依照教规是不能娶妻生子的，可叶小天却和夏家订有关于婚姻的一桩赌约，这究竟是怎么回事？

于俊亭觉察到：蛊教，已经变了！也许是因为出了叶小天这样一个独特的教主，又或者是盘踞山中千余年的蛊教在外界的不断渗透影响下终于静极思动，总之……他们要出山了！

蛊教出山，也就意味着数十万生苗会陆续出山。而叶小天，大概是聪明反被聪明误，似乎他还没有意识到数十万可以出山的生苗掌握在手中，对他来说究竟意味着什么……

其实，叶小天固然是有些身在局中，所以意识不到自己所掌握的力量究竟可以发挥多么巨大的作用。他一直都以草头王来自嘲，但是造成这一现状的也不无其他原因。

当初夏家知道他的身份后，就根本没把他当回事儿，使得叶小天一直错误地认为山外的土司们并不把山里的生苗放在眼里。这种认知，直到这次他调动格哚佬部出山，从铜仁府上下的紧张反应才有所纠正。

实际上，如果生苗不能出山的话，那他这个尊者对山外的土司们来说的确毫无意义。世间无龙，你空有屠龙之技又能如何，还不如杀猪之技管用呢。可生苗既然破例出山了，那意义就截然不同。

这将是一支多么庞大的力量！如果这支力量全部出山并在山外站稳脚跟，那么叶小天立即就可以一跃成为和四大天王平起平坐的顶尖人物。想到这里，于俊亭不禁有点眼红。

四大土司莫不是传承了近千年甚至千年以上，方有今日雄厚的基础，而叶小天只要能成功地把生苗从山里头拉出来，他就立即有资格和这些经营了上千年的土司人家相提平论了。

人家用了一千多年时间，通过子子孙孙无穷无尽地奋斗，方有今日之地位。于家卧薪尝胆四百多年，直到今日才勉勉强强可以和张家对抗，而叶小天顷刻之间就能跃至她不敢想像的高度，这真是人比人气死人。

文傲摇头叹道："这个叶小天，拥有如此强大的力量，却为了三里庄一介小民怒而杀人，如果不是大人去得及时，他已被人斫成肉酱。常言道：千金之子，坐不垂堂，他有如此尊贵的身份，却是一个鲁莽的匹夫，真是……"

"鲁莽的匹夫吗？"

于俊亭听了这句话，目中渐渐露出奇异的光芒：安宋田杨四大家，对继承人莫不从小培养，极力考验，方才准其接掌家主之位。所以他们之中无论哪一个，都不会轻易地感情用事。叶小天拥有着不逊于他们的力量，却没有经过那样的教育，所以成了一个另类的领袖，这样一个人……

于俊亭的目光渐渐炽热起来。

·※·※·※·

李秋池回到叶府的时候，忽然发现花厅里多了许多陌生人。虽然他们穿着普通的百姓服装，可李秋池总觉得他们的肤色举止都有些异样，与周围的环境有些不协调。

这些人正是蛊教八大长老从自己的俗家亲眷中为叶小天挑选的侍卫。他们特意挑了家里男丁多的亲眷，而且还要懂得汉语，把他们派来铜仁，定居叶府左右，以便暗中策应。

耶佬一见他们赶到，不禁大喜，正是用人之际啊。

叶小天已经在附近买下几幢民宅，准备用来给他们定居，现在事发突然，耶佬便吩咐他们先把女眷和孩子遣出城去，不要留在这里碍事，只留下壮年男丁候命。

见李先生回来了，耶佬便把他们打发出去。哚妮快步迎到李秋池面前，急切地问道："李先生，于监州那里怎么说，她肯帮忙吗？"

李秋池见厅中只有耶佬和哚妮在，便压低声音道："于监州根基在铜仁，不肯为了东翁得罪那几家权贵的。"

哚妮听了顿时露出失望神色，李秋池又道："不过，那五家权贵是张家一系的人，和于监州是对头，同时于监州又很欣赏东翁的为人，所以……她暗示咱们可以劫狱，救出东翁！"

耶佬神色一动，道："当真？身为监州，她竟教唆咱们劫狱？会不会是她的一计，故意引咱们上钩？"

这句话问出来，李秋池的脸色忽地变得非常难看。于监州纵然同情叶小天，可是站在她的立场上，会怂恿他们劫狱吗？确实不合常理。刚才在于府时，他心情太过急切，身后又有几匹恶狼让他分心，竟未想到这一点。

耶佬说的不错，这的确有可能是于监州的一计。叶小天活着，会让于监州很为难。若是任由五位权贵杀了他，于监州面上又不好看，可是不杀，她就得面对来自五位权贵的压力。

如果叶府的人劫狱，他们就有了趁机除掉叶小天的理由。那样一来，他们对朝廷就有了交待：不是我们目无朝廷，未曾请旨便擅杀犯官，而是他企图越狱，混乱中被狱卒当场格杀。叶小天一死，她和五位权贵的尖锐矛盾也就迎刃而解了。

想到这里，李秋池不禁冷汗涔涔，哚妮见他脸色难看，忙道："李先生，怎么了？"

李秋池把他的想法一说，耶佬和哚妮的脸色顿时也变得难看起来。如果说那个冷酷无情、唯利是图的于监州会对叶小天心存怜悯，真心助他们劫狱？还是李秋池的这个想法更靠谱些。

他们见八户人家已经赶到铜仁，手头可用的勇士增加到了三十多人，本已有心劫狱，可是万一于监州是存了这样的念头，那不是给人家制造杀死尊者的机会吗？

可是，如果不能劫尊者出狱，难道坐视他去送死？耶佬登时又变得凶神恶煞起来。如果不是李师爷就在面前，他又要恶狠狠地振臂大呼了："传讯回山，调十万大军踏平铜仁府！大不了救了尊者，拍拍屁股回山了事！进了十万大山，就是我们的天下，就算是皇帝，又奈我何！"

李秋池心有余悸地道:"这个姓于的实在是太阴险了,我险些着了她的道儿。"

哚妮愤怒地道:"好恶毒的女人!如果我小天哥有个好歹,我绝不放过她!"

· ※ · ※ · ※ ·

李秋池心中那个狡诈如狐、哚妮大声咒骂为凶残如狼的于监州,此时刚刚赶到大悲寺。就如叶小天当初在水银山初见她时一样,发束青萝带,身着软绸衫,腰束紫穗长绦,配一块羊脂美玉,恰如琼枝一树。

如果要说有什么不同的话,那就是之前的于俊亭,容颜和举止都唯恐不像男人,而这一次,她并没有刻意描浓自己的眉毛,走路也不像男人一般抬腿迈步,眼神少了些锐利与冷酷。

就只这么一点小小的变化,就让她整个人的气质都发生了变化。现在的于俊亭,哪怕依旧身着男装,也能让每一个看到她的人立即意识到她是女儿身,是一个年轻、婉媚、可爱的姑娘。

于俊亭的手中没有拿着平时从不离身的那柄象牙小扇,葱白般优美纤长的十指交叉着,两肘拄在桌上,尖尖的下巴就在花瓣状的十指上方,看起来楚楚动人。她长长的眼睫毛轻轻地眨动着,眸光更是柔媚。

"从来没有人会把道义看得重于一切!而叶大人做到了,我很钦佩!"

于俊亭的声音柔柔的,在这安静的禅室中,嗅着淡淡的檀香味儿,听着这样悦耳柔和的声音,有一双美丽的似春水柔波般的眼睛凝视着你,马上就能叫人体会到什么叫做秀色可餐。

叶小天心中登时警铃大作,摆在面前的那盏热茶,他可是一口都不敢动了:"这个女魔头不期而至,又摆出这么一副鬼样子,她要干什么?"

第八十四章

不翼而飞

一

　　叶小天谨慎地向四下扫了一眼，这是方丈禅房旁的一间静室。被带到这里之前，他曾在被关押的地方听到外面有争执，大意是于俊亭想提审他，而那五位权贵家派来的看守因为没有自家主人的允许不肯放行。

　　但是，他们的主人不在现场，那些家将们终究不敢抗拒态度越来越强硬的于监州，最终还是妥协了，于是叶小天就被带到了这里。不过，叶小天是最重要的人犯，所以五家权贵的看守们大部分都跟了过来，守在静室四周和院落内外。

　　叶小天警惕地道："今日之事，还要多谢监州大人成全。只是不知监州大人此刻召见，有何吩咐？"

　　于俊亭微笑道："叶推官不用担心，我没有想对你不利的意思。你，也许不是一个合格的官吏，却是一个顶天立地的男人！像你这样的人，我很钦佩，我佩服的人不该轻易死掉！"

　　这小妖女竟然说她佩服我？看着于俊亭的眼神，叶小天都有点受宠若惊了，他讶异地看着于俊亭，小心翼翼地道："监州大人说我不该死掉，是什么意思？"

　　于俊亭道："虽然我坚持不肯让你下狱，而是关在这里，不过还是太危险了！你当着他们的面杀了他们的子侄，谁也无法保证他们会不会暗中对你下毒手，为安全起见，我要救你出去！"

　　叶小天吃了一惊，于俊亭要救他出去？那就要和五位权贵正式决裂了。虽然此前他们就分属两派，可毕竟还没到兵戎相见的地步，如今为了救他，于俊亭竟不惜和五个权贵彻底翻脸？

　　叶小天真的有些不敢相信，这不是举手之劳的事，而是需要于家付出重大代价，你叫他如何相信这位土司竟有这么伟大的情操？她是一族领袖，智慧、胆魄、冷静的理智，都是上上之选，而且心狠手辣，突然之间她就变成一个崇拜英雄的天真小女子了？就因为他的热血之举，一下子对他倾慕到了不计后果的地步？

叶小天有些不信，可于俊亭已经激动地抓住了他的手："是的！如果让你不明不白地死在这儿，我绝不会原谅自己！所以，我要救你离开，无论如何，都要救你脱离虎口！"

于俊亭的手保养得非常好，肌肤粉腻光润、柔软酥滑，温暖而有力，叶小天被她抓得很舒服。

这几句话说出口，于俊亭的脸颊上便腾起两抹激动的红晕，看她如此激动的模样，还有那真诚恳切的眼神，叶小天想不信都不行了，因为于俊亭如果要杀他，实在不用如此费事，而除此之外又实在没有欺骗他的理由。

人心人性，本来就是最难测的东西。每个人都有过所作所为和理智判断大相径庭的时候。像他就是这样，他曾帮助苏循天隐瞒误伤人命的重罪，只因苏循天是他的朋友。他也曾在张孝天一案中和稀泥、扮糊涂，只因他也有趋吉避凶的本能，他不在乎权贵之间的狗咬狗。

可是，依旧是他，为了周班头被殴打，便义无反顾地在任何人看来都是鸡蛋碰石头的情况下，豁出了命去对抗孟县丞和豪强齐木。这一次他明知道要为那可怜的洛姑娘主持公道必会陷自己于危难之中，甚至可能当场丧命，他还是义无反顾地做了。

人，本来就是一个矛盾综合体，总是在好坏、善恶、多少、高低、贵贱、穷富、吃亏与享福之间摇摆不定。有些人只有胆量在小事上违背理性屈从性格，那是平常人，有些人在大事上一样会随从自己的喜怒，那就是亦正亦邪。

或许，于监州也是这样的人？如果是这样，她做出这样的事来倒也不无可能了。想到这里，叶小天的心忍不住怦怦地跳了起来："监州大人，你真要救我出去？"

"当然！我何必骗你？"

于俊亭美丽的眉轻轻地挑了起来："我不但要救你出去，我还要让你留在铜仁府，继续做推官！百姓需要你这样为民请命的好官，于某也需要你这样的一位同僚，一同打造一个不同以往的铜仁！"

叶小天不敢置信地道："监州大人不但要救我性命，还要保留我的官位，这怎么可能？"

于俊亭微笑道："让于家力压张家一头，在别人看来，也是不可能，但我成功了！我要让于家取代张家，成为铜仁第一土司，就必须要能人所不能，叶推官的这桩麻烦，就算是我的第一块试金石吧！"

叶小天怔了半晌，才道："监州大人准备如何救我？就这么带着我，大摇大摆地走出去？"

于俊亭道："那五家的看守不会放任我带你离开，如果强行带你走，我就得做好和那五家权贵正式开战的准备，可一时之间我又未备足人马，所以，得先用点手段，不过你放心，不用多久，你就不必再藏匿行踪！"

叶小天至此终于相信了于俊亭的诚意，他没有急着询问于俊亭究竟打算用什么办法救他离开，而是对于俊亭拱拱手道："监州大人不惜得罪五家权贵也要维护叶某，大恩大德叶某谨记在心！"

于俊亭摇头道："其实救你的人并不是我，而是你自己！那五个奸恶之徒，你以为我就不痛恨吗？我也是女人！洛家女的悲惨遭遇，我感同身受！可是，为了家族的利益，我退缩了……"

于俊亭羞愧地低下头去，过了好一会儿，才慢慢抬起来："你的所作所为唤醒了我的良知！我的良知告诉我，如果我放任你被他们暗杀，又或者上书朝廷弹劾你，我永远都不会原谅自己！所以，我来了！"

灯光下，于俊亭的眼睛就像夜空中的星辰，真诚的目光一闪一闪，无比璀璨！看到这样美丽的目光，叶小天的心也不禁为之迷失了，但是只迷失了那么一瞬，因为他突然听到身侧有声音。

虽然那声音很轻微，但这间屋子里本该只有他们两个人。叶小天蓦然扭头望去，只一看，登时惊愕地瞪大了眼睛……

·※·※·※·

张雨寒亲自押着叶小天到了大悲寺，一切安排妥当后便回了府衙，他要把今日之事告诉叔父张铎。尽管张铎很可能已经知道了一切，但他不向堂叔汇报，就是对堂叔权威的冒犯，已从丧子之痛中冷静下来的张雨寒担不起这样的风险。

张雨寒到了府衙后宅，却被张雨桐挡了驾："堂兄，道蕴的事我已经知道了。不过，家父身体虚弱，正在休息，我不敢惊醒他，你且稍等一阵吧。"

一直到近暮时分，张雨桐才蹑着脚出来，小声道："家父已经醒了，我已经把道蕴的事简单地对他说了，堂兄请进吧。家父病体未愈，你不要说得太久。"

张雨寒进了卧室，一见张铎就忍不住老泪纵横。论辈分，他是张铎的侄子，但是论岁数，他比张铎还年长了两岁。张铎在他面前也就不大摆长辈架子，一见他来，便虚弱地招手道："雨寒来啦，坐吧！"

张铎虚弱地喘息了一阵，对坐在面前的张雨寒道："桐儿刚刚已经把事情告诉我了，想不到我们张家竟也有被人欺上门来的一天呐。"

张雨寒垂泪道："叔父，道蕴死得太惨了，你可要为你的侄孙报仇啊！"

张铎道："你放心，谁想欺到我们张家头上，我都不会叫他好过！不过……"

张铎话锋一转，又道："雨寒呐，你说，换作从前，有谁敢对我张家如此不敬？可是现在，于俊亭那小贱人只是稍占上风，就有人无视我张家了，我张家统治铜仁府已经有五百年，不知有多少人做梦都想爬到我们头上去。"

张铎喘息了一阵，又道："如今为什么出现这样的事，还不是因为我张家不如从前了。你要帮我、帮着你雨桐兄弟，只有重振咱们张家的威风，才能为道蕴报仇，才能不再发生这样的事！"

张雨寒咬着牙道："叔父说的是，侄儿也怀疑此事是于俊亭暗中主使，否则那叶小天一个没根基的流官，安敢如此！"

张铎欣然道："你这么想就对了，要想为道蕴报仇，要想咱张家不再出现这样的事，就必须打垮于家。于俊亭包庇叶小天，诸位土司、头人，必定心生不满，这是我张家的绝好机会，你要配合雨桐，趁机大力拉拢各土司头人，以重振张家！"

张雨寒道："侄儿明白！可道蕴惨死，尸骨未寒，叶小天还逍遥法外，侄儿……"

张铎握紧了他的手，盯着他的眼睛道："要忍！小不忍则乱大谋！叶小天如今押在大悲寺内插翅难逃，你急什么？想为道蕴报仇，想让我张家不再受欺，就得全力以赴，先斗垮于俊亭！"

张雨寒垂首道："是！侄儿明白了！"

张雨寒本想请张铎撑腰尽快斩了叶小天，却不想张铎竟要他效仿勾践，卧薪尝胆，以家族大局为重。家族是一棵参天大树，每个人都是这棵大树上的一片枝叶，皮之不存，毛将焉附？张雨寒自也明白其中的道理，所以回到家中，便打起精神，开始思索哪些土司可以争取。

张雨寒正策划着，忽地有人飞奔而入："报！土舍，叶小天逃跑了！"

张雨寒猛地跳了起来，惊怒交加地道："你说什么？大悲寺戒备森严，他怎么可能逃了？"

那人苦着脸道："于监州突然要提审叶小天，属下实在不敢违拗，只得容她把人提走。不过为了以防万一，属下就守在她提审叶小天的僧舍外面，片刻不敢稍离。

"谁料，等着等着，僧舍中突然传出一声惊呼，我等闻声急忙闯入，就见枷锁镣铐落了一地，于监州被打昏，叶小天……不翼而飞了。"

"胡说！"

张雨寒揪住那人衣领，大声咆哮道："你说你们困住了那僧舍，叶小天又如何逃脱？"

那人颤声道："属下也是百思不得其解，门窗完好无损，房顶、墙壁……整间僧舍我们都搜遍了，就连地面都逐寸敲过，绝无暗道，叶小天却凭空消失了。"

张雨寒气得浑身发抖，道："于俊亭呢？已经走了？"

那人道："还没有，于监州昏迷不醒，大悲寺住持正为她诊治。属下觉得叶小天逃得蹊跷，所以依旧困住了那处僧舍，守得风雨不透！"

张雨寒一把推开那人，吼道："速速通知其他几家赶去大悲寺！给我备马！"

第八十五章

大悲寺疑踪

一

张雨寒快马赶到大悲寺，直奔方丈禅院。到了方丈禅院内一看，果然院内院外遍布看守，都是他们五家派出的兵丁，一个个刀出鞘，箭上弦，戒备森严，杀气腾腾。

张雨寒匆匆闯进静室，就见四壁空空，唯有雪白的墙壁正中写着一个巨大的"禅"字。"禅"字对面是一张禅床，禅床上有一张矮几，两张蒲团，矮几上还有一杯清茶，禅床旁的地面上则放着一堆枷栲锁镣。

此时，禅床边正有一个缁衣老僧双手合十，听到脚步声便转过身来。在禅床上则躺着一个青衫人，头枕一只竹枕，正是于俊亭。一见是张雨寒进来，那老僧立即举步上前，合十一礼，道："阿弥陀佛，老衲见过张施主。"

张雨寒认得这老僧就是大悲寺的方丈半空和尚，张雨寒没有答礼，只是沉着脸睨着于俊亭，对半空和尚道："大师，于监州这是怎么了？"

半空和尚白眉一皱，道："于施主不知何故昏迷不醒，但老衲探她脉搏、呼吸，俱都平稳，想来没有大碍的。"

张雨寒凑近了一看，见于俊亭果然昏迷不醒，便冷哼一声，四下打量起来。这是一间静室，而且靠东山墙，所以只在禅房正面有两扇窗，其余三面都是墙壁，放眼室中只有一张禅床，真称得上四大皆空了。

张雨寒弯腰瞅了瞅禅床下，空无一物，再抬头一看，这幢僧舍因为是方丈居处，正房里还供着一尊比大雄宝殿上的佛像小得多的释迦牟尼佛，饶是如此，也使得禅房举架极高，形同一座宫殿。

静室较小，房中没有柱子，根本没人爬得上去。即便有人能爬上去，上边也没有藏身之处，房顶是人字状的藻井装饰，根本没有横梁或大型承尘，人就是爬上去又能藏在哪儿呢，除非会隐身术了。

一见张雨寒四处打量，那报信的侍卫马上凑过来道："土舍，属下都查过了，三面墙壁都是实心的，地面也是。"

张雨寒眼珠转了转，一指禅床下面，道："那下面查过了吗？"

那侍卫呆了呆，道："这……"

张雨寒立即道："把禅床搬开！"

半空禅师皱起白眉，不悦地道："张施主，难道你怀疑老衲会藏匿逃犯吗？"

张雨寒冷笑道："大师是出家人，理应不问世事，张某也不想怀疑大师，可是外面有重重警卫，叶小天却不见了，岂不稀奇？我就不信，他叶小天能插翅飞了。说不得只好查一查了。"

于家的侍卫就在旁边，但家主未醒，而且人家又不是要对他们的土司不利，却也不敢阻止，便任由他们把整架禅床连着睡在上边的于俊亭挪到一边。

两个力大的健卒走过去，发力跺脚，如果下面有洞穴，就能有所察觉。何况，就算有洞穴也要有入口，而他们几乎是一步一跺。

于俊亭躺在榻上，似乎被他们沉重的脚步声震醒了，她闷哼一声，悠然醒来。张雨寒正一无所获，一见她醒了，马上冲过来，凶神恶煞地道："于监州，叶小天被你藏到哪儿去了？"

"叶小天？"刚刚张开双眼的于俊亭骇然道："叶小天不见了？我……我怎么昏过去了？"

张雨寒冷笑连连，道："于监州就不要装模作样了吧，难道叶小天不是被你救走的吗？"

于俊亭又惊又怒地道："当然不是我！"

张雨寒道："你若不是有心搭救于他，为何突然返回大悲寺？"

于俊亭轻蔑地瞪了他一眼，道："张知府病卧不起，由本官暂摄知府职务。这个乱摊子是你们搞出来的，却得由本官来收拾。你以为给天子上奏章是可以信口开河的？叶推官因何缘故先斩后奏，本官总要问个明白吧？难道写给天子的奏章可以云里雾里、不尽不实？"

张雨寒语塞，只得道："可若不是你，叶小天又如何消失，难道他还能……"他刚说到这里，项父就风风火火地闯了进来，一眼看见张雨寒，马上大叫道："叶小天逃走了？"

张雨寒看了他一眼，向于俊亭摆了摆下巴，冷冷地道："你问她！"

项父面向于俊亭，神色不善地道："于监州，你为何放走叶小天？"

项家的地位远不及张家，于俊亭对他就没有像对张雨寒一样客气了，听他问话，于俊亭冷冷地道："项大人，杀你儿子的可不是本官，你用不着冲本官吼！你死了儿子，心情不好，本官可以体谅，不过你也不要得寸进尺……"

说到这里，于俊亭突地重重一拍几案，震得案上的茶杯猛地一跳，于俊亭大喝道："谁给你的胆子，敢对本官如此无礼！没有规矩！"

于俊亭轻易不发火，骤一发火，声严色厉，着实骇人。项父被她一吼，登时没了脾气，期期艾艾地道："于监州，你……你背信弃义，枉纵叶小天，难道还要以势压我不成？"

于俊亭翻了个白眼儿，冷笑道："谁说是我放走了叶小天？"

项父道："不是你还能有谁？"

于俊亭睨了张雨寒一眼，淡淡地道："他们几人想必都已知会了吧？是不是来一个，本官就要说一遍呢？"

于俊亭跷起二郎腿，端起茶杯，用杯盖抹了抹茶水，悠然道："等人齐了，本官再说吧！"

张雨寒论身份论地位远不及于俊亭，就是论实力，现在张家也不及于家。于俊亭这一摆谱，他也毫无办法，他又不肯和于俊亭坐到一张禅床上去，就只能站在那儿，不知所措地看着。

一时间，静室中当真静若无人，只有轻微的茶盏摩擦声和半空大师捻动念珠的声音。

又等了大约两盏茶的工夫，其他几家的人相继赶到，于俊亭这才道："本官回府后便想写奏章向天子陈情，只是若一切叙述出来，总有些难以自圆其说的地方，所以特意赶来提审叶小天。他身上有大枷重锁，也不怕他动武，便屏退左右，详问缘由……"

于俊亭顿了一顿，又道："当然，为了让他实话实说，我也向他保证，会把他的苦衷如实向天子禀明。天子见了我们的奏章，总还是要派员核查的，不会只听信我们的一面之词，这些地方我想也不必掩饰，否则反而弄巧成拙。"

于俊亭道："叶小天见我说得诚恳，便慷慨陈词，痛斥你等纵容子侄、目无王法，奸淫民女，铸下大罪。他一再申明，那民女是汉家女，不是你们的土民，洛家是要向朝廷纳税的，理应受朝廷的保护，他据此判处你等子侄绞刑，完全合乎大明律法。

"之所以他要仓促处死你等的子侄，一是因为你等在铜仁财雄势大，人犯一旦入狱，根本由不得他控制，随时会被你们设法救出，一旦逃逸再难捕获；另外，府前已聚拢数千百姓，群情汹汹之下，恐激发民变，所以他要立斩五人，以平民愤！"

于俊亭长长地吸了一口气，接着道："我对他所说的话并未反驳，坦白地讲，我也不想替你们掩饰，对你等子侄的罪行，于某也厌憎得很！"于俊亭这么说，反而让几人更相信她说的话了。

吴父迫不及待地道："监州大人，这些事我们不想和你理论，我们只想知道，叶小天究竟如何消失了！"

于俊亭的神气突然变得有些古怪起来，她沉默片刻，才有些惊惧地道："我听到这里，便对他说：'叶推官，赎金买罪乃是土司特权。你纵有千般理由，恐怕天子为了平息众土司之怒，也会治你的罪，这一点，你须有所准备。'

"我这句话刚说完，突然一个缥缥缈缈的声音在我耳边响起来，那声音就像从天上传过来似的，就听那声音笑了两声，说：'哈哈，你这官儿着实可爱，虽非游侠，却有一颗侠义之心！如此好官，哪能就这么死了，我空空儿既然见到了，就不能袖手不理！'随即，我便眼前一黑，再醒来时，就看见张土舍在我面前了。"

张雨寒等人听了这话不禁面面相觑，游侠儿的故事他们都听说过，游侠儿的本事也被人渲染得无比神奇，可是……他们从未见过什么游侠儿，甚至压根就没听说过本朝有什么游侠儿，他们所听说过的故事，一开头总是"很久很久以前……"，现在于俊亭居然搬出一个游侠儿来。

张雨寒瞪着于俊亭道："监州大人，这么离奇的故事，我们会相信吗？"

于俊亭摊开双手道："你们信或不行，事实都是如此。如若不然，外面有那么多的看守，你们说，叶小天为何不翼而飞？"

几人相对无言，静了半晌，张雨寒恶狠狠地对半空和尚道："半空大师，如今重要人犯失踪，说不得，本官要好好搜一搜你这座禅院，得罪了！"

半空和尚应了一声佛号："阿弥陀佛！"随即便闭目不语。张雨寒也不废话，转身就走，御龙等人立即紧随其后。张雨寒到了院中四下看看，指着正中的大门道："这里就是方丈禅房？"

得到肯定的答复后，张雨寒挥手喝道："随我进去搜！"张雨寒提着刀闯进大堂一看，迎面正好一尊释迦牟尼的坐像，两个小沙弥正在上香，看见他们闯进来，脸上露出惊骇神色。

张雨寒怔了怔，虽然有些不情不愿，还是收了刀，双手合十向佛像行了一礼，默祷道："佛祖恕罪，今有重要逃犯不知所踪，弟子要搜一搜这处禅房，并非有意不敬佛祖，我佛慈悲，还祈见谅。"

张雨寒虽然不敬半空和尚，可是对神佛还是心存敬畏的，越是有权有势的人家，对此越是在意，宁可信其有，也不愿胡乱冒险，自然是要先礼后兵了。

张雨寒向佛祖行了礼，这才把手一挥，喝道："搜！"拔出刀来，率先冲进禅房，半空方丈追过来，见他们如此放肆，只能长叹一声，双手合十站在佛像前，默默诵经不止。

项父等人也有样学样，一一向佛祖行了礼，这才跟着张雨寒冲进去。左右屋舍、佛像、佛像下边的莲花宝座，他们都一一查过，墙壁和地面也是一一敲打，可是却毫无发现。

隔壁静室内,于俊亭双腿盘膝坐在禅床上,唇边含着一丝得意的微笑,美若昙花绽放。叶小天站在墙边,静静地看着她,叶小天背后就是那幅巨大的"禅"字。

这个女人,忽而暴戾,忽而温柔,忽而自私,忽而仗义,忽而冲动,忽而冷静,心思机巧,后手无数,他可真是有些看不透了。

第八十六章

女土司的手段

一

叶小天想走近些，于俊亭歪着头睇他一眼，眼神灵动，仿佛栖在枝头的一只云雀。她用纤长的食指向叶小天轻轻一点，叶小天便一笑止步，和张雨寒等人"躲猫猫"，其实他也紧张得很。

半空和尚的禅房被里里外外翻了个底朝天，根本没有叶小天的踪迹。张雨寒不死心，又把经卷房以及两厢小沙弥们的住处全都查遍了，还是没有叶小天的踪影。

站在庭院中，环顾四周，吴父疑神疑鬼地道："莫非世间真有高来高去、可以飞剑杀人的游侠儿？"说着，他不禁缩了缩脖子，那种传说中以武犯禁的游侠，做事全凭一己喜恶，他既然欣赏叶小天这样的官，可别因此对自己起了杀心才好。

张雨寒没好气地瞪了他一眼，道："虽说天下之大无奇不有，可我偏就不信有什么游侠儿，而且恰恰就路经此地，会伸手搭救那个混蛋！"

项父蹙眉道："如果不是，还能是什么缘故？土舍大人，那可是一个大活人，就这么凭空消失了，而且房中又没有暗道机关，实在诡异得很。"

张雨寒想了想，唤过那名报信的侍卫，追问道："当时你等就守在院子里，前前后后没有一处疏漏？"

那侍卫果断地道："没有！而且听到室内发出惊呼，我等冲进去时，也只是守在门前的一群人，其他人依旧守在原地，动也没动。"这样一来，"调虎离山"的可能也没有了，张雨寒皱起眉头苦苦思索半响，还是想不通其中道理。

这时御龙阴冷地道："跑得了和尚跑不了庙！他能不顾这些心腹亲信独自逃命，可总不能连他自己的家人也不在乎吧？把他的家人全都抓起来，不信他不露面！"

御龙一句话登时提醒了张雨寒，张雨寒憬然道："不错！马上去叶家，把他们一网打尽！"

当下，张雨寒就从大悲寺抽调了大批人手，命他们院前候命，他又闯进于俊亭所在的静室，于家侍卫对张土舍也不拦阻，任由他走了进去。

张雨寒瞪着于俊亭道："于大人，你说此事与你不相干，本官却是不信！这笔账，张某记下了！还有之前你将我张家家主气病一事，新仇旧怨，咱们两家早晚会有清算的一天！"

于俊亭对他的威胁毫不在意，淡淡一笑道："张土舍尽管放马过来，于某有何惧哉！"说着站起身来，潇潇洒洒地往外就走。张雨寒下意识地问道："你去哪里？"

于俊亭瞥了他一眼，道："天色已晚，本官回府歇息去！怎么？这也要向你请示？张土舍，你不是把于某人当犯人了吧？"于俊亭大摇大摆地走到院中，对御龙等人看也不看，就从他们中间昂首而过，众侍卫立即紧随其后，出了禅院。

于俊亭身边的侍卫乃至方丈身边的小沙弥，张雨寒等人也是一一验看过的，他们也怕叶小天扮作一个不起眼的侍卫或沙弥，就站在他们面前却被他们无视了，弄出一个"灯下黑"的效果。

可是这样的搜检依旧没有任何发现，此时于俊亭举步一走，身边侍卫在他们众目睽睽之下跟了出去，他们又瞪大眼睛仔细看了一遍，体型、面貌，还是没有一个像叶小天，除非于俊亭把叶小天变成婴儿藏进她的肚子，否则是绝不可能带走的了。

张雨寒瞪着于俊亭的背影，直到她消失在院门口，才不甘心地又冲向那间静室。他还没进房间，站在廊下的一个小沙弥便悄悄一踩脚下机关，等张雨寒冲进静室，那堵写着巨大"禅"字的墙壁刚刚无声地落回地面，叶小天又消失了。

张雨寒看看空荡荡的房间，恨恨地一踩脚。他出来时，从看守中抽调出来的武士们已经站了满满一院子，人人高举火把，照得一片通明。张雨寒也不多说，振臂一挥，喝道："走！"

御龙唤过本家一个亲信侍卫，低声吩咐道："大悲寺四周布下几个暗线，严查出入人等！"那侍卫心领神会，立即领命而去，御龙这才快步追上张雨寒，大队人马浩浩荡荡出了大悲寺，直奔东山叶府。

· ※ · ※ · ※ ·

一处幽深的洞穴中，不知通风口建在哪里，骤然挤进数十人，居然丝毫不觉憋闷。李秋池鬼鬼祟祟地溜到耶佬身边，他虽不太明白这个老家伙和叶家究竟是什么关系，却看得出哚妮有什么事也会遵从他的意见，如今叶小天不在，有事自然要和他商量。

耶佬正和哚妮小声说话："这个姓文的不会是想骗咱们进地洞，来个瓮中捉鳖吧？"

李秋池适时插了一嘴，道："老爷子，这倒不像，铜仁府是他们的天下，要抓我们，一队兵马足矣，何需如此费事。而且，三处出口我都查过了，其中有一处建在山岩上，一处建在水边，周围地形都是不易安排伏兵的。"

文傲见他们凑在一块儿窃窃私语，便笑吟吟地走过来，道："几位不必担心，文某乃于大人心腹，如果想坑你们，文某就不会以自己为人质了。如果当真是诱骗了你们，文某岂不先要遭殃？"

李秋池打个哈哈，迎上去道："文先生误会了，我等并非怀疑文先生和于监州的诚意，只是有些好奇，于监州为何要不惜得罪五位权贵，也肯全力襄助我家大人呢？"

文傲微笑道："要说是激于义愤，恐怕李师爷是不信的。实话实说吧，我家大人与张知府争这铜仁第一把金交椅，早晚必有一战。张雨寒等人是张知府的死忠心腹，就算今日不帮叶推官，双方早晚还是要翻脸，说起来只是时间早与晚的问题。敌人的敌人就是我们的朋友，今日不帮叶大人，来日谁来帮助我家土司呢？况且……"文傲沉吟一下，道："叶大人的担当和胆略，我家大人真的很欣赏！这样的朋友，值得结交！"

……

就在他们头顶，十尺之上，张雨寒正像一头饿极了的狼，凶狠四顾。叶家竟然空了，一个人都没有。这时一个侍卫匆匆赶来，禀报道："土舍大人，属下问过了，黄昏时候，叶府突然冲出一群人，仓皇南去，不知所踪。"

"向南？"

张雨寒咆哮道："他们来不及出城的，也不可能有人会收容他们，给我追！"

火把如星光点点，散乱地逸出叶府，汇成一条火龙，复向南面追去。

……

地洞中，文傲安慰哚妮道："你放心，我家大人说要救人，就一定办得到。叶推官定会安然无恙的。"

哚妮此时也只好相信文傲的话，她抬头看看厚实的墙壁，不放心地道："他们真会来抓我们？"

文傲道："会不会来，文某也不确定，以防万一罢了。不然，救出了叶大人，你等却被张家控制住，叶大人又如何藏得住！"

耶佬抬头看看厚重的洞顶，道："他们会不会掘地三尺，发现洞窟？"

李秋池道："这地洞甚是隐秘，如果找不到入口的位置，掘地七尺也发现不了。况且学生已安排了人手引开他们，他们不会想到我们还在府中的。"

先前来府上那些人，李秋池回来后再度见过，耶佬对他说这是自己的一些族人，想来投奔他到铜仁定居。此时文傲登门，说于监州担心劫狱不成，会伤及叶推官性命，决心亲自出手，叫他们先行躲避，李秋池就利用耶佬这些"族人"布了一个疑阵。

这些人公开的身份和叶府并无关联，而且此前根本无人知道他们的存在。李秋池叫他们趁着夜色从叶府出去，匆匆奔向南城，故意制造动静引人注意，然后化整为零各自散去，以此引开来犯之敌。

张雨寒果然中计，他一直追到南城，也没见到逃难的叶府中人，沿途客栈旅舍都搜过了，再问那城头守卫，也没见过黄昏之后有人出入城门。

张雨寒站在城头，望着满城灯火正茫然不知所措，忽地发现远处一片红光照耀夜空，看方向正是大悲寺，张雨寒正惊疑不定，有一骑快马飞奔而来，来人手中举着一支火把，夜色中看来仿佛一只流萤。

片刻之后，两名侍卫陪着一人匆匆跑上城楼，一见张雨寒，那人跪倒颤声道："土舍，大……大事不好！突然有一队黑衣人袭击大悲寺，火焚僧舍，被关押的人全给救走了，咱们留守的人……死……死伤惨重！"

"什么？"

张雨寒眼前一黑，差点儿从城头栽下去。

御龙闻言，倏地望向大悲寺方向："今晚的事，有人步步设局，环环相扣，我等一直在被牵着鼻子走！究竟是谁，竟有这样手段，竟有这样本事。"夜色中，仿佛有只看不见的黑手正探向他们，令御龙为之心寒。

……

于府，观星楼上，于俊亭负手远眺着，晚风拂得她衣带飘飘。旁边站着一个魁梧的青袍老者，身材不胖，但骨架很大，所以形同瘦虎一般，极显彪悍。

土官要受朝廷敕封，诸如土知府、土同知、土守备等。受到敕封的土官在自己的辖境内可以自行任命负责部落内部事务的官，诸如阿牧、总理、家政、旗主、峒主、寨主等。

这个老者就是于氏部落的家政，于俊亭的族叔于虎。不过，于俊亭有三个亲叔叔，于虎却是她的远房族叔，放着亲叔叔不用，却把家政这样重要的职务委任给远房叔叔，这就很耐人寻味了。

远处，大悲寺上空，熊熊大火仿佛一支巨大的火炬，虽然烧的不是整座禅院，仅仅是知客的僧舍，却已映红了半边夜空。

于虎轻轻皱了皱眉头，道："就算他们一时猜不到是你动的手脚，等叶小天公开露面的时候也会明白，到那时不但暴露了大悲寺和我们的关系，双方势必也要更加对立！况且，这队秘密训练的死士本为应付不时之需，如今为叶小天而暴露，值得吗？"

于俊亭轻笑道:"对张家来说,一个子侄和整个家族的地位,孰重孰轻?我们已威胁到张家的地位,就算没有这桩子事,早晚还不是要针锋相对?况且,为了叶小天,牺牲再大也绝对值得!"

两人正说着,一名黑衣人急步登楼,对于俊亭拱手道:"禀报土司老爷,叶推官已被我们趁乱带出来了!"

于俊亭欣然道:"快请上来!"

片刻工夫,一个光头小沙弥缓步走上阶来,于俊亭掩口轻笑:"好一个俊俏的小和尚!叶大人若是不做官,就去庙里做个知客僧,该寺的香火想必也是极好的!"

第八十七章

与君共进退

一

张雨寒等人从大悲寺一走，叶小天就被人匆匆剃了个光头，换上僧袍准备。紧跟着于俊亭秘密训练的死士队伍就到了，一通袭杀和纵火。

此时留守大悲寺的人手已经不多了，于俊亭派来的这批死士又有大悲寺的僧人暗中配合，顺利救了人出来，还一把火把客舍给烧了，制造了一场大混乱。叶小天就混在救火的小沙弥中趁乱被带出大悲寺，由接应的人倒了四次手，这才被悄然送进于府。

听于俊亭向他打趣，叶小天摸了摸自己的光头，合十含笑一礼，道："不知女施主是要求姻缘呢还是问前程，本寺的香火可是一向很灵验的。"

于俊亭叹道："女儿家的前程，可不就是姻缘吗，有什么区别？"

叶小天摇头道："那是对普通的女儿家而言，于施主的身份可是大大不然。"

于俊亭涩然道："女土司、女将军，为什么要加上一个女字呢？终究是男女有别。"

于虎听了，不免有些侧目，他可最是清楚，就因为土司大人是女子，尚未继位时就饱受质疑，所以一向最忌讳别人强调她的女性身份，何以现在却对自己的女性身份侃侃而谈了呢？

叶小天淡淡一笑，随口说笑几句也就罢了，现在可不是就于俊亭的女性身份详细理论的时候。他对于俊亭道："于监州仗义搭救之恩，叶某铭记心头。我那部属和家人，听说都已得到监州大人的妥善安置？"

于俊亭敛了笑容，肃然道："不错！叶推官尽管放心，你的部属已被我派人救出，另行安置了。至于你的家人，现在也在绝对安全的地方。走，咱们下去细说。"

于俊亭引着叶小天下了楼，进入花厅。这花厅的一几一凳、一屏一椅，皆为贵重木料制成，没有镶金嵌玉的华丽装饰，全部原色上漆，保留了木料本色，奢而不华，不见俗气。

叶小天坐下，马上有人奉上茶来，茶水之前就已沏好，此时水温恰可入口。叶小天抿了一口茶，睨了于俊亭一眼，于俊亭看见他的目光，不禁问道："叶推官有何话说？"

叶小天道："监州大人手段了得。尤其是大悲寺内的机关，天下独步。当初将叶某安置在大悲寺时，监州大人就已在策划今日之事了吧？"

其实于俊亭当时还真没什么想法，她当时可没有想过为了叶小天，把御家、项家和吴家彻底推向张家的意思。只不过她也不想让叶小天不明不白地死在自己手上，自然就选择了大悲寺这处她能控制的所在。

于俊亭当然不会坦诚自己对他的所作所为虽有好感，却也没有全力搭救的意思，顺水推舟道："叶推官的所作所为，令我深感钦佩。况且，你的对头是张家，你我可谓同仇敌忾，于某岂有不伸援手的道理。至于说那大悲寺内的机关……"

于俊亭纤白的手指轻轻抚弄着细白瓷的茶盏，怅然道："大悲寺和我于家大有渊源，寺里当年翻修僧舍时，我家还曾捐献大笔香油钱，只是不为外界所知罢了。说到机关暗道，那只是因为我从小就躲避各种明枪暗箭，习惯使然……"

于俊亭眉宇间微微现出黯然神色，与平素的神采飞扬大不一样，看来楚楚可怜。叶小天看在眼中，不好深问，心中却想：豪门自有豪门的为难，想必这位女土司以女儿之身统御一个偌大的家族，也有许多不足为外人道的苦衷了。

花厅中静默下来，过了片刻，叶小天才轻咳一声道："照理说，叶某得罪了五方权贵，先斩后奏之举又有违朝廷法度，唯一的出路只有隐姓埋名，一走了之。可监州大人却说，还要保我推官之职，不知监州大人怎样打算？"

于俊亭眉头一挑，先前的黯然一扫而空，英气勃发地道："张氏不肖，百姓困苦。于某欲信理庶绩，劝农贩贫，决讼断辟，兴利除害，意欲如此，必先整顿吏治，要有所作为，必得有贤良相助。而叶推官，正是大贤之人！"

于俊亭目光灼热地看着叶小天，道："狱者，万民之命，可以禁暴止邪，养育群生。贪者凛然，残暴生畏，能使生者不怨，死者不恨，乃是于某整顿铜仁的关键一环。所以，负责刑名的官员，要既贤且良，如此人物，非你莫属！"

"其实，即便没有叶推官近日的举动，我想做这些事，早晚也要和这些倚仗权势、残暴不仁的权贵们彻底决裂的，既然如此，叶推官的命我要保，叶推官的官，我当然也要保。要做到这一点，唯一的选择，就只能是以硬碰硬，迫他们屈服了！"

于俊亭先前对付张知府时的一系列举措，已经暴露了她的野心，如果这时闭口不谈，一味向叶小天施恩，说自己完全是激于义愤才出手相助，反而不易取信于他。

古语有云："同德则同心，同心则同志。"又有人言："所与交友，必也同志。"实属至理，反过来，若是同志，则可同心，所以于俊亭决心由此着手来取信叶小天，把他拉为自己的臂助。

叶小天眉头轻轻一皱，担心地道："硬碰硬？"

于俊亭慨然道："不错！若是让你留在大悲寺，在他们的看管之下，我不放心，万一他们暗下黑手，终究照看不及，只能救你出来，却事起仓促，许多事还来不及准备。现在你且住在我的府上忍耐一阵。等我调动本部兵马，控制了铜仁局势，便可让你公开露面，那时谁敢向你发难，武力解决就是了！"

叶小天担心地道："监州大人前番虽然胜了张知府一局，却只是折了张知府的威望，对张家的实力并没有影响，还谈不上绝对的优势，若是武力吓不住他们的话，恐怕双方就真要开战了。"

于俊亭道："想兵不血刃地取代张家，谈何容易。要想有所作为，总是要流血的，于某对此早有预料。他们若真要战，那便战！不过，我谅他们也不敢轻启战端！"

于俊亭说得大义凛然，心中却想：他们要是真肯动武才好，哪怕我吃了亏，甚至为了你搞得四面楚歌，只要能把你从此绑在我身上，那也值得了。能出山的生苗，比整个铜仁府还要强大，那时于某还有何惧哉。

叶小天对于俊亭的打算有些震惊，同时也有些感动，他不安地道："若监州为了我而诉诸战端，叶某着实不安。况且，即便监州大人能以武力弹压那五位权贵，朝廷那面又该如何解释呢？"

于俊亭莞尔道："我是一方土司，如果我的头人比我还要威风霸道，在下面为所欲为、无法无天，我必心中不喜！人同此心，难道天子就愿意见到跋扈无礼、欺害他子民的大臣？

"张雨寒等五家倚仗赎金买罪的特权，肆无忌惮地触犯律法，天子必然厌憎。只是囿于规矩，难加严惩。叶推官爱民如子，严惩了五家恶少，维护了朝廷法度，只要能给朝廷一个台阶下，难道天子还会定要治你之罪？

"只要我们能弹压那五家权贵，叫他们不敢闹事，天子那边，就以五恶少所作所为天怒人怨，百姓群情激愤，恐将激起民变为由，叶推官临机权变，本监州全力支持，为平息民愤，果断处置罪犯，朝廷那边可保无恙。"

叶小天道："如此说来，一切的一切，其关键就是要能让那五位权贵罢手，如此一来，于监州要付出和承受的可是太多太重了。"

于俊亭凛然道："道之所在，虽万千人逆之，吾往矣！"

一个女儿家，嗓音清脆悦耳，可是这句话说出来，却是慷慨激昂，掷地有声，隐隐有金石之音。叶小天对于俊亭肃然起敬，忍不住离座而起，向她郑重一揖，沉声道："叶某愿与大人共进退！"

于俊亭连忙起身相搀，道："叶推官言重了！"心中却想：哼！说得好听，那你为何还不把真正身份说与我知道？不过，这样也好！君不密则失臣，臣不密则失身，几事不密则害成。这么谨慎，我喜欢！

这时，门口出现一名侍卫，向于俊亭禀报道："土司大人，戴同知到访！"

戴崇华夜访于府？叶小天一听就知道，应该是为了今晚这番动乱而来。于俊亭对叶小天道："先让虎叔给你安顿住处歇息一下吧，你放心，只要在我于府，你就绝对安全！"

叶小天向她道了谢，随着于虎离开。片刻之后，戴崇华气急败坏地走了进来："为什么？这究竟是为什么？于监州，咱们不是说好不理会叶小天的事吗，你怎么能出尔反尔呢，还能不能好好合作了？"

第八十八章

千钧一发

一

　　于俊亭此时心情正好，听了戴崇华发牢骚，丝毫不以为忤。她笑吟吟地道："戴同知来啦，请坐！"

　　戴崇华气哼哼地一屁股坐到椅上，对于俊亭道："监州，你可不要说此事与你没有关系，能搞出偌大阵仗，肯搞出莫大阵仗的，整个铜仁府，除了你就不可能再有第二个了！"

　　于俊亭并不否认，只是微笑着坐下来，向戴崇华眨眨眼道："我为什么要否认呢？这件事，本来就是我做的。"

　　戴崇华瞧她小有得意的笑意，忽然冷静下来。他的这位政治盟友可绝非一个蠢材，她既然做出这样的事来，又是一脸轻松，莫非她真有这么做的充足理由，或者说有善后的手段？

　　戴同知忍不住问道："看监州大人的模样，这其中莫非别有隐情？"

　　于俊亭笑吟吟地道："不错！"

　　戴崇华看着于俊亭，等她解释。于俊亭端起茶来，轻轻抹着茶沫儿，悠然道："戴同知，咱们这位叶推官，另有一层隐秘的身份。你可知他究竟是什么人？呵呵，他，就是十万大山里那个神秘蛊教的教主！"

　　戴崇华也知道蛊教的存在，不过他平时很少听人提起蛊教，是以恍惚了一下，有关蛊教的传言才一下子在脑海中清晰起来："蛊教教主？蛊教……教主，嗯？"

　　戴崇华蓦然睁大眼睛，震惊道："蛊教教主？你说叶小天是蛊教教主，此言当真？"

　　于俊亭笑吟吟地道："当真！比真金还要真！"

　　戴崇华讶然道："怎么可能！他若是蛊教教主，不好好做他唯我独尊的山中王，跑到我们铜仁府来做的什么推官？"

于俊亭道:"这些事,我也好奇得很呢。还有格哚佬部出现在提溪,原本也令人费解。你也知道,蛊教一向的规矩就是不许生苗部落出山的嘛。如今我终于知道了,格哚佬部突然出山,显然是因为他们的叶教主正在铜仁做官!"

戴崇华蹙眉道:"这个叶小天,隐瞒身份,入世做官,他究竟想干什么?"

于俊亭道:"关于这一点,我也很想知道呢,不过我不能操之过急,否则就要引起他的戒心了。"

戴崇华弄明白了叶小天的身份,便也明白了于俊亭的用意,想到蛊教和蛊教御下的数十万生苗,戴崇华心头顿时也是一阵火热。

于俊亭欣然道:"比起野心更大、距我们也更远的杨应龙来说,你不觉得,这叶小天才是我们最值得争取的强大盟友吗?"

当于俊亭获悉叶小天的真正身份时,她就马上意识到:这个喜欢感情用事的蛊教教主,这些远在深山对山外世界既不熟悉也没有立足根本的山中部落,远比播州那个唯利是图的冷酷政客更容易被她利用。

近在咫尺的十万大山之主和远在播州的杨天王,谁对她的帮助更大,不用想都知道。如果这个人能坚定地站在她一边,就算是跟土司王安老爷子,她都有资格掰掰手腕了!

戴崇华正对叶小天的真正身份震惊不已,听了于俊亭这句话却不免更加震惊了,戴同知失声道:"难道监州大人打算放弃与播州的联盟?"

于俊亭的唇角微微向上一挑,翘出一条妖魅的弧线,衬着媚丽的眼波分外动人:"如果我们能掌握叶小天,还要杨应龙何用?"

· ※ · ※ · ※ ·

铜仁城里,于俊亭夜袭大悲寺,藏匿叶府家眷的时候,张家的兵马也终于和格哚佬部交战了。

提溪于家拒不出兵,凉月谷果基家更是冷眼旁观,只有提溪张家全力配合张氏家族的"总理土舍"张绎,共集合兵马约五千人,兵临刚刚扎下山寨的格哚佬部。

张绎先礼后兵,再度要求格哚佬立即率部返回深山,退出提溪司领地,被格哚佬一口回绝。此时格哚佬正站在大木搭建的箭楼上,眺望着山下的张绎调兵遣将,族中勇士们严阵以待。

提溪司的三千兵马像三支锋利的箭矢,刺向山寨,他们负责打前阵。张绎的一千近卫作为后备军,另有一千藤甲军呈扇形部署在三千提溪官兵后面,他们的作用是督战。

这场仗从一开始张绎就打得狼狈不堪。山寨周围的树木已被砍伐一空,以防敌人偷袭和火攻。

可这样一来，格哚佬部对藤甲军也就没了用火的可能。其实，当年诸葛孔明火烧藤甲军的故事在五溪蛮地区广为流传，如果这些树木犹在，张绎也会改变打法，绝不会让藤甲军跳进可以被火攻的地带。

但是，树木虽被砍伐了，用不了火攻，可是在及膝深的野草丛中却可以使用虫蚁。这些虫蚁并非蛊虫，蛊虫威力虽大，炼制却很难，不能用在战场上，然而一般的毒虫也足以对士卒们造成极大干扰了。

山民们常年住在山里，需要对付各种虫蚁毒蛇的侵袭，所以都有很灵验的草药可以驱虫，但是山外的人却没有这方面的优势。

山民抓来了大量的毒虫，甚至有些毒蛇、毒蚁被他们连窝端了来。

张家军为了防范这些虫蚁，小心翼翼地逼近，待他们终于折腾到距山寨一箭距离之内时，已经消耗了大量的体力和精力，此时尚未战斗，他们就已减员八十多人，士气低迷。

在张绎的督促下，他们一面发射弩箭压制山寨火力，一面迅速向山寨逼过去，可他们还没冲出五十步，突有浓烟滚滚而来。

浓烟过处，辛辣刺鼻，提溪司士兵咳嗽连天，流泪不止，双目红肿根本无法对山寨实施有效的远程打击了。

督战的张绎见状，马上派人向燃起浓烟的方向杀去，可那野草是早就堆在那里的，放火的只有三五个人，火势一起，他们就像猴子一样逃进了密林，哪里还能抓得到。

为了躲避浓烟，许多士兵只能匍匐在地，这样一来，他们又和那些毒虫毒蚁来了个亲密接触。那些毒虫毒蚁被毒烟熏得慌张四散，匍匐在地的士兵成了它们逃跑的障碍，马上受到了它们更疯狂的攻击。

等到他们终于艰难地冲到山寨前时，被蛇蚁咬得失去战力的人数已经达到两百多人，此时山寨里的守军还一箭未发呢。

恶战终于开始了，寨门大开，寨中勇士们呐喊着，持着竹枪呼啸而来，一炷香时间的恶战之后，他们又呼啸而去，紧接着第二拨山民又冲了出来。

他们的反击并不深入提溪司官兵的阵营，只对冲到第一线的官兵发动攻击，一炷香的时间可以让他们的体力始终保持最佳状态，当体力有所不支的时候，他们便缩回山寨休息，由第二拨人马继续反击。

两队人马如此轮换，可以让他们始终以充沛的体力投入战斗。而攻击一方就没有这样的优势了，此时毒烟虽已被风吹淡了，可他们已经被熏得咽喉肿痛，双眼红肿，战斗力大为削弱。

不少士兵身上满是被虫蚁咬得令人痛痒难当的大包，和这些常年在山中生活，体力充沛、斗志旺盛的部落勇士们相比，他们虽然占了人数优势，可战斗力却相差甚远。这种情况直到藤甲军补上来，这才稍见缓解。

藤甲军的战斗力和军纪都要强于提溪司官兵，而且他们一直走在这些炮灰的后面，受到的滋扰最少。山寨的勇士们武器装备方面又比他们简陋得多，山寨的伤亡开始加大。格哚佬见状，马上鸣金收兵，依托山寨开始进行防御。

藤甲军岂能给山寨以喘息之机，马上逼迫提溪司官兵继续打头阵，充当炮灰攻打山寨。山寨的栅墙都是用大木制成，里边建有运兵通道，虽然这是他们占据的地利，不过比起厚重高墙的城池来，其实要好攻克得多。

提溪司官兵一方甚至不用建造云梯战车，他们十几个人为一组，用挠钩或者绳索套住栅栏，就可以发力向外扯动。即便一次两次不行，三五次后，那些大木栅栏也能被扯断或扯倒。

只是这样一来，寨墙里边的部落勇士可以肆无忌惮地发射箭矢，提溪司官又有很多人被射伤，这场交锋持续了一个半时辰，进攻一方的伤亡已经达到五百多人。

可是在他们的猛烈进攻下，山寨内的守军也是筋疲力尽，反击态势渐趋无力。见此情形，张绎大喜，马上果断投入全部后备军发起了总攻。战鼓隆隆声中，四头战象冲在最前边，带着大地的震颤，向格哚佬的山寨冲去！

第八十九章

兵临城下

一

经过之前激烈的战斗，山寨中的伤亡也在加大，再加上体力消耗，生苗战士反击的力度已经大不如前。稀疏的箭雨无法对护住了要害的四头战象产生杀伤力，这四头庞然大物突破到了近前，栅栏墙在它们万钧的冲力下被摧毁了，官兵们紧随战象身后，呐喊着冲进山寨。站在高处指挥的格哚佬早已命令老幼妇孺躲进内寨，一见寨墙被突破，立即鸣金收兵，引领战士们向内寨退却。

当张绎的兵马几乎全部冲进山寨，和格哚佬部展开巷战肉搏的时候，远处突然旗幡招展，呐喊连天，两路生苗战士呼啸跳跃着，像一群猛虎扑过来，拦住了张绎兵马的后路。

格哚佬在获悉张知府要以武力驱逐他们的消息后，已经在第一时间把情况向神殿做了汇报，但六位长老反复商议的结果是：不予支援。他们对叶小天进入官场和调动部落出山态度本就不太积极，如果出山失利，他们正好借此反对出山。

向神殿请求援助失败后，格哚佬只好向与他一向友好的其他部落请求帮助，两个与格哚佬部关系密切的部落首领先后决定派兵相助。

这两个部落各自派出了五百名勇士，他们被格哚佬安排在了山寨之外两侧的密林山坳中，如今到了关键时刻，他们发挥了重大作用，在张绎投入后备军孤注一掷的紧要关头，他们骤然出现在了官兵的后阵。

张家的兵马不明就里，身在局中很难确定对方的人数，只道是中了生苗的埋伏，再加上这两支生力军龙精虎猛，战力不凡，官兵登时阵脚大乱。正退向内寨的格哚佬见状趁机发动了反攻。

生苗山民们里应外合，张绎的兵马无心恋战，战况急转直下。张绎见势不妙，赶紧纠集部众突围向山下逃去。等他们逃回本阵站稳脚跟，重新点检兵马时，伤残及被俘人数已在一千五百人以上。

一战之下伤损人数近三成，这已经是一场惨败，虽说张绎手中还有三千五六百人，而山上的生苗也就一千五六百人了，张家军依旧占据绝对的数量优势，可是论士气，他们却低迷到了极点。

张绎手下的兵马已经毫无斗志，张绎巡阅兵营，眼见士卒们无精打采、垂头丧气，自知这场仗是没法再打下去了，而且提溪司张家打头阵，损失也最大，已经无心恋战。张绎无奈，只好仓皇退兵。

消息传回铜仁后，对张胖子来说不亚于当头一棒。他本想大胜一场，向铜仁众土司们炫耀一下张家的武力，不想竟败得如此凄惨。如果他还想再战，就得从铜仁调更多的兵过去，可是这时候，他却收到于家和戴家向铜仁府集结兵马的消息。

虽说张胖子一直认为于家不可能用武力强行攫取他们张家的统治地位，可是于家和戴家向铜仁府集结兵马是一个极危险的信号，他总不能置族人安危于不顾。

况且，提溪一战惨败，谁也无法保证，生苗既然有了一队援兵，会不会还有援军源源不断地赶到，如果张家的家底全在提溪消耗光，那也不用等于家出手了，他这个光杆知府只能拱手让位。

有鉴于此，张胖子便打起了退堂鼓。可他之前信誓旦旦地要严惩山苗，如今遭遇惨败，各路土司派在铜仁的眼线已经获悉消息，他若就此忍了这口恶气，本就所剩无几的威望势必荡然无存。

继续增兵不妥，偃旗息鼓也不妥，本已病倒的张胖子又气又急，真的卧床不起了。不过这一来，他倒是有了一块遮羞布：因为病重不能理事，当然对提溪的惨败就无法及时做出反应了。

※·※·※

铜仁西北，思南县。思南就在铜仁边上，"婆婆"就在眼前，知县自然难当，一县之长是没错的，想做百里至尊就难了。此外，这思南县还有一个大户人家，同样可以压制知县，那就是田氏。

此田氏非彼田氏，并不是安宋田杨四大天王中的田氏。土司人家的思南田氏，是隋朝开皇二年就由陕西蓝田入黔的，而这个田氏，则是明初时候才由江西吉安迁转入黔的。

虽然这个思南田氏远不及世袭土司的另一个田氏威风，但在当地也算是有数的官宦人家了。现任家主田子渭曾任四川大竹县主簿，三个儿子都是举人，老大田助国正担任河南武陟县知县，次子田贡国正担任河南归德府推官，只有三子田效国侍奉在父亲膝下。

往上数的话，田子渭的父、祖、曾祖、高祖等也都做过通判、教谕、推官一类的官，其中尤以其叔祖父田秋最为了得，曾经官至四川按察使、广东布政使，算是位极人臣了。

如此显赫的家世，在思南县，就算是知县大人对他也得恭敬七分、礼让三分，算是思南第一乡绅了，本应该没什么为难事能让这位致仕还乡、含饴弄孙的田老爷子烦恼，可此时田子渭田老爷却像牙痛似的一脸纠结。

"父亲，张于两家相争，和我们田家并不相干呐，父亲大人何必烦恼呢。"

田家老三田效国眼见父亲一根一根地捻着胡须，都快把颔下稀疏的胡子给揪没了，忍不住出口宽慰道。

田子渭瞪了他一眼，训斥道："岂不闻城门失火，殃及池鱼的道理？如今于家和戴家屯兵于思南县，万一起了战乱，我们田家怎么可能不受牵连？"

田效国见父亲老大不悦，只好唯唯连声，不敢说话了。

田子渭捻着胡须沉吟半晌，道："于家和戴家兵临城下，张家的藤甲军也是虎视眈眈，但有一方不肯相让，战乱必起。我田府近在咫尺，一旦生起战乱，恐难免池鱼之殃，唯有远远避之方为上策！"

田子渭决心已定，转身对田效国道："你去，立即准备车辆，至亲老少随老夫前往凤凰城避暑去，此间事一日不了，咱们就一日不归了！"

凤凰古城归思州安抚司管，因为其地距思南甚近，风景甚是优美，是个逃避战乱的绝佳所在，所以田老爷子选择了这里。

田效国连忙答应着，一溜烟儿地退了出去。田子渭走到廊下，眺目远望，自言自语道："你们要争，这儿就丢给你们争去罢，老夫可不奉陪了！"

思南县内，于家屯兵之地，于家两位带兵的土舍送走了戴家那位土舍，回转房中。这两位土舍都是于俊亭的亲叔父，一个叫于扑满，一个叫于家海。

二人坐定后，于家海悻悻地道："小女娃子就知道胡闹，为了一个没用处的推官，就动用咱于家的子弟兵，还让咱们这一把老骨头跑到这儿来卖命，真不晓得她是怎么想的。"

于扑满为自己斟了一杯凉茶，一边啜饮着，一边缓缓地道："这个小女娃儿，可不像你我想象的那么简单呐，这么多年来，咱们兄弟没少给她出难题，何时真正难倒过她？"

上一任于土司没有儿子，就只这么一个女儿，因此由她继承了大位。对此，于俊亭的三位亲叔父颇为不服。他们倒没有胆子篡夺侄女的江山，只是本能地瞧不起女人，不愿受一个女子驱使。

所以，从于俊亭继位时起，他们就不断地给她出难题进行刁难，如果于俊亭没有能力应对，家族的事务以后就得依赖他们，那样的话，他们虽然不是土司，却可以左右土司，也可算是无冕之王了。

不料这个小丫头却是个极厉害的角色，每每不动声色便能解决他们设置的难题，尤其是于俊亭上一次对张知府来了一次漂亮的"逼宫"，大长了于家志气，他们就更加不敢小觑这个未及双十年华的侄女了。

如今只有老四于家海性情鲁莽，还动不动地在于俊亭面前摆长辈的谱儿，像于扑满这样心思沉稳的人，已经不大敢在他的侄女土司面前倨傲狂妄了。

像这一次，于俊亭没跟几位叔父商量，便做出如此重大的决定，命令两位叔父带兵进驻思南，换作几年前他们一定不会从命，总要等于俊亭给出一个合理的解释他们才肯行动，但是这一次他们虽然觉得于俊亭太过轻率，还是从命了。

于家海不满地道："我说老三，老二已经尿了，你也要尿吗？从这丫头九岁成为土司时起，咱们兄弟就不断地跟她斗智斗力，这可好，老了老了，反而要向她低头了？"

于扑满淡然道："自从张胖子吃了瘪，这丫头威望日盛，咱们已经有点压不住她了。如果这一次她决策失误，咱们就有扳回一局的机会，否则她成功了，咱们今后想不俯首听命都不成！这是她的一个机会，也是我们的一个机会，静观其变吧！"

第九十章

引而不发

一

山道上，两辆轻车缓缓而行。山路两旁山清水秀，吊脚楼隐在海浪般苍翠的林海之中，如诗如画。

车子停下了，帘儿一掀，叶小天弯腰走出来，他身穿一件铜扣琵琶襟，衣边上贴着梅条绣着银钩，下身穿一件青布喇叭腿的裤子，脚上一双高粱面白底鞋，头上一块青布帕，正好掩住那颗锃亮的光头，成了一个很标致的土家族小伙子。

叶小天跳下车，游目四顾，优美的山寨风光尽收眼底。这时于俊亭也从前边车子里下来，笑盈盈地向他迎过来。

叶小天从在于府上车就未见过于俊亭，此时乍一见她，就似方才乍见这仙境一般的山寨风光，顿生惊艳之感。

于俊亭头裹一块刺花巾帕，衣裙刺着花边，下身着一条蜡染布的百褶裙，只及膝弯处，"三滴水"的装扮，裙下露出两条粉光致致、线条优美的小腿，十分艳丽可人。

她是土家女子，在铜仁地区，土家是第一大族。土家是汉人给他们起的称呼，以前他们被称为蛮、夷或武陵蛮、五溪蛮，但那是对当地少数民族的统称，其他如苗、彝等族也包括在内。

后来汉人迁居该地的人众渐多，为了区分不同的民族，这才对他们进行细分，把他们称为土家，而他们便称迁居该地的汉人为客家。不过在他们族内，是自称为"毕兹卡"的。

关于土家族的来源众说不一，有说是巴人后裔，有说是唐末五代时从江西迁居湘西的百艺工匠的后裔，还有人说他们是汉人戍边将士和土著女子的后代。其实土家族父系血统主要是阿尔泰血系，也就是匈奴和鲜卑、羌、氐等族，百越也是他们的一个重要组成部分。

发髻是土家女子婚否的一个重要标志，"开脸""上头"就意味着已经成为少妇，其装扮也与少女时大不一样,会显得比较成熟而有丰韵。于俊亭尚是未嫁女儿身,自然要做少女打扮,所以在少女的清纯柔美之外,略显妩媚。

"啊!监州大人。你这是……"

叶小天还是头一次见她做女子打扮,竟然有些不太适应,于俊亭嫣然道:"今天带你来,是参加一个婚礼,我不是以土司身份而来,你也不必称呼我的官职。称我于姑娘就好。"

叶小天改口道:"于姑娘,咱们这是要参加什么人的婚礼?"

于俊亭道:"于海龙于头人今日嫁女,他是我手下大将。你是一府推官,总不能长期失踪,明日就是公开亮相的时候,到时候还要大力借助于海龙的力量,今日你我来参加他女儿的婚礼,也算一个谢意。"

叶小天这才恍然大悟,想到明日就要重返铜仁,公开亮相,竟然有些紧张。于俊亭慢移莲步,走在前面,步姿轻盈得仿佛能作掌上舞,明日的大事对她似乎没有丝毫压力。

这些日子于俊亭曲意接近,两人之间已经熟稔了,叶小天见她举步登山,只有担着礼盒的随从,却没有一个人前来迎接,想起土司一向派头奇大,不禁问道:"于头人怎么不曾出迎于你呢?"

于俊亭道:"我若亮出身份,大家都来参拜我,在我面前也诸多拘束,岂不搅了他女儿的好事吗?今日你我只以贺客身份出现,我已嘱咐他不必理会,只管安心操办婚礼就好。"

两人说着,渐渐走到半山腰。身在林中,他们只能看见一处处吊脚楼隐约显现,四周十分静谧。可是转过一处林子,陡然却出现了好多人,过了前方的一道栅栏门就是好大一个庭院,满是原木桌椅,贺客们有坐的有站的,好不热闹。

于俊亭微笑道:"还好,新郎官还没来接新娘呢,我们没有迟到。"

他们俩的到来果然没有引起太大轰动,于俊亭和叶小天向于家安排在门口的一个管事交上贺礼,悠然进了庭院,忽听一阵号啕大哭声传来。

"背时媒人的话啊,像蜜糖甜坏了你们的心,像黑布蒙住了你们的眼睛,糊糊涂涂定下冤家亲;铁心肠的爹啊,铁心肠的娘啊,你硬把生女赶出门,逼着活人跳进了死人坑……"

叶小天循声望去,就见一个妇人坐在一张藤木椅上,一个一身红裳的少女伏在她膝上纵声大哭,那妇人一边轻拍她的肩头,一边也是垂泪不止。

就听那妇人哽咽着唱道:"我的女儿我的心,你到婆家要小心。只能墙上加得土,不能雪上再加霜。婆家人可大声讲,你的话却要轻声。金盆打水清又清,你的脾气娘知情。铜盆打水黄又黄,你的脾气要改光。亲生爹娘不要紧,公婆面前要小心……"

老婆子越唱越伤心，母女俩抱头痛哭，简直哭成泪人一般，旁边的妇人女子一个个也是垂泪不止，这时一个老妇人凑过去低声劝慰了几句，那新娘子抬起头来，指着她哭骂起来：

"你男家吃女家走，男家讲女长得好，女家吹男乖又巧！你骗我到公婆家，变成人家牛和马，人家动手就来打，打了骂了不解恨。你做媒人想饮酒，山上的猴子骗得走。说活我的爹和娘，咒你死后变马牛……"

叶小天一瞧这破口大骂的新娘子，哭得鬓发散乱，两眼红肿，嗓音嘶哑，本来挺俏丽的一个姑娘，现在却像一个疯婆子，忍不住对于俊亭道："于姑娘，于头人想是把女儿嫁给了她不喜欢的人，今日这场喜事，可别闹得乐极生悲才好。"

于俊亭忍不住"扑哧"一笑，把一双水灵水灵的眸子睖着他，道："叶推官怜香惜玉得很呢，莫非又动了侠义之心，想要来个怒斩恶少？"

叶小天摇摇头道："父母之命，媒妁之言。我倒干涉不得，不过……这样的情景叫人看了实在不舒服，不如见过于头人后，我便去山下等你吧。"

于俊亭笑吟吟地道："你想岔了，我们土家女子择婿，都是在'女儿会'时自己挑选，父母并不干涉，所嫁的郎君岂能不称心意？"

叶小天道："若是称心如意尚且如此悲愤的话，不称心时又该如何？当场自尽吗？"

于俊亭道："你有所不知，这是我土家人的规矩。女子若出嫁时不哭，就是对父母不孝，与家人不和睦，若是一点眼泪都不掉，一声都不哭，会被人鄙视无德，新郎官拒绝接她过门，都是理所应当的，所以要哭，而且还要大哭特哭。

"对了，一般人家好像哭七天到二十天不等，有钱人家大多提前一个月就开始哭了，越到临近婚礼，越是哭得厉害，非要哭到肝肠寸断，不足以显示一家人的和睦。

"所以，许多姑娘从十二三岁开始就要学习怎么哭，哭爹娘，哭姐妹，骂陪客，骂媒人，哭梳头，哭出门，哭上轿，反正是见到什么人都哭，做什么事都哭……"

说到这里，于俊亭忽地烦恼起来："可我不会哭啊，从我记事时起，我就不记得自己哭过，将来可怎么办呢……"说着偷偷瞟了叶小天一眼，眸中溢出促狭的笑意。

让叶小天复出，当然要做一番准备，但她出手相救虽是临时起意，对付张家却是早有准备，所以原无须准备这么久，之所以拖到现在，只是想和这位"新朋友"培养培养感情，现在看来，效果不错，和他在一起的感觉，也不错！一切，都按她的设计，在有条不紊地发展着……

· ※ · ※ · ※ ·

　　于扑满兄弟俩正在思南暗自非议她的时候，于俊亭却已悄然到了印江，为她将来出嫁时能否哭得出来而忧心忡忡。

　　此时，铜仁张知府后宅里。张胖子枕在一个侍婢的大腿上，头靠在她怀里，一边由她喂着药，一边听坐在榻边的儿子说话。

　　张雨桐道："田氏派人来了，当时父亲正在休息，儿子出面接见了他！"

　　张铎一听，赶紧推开药碗，迫不及待地问道："田氏怎么说，我铜仁乱局，他们可肯出面解决？"

　　张雨桐苦笑着摇了摇头，张铎愤怒起来，道："还是不肯吗？田家虽然失去了思州思南两地的世袭统辖之权，可瘦死的骆驼比马大，只要他们肯出面，铜仁府的大小土司，依旧不敢不给旧主面子，可他们居然袖手不理？亏我张铎对他们一向礼敬有加……"

　　张雨桐道："父亲，田家不出面是有理由的。"

　　张铎冷笑道："有什么理由？担心他们出了面，依旧不能收拾铜仁局面，会威风扫地吗？"

　　张雨桐面上露出奇怪的神气，缓缓地道："据来使讲，田家之所以不出面，是因为……安老爷子向他们打了招呼。"

　　张铎一怔，讶然道："安老爷子？你是说……土司王安老爷子？"

　　张雨桐道："除了他，还有谁配让田氏兄妹尊称一声老爷子？"

　　张铎面皮子一紧，道："安老爷子为何要插手此间？他向田氏兄妹打了什么招呼？"

　　田氏兄妹对这件事没向他们做丝毫隐瞒，所以张雨桐把安老爷子的原话向张铎复述了一遍，道："父亲，就连土司王都在关注此间之事，恐怕铜仁乱象，不像我们想像的那么简单。"

　　张铎的眼皮子慢慢耷拉下来，喃喃自语道："这个叶小天，恐怕不只是一个流官那么简单！对了，他的推官之职就是于俊亭举荐的，生苗出山，于家篡权，难道其中有什么关联？他，究竟是什么人，究竟要干什么？"

第九十一章

歃血为盟

一

潺潺泉水欢快地奔淌在山间，在布满绿苔的山石上激起一团团雪白的浪花，远远望去，仿佛一道匹练飘逸地散置在林间。叶小天蹲在河边，掬起清澈的泉水洗着脸，于俊亭笑吟吟地站在一旁，把玩着她的象牙小扇。

叶小天刚刚站起身，一块带着幽香的丝帕便递到了他的面前，叶小天也不客气，顺手接过擦起了脸。扇柄在于俊亭指尖轻盈地跳跃着，玉笋般的手指莹润雪白。

"叶推官很受寨子里的姑娘们欢迎呢，你怎么不带几个回城去？难道那么多漂亮姑娘，就没有一个你中意的吗？"

于俊亭看着叶小天刚刚洗净的脸，莞尔地向他打趣。就在片刻之前，叶小天的脸还乌黑一片呢，此时刚刚洗净，复又变成了一个眉清目秀、唇红齿白的翩翩少年。

把锅底的黑灰抹在男人脸上是土家人特有的一种示爱方式。新郎官带着迎亲队伍赶来迎接新娘的时候，新娘子还有哭爹、哭娘、哭姑姑姑父、叔叔婶婶、左邻右舍、哭跨鞍马、哭上花轿等一系列的哭戏要演。

在这段时间里，就是伴娘们调戏伴郎们的余兴节目。如果发现有哪个年轻英俊的伴郎，心存爱慕的姑娘就会把锅底灰抹在他的脸上，以示情意。如果郎有情妾有意，眉来眼去一番，不等每年一度的"女儿会"召开，就可以成就一段良缘了。

新娘子同寨的那些姑娘们都不认识叶小天，所以把他当成了新郎一方的人，姐儿爱俏，这样一个英俊少年谁不喜欢？所以纷纷把她们的锅底灰往叶小天脸上抹，叶小天抢足了伴郎们的风头。

等于俊亭和于海龙说完话赶过来的时候，叶小天已经被姑娘们抹成了黑脸包公。面对于俊亭的打趣，叶小天只能苦笑着摇头，道："贵地的姑娘当真活泼烂漫得很。如果是在中原，可没有姑娘敢在男人面前这般大胆。"

于俊亭笑道："入乡随俗嘛，这儿可是贵州。"

两人说着，已经踏着柔软如绵的草地回到路上。路上，两百多名土家勇士扶刀而立，迎着骄阳一动不动。

虽然这些人穿着不同样式颜色的民族服饰，武器也制式不一，可是剽悍威猛之气扑面而来，显然是精锐中的精锐。

这些人都是于海龙亲手调教出来的族中勇士，个个都是以一当十的好汉。于海龙现在年纪大了，可他年轻的时候却像现在的果基格龙一样，是出了名的战士，号称铜仁第一勇士。

人的名儿树的影儿，虽然他现在年纪大了，可威望不减当年。在有尚武之风的贵州、崇尚武力、崇尚个人英雄主义的地方，于海龙的威名对别人是很有震慑力的。

有鉴于此，于俊亭才把他从提溪调回来，而且在他刚刚嫁女后，就要把他带去铜仁。明天就是叶小天在铜仁府公开现身的关键时刻，她必须做好应对一切可能的准备。

叶小天和五位权贵人家的恩怨，要解决只有两种办法：一种办法是拿出足以让五位权贵放弃追究杀子之恨的好处，另一种就是强权压迫，迫使五位权贵权衡利弊，不敢继续追究。

至于说此举可能会令五位权贵更加愤怒，于俊亭根本就不在乎了。她很小的时候就明白了一个道理，你做得再好，哪怕是按圣人的标准要求自己，同样有人对你不满意，同样有人背后对你说三道四，找到机会就对你落井下石。对这种人，甭拿他当人看，根本不需要对他推心置腹。

于海龙站在队伍的最前方，手中牵着马缰绳，等候于俊亭和叶小天走过来。他身量奇高，骨架也大，显得甚是威武。黑红的脸膛，方面阔口，站在那儿就像一座山似的，深邃的目光令他整个人看来都是一副不苟言笑的样子。

叶小天和他已经有过接触，知道他只是性格如此，即便面对他的土司于俊亭，同样是这样一副冷漠的表情。所以叶小天只是向他点点头，客气地道："于头人，咱们上路吧！"

于海龙点点头，等于俊亭跨上战马，这才乘上自己那匹雄骏的黑马，右手向前狠狠一劈，身后肃立如山的两百名战士便同时迈动脚步，虽然只有区区两百人，却有一种其徐如林的强大气势。

·※·※·※·

"忍？你叫我们忍？"张雨寒怪叫一声，目中好像要喷出火来。

御龙怒不可遏地问道："这是你的意思，还是知府大人的意思？"

张雨桐冷静地道："这是家父的意思，也是我的意思！我知道，丧子之痛，杀子之仇，你们咽不下这口气！于俊亭夺我张氏之权，我又何尝忍得下？可是有时候，你要想打败他，就必须得先忍他！"

张雨桐对同样怒气咻咻的吴父、项父等人拱拱手，诚恳地道："于俊亭发动'逼宫'之举，随后千百年来一直自闭山中的生苗就出了山，这两者之间有没有什么联系？

"叶小天本为葫县县尉，是谁举荐他为铜仁推官的？是于俊亭，于俊亭为何把他调来铜仁，他们两人之间，有没有什么联系？

"我张家和于家都是田氏旧部，和水西安氏中间还隔着一个水东宋氏，安老爷子何故对我铜仁府发生的事情如此上心，甚至不惜亲自出面授意田氏兄妹不得轻举妄动？

"如今想来，水银山之乱，最初也是于家先挑起的争端，如此种种，岂不蹊跷？还有播州那位杨天王，在水银山两侧四位土司发生纠葛时，也跳出来煽风点火，他们究竟在图谋什么？"

张雨桐一连向他们问了几个问题，这才道："这些事不弄清楚，我们就无法确定于俊亭手中还有什么筹码。常言说：知己知彼，百战百胜。如今我们对他们的底细全然不知，如何能贸然出手？"

听了张雨桐这番分析，张雨寒渐渐冷静下来。张雨桐又道："我张家在提溪战事失利，这件事想必你们也知道了。我张家，已经容不得再次失败了，如此时刻，做事岂能不谨慎再三？

"你们想报仇，我何尝不想替父亲出这一口恶气，可是我们只有一次机会啊！一旦失败，我们就再无翻身之力。你我几家一向荣辱与共，何不隐忍一时，以图良机呢？

"各位，忍字头上一把刀！可这压心之忍，何尝不是护心之刀。七情之发，唯怒为遽，众怒加，唯忍为是！忍之又忍，愈忍愈励！如其不忍，倾败立至。忍为通宝啊！"

张雨寒和项父、御龙等人相顾无言。张雨桐一挥手，四名侍卫抬了一头攒了四蹄绑在长方形托盘上的白羊上来，张雨桐从腰间拔出一柄短刃，走过去在白羊咽喉下用力一抹，登时鲜血喷溅。

那头白羊惨叫连连，只是被绑得结实，动弹不得，片刻工夫，就颤抖着咽了气。张雨桐抹了一把羊血，往自己唇上一抹，沉声道："我向你们发誓，只待探明于俊亭的底细，我张氏父子会与你们一道，必杀于俊亭！必杀叶小天！"

这句话说罢，张雨桐便紧紧地抿起了唇，唇上一片触目惊心的红。御龙、张雨寒等人沉默片刻，一一走过去。片刻之后，他们唇上都是殷红一片，配着他们狰狞凶狠的面孔，就像一群择人而噬的厉鬼！

· ※ · ※ · ※ ·

铜仁府暗流涌动，局外人却不会察觉什么。即便消息灵通、感觉敏锐的人也只是从大人物不同寻常的表情上隐隐嗅出有些不对劲儿。但……太阳依旧升起，天还没有塌下来，对大家来说这一天就和昨日没什么两样。

可是一大早，把守府衙大门的衙役们却突然发现，大步走向府衙的官员之中，居然有叶小天！于监州居中，戴同知在右，叶推官在左，两人落后于监州半步，和于俊亭呈品字形大步走向府衙。

把守门户的衙役们登时惊愕得张大了嘴巴，心中一阵紧张。先前张雨寒、御龙等五位权贵对叶小天是如何要打要杀，他们都清楚，不是说这叶小天已经易名改姓、逃亡天涯了吗，怎么就堂而皇之地回来了？

于俊亭和叶小天、戴崇华三人旁若无人地进了大门，于海龙率人立即紧随其后。一路所经之处，发现刑厅叶推官骤然出现的胥吏衙役、捕快书办们莫不惊骇莫名。

于俊亭忽然看到通判院中的一个书吏，便站住脚步，吩咐他道："你，马上通知各科各房的管事们，还有府衙所有入流、不入流的官员，全体、立刻到判院参见，本官要排衙！"

"啊！啊！是！卑职遵命！"那书吏"嗯嗯啊啊"地答应了，才反应过来，明白于监州究竟让他去干什么，赶紧一转身，忙不迭地往外就跑，跑出几步才意识到跑错了方向，忙又折身返回。

就像在平静的湖水中投下了一块大石，叶小天和于监州、戴同知一起出现在府衙的消息，顿时像涟漪一般荡漾开来。不到两炷香时间，整个府衙上上下下、前前后后、里里外外，已是无人不知、无人不晓。

再没有人安心办公了，所有的胥吏衙役、捕快书办们都提心吊胆地观望着通判府的方向，做好了脚底抹油、溜之大吉的准备。大战，应该一触即发了吧！

第九十二章

女土司的独角戏

一

府衙官员和各科、房、班的管事们陆续向判院集中过去,大约一炷香的时间之后,所有人都到齐了。官员们站在大堂上,胥吏管事们站在院子里,黑压压一片,不少人都在交头接耳,窃窃私语。

戴同知一直在注意着到场人员,见人已到齐,便对站在公案旁的文师爷点了点头,文师爷清咳一声,朗声宣布道:"监州、摄知府事于大人排衙,有请于大人升堂!"

"威——武——"

威严的堂威声中,于俊亭穿着一身簇新的官袍,从屏风后面缓步走了出来,她目不斜视地走到公案后面站定,一双明亮的眼睛向众官员一扫,目光扫处,众官员胥吏就像被割倒的麦子,齐刷刷地躬下身去。

"见过监州大人!"

"免礼!平身!"

于俊亭淡淡地说了一句。

于俊亭一双丹凤眼向堂前众官吏淡淡一扫,朗声说道:"本官今日排衙的原因,纵然不说,想必你们也已知道了。不错!本官正是要向你们宣布,失踪多日的推官叶小天,已经回来了!"

虽然早知此事,但是经于俊亭的口一讲,堂下还是"轰"一声响,众人面带惊疑,有的互相递着眼色,有的交头接耳悄声议论。州判御龙脸色铁青,冷冷地看着于俊亭,他知道这个女人一定还有下文。

果然,等堂上骚乱的声息稍稍平静下来,于俊亭又道:"叶小天何以会从大悲寺失踪?我想,你们同样知道了。没错!是我干的!这些天叶推官又在哪里呢?就在于某人的府上!"

堂上骚动的声浪更大了,但于俊亭也相应地提高了声音:"夜袭大悲寺,救出刑厅所属的人，也是我！提前知会叶府家人，叫他们逃避的人，还是我！不过，处死五个恶少，却非于某授意，而是叶大人为民做主的义举！"

堂下的嗡嗡声此时已经连成了一片，就像千百只蜜蜂正在公堂上徘徊飞舞，于俊亭突然抓起惊堂木重重地一拍，清脆的响声瞬间传遍大堂，也让众人心弦一震，公堂上终于安静下来。

于俊亭高声道："土司，世有其地，世管其民，世统其兵，世袭其职，世治其所，世入其流，世受其封。可以拥有军队，可以私设监狱，可以自征税赋，可以自封其官，可以杀人不请旨，亲死不丁忧……你们说，是不是很了不起？"

"土民一人犯罪，土司可缚而杀之，被杀者的家族，还要奉敛银给土司，六十两、四十两不等，最少也要二十四两，名曰玷刀银！你们说，是不是很霸道？

"土司人家的房子可以盖瓦，土民就算买得起瓦，也只能盖稻草！土司家娶媳妇，土民三年内就不敢婚姻！土司可以把土民当牲口一样随意买卖、转让、赠送；土民有事控于本官，本官若判不公，虽有流官，不敢上诉。你们说，是不是很威风？

"土司可以向土民任意索取，一位土司每年向朝廷的贡奉不超过三百两，对治下土民的征缴却超百倍，一年一小派，三年一大派，小派计钱，大派计两。土民们向土官所输的丁粮较汉民向朝廷所输的丁粮多出十倍不止。

"就算是一个小小的土目，他过生日，婚丧嫁娶，生子满三朝，盖房子，甚至他的儿子上学、应试等一切费用，从金银、油盐柴米到鸡、鸭、猪、酒，也全部由土民来提供！

"我们土司人家所拥有的权力，使我们比皇帝还要逍遥！何以如此？是我们的祖先用他们的血和汗，为我们争取来的！我们的祖先，在千百年前征服了这片土地，并且在这里扎下了根，留存了我们可以世世代代传承下去的土地和子民！

"我们自一出生，无须任何努力，就可以坐享其成，这是我们的福分，可是我们因此就可以为所欲为吗？一个乡绅，都明白修桥补路、兴修水利、调解纠纷、倡导文化、兴办社学、赈济乡里、与民为善。

"我们这些土司人家，为土民们做过什么呢？我们从一出生，就拥有这一切，我们视我们所拥有的一切特权为理所应当，是不是就可以为所欲为了？

"不错！土司人家可以赎金买罪！可是你用赎金买替的是什么？是你的罪！你并非没有犯罪，而是你犯了罪，却可以用金银来赎替！有罪，就证明你做了国法不容的为害百姓的事，只不过你有逃避制裁的特权罢了！

"这个特权，是我们的祖先因为爱惜子孙，虑及会有不肖子孙做出不法之事，断了子嗣继承，所以千方百计为我们向朝廷争取来的。可我们是不是就可以心安理得地享用这份特权，挥霍祖先的苦心？

"叶推官认为，洛氏一家是迁居铜仁的汉人，他们要向朝廷缴纳税赋，理应受到朝廷律法的保护与管束，他们不是土民，就不该让土司逃避制裁。而你们则认为，他们享有用赎金买罪的特权，就不该被处死，居于其地的汉人，也同样算是土民。

"我不想纠结这其中的是是非非，叶推官杀得对也好、错也罢，站在我的位置，从一个土司的角度去看，我都觉得，这是一件大好事，不仅对百姓们来说是一件大快人心的好事，对我们土司人家来说，同样是一件大好事！"

堂上鸦雀无声，所有人都静静地听着，只有于俊亭振聋发聩的声音在大厅上回荡，就连藏在大堂两侧和屏风后面的于海龙以及其率领的那些勇士们，也都屏住了呼吸，听得入神。

于俊亭道："坦白地说，我也曾一再犹豫，我想：如果我帮助叶推官，会不会是对所有土司的背叛？

"可我终于想清楚了，并不是这样！我支持叶推官，才是对我们所有土司人家负责！你的爹娘，没有教你强入民宅、奸淫妇女；你的父母没有教你为非作歹，为祸乡里；他们教你的，是善待你的子民，唯有如此才能保证祖先留给你的一切可以世世代代传递下去。

"让百姓们吃不饱，他们是会造反的！

"祖先爱惜子孙，为我们想尽办法留退路，我们用什么来报答祖先？难道就是倚仗我们所拥有的特权胡作非为？一旦激起民变，愤怒的百姓可分不清你是坏土司，他是好土司！

"他们会把所有的土司杀光！祖先的血脉从此将无以为继，谁之罪？就是你！就是那些自以为有赎罪特权在手，就为所欲为、肆无忌惮的人！我支持叶小天，不是挑衅我们的权利！恰恰相反，是在维护我们的权利！

"我想通了，所以我救出了叶推官！我想通了，所以我把这样的清官、好官又给请了回来！我于俊亭，用自己的项上人头保证他的安全，谁敢再与叶推官为难，就是跟我于俊亭为难！我的大军就屯扎在思南，谁若不服，只管来战！咱们刀对刀枪对枪地战一场！"

于俊亭的声音越到后来越是慷慨激昂，众人都悄悄向御龙看去。五家权贵在地方上极具权势，但他们都像张雨寒一样，是土司自封的家族内部的官，只有御龙拥有朝廷命官的身份，所以出现在大堂上。

御龙沉默半响，缓缓举步走出了班列。众人心中顿时一阵紧张，只道一场针锋相对的大战就要开始了，却不想御龙走到堂前站定，竟然摘下官帽，跪伏于地，沉声道："御龙知错！御龙向于监州请罪、向朝廷请罪！"

众官员集体大哗，他们万万没有想到，先前那样跋扈的御龙此时就这样就屈服了。今天这出戏，真比当日于俊亭"逼宫"，气昏张知府的场面还要精彩。

于俊亭见御龙服软，不禁有些失望，她今日慷慨陈词，丝毫不给五家权贵留脸面，本来就是想逼着他们动手。只要他们动手，于俊亭一定"会败"，甚至会被逼出铜仁城，再有叔父趁机发难，她就穷途末路了。

叶小天为了一个与他毫不相干的民女，都能激于义愤为她讨公道，到那时会坐视她走投无路？只要他出手相助，她就能用些手段，把这位教主大人牢牢地绑在她的战车上了，谁料……御龙竟然尿了。

于俊亭眉毛一挑，沉声道："你的侄子，还有项、吴、张三家的子侄被斩，本官以为，斩得天公地道！本官意欲上书朝廷，言明他们该死的理由。再者，当日府衙前聚集数万之众，一个处理不慎就会激起民变。是以叶推官才当机立断，便宜行事，这份苦衷，本官也要向天子言明的。你可愿与本官联名上疏？"

众官员心道：这也太欺负人了吧？你杀了人家的侄儿，你说杀得对也就罢了，还要让人家自己亲口承认杀得对，御州判会答应才见鬼。想到这里，刚刚轻松下来的气氛又紧张起来。

隐于两侧屏风之后的于海龙等人也紧张起来，悄悄攥紧了钢刀，刀锋的反光映在《碧涛红日图》上，隐隐泛出粼粼的波光。御龙看在眼里，牙关紧咬，两腮突突乱颤。

半晌之后，他慢慢地吁出一口气，顿首道："下官愿与大人联名！"答应了！御龙居然再度屈服了！官员们看看御龙，再看看于俊亭，那目光已经不是钦佩，而是极度崇拜。

于俊亭也没想到御龙会答应得这么干脆，不过此时再进一步的话，那可真有点欺人太甚了。于俊亭只能见好就收，仰天大笑三声，高声道："叶推官，请出来吧！"

屏风后面人影一闪，叶小天走了出来，一身七品官袍，向众人拱一拱手，微笑着道："各位大人，久违了！"

第九十三章

长风挖坑

一

自叶小天失踪，刑厅又恢复了往昔门可罗雀的凄凉景象。花大郎和江小白两位经历天天蹲在院子里画圈圈，也不知道在诅咒谁。章彬章知事则挖门盗洞地想要调到别的衙门口儿。

阳神明之前被叶小天安排去负责全城的渠道疏浚工作，这关系到全城人的福利，倒没有因为叶小天的失踪而停止，所以他还算是有点事做，只不过也不似以前积极了。

只有司狱官任忆冰受的影响不大，他是狱官，无论什么时候，狱官总是需要的，而且他是张家派系的人，叶小天垮台对他只有好处没有坏处。至于那些书吏皂隶，也全"放了羊"，有几个人已经重操旧业，做小买卖贴补家用去了。

叶小天突然出现在府衙的消息，不但在府衙内迅速传开，而且顷刻间就传遍了全城。正在清浪街上挎着篮子卖盐水花生的高大宝闻讯之后，撒丫子就往回跑，满满的一篮子花生，等他上气不接下气地跑回刑厅，已经颠得只剩下半篮子。

还好，来得还不算太迟，推官老爷还没从判院回来呢。高大宝喜形于色，赶紧藏好篮子，钻进后院从花家嫂子房里打了两瓢水净了面，换上那套平时不知塞在哪个旮旯里的皂隶服，从角落里找回他那条挂了蛛网的水火棍，跑到堂前听信儿。

无论如何，刑厅的人是无限欢迎叶推官归来的。他疯也好，他驴也罢，只有他在的时候，刑厅的这些人才有存在感，才有尊严，才有活路！

"大人回来啦！"

踮着脚站在院门口望风的曹书吏远远就见叶小天在华云飞、李秋池、苏循天、毛问智这四大金刚的陪同下向刑厅走来，激动之下竟然有些失声，他只好咳嗽一声，这才奋力喊了出来，只是那声音就从被踩住了脖子的母鸭嘴里发出的，嘶哑得很。

刑厅大院里顿时一阵骚乱，花大郎、江小白、章彬、阳神明在前，众胥吏书办在后，皂隶衙两侧站定，恭候推官老爷的归来。

叶小天是昨天晚间回到铜仁的，此番回来，于俊亭才把李秋池、苏循天等人引来让他们见面。苏循天、华云飞他们不离不弃，并不出乎叶小天的意料之外，可李大状居然也没弃他而去，倒是真的让叶小天小小惊讶了一回。

兄弟相见，分外惊喜。昨夜四人就随着叶小天一起住在了于府，今儿一早才陪着他来到府衙。如今御龙已经当众服软，叶小天回转刑厅，这四个人便跟了过来。

"参……参见推官老爷！"

站在门口的两名衙役激动得脸庞通红，结结巴巴地对叶小天说了一句。叶小天向他们微笑一颔首，举步进了刑厅……

"推官大人，你可回来了啊……"

花经历一声大叫，登时泪如雨下。他这一嗓子把旁边正准备见礼的江小白吓了一跳，就见花经历扑上去，一把抓住叶小天的手臂，忘形之下也不行礼，只管唠叨道："大人被拘大悲寺，下官忧心如焚，寝食难安……"

一旁江小白翻了翻白眼儿，心道：扯淡！昨天还见你买了二两猪头肉，一个人躲在院子里喝闷酒来着。

花经历道："自大人失踪，下官既为大人逃脱一劫而欢喜，又为从此不能再辅佐大人而忧愁，原以为今生今世再不能见大人一面，如今大人重返刑厅，下官真是……真是难以言表！"

花经历这番话半真半假，做作的成分是有的，但他为叶小天担忧、为自己的前程发愁却也是真的。叶小天平安无事地归来，他的确是满心欢喜。

一旁再度翻了个白眼儿的江小白适时咳嗽一声，冲上来向叶小天长揖道："下官江小白，恭迎……恭迎推官大人归来！"一句话说罢，激动的泪水就在眼眶里打起了转转，只是他努力地眨了半天眼睛，眼泪也没掉下来，现场效果远不如花经历。

章彬和阳神明也激动万分地上前见礼，阳神明是从工地跑回来的，这些天叶小天失踪，阳神明虽还有事可做，却也不免要考虑一旦疏浚工程结束，他还是要无所事事，所以根本提不起精神，在工地上做事也是做一天和尚撞一天钟，纯属应付。

突然听说叶推官在于监州和戴同知的陪同下出现在府衙，阳神明这个油滑老吏立即从中嗅到了不同寻常的味道。他马上跳下泥坑打了个滚，仰天大笑三声，这才跑回刑厅来。

此时的阳神明一身泥巴，似乎在叶小天失踪的这段时间里，他对叶小天交办的事务依旧异常尽心卖力。殊不知此时工地上已经停了工，因为大家都在传说："阳照磨发了疯。"

叶小天虽也明白他们对自己的归来如此激动、振奋，其中不乏矫情做作，但也证明他在刑厅还是很得民心的。趋吉避凶是人之常情,衙门大了山头就多,人与人之前的关系也就会变得更复杂,他原也没指望自己在刑厅这么短的时候,这些人就对自己死心塌地,他们能做到现在这个程度,已经是极好的了。

叶小天对他们好言慰勉了一番,随即升堂,望着标枪般立在堂上,一个个精神抖擞的部下,叶小天深感军心可用。他立即下达了归来之后的第一道政令:"矫情的话,本官就不说了,刑厅一切照旧!"

众属官胥吏振奋精神,轰然称喏。

叶小天又道:"本官离开多日,案件积压繁多,立即向全城张贴告示,本官明日要加一次'放告',接受各种诉讼!"

叶小天说着,目光已经投向大厅之外极远处的天空。格桑佬大胜的消息他业已知道,目前的形势一片大好!经过这番磨难的洗礼,他的雄心壮志也被彻底激发出来了!

·※·※·※·

叶小天归来,于俊亭再压张氏一头,可张家却偃旗息鼓,毫无声息。似乎,他们已经默许于俊亭从此骑在他们张家的头上了。

张府后宅里,张大胖子系了一条抹额防风,由儿子搀着,慢悠悠地踱进后花园。早有下人搬来一张罗汉榻,张大胖子坐在榻上,呼呼地喘着粗气,这时一个道人由下人引着飘然走了进来。

"真人请坐,张某身体病弱,不能起身相迎,恕罪!"

张铎一见这位近来在铜仁府混得风生水起的长风道人,态度也不免恭敬起来。对神佛,他是有敬畏心的,传说这位长风真人甚有道行,张胖子在他面前也就不敢端起知府架子了。

长风道人向他含笑一礼,不卑不亢地在旁边坐下。张胖子客套了几句,便小心翼翼地道:"近来张某多有磨难,可谓流年不利啊,久闻真人大名,今日特请真人给些指点。"

长风道人摇头晃脑地说了一大堆专业术语,张大胖子雾煞煞的一句也没听懂,眨眨眼睛道:"请恕张某愚钝,对于真人的点拨听得不甚了然,真人可否说得再明白些?"

长风道人微微一笑,道:"从八字上看,施主今年冲太岁,乃束马悬车之年,施主今年在各方面的变数极大,当顺势而为,若固执己见,难免会发展到寸步难行的地步;凡事应步步为营,三思而行,以不变应万变方为上策!"

这句话张胖子总算听懂了,不禁连连点头,道:"受教,受教了!那……张某需要做些什么以解厄运呢？"

长风道人道："流年不利，做什么都是错，所以，做不如不做，一动不如一静。"

张胖子本以为长风道人会趁机让他捐些香油钱，不想长风道人竟然这样说，心中更认定了他是有道高人。

长风道人道："太岁者，主宰一岁之尊神。犯了太岁的人当年不宜兴工动土，否则必有灾祸发生。所谓不可太岁头上动土就是这个道理了。施主今年不宜动土、不宜动气、不宜纷争、谨守门户，只消挨过今年，便可否极泰来，时运大转。"

张胖子忽地想到他先前同意疏浚河渠，此后不久，他号召诸部出兵讨伐格咪佬，便被于俊亭将了一军，弄得他灰头土脸。其后他又独自出兵，结果损兵折将，联想到长风道人这番话，他竟是连连犯错。

张知府捶腿悔恨道："今日得真人指点迷津，方才豁然开朗，若是张某能早些请教真人，何至有今日恶果！"

张知府又向长风道人认真地请教了许多问题，最后捐了一大笔香油钱，这才让儿子送长风道人出去。长风道人刚走，张知府便吩咐道："去，马上去刑厅，告诉叶小天，河渠疏浚立即停工，过了今年再继续疏浚！"

这项工程是他同意并拨款的，而他今年犯太岁，这动土的事自然绝不能再做了。张胖子转念间又想到叶小天要在铜仁开办义塾蒙学和武校，当时还想请他挂名来着，幸好他不耐烦，拒绝了，如果不然，这件动土事也要算到他的头上，恐怕就不只眼前这些危难，而是要有血光之灾了。

长风道人的随从弟子都候在前厅，张雨桐送了长风道人到前厅，长风道人下意识地就向弟子群中扫了一眼，王宁王主簿已经成了一个道人，肃立班中。长风道人与他目光一碰，立即轻轻点了点头。

王主簿的唇角不禁露出一丝诡谲的笑意，看来长风道人的胡话，张知府已经听进去了。马上就要有件大事派到贵州，贵州方面还无人知情，但他是锦衣卫，朝廷方面的消息却极为灵通，已经先行获悉。只要张胖子坚信"不能动土"，铜仁就一定会更加热闹的……

第九十四章

忍，一时风平浪静

一

"令尊身子还不大好，公子还需就近照料，就不劳相送了。贫道闲云野鹤一只，不会在乎这些繁文缛节的，请止步！"

从后宅出来，长风道人便向张雨桐稽首道别，张雨桐并未客套，因为长风道人的言谈举止和扮相太像一位世外高人了，令人见而心折。张雨桐既然也把他看作了世外高人，也就把他的话当了真。

不过，世外高人也是要吃饭的，虽然长风道人自始至终都没提出香油钱，张雨桐还是早就命人备好了一份厚礼，听长风道人这么一说，便微笑止步，道："是！真人吩咐，小子不敢不从。家父有恙，小子需就近照料，一时无法到观中礼拜，里有一点小小心意，还请真人收下！"

张雨桐说着，把手一摆，立即就有八名侍卫各自捧了一口匣子过来，长风道人瞄了一眼，见八人手上都很吃力，显然是极重的物什，应该非金即银，心中欢喜，面上却是更加云淡风轻，稽首呼一声"无上太乙救苦天尊！"

自有他的弟子上前从那八名侍卫手中接过匣子，一一抱在怀里。张雨桐向长风道人告别，派了大管家送他们出去。王宁凑到长风道人身边，小声道："都按我说的做了？"

长风道人也压低声音道："前辈放心，晚辈都是按照前辈的授意说的。"

王宁满意地点点头，忽一抬头，恰见叶小天从前边侧门走过来。王宁暗吃一惊，生怕被叶小天认出来，急忙一低头，便放慢了脚步。他们此时正往外走，王宁放慢脚步，别人却步速如常，刹那间他便隐进了道士队伍，丝毫不引人注目。

长风道人见王宁如此举动，心中不由起疑。同锦衣卫合作以来，比他当年单枪匹马闯江湖确实大不相同，以前他空有一身装神弄鬼的本领，但事事亲力亲为，可无法闯下今日这般局面，只好诳骗些士绅商贾，哪能像现在一样出入皆权贵之门。

现在虽然更风光，赚的银子也更多，可是被王宁牢牢地控制着，长风道人心中自然也不舒服，所以一直盼着能摆脱他们的控制。可是他没有可用之人，贴身侍候的清风和明月都是人家的人，哪里敢生异心。

如今一见王宁忽地有些紧张，似乎惧怕前边那人，长风道人心中奇怪，忙向前方看去，迎面走来的是叶小天和华云飞、李秋池，但华云飞和李秋池都走在他身后，一看就是随从，王宁躲避的显然不可能是他们。

长风道人心头一动，便向叶小天迎了过去。

"无上太乙天尊！"长风道人向避到路旁的叶小天稽首宣了声道号，上下看他两眼，微笑道："我观施主根骨奇佳、气宇不凡，绝非池中之物也！不敢请教，尊姓大名。"

叶小天见过的道士不多，能自由出入知府衙门的更是屈指可数，所以只是略微一怔，便认出了此人。叶小天笑吟吟地道："几文钱？"

长风道人怔了怔，讶然道："什么？"

叶小天道："你这牛鼻子给本官相面，要收几文钱？"

清风明月同时踏前一步，怒斥道："大胆！竟敢对大元玄都灵霄上清广化崇教妙一飞玄大道金丹普济生灵万寿长风大真人无礼！"

叶小天听了这么长的道号，不耐烦地翻了个白眼，没理他们。叶小天对佛道两教甚至西洋教派都不反感，但也不痴迷，属于敬鬼神而远之的类型。真要说起来，在这几大教派中，他对本土产生的道教还更倾向一些。

不过，叶小天的舅姥爷当年参加了白莲教，后来跟着他们香主闹事，被朝廷砍了头。叶小天幼年时曾听母亲对他讲过舅姥爷的故事，对道士便不及对和尚和西洋传教士亲热。

正宗的玄门弟子还好，比如北京的白云观，那些打醮念经的道士叶小天并不避讳，但是一旦神神道道地和他谈鬼神，他对这种道士就会生起戒心，自幼烙印的戒心，已经成了本能。

长风道人现如今在铜仁城呼风唤雨，就连于监州、张知府等权贵都对他礼敬有加，眼前这个官儿看看官袍颜色不过七品，却不把他当回事，甚至还出言嘲讽，长风道人反而对他更感兴趣了。

长风道人微微一笑，对清风明月道："退下！不得对施主无礼！"

斥退了清风明月，长风道人向叶小天点点头，故弄玄虚地道："你我是有缘人，有缘人自有再会之期。呵呵，告辞！"

长风道人装神仙，最擅长的就是欲擒故纵吊人胃口，所以没有急着和叶小天攀交，只留下这么一句话，便飘然而去，倒真有些世外高人的风范。叶小天望着他的背影摇了摇头,道:"莫名其妙!"便甩袖而去。

他是要去于俊亭那里,和五大世家的一场风波算是被于俊亭用强横手段硬压下来了,但是还有许多后续的事情需要处理。有些事能掩饰的就掩饰了,比如说五位权贵气疯了心,发兵攻打刑厅,可以轻描淡写地说成双方发生小冲突。

但有些事就得用矫饰的手法,比如说叶小天以推官身份斩了五个恶少,这就是僭越了。虽然说铜仁众土司之间狗咬狗,以及叶小天杀了比天子还要逍遥自在土司恶少,那位年轻的万历皇帝得知后很可能会偷着乐,但是在程序上,他还是要把苦衷说清楚,把这不合法的程序补正为合法程序,免除后患。

当然,这些事都可以由于俊亭一手操办,今天叶小天去见于俊亭,是想给洛家再争取些好处,想让于俊亭在奏章中就洛家姑娘的贞烈之举多写几笔,向天子讨一块烈女牌坊。

这可不仅仅是一种荣誉,一旦成为官方承认的烈女,不但在赋税、徭役上面可以得到大量的减免,作为失去子嗣的洛氏老夫妻,乡里也要承担起奉养的责任,如此一来,对他也算是善始善终吧。

长风道人离开知府衙门,便登上了他宽敞奢华的马车,刚刚坐定,王宁就沉着脸钻了进来:"你好大的胆子,为什么要搭讪那个叶推官?"

"那人是本府推官吗?"长风道人一脸茫然,"不是王前辈吩咐我,要尽可能多结交本地权贵吗?"

王宁语塞,沉默片刻,才悻悻地道:"这个人,你不用理会,尽量离他远一些!"

王宁转身走到车门口,一手掀帘,又回过头来,恶狠狠地道:"不要跟老夫玩心眼儿!"

长风道人忙道:"晚辈怎敢,王前辈尽管放心!"可他心中却因为王宁的特意叮嘱,对那个年轻的七品官更加好奇了:推官?原来一口气斩了五家恶少的那个人就是他!王宁那老匹夫,好像很怕他呢……"

· ※ · ※ · ※ ·

张雨桐回到后宅,步入花园,见父亲已经歪在罗汉床上睡着了,身上盖了一条薄衾。

张铎身体痴肥,所以嗜睡,以前也是动辄犯困,张雨桐不以为奇,忙上前去为父亲掖了掖被角。他正想叫人过来在四周围上丝障,以免让父亲受风,不料他这一掖被角,张胖子已经醒了。

张胖子只打了个小盹儿,却似精神了许多,他打着哈欠,见是儿子坐在身边,便半闭着眼睛嘟囔道:"安家莫名其妙地插手铜仁之事,杨家心怀叵测,田家总是叫我忍忍忍，忍得为父都快成佛了。如今，上天又不许我在太岁头上动土，桐儿啊，你说，为父该怎么办才好？"

张雨桐听得伤心，忍不住握住了父亲的手，安慰道："父亲不必忧愁，天无绝人之路，我张家五百年的基业，不是那么轻易就被人夺走的。"

张胖子叹道："理是这么个理儿，然则，于俊亭我可以暂时忍了她，叶小天我可以暂时忍了他，格哚佬的部落凭空杀出，又害为父损兵折将，如何忍它？"

张雨桐道："不想忍，也得忍。咱们家，确实不能再轻举妄动了，再想做什么，必须得有十全把握。否则，再败一次的话，那些犹在观望之中的土司们真要全部投到于俊亭那边去了。"

张胖子张开眼睛道："生苗占了提溪的地方，也要忍？"

张雨桐沉声道："忍！提溪的好田地，不只是我们张家的，于家在提溪也有支房。他们想看我们的笑话，那大家就都出点血！如今不是有田氏的意思吗，咱们不妨张扬出去，就说咱们是遵从田氏吩咐，容许生苗进驻提溪！

"如此一来，田家长了脸面，必然欢喜。我张家有了台阶，让得也不难看。还可以借此宣扬我张家的忠义。虽然朝廷早已削去了田氏对思州、思南旧地的管辖之权，可我张氏依旧对田氏忠心耿耿！正好叫那些首鼠两端的人好好思量思量，他们背弃我张家，因一时利益投效于家，应不应该！"

张胖子好不甘心，可是想到连连的失利，想到长风道人给他的指点，只能痛苦地闭上了眼睛，无力地道："罢了！罢了！老夫就再忍他一回！派人去提溪，告诉格哚佬，老夫将他所据之地划归他所有，明年开春，再派人去教授他们耕种、畜牧！哎，丧权辱师啊！"

忍一时，风平浪静。

忍，一时风平浪静。

有时候，相同的选择，得到的结果，是完全不同的。

第九十五章

钓　鱼

一

　　叶小天来到于俊亭的签押房，小厮进内禀报，于俊亭正批阅公文，听说叶小天来了，不免有些意外："有请！"

　　于俊亭搁下笔，轻轻活动着发酸的皓腕，向叶小天微笑道："推官大人请坐，可是有事与本官相商？"

　　叶小天在客位坐了，欠身道："是！蒙监州大人过问，洛家的案子已经顺利地结了。只是如今还有一桩善后，下官想和大人商量商量。"

　　于俊亭有些好奇地看着他，叶小天道："洛姑娘以死明志，其行其举令人感佩。下官想，可否……在把此案原委上奏朝廷的时候，为洛家提上一笔，万一皇帝肯封洛姑娘为'烈女'，那么洛家就能旌表门闾、免除本家差役，还可由乡里照料余生。"

　　于俊亭抿了抿嘴唇，道："叶大人，你可知道封为'烈女'须得是清白之身？"

　　封建礼教对于女子的约束可谓极为苛刻，如果有人试图逼奸，那被逼迫的女子誓死不从，也要不曾让歹人得手才有资格被封为"烈女"，如果不幸失身，哪怕是被迫的，也是没有这个资格。

　　所以，在一些性侵案件中，如果受害女子在反抗中被杀或者自杀，官府要找稳婆为她验尸，确认她还是处子之身，不曾被歹人侵犯之后，才会向朝廷报请，敕封为"烈女"。

　　洛家女哪里敌得过五个恶少，她的身子是被玷污过的，所以按照规矩是不够"烈女"资格的。叶小天道："下官自然明白。只是……法理不外乎人情，下官以为，以春秋笔法含糊一下就是，万一天子肯成全了洛姑娘呢。"

　　于俊亭微笑起来，用有趣的眼神看着叶小天道："我看你怒斩五恶少时置生死于不顾，慷慨激昂，大义凛然，还道你是包青天转世，执法一丝不苟，原来并不拘泥！"

叶小天也微笑起来："下官从来就不是一个合格的执法官。下官以为，法有善法，亦有恶法，那不是下官心中的规矩。下官做事，但凭自己的良心，有时候，为了对得起自己的良心，下官也会做些不法之事呢！"

于俊亭看着他道："你身为主掌刑名的执法官，对我坦言做事不拘于法，是不是有些不像话呢？"

叶小天道："大人视下官为股肱，下官自当推心置腹！"

于俊亭点点头道："本官受宠若惊啊！"

两人目光一碰，不约而同地笑了起来。于俊亭一身官袍，但那笑容极是妩媚，大红袍映得她雪白的脸蛋儿微微泛起一层红光，更显明媚。

叶小天正当血气方刚之年，却已有些时日不近女色了，瞧了如此娇媚的一张可人面孔，不由得心头一跳，急忙错开了目光。

于俊亭道："其实你不必费此气力了，洛家夫妇已经被我派人接走，安置在我的寨子里，会有人照料他们的。"

叶小天呆了呆，肃然起敬道："大人宅心仁厚。"

于俊亭摆摆手道："举手之劳罢了。"

叶小天略一犹豫，又道："不过，若能封她为'烈女'，洛姑娘泉下有知，想必也会心安。对洛家夫妇来说，也算是求仁得仁，所以下官还是希望大人能在奏章中提上一笔。至于天子是否恩准，那就不是你我所能决定的了，尽人力而听天命就是了！"

于俊亭轻轻叹了口气，道："你们汉人在乎的东西，有时实在叫人不能理解。"

叶小天道："其实这就和监州大人寨子里的勇士重视名誉胜过性命是一样的。"

于俊亭道："好吧！你既然坚持，那本官便在奏章上提一提。洛家有你如此维护，真是她一家人的福气。"

叶小天也叹了口气，道："下官只是瞧她父母年老、孤苦伶仃无人照料，心生同情罢了。监州大人乃是世袭的将军、一方土司，凡事都有人料理，是不会明白那些小民孤苦无助时是何等彷徨的。"

"我不明白吗？"

于俊亭摇了摇头，语气忽转感伤："没错，我生来就高高在上。听说皇家公主虽然看起来高贵莫名，其实一辈子都束缚于重重规矩之中，就连公主府中的一个管事妈子都能任意欺凌于她，比起这些金枝玉叶来，土司家的女儿是要幸运百倍。但，莫做土司啊……"

于俊亭惆怅地道："一旦做了土司，你就不能再拿自己当个女人，可你明明就是女儿身，这一点是你无法回避的。男土司做错了事，有种种理由可以推脱，女土司做错了事，人家却有充分的理由指责你：你是女人，所以你不行！你得比男人更狠辣、更果绝,即便如此,还是时不时就会被人记起你的女人身份,怀疑你,轻视你!"

叶小天看着于俊亭,小心地道:"监州大人似乎有感而发呀?"

于俊亭猛然惊醒,摇头道:"是有一些烦心事,算了,不提了,说与你听,也解决不了什么。我现在倒是有些担心张家呢。"

叶小天微微蹙眉道:"张家?监州大人担心张家什么?"

于俊亭道:"张家一再向我示弱忍让,有些超乎我的预料。忍人所不能忍,未必是好事,我担心张家必有图谋。天天防着他们,总有疏漏的时候,一个不慎,就要万劫不复了。"

叶小天苦笑道:"监州大人早知今日,那又何必当初呢?其实,于家的实力就摆在那儿,就算是凌驾于张家之上,成为铜仁第一家,和现在又有多大的区别?付出那么多,就为争个第一,值得吗?"

于俊亭柔声道:"叶大人,你是流官,自然不会明白其中的道理。当你的力量足够强大的时候,你不去与人争,被人察觉到你足以威胁到他时,他也会主动出手来对付你,与其如此,莫如先下手为强。何况,一个女人要坐稳土司的位子,不拿出点真本事来,你以为能坐得稳?"

叶小天默然半晌,轻轻叹道:"果然是家家有本难念的经!今后如果有用得到叶某的地方,监州大人尽管开口,叶某甘为大人效力!"

叶小天这算是因为于俊亭的庇护而投桃报李了,但于俊亭并未因为这句话而喜形于色,这样一句话,当然是她梦寐以求的,但叶小天并未坦承他的蛊教尊者身份,那么他的这句承诺就只局限在推官权限之内,区区一个推官,对她的大业能有多大帮助?

不过,她不急,钓鱼的时候,是要很有耐心的……

· ※ · ※ · ※ ·

五百年来,铜仁府还从来没有哪一位土司试图挑战过张家的权威,所以于俊亭的蓄力一击,一下子就令张铎方寸大乱,再加上叶小天的惊人之举以及于俊亭随后对叶小天的无条件支持,更是出乎所有人意料,所以张知府完全不知该如何应对了。

在这种情况下,张铎只能选择隐忍。这是涉及整个家族的大事,他不能像街头混混一般不计后果地一怒而战,他要先了解清楚对方的底细。再加上田家的授意,张铎只好屈辱地容许格咪佬部站稳脚跟。

命令传到提溪,提溪司长官张老爷子老大不悦,你要么继续打,要么当初就别打,结果损失的全是我的人,随后你息事宁人了,这算什么事儿。可张知府都服了软,他也没办法,只好捏着鼻子认了。

格哚佬大获全胜，整个部落都为之欢欣鼓舞，他们来到山外才切身体会到这里的条件要比山里优越许多。也许那些久住城市的人，会被深山景色所迷，但是生活其间，就会发现诸多不便。

格哚佬部和山下的百姓也已有了接触，即便是那些普通百姓家的住宅、器物和穿着，也令他们甚觉新鲜，更不要说村镇里总有一些富有人家，那些人家的深宅大院、绮罗绸缎就更令他们羡慕了。

他们大败张知府，认定是蛊神在暗中保佑他们，是尊者为他们指了一条明路。这种乐观的情绪甚至影响到了引勾佬，他来的目的是为了保证格哚佬部出山后与蛊教的联系。

但引勾佬在这种乐观气氛中，却萌生了更大的野心：他要发展新的信徒！从山下那些星罗棋布的村镇寨子里，为伟大的、无所不能的蛊神发展新的信徒。

当初在铜仁府，叶小天特意安排他去参观罗天大醮，亲眼见证了长风道人是如何威风，那一幕深深地触动了他的心灵，他也向往着，有朝一日即便离开深山，离开生苗部落，他依然受人礼遇。

这一天，格哚佬大摆酒筵，款待特意赶来相助的两个部落的勇士，他们明天一早就要返回自己的部落了，引勾佬则兴致勃勃地带着几个弟子下山，开始了他的传教之旅。谁料这一去，又掀起了一场大风波！

第九十六章

以神之名

一

　　引勾佬为了传教，事先很是做了一番准备，他虽然不懂茅山术，不能像长风道人一样用幻术来吸引那些愚夫愚妇，却有蛊术傍身，所以带着精心炼制的几只蛊虫下了山。

　　不巧得很，恰好长风道人也派了他的弟子到这村中传教。道教在贵州一带很流行，有广泛的群众基础，但要说到陌生感，就不及这些村民们只略有耳闻的蛊术师神秘了。

　　所以，当两方传教者饱含敌意地展开竞争时，引勾佬这边就占了上风。因为对道士太熟悉，也就没了神秘感，对于神秘的蛊术，村民们既感畏惧又觉新奇，所以不知不觉间便聚拢到了引勾佬左右。

　　引勾佬见人都被他吸引过来了，当然得意得很，更是卖力地向村民讲解起他们的教义来，对面的道家弟子都是长风道人网罗来的旁门左道，并非真正的修道人，不过对于道教经义却也并非全不了解。

　　眼见村民都被这些从山上来的蛊术师吸引过去，那些道士非常不忿，一个貌相清秀的道士非雨便道："可云师兄，这些深山野蛮故弄玄虚，抢了咱们的信众，怎么办？"

　　被唤作可云师兄的那人正觉脸面无光，听师弟这么一讲，便大步向引勾佬这边走来，站在人群外面听引勾佬说了几句，仰天打个哈哈，道："可笑！可笑！人竟以虫为神，实在可笑！"

　　对面引勾佬的弟子们听他侮辱蛊神，不禁勃然大怒。正在兴头上的引勾佬虽也不满这道士言行，不过为了显示神的宽宏，却不想和他大打出手，正占据优势的一方总是会大度一些的。

　　引勾佬制止了弟子们的蠢动，捋着胡须，冷傲地一笑，盯着可云道长道："贵教的伏羲天皇人首蛇首，难道就是人类吗？可还不是被你们尊奉为神？神，是我们凡人所不能揣度的，其形体样貌也未必和我们凡人一样，但神就是神，凡人就是凡人，神之所以能超脱于凡人之上，是因为他拥有凡人永远也不可能企及的神通，与形体无关。"

　　可云道长道："此言大谬！人神同源，只要修行到了，人亦可成仙！所以贫道传教授道，讲修仙之理！导引、胎息、内丹、外丹，修行有成，便可长生不老，位列仙班！"

　　引勾佬不屑地道："一派胡言！神是神，人是人，人也想成神，简直是大逆不道！神高高在上，人只有遵从神的意志，虔诚心到了，生前死后就可以受到神的庇佑！"

　　"荒唐！道生一，一生二，二生三，三生万物。无极生太极，太极生两仪，两仪生四象，四象生八卦。可见，神也是天道演化，人只要通彻道之真谛，自然可以羽化成仙……"

　　"人是不需要修行的，只要你虔诚地信奉蛊神，自会消除你的恶业，死后进入神之殿堂，受到神的眷顾！得救赎，获永生！"

　　"邪魔外教、左道旁门才会有此歪理邪说。神怎么会因为你信他便赐你福报？神是不会以利益诱引众生信奉自己的。他只是把他所领悟的天地正道告诉你，让你遵循大道、苦心修行，从而飞升仙界。正所谓师傅领进门，修行在个人……"

　　引勾佬和可云道长各说各理，双方火气渐渐冒了起来。引勾佬有些沉不住气了，毕竟他们的教派千百年来一直在深山之中，他们的信徒从一出生就有人引导，很容易就信奉教义，所以教义的成熟度反而不如尘世间的教派。

　　辩理渐渐落了下风的引勾佬恼羞成怒，屈指一弹，便将他炼制的一只蛊虫弹到了可云道长的身上，冷笑道："好！那老夫就看看你这牛鼻子究竟修行出了什么道行，先尝尝蛊神赐下的惩罚吧！"

　　那小虫极小，可云道长根本不曾看见虫子，只是见他屈指一弹，还以为他在装模作样地施法，对这传说中挺邪乎的蛊术师，可云道长心中也有些忌惮，忙左手掐着中指，右手捏个剑诀，警惕地戒备道："你想干什么？"

　　旁边非雨道士忽然一声尖叫，道："可云师兄，鼓起来了，鼓起来了！"

　　可云道长愕然回头道："什么鼓起来了？"

　　那道士惊骇地指着他的肚子，结结巴巴地道："你……你的肚子鼓起来了！"

　　可云道长低头一看，不禁吓了一跳，他身材颀长消瘦，很有点仙风道骨的样子。可此刻他手脚依旧不胖，肚子却不知不觉间膨胀起来，低头看时，已经膨胀如鼓。

　　可云道长骇然道："怎会如此？怎么如此？"

说话间，他那肚子已经越拱越高，仿佛一个巨大的皮球，可云道长的肚皮虽然因为蛊虫的作用变得感觉不甚灵敏了，还是有肿胀难耐的感觉。他的几个师弟战战兢兢地看着他越鼓越大的肚皮，生怕它爆开来。

可云道长也恐惧不已，不料这时那肚皮却已停止肿胀，而他的脖子、脸庞转而像吹气似的开始膨胀起来，不消片刻工夫，一个身材瘦高颀长的道士，就变成了一个像蛤蟆精似的怪物。

引勾佬手下的人冷笑连连，向周围的百姓们炫耀道："看到了吧？这就是我们长老的神通！你们听那道士胡说八道地吹大气，如今怎么束手无策呢？"

不过，引勾佬今日下山是为了传教，他所准备的几只蛊虫都是用来炫耀本领以便吸引教众的，并没有哪一样能置人死地，就以眼前这种让人膨胀如球的怪蛊来说，就只有对人略施小惩的作用，就算不施术破解，最多也就难过七天。

等可云道长五官挪位，变成一个胖胖的怪物后，便不见他再有什么变化了，既没有生命危险，可云道长胆子就大起来。当着这么多百姓的面被引勾佬整蛊，可云道长觉得很丢面子，不禁恼羞成怒地道："这老儿故弄玄虚，作弄于我，师弟们莫要放走了他！"

众道士见大师兄虽然变成了猪八戒，依旧龙精虎猛，并无性命大碍，立即纷纷掣出青锋剑，向引勾佬等人围过来。这些左道走江湖，基本的防身功夫都是有的，却也不是全然只靠嘴皮子唬人。

他们围住引勾佬等人，有人以袖掩面，突一张口，"呼"地一团火焰便喷将出去，迎面一个生苗弟子猝不及防，被那烈火喷个正着，胡须眉毛都被燎光了，吓得他双手捂面，滚地大叫："不好了，不好了，烧死我了！"

在地上滚了几滚，却忽然发现并无大碍，只是脸面灼得生痛。其实这喷火，傩师也一样精通，但当时交通闭塞，山野小民可没几个人见过，不免叹为观止。

引勾佬这边的人一边抵挡他们的青锋剑，一边伺机放出蛊虫，只是这些道士大走天罡步，也不容易中蛊。

这时候，有个道士打得性起，突然将自己的道袍扯开，袒胸露腹，捏起剑诀，右足跺着地面，念念有词地道："弟子起眼看青天，众位师父在身边，十八尊罗汉，二十四位诸天！有请关二爷上身呐！"

这神打术倒也不全是唬人的，施术者通过自我催眠，确实可以让自身各方面能力大幅度提高。而且所请神明通过戏曲和故事，其形象特征已经深入人心，自我催眠后的言行举止也会不自觉地仿照所请神明，就更会给人一种神明附体的感觉了。

这个道士本就生得魁梧，用了神打术之后，就见肌肉迅速紧绷起来，整个人的样子都有些变了，仿佛内在真的发生了什么奇异的变化。

只是引勾佬一连使出两只蛊虫，都被那些正走天罡步的道士无意间给闪开了，偏偏此人站在那儿请神上身，引勾佬又随手放出一只蛊虫，正中他的身体。

这道士请了关二爷上身，双眼霍然一张，威严之态当真如关公一般，一双丹凤眼冷冷一睨，手往胸前并不存在的长髯处一拂，就差再提一口青龙偃月刀了。

不料，这时蛊虫发作，他打了个哈欠，倒头便睡。围观群众一见关二爷刚到，还没打就躺下了，不禁感到莫名其妙。可云道长唯恐泄了自家底气，忙跺脚道："真真晦气，恰把走麦城的关二爷请了来！你们这些人休要得意，看我法宝！"

说着，形体已如猪八戒一般的可云道长把大袖一拂，一团浓烟便飞上半空，数十粒豆子从烟中飞出去，一个围观的老太婆见了惊呼道："啊！莫非这就是传说中的撒豆成兵？"

风一吹，烟散开了，豆子并没有化作天兵天将，空中倒是出现了一群蜂子，这群蜂子在空中盘旋一匝便四散开来，逢人便蜇。说来也怪，对于那些道人，这些蜂子却视若无睹。

想来这些道士既然随身带了蜂子，身上一定还带了什么可以驱蜂的药物，只是那些蜂子四散开来，虽不攻击道士，对引勾佬等生苗和村子里的百姓却毫不留情。

百姓们再也顾不得看热闹了，纷纷抱头鼠窜，呼爹的喊娘的，寻儿觅女的，乱作一团。这村中保正乃是提溪张氏族人，对山上生苗本就心怀仇恨，又是个信道的，忽闻此事，又见自家婆娘抱着娃儿逃回来，脸上还蜇了两个大包，不禁勃然大怒，马上呼喝庄丁，赶去追打引勾佬等人。

在苗家有一个流传很久的小故事，故事说：两只小鸡争虫子，母鸡看见了，便去帮忙，随后公鸡也加入了战斗。两家的小孩子看见后，便冲上去帮助自己家的鸡，随后他们的母亲参战，接着父亲参战，然后变成了两个家族之间的一场恶战，最终演变成了两个村子之间一场连绵百余年的恩怨。

有时候，一件很小的事，如果处理不当，就会变成一场大灾难。引勾佬和可云道长之间的这场纷争，就是一个很明显的例子。村中保正殴打驱赶引勾佬等人的举动，被引勾佬等人直接理解为他们在偏帮牛鼻子，驱逐蛊教。

整件事的性质就彻底变了样，刚刚平静下来的提溪司又变成了一锅沸水。

神战，爆发了！

第九十七章

风云再起

一

　　引勾佬率众弟子灰头土脸地逃回山去，立即把这件事宣扬开来。这已不是个人恩怨了，而是涉及蛊教的荣誉，涉及伟大的蛊神的尊严。引勾佬把发生在山下村中的事儿对大家一说，已经喝得醉醺醺的格哚佬和两位前来助拳的部落首领顿时大怒，马上点齐兵马，下山讨公道。

　　可云道长精明得很，他知道格哚佬的部落近在咫尺，引勾佬这边刚走，他就带着师弟们离开了村庄。格哚佬到了村中没有找到那群牛鼻子，就把张保正抓回山做人质，留下话说："必须交出那群道士，否则就拿张保正抵罪。"

　　张家的人慌了，急急忙忙跑去提溪司向张长官哭诉。与格哚佬的部落毗邻的这个村子是提溪氏张氏的领地，保正则是张长官的侄子，张长官闻讯大怒，先前他被迫向生苗让步，已经忍了一肚子气，现在生苗变本加厉，骑到他头上拉屎撒尿了，他还能忍？如果这一回他再忍了，还如何管理治下那么多村寨？先前的事他还可以说是来自铜仁府的命令，这一次如果再忍了，镇守提溪的张长官就将像铜仁府张胖子一样声威大损，到时候手下的头目们就很难如臂使指地指挥了。

　　张长官咬牙切齿地集合本部人马，杀到格哚佬的山寨之下。他倒没有昏了头跑去攻山，那群"猴子"玩虫子的能力令他心有余悸，而且丛林之中，生苗像猿猴一般灵活，跳跃发箭还奇准无比，这本事也让他头痛不已。

　　张长官呈扇形扎下营寨，堵住了格哚佬部下山的道路，同时在溪水一侧部署了重兵，山寨中若有人出来取水，他们就用弓弩对付。

　　张长官的兵大多是半民半兵，上一次连死带伤千余人，这一回带来的兵不少是那些死伤者的兄弟、同宗、同族、朋友，可谓同仇敌忾，士气方面激昂得很，再加上张长官战术得当，虽然阵容不及上一次华丽，一时间倒也打了个旗鼓相当。

　　既然难分高下，当然要找人助拳，张长官把再起战端的事由经过派人急报铜仁府,在他的报告中自然不会提及己方的过错,而是添油加醋地把格哚佬部描述得无法无天、飞扬跋扈。

同时,他担心张知府这次还是叫他隐忍,不肯派兵相助,所以特意吩咐信使沿途就把消息散布了出去,他就不信在这种情况下张知府还要做缩头乌龟。

格哚佬这边也没闲着,经过一场战争的磨砺,他的头脑也灵活了许多,不再像以前一样只知直来直去。双方处于胶着状态后,他便怂恿引勾佬向神殿求助,这一次的战争是为蛊神而战,必须胜,只能胜,容不得半点差错,否则他们就是蛊教的罪人。

引勾佬深以为然,马上写了一封密信,吩咐人急送神殿。在他的信中,自然也不会提己方的过错,而是大肆渲染可云道长等牛鼻子老道是如何污辱轻蔑他们伟大的、无所不能的神明,提溪司张家又是如何偏袒老道,对他们凌辱打压,他们是如何忍辱负重,为了蛊教受尽委屈。

神殿剩下的六位大长老见了引勾佬的来信错愕不已,不是刚传来消息说,铜仁府已经同意格哚佬部定居提溪了吗?本来是皆大欢喜的好事,怎么突然间又起了风波?

不过,错愕归错愕,这次他们却没有含糊,因为这一次的事件性质不同。对方直接污辱了他们的神明,向他们发出了最大的挑衅,如果对此还置若罔闻,动摇的将是整个蛊教的根基。

六大长老意见统一,立即做出决议,集结两万生苗驰援格哚佬,神明的尊严必须维护,必须要打赢这一仗。

对朝廷来说,出兵两万不是一件可以随随便便就能做出的决定,他们要考虑是不是一定要动用军队来解决,两万兵马需要消耗多少粮饷,补给辎重需要多少,一旦战事不利还需增兵多少,从哪里调兵,调走太多兵马的话,如何确保原驻地的稳定,还有相关人事任命的一系列问题。

但是对神殿来说,所有这些事儿,全都不是事儿。

他们不需要考虑粮饷,你自己负责;补给辎重,你自己解决;人事安排,你自己解决;战事不利?增兵就是了!抽调太多兵马会造成后方空虚?十万大山就是我们最好的屏障,有本事你就攻进来,不用打,拖着你在山里转两圈,你的军队减员就得超过三成,不战自溃。

毫无负担的六大长老,自然可以很容易就做出吊民伐罪的决定。

·※·※·※·

清浪街,大亨杂货铺。

团团圆圆的胖员外大亨袖着双手,笑眯眯地对叶小天道:"我也不是全为了照顾大哥的人,他弄来的那些山珍确实不错,有些是可以进我的店铺代卖的。有些虽还够不上珍奇的标准，却也都是好东西。你既然把他的店铺开在我的店面旁边，我自然会指点照应一下。"

叶小天道："大亨啊，你如今当了爹，可是真的成熟多了，不像以前那么不着调。"

大亨揉了揉肉头头的鼻子，郁闷地道："我以前很不着调吗？"

叶小天忍住笑道："你看老毛就知道了，你跟他差不多。如今你出息了，可老毛还是不大靠谱。我打算年前就把他和云飞的喜事操办了，也许成了亲他就会沉稳一些。不和你多说了，还有两家没安排呢，回头咱们再找时间去吃酒。"

罗大亨道："大哥何苦这么费心呢，那两家人不如交给我安排算了，我这店里人手正愁不够用，一时还聘不到太多知根知底的人，用你的人我再放心不过。"

叶小天摇头道："不然。这八家人，我打算各自安排不同的行业，不让他们所从事的行业有所重复。"

大亨奇道："这是为何？"

叶小天神秘地笑道："佛曰：不可说，不可说！哈哈……"

叶小天向大亨告别之后，便去了正在建设中的文校。那八位长老的亲眷都已到了铜仁府，由叶小天安排，在他府邸左右安置了住处。这些人在这里生活总要掌握一门生计，叶小天为此可是煞费了一番苦心。

对这八家人，叶小天做了一番精心安排，没让任何一家所操持的职业有所重复。在他的安排之下，这些人家有的从事运输业，有的安排进了公门，有的开店铺做生意，有的则到叶小天正在筹办的文校武会做事……

叶小天是拿这八家人做个试点，看看他们能否适应山外的生活。如果成功，就是给山里的百姓立下了榜样，当他们回山探亲的时候，凭他们的特殊身份，可以产生多大的影响！

叶小天很清楚，亲人家眷们很随意的一句话，都比外人说一百句还要管用，他打算利用这八家人，作为攻克八大长老这个顽固堡垒的重要一环。

叶小天赶到文校时，整个工地正在忙碌。由于张知府听信了长风道人的话，下令暂停疏浚工程，裕记砖瓦行的生意受到了影响，当初是叶小天游说裕记在城中设砖瓦厂的，如今工程停工，对砖瓦行来说就是损失。

虽说过了年就可以重新开工，这建好的砖瓦行到时还能用得上，而且他们在城中开设的砖瓦厂还负责为长风道人的道观提供材料，也不会有太大的损失，叶小天还是觉得过意不去。

为了在文校和武会的建设上节省资金，有些建筑原本是打算建成茅草黄泥顶的，这回干脆追加了投入，全部用砖瓦建造，如此一来，裕记因疏浚工程停工产生的损失就得到了弥补。

叶小天见文校已初见雏形,甚感欣慰,正听工头汇报着进度,李秋池满头大汗地赶了来,一见叶小天便道:"东翁,学生可算找到你了,快回衙门,出乱子了。"

叶小天愕然道:"又出了什么乱子?"

李秋池抹一把额头汗水,对叶小天道:"提溪司那边又打起来了!知府大人震怒,抱病召集众官吏,要再度发兵讨伐格哝佬部。"

叶小天听了大吃一惊,世事多变,果然不是你想怎样便怎样。他预计到了上一次的战争,却未想到在已经得到完美解决的时候,居然会又出了乱子,难道张知府此前的退让只是缓兵之计?

不明就里的叶小天急忙就向知府衙门赶去。此时,可云道长业已赶回铜仁,腆着个奇大无比的大肚子,肿着猪头去见长风道人,一则是向长风道人报信,二来也是希望长风道人有办法解除他所中的异蛊。

虽然几天下来,他发现自己的异相并不致命,可是原本飘然若仙的一位道长突然变成了猪八戒,换谁也受不了啊。这副尊容,他以后还怎么骗人?岂不是只有在举办罗天大醮的时候上台扮扮天蓬元帅了?

此时,恰好是引勾佬为他下蛊的第七天,蛊虫的作用即将消失,但副作用也要出现了⋯⋯

第九十八章

反将一军

一

六龙山，七玄观。

逃回来的可云道长和几个师弟对长风道人七嘴八舌地告着状。

他们这一路走得很慢，可云道长挺着偌大的肚皮，那肚皮又被撑得极薄，似乎透过肚皮都能看清里边的心肝脾脏肺，这种情况下乘不了马，坐车也不敢快了，谁晓得会不会轻轻颠簸一下，他的肚皮就会炸开。

因此一直拖到今天才回到六龙山，请了人用滑竿把他抬回道观。长风道人看着可云道长那张原本清癯飘逸的脸现在肿胀如猪头，就忍不住想笑，可是一想到那蛊毒的奇异，又有些头皮发麻。

王宁在一旁听着他们说话，却是暗暗想着心事。可云道长正说着，忽地眉头皱了一皱，嘴唇一抿，竟然放了一长串闷屁。

这一串屁放出来，当真是奇臭无比，居然还有一种辛辣刺鼻的劲儿，旁边几个师兄弟首当其冲，差点呛昏过去。他们登时跳开，师弟非雨捏着鼻子怪叫道："可云师兄，你怎么放这么臭的屁？"

可云道长脸儿一红，干笑道："一时没憋住。咳！观主，事情就是这样了，如果不是我们几兄弟逃得快，一定会被那些野人抓上山。如果此事不能解决，依弟子看，提溪一带咱们还是不要去传……"

他刚才放屁的时候，长风道人就已退出五六步，远远和他拉开了距离，正想心事的王宁也被那股恶臭熏得逃开，跑去打开了窗子。这幢建筑南北通透，过堂风习习吹来，臭味顿时淡了。

眼见臭味已无，众人又已围拢过来，谁料可云道长眉头又是一皱，众人顿觉不妙，可还未及逃走，就听一连串抑扬顿挫、慷慨有力的响屁声传来。

常言道'响屁不臭，臭屁不响'，但是可云道长这波澜壮阔的一通响屁却是奇臭无比，比刚才还要厉害，那胀得发木的肚皮却在屁声中渐渐变小，不由大喜过望地道："小了小了，哈哈哈，我的肚皮小了，我要好了！"

王宁啼笑皆非地道："我们出去！"

这间屋子一时半晌是待不了人了，王宁这么一说，众弟子如释重负，转身就逃向门口，王宁飘身一纵，直接从后面的窗子穿了出去，长风道人见状，忙也爬上窗子，逃之夭夭。

可云道长站在厅中，犹自陷于狂喜之中："哈哈哈，好了，好了！我真的要好了！"

长风道人从后窗爬出去，站在树下，呼呼地喘了几口大气，心有余悸地对王宁道："这个可云从提溪回来，不但变成了猪头，居然还成了屁精，当真可怕。"

王宁挥了挥手，似乎鼻端还能嗅到那股恶臭，听到长风道人的话，他冷哼一声道："幸亏那山中蛊术师只是捉弄他，要不然，命都没了。他既没有性命之危，就不要管了，你去知府衙门告诉知府，你要捐一笔金银助战。"

长风道人一听让他往外拿钱，心中好生不愿意，便道："王前辈，他要打仗只管去打，咱们是出家人，何必往里边掺和呢。"

王宁阴阴一笑，道："你不要忘了，这事情可是因为咱们而起。现如今张知府形同孤家寡人，各地土司对他都不大恭敬，你若肯出面支持，他必定心生感激，雪中送炭的人，他是不会轻易忘记的。"

长风道人不服气地道："这又何必呢，咱们在铜仁捞的银子已经够多了，不如换个地方继续发财。咱们现在又是建道观，又是结交官吏，何苦来哉？和他们打交道久了，是会露馅儿的。"

王宁脸色一沉，道："你问那么多做什么，叫你做什么，你就做什么！不要以为懂一些招摇撞骗的本事，就敢在老夫面前放肆，老夫若要你死，动一动小手指就可以了。"

长风道人畏惧地缩了缩脖子，道："是，那……贫道照办就是。"

王宁冷哼一声，道："你马上就去，别玩花样，你的小命可是捏在老夫手里！"

王宁说罢拂袖而去，长风道人冲着他的背影，悻悻地咒骂几声，探头又往后窗里看了一眼，见那屁精五官隐隐然已经归位，肚子也缩小了一大圈儿，眼看就要恢复原状了。

长风道人登时忘了自家烦恼，惊叹地道："原来这厮之所以变成那副模样，都是被屁充起来的！"

瞧他一脸惊羡的模样，似乎还很遗憾当初在茅山也只能学些幻术，不能学得这般弄蛊的本领。

·※·※·※·

府衙大堂上，张铎怏怏地坐在那儿，一脸病容。其实他的身体已经好多了，只是因为过于肥胖，本来负担就很重，一病之下伤了元气，恢复得不快。如今又有些刻意做作，就更显得萎靡不振了。

于俊亭一身大红袍，双手负在身后，晶莹光滑的象牙小扇轻轻拍打着腰背，施施然迈步进了府厅，向已经先行赶到的官员们含笑点点头，便要走向右侧首位。

可她一抬头，就见张铎正坐在她的位置上，于俊亭微微一怔，旋即便恢复了从容，举步走向左侧首位。把一身肥肉挤在官帽椅中，正打着盹儿的张铎忽地张开眼睛，有气无力地道："于监州，请坐主位吧！"

于俊亭愕然道："知府大人这是何意？"

张铎沙哑地笑了两声，道："本府身子尚未痊愈，难以料理政务。如今只是事关重大，不能不出面过问，一应事务还是要监州大人出面料理的，自然该监州大人坐主位。"

于俊亭浅浅一笑，斯斯文文地摇头道："不妥，不妥。下官只是暂时替知府大人分忧，大人既然到了，自然是知府大人坐主位。"

张铎苦笑着摊了摊双手，道："你看我如今这副模样，还有力气折腾吗？于监州不要客气了，当仁不让，莫要推辞。"

于俊亭道："不敢不敢，知府大人面前，下官不敢放肆。"

匆匆赶到的叶小天眼见这两个人假惺惺地在那儿演戏，很无聊地翻了个白眼。一旁李经历侧过了身子，小声对他道："那伙山蛮子蹬鼻子上脸，现在要是不打呢，阖府官吏脸面无光。打呢，一旦打输了就更加脸面无光，谁愿做这个主啊。你看那张椅子，两位大人先前争得是你死我活，现在却是你推我让，谁也不愿意坐上去，嘿嘿，棘手啊。"

叶小天恍然道："原来如此！"

知府和监州大人互相谦让了半天，谁也不肯坐上主位，张胖子赖在椅子上不起来，他不肯动，别人就算拉都拉不动他。于俊亭倒是身姿轻盈，瞧她那小腰身，要是来个玩得动石锁的力士，就能让她做掌上舞，可谁又敢去拉她？

二人谦让的最终结果是：于俊亭坐于左侧上首，张铎坐于右侧上首，俩人面对面地坐着。至于正中上首的主位则空置下来，会议便在如此怪异的场面下开始了。

张铎气若游丝地道："于监州，山苗……野蛮呐，前番官兵吃了败仗，他们就得意忘形、得寸进尺了，我铜仁府已经允许他们在提溪立足，他们还不满足，现在又主动挑衅，掳捕百姓，祸害地方，与提溪司官兵大动干戈，你看该如何是好啊？"

于俊亭用象牙小扇轻轻敲着她白里透红的娇嫩掌心，明媚的双眸睨着张胖子，询问道："以府尊大人之见，我们该如何应对？"

张铎微微摇了摇头，笑了笑，道："老夫病卧在床，难以理事，现在铜仁府可是你于监州当家呀，怎么问到本府头上来了。"

于俊亭浅浅一笑，欠身道："下官如今只是代知府大人……"

张铎双眼微微一张，截断她的话道："在其位，谋其政！如此而已！"

他的后背慢慢靠回椅上，又恢复了懒洋洋的模样："本府今日之所以出席，只是因为提溪司长官乃是本府的本家，他把信儿送到本府这里来，本府若是不闻不问，未免不近情理，所以才抱病出面，至于究竟如何决断，还要看你于监州的意思。"

李经历侧过身子，又对叶小天小声嘀咕道："知府大人这是在将于监州的军呐！当初这些事是知府大人的麻烦，于监州既然要坐这个位子，那就成了她的麻烦，有好戏看啦。

"你瞧着吧，于监州若是不敢出兵，以后她就不能嘲弄知府大人无能。她若是出兵，于家能置身事外吗？既不能置身事外，纵然胜了，于家也要损兵折将，大伤元气，如果败了，那更是威风扫地，知府大人的困境，便也迎刃而解了。"

叶小天轻轻点了点头，摸着下巴，向堂上众官吏轻轻扫了一眼，见大家都是一副坐山观虎斗的态势，显然是要看这位野心勃勃的女土司如何面对这个难题。

叶小天心中暗忖：提溪那边究竟发生了什么事？照理说，没有我的命令，格唩佬不可能节外生枝啊。难道是提溪司对他们有什么挑衅的举动？从人家的盘子里抢肉吃，果然不是那么容易的。如果于监州出兵，我该如何是好？

第九十九章

万无一失的主意

一

于俊亭沉吟片刻，道："我们已经同意让格哚佬的部落定居于提溪，照理说他们不该再生事端才对，如今遽起风波，莫非其中别有隐情？为慎重起见，应该派人前往提溪查个清楚，若能化干戈为玉帛，那是最好。"

张铎冷笑道："人家已经攻进咱们的村寨，抓走了保正，与提溪司官兵正面交战了，于监州你还要查探仔细，可真是沉得住气啊！不管有理无理，他们如此目无王法，就理当讨伐，今日不严惩这群暴民，后患无穷！"

于俊亭沉下脸色道："如果出兵讨伐的话，知府大人你肯出多少兵马？"

御龙咳嗽一声，插嘴道："前番知府大人单独出兵，伤亡惨重，此次恐怕是不能再出动兵马了。于监州既然摄理本府政务，就应当负起保境安民的责任，说不得此番就要请于家出马了。"

戴同知反驳道："荒谬！于家的实力怎么能跟张家比，张家如此雄厚的实力，尚且大败而归，你叫于家如何独力抵挡？就算以于家军为主力，张家也不能不出兵！"

御龙刚要反唇相讥，于俊亭便清咳一声，道："兵者，大事也。哪能如此草率。格哚佬部虽然抓了提溪司的人，却并未下山袭扰其他地方，可见他们也无心作乱，我等岂能逼反了他们。我还是认为，应该先查清真相，同时召集全府土司，共议大事。"

张铎目光一厉，喝道："莫非各路土司不赞成出兵的话，于监州就一兵一卒也不肯动用了？兵贵神速，若是等各路土司们赶到，咱们岂不失了先机？于监州应该先出兵，若是各路土司同意出兵，作为后援就是了。"

于俊亭笑了起来，看来这死胖子是铁了心要把她推进泥坑啊。本来，她也的确有不得不出兵的理由，因为于家在提溪也有领地。可是她已经知道了叶小天的真正身份，认定只要能控制住叶小天，生苗就不是她的威胁，而是她的助力，她怎么会出兵对付自己的"援军"。

于俊亭想到这里，不禁飞快地扫了叶小天一眼，她以为格哝佬部再起事端是叶小天的授意。叶小天这么做意欲何为呢？很显然，他已经不满足于躲在深山里做山大王，他向往尘世间的富贵荣华，而生苗只有出山，才能成为他的资本。

于俊亭不怕叶小天有野心，就怕他无欲无求，一个有野心的男人才是她最好的合作伙伴。当然，抛开生苗部落距离铜仁很近，对她的帮助要远远大于播州杨应龙之外，叶小天的性情为人也很重要。

一个有野心的领袖，才是与她相得益彰的合作伙伴。但是如果野心太大，性情冷血，一招不慎，她就有玩火自焚的危险。在这一点上，叶小天就是比杨应龙更好的选择了，所以她才决心抛开杨应龙，争取叶小天。

张铎见于俊亭笑而不语，咄咄逼人地道："于监州怎么说？"

于俊亭道："派人赴提溪，查明事情经过。同时召集各路土司，齐聚铜仁府议事！"

张铎哪肯轻易让她脱身，怒道："于监州莫非要一意孤行吗？提溪司告急，应该立即出兵。"

于俊亭淡淡一笑，道："这是本官的决定！不是商议！"她凤目含威地向众人冷冷一扫，沉声道："知府大人既然让我做主，那么这就是我于俊亭做出的决定！"于俊亭霍然站了起来，朗声道："叶推官！"

叶小天正在纠结一旦于俊亭被迫出兵，他该如何是好。他对于俊亭甚有好感，不想与她为敌，可他又绝不可能以损害格哝佬部为代价，正在左右为难，一时没有反应过来。

李经历连忙踢了踢他的小腿，小声道："别走神儿啦，监州大人叫你呢。"

"啊？啊！下官在！"

叶小天连忙站起身，向于俊亭抱了抱拳。于俊亭道："就劳烦叶推官走一遭吧。一会儿，你到判院来一下，本官有话要当面嘱咐你！"

叶小天连忙躬身称喏，于俊亭心想：事情是你惹出来的，你自己去解决吧。张胖子想坑我，门儿都没有，你岂知道，这解开问题的钥匙，就在我的手中！

于俊亭略显得意地又扭头对侍立身后的师爷文傲道："你立即起草一道公文，邀请各地土司齐聚铜仁府议事！"

吩咐完了，于俊亭打开象牙小扇轻拂两下，轻描淡写地道："散了吧！"说完便旁若无人地走了出去。

张铎坐在椅中，气得肚皮一收一放，仿佛一只成了精的蛤蟆，正在吞吐日月。众官吏神情甚是尴尬，除了戴同知毫无顾忌地离开，其他人都不知是该走还是该留。

这时，一个皂隶快步走了进来，一见知府大人在座，赶紧上前禀报道："知府大老爷，六龙山七玄观的长风道人求见。"

张铎正在气头上，没好气地道："长风道长见本府有什么事？"

那皂隶道："长风道长说，惊闻生苗闹事，滋扰地方。他愿捐资助战，协助大人保境安民！"

"哦？"

张铎神色一动，这长风道人肯捐款还在其次，重要的是长风道人如今在铜仁府甚出风头，许多权贵都对他崇信不疑，如果他肯站出来支持自己发动战争，那对于俊亭就是一个明显的压力了。

想到这里，张铎欣欣然道："快请长风仙长到书房就座，本府马上就来！"说完，由两个随从把他从椅子里拖起来，不悦地看了眼那些首鼠两端、观风望景的官吏，冷哼一声，便向屏风后面走去。

……

叶小天来到于监州的签押房，施礼落座，欠身问道："监州大人要我前往提溪调查冲突缘由，不知有什么具体的吩咐？"

于俊亭那双明亮的大眼睛带着一抹奇怪的神韵看着他，看得叶小天有些莫名其妙，忍不住摸了摸鼻子，迟疑地道："大人有什么吩咐，如此难以启齿？"

"哦！没什么！"于俊亭回过神儿来，"只是……，叫叶推官涉险，本官心有不忍。可是，本官又实在没有别的合适人选，只好拜托叶大人了。"

于俊亭早已知道叶小天的蛊教教主身份，但这一点她又不能表现出来，否则她对叶小天的示好和拉拢，就前功尽弃了，是以收慑心神，嘱咐道："生苗粗鲁野蛮，不讲道理，你此去还要多加小心！"

叶小天心中暗笑，生苗部落的人或许真的有点粗鲁野蛮，可是对他却是奉若神明，谁敢对他无礼。面上叶小天却露出一副感激模样，道："承蒙大人提点，下官记住了。"

于俊亭又道："在本官看来，便是让生苗部落在提溪拥有一席之地也没什么。那儿我又不是没有去过，地广人稀，大片地方都荒芜着。可惜有些人呀，土地荒弃他不在乎，要被别人占用，就心疼得不得了啦。"

叶小天知道她讽刺的是张知府，是以只管听着，并不表态。于俊亭叹了口气，又道："你此去，主要是弄清事情的来龙去脉、孰是孰非。如果有调停的机会，还希望你能见机行事，如能不动刀兵便平息事端最好！"

叶小天欠身道："下官记下了。"这时文师爷已经发了调集各地土司赴铜仁议事的公文出去，回到签押房内，于俊亭又对文师爷道："文先生，你和叶推官一起去提溪，明日一早启程。"

文傲答应下来，叶小天便起身道："既如此，下官这就回刑厅交接一下。"

叶小天一走，文傲便对于俊亭道："大人准备让叶推官去提溪查证此事？"

于俊亭微笑道："别人去了，只好查证。叶小天去了，可能做出来的事就不只是查证了呢。"

文傲想了想，赞叹道："不错！要解这个结，非他莫属。"

于俊亭颔首道："这事本来就是他搞出来的，看来他对张知府许诺的条件还不太满意。不过，他也不愿意一出山就气势汹汹，成为众矢之。这样的话，就有回旋的余地，他是个聪明人，会明白如何取舍的。"

文傲道："生苗闹事，当然应该是出自他这个教主的授意。只是这位蛊教教主隐藏身份，混迹官场，究竟有何图谋呢？"

于俊亭道："这位年轻的教主，大概是忍受不了山中的乏味，据我所知，以前能荣任教主的人，最年轻的继位时也已年过半百，早已消磨了斗志，像他这么年轻的还闻所未闻。

"在山外，有些地方，仅仅拥有两个镇子、辖下不过千余口人，就能成为一个世袭的吏目头人，作威作福，父子相继，在山中做一任教主，其诱惑力未必就及得上这样一个吏目。

"叶小天拥有这么庞大的力量，又是如此年轻，他会愿意老死山中，而不是走出大山，成为一方土司，千秋万载，永享富贵？格咓佬部出山应该就是他的一步试探，他想在山外站住脚！"

文傲担心地道："这正是学生所担心的。生苗距离我铜仁太近，一旦被大人所用，的确可以起到极大助力，可是既然叶小天有如此野心，一旦让他站稳脚跟，焉知他不会对大人不利？"

于俊亭瞟了他一眼，道："你担心我会养虎为患？"

文傲道："防人之心不可无啊！"

于俊亭微笑道："叶小天是性情中人，不会做负义之事的。"

文傲劝道："大人，人心是最不足为凭的。少年英雄，一腔热血，为社稷抛头颅洒热血眉头都不皱一皱，到后来却贪生怕死出卖国邦的奸贼也不是未曾有过。世间诱惑无穷无尽，人心易变啊。"

于俊亭道："就算如此我们也不用担心。十万大山横跨云、桂、黔三省，余脉直入交趾，其主体在桂地而非黔地。生苗部落绵延三省的大山中更是零零散散，怎么可能全都跑到铜仁来？"

文傲道："可是……"

于俊亭道："不必多言，我自有主张！"

文傲见状，只好不再相劝。于俊亭微微眯起一双凤眼，心想：文先生担心的也不无道理，要求万全之计的话……

一个大胆的念头突地跃上于俊亭的心头：我辛辛苦苦打下江山，总要有人继承才行。叶教主的种未必就比杨天王差了，娃是他的娃，就算来日他威风不可一世，好意思欺负我们娘儿俩？

第一百章

虎视眈眈

一

翌日一早，叶小天便带着李秋池、华云飞还有十余名侍卫快马赶到了于府。叶小天被带到二堂后，文傲已经笑吟吟地迎了出来，一见叶小天便拱起手，笑道："推官大人来得好早，学生才刚刚准备妥当。"

看他装束，已经穿了一身远行的打扮，不过腰带都还没有系妥，可见所言不虚。文傲热情地道："叶大人快请厅中稍坐，我家大人刚刚起，请叶大人稍候片刻。"

叶小天和文傲进了客厅，边喝茶边聊天。叶小天自家事自己知，所以根本不担心此番提溪之行会有凶险，所以谈笑自若。文傲同样从容自若、谈笑风生，毫无紧张之态。

叶小天不由暗自钦佩：到底是于土司身边的智囊人物，这份胸襟胆略，就已见不凡了。其实他又哪里知道，这位文先生早清楚他的底细了，跟着他去提溪，简直没有什么好担心的。

但是面上文傲还得装模作样地道："此去提溪，学生主要是负责与提溪于家进行沟通，提溪于家目前幼主在位，遇此大事难免慌乱，学生是代表我家大人前往安抚的。至于生苗一事，学生唯叶大人马首是瞻，一切都拜托大人了。"

叶小天道："我想，那生苗纵然尚武，也不会是无事生非之辈。否则千百年来他们也不会安分守己地待在深山中，却从未出来滋事了。此番他们与提溪司再起争端，应该是别有隐情。"

文傲颔首道："学生曾听坊间有传闻说，此番生苗和提溪司之间发生冲突，起因是他们部落中的蛊教巫师下山传教时与长风道人的弟子起了冲突，提溪司偏袒道士，方才酿成大祸。"

叶小天呷了口茶，微笑道："也许吧。总之，你我此去见机行事就是了，反正咱们是去调停的，伸手不打笑脸人，咱们先是礼，后也是礼，动兵的事又轮不到你我，不必担心。"

"叶大人千万不可如此想！你要是不能调停此事，我岂不是要被迫挂帅出征了？"

一道柔柔的女声从屏风后面传来，随即一个白衣丽人便飘然闪现，一袭轻软贴身的白袍，因为晨起匆忙，尚未仔细梳妆，发髻只是高高挽在头上，走出来时就仿佛一只优雅高贵的白天鹅在云中漫步。

那秀气的眉、尖俏的下巴，令她显得尤其精致秀美，腮凝新荔、鼻腻鹅脂，婀娜的身段好山好水曲线曼妙，令人一望便有一种"水殿风来暗香满"的感觉。

于俊亭笑着看向叶小天，笑得很妖很媚："如果人家被迫挂帅的话，一定要你叶推官去做先锋，为我冲锋陷阵！"

美人俏嗔，一颦一笑，莫不风情万种。叶小天见识过哚呢的烂漫、凝儿的英武、莹莹的俏美，乃至田妙雯姑娘的妩媚，美色阅历虽不算多，却已黄山归来不看岳，照理说不该再生惊艳之感。

但这于将军和那几个女子都截然不同，一身公服、出入衙门的时候，她就是女土司、女将军、女监州，英武高傲、盛气凌人；穿一身土族服装，前往于海龙寨子里做贺客时，她是纯美天真、清丽脱俗的土家少女；而此刻的她，带着一丝晨起的慵懒，却又风情无限、妩媚柔婉。

一眼望去，你就能觉出她身上有种难以形容的绮靡软媚的味道，那种生动鲜活的女人味儿，甚至难以用妩媚或柔美的言词来形容。别的女人是定型的，俊俏就是俊俏，柔美就是柔美，而她是变化多端的。

叶小天站起身，微笑着迎向这位秀色可餐的俏佳人，向她拱手道："下官见过监州大人。呵呵，下官受教了，此去提溪，下官全力以赴，为大人分忧便是了。"

于俊亭浅浅笑道："好啊！这可是你说的，但愿叶大人此行能顺利解决提溪之事，等你回来，我在这里为你摆酒庆功！"

叶小天暗暗一叹，只看她此时楚楚动人的模样，谁能想像她当日不动声色地便把铜仁府的土皇帝张铎给气个半死？既是仙子绝色，又是妖孽魔女，实在叫人难以分辨哪一副模样才是她的真面目。

于俊亭虽然对叶小天动了别样心思，却还没有深陷其中。她先前对生苗出山的真正用意只是根据自己的判断，她还要确定叶小天的真正心思才能决定自己接下来的选择。

相信此番派叶小天去提溪，从他所作所为的那些蛛丝马迹里面，就可以判断出他出山的真正意图和做事的风格、品性。

于俊亭野心勃勃，虽然已经有心利用自己的美色，但她更清楚，她一个女人志在天下，尚且可以看淡儿女私情，对男人来说更是如此，如果以为可以用自己的美色束缚一个男人的志向和野心，就能左右他，那真是小觑了天下英雄的心胸和气魄。

至少，像杨应龙那种人，就不是女色或者亲情可以左右的。叶小天身上有无穷的秘密，他究竟是个什么样的人，于俊亭自然也要谨慎判断，才能有所抉择。

毕竟，她不是一个人尽可夫的女人，她虽然看淡婚姻的本质，并不代表她为了达到目的，就可以随意向男人奉献自己的身体作为交换的条件。

"大人出行在即，铜仁这边，你不用担心，我会尽全力拖住知府大人，安抚各地土司，在你那边没有传出明确消息之前，铜仁决不出动一兵一卒。本官这里先预祝大人此行一帆风顺，马到功成了！"

于俊亭说这句话时，虽然还是一句场面话，可是眉梢眼角却尽显柔媚，偏那柔媚的风情又是蕴而不露，蓄而不盈，让你只可意会，不可言传。如此韵致，实在惹人怜惜。

大概正因为她常作男儿打扮，且与男子打交道的机会频繁，所以很了解男子心理，很懂得如何利用自己的天赋，妩媚风情表达得恰到好处。

天下之柔弱莫过于水，而攻坚掠强者莫能胜之。漂亮的女人对付男人，这种伎俩可比权势威压、富贵相诱都要奏效，叶小天也不禁动了怜香惜玉的心思，慨然道："监州大人放心，下官此去必竭尽所能，一定解提溪之困，分监州之忧！"

这句话听在别人耳中就是一句表决心的话，但是在于俊亭耳中，却意味着提溪之围必解了。说出这句话的可是蛊教教主，对生苗拥有绝对统治权的那个人，于俊亭顿时露出欣然之色。

叶小天后退两步，向于俊亭重重地一抱拳，道："监州大人，下官这就出发了！"

于俊亭踏上一步，忽地低低急切道："凡事还以自身为要，切勿涉险！"

这句话可就不像上司对下属说话了，于俊亭双眸一睐，又恰到好处地向叶小天传达了一个关切的眼神儿，配着她涌身向前时的暗香浮动，一种隐秘的暧昧便悄然弥漫开来……

叶小天心头怦然一动，赶紧摒弃了一个不恰当的荒唐想法：这可是当朝四品广威将军，于氏部落的大土司，哪怕再美，也是一团焚人的烈火，他可招惹不起，美人恩太重，吃不消的。

叶小天赶紧垂下眼神，携了文傲匆匆离去，走到厅门口，下意识地回头一看，就见于俊亭还站在那里凝望着他，痴痴出神，叶小天陡地打了个寒战，有种大难临头的感觉。

真要招惹上这位强势的女土司，哪里还有凝儿或莹莹的立足之地？惹不起，不能惹啊！叶小天立即加快了脚步，颇有点落荒而逃的味道。

待叶小天的身影完全消失，于俊亭那深情关切的眼神也消失了，唇角改而牵起一缕意味深长的笑意。争雄逐鹿，自然无所不用其极，她并不觉得自己用点手段有什么不对。

一个拥有强大实力的人，一旦成为盟友，那就是最大的助力；一旦成为敌人，那就是最大的对手，容不得感情用事。

现在还是对叶小天的考察阶段，是敌是友，全看叶小天此行究竟有何举动。如果证明他是一个很有威胁的对手，于俊亭会趁他不防备之时用尽一切手段把他除掉。

哪怕他再有才干、再优秀、势力再庞大，越是如此就越是威胁，她将毫不留情地铲除。野心勃勃的于大将军，岂会为男欢女爱感情纠葛的枷锁所困，堕为一个自怨自艾的可耻情奴！

如果能够证明他是一个可以合作的领袖，于俊亭便不介意把自己守了十九年的清白身子交给他，这个年纪，她早该选择一个丈夫，养育她的后代了。

叶小天是比杨天王更合适的选择，前提是叶小天能通过她的考验。她是土司，是站在食物链最顶端的一员，作为一个掠食者，叶小天就是她猎食的目标，要么吃掉他，要么……"吃掉他！"

于姑娘，虎视眈眈！

第一〇一章

侵略如火

一

叶小天离开的当天,就有两位土司赶到了铜仁,第二天,又有四位土司陆续赶到。对于是否出兵讨伐格哚佬部,这一次众土司们有了不同的见解,争论很是激烈。

一方面,上一次格哚佬部出山,只是占据了提溪司所属的一部分山地,对其他各地的土司没有任何影响。再者,当时一些土司已经被于俊亭收买,要配合她挤对张铎,在有政治诉求的前提下,自然无视格哚佬部的存在。

而这一次则不然,现在是于俊亭暂代知府一职,出兵于否对张知府没有影响,有可能受到影响的反而是刚刚一鸣惊人的于监州。再者,虽然格哚佬部还是在提溪一带折腾,并未涉及其他地方,可他们得寸进尺的举动,令一些土司很是反感。

"老虎不发威,真当我们是病猫不成!一群没见识的山里蛮子,还真以为我们怕了你!"抱有这种心理的土司不是一个两个,他们都觉得有必要给生苗一点教训看看,让他们晓得山外究竟是谁的天下,从此以后规矩一些。

抱有这种心思的土司,很有一些是于俊亭派系的人,对这些人,于俊亭只能说服劝解,不能用强力压制,所以很是费了一番唇舌,才制止了他们的蠢蠢欲动。

随着土司们的陆续到来,赞成出兵的土司占了将近一半的数量,而且长风道人捐资助战的行为也助长了他们的气焰。别看长风道人是个神棍,但他近来在铜仁府当真风光一时无两,很有一些土司和头人对他的道行神通崇信不疑,既然这位活神仙也赞成出兵,那很显然是应该出兵的。

不能小看了土司们的智商,却也不必太高看他们的见识。两派土司在议事时争论不休,于俊亭一面坚持要等叶小天的调查结果,这之前绝不能动兵,一面对他们晓之以理、动之以情地进行规劝,而张胖子则在一旁煽阴风点阴火,极尽挑拨之能事。

于俊亭两面应付,正焦头烂额之际,两个衙役搀着一个信差一路小跑地冲进了二堂大厅。那信差筋疲力尽,双腿发软,显然是一路纵马不曾稍息。两个衙役手一松,他就双膝一软，跪在了堂上。

"禀……禀报知府大人，生苗……生苗格哚佬部请动了其他部落的生苗相助，打进提溪司，把提溪司张长官及其家眷，乃至当地众权贵们，一股脑儿地抓回山上去了。"

此言一出，满堂皆惊。方才还辩得唾沫横飞的众土司目瞪口呆。张胖子呆了半晌，也顾不得再装病了，他猛地从椅子里拔起来，喝道："生苗出动了多少兵马？"

那信差道："小人不知道，漫山遍野，不计其数，恐怕十万人都不止！"

张胖子腿一软，又坐回了椅上。

"叶小天究竟想干什么？他不会是昏了头，想靠生苗硬生生夺了我们的地盘吧？"于俊亭想着，心头急跳了几下，但她掐指一算，如果按行程，叶小天现在还未到提溪才对。

于俊亭赶紧问道："你来时路上，可曾见到前往提溪调查的本府推官叶小天一行人？"

那信差摇了摇头，道："小人急于报信，抄的是小道，所以不曾遇到叶大人。"

"原来如此！"于俊亭吁了口气道，"你辛苦了，下去歇息吧。"

两个衙役急忙扶了那信差出去，于俊亭向满面惊疑的众土司扫了一眼，冷冷地道："我说什么来着？小不忍则乱大谋，你们不听，现在招惹了强敌不是？你我都是有家有业的人，这场乱子真要是闹大了，大家都要遭殃，真当山里那帮蛮子好对付？人家可是光脚不怕穿鞋的！

"你们呐，真要等到大乱不可收拾，朝廷就有了借口。一旦朝廷出兵干涉，那可是请神容易送神难，真要是他们来了就不走了，我们这里可就要变成葫县第二了，要换流官来当家做主了！"

众土司还没消化完这个消息，听了这话，都满面惊惧地窃窃私语起来。张胖子急怒攻心，对于俊亭道："你说的这是什么风凉话！提溪司已被攻占，提溪司长官都成了俘虏。覆巢之下，你以为提溪于家就可以幸免吗？"

于俊亭微微冷笑，道："知府大人吼得这么大声，真是中气十足啊。于某是小女子，这种大事可担当不起，知府大人既然已经痊愈，不如就请知府大人挂帅，亲自讨伐生苗去吧。"

女人身份有时候对她是不利的，但有时候对她又是很有利的。起码于俊亭此时这般示弱，别人都觉得理所当然，可是张胖子仅仅示弱了一回，就被众土司给鄙视了。

于俊亭这么一耍赖，张胖子马上捂着心口又坐回去，喘啊喘的好像说不出话来了。他倒是想出兵，可前提是要让于家打头阵，损耗于家的实力，这一回他可不想傻乎乎地让张家大伤元气了。

其他土司一听，登时鸦雀无声了，尤其是刚才那些叫嚣出兵最厉害的，都把嘴巴紧紧闭了起来。嘴炮谁都能放，随便出点兵应应景儿也没关系，可是要动真格的？生苗又没到我的地盘上闹事……

真到了动真章的时候，土司们就打起"各家自扫门前雪"的主意了，这也是贵州一地千百年来无论朝廷政权怎么更迭，始终是土司们当家做主，可他们积蓄了千余年的力量，却始终局限在贵州一隅，难成大气候的一个主要原因。

于俊亭虽然摆出一副"打死都休想让我出兵，你们谁愿意谁去打"的架势，其实心中也不无紧张。对于蛊教，她虽比普通人了解得多，但也不是十分熟悉，按照她的理解，出动数万大军洗劫提溪司，应该是叶小天的授意才对。

可是如果这个举动是叶小天的主意，那么叶小天究竟有何打算，就很难预料了。如果叶小天做事真的如此不计后果，莽撞粗暴，而且野心如此不加掩饰，那这个人就不能留了。

于俊亭轻轻眯起了眼睛，耳畔想起了她先前对文傲的一番叮嘱："文先生，如果一旦发现叶小天此人不可控制，务必杀之！"

"大人，叶小天是蛊教之主，如果杀了他，会不会……"

"如果此人野心勃勃，且不可控制。我们早晚必受其害，他既然选择了铜仁作为出山立威的突破口，我们会是首当其冲的受害者。与其如此，不如先下手为强！再者，叶小天一旦身死，我就不信蛊教还是铁板一块，他们内部为了争夺教主之位，必定会起纷争，到时候他们未必还有闲情逸致出山与我们做对！"

"好！那我见机行事！"

铜仁府的人都知道于俊亭手下有两员大将，文为文傲，武为于海龙。但是很少有人知道，文傲不仅是于俊亭的智囊，而且有一身好武功，他曾在于俊亭面前与铜仁第一勇士于海龙交手，仅仅走出五步，出手七招，就把于海龙打翻在地。

同时，他还是于俊亭的师傅。这个看起来不谙武功的娇滴滴的弱女子，同样有一身不俗的好身手。

叶小天和文傲此时刚刚进入提溪境内，先往提溪司报信的随从匆匆赶回来，正迎上叶小天和文傲，便把生苗打下提溪司，抓走提溪司长官等人的事向叶小天禀报了一番。

叶小天吃了一惊，事情怎么会变得这般严重？

叶小天急忙道："我等沿途赶来，并未见有百姓逃难，你打探到的消息可属实吗？"

那随从道："千真万确，属下是在提溪长官司打探到的消息。格哚佬部与各部落援军一同打进提溪司，抓了提溪司长官和当地诸多权贵便回山了，并未屯扎城内，也未骚扰地方，所以百姓并未受到惊动。"

叶小天闻言心中略安，格哚佬做事有分寸，事情还未到不可挽回的地步。文傲冷眼旁观，见叶小天的惊诧确是发自内心，不由暗暗起疑：格哚佬部与提溪司的冲突愈演愈烈，难道并非出于他的授意？也对，将在外，君命有所不受……如此说来，我倒要看看，叶小天对此究竟做何反应。

文傲催马上前，问道："生苗只攻打了提溪司？有无攻打其他地方，比如说提溪于家？"

那随从道："生苗并不曾攻打其他地方，据说是因为提溪司包庇道士，殴打巫师，污辱蛊教，这才激怒了格哚佬部，邀请了山中部落帮忙，对提溪司发动攻击。"

文傲松了口气，道："如此还好。"

叶小天道："文先生可要先去于寨主那里看看？"

文傲略一犹豫，问道："叶大人准备如何行止？"

叶小天道："提溪司长官和一众权贵都被抓上山了，我还能和谁商量？只好直接上山，去见那位格哚佬族长了。"

文傲"动容"道："这样不妥吧，太危险了，万一他们想对大人不利的话……"

叶小天道："他们只攻打提溪司，并不曾对地方有太多滋扰，可见下手还是有分寸的。本官只是铜仁府派来查探情况的使者，我想，那位格哚佬族长之所以留有余地，也是希望和官府还有得商量，应无大碍的。"

文傲当然并不担心叶小天上山会遇到什么凶险，他只是在考虑自己要不要随同叶小天上山。趁叶小天解释的当口，文傲已急急思索了一番：叶小天既然隐瞒了蛊教教主身份，处心积虑地弄了个官儿当，显然不会就此轻易暴露。那也就是说，他还是有大把机会接近叶小天的，一旦察觉叶小天野心太大，做事太不择手段，他想除掉叶小天照样有机会。

他倒不妨先往于家寨走一趟，一则给叶小天留出充分的空间和时间，让他和自己的部下商量下一步的举措。再者，于家寨现在是幼主当家，可谓"主少国疑"，也确实需要他去安抚一下。

想到这里，文傲便答应下来，带了他的随从从岔路口离开，直奔于家寨去了。等文傲一走，叶小天不禁看了李秋池一眼，现如今留在他身边的人，就只有这位仁兄还不知道他的真正身份了。经过上次被困大悲寺的考验之后，叶小天已经不想再瞒着李大状。而不久的将来，也许对任何人，他都不必再有所隐瞒。

李秋池和叶小天相处这么久，已经渐渐了解他的性格为人，见他对文师爷如此交待，而他的好兄弟华云飞等人又毫无异议，情知劝也没用，便很聪明地没有开口。

不过一想到传说中那些山中生苗是如何蛮横无理，李大状不禁又忧心忡忡起来……

第一〇二章

山中教主

一

叶小天带上山的人一共也就十余人,毫无威胁,是以山寨上负责观察瞭望的人虽然早早就看到了他们,却也并未吹响示警的号角,只是派了一个人去禀报了族长。

不一会儿,格哚佬等人便匆匆赶到了,他们登上了箭楼,举目远眺,格哚佬手搭凉篷望了一阵,就见远处有一行人正牵马上山。

上山的人越走越近,格哚佬突地双眼一亮,惊喜地叫道:"啊!是尊者!是尊者来了!快!快大开寨门,恭迎尊者!"

格哚佬终究是在山里呆惯了,尔虞我诈的心术远不及山外人,一时激动,短板就显现出来,也不考虑叶小天身边有没有外人,人家知不知道叶小天的真正身份,就下达了迎接的命令。

其他几位部落首领对此均无异议,他们此刻唯一的反应就是整理一下自己的仪容:抻抻衣角,整整衣领,捋捋头发……对尊者不敬就是对蛊神不敬,这方面他们是很小心的。

叶小天一行人已经可以看到寨墙上走动巡弋的弓箭手和长矛手,李秋池心中愈发紧张起来,终于忍不住快走几步,追上叶小天,想要劝说几句,尽尽师爷的本分。

这时就听十余具号角同时吹响,寨门轰然大开,一群生苗战士光着脊梁、系着兽皮围裙、手持简陋的竹枪,乱叫着冲了出来。

李秋池不知道他们其实并非呐喊而是欢呼,拖起叶小天就跑,叶小天猝不及防,被他拖出去好几步,哭笑不得地站住,硬生生拉住他。李秋池急道:"东翁快走,迟则危矣!"

叶小天道:"先生不必惊慌!山寨之行,我保你安然无恙!"叶小天见李秋池"大难临头之际"还能惦记着带上他一起逃,心中颇为感动,便拍拍他的手臂,好言安慰起来。

李秋池急得直跳脚，可他扭头一看，那些生苗冲出寨门后并未继续追上来，而是站在寨门前面眼巴巴地看着他们，不禁大奇，心道：咦？他们怎么不追了，莫非怕中了我们的埋伏？

李秋池正胡思乱想的工夫，叶小天已经拖着他走了回去。

华云飞对李秋池笑道："先生不必惊慌，他们不会对我们怎么样的。"说完便率先走了上去。华云飞是叶小天的人，李秋池同样是，都在小叶子门下共事，就有了竞争心理，眼见华云飞如此淡定，李秋池把心一横，也豁出去了。

格哚佬、引勾佬等人排众而出，站在队列的最前面，叶小天拉着李秋池走近了，那些生苗战士欢呼一声，忽地行起了个五体投地大礼。他们这一吆喝，把李秋池又吓了一跳，若非叶小天攥着他的手腕，铁定又要逃走。

待见那些生苗都跪地相迎，李秋池还在胡思乱想：莫非山中生活过于清苦，所以野人对主动送上门的傻瓜食物表示一下虔诚的感激？

格哚佬和引勾佬等首领一起走上前，单手抚胸，向叶小天鞠躬行礼，叶小天急忙松开李秋池，上前搀扶。

在山民们看来，对尊者虔诚礼敬是理所当然的事情，但是对叶小天来说，他在神教时日太短，受到这种理念的影响较小，还是世俗方面的影响更重一些，让老丈人向自己行礼，他有点受不了。

是以叶小天举步上前，急急搀住格哚佬，其他人依旧一揖到地，但格哚佬却无法弯下腰去了。叶小天轻轻捏了捏格哚佬的手臂，低声道："岳父大人，小婿受不起啊。"

格哚佬见他对自己如此尊敬，心中很是受用，眉开眼笑地道："引勾长老在，得意思一下。"

叶小天听了不禁微笑起来，他选择岳父所在的部落作为出山的先锋，固然是因为有一层亲戚关系，更可靠一些，同时也是因为格哚佬的部落位于距山外较近的地方，受外部影响较多。比起许多思想僵化的部落首领，他的头脑更灵活。如果是个拘泥古板的首领，更难适应外界的变化，对叶小天的意图领会也会有困难。

李秋池是个精明人，先前只是因为过于畏惧生苗，所以失措，此时终于察觉有些不对劲了。这些生苗的头领明明对自家东翁友善得很，不对！何止是友善，简直是尊敬得很。东翁何时与这些生苗打过交道了？

叶小天回头看了他一眼，对刚刚直起腰来的众头领吩咐道："入内说话！"

众头领参见他时并非没有说话，不过他们用的是山地苗民的语言，李秋池听不懂这种语言。叶小天对众头领说话用的可是汉语，李秋池见他对这些桀骜不驯的生苗首领竟然没有用敬语，而且是吩咐的语气，心中更是啧啧称奇。

叶小天在众首领毕恭毕敬的陪同下进了山寨，步入大厅。这议事大厅是用原木搭建的，刚刚落成不久，还有新鲜的木头气味，正上首摆一张宽大简朴没有任何雕饰的大木椅。

这张木椅本是格哚佬平素召见本部落的元老人物议事时所坐的，如今叶小天到了，这位子自然由他坐了，格哚佬和引勾佬则一左一右，坐在距他三阶之下的首位座椅上，其他首领依次落座。

一看这排位，李秋池更迷糊了。这绝对不是招待客人的座位，哪怕是最尊贵的客人，叶小天坐在这里只有一种解释：他，是这些人的上司、首领，是他们的统治者。

饶是李秋池一向机警多智，也被这一连串的变化弄糊涂了。华云飞见他目瞪口呆，不禁偷笑起来。叶小天既然毫不避讳李秋池，显然是不想再对他隐瞒身份，华云飞便对李秋池悄声解释起来。

"李先生，山中生苗部落无数，但是他们都敬畏蛊术师，也就是外界所说的巫师。而山中的巫师们也有一个共同的信仰，那就是蛊神。他们的教主，就是代替蛊神管束所有蛊术师的人……"

李秋池轻"啊"一声，拍了拍额头道："在贵阳的时候，好像曾听人偶然提过几句，我也未往心里去。蛊教、巫师……"

李秋池蓦地瞪大了眼睛，骇然道："难道……难道东翁就是……"

华云飞微笑点头，李秋池的瞳孔蓦地又放大了一圈。他艰难地扭过脖子，似乎能听到自己的脖颈发出咔咔的响声："天……天啦！我捡到宝了！我捡到宝啦！"

片刻的惊愕之后，一向唯利是图、哪怕是一块石头落在他手里，都要被他攥出二两油来的李大状马上意识到自家东翁的这个身份究竟意味着什么，面上顿时露出不可抑制的狂喜。

瞧他这副表情，华云飞也放了心。如果这人泥古不化、不知变通，把辅佐山中教主的事当成大逆不道之举，这个人就不能用了。

叶小天向李大状笑了笑，似乎已经知道华云飞对他说明了自己的身份。李秋池见叶小天看向他，下意识地欠了欠身，对这位东家，不由自主地多了几分敬畏。

叶小天扫了一眼左右众首领，缓缓地道："铜仁政务现由监州于俊亭负责。我这次就是受于监州之托，来此调查冲突真相的。引勾佬、格哚佬、两位可有什么话要告诉本尊吗？"

引勾佬和格哚佬连忙站了起来，引勾佬气愤地对叶小天道："尊者，此事可怪不得属下。当日属下带了几个弟子下山传教，弘扬蛊神威名。有几个牛鼻子道士来挑衅，污辱蛊神，之后双方便起了冲突。若是到此本也没有什么，本教弟子岂会弱于那些牛鼻子，根本吃不了亏。可是当地保正竟然出面庇护，出动壮丁将我们打回山来……"

叶小天看他一副理直气壮的样子,就好像在听打架的小孩子回家向家长告状。这位引勾长佬还真是个老顽童啊。叶小天无力地扶了扶额头,道:"那……你们怎么又会攻打提溪西,把提溪司长官等人都抓回来呢?"

格哚佬一挺胸脯,大声道:"我们吃了这么大的亏,当然要向他们讨回公道,引勾佬一说,我就带人下山了,谁知那牛鼻子逃得快,只好抓那保正回来,叫他交出牛鼻子老道,我们很讲理吧?

"嘿!谁想到提溪司长官居然带兵围了我们的山寨,还打伤我们许多人。这时候其他几个部落的兄弟到了,我们就一路打将回去,一直打到提溪司,抄了他们的老窝,方才出了这口恶气,哈哈哈哈!"

第一〇三章

各思对策

叶小天望着这位得意扬扬的老丈人很是无语,这些人在他面前一向乖驯如猫,以致使他忽略了这些人根本就是一群山中霸王啊!

看来要想让他们顺利融入山外世界,不仅仅是要让他们站住脚、获得山外人的认可、掌握生存的技能,还要逐步改变他们为人处事方面的习惯,而这取决于他们的眼光和见识。

想到这里,叶小天忽然心头一动,他开办的大型蒙学和武会,本就是免费教育,何不从部落中挑选一些机灵的孩子去入学呢,他们接受新东西快,通过他们,就能影响整个部落……

叶小天一味思索要如何引导这些人去除野性,却全然忘了在官僚们眼中,他同样是个异类,是只无法无天、喜欢招惹是非的猴子。上次他悍然砍了五家权贵子弟的脑袋,已经让他响彻铜仁府,连带着他在葫县任上干下的一桩桩威风往事业已广为人知了。

叶小天斟酌半晌,道:"引勾长佬一心维护蛊神的虔诚,格喋佬一心维护引勾长老的忠诚,都是值得赞扬的。不过,你们是整个部落的领头人,一举一动都是考虑周详才是。

"我让你们出山,不是为了找人打架来的,常言道:千个朋友嫌少,一个敌人嫌多。我们要在山外立足,还是要多交朋友才行。当然,如果有人欺上门来,咱们也不能示弱,一定要狠狠地打,打疼了他们,他们才不会再来欺负咱们。"

格喋佬和众头领对叶小天的这番话深以为然,叶小天说得太委婉,他们根本没有听出叶小天这番话实际上是对他们进攻提溪司的批评。

于是乎,一群头领连连点头,纷纷忽略了叶小天那一大段苦口婆心的规劝,只对最后一句大声表态:"尊者说得对!谁也别想欺负咱们!谁要是敢污辱伟大的蛊神,谁要是敢找咱们的碴儿，就狠狠地打！"

叶小天苦笑一声，无可奈何地问道："那些被抓上山来的提溪司权贵，可都得到了妥善安置？你们不曾凌辱他们吧？"

格哚佬摇头道："当然没有！我们不会虐待没有还手之力的人，他们只是被关了起来，并未受到欺凌。"

叶小天心中略安，道："如此就好！我的身份不可以让外人知道，明白吗？好啦，先给我安排个住处吧，我要在山上待几天。我休息片刻，一会儿引勾佬和格哚佬过来，咱们好好商量商量，如何解决眼下这桩麻烦。"

众头领轰然称喏，格哚佬给叶小天安排了住处，又叫人给他打来山泉水净面。叶小天正洗着脸，李秋池就迫不及待地凑上前道："东翁竟是山中蛊教的教主？这些生苗部落俱都听从东翁差遣？"

叶小天洗着脸道："应该是吧，也许会有一些部落不愿意接受蛊教的管束，不过大部分部落都听命于蛊教，还有谁敢不从呢，谁若不从，自己的部落就难以生存，所以不管他们情愿还是不情愿，我想至少没有谁有胆子反抗我的命令的。"

李秋池更加兴奋，脸庞上涌起了两抹潮红："那么蛊教则完全听命于东翁？"

叶小天从他手中接过毛巾，一边擦着脸，一边看着他道："先生究竟想说什么？"

李秋池兴奋地道："东翁，你掌握着这么庞大的力量，却在官府中为了一个掌管刑名的推官苦苦挣扎？这是杀鸡用牛刀啊。"

叶小天不动声色地道："哦？那依先生之见呢？"

李秋池道："做土司！本朝土司，都要得到朝廷敕书确认，才能成为土司。但是没有哪个土司是因为朝廷封他为土司，这才拥有土司的实力！而是因为居其地、治其民、掌其兵、控其赋，事实上已经成为一方霸主，朝廷这才追敕确认。东翁完全具备这个条件啊！"

李秋池激动得唾沫横飞："东翁应该向朝廷请旨敕封土司，从此后世袭罔替，岂不好过做一任推官？不要说是区区一个推官，就算是一省布政，咱也不换呐！"

叶小天忍不住笑起来，道："还好还好，先生没有劝我造反当皇帝，我很欣慰。"

李秋池老脸一红，讪讪地道："野心呢，人人都有。不过，造反……只怕实力不济。再者说，做皇帝未必就有一方土司逍遥得意。咳！我是说，我等都是大明子民，自当效忠朝廷，岂能有非分之想！"

叶小天不想再逗他，便道："先生方才也说，朝廷肯不肯封我为土司，最重要的是看咱们有没有地盘，有没有子民，有没有实力，而这些，不可能靠朝廷的施舍，要靠咱们自己去争取。

"从哪儿争取呢？子民，咱们现在就有，可地盘都是别人的，深山老林里边，那算不上地盘。如果咱们太早亮明身份和目的，山外的土司人家还不联起手来全力防范咱们？饭要一口一口地吃，路要一步一步地走，急不得。"

李秋池大喜，两眼放出绿幽幽的狼一般的光芒，激动万分地道："这么说，东翁果真打算率生苗出山，争一方土司？"

叶小天笑而不语，把毛巾往他手里一塞，径去里间屋里闭目养神，琢磨该如何解决提溪之乱了。这一次的事不同于上一次水银山之乱，与他的利益切身相关，他得琢磨一个万全之策出来。

李秋池站在原地，手中捧着毛巾一动不动，他已经被巨大的幸福感给冲击得呆住了："走运了！这回真的走了大运啦！哈哈哈！走了狗屎运了！"

在贵阳见识过许多土司人家的李秋池，迅速幻想出了一幅幅令他心醉神迷的美丽画面：那阔绰恢宏的土司宫，那牲口一般任劳任怨的奴隶，那如花似玉、百媚千娇的无数美女，那把世袭罔替的金交椅……

叶小天成了贵州最了不起的大土司，号称叶天王！而他，李大状，则一跃成为叶土司的大阿牧，他有自己的领地、田庄、子民和奴仆……

沧海桑田，变化多端，大明王朝早已不复存在，天下早已不知换了多少王朝，换了多少皇帝，而李氏家族则像今日的安宋田杨四大家一样，成了贵州数一数二的豪门世家。

祭祖的时候到了，他的子孙从四面八方赶来祭拜祖先，年长的太公们跪在最前面，年幼的孙子、重孙、玄孙们则跪在最后面，六世同堂，感念他们的老祖宗为他们留下一份千秋万世的基业……

李家已经传了几十代，灵位和画像仿佛一座宝塔般耸立着，在那"宝塔"的最顶端，耸立的就是他——李氏家族祖先！他左手抚着牛头，右手按着羊头，从猪头中间慈祥地看下去，看他的子孙——叩拜……

"呵呵……"

李秋池幸福地傻笑了两声，眼珠微微晃动，忽然发现面前真的出现了两张皱巴巴的面孔，莫非这就是他的后代？怎么才两个，这也太少了点儿，子孙后代们都在忙些什么乱七八糟的事！

李秋池不满地皱了皱眉头，刚想端起老祖宗的架势训斥两句，忽然发觉那两张面孔有些面熟，仔细一看，顿时吓了一跳，马上从幻梦中清醒过来，出现在他面前的赫然就是引勾佬和格哚佬。

引勾佬好奇地看着他，格哚佬收回刚在他面前晃过的手掌，问道："李先生，尊者现在可以接见我们吗？"

"啊？哦！哦哦……"李秋池吞了一口口水，忙不迭地应道，"两位请进，快快请进，我家东翁已等候多时了。"

· ※ · ※ · ※ ·

于家寨里，掌印夫人怀中揽着年方八岁的土司儿子，满面忧虑地对文傲道："文先生，我丈夫死得早，这孩子如今还不到九岁，如何能担负得起土司的责任，如果宗房大小姐不肯扶持的话，我们娘儿俩……"

掌印夫人一阵哽咽，搂着儿子流下泪来，那孩子见母亲流泪，忙伸出小手为她抚去眼泪，泣声道："娘亲，你不要哭。"说着却是"哇"的一声，自己也哭了起来。

文傲忙安慰道："掌印夫人、土司大人，你们不必担心，宗房大小姐若非牵挂你们，又怎会派于海龙前来助战，今番又特意要我走这一趟呢？对提溪这边，宗房大小姐一直关心得很呢。"

掌印夫人擦擦眼泪，道："有宗房大小姐垂怜，我们娘儿俩就有依靠了。现如今，我们于家寨和凉月谷战事方息，又有生苗出山，听说那些生苗好生霸道，就连提溪司长官都被他们捉上山去了呢。

"如今我于家寨人心惶惶，不知道哪天那些蛮子就会杀上门来，近在咫尺处只有一个凉月谷，可双方偏偏又结有仇怨，不可能结为盟友，我们娘儿俩真不知道该如何是好了。"

文傲道："从现在的情况看，山中生苗并没有全部出山的打算，呵呵，如果他们真的要大举出山，从四面八方冲将出来，必然会成为众矢之的，到那时整个贵州大小百余位土司，会齐心协力对付他们，就不是你们一家之事了，有什么好担心的呢？

"如今只有生苗的一个部落出山，而且他们先和张家结了仇，这对咱们于家来说就是一件大好事。其实这些年来，对咱们于家威胁最大的，就是张家。凉月谷虽偶有纷争，怎比得了提溪司张家不断巧立名目，蚕食我于家领地，吞并我于家子民？如今有山民牵制张家，是咱们于家的一个好机会。"

掌印夫人道："文先生的意思是？"

文傲道："联手格哚佬，共抗提溪司！"

文傲压低声音，对她详细解说一番，道："付出些许代价，是值得的。不知掌印夫人意下如何？"

掌印夫人思忖片刻，轻轻颔首道："我是个没见识的妇人，能有什么主意。既然宗房大小姐这么说，她总不会亏待了自家人的，那就依宗房大小姐的主意办吧。"

文傲欣然道："有你这句话，我就可以放手去做了。正所谓：将欲取之，必先予之！你放心，咱们这是驱狼斗虎，所失必有所得的！"

第一〇四章

阵前密议

一

叶小天抽个机会,悄悄去探视了一番那些被俘虏的提溪司权贵,果然如格咪佬所说,并不曾虐待他们。只是他们住的是牲口圈,身边有牛马相伴,气味有点难闻。

不过,山寨才刚刚建立,本来就没有多余的房间,就连叶小天现在所住的大屋,都是他的老丈人腾出来的,没道理对一些前一刻还和他们打得你死我活的对手过于优待吧。

既然提溪司众权贵没有性命之忧,叶小天也就放了心,他派了个人下山,先去提溪司,向权贵家眷及地方小吏们报信,叫他们安心,然后再去铜仁府通报,说明事件的前因后果以及现在的情形,表示自己会全力斡旋,尽量化干戈为玉帛。

叶小天特意找来引勾佬和格咪佬,就山寨的未来进行了一番讨论,问题是这两位老爷子根本就没有什么政治诉求,也不明白自己该干什么、要什么。

对叶小天的这位老丈人来说,尊者女婿让他出山,那他就出山;谁想欺负他的部众,他就打回去!除此之外他并不需要思考什么,格咪佬的人生就是如此简单!

对于引勾佬来说,要求也非常简单:能允许他自由传教就行。凭什么一群装神弄鬼的秃驴和牛鼻子就可以周游天下,他堂堂的蛊教长老,伟大的、无所不能的蛊神的仆从之仆从,却要被一介村长打回山去?

叶小天对这两位胸无大志的长辈真是无奈得很,只好撇开他们自己琢磨。其实李秋池是个很好的智囊,只不过现在李秋池有点神神道道的,他的建议大多太不靠谱,规划的都是十年二十年之后的美好愿景,实在让叶小天无从借鉴。

叶小天很早就明白自己的身份,而且一开始根本就没有意识到自己所掌握的力量能催化衍生出多大的效果,所以他的心态一直平稳。

可李秋池就不然了,虽然他是个很有名的状师,可那是他科举不得、无法踏身仕途后不得已的选择,为此他不无自怨自艾。

如今他就像讨了一辈子饭的乞丐，正端着破碗沿街讨饭，突然皇帝他妈找上门来，声称自己是他失散多年的亲姐姐，他是当朝国舅爷，这心态就有点失衡了。

突然被幸福砸晕了头的李秋池，考虑的要么是打个金饭碗继续要饭，要么就是钱也有了、大宅子也住上了、粮仓里的储备够他吃一百年了，有点不知道每天该干什么了。

叶小天为山寨的未来做了一些规划，这才再次召来格哚佬和引勾佬，向他们说出自己的打算。正要咨询他们意见的时候，一个穿着蜡染石榴裙的小姑娘便快乐地飘进来，像只穿花衣的小燕子似的，叽叽喳喳地叫："姐夫姐夫，有个姓文的老头子，贼眉鼠眼地往咱们山寨下凑，看着就不像好人，被咱们的人给抓起来了，他说是他是跟你一起来的提溪，要见你呢。"

这小姑娘十六七岁年纪，名叫采妮，和哚妮有六七分神似，是格哚佬的侄女。自从叶小天以避免泄露消息为理由，禁止部落中百姓动辄就称他为尊者之后，采妮就改称他为姐夫了。

"姓文的？"叶小天恍然道，"那是于家的师爷，带他过来吧！"叶小天说完，突又想起一事，忙道："姐夫你也暂时叫不得了，他还不知道我和部落的关系。在他面前记得叫我叶大人。"

"知道啦！"采妮向他俏皮地吐了吐舌头，又像一只小燕子似的飞了出去。

不一会儿，文傲被采妮和几个武士领了进来，捆绑他的绳子已经解开，文傲揉着手腕，一见叶小天安然在座，摇头苦笑道："叶大人，还是你本事大啊，你上了山就是座上客，文某却像贼一般被绑上来。"

采妮向他扮个鬼脸道："谁叫你贼眉鼠眼的不像好人，活该！"

前日叶小天带着李秋池等人偷窥提溪司长官等人情况，顺口说过一句"这个贼眉鼠眼的家伙就是提溪司长官？当真人不可貌相！"被采妮听了去，觉得这句成语形容人的长相特别生动鲜活，所以时不时就用一下。

文傲听了她的话更是苦笑不已，想当初他也是一个风度翩翩的美男子，如今虽说年岁大了，却也是儒雅斯文，怎么到了这丫头口中，就成了"贼眉鼠眼"，这山里姑娘的审美观真是成问题。

叶小天含笑迎上前去，对文傲道："文先生辛苦啦。来来来，我给你引见引见，这一位就是寨主格哚佬，这位是寨中的大巫师引勾佬，两位，这位是文傲文先生。"

文傲忙收敛了说笑的神情，向这两人肃然施礼道："格寨主、引勾大巫，学生文傲，这厢有礼了。"

格哚佬和引勾佬见叶小天对他挺客气，倒也没冲他摆脸子，很给面子地还了礼，缓声道："文先生请坐！"

文傲谢了，叶小天又道："我比文先生早到了两日，已经向格哚佬寨主和引勾佬大巫师详细询问了他们与提溪司发生冲突的经过。提溪司长官及一众权贵虽被抓上山来，却也不曾受过虐待。"

文傲欣然道："这就好，这就好！以和为贵，以和为贵嘛，这样就有得谈了。"

叶小天道："格哚佬寨主、引勾佬大巫，这位文先生是铜仁于监州的幕僚，甚受器重。我先前就已说过，张知府有意出兵讨伐，以彰声威，而于监州却认为该以和为贵。

"这一次，也是于监州顶住了张知府出兵的主张，这才委派文先生与本官同来，希望能够化干戈为玉帛，以商谈的方式解决双方的争端，避免无谓的战争，造成双方大量死伤。"

格哚佬和引勾佬听了，对文傲愈发和善，文傲趁机道："文某行前，监州大人曾再三嘱咐，叫我和贵寨好好沟通。因我铜仁于家在提溪有一支房，和贵寨近在咫尺，而且于家这一支的土司还是个未成年的孩子，孤儿寡母，骤逢战乱，难免彷徨不安，所以文某先去于家寨一趟，略示安抚，迟至今日方到山上。"

格哚佬眨巴着眼睛听他说完了，就按叶小天刚才和他说的办法，粗声大气地道："我们原本是住在山里不假，可我们也没向任何人保证过永世不出山吧？如今伟大的蛊神传下神谕，命令我部出山，所以我们出来了！

"可那提溪张家太目中无人，屡次三番挑衅我们，还真当我们怕了他不成？我实话对你说，现如今我的寨子里至少有两万勇士，便是一路杀去铜仁府也不在话下！"

格哚佬冷笑一声，道："我倒要看看，若是我真想挥军北上，有谁能挡得住我！不过，我格哚佬可不是不讲理的人，我们的要求很简单：我们要出山，现在我们已经在这儿扎根了，谁也别想赶我们走。

"还有啊，我看那山下人家，有许多不以狩猎为生，耕织种地也挺安逸的，所以想把寨子里一些家中没有壮劳力的人家也安排去种地，可是我们没有地啊，光靠开荒也济不了一时之急。你们想平息纷争，那最好不过，叫那知府老爷分我们一块地，这就是我们的条件。"

文傲暗暗松了口气，心道：不出我所料，他们果然提出了这样的要求。不过，既然他们肯商请划割领地，可见这叶小天也不是狂妄无知之辈，这倒是可以合作、利用了。"

文傲上山时曾暗中观察，这寨中勇士按他估计大概在两万人上下，如此看来格哚佬实诚得很，一点都没掺假。若是换作其他地方，出兵两万能说成十万，出兵十万就成了六十万，向来虚虚实实，怎肯以实相告。

之前他在于家寨和掌印夫人商议时就曾说过，既然格哚佬的山寨打了胜仗，想要点彩头是必然的。这些人能要什么？目前他们最需要的就是土地。

对于家来说，提溪司最大的地盘属于张家，就算于家也要分出去一部分领土，相比张家付出的也不算多，而因此一来，提溪就多了一股强大势力，可以牵制张家，避免于家被张家继续蚕食。

掌印夫人已经同意了他的意见，因此文傲便道："自古以来，但凡有外邦部落归附，朝廷莫不倒履欢迎，并为他们妥善安置迁居之地。山中部落比起外邦部落那可要亲近多了，你们本来就是大明子民，只是世居山中罢了。

"有鉴于此，文某以为，你们出山，肯答应造册登记，纳入官府管辖，官府就应该尽到父母官的责任，妥善为你等安置定居之地。这也是我们于监州的意思，此番文某去提溪于家时，提溪于家的掌印夫人和小土司很赞同。

"所以，我们于家是愿意与贵寨建立睦邻关系的，并且支持你们的要求。如果有于家的支持，相信知府大人也不会轻易拒绝你们的要求。不如格哚佬寨主与提溪于土司见上一面如何？合则两利啊。"

叶小天心道：于家为了对付张家，真是不遗余力了！

格哚佬哪有什么主意，一听他这么说，马上转眼去看女婿，叶小天急忙转开目光，低头咳嗽一声。格哚佬见他"点头"，便对文傲道："成！不过……他还是个小孩子，和一个小孩子有什么好谈的？"

文傲假装没看见他向叶小天的请示，笑吟吟地回答道："于土司年纪虽然小，可还有掌印夫人替他做主，而且不管怎么说，有些大事，总要由土司出面才有效力！"

格哚佬挠了挠头，勉为其难地道："这样啊，那也成！你叫那个小家伙来见我吧！"